Mirko Kovač

Die Stadt im Spiegel

Mirko Kovač

DIE STADT IM SPIEGEL

Roman

Aus dem Kroatischen
von Marica Bodrožić

First edition by Fraktura, Zaprešić

Erste Auflage 2011

Aus dem Kroatischen von Marica Bodrožić
Umschlag: Zero, München
Gesetzt aus der Adobe Garamond
Satz: Angelika Kudella, Köln
Gedruckt auf säurefreiem und chlorfrei gebleichtem Papier
Druck und Verarbeitung: CPI – Clausen & Bosse, Leck
Printed in Germany
ISBN 978-3-8321-9566-3

www.dumont-buchverlag.de

I

Mein Vater hat das zweistöckige große Steinhaus in L. geerbt, von acht Kindern war er das Älteste. Im Testament bürdete sein Vater Mato ihm die Pflicht auf, stets im Sinne von Familie und Tradition zu handeln, so wie auch er bereits das Werk seines eigenen Vaters fortgeführt hatte. Von Beruf war er Viehhändler, und wie alle anderen auch vertraute er auf seine Intuition, kaufte bei einer guten Gelegenheit alles, was sich ihm anbot, und vermittelte bei einer anderen Geschäfte an potenzielle Interessenten. Die Nähe zum Meer war für seinen Handel mit Tieren, Fleisch, Kuhfellen, Wolle und Geißhaar mehr als nützlich.

Im Bezirksarchiv ist der gesamte Besitz von Großvater Mato verzeichnet. Jeden einzelnen Vertrag hat er notariell beglaubigen lassen und seine Steuern immer ordnungsgemäß abgeführt. Als ich das erste Mal einen Blick in das Grundbuch warf, wurde mir klar, dass Belanglosigkeiten für Schriftsteller und Chronisten gleichermaßen bedeutsam werden können, ganz egal wie dürftig sie sind, denn ihre Kraft wirkt immer erdend. Alle, die schreiben, müssen sich das als Faustregel zu Herzen nehmen, ganz besonders jene, die sich schreibend selbst unterwandern, auf diese Weise so weit wie möglich von den eigenen Wurzeln entfernen und sogar allem entkommen wollen, was sie auf irgendeine Art und Weise an ihre Familie und deren Hinterlassenschaften bindet. Dieses Ziel erreicht man selbstverständlich nicht, wenn man es versäumt, gerade die eigenen Leute ganz genau zu beschreiben.(Und doch ist es so eine Sache mit den eigenen Leuten).

Ich habe mich viele Jahre nur mit anderen befasst. Nun ist es mir wichtig geworden, einen neuen Blick auf mich selbst zu wagen und mich in den dunklen Archiven meiner eigenen Kindheit umzusehen. Ich will also dieses Mal über mich selbst erzählen, aber nicht etwa, weil ich glaube, es wäre von weltumspannender Bedeutung, vielmehr füge ich mich lediglich dem, was sich für mich aus dem Schreiben von allein ergibt, dafür, das weiß ich, muss man vielleicht auch ein bisschen Selbstverliebtheit aufbringen. Sowohl das eine als auch das andere drängt mich in andere Zeiträume zurück, denn ich hatte mir all das bereits schon einmal zur Aufgabe gemacht. Damals habe ich mir mit Ironie weitergeholfen und mir erlaubt, hier und dort die Geschichte und die Tradition offen zu belächeln. Jetzt möchte ich eine andere Perspektive einnehmen, das Ganze ernsthafter aus meiner heutigen Sicht betrachten und mit den Möglichkeiten, die einem nur die Distanz bietet. Mir ist bewusst, dass das Genre der Autobiografie ein durchaus zweifelhaftes ist. Dennoch erscheint mir ein Versuch meinerseits unvermeidlich, weil ich mir vorgenommen habe, alle in mir herumfliegenden Familienbilder blättergleich aufzuklauben. Es sind Bilder aus meinem Erinnerungsalbum, Bilder einer anderen Zeit, die der Vergangenheit angehören und die ich aus den Erzählungen der anderen, vor allem aus den Geschichten meines Vaters kenne. Erst durch ihn sind sie zum Teil meines eigenen Lebens geworden. In diesem Buch werden nahe und ferne Verwandte einander zwangsläufig begegnen müssen. Es sind jedoch allesamt Gespenster. So jedenfalls kommen mir die meisten von ihnen vor. Vor langer Zeit hat einmal jemand gesagt, wenn ich mich nicht irre, müsste es Edgar Allen Poe gewesen sein, dass sich die richtigen Schriftsteller immer nur an Trugbildern abarbeiten, alle anderen Schreiberlinge aber lediglich Beamte der Literatur sind.

Obwohl ich dieses Buch von Anfang an veröffentlichen wollte, habe ich meinem Manuskript dennoch ein zunächst langes und einsames Schubladendasein verordnen müssen. Als ich einst die letzten Korrekturen übertrug, glaubte ich, das Ganze sei schon ganz und gar fertig. In der Setzerei strich ich dann aber noch zwei große Abschnitte weg, sechs bis sieben Absätze waren es insgesamt. In der Nacht vor der Drucklegung hatte ich einen Traum, der mir zunächst wie eine Vision erschien, sich aber dann allmählich in einen Alptraum verwandelte. Ich träumte, mein Buch sei erschienen und man habe mich in die Setzerei gerufen, um mir die Belegexemplare zu zeigen. Ich hielt das Buch in den Händen, war glücklich, dass es so schön geworden war, aber niemand war bei mir, mit dem ich meine Freude hätte teilen können. Die Grafiker hatten sich um mich versammelt, ihre Gesichter waren mir alle unbekannt. Sie beobachteten mich, sahen auf mein Buch, das ich in meinen Händen hielt, und schienen sich zu fragen, ob ich gleich darin blättern würde, was ich schließlich auch tat. Im nächsten Augenblick geschah etwas, das ich nur mit dem Wort *schrecklich* beschreiben kann. Beim Blättern fielen die Seiten einzeln aus dem Buch, an mir herab, auf den Boden. Die Arbeiter lachten und behielten mich immerfort schadenfroh im Auge. Ich war offenbar in eine Falle getappt. Das wurde immer deutlicher. Ich nahm das zweite Belegexemplar in die Hand, das dritte, das vierte und immer so der Reihe nach, aber jedes Buch fiel, auf die gleiche Weise wie das erste, auseinander. In den Händen blieb mir wie ein Skelett immer nur allein der Buchdeckel übrig. Einer der Setzer sagte zu mir: »Sie haben ein Buch geschrieben, das sich selbst auflöst.« Ich kniete mich auf den Boden, um ein paar Seiten aus meinen sich selbst zersetzenden Büchern aufzuheben. Die eine oder andere Zeile versuchte ich laut vorzulesen, nur für mich, aber nicht ein Wort wollte mir über die Lippen kommen. Meine Stimme verweigerte sich mir. Als ich dann auch noch bemerkte, dass mein Buch in einer mir unbekannten Sprache verfasst worden war und aus fremdartigen Buchstaben bestand, wich ich bestürzt zurück. Das einzig Gewisse war jetzt nur noch, dass sich auf jeder Seite mein Name zu wiederholen schien.

Ich schreckte aus dem Traum auf, schweißnass, außer Atem. Noch unter dem Eindruck dieser nächtlichen Bilder stehend, ließ ich tags darauf den Druck meines Buches stoppen. Das war vielleicht überstürzt und auch naiv von mir, aber ich konnte nicht umhin, diesen erdrückenden Traum als ein richtungweisendes Zeichen zu deuten. Es kam mir vor wie eine Botschaft meines inneren Zensors, und danach war es mir einfach unmöglich, dieses Buch zu veröffentlichen. Ich war außerstande, Erschütterungen irgendeiner Art zu ertragen. Davon hatte mir schon mein letztes Buch genügend beschert; es war schließlich eingestampft und zu Altpapier verarbeitet worden. Als der verantwortliche Lektor von meinem Entschluss, das Buch zurückzuziehen, erfuhr, verlangte er eine Erklärung von mir. »Jeder Schriftsteller«, sagte ich zu ihm, »muss ein unvollendetes Manuskript haben, es fortwährend ergänzen und bearbeiten. Das Schreiben ist ein derber Akt, der einen bis auf die Knochen entblößt. Dieses Manuskript werde ich die nächsten paar Jahre nicht aus der Hand geben, schließlich bin ich noch an einem unzüchtigen Leben interessiert.«

Dann vergingen zwei Jahrzehnte. Alle Lust war längst aus mir gewichen, ich wollte dieses Buch nicht mehr veröffentlichen. Allerdings erschienen Teile des Buches schlussendlich in einer etwas überarbeiteten, zugleich entschlackten Form, in einem gänzlich anderen Kontext. Und wenn sich jetzt noch irgendjemand für dieses Buch interessiert, es sich zu Gemüte führen möchte, weil er zum Beispiel ein aufgeweckter Leser ist, so könnte er bald auf den Gedanken kommen, ich hätte auf diesen Seiten meinem Vater viel zu viel Platz eingeräumt, einem Menschen also übermäßige Aufmerksamkeit geschenkt, der sich gar nicht als Figur für ein Buch eignet. Aber er stand mir nun einmal als geistiger Pate beim Schreiben zur Seite, hat mir bei diesem Buch geholfen, wie übrigens alle meine anderen Familienmitglieder und die vielen peripher Mitlaufenden auch, die ich nur kurz streifen konnte, um meinen eigenen inneren Ort sichtbar zu machen.

Ich hatte dabei nicht vor, meinen Verwandten irgendwelche besonderen Gefühle entgegenzubringen. Ich habe es bloß nicht mehr ausgehalten, immer auf der einen schmalspurigen Strecke meines kleinen Familienzuges allein hin- und herzurattern, hatte es satt, ewig allein durch die Gegend zu fahren, um am Ende zu sehen, dass ich mich gar nicht von jener Stelle gerührt hatte, an der ich eingestiegen war. Niemand von uns lebt in einer für alle Zeiten gleichbleibenden Stadt; auch wenn wir uns immer wieder beweisen möchten, dass wir dort, wo wir sind, am richtigen Platz sind, unveränderlich ist dieser Platz nicht. »Wir sind nun einmal immer dort, wo wir nicht sind«, so hat es Jean-Pierre Jouve mit seiner treffenden Zeile auf den Punkt gebracht. Ich will es ohne Umschweife sagen, Kompromisse sind nichts für mich. Ich bin müde darüber geworden, immer wieder verschiedene Versionen ein und derselben Geschichte zu erzählen. Immer wieder kam es vor, dass ich nichts mehr mit den Büchern anfangen konnte, obwohl sie gerade erst in den Druck gegangen waren. Es würde mir jetzt genauso wie früher gehen, wenn ich nicht begriffen hätte, dass ich offenbar fähig geworden bin, mich mit vielfältigen Widersprüchen auszusöhnen und sie auch ohne irgendein Bedauern, ja gänzlich ohne Schwermut hinzunehmen. Und auch: dass ich nur über Dinge schreiben kann, an die ich mich sehr genau erinnere, und mich damit eisern an die Regel eines der größten Erzähler unserer Zeit halte. Er ist so berühmt, dass man seinen Namen nicht einmal nennen muss. Einmal hat er geschrieben, unser Leben sei das, woran wir uns erinnern, und nicht das, was wir erlebt haben.

Diese Arbeit hat für mich Ähnlichkeit mit der eines Bildhauers, aber anmerken muss ich an dieser Stelle doch, dass ich mir schreibend den Luxus der einen oder anderen Abschweifung erlaubt habe. Die heutige Zeit hat mich dazu gezwungen. Die Rückkehr zu einem alten Manuskript verlangt vor allem eines: einen neuen Blick. Die heutige Zeit ist zudem derart elend, dass für mich die Rückkehr zur Vergangenheit sogar ein richtiger Genuss ist.

2

Mit dem Verdienst vom Viehhandel machte Großvater in L. einen Gemischtwarenladen und eine Gastwirtschaft auf. Die osmanische Herberge erweiterte er um ein weiteres Stockwerk und kaufte in Trebinje, etwa acht Kilometer von unserem Wohnort entfernt, noch ein anderes Haus. Sein ganzes Vermögen investierte er in Landerwerb. Er kaufte vierzig Morgen fruchtbares Land, die direkt am Fluss Trebišnjica lagen. In Montenegro, auf der anderen Seite der Grenze, erwarb er einen Waldgürtel sowie eine Grasweide von ein paar Hektar. In der ganzen Gegend war er der Einzige, der sich zwei große Bewässerungswagen aus Holz liefern ließ, um mit ihnen sein Wassersystem zu optimieren. Anfangs versammelten sich die Leute regelmäßig um diese Wagen herum und beäugten aufmerksam Großvater und das Ergebnis seiner Arbeit. Die Bewässerungswagen waren etwa fünf Meter lang und mehr als einen Meter breit. Wenn der Wagen losfuhr, drehten sich die an ihm angebrachten Schäufelchen und füllten mehrere Kästen mit Wasser, die sich dann zielgenau und selbsttätig in das bereits ausgehobene Beet ausschütteten. So floss das Wasser schneller und gezielter auf die Felder hinaus.

Großvaters größter Wunsch war damit aber noch nicht erfüllt. Er wollte auch den prächtigen Hain in L. kaufen, in dem nahezu alle Herbstbäume und auch die immergrünen Bäume wuchsen. Dieser Hain war schon zu türkischen Zeiten bepflanzt worden und war gut gepflegt. Einst gehörte er der angesehenen Familie Duraković aus Korijenić, die sich in den Anfängen der österreichisch-ungarischen Monarchie in alle Weltrichtungen verteilte. Viele Menschen aus dieser Familie waren begabt, fleißig und intelligent. Später zogen sie in die unterschiedlichsten Gegenden des weit verzweigten Reiches fort.

Am häufigsten waren Tannen und Fichten im Hain zu finden, und weil er ins fruchtbare Land hineinreichte, sich in Richtung des im Sommer stets ausgetrockneten Flüsschens lieblich ausbreitete, kamen dann auch mehr und mehr Eichen in ihm vor. Aber auch Haselnuss- und Laubbäume gab es. Am Flussufer wuchs Gras und aus dem Lehmboden ragten sowohl die Wurzeln als auch die Äste der Bäume in die Luft. Dieses kleine Flüsschen Sušica bildet bis heute eine Art Grenze zwischen zwei Klimazonen. Auf der einen Seite gibt die Erde fast nichts her. Auf der anderen platzt alles vor Fruchtbarkeit aus den Nähten und es schneit selten. Wegen der nicht allzu strengen Winter gedeihen auch Trauben prächtig, die Rotwein-Rebsorte Vranac hat sich sehr bewährt; trotzdem haben sich hier nur zwei, drei Familien mit Weinanbau beschäftigt.

Meinem Großvater ist es trotz aller Schwierigkeiten gelungen, den Hain zu kaufen. Die Besitzverhältnisse waren aber alles andere als durchsichtig. Ich gab mir selbst das Versprechen, mit der Beschreibung dieses Hains zu beginnen, wenn es mich irgendwann danach drängen sollte, meine Familie zum literarischen Thema zu machen, ihre Geschichte zu erforschen oder auch einfach etwas in einem Buch zu beichten, das mich an sie bindet.

Als Kind habe ich auf diesem Stückchen Erde eine große Angst überwunden. Die schattige Seite des Wäldchens war von Stechdorn, Weißbuchen und Haselstauden überwuchert, was regelrecht dazu einlud, in dieser Hainecke Geschichten über Teufel und Hexen spielen zu lassen. Weißbuchen eigenen sich am besten für Brennholz. Wer auch immer von meiner Familie seinen Fuß in den Hain setzte, um

Holz zu sammeln, dem stieß jedes Mal etwas zu. Entweder versetzte ihm plötzlich ein Ast einen Hieb oder er schnitt sich aus dem Nichts heraus mit dem Gartenmesser, und die Wunden wuchsen nur sehr langsam zu. Manchmal platzten sie dann viele Tage später einfach wieder auf, Blut und Eiter flossen heraus. Der schattige Teil des Hains zog uns alle magnetisch an. Versuchungen unterliegen präzisen Sogkräften. Und jeder von uns zeigte sich gerade dann besonders kampflustig, wenn unsichtbare Kräfte im Spiel waren. Man sagte, Großvater Mato habe jeden aus der Familie dazu angehalten, sich, sobald er den Fuß in den Hain setzte, den Teufeln direkt zu stellen.

»Wenn du dich selbst kennenlernen willst«, sagte er, »musst du vor allem deine Kräfte mit jemandem messen, der ein widerwärtiger Gegner ist. Einen schlimmeren und widerwärtigeren als den Teufel gibt es nun einmal nicht.«

Auf der schattigen Seite des Hains fand eine Art Familieninitiation statt. Voller Angst ging ich im Alter von acht Jahren barfuß über Stechdorn. Ich sollte abgehärtet werden, aber gelungen ist das nicht. Dieses Ritual machte vor allem eines aus mir – einen noch ängstlicheren Menschen als den, der ich ohnehin schon war. Heute noch meide ich Dunkelheit und Wälder. Selbst wenn ich jetzt darüber schreibe, jagt mir noch ein Schauer nach dem anderen über den Rücken, vor allem dann, wenn ich mir ausmale, was mir damals im Alter von acht Jahren alles hätte zustoßen können. Ich will mich nicht im genauen Nacherzählen jener Vorkommnisse üben. Das liefe auf einen viel zu detaillierten Bericht oder auf ein ganzes Buch hinaus. Dieser Wald hat schon eine beachtlich lange Geschichte. Andere haben dieses mystische Stückchen Land bereits vor mir inspiziert, und es sind schon schlaue Texte über den Hain geschrieben worden. Ich meine mich jedenfalls daran zu erinnern, einen solchen Text in der Hand gehalten zu haben, den Titel habe ich mir nicht gemerkt. Der Name des Autors ist mir auch entfallen, aber ich weiß, dass ich beim

Lesen auf interessante Details gestoßen bin, wie etwa die Beschreibung eines Rosmarinbusches. Es war weit und breit das einzige Exemplar in dieser Gegend. »Der Rosmarin blüht und besteht tapfer«, hieß es da, »unter grobem und wildem Gewächs, in einem Klima, das ihm nicht zusagt.« Ich habe diesen Rosmarinbusch nie zu Gesicht bekommen, zweifellos aber kann man dem Verfasser Glauben schenken. Das blutige Messer, von dem auch in diesem Text die Rede war, könnte der Autor vielleicht sogar bei meinem Großvater gekauft haben. Es soll in einen wilden Haselnussbaum gerammt worden sein und in aller Regelmäßigkeit vor sich hingeleuchtet haben. Diese Geschichte habe ich auch schon in meiner frühen Kindheit zu Ohren bekommen. Mein Vater hat sie mir erzählt, und er selbst hat sie wiederum von seinem Vater erzählt bekommen.

Niemand aus meiner Familie hat das Glück gehabt, vom Hain verschont worden zu sein, niemand ist dort nur mit kleinen Kratzspuren davongekommen, ernsthafte Verletzungen waren eigentlich sogar die Regel. Eine Cousine, die vier Jahre älter war als ich, ist auf dem Weg zum Spital gestorben, weil sie auf dem schmalen ausgetretenen Pfad am Rande des Hains von einer Schlange gebissen worden war. Sie konnte keinen anderen Weg gehen. Man kam nur über diesen Pfad in den dichten Wald und gelangte auch nur auf ihm zur Mitte des Hains. Einen leichteren Zugang verunmöglichten die Schlangen. Das brachte die Vorstellung mit sich, irgendwo im Hain wäre ein Schatz vergraben. Die Leute hatten sich mit der Zeit mehr und mehr darauf geeinigt, dass er in der Nähe einer Tenne vergraben worden sein musste, die man errichtet hatte, um, wie es hieß, die Hexen in der Nacht tanzen zu lassen. Die Schlangen, davon war man überzeugt, waren die Hüterinnen dieses Schatzes. Das blieb selbstverständlich eine unerwiesene Legende, wahr ist aber doch, dass niemand je einen Vipernbiss auf diesem Pfad überlebt hat. Auch ich habe mich einmal früh am Abend mit zwei Cousins auf den Weg dorthin gemacht, der eine Junge war im gleichen Alter wie ich, der andere zwei Jahre älter. So wie es alle aus unseren Familien in ihrer Kindheit taten, wollten auch wir uns dieser geheimnisvollen Aura des Pfades stellen. Wir sehnten uns nach einer eigenen Geschichte, die wir dem Familienarchiv der durchfabulierten Erzählungen beisteuern wollten.

Mit behutsamen Schritten gingen wir den Pfad entlang, wir waren so vorsichtig, als gingen wir barfuß über glühende Kohlen. Ich hatte mir dicke Kniestrümpfe und Gummistiefel angezogen, um mich auf diese Weise zu schützen. In der Hand hielt ich eine Kerze. Man hatte mir gesagt, dass Hexen das Kerzenlicht fürchten. Ich hatte Streichhölzer und Knoblauch in meine Tasche gesteckt, es hieß, diese wehrten die Schlangen ab. Wir schreckten bei jedem Geräusch auf, waren froh, als wir endlich das gefährliche Stück Weg hinter uns gelassen hatten. Wir atmeten durch und setzten uns auf einen Stein. Der ältere Cousin sagte, wir müssten uns die Schuhe ausziehen, um uns die Füße abzukühlen, möglicherweise auch ein wenig trocknen lassen, falls sie verschwitzt wären. Das sei die wichtigste Regel für einen erfolggekrönten Rückweg, da dieser noch gefährlicher als der Hinweg sei und die Schlangen uns auch längst gerochen hätten. Naiv wie ich war, glaubte ich ihm und zog meine Schuhe aus, ohne darauf zu achten, ob die anderen beiden dies auch taten. Sie legten mich rein, schnappten rasch nach meinem Schuhwerk und rannten davon. Ich fing an, um Hilfe zu rufen, aber sie waren längst nicht mehr zu sehen. Sie hatten mich einfach allein gelassen.

Ich stand auf dem Stein und zitterte, war erstarrt vor Angst und fürchtete mich vor meiner eigenen Stimme. Ich traute mich nicht einmal mehr, um Hilfe zu rufen. Bald schon kam die Abenddämmerung auf, und im Wald wurde es schlagartig dunkel. Ich versuchte, die Kerze anzuzünden, aber es wollte mir nicht gelingen. Die Knoblauchzehen zerkleinerte ich mit einem Stein und rieb damit meine

Fußsohlen ein. Ich stieg vom Stein herab und stellte mich auf den Pfad. Meine Knie schlotterten und es überraschte mich heftiger Schüttelfrost. Ab und an war in der Ferne ein Geräusch zu hören. Eidechsen brachten sich in einem Gebüsch in Sicherheit, eine von ihnen jagte mir einen nachhaltigen Schrecken ein, weil sie plötzlich neben mir in die Höhe sprang. In diesem Augenblick überkam mich das Gefühl, jemand nähere sich mir hinterrücks, ich wagte aber nicht, mich umzudrehen, sondern rannte in diesem Augenblick so schnell ich nur konnte los. Erst als ich mich in Sicherheit wähnte, legte ich mich auf die Erde, um zur Ruhe zu kommen. Meine Füße bluteten. Noch Tage danach pflegte und versorgte ich sie. Meine Verwandten hatten kein Mitleid mit mir. Alle sagten, dass diese Begebenheit unausweichlich für mich gewesen sei, es hieß, dass ich es erleben musste.

3

Als mein Vater fünfzehn Jahre alt war, fing es an. Auch ihm blieben Verstörungen nicht erspart, denn er hatte sich zu weit in den Wald vorgewagt. Mit Kreuzhacke und einem Soldatenspaten in der Hand ging er auf Schatzsuche. Zuvor hatte er immer wieder einen 1906 erschienenen Text aus der Zeitschrift »Die heimische Feuerstätte« gelesen, in dem stand, dass die Griechen einst aus dieser Gegend vor der Pest geflüchtet waren. Als reiche Handelsleute besaßen sie viele Schätze, die sie auf der Flucht in ihren Gräbern verstecken mussten. Auf Segelbooten wie Trabakeln und Brazzeras verließen sie ihre Wohnorte an der Küste, darunter waren Cavtat oder Gruža. Auf der kleinen Landkarte, die Vaters Zeitschrift beilag, waren all jene Orte markiert, an denen man die Schätze der Griechen vermutete. Einer dieser Orte war unser wilder und unzugänglicher Hain oberhalb von L., hier, so hieß es, seien jede Menge Goldklumpen vergraben worden, und wer die absickernden Griechengräber finde, werde unvorstellbar reich werden. Mein Vater, der noch ein bartloser junger Mann war, sagte selbstsicher zu seiner Mutter Vukava, ein Engel werde ihn zu diesem Grab bringen, es versickere natürlich nur deshalb, weil man dort das viele Gold vergraben hatte. Und meiner Großmutter fiel nichts Besseres ein als ihm zu sagen, er brauche ohne das Gold erst gar nicht wieder nach Hause zu kommen.

Es vergingen sechs Tage und von meinem Vater fehlte jede Spur.

Großmutters Suche nach ihm verwandelte sich in eine Treibjagd nach Teufeln und Hexen. Die Jäger hatten sich mit Sensen, Äxten, Messern und Jagdgewehren bewaffnet. Während sie Äste abschnitten und sich Wege freischlugen, riefen sie laut nach den Teufeln und Hexen, als hätten sie den Jungen vergessen, drohten ihnen zähneknirschend, mit erhobenen Fäusten, so, wie das der Mob immer bei solchen und ähnlichen Gelegenheiten macht. Im Suchtrupp hatte jeder eine eigene Geschichte parat und erzählte von einer bösartigen Begegnung mit einer Hexe. Mein Vater wurde schließlich von Jagdhunden gefunden, die jemand mitgenommen hatte. Er lag im hohen Farnkraut, erschöpft und ausgehungert zwischen zwei Steinen. Seine Hände und sein Gesicht waren voller Kratzspuren. Spaten und Hacke hatte er irgendwo unterwegs verloren, halb verdurstet brachte er kaum ein Wort heraus. Er war drei Tage umhergeirrt und hatte es irgendwann aufgegeben, das Grab mit dem Gold zu finden. Er fand weder die kleine Quelle noch das Steinhäuschen mit der Zisterne. In den frühen Morgenstunden hatte er versucht, den Tau von den Gräsern abzulecken und tagsüber die Rinde und die Knospen junger Buchen zu essen. Was für ein Geräusch er auch immer gehört hatte, er vermutete jedes Mal einen Feind oder den Teufel höchstpersönlich dahinter; und hatte ein Ast sich ein bisschen bewegt, war er überzeugt davon, jemand sei gerade von ihm abgesprungen und lauere ihm nun auf.

Großvater Mato brüstete sich damit, seinem Sohn damals etwas über Mut beigebracht zu haben. Er glaubte, von dieser Erfahrung würde er sein Leben lang profitieren. Mein Vater hingegen war der Ansicht, er habe in unserem Hain den letzten Rest an Mut, wenn er ihn denn je gehabt hatte, eindeutig und für immer verloren. Sein Kommentar fiel recht spöttisch aus, seine Courage, sagte er, hätte er im Hain unter einem wilden Birnbaum vergraben, ganz nach dem Muster der Alten Griechen, die auf der Flucht ihr Gold in der Erde deponierten. Gott hätte ihn nicht mit irdischem Mut gesegnet, sondern mit etwas viel Schönerem und leichter zu Ertragendem. Er meinte damit nichts anderes als seine Trinkfestigkeit, aber auch alles andere, das von irdischen Genüssen herrührte. Und so lebte er auch. Er betrank sich und schloss Freundschaften, ergab sich in Gedankenlosigkeit genauso wie in großer Freude, machte es sich zur Aufgabe, jedes Getränk dieser Welt zu probieren, ging auf Reisen, stieg in jedes Gefährt, das vorbeigefahren kam, schlug an unbekannten Orten auf, schlief bei Fremden und wachte bei neuen Freunden und Trinkbrüdern auf. Er nüchterte in zauberhaften Landschaften aus, brachte sich fortwährend in Gefahr, sodass die Leute ihm immer zur Hilfe eilten, ihn retten oder verarzten mussten. Einmal holten sie ihn sogar aus einem Kahn, der die Neretva flussabwärts geschossen war. Er torkelte durch die Gegend, stotterte, erbrach sich, lehnte seinen Kopf an Baumstämme oder an die Wangen seiner Leidensgefährten. Er stolperte im Staub und beweinte schon im Voraus seine zukünftigen Verluste. Er machte Dachsbauten ausfindig, stieg in sie hinab, hing sich an die Hälse von Dirnen und gab ihnen Getränk um Getränk aus. Er irrte in Städten umher und verlor sich in ihnen, fand aber immer einen Weg oder eine Lichtung, irgendeinen Winkel, der sich, wie er es sagte, »im hohen Farnkraut zwischen zwei Steinen befand« und legte sich dort schlafen, atmete durch, kam zu sich, bis es an einem anderen noch wundersameren Ort weiterging wie bisher.

Und oft ritzte er seine Initialen in Baumstämme und auf Steintafeln, manchmal sogar seinen ganzen Namen, versehen mit irgendwelchen Symbolen, deren Bedeutung nur ihm bekannt war. Und wenn er später irgendwann wieder an ihnen vorbeiging und dort seine eigene Handschrift erblickte, blieb er vor ihr stehen und gedachte mit ausgelassener Fröhlichkeit seines nie verwirklichten Lebenswerkes. Als ich ihm einmal sagte, dass doch nur Verrückte ihre

Symbole auf diese Weise unterwegs verewigen, erwiderte er: »Das weiß ich selbst. Aber auf meiner Uhr wird nun einmal meine ganz eigene Zeit gemessen. So weiß ich doch immer, wo ich schon gewesen bin. Das ist mein Kommentar zur Vergänglichkeit.«

4

Mein Vater hat eine silberne Tabakdose vererbt bekommen. Der Deckel bestand aus eingesetzten Platinelementen und goldenen Blumen-Applikationen, umrandet von einem schmuckvoll stilisierten Astmuster. In jeder Ecke war ein Blümchen zu sehen und in der Mitte ein in Gold gefasstes, verschnörkeltes Monogramm seines Vaters.

Es war ein schöner Gegenstand, von edlem Material, genauso ungewöhnlich wie nützlich und kostbar für jeden, der ihn besitzen durfte. Es wird der Tradition gemäß immer an den ältesten männlichen Nachfolger vererbt, sobald dieser volljährig ist. Über den genauen Zeitpunkt der Schenkung entscheidet jedoch allein der aktuelle Besitzer. Diese Gepflogenheit ist älter als vier Jahrhunderte. Zuan Kosazza hatte sie im 16. Jahrhundert ins Leben gerufen. Er war der Landesherr dieser Gegend, deren Grenzen sich bis Dubrovnik erstreckten. Im Alter von zwanzig Jahren war er bereits Befehlshaber. Diesem venezianischen Patrizier wurde von der Stadt Dubrovnik jährlich ein Tribut von achtundvierzig Dukaten gezahlt.

Der Tabakdosenbrauch ging von Vater auf Sohn über und wurde auf diese Weise mit der Zeit Tradition. Dahinter verbarg sich der Wunsch, einen unerschütterlichen Familienkern auszubilden, um sowohl gestärkt den Herrschenden als auch den einflussreichen Familien mit ihren Bürgschaftsregeln zu begegnen, ganz egal welcher Regierung sie gerade angehörten.

Die festliche Übergabe der Tabakdose war rituellen Regeln unterworfen. Der Schenkende zog sich festlich an. Er nahm am Kopfende einer Tafel Platz, die unter einem Maulbeerbaum aufgestellt wurde; dies durfte jedoch nur geschehen, wenn die Früchte bereits reif waren. Auf dem üppig gedeckten Tisch lag weißes Linnen. Jeder war eingeladen vorbeizukommen, zu essen, soviel er konnte, mit vollen Taschen wegzugehen war nicht nur erlaubt, sondern auch erwünscht. Es wurden Gäste jeder Religion eingeladen. Die reifen Maulbeeren fielen auf die weiße Tischdecke herab, und am Ende des Festes stieg der Beschenkte in den Baum hinauf und rüttelte so lange an den Ästen der Maulbeere, bis sich ihre saftigen Früchte lösten und den ganzen Tisch bedeckten.

In unserer Zeit ist wenig von diesem Brauch übrig geblieben, man vernachlässigte ihn weitgehend und trug irgendwann nur noch einen Tisch nach draußen. Die Geschenkübergabe fand vor dem Gemeindeschreiber statt, der die Zeremonie mit einem Ring besiegelte. Den Tisch bedeckte niemand mehr mit weißem Linnen. So etwas Festliches besaß kaum noch jemand. Die einflussreichen Familien verschwanden mehr und mehr aus dem öffentlichen Leben. Die darauffolgenden Jahre, in denen das Böse überhandnahm, wurden allmählich das, was wir heute alle unsere Geschichte nennen. Kriege brachten den Menschen Armut, sogar Dubrovnik schien zugrunde zu gehen, aber die Stadt hatte keineswegs nur Nachteile, sondern durchaus Vorteile vom Profitdenken und vom Waffenschmuggel.

Auch mein Großvater machte sich wie die Stadt Dubrovnik das eine oder andere Unglück zunutze, um sein Vermögen zu vergrößern. Er kaufte das schöne Haus in Trebinje dem einstigen Kaufmann Alija Resulbegović ab, der ein Nachfahre aus dem dritten Geschlecht des Arslan Bey war. Alija hatte einen schlechten Ruf. Er war der üblichen Habgier der Reichen verfallen, neidisch auf andere und ein geiziger, jähzorniger Mensch. Belanglose Kleinigkeiten waren für ihn Anlass genug, in die Luft zu gehen, zudem zog er schnell eine Waffe aus der Tasche. Wegen Geldstreitigkeiten hatte er wohl auch einmal einen eigenen Verwandten angeschossen. Nach dem Rückzug der türkischen Armee griff Ali mit seinen etwa hundert bewaffneten Untergebenen die einmarschierenden und gut ausgerüsteten Truppen von Österreich-Ungarn an, stets unter Jubelschreien, denen Allahu-Akbar-Rufe und Surengebete folgten. Seine Leute hatten schlechte Waffen, dennoch zwangen sie ihre Feinde mehrfach in die Knie. Unter den Waffen, die sie benutzten, waren zum einen ein sogenannter Hinterlader, ein Gewehr also mit Bügelverschluss, dessen Läufe an beiden Enden offen sind, und zum anderen ein Säbel sowie zwei kleine Gewehre mit Gurt. Auch die Niederschlagung der deutschen Artillerie in Milim wurde Ali zugeschrieben. Doch dann ergab er sich plötzlich nach einem Gespräch mit dem Muslim Fejzag Šehović mitten auf einem katholischen Friedhof. Da man um seine hochstehende Herkunft wusste, war man darum bemüht, ihm die Todesstrafe zu ersparen. Er wurde zwanzig Jahre hinter Gitter gebracht. Als er aus dem Gefängnis kam, verkaufte er alle seine Güter und schreckte auch nicht davor zurück, sein Familien-Mausoleum mit dem schön gearbeiteten Grabstein zu verscherbeln. Dann wanderte er in seinem sechsundfünfzigsten Lebensjahr mit seiner ganzen Familie in die Türkei aus.

Die Tabakdose, die mein Vater erbte, hatte Großvater Mato von seinem Freund Mato Grbić aus Rijeka Dubrovačka. Er gab sie ihm wohl aus Dankbarkeit, Genaueres wusste darüber aber niemand. Es muss zur gleichen Zeit dazu gekommen sein, als Miho Martelini sein Haus und Anwesen der Familie Grbić auf Rijeka verkaufte. Später gab es dann weitere Geschenke von der Familie Grbić. Jeder gab meinem Großvater irgendetwas, insgesamt kamen über die Jahre an die zwanzig wertvolle Gegenstände zusammen, schöne, ungewöhnliche und praktische Dinge waren das, und auf jedem Gegenstand waren das

Datum und der Name des Schenkenden eingraviert. Es ist fast nichts mehr davon übrig, Großvaters Erbe ist in alle Windrichtungen zerstreut. Schon zu seinen Lebzeiten war seine Taschenuhr mit der Kette verschwunden. Ein Herz war darauf eingraviert, mit Pfeil und Datum und dem Namen Anna. Wir wussten, dass die Ehefrau von Mato Grbić Ane hieß. Sie war eine schöne und zarte Frau, die in den ersten sieben Jahren ihrer Ehe kinderlos blieb. In ihrer Geburtsurkunde muss man sie fälschlicherweise unter dem Namen Anna verzeichnet haben. Sie kam aus Zadar und sprach bis zur Hochzeit unsere Sprache nicht; sie konnte nur Italienisch. Als die Freundschaft der beiden Namensvetter begann, brachte diese zarte Person doch noch vier Kinder, drei Töchter und einen Sohn, zur Welt. Die Freundschaft der beiden Männer hielt lange, und es gingen noch mehrere Patenschaften aus ihr hervor, Hochzeits- und Taufpaten waren darunter. Den drei Töchtern von Anna und Mato Grbić sagte man nach, die schönsten der ganzen Gegend zu sein. Auch der Pfarrer hatte eine Meinung dazu und war sich darin sicher, dass sie die ganze Region mit ihrem Liebreiz schmückten. Er schrieb das selbstverständlich der Allmacht Gottes zu, der ja nichts anderes machte als Schönheit mit Schönheit zu belohnen. Und die Leute gingen sogar so weit und dachten, selbst die Schiffe von der Hohen See würden sie grüßen und die lauten Sirenen vom Meer aus das Haus der Grbićs besingen. Aber die beiden Mädchen waren alles andere als glücklich; schade, dass sie in diesem Buch nicht weiter vorkommen können, weil sie nicht mein Thema sind und ich sie deshalb nicht weiter einbinden kann.

5

Das schöne Haus in Trebinje war zweistöckig. Es hatte ein schieferbedecktes Vordach und einen Holzerker. Das Treppenhaus war mit Intarsienarbeiten versehen und führte direkt in das obere Gemach, in dem einst ein Diwan gestanden hatte. Diesen Teil des Hauses nannte man noch immer Alis Tschardak, hier, auf der überdachten Veranda, ruhte man sich auf dem türkischen Sofa aus, trank Kaffee, plauderte und fasste all das kurz und bündig im Wort *diwanisieren* zusammen. Großvater hatte aber das eine oder andere islamisch anmutende Detail, wie den Holzrahmen mit dem verspielten Fenstergitter, gezielt vom Haus entfernt. Er ersetzte es durch ziseliertes Eisen und stellte auch alles andere im ersten Stock um. Auch die Weinreben, die den Diwanbereich eigentlich verschönert hatten, riss er einfach aus. Mein Großvater Mato ließ das Haus im Grundbuch auf den Namen seines Sohnes Blago eintragen. Es behielt aber bis in unsere Zeiten den türkischen Namen Tschardak.

Ich verband mit diesem Wort etwas der Erde Fernes und durchweg Übernatürliches, stellte mir darunter ein schwebendes Haus oberhalb des Flusses vor und imaginierte ähnlich gigantisch geartete Türme der reichen und gewaltigen islamischen Welt. Als mein Großvater Alis Haus kaufte, erzählte man sich, Dr. Kesler, ein seit Jahren bei uns gern gesehener Gast, sei für ihn als Bürge eingesprungen. Zögernd soll er den schon tropfenden Füllfederhalter in der Hand gehalten und vor der Unterschrift noch zu ihm gesagt haben: »Mit dem Kauf von Alis Haus kaufst du nicht nur ein Gebäude, sondern auch alle Krankheiten, die hier erlebt worden sind. Diesem doppelten Handel entkommst du leider nicht.«

Blago war das zweite Kind, ein Jahr jünger als mein Vater und der erste Mensch in unserer Familie, der gebildet war und einen Doktortitel trug. Er war jedoch noch Schüler, als ihm das Haus geschenkt und offiziell überschrieben wurde. Die Worte Dr. Keslers und die Unheimlichkeit, die von ihnen ausging, ließen ihn frösteln. »Das Haus ist reine Materie«, sagte er, »die Krankheiten das reine Unglück.«

Vielleicht hatte er schon damals geahnt, dass er in diesem Haus niemals leben, ein Weiterverkauf sich aber immer lohnen würde. Mit einem satten Gewinn war in jedem Fall zu rechnen, das Haus befand sich in guter Lage, direkt im Zentrum des Ortes. Nach seinem Fortgehen hat Blago nur noch einmal von sich hören lassen. Irgendwann kam von ihm ein kurzer Brief in italienischer Sprache, darin hieß es, er studiere Medizin und könne sich kaum mehr daran erinnern, wie sein Heimatort aussehe. Irgendwann gab man das Warten auf, und im Laufe der dreißiger Jahre fiel dann sein Haus in Trebinje meinem Vater zu. Die Leute tuschelten aber hinter vorgehaltener Hand über ihn, es hieß, eine offizielle Übergabe habe nie stattgefunden, vielmehr seien Bestechungsgelder, falsche Papiere und falsche Unterschriften im Spiel gewesen.

Blago studierte Medizin in Rom. Dort sind ihm die Bücher des namhaften, aus Dubrovnik stammenden Arztes Giorgio Baglivi aus dem 17. Jahrhundert in die Hände gefallen. Blago hat gleich verstanden, dass er mütterlicherseits mit diesem berühmten Mann verwandt war. Die Wurzeln des angesehenen Arztes Baglivi sind tatsächlich bis nach Dubrovnik nachvollziehbar. Er stammte von der Familie namens Armen ab, einer Ahnenlinie seiner Mutter, die noch heute den Namen Vuković tragen. Da er früh ohne Eltern geblieben war, hatten ihn der berühmte Arzt Pier Angelo Baglivi und seine Ehefrau Margarita d'Amato aus Lecce zu sich geholt und dann adoptiert.

Während seines Studiums in Rom ließ mein Onkel Blago immer wieder mal eine Bemerkung über seine adelige Herkunft fallen oder faselte etwas von einem Familienwappen vor sich hin. Bei seiner mehr erträumten als real belegbaren Geschichte berief er sich auf seine Großmutter, die Mutter seines Vaters, die in Vuković zur Welt gekommen war. Diese konnte aber gar keine Adlige sein, nur eine vornehme Frau aus einem guten montenegrinischen Haus.

Mein Onkel beschrieb den Leuten seinen Geburtsort L. als eine Art Kurort, dessen Solen mit besonderer Heilkraft gesegnet seien. Er machte daraus in seinen Geschichten so etwas wie das Paradies auf Erden, das gerade gut genug für die feine Dubrovniker Gesellschaft war. Die geografische Verortung von L. erfuhr bei ihm auch eine leichte Verschiebung, er rückte es etwas näher an die Stadt heran, als es das in Wirklichkeit war, belog sich dabei selbst und überhöhte in allem die Schönheit dieser Gegend. Der Kleinstadt, in die er zur Schule gegangen war, gab er allen Ernstes den Beinamen »Klein-Epidauros«. Der Arme dachte sich seine Herkunft einfach aus und glaubte am Ende noch selbst an seine eigenen Erfindungen. Großtuerei aber ist und bleibt das Ergebnis eines inneren Mangels. Onkel Blago schreckte auch nicht davor zurück, seinen Geburtsort sogar direkt an die dalmatinische Küste zu verlagern. Und das war so weit von allen Tatsachen entfernt, dass man es schon eine glatte Lüge nennen musste, denn die Kleinstadt, in der er seine Kindheit verbracht hatte und eingeschult worden war, reichte nicht einmal an den Schatten jenes glorreichen Epidauros heran. Das Städtchen war nichts weiter als einfach tiefe türkische Provinz, in der nur das Muslimische das ausschließlich Gute war. Wenn meine Quellen authentisch sind, dann hat Blago in eine wohlhabende römische Bäckerfamilie hineingeheiratet, die im Besitz einer ganzen Kette von Läden waren. Er nahm den Namen seiner Frau an und hieß nun Turchini, behielt aber seinen ersten Namen noch bei, wohl um sich damit doch noch so etwas wie einen Hinweis auf seine Herkunft zu erhalten.

Mein Onkel ist in alledem keine Ausnahme. Das ganze Hinterland von Dubrovnik scheint Lügner wie ihn am laufenden Band zu produzieren. Nahezu jeder gebildete und talentierte Mensch aus meiner Geburtsgegend hat sich früher oder später eine großartige Dubrovniker Herkunft ausgemalt. In der Regel konnte man aber davon ausgehen, dass keiner von ihnen je das Meer zu Gesicht bekommen hatte.

Der berühmte serbische Dichter Jovan Dučić kam aus der Gegend von Trebinje. Auch er fiktionalisierte seine einfache Herkunft und bezeichnete sich als einen Adligen aus Dubrovnik. Unter Diplomaten und in Belgrad war er für seinen Charme und seine vornehmen Manieren gegenüber jungen Damen bekannt. In der Schweiz verführte er einmal eine Minderjährige, indem er ihr seine Dubrovniker Verse ins Ohr flüsterte. 1903 begegnete er dem kroatischen Dichter A. G. Matoš, der ihn mit Koffern auf dem Belgrader Hauptbahnhof antraf. Mit der für ihn bezeichnenden Geradlinigkeit ging er auf ihn zu. »Eifriger junger Dichter«, sagte er, »wenn Sie schon Ihre Gesichtshaut auf Ihre Dubrovniker Vornehmheit zurückführen, warum sind Sie dann nicht auch in der Lage, sich ein bisschen zu bücken und die Armen mit einem Groschen zu beglücken? Ich sehe schon, das ist nicht Ihre Sache, Sie haben sich gleich das Vornehme an sich zu eigen gemacht und denken wohl, dass Lügen ein passables Versteck abgeben, wenn sie nur pompös genug sind!« A. G. Matoš war ein gefürchteter Lyriker mit einem glasklaren Verstand. Auch den Bildhauer Ivan Meštrović hat er als Schwindler überführt. »Er ist nicht einmal aus Dubrovnik und hat keine Skrupel, sich als Ragusaner zu verkaufen«, heißt es einmal bei ihm.

Jeder wollte am Ruhm von Dubrovnik und an seiner Aura teilhaben. Es verlockte gerade jene, die hinter Gottes Rücken, also im faktischen Nirgendwo lebten. Ganz zu schweigen von denen, die in der Nähe der Stadt zur Welt kamen! Es liegt mir fern, meinen Onkel und seine Lügen in Schutz zu nehmen, aber man muss gerechterweise anmerken, dass noch luzidere Köpfe als er der Verlockung des Schwindelns nicht widerstanden haben.

Ich selbst kam erst im Alter von zehn Jahren nach Dubrovnik. Vaters gesamte Warenbestände gelangten über den Hafen von Dubrovnik zu uns, die Spuren dieser Stadt waren also schon früh überall sichtbar für mich. Alles erinnerte mich an sie, Zustellungsscheine, Stempel auf Tüten und Kaffee, auf Zucker, Reis und Salz.

Obwohl ich das Meer nie gesehen hatte, versuchte ich es dennoch meinen Verwandten zu beschreiben. Ich tat es jedoch bangend und ängstlich. Meine kleinen Vorträge brachten die anderen leider nicht dazu, mit mir im kleinen Zug nach Dubrovnik zu fahren, obwohl ich mir Mühe gab, das Ganze verlockend und mystisch darzustellen. Über das Meer sprach ich immer mit leiser Stimme, weil ich es in meiner inneren Welt als großes Lebewesen empfand, das mir zuhört und über meine Worte wacht. Meinen Cousins flüsterte ich manchmal zu, das Meer sei ein gewaltiges, bebendes Wesen, das bewusst atmet und manchmal auch säuselt und das dann plötzlich wieder tobt und wild gegen Felsen einschlägt, das sich mehr und mehr aufbäumt und selbsttätig ein Muster in seine eigenen Stromwirbel malt. Ich erzählte von der Gefräßigkeit des Meeres, behauptete, dass in seinen Gedärmen ganze Inseln verschwunden sind, Kirchen, Schiffe und Kaimauern, an denen jeder einmal stand, der in die Weite der Welt aufgebrochen war, ja sogar Städtchen zählte ich auf, die in meiner Vorstellung seine Opfer geworden waren. Wer die Bewegung des Meeres zum ersten Mal sieht, den weht immer etwas Vertrautes an, und er glaubt, das Meer zu kennen, ist überzeugt davon, irgendwann, vor langer, langer Zeit, Teil von ihm gewesen zu sein. Kurzum, ich machte meine Cousins von meinen Geschichten abhängig. Einer von ihnen bezeichnete mich einmal als einen Angestellten des Meeres. »Du bist einer, der zaubert, und wir«, fügte er an, »wir müssen dir einfach alles glauben!« Auch die einfachen Leute versammelten sich um mich, wenn ich zu erzählen begann. »Der da drüben erzählt über das Meer«, hieß es dann. »Rennt hin und hört ihm zu!« Und die Leute kamen und spitzten aufmerksam die Ohren.

6

Der Zufall war mein schelmischer Gefährte. Er arrangierte die ungewöhnlichsten, manchmal für mich selbst fast übernatürlich anmutenden Begegnungen, sodass ich mich heute noch manchmal frage, ob das eine oder andere in meinem Leben wirklich geschehen ist oder ob es nur Luftgebilde in meinem eigenen Kopf waren. Das Teufelchen Zufall hatte aber immer einen eigenen Plan und sorgte gerade dann für Unruhe, wenn ich schon mehrmals hintereinander Opfer merkwürdiger Verwicklungen geworden war und mich dann in Konstellationen wiederfinden musste, die ich hier etwas auffächern möchte.

Ich reiste zum Beispiel einmal mit meinem Auto nach Dubrovnik und nahm mir ein Zimmer im Hotel Excelsior. Dort fühlte ich mich immer sehr wohl und willkommen. Das lag vor allem auch am Hoteldirektor. Er war ein freundlicher und vornehmer Herr und strahlte für mich etwas Vertrautes aus. Aber er bemühte sich auch darum, seinen Gästen den Aufenthalt so angenehm wie möglich zu gestalten. Mit den meisten Angestellten war ich auch schon bekannt, mit manchen von ihnen hatte ich sogar schon freundschaftlichen Umgang. Immer wenn ich den Zimmerschlüssel holte oder zurückbrachte, blieb ich einen Moment lang an der Rezeption stehen und hielt dort ein kleines Schwätzchen. Am häufigsten wurden bei solchen Unterhaltungen irgendwelche ungewöhnlichen Vorkommnisse thematisiert, die Leute vom Hotel wollten mit mir über merkwürdige kleine Irritationen aus ihrem Alltag reden. Damals war ich noch davon überzeugt, dass alles durch das Erzählen transparent gemacht werden kann, jedes Ding, jedes Wesen, einfach alles, ich sah darin sogar ein menschliches Grundbedürfnis, das mich aber zeitgleich in die Pflicht nahm, den anderen zuzuhören und dann sowohl meine als auch ihre Erlebnisse noch einmal schreibend zu durchlaufen, um sie auf diese Weise dem großen Gedächtnis zu übergeben.

Die Kosten für dieses exklusive Hotel gingen auf Rechnung eines Produzenten. Ein großes und sehr ambitioniertes Filmprojekt stand uns bevor. Ich war eine Woche vor dem Regisseur und seiner Assistentin angereist. Noch bevor das gesamte Team vor Ort war, wollte ich im Stadtarchiv von Dubrovnik recherchieren. Den Produzenten überzeugte ich schnell. Es war auch ihm recht, dass ich mich noch einmal in Ruhe mit dem Drehbuch beschäftigte. Natürlich gab es eine solche Dringlichkeit nicht, das Ganze war eine reine Lüge. Der Produzent war aber einsichtig und bezahlte sowohl meine Reisekosten als auch meine Hotelrechnungen. In Wirklichkeit hatte ich aber ein Verhältnis mit einer aus Triest angereisten Frau, die Andrea Music hieß, ein Übermensch, eine Frau, die vor Sinnlichkeit aus allen Nähten zu platzen schien. Ich liebte sie sehr, ließ mir tausend Kosenamen für sie einfallen und vergaloppierte mich auch mit Formulierungen wie »mein anmutiges Luder«, weil sie mich einfach übermannte. Andrea war wie ein Apfel, sinnlich und prall – zum Anbeißen. Außerdem war sie verträumt und so lustvoll, dass man sie schon unersättlich, ja hungrig nennen musste. Sie studierte Slawistik in Belgrad und hatte eine slowenische Mutter, die aus Donja Furlanija kam. Wir erlebten zusammen einige Abenteuer in Serbien, eine recht vorzeigbare Orgie mit Priestern im Kloster Žiča war auch darunter. Die Orgie muss ich aber leider an dieser Stelle verschweigen, weil sie ein Geheimnis bleiben soll.

Wir küssten uns in der Hotelhalle oder an der Bar, schmiegten uns aneinander, beschnupperten uns wie Wilde, berührten uns wie Ausgehungerte und verschwanden dann immer wieder mal fluchtartig auf unser Zimmer. In der Zwischenzeit trafen im Hotel ältere Herren und einige wenige Damen mit schicken Frisuren ein. »Vielleicht werden hier Bridge-Meisterschaften ausgetragen«, sagte Andrea. Der Typ an der Bar erzählte uns von einem Kongress, der in unserem Hotel stattfinden sollte. Das Thema: »Für und Wider der alternativen Medizin«. Die Leute an der Rezeption bezeichneten die Ankunft der älteren Teilnehmer am Symposium als eine Invasion der Weißhaarigen. Sie dauerte bis zum Abend an und ging im gleichen Tempo vor sich wie die Ankunft der Flieger am Flughafen.

Wir verbrachten ein paar Stunden auf einer Terrasse, und obwohl der späte Herbst bereits in den Winter zu kippen schien, war es warm und angenehm. Wir saßen an der Bar und beobachteten die ameisenartig agierende Meute in der Halle, sahen uns die unterschiedlichen Typen an, redeten über ihre Anzüge, über den Gang, den sie an den Tag legten, und versuchten auf diese Weise, etwas über ihren Charakter und ihr Leben in Erfahrung zu bringen. »Schau dir mal den genauer an, der die ganze Zeit nervös an seiner Pfeife kaut«, sagte Andrea. »Der hat sich sein Leben lang zum Affen machen lassen. Seine Frau hat ihm Hörner aufgesetzt und ihn mit seinem besten Freund betrogen.«

Wir dachten uns Schicksale und Schicksalsverläufe dieser Menschen aus und fächerten einen Lebensentwurf an den anderen, und irgendwann fing auch ich an, etwas über mich und meine Familiengeschichte zu erzählen. »Vielleicht taucht ja mein Onkel hier auf«, sagte ich zu Andrea. Ich hatte ihn zwar nie zuvor gesehen, aber die ganze Stimmung im Hotel schien mir wie gemacht für eine solche Verabredung mit der Vergangenheit. Mein Onkel hätte bei diesem Symposium gut einen Vortrag über das Leben des berühmten Arztes

Baglavija halten können, aber auch über dessen Heilungsmethode mit Musik, den Tanz der Tarantellen und den Biss der Giftspinne. Dann fingen Andrea und ich spontan an, nach einem Mann Ausschau zu halten, der um die sechsundsiebzig Jahre alt war, einen dunklen Teint und eine krumme Nase wie mein Vater hatte. Sobald wir jemanden ausfindig gemacht hatten, auf den all das passte, sagten wir laut den Namen meines Onkels. Wir fanden das sehr unterhaltsam. Erheitert lachten und witzelten wir immerfort, aber unsere Anrufungen zeitigten keinerlei Wirkung.

Am Abend gingen wir in eine Taverne. Wir wollten etwas essen, aber alle Tische waren belegt. Die Taverne war in einem hübschen alten Steinhäuschen untergebracht. Es bedeutete uns viel, dort den Abend zu verbringen, und obwohl es nicht gerade sinnvoll erschien, entschieden wir uns, an der Eingangstür auf einen freien Tisch zu warten. Wir beobachteten dabei die Gäste und hofften, jemand würde bald aufstehen und uns seinen Platz überlassen. Aber damit war nicht zu rechnen, die Weißhaarigen hatten hier überhaupt nichts anderes zu tun, als ausgiebig das Essen zu genießen. Sie stießen ständig mit ihren Weingläsern an und machten einander Komplimente in allen möglichen Sprachen. Der Chefkellner, den ich vom Sehen kannte, gab uns zu verstehen, dass es aussichtslos war zu warten, und verwies uns auf das Hotelrestaurant. Wir ignorierten seine Empfehlung und machten keinerlei Anstalten, uns von der Stelle zu rühren. In diesem Augenblick hörten wir eine übermäßig laute Stimme, die alle anderen im Raum übertönte. Sie gehörte zu einem in einer Ecke des Restaurants sitzenden Mann, der uns eifrig winkend zu sich rief. Er war in der Gesellschaft eines Kollegen, mit ihm speiste er und griff dabei immer wieder nach seinem Weinglas, um einen Schluck zu trinken. Beide hatten sich unter das Doppelkinn eine Serviette gesteckt. Ich schätzte ihr Alter auf siebzig Jahre. Der Kellner führte uns zum Tisch und der Mann sprach uns auf Italienisch an. »Wenn Sie wollen«, sagte er, »setzen Sie sich zu uns, hier sind noch zwei Plätze frei.«

Höflich lächelnd nahmen wir das Angebot an. Andrea sagte etwas Freundliches zu ihnen. Ihr natürlicher Charme kam bei unseren Tischnachbarn offensichtlich gut an.

Zwischen den beiden Männern lag ein dickes Buch. Ich war mir geradezu sicher, dass es sich um die *Opera omnia* von Gjure Baglivija handeln musste. Am liebsten hätte ich das Buch umgedreht, um zu sehen, wie es hieß, aber das Anfassen fremder Dinge hat noch nie einen guten Eindruck gemacht, also ließ ich es bleiben. Der Herr, der uns an den Tisch gerufen hatte, sah mir plötzlich in die Augen, ließ kurz, aber mit nachhaltiger Neugier seinen Blick auf mir ruhen, so als hätte er sich an etwas Bestimmtes erinnert oder mich wiedererkannt. Es ist mein Onkel, er muss es sein, dachte ich, da sitzt er und schaut mich aus der Tiefe der Vergangenheit an, mit diesen Augen, die, aus einem alten Zeitkanal kommend, in meine Gegenwart hineinreichen.

An diese verrückte Idee glaubte ich eigentlich selbst nicht wirklich, sagte mir aber, dass es sich vielleicht gerade deshalb um meinen Onkel handeln konnte, weil ich mich innerlich dagegen sträubte. Warum sollte er nicht einer der Teilnehmer am Symposium über Alternative Medizin sein? Es kam mir nun mehr als natürlich vor, dass mir diese Begegnung vorherbestimmt war. Mehr als achtundfünfzig Jahre waren seit seinem Fortgehen aus der Heimat vergangen, und wir hatten seitdem nie mehr ein Wort von ihm gehört. Alles, was ich damals in der Kindheit über ihn erfahren hatte, wurde in banalen Begriffen zusammengefasst, man sagte einmal über ihn, er sei reich geworden, dann wieder, er habe sich finanziell komplett ruiniert. Ein Gerücht hielt sich von allen am beharrlichsten, es hieß, er sei Mussolinis Leibarzt gewesen und habe allein deshalb nie nach Hause zurückkommen können. Dies erwies sich am Ende jedoch als haltlos.

Vor langer Zeit, als ich noch nicht einmal daran gedacht hatte, eine Familienchronik zu schreiben, fiel mir zufällig ein Artikel in die Hand, der in der Zeitschrift »La Voce« abgedruckt war. Der Dramatiker Paolo Turchini schreibt in diesem Text über seinen Vater und betont dessen adelige Herkunft. Er notiert, dieser habe hinter Gottes Rücken das Licht der Welt erblickt und sei ein Nachfahre des berühmten Dubrovniker Bürgers Baglavija, eines Mediziners von bester Reputation, der für ihn ein Vorbild gewesen sei. Sein Vater Blago Turchini, der den Namen seiner Mutter angenommen hatte, habe nie seine glorreichen Wurzeln von Ragusa vergessen. Das reichte mir schon, um mir Turchinis ragusanische Version auch für mich selbst ernsthaft durch den Kopf gehen zu lassen, und sei es auch auf Kosten meiner ganzen Ahnenreihe. Es konnte ja längst niemand mehr verletzt werden, die Menschen, um die es hierbei ging, waren ohnehin schon alle tot. Und von den Jüngeren wusste niemand mehr, dass es in unserer Familie solche Wahlverwandtschaften oder überhaupt ein derartiges Einzelschicksal gegeben hatte.

Nach dem Essen blieben die beiden Männer noch kurz mit uns am Tisch sitzen und tranken ihren Wein aus. Dann verabschiedeten wir uns herzlich voneinander, und Andrea bedankte sich noch einmal bei ihnen. Es gelang mir auch dabei leider nicht, einen Blick auf den Titel des Buches zu werfen. Bald verließen auch wir die Taverne, in der wir köstliche Meerdatteln in einer Tomaten-Knoblauch-Sauce und gebackenen Roten Drachenkopf mit Kartoffeln und Tintenfisch gegessen hatten. Eine Flasche Wein hatten wir auch getrunken und waren deshalb beide leicht berauscht.

In diesem Kapitel haben die Kräfte des Zufalls fleißig an meinen Sätzen mitgearbeitet. Dabei sind sich verschiedene Welten bedrohlich nahe gekommen. Das kleine Teufelchen Zufall hat sich wieder als Meister versucht, vielleicht, um jene Dinge zusammenzufügen, die uns in die Nähe des Spiels bringen und uns auf diese Weise zeigen, welche Macht das räumliche und zeitliche Zusammentreffen verschiedener Begebenheiten über uns haben können. Aus diesem Grunde scheint es mir legitim, diesen kleinen Bericht mit dem Verweis auf die diabolische Dimension des Zufalls begonnen zu haben. Hin und wieder führen uns Koinzidenzen auf merkwürdiges Terrain, sie machen unsere Gedanken gefügig, indem sie die hauchdünnen Verläufe zwischen Wirklichkeit und Imagination neu vernähen.

Mit dem Wissen um die Möglichkeit dieses Blicks habe ich den Anfang dieses Kapitels geschrieben. Obwohl ich mir der Gefahr voreiliger Schlussfolgerungen bewusst war, sind am Ende meine Imaginationsnerven mit mir durchgegangen. Ich habe im Hotel die nette Dame an der Rezeption gebeten, mir einen kurzen Blick auf die Liste der eingecheckten Hotelgäste zu gewähren. Ich habe natürlich nach einem bestimmten Namen gesucht. Aber den Namen Blago Turchini habe ich dort nicht finden können.

7

In unserer Familie hat es schon seit jeher Blutschande gegeben. Wann auch immer die Rede auf unseren Stammbaum und auf unsere Herkunft kam, versammelten wir uns um die Älteren. Mein Großvater Mato, darin waren sich alle einig, beherrschte die hohe Kunst des mündlichen Erzählens. Immer wieder wurden über ihn Geschichten verbreitet, die ich begierig in mich aufnahm. Großvaters Mantel aus Schaffell lag über vierzig Jahre in der Chiffoniere. Als man ihn schließlich irgendwann nach draußen trug und in die Sonne legte, fiel er einfach auseinander.

Sein dritter Sohn, mein Onkel Nikola, an den ich auch keine konkrete Erinnerung habe, kam ein Jahr nach Onkel Blago zur Welt. Danach bekam mein Großvater noch vier Töchter. Das achte und kleinste Kind war ein Junge, es wuchs ohne Vater auf, weil mein Großvater nach Österreich berufen wurde. Das Kind wurde kurz vor seiner Abreise gezeugt, aber später hieß es, es sei ein Bastard und seine Mutter habe sich mit ihrem missgebildeten Schwager eingelassen. Noch in seiner Kindheit richtete die Familie alle ihre Hoffnungen auf Nikola, niemand wusste so recht, warum das eigentlich der Fall war, aber alle gingen davon aus, dass der diabolische Eifer, den er bei jedem Schritt an den Tag legte, in seiner Natur begründet lag und dass es mit dieser irgendetwas Besonderes auf sich hatte. Er aber brach irgendwann einfach die Schule ab und erarbeitete sich einen

Ruf als Dieb und Nichtsnutz, der schnell das Messer zog und bereits als Minderjähriger mit dem Gesetz in Konflikt geriet. Großvater Mato enterbte ihn. »Ich werde es nicht zulassen, dass mein mühsam errungener Besitz von einem unglücklichen Raufbold verplempert wird«, sagte er. »Er bekommt von mir nicht einmal den Dreck unter meinen Nägeln vererbt. Aus dem Testament ist er nun genauso verschwunden wie aus meinem Herzen.«

Als er sich davonmachte, war Nikola noch sehr jung. Seine Mutter Vukava hat bis zu meiner Geburt an seinem Fortgehen gelitten. Später, wenn sie traurig war, hielt ich oft ihre Hand. Wir hörten sie immer nachts weinen, wenn sie am Fenster stand und immerfort vor sich hin schluchzte. Ich glaube, dass sie sich Hoffnungen gemacht und immer von seiner Rückkehr geträumt hat. Fünf oder sechs Jahre nach seinem Verschwinden schrieb er ihr dann endlich einen Brief aus Amerika, aus Illinois, Chicago, aber seine Worte waren kalt und knapp. Ohnehin hatte er nur geschrieben, um sich für seine Enterbung zu bedanken. »Mein Vater hat mir damals einen großen Gefallen getan«, schrieb er. »Man muss früher oder später ohnehin alle Länder dieser Erde verlassen, in denen das einzig sichere Erbe das eigene Elend ist.«

Er hatte seinem Brief eine Art Liste beigefügt und sein ganzes Vermögen aufgeführt. Auch eine Fotografie war dabei, auf der ein junger Mann im Nadelstreifen-Anzug zu sehen war, er trug einen Hut auf dem Kopf und hatte ein Tuch in der rechten Jackentasche. Seine weißen Schuhe hatten einen Absatz und erinnerten an Gangsterschuhe aus alten Filmen. Sein ordentlicher Schnauzbart war dünn geschnitten, und er trug einen großen Ring. Hinter ihm sah man ein zweistöckiges Haus und der neuste Cadillac stand davor. Dieser Brief, seine Adresse und das Foto wurden immer in einer Kiste aufbewahrt. Es gab noch eine weitere, etwas ältere Fotografie, die immer in einer Schachtel lag, auf der »Butter cookies« geschrieben stand. Er war darauf als dreijähriger kleiner Junge in der Umarmung seiner Mutter Vukava zu sehen. Ein Schulzeugnis, das seinen Besuch der Grundschule bescheinigte, lag daneben. Sein Notendurchschnitt war sehr gut, aber für das Fach Betragen hatte er die Note mangelhaft bekommen. Das war alles, was mein Onkel von sich dagelassen hatte. Mehr als das wussten wir nicht über ihn.

Nach dem Krieg, als Hunger und Armut noch an der Tagesordnung waren, schrieb ihm meine Großmutter Vukava nach Amerika; sie war verzweifelt und bat ihn, ihnen wenigstens ein Päckchen mit alten Kleidern zu schicken. Er antwortete ihr nicht, ließ nie wieder etwas von sich hören, die ersehnten Kleider kamen nie an. Wir versuchten aber auch noch lange nach dem Ende des Zweiten Weltkriegs, ihn zu finden. Freunde, die in der neuen jugoslawischen Diplomatie tätig waren, boten an, uns dabei behilflich zu sein. Auch das Rote Kreuz schalteten wir ein. Es gelang jedoch niemandem, etwas über Nikola in Erfahrung zu bringen. Und dann begannen die Geschichten über seinen Niedergang überhandzunehmen, und es hieß fortan nur noch, er habe es immerhin zu einer Karriere als Straßengangster gebracht.

Großvater Mato gab sich oft dafür die Schuld und führte das auf den Namen meines Onkels zurück. Den Namen Nikola trug einst einer unserer Vorfahren, der für seine kriminellen Energien und Raubüberfälle alle Art bekannt gewesen war. Bis heute ist die eine oder andere Auffassung unseres Großvaters nicht aus der Welt zu räumen, seine Ideen in dieser Sache hatten aber auch etwas Einnehmendes, vor allem eine seiner Überlegungen. Er glaubte an einen unsichtbaren Blutkreislauf innerhalb einer Familie und war überzeugt davon, dass in diesem niedere Leidenschaften wie in einem Gedächtnis abgespeichert sind. Er war sich darin sicher, dass sie selbst nach einem ganzen Jahrhundert oder auch fünf, sechs Generationen später noch immer wie eine Krankheit ausbrechen können. Großvater versteifte sich darauf, den Nachfahren von nun an nur die Namen jener Menschen zu geben, an die wir uns alle gerne erinnerten.

Ich wusste im Grunde nur wenig über meine Wurzeln, doch jedes Mal wenn ich etwas über sie in Erfahrung bringen wollte, versuchte mein Vater mich wieder davon abzubringen. »Herkunft kann man nicht beweisen«, sagte er, »so etwas steht von Natur aus auf wackeligen Beinen.«

Ich wüsste nichts über unseren Stammbaum, wenn mir nicht irgendwann aus heiterem Himmel in der ersten Hälfte der achtziger Jahre, das muss etwa 1984 gewesen sein, ein Archivar einen Papierfetzen in die Hand gedrückt hätte. Er hatte es aus einem Jahrbuch herausgerissen, in dem genau jener Teil meiner Familie erwähnt wurde, der in L. lebte. In diesem Text steht, dass unser Stammbaum auf einen bekannten Giftmischer-Clan aus Dubrovnik zurückzuführen ist. Es wäre mir unlieb, wenn ich hier den Eindruck eines Menschen erwecken würde, der seinen Stammbaum einer willkürlichen Korrektur unterwirft und sich dadurch selbst ein wenig aufs Ragusieren ausrichtet, andere aber, die das gleiche Spiel wie er spielen, nur mitleidig belächelt. Aber man hat mir nun einmal dieses Detail zugetragen, und keiner, der die Angewohnheit hat, sich schreibend näherzukommen, kann der Erwähnung widerstehen, gerade dem total Obskuren einer Sache etwas abgewinnen zu können. Einen guten Schriftsteller, heißt es, erkenne man schließlich an den Dingen, die in seinem Werk unterschwellig anklingen und nicht an denen, die allzu deutlich und greifbar sind. Alles andere hätte ich noch irgendwie übergehen können, nicht aber die Möglichkeit, der Nachfahre einer Familie von Giftmischern zu sein. Die Vorstellung, dass das, was wir heute sind, von ein paar Tropfen Gift abhing, war viel zu reizvoll, als dass ich es hätte ausblenden können. Und genau hier liegt auch eine Brücke zu meinem Werk, denn als mir die ersten Beurteilungen meiner literarischen Arbeit zu Ohren kamen, fiel mir damals vor allem auf, dass nahezu jeder ideologische Schreiberling und jeder Möchtegern-Kritiker, der sich mit meinen Büchern befasste, immer gleich davon überzeugt war, meine Literatur trage Gift in sich und man müsse solche Giftautoren wie mich von den Wurzeln her beschneiden.

Wenn ich damals gewusst hätte, dass mich mindestens ein Familienzweig mit richtigen venezianischen Giftmischern verbindet, wären diese Schmähungen besser zu verdauen gewesen, und ich hätte sogar Anlass gehabt, sie fröhlich und übermütig zu kommentieren. Auch mein Onkel Blago, der sich seiner Herkunft so sehr schämte und sich lieber mit fremden Federn schmückte, als zu seiner wahren Herkunft zu stehen, hätte sich bestimmt viel lieber an die Giftmischer aus Venedig als an den Dubrovniker Arzt Baglivija gehalten.

Nach der Entdeckung meiner venezianischen Vorfahren freundete ich mich gleich mit dem besagten Archivar an, der sofort anfing, sich intensiv mit Giften und Giftmischern zu beschäftigen. Er hat sogar später darüber einen Text geschrieben. Seinen Recherchen gemäß sind meine Vorfahren in der ersten Hälfte des 15. Jahrhunderts aus Venedig nach Dubrovnik gekommen. Ihr Wissen vererbten sie von Generation zu Generation weiter. Sie eröffneten Apotheken und halfen Bedürftigen und Kranken. Von ihren guten Taten war die Serenissima aber alles andere als beeindruckt, und es hielt sie auch nicht davon ab, die Dienste meiner Vorfahren für sich und den Senat in Anspruch zu nehmen. Ohne mit der Wimper zu zucken, schalteten sie mit Hilfe der Giftmischer ihre politischen Gegner aus.

Auf diese Weise kamen meine Vorfahren zu Adelstiteln und waren verpflichtet, das Geheimnis der Giftmischerei gut zu behüten. Manchmal verkauften sie aber ihre Formeln auch für bares Gold. Eine Regel befolgten sie eisern: Selbstmördern wurde nicht geholfen, sondern nur Fürsten, Agas und Paschas, und das immer nur über einen Vertrauensmann. Der Archivar ist der Meinung, das Gift sei in einem speziellen Kästchen aufbewahrt und mit drei Schlössern gesichert worden. Den einen Schlüssel bewahrte der Fürst auf; der zweite Schlüssel war beim Schatzmeister und Prokurator der heiligen Maria und der dritte befand sich beim Staatssekretär.

Die Giftmischer betraten zum ersten Mal auf Einladung des Adels die gesellschaftliche Bühne. Fürsten und Senat erteilten ihnen den Auftrag, so heißt es, »die Giftschlange zu vergiften«. Gemeint war damit der bosnisch-herzegowinische Großherzog Radoslav Pavlović, der ihnen damit drohte, den südlich von Dubrovnik gelegenen Ort Konavle erneut militärisch anzugreifen, und das, obwohl ihm die Republik diesen gerade abgekauft hatte. Es gelang ihnen nicht, diesen barschen, berechnenden und mit allen Wassern gewaschenen Möchtegernhelden zu vergiften, obwohl sie es bis in sein Schloss in Trebinje geschafft hatten. Ihm hingegen glückte es, einen von ihnen für sich einzunehmen und in seinen Dienst zu bringen. Als Belohnung für seine Ergebenheit schenkte er ihm gutes und fruchtbares Land neben dem Fluss Trebišnjica, außerdem wurde ihm die Gespanschaft mit Sitz in L. überschrieben.

Von diesem Verräter des Giftmischer-Clans stammt mein Vorfahre Nikola ab. Es ist einiges über ihn überliefert worden, und seine Biografie ist offenbar die einzige in unserer Familie, die in den mündlichen Erzählungen keinerlei Änderungen unterworfen wurde. Seinen Nachfahren schmeichelte es allem Anschein nach sehr, dass sie sich auf einen solchen Bösewicht im eigenen Stammbaum berufen konnten. Deshalb beließen sie es bei der Wahrheit. Vier Mal in seinem Leben wechselte er die Religion. Es war ihm völlig gleichgültig, ob er orthodox oder katholisch war, wichtig war ihm nur, dass er Christ blieb. Die erste Mühle auf der Trebišnjica gehörte ihm. Die Türken nahmen ihm zwei seiner Kinder weg und brachten sie nach Konstantinopel, aber es gelang ihnen nicht, ihn zu osmanisieren. Im Dubrovniker Stadtarchiv ist ein Dokument hinterlegt, aus dem hervorgeht, dass der Sekretär des Sultans im damaligen Protokoll Nikola einen eigensinnigen Lateiner genannt hat, der den Tod, mindestens eine Strafe oder aber auch Ruhm verdient hätte. »Niemand«, heißt es weiter im Protokoll, »kann ihm etwas anhaben, er ist aalglatt, klug und aufrührerisch.« Er heiratete zwei Mal, brachte aber beide Frauen unter die Erde. Er wurde Vater von vierzehn Kindern und erreichte ein hohes Alter. Als es mit ihm langsam zu Ende ging, legte er sich neben ein Feuerlager, warf sich eine Decke aus Ziegenhaar über den Leib und starb.

Dieses Buch habe ich als Familienchronik begonnen. Ich weiß aber nicht, ob es das auch geblieben ist. Mehrere Male habe ich das Schreiben an diesem Manuskript abgebrochen. Recht besehen war ich dabei immer auf der Flucht vor diesem Buch und bin doch immer wieder zu ihm zurückgekehrt. Bei allen meinen Umzügen trug ich mein Manuskript und alle meine zu ihm gehörenden Notizen wie Kostbarkeiten mit mir herum. Sie gingen mir in den eigenartigsten Umgebungen verloren und auf noch merkwürdigere Weise fand ich sie wieder. Vielleicht ist gerade jetzt der Zeitpunkt gekommen, alles zu einem Ende zu führen und nun auch alle Widersprüche, alle Ausläufer dieses Manuskripts in dieses Buch zu bannen. Es kommt mir sehr gelegen, dass die einzelnen Erzählungen sich dabei bis in unsere Zeit ausgestreckt haben. Ohnehin liegt die Aufgabe der Kunst in der Zeitverknappung, ist ausgerichtet auf die Ankunft im großen Jetzt, das für mich die Literatur ist. Nichts anderes als das bedeutet für mich jener berühmte Satz, der besagt, dass alle unsere Jahre zusammengenommen nur einen einzigen Augenblick ergeben.

Ich konnte meinem Gedächtnis ein paar Eindrücke, ein paar von der Dunkelheit beschirmte Bilder entreißen, aber selbst jene Menschen, die etwas auf sich geben, weil sie sich auf einen klaren Verstand berufen, müssen stellenweise mit dem einen oder anderen Rätsel leben, das die Erinnerung von sich aus gestaltet. Wenn die Zeit mit ihrem Bilderschlüssel das Vergangene wie eine Tür zuschließt, wird uns allen nichts anderes als das Echo des Verlorenen übrig bleiben. Alles, was wir behalten dürfen, ist eine Welt im Spiegel. Über diese werde ich in den nächsten Kapiteln etwas sagen können.

8

Mein Vater besuchte die Mittlere Forstwirtschaftsschule, zugegeben, nur für kurze Zeit, denn der Erste Weltkrieg kam ihm dazwischen. Ihm passte das, es rettete ihn vor den strengen Augen seines Vaters. Hätte Großvater Mato erfahren, dass sein ältester Sohn, auf den er so große Stücke hielt, ihn hintergangen, sich eigensinnig über seine väterliche Autorität gestellt und einfach die Schule beendet hatte, die er für ihn bezahlte, wäre er im Testament mehr als nur schlecht weggekommen. Großvater war ein fleißiger und namhafter Kaufmann, der sein Testament immer wieder neu schrieb und fortwährend ergänzte. Würde er nur einmal wütend auf seinen Sohn geworden sein, hätte dies zu einer Streichung all jener im Testament geführt, die sich auf irgendeine Weise seinem Willen widersetzt hatten. Als er seinen ältesten Sohn, meinen Vater, nach Belgrad zur Handelsschule schickte, war er überzeugt davon, dass man nirgendwo, nicht einmal in der Türkei, die Handelskunst so gut wie in Serbien erlernen konnte. Er war sich darüber im Klaren, dass ein ausgebildeter und wirtschaftlich mit allen Wassern gewaschener Kaufmann einen besseren Stand als ein Autodidakt haben würde. Sein Einfall, meinem Vater die Ausbildung zu bezahlen, erwies sich aber von Beginn an als eine Falle. Sein Nachfolger hatte gar keine andere Wahl, als das für ihn vorgesehene Erbe anzutreten. Deshalb sollte er von der Pike auf lernen, wie man Geschäfte macht und sein Vermögen vervielfältigt. Die Ausbildung, so rechnete Großvater es sich aus, würde gleichsam von allein Ambitionen in meinem Vater wachrufen, er würde nicht irgendein Winzling von Kaufmann oder Dorfwirt bleiben, sondern sich so weit entwickeln wollen, dass er auch ein Großhändler werden konnte, der sich immer wieder neuen Herausforderungen stellt und sowohl Immobilien als auch Geldgeschäfte im Auge behält.

Mein Vater lehnte sich innerlich natürlich gegen diese Familientradition auf. Ein entfernter Verwandter, der Beamter war, half ihm und er verließ schon nach dem ersten Halbjahr die Handelsschule. Ohne sich mit Großvater zu besprechen, schrieb er sich gleich in die Mittelstufe der Forstwirtschaftsschule ein. Er war auch als Erbe für ein großes Waldstück vorgesehen und hatte die Idee, später mit Bau- und Brennholz zu handeln. Er machte sich kundig und brachte in Erfahrung, dass sich der Verkauf von Holz durchaus lohnen konnte. Es wollte ihm einfach nicht einleuchten, dass der älteste Sohn zwangsläufig den Beruf seines Vaters übernehmen musste, denn die Regel galt für jeden Beruf, ganz gleich, ob es sich um einen Schmied oder Hufschmied, Maurer oder sonst etwas anderes handelte, sogar völlig unattraktive Berufe wie jener des Schweinekastrators waren da keine Ausnahme. Ob er es wollte oder nicht, der älteste Sohn war von Geburt dazu verurteilt, sich dieser begrenzten Wahl anzupassen, während die jüngeren Nachfahren sich so entwickeln konnten, wie es ihnen selbst entsprach. Aber warum um alles in der Welt sollte einer nur um der Familientradition willen Schweine kastrieren oder in einem Wirtshaus arbeiten?

Der Erste Weltkrieg brachte den Bruch mit einer ganzen Epoche mit sich. Mein Vater sah in ihm ein notwendiges Übel, die Knochen des alten Imperiums waren ohnehin schon eingerostet. Das eine musste zerfallen, um das andere möglich zu machen. Ich hörte gerne zu, wenn mein Vater Geschichten über den Krieg erzählte, sie waren prall und immer wieder überraschend, und am liebsten hörte ich sie, wenn er sie anderen erzählte und nicht bemerkte, dass ich mich irgendwo in eine Ecke verkrochen hatte und ihm lauschte. Seine lasziven Erzählungen mochte ich am liebsten. Einmal konnte ich vor lauter Lachen nicht mehr an mich halten, verschluckte mich glucksend und verriet auf diese Weise mein gut behütetes Versteck. Mein Vater erzählte oft davon, dass er mit tänzelndem Katzengang und geruchssicherer Hundenase dem Krieg entkommen sei, dieser ihm aber ununterbrochen an den Fersen geblieben war. Jene Zeit seines Lebens bezeichnete er häufig als einen »Gang über Minenfelder«. Er war immer der Späher, derjenige, der nach einem Fluchtweg Ausschau hielt, um nicht geschnappt zu werden. Seine Geschichten waren vor allem dann sehr unterhaltsam, wenn er mehrere Zuhörer hatte, in einem Zugabteil oder im Kaffeehaus erlangte er Meisterschaft im Erzählen.

Ich erinnere mich daran, dass er auf einer Zugfahrt vor Schülern, die gerade einen Ausflug machten, die Bedeutung großer Ohren in Kriegszeiten proklamierte; diese seien unabkömmlich, wenn man rechtzeitig an wichtige Nachrichten kommen und mitkriegen wollte, aus welcher Richtung ein Übel kam und in welche Richtung man Reißaus nehmen musste. Dann begann er, mit seinen großen Ohren zu wackeln und einen Narren aus sich zu machen. Und wer von uns hat sich nicht etwas Eigensinniges einfallen lassen, um das eine oder andere Kind zu unterhalten? Als Vater sah, dass seine Albernheiten ihr Ziel erreicht hatten, begann er noch mehr zu übertreiben und bescheinigte sich selbst die Fähigkeit, im Krieg mit den Ohren so weit gewunken zu haben, dass er fliegend den Gefahren entkommen konnte. Immer mehr Kinder versammelten sich um ihn herum, und die freieren unter den Kleinen berührten und überprüften eifrig seine Ohren. Er ließ das zu, beugte sich sogar nach vorne und bot sie auch den schüchternen Mädchen an. »Na komm schon, fass einmal an!«, sagte er. »Pack ruhig zu, das ist nicht gefährlich, meine Ohren beißen nicht. Das sind menschliche Ohren, die schon alles Mögliche im Leben gehört haben.«

Mit solchen schelmischen Aktionen und gut kalkulierten Witzeleien versuchte mein Vater, seinen Zuhörern die eine oder andere Botschaft zu übermitteln. Sein Herumalbern hatte immer einen Grund, er machte das nie einfach aus purem Genuss, vielmehr hatte er das Bedürfnis, auf seine Weise etwas Wesentliches und Ernsthaftes zu sagen. Die Lehrer im Zug waren nicht beglückt. Ihre Herzen waren patriotische Herzen. Sie verübelten es ihm, dass er den Jugendlichen den Krieg madig machen wollte, denn sie hatten sich Mühe gegeben, ihnen beizubringen, dass nur freiheitsliebende Völker Kriege führten.

Es stimmt, mein Vater war unterhaltsam, jetzt ist es leicht für mich, darüber zu schreiben, aber man stelle sich nur vor, wie es mir in der Kindheit ergangen ist, wie viele Tränen Mutter und ich wegen dieses eigensinnigen Kopfes vergossen haben, wie oft wir uns hungrig ins Bett legten, weil er seiner Verschwendungssucht immer den Vortritt vor unserem Magen gab. Vielleicht wäre auch ich so wie er geworden, aber mein Glück ist es gewesen, dass ich kein Familienmensch bin, ich habe keine Kinder, alle meine nahen Verwandten sind gestorben, und der Mensch, der mit mir lebt, meine nicht mit mir verheiratete Frau, ist aus dem gleichen Holz geschnitzt wie ich, sie gehört zu niemandem, verschiedene Einsamkeiten haben uns fest miteinander verbunden. Geheiratet haben wir nicht, weil wir unsere Liebe beschützen wollten, die von sich aus wirksam ist. Ob vor Gott oder vor einem Standesbeamten, eine Liebesgeschichte wird durch solche äußeren Einflüsse immer unterwandert und bringt automatisch unerwünschte Verpflichtungen mit sich, denen wir uns aber entziehen wollten. Außerdem war uns auch nicht nach Kindern. Wir wollten uns nicht das Recht herausnehmen, andere Wesen unglücklich zu machen, und verantwortlich wären wir für die Kinder dann nun einmal für immer gewesen. Außerdem war uns nicht danach, uns in Anwesenheit anderer Menschen unsere Liebe für die Ewigkeit zu schwören oder in Phrasen wie »gute und schlechte Zeiten« zu denken. Wir hatten einfach schon alles, was uns füreinander kostbar erhielt. Längst waren wir füreinander da. Das war auch von Beginn an die Grundlage für unsere Beziehung, und unsere glückliche außereheliche Liaison verhalf uns zur Vertiefung jedes bereits in uns vorhandenen Wesenszuges. Wer wird schon dieser eine Gott sein, dieser eine Priester, dieser eine Standesbeamte, dass wir uns ausgerechnet ihm anvertrauen und vor ihm ein Versprechen für etwas abgeben, das wir schon in unserem ganz konkreten Leben erfüllen. Na, sagen Sie es schon, wer könnte denn dieser Mensch sein!

Man stelle sich nur vor, ich wäre für eine Familie verantwortlich gewesen, für die Ausbildung von Kindern! Ich weiß überhaupt nicht, wie ich so etwas hätte aushalten können. Mit meinem Schreiben hätte ich uns alle über Wasser halten müssen. Und ob dann Bücher wie dieses hier je entstanden wären? Ich habe wohl kein anderes Leben führen können. Und genau genommen handelt es sich bei meinem Beruf um eine unumgängliche Leidenschaft. Mit so etwas kann man nicht das große Geld machen, von so etwas lebt gerade mal ein einzelner Mensch, in meinem Fall sind es sogar zwei, und das häufig am Rand des Abgrunds. Mit den eigenen Niederlagen kann ein Mensch umgehen, für mich gibt es aber keine größere Niederlage, als für das Leid eines Kindes verantwortlich zu zeichnen.

Ich darf nicht klagen, meinem Vater könnte ich sogar dankbar sein, denn ihm ist es letztlich geschuldet, dass ich die Kraft hatte, jener merkwürdigen, für mich selbst schwer greifbaren Zerrissenheit zu entkommen, die immer mit meinem Kindheitshaus verbunden war, mit jenem Einzelhandelsladen, in dem die Beklommenheit zum Greifen nahe war und die dann mein stetes Erbe werden sollte. Noch heute überfallen mich vielfältige Ängste, aber im Gegensatz zu meinem Vater hilft mir der Alkohol nicht. Mein Körper lehnt jegliche Narkotika ab, und viele andere Laster habe ich nicht. Es gab Phasen in meinem Leben, in denen es mir gelungen ist, meine Zeit mit allerlei Bohemiens totzuschlagen, ich war mit Schriftstellerkollegen und Schauspielern befreundet, mit Malern und Filmemachern und natürlich mit solchen, die um den Film herumschlichen. Aber getrunken habe ich nie, oder sagen wir es so, ich trank nur in Maßen. Geraucht habe ich nur ein Jahr lang, *Tompus*-Zigaretten, und das mehr, um mit ihnen zu posieren als aus wirklicher Bedürftigkeit. Ich kam ohne das Rauchen aus, aber ich konnte auch noch auf vieles andere verzichten, eigentlich auf alles, nur nicht auf meine alles bestimmende Leidenschaft – das Schreiben. Auch mein Lebensmensch war unverzichtbar für mich, genauso wie ein paar meiner Freunde, die ich nun einmal liebe. Meine Einkünfte als Filmregisseur und Drehbuchautor reichten für ein humanes und gutes Leben, hätte ich aber alles mit einer Familie teilen müssen, wäre das uns allen sichere Schicksal der Hunger gewesen.

9

Nachdem mein Vater aus Belgrad fortgegangen war, hat er zwei Jahre auf der Flucht verbracht. Der Krieg setzte ihm zu und machte ihn derart ratlos, dass er weder ein noch aus wusste. Er hatte keine Ahnung, wohin er gehen und auf welche Seite er sich schlagen sollte, es blieb ihm nichts anderes übrig, als sich auf seinen Instinkt zu verlassen, darauf zu vertrauen, das Richtige zu tun, denn sein Leben hing davon ab. Um unbemerkt zu bleiben, versteckte er sich allenthalben. Nach dem Krieg wollte er gleich in seine Geburtsgegend zurückkehren. Er verbrachte aber zunächst zwei Monate in Griechenland, später verlor er selten ein Wort über diese Zeit. Bei diesem Aufenthalt hatte er sich eine große Wunde unter dem linken Schulterblatt zugezogen, und wenn ihn jemand nach dieser Narbe fragte, stellte er sich stumm, wurde abweisend und barsch. Statt einer Antwort stellte er dann selbst bissig eine Frage und sagte so etwas wie: »Schnüffle ich etwa in deinen Geheimnissen herum?«

Einmal standen wir zusammen am Ladentisch und sortierten verfaultes Obst aus. Plötzlich fing er aus dem Nichts heraus an, über diese Narbe zu sprechen. Er sagte, er habe sie sich durchaus zu Recht zugezogen. Mehr sagte er im ersten Moment nicht dazu, aber das wenige, in kühlem Ton von ihm Preisgegebene bedeutete mir viel. Mein Vater zeigte mir damit, dass es Dinge und Ereignisse gibt, die man manchmal nur andeuten konnte, weshalb ich ihn dann auch nicht weiter bedrängte, mir mehr darüber zu sagen. Ich spürte, dass für ihn mit der Narbe etwas Schmerzliches verbunden war. Jeder von uns hat eine solche Narbe, kaum einer schafft es, sich gänzlich ungeschützt anderen Menschen zu offenbaren.

Nachdem er Griechenland verlassen hatte, hat er die meiste Zeit allem Anschein nach in Albanien verbracht, in Skutari, bei katholischen Albanern, die fleißige Leute waren und vom Fischfang lebten. Sie hatten sich auf die Ausfuhr eines winzigen Fisches spezialisiert, den sie *ukljeva* nannten und der nur in ihrem See vorkam. Es handelte sich bei seinen Gastgebern um eine sechzehnköpfige Familie, zwei von ihnen sprachen sehr gut montenegrinisch, das erleichterte meinem Vater den Aufenthalt in ihrem Haus. Sie hatten ihn freundlich aufgenommen und er blieb viel länger bei ihnen, als er es geplant hatte. In den ersten Wochen verarzteten sie seine eiternde Wunde, zusätzlich plagten ihn Fieber und Schüttelfrost. Ein paar Pflanzen aus dem Skutari-See erwiesen sich bei dieser Gelegenheit als heilsam. Die Männer dieser riesigen Familie verbrachten zwischen September und März ihre Tage und Nächte auf dem See, sie waren immer auf der Suche nach diesem winzigen Fisch, obwohl sie das ganze Jahr über völlig mühelos alle anderen Fischarten wie Aal, Forelle, Karpfen oder Goldbutt fangen konnten.

Um sich in der Zwischenzeit Geld für seine Miete zu verdienen, verkaufte mein Vater ihren Fisch auf dem Markt, lernte dabei einige hundert albanische Wörter und Zahlen, er legte das Geschick eines richtigen Händlers an den Tag und kehrte am Abend immer mit gänzlich leeren Körben nach Hause zurück, sodass ihm eines Tages das Familienoberhaupt sagte, seitdem er da sei, hätte man regelrecht Sehnsucht nach dem eigenen Fisch, weil er ihn immer vollständig verkaufe. Noch nie war es mit dem Verkauf der Fische so gut gegangen wie bei ihm, und irgendwann unterzogen die Albaner die Angelegenheit einer Prüfung. Man schickte anstelle meines Vaters andere

Verkäufer auf den Markt, um zu sehen, ob auch sie eine magische Hand hatten. Aber den anderen gelang es nicht einmal, die Hälfte des Fischbestandes zu verkaufen. Dem Aberglauben seiner Vermieter war es zu verdanken, dass mein Vater seinen Aufenthalt in Skutari verlängern musste. Bald schon fing man an, ihm mit Heiratsideen auf den Leib zu rücken. Sie wollten ihn um jeden Preis bei sich behalten, aber er dachte nicht daran, sich darauf einzulassen. Am Ende spitzte die Lage sich ungemütlich zu und sie ließen ihn nicht fortgehen. Das wurde zu einer richtigen Tortur für Vater. Sie drohten ihm regelrecht, sagten ihm direkt ins Gesicht, er würde erst gehen dürfen, wenn man es ihm erlaubte. Sein Aufbegehren half nichts. Wenn der Fischverkauf schlechter war als sonst, warfen sie ihm vor, sie zu sabotieren, um sich davonmachen zu können. Er versuchte auch zu flüchten, aber sie schnappten ihn irgendwo unterwegs und warfen ihn in einen Verschlag, in dem er über einen Monat lang gefangen gehalten wurde, bis er sich breitschlagen ließ, ihren Fisch wieder auf dem Markt zu verkaufen. Jedoch musste er ihnen zuvor versprechen, nicht mehr abhauen zu wollen.

Erst am Ende des Krieges gelang es ihm endlich, nach Cetinje zu gelangen. Auch dort blieb er länger als geplant, ganze zwei Monate, dabei wollte er nur über Nacht bleiben. Man nahm ihn in dieser Stadt auf, als sei er dort groß geworden. Irgendein Martinović, ein Kadett der Unteroffiziersschule von C., behandelte ihn wie einen Bruder, bei ihm wohnte und aß er, obwohl um sie herum Mangel und Not herrschten. Die Eltern dieses Mannes kümmerten sich um meinen Vater wie um ihr eigenes Kind. Am Ende fanden sie sogar heraus, dass sie miteinander verwandt waren. Beide Familien schienen vom weiblichen Zweig der Vujovićs abzustammen, und auch ich bezog mich später, als ich in Belgrad lebte und mit den Brüdern Martinović befreundet war, auf diesen Familienzweig. Montenegro übte auf mich die gleiche Anziehungskraft aus wie auf meinen Vater, es galt als »ruhmreich gefangen in Mythen«, so hat es jedenfalls einmal ein montenegrinischer Dichter beschrieben, dessen Verse ich gerne nachahmte, von denen aber nichts mehr in meiner Sprache übrig geblieben ist. Meine Faszination für Montenegro dauerte so lange an, bis wir in die Stadt N. gezogen waren. Hier bekam mein Vater eine Anstellung als kleiner Beamter im Amt für Forstwirtschaft. Vom ersten Augenblick an träumte ich davon, wieder aus dieser Stadt abzuhauen. In einer Chronik heißt es, N. habe nichts anderes als »kalte Winter und kühle Menschen« vorzuweisen. Besser hätte man meine eigene Erfahrung nicht beschreiben können.

Aber zurück zu der Rückkehr meines Vaters in seine Geburtsgegend: Er kam zu Fuß, es war August, hier und dort wehrten sich einige österreich-ungarische Truppen gegen ihren Abzug, aber in L. war es ruhig, die Armeen waren vorbeimarschiert, die Kämpfe wurden im Hinterland ausgetragen und nicht mehr so stürmisch wie in den Jahren zuvor, denn es schien so, als seien die müden Krieger der einen und der anderen Seite nur noch dabei, ihre Pflicht zu erfüllen. Überall stromerten Soldaten durch die Dörfer. Raubüberfälle und Vergewaltigungen waren noch immer an der Tagesordnung. Viele Gebäude, wie das, in dem die Polizeistation untergebracht war, brannten lichterloh. Unmengen von Menschen aus L., die Österreich-Ungarn noch treu ergeben waren und sich nicht so leicht von dem lossagen konnten, was sie selbst noch bis gestern gewesen waren, brachte man nach Trebinje, manche von ihnen wurden unrechtmäßig verurteilt, vor allem jene, die verdächtigt wurden, österreich-ungarische Auskundschafter zu sein. Unter ihnen fand einer unserer Verwandten, ein Bezirksassessor, ein unglückliches Ende. Er war ein friedlicher und ruhiger Mensch, den man einfach mitten auf der Straße hinrichtete, wo er unbeachtet liegen blieb. Einem Anführer, der alle in Arrest genommen hatte, missfiel der Gang meines Onkels, weil er immer wieder innegehalten und die anderen gestützt hatte.

Mein Vater war mehrere Stunden zu Fuß auf der »Österreich-Route« unterwegs, das war der Name dieser alten Straße, von der er hin und wieder abwich, um eine Abkürzung zu nehmen. So schnell es ihm möglich war, ließ er die Serpentinen und Abbiegungen hinter sich, er wollte noch am Abend jene vertraute Anhöhe seiner Geburtsgegend erreichen, von der aus man alles im Blick hatte; der Fluss streckte sich vor ihm aus, Flora und Fauna, schlanke Zypressen in der Ferne Richtung Stadt und dichte Wipfel hoher Pappeln in der Nähe des Friedhofs. Auch die weiße Straße sah er, die sich am Fluss entlangschmiegte. Lange schaute er sich die Landschaft an. Dieser Anblick rührte ihn so sehr, dass er dankbar wurde und ein paar Worte zu Ehren seiner Geburtsgegend sprach. Er hatte eigentlich nun keine Eile, im Gegenteil, er versuchte seine Ankunft auf den nächsten Tag zu verschieben. Am liebsten hatte er sich schon früher an einem bestimmten Grabstein ausgeruht, an den er sich auch jetzt setzte und an seine Mutter dachte, an seine Schwester, die in seinen Armen im Alter von zwölf Monaten gestorben war. Er selbst war damals fünf Jahre alt gewesen.

Viele Male hatte er schon erzählt, wie dieses Kind gestorben war, dass es nach Luft gerungen hatte, als hätte es sein gesamtes Leben einatmen wollen. Aber es wollte ihm nicht gelingen, es schien dies mit seinem letzten Atemzug zu begreifen und schloss für immer die Augen.

Jetzt lehnte Vater an diesem Grabstein, sah auf die Dächer der Häuser, auf die Glockentürme der Kirchen und die Minarette der Moscheen. Die österreichischen Gebäude hatten keine Dächer mehr, die stämmigen Wände ragten nackt in die Luft und waren schwarz vor Ruß. Sechs schöne Häuser von L., die einst für die Offiziere der österreichischen Armee und die Vorsteher der Grenzwachen erbaut worden waren, hatte man auch in Brand gesteckt. Zehn Kilometer weiter befanden sich die Grenzwachtürme und die Grenze zu Montenegro. Hätte man nicht diese schönen Errungenschaften für die Einheimischen bewahren und zum Verkauf freigeben können? Nein, das war offenbar nicht möglich, der Krieg ist seiner Natur nach irrational, wie hätte man da etwas Logisches tun können. Es sind schönere und wertvollere Gebäude als jene in L. der Zerstörung anheimgefallen, und der einzige Grund dafür war, dass sie von nicht mehr geschätzten Händen erbaut worden waren und natürlich, weil in ihnen unerwünschte Menschen lebten. Im Namen der Vergeltung wurde willkürlich zerstört. Dies ist eine Disziplin in Zeiten des Krieges. Sie wird bereitwillig mit vulkanesker Leidenschaft ausgeführt. Der Krieg ist ein Sammelbecken für negative Leidenschaften.

Vater wurde auf seinem ganzen Weg von Aasgeiern verfolgt, sie geiferten und kreisten umher, nahmen Tierkadaver ins Visier und schnappten sich mit ihren Schnäbeln Fleischstücke aus den toten Leibern heraus. Der Geruch sich zersetzenden Aases breitete sich in seinen Lungen aus, am Rande der Straße hing ein umgekippter Pferdewagen förmlich in der Luft. Nur eine Berührung hätte genügt, um ihn in den Abgrund stürzen zu lassen. Vater blieb dennoch bei diesem Wagen stehen und brachte ein Rad zum Drehen und starrte einen Augenblick lang drauf. Vielleicht hätte er das Rad noch einige Male angestoßen, wenn er nicht unter dem Wagen eine einzelne Menschenhand erblickt hätte; sie lag auf der Erde, im Staub, mit der Innenfläche nach oben, so als bettle sie und warte darauf, dass ihr durch einen Vorbeigehenden Güte zuteil wurde. Mein Vater versuchte seit jeher mit allem, was ihn erschütterte und in Schrecken versetzte, humorvoll umzugehen, deshalb sprach er murmelnd zu sich selbst: »Ach Gott, wer hat denn hier seine eigene Faust liegen gelassen?« Vor ihm, auf der Erde, weit entfernt vom dazugehörigen Körper, lag diese Hand wie ein Symbol für das Ende einer Handlung, ein Symbol für das Prinzip von Geben und Nehmen, eine wie ein Bein ins Stolpern geratene Hand, da lag sie auf der blanken Erde, am Ende einer blutigen

Epoche, in einer Zeit, die sich durch die Abwesenheit von Barmherzigkeit, Vergebung und Mitgefühl auszeichnete.

Wer weiß, zu wem die Hand gehört hatte, und wer weiß, auf welche Art sie vom dazugehörigen Körper getrennt worden war und ob man den Körper tot oder lebendig von der Stelle des Geschehens entfernt hatte. »Diese Hand wird«, murmelte mein Vater vor sich hin, »nie wieder eine Waffe benutzen. Aber sie wird auch nie wieder einen Menschen streicheln können.« Dann ging er weiter.

Und während er die Straße entlangging, hörte er plötzlich hinter sich den Klang von Pferdehufen, drehte sich um und sah ein Pferd, das ihm langsam hinterhertrappelte. Das Getrappel war nicht so klar und deutlich wie sonst zu hören, das Tier war nicht behuft, sodass man nur den dumpfen Nachhall seiner Schritte auf dem festen Schotter vernahm. Es war kein einheimisches Pferd, kein Bergtier, sondern ein hohes ausgemergeltes, mit langen Beinen, ohne Sattel, mit einem Lederhalfter und einer Leine, die es auf der Erde hinter sich herzog. An seinen Wirbeln und Beinen sah man Einschusslöcher und Wunden, unterhalb des Schaftes die Spur von geronnenem Blut. Man sah, dass es früher ein prächtiges Tier gewesen war, sich jetzt aber nur durch seine missliche Lage auszeichnete. Als Vater zu ihm sprach, blieb es stehen. Es bewegte den Kopf, als würde es ihm auf diese Weise winken, es wieherte und schien tatsächlich meinen Vater zu grüßen, der daraufhin einen Schritt auf das Pferd zu machte. Er konnte schon seit frühester Kindheit gut mit Pferden umgehen, im Alter von zehn Jahren war er bereits ein geübter Reiter. Er streichelte seinen Rücken und liebkoste seine Mähne; das Pferd war friedlich und gutmütig. Ein feuchtes Rinnsal floss aus seinen Augen und lockte die Fliegen an, die es ununterbrochen mit kräftigen Kopfbewegungen abzuschütteln versuchte. Vater säuberte mit seinen Fingern die Augen des Pferdes und wurde dabei ergeben vom Tier betrachtet. So hatten sich ihre Wege gekreuzt, es war eine Begegnung, die Spuren hinterließ. Das Tier war friedlicher und zutraulicher, als es irgendein menschliches Wesen in diesen Zeiten hätte sein können, denn vor einem Menschen hätte mein Vater vielleicht flüchten müssen. Vater wandte sich an das Tier wie an einen Freund, ja er sprach sogar mit ihm, sagte ihm, wie sehr es ihn schmerze, dass es in diese kümmerliche Lage geraten sei.

»Ich bin auch nicht besser dran als du, mein Guter«, sagte er. Er bückte sich nach der Leine auf der Erde, fasste das Tier am Zügel und ging mit ihm zusammen die Straße entlang. Jetzt wollte er keine Abkürzungen mehr nehmen, und es dauerte dann auch eine Weile, bis er nach Hause kam. Die erste Dunkelheit hatte sich längst hinabgesenkt.

Hunderte von Malen habe ich diese Pferdegeschichte gehört, ich weiß nicht, ob ich sie wortgetreu wiedergegeben oder ob ich etwas vergessen habe, im Gedächtnis sind mir noch viele andere Einzelheiten geblieben, weil Vater immer voller Aufregung über diese Begegnung sprach, ich denke, dass er deshalb auch jedes Mal beim Erzählen etwas Neues hinzufügte. Aber in jeder seiner Versionen standen im Mittelpunkt zwei verlorene und einsame Wesen, die einander geholfen haben. Vater konnte sich mit Hilfe des Tieres von seiner Beklommenheit lösen, die er bei der Rückkehr in seine Geburtsgegend empfand, das Pferd bekam einen neuen Herrn und eine neue Hand, die ihn treu fütterte. Jene abgetrennte Menschenhand unter dem Wagen war also nicht aus heiterem Himmel an jene Stelle gefallen, an die mein Vater trat, denn jeder, der die Heimat verlässt und der sich ihr nach Jahren der Abwesenheit nähert, muss ein neues Abkommen mit ihr schließen. Die Gültigkeit der alten Koordinaten ist in der Regel für immer verjährt. Vielleicht war diese Hand eine Art symbolisches Friedenschließen mit der Vergangenheit, gerade deshalb weil sie abgehackt im Staub lag. Aber wer kann schon wissen, was in solchen Momenten alles mystifiziert wird, was man sich an Bedeutungen einredet und was letzten Endes von wirklichem Belang ist?

Ein Haus, in das wir nach langer Zeit zurückkehren, davon war mein Vater überzeugt, kann sich nicht mehr an uns erinnern, auch ist es ihm gleichgültig, dass wir selbst keinen seiner Winkel vergessen haben. Deshalb glaubte er, dass man vor allem sein Geburtshaus niemals auf direktem Wege betreten darf, sondern dass man es erst umkreisen und Ausschau nach Vertrautem halten muss, um zu sehen, ob noch immer jemand da ist, der für uns die Petroleumlampe anmacht und uns die Tür öffnet, hinter der wir vertraute Stimmen hören. Aber eine solche Rückkehr ist das Entblößende, das Zerbrechliche an sich.

10

Vater schlich sich an die von der Tagessonne noch immer gewärmte Steinwand des Hauses heran, er trat über die Schwelle und sah sich im Speisezimmer um. Es lag schon im Schatten und die aufkommende Dunkelheit war zu erahnen. Das vom Tage übrig gebliebene Licht fiel behäbig durch das Fenster hinein, im Westen sah man, wie die noch vor wenigen Augenblicken sichtbare Abendröte von einer finster aufgeschichteten Wolkenfront verschluckt wurde. Übrig blieb nur noch der Horizont, er schien aber vom purpurnen Glanz und vom Rot des Sonnenuntergangs wie versteinert zu sein und so zur Ewigkeit verdammt. Was war in der Zwischenzeit alles geschehen? Weshalb hörte man das Läuten der Abendglocken nicht mehr? Sie waren schon eine Weile verstummt, ab dem zweiten Kriegsjahr hatte man sie nicht mehr gehört. Die Glocken waren damals einfach heruntergenommen und zu Kanonenfutter umgeschmolzen worden. Irgendwo in der Ferne machte ein Steinkauz jetzt auf sich aufmerksam, und in der Nähe der Eingangstür, aus dem Magnoliendickicht, flog ein Vogel auf. Im Stall wieherte das Pferd. Vater hatte es dort angebunden und wollte eine Handvoll Hafer oder irgendein anderes Futter für das Tier auftreiben. In der Luft lag besagter Heimatgeruch, und hinter den großen Johannisbaumkronen war bereits der Mond zu sehen, er war noch bleich, richtig leuchten konnte er ohne die vollmundige Dunkelheit noch nicht. Die Nacht, seine alte Verbündete, verdichtete sich mehr und mehr, still legte sie sich über die Landschaft. Vater fand seine Mutter über eine Petroleumlampe gebeugt vor. Sie hatte das Lampenglas zur Seite gestellt, das Lichtgarn in die Länge gezogen und den Docht mit einem Streichholz angezündet, dann das Lichtgarn gleich etwas eingedreht, damit das Flämmchen so klein wie möglich blieb und langsam unter dem Glashäubchen vor sich hinglimmen konnte. Die Lampe stand auf dem kleinen Tisch, die Mutter saß auf dem Boden, neben einer Wiege, in der auch schon mein Vater als Kind gelegen hatte. Es war eine schöne mit Schnitzereien versehene Wiege, die irgendwo im dalmatinischen Hinterland gekauft worden war. In ihr hatten alle Kinder unserer Familie gelegen, auch jene, die früh gestorben waren. Die Kleinen kamen einer nach dem anderen fast jährlich zur Welt, und automatisch bekamen sie in dieser Großfamilie nicht nur die Wiege vererbt, sondern auch alle Lumpen, Windeln, Schnuller, Kleider, Rasseln und Spielsachen, die sich erhalten hatten. Während Vukava die Wiege hin und her bewegte und ein Schlaflied vor sich hinnäselte, stand mein Vater im Schatten des Vorraumes und machte sich zaghaft bemerkbar, um seine Mutter nicht zu erschrecken. »Ich kann dir eine schöne Nachricht überbringen und dir sagen, dass dein ältester Sohn bald nach Hause kommen wird«, sagte er, »und für diese kleine Prophetie könntest du mich hier über Nacht aufnehmen.« Vukava zog den Docht in der Lampe hoch, um das Zimmer zu erhellen, dann stand sie auf, hob die Lampe in Stirnhöhe, um den Besucher, der genau genommen ein Eindringling war, besser sehen zu können.

»Grundgütiger! Wie danke ich dir!«, stieß sie gerührt hervor, »aber ich glaube, mein Sohn hat sein Haus schon betreten.« Und als sie ihm entgegeneilte, um ihn zu umarmen, weinte sie. Sie hatte ihn mehr dem Gefühl als seinem Aussehen nach erkannt. Das ungünstige Licht und mein im Schatten der Dämmerung stehender Vater hatten sie einen Moment lang verwirrt. Dabei wäre es nicht einmal verwunderlich gewesen, wenn sie ihn überhaupt nicht erkannt hätte. Er war früh fortgegangen. In dem Alter, in dem sich junge Menschen ruckartig verändern und schnell erwachsen werden, war sie nicht bei ihm gewesen. Als sie ihre Fassung wiedererlangte, sagte sie zu ihm: »Du bist als Kind von zu Hause weggegangen und als junger Mann zurückgekommen.«

Mein Vater wusste nicht, wem das Neugeborene in der Wiege gehörte. Als er begriff, dass es sich um seinen Bruder handelte, erschrak er, in dem Alter, in dem meine Mutter ist, dachte er, gebar man doch kein Kind mehr. Dann nahm er den Kleinen in den Arm, hob ihn über seinen Kopf hinweg und in die Höhe hinauf. Dieser Krieg brachte Großmutter Vukava ein Übel nach dem anderen, es heftete sich wie Pech und Schwefel an ihre Fersen, und die neuerliche Niederkunft erlebte sie als ein weiteres, eigens ihr zugespieltes Unglück. Und dieses Kind war der einzige Junge der ganzen Sippschaft, über den sich niemand bei uns gefreut hat. Sein Vater, mein Großvater Mato, war in Österreich interniert. An jenem Tag, an dem das Kind das Licht der Welt erblickte, traf ein Telegramm ein. Es hieß, Großvater sei in Gmünd in einem Lager gestorben. Man habe ihn unter einer bestimmten Nummer auf dem Lagerfriedhof bestattet und werde diese der Familie so bald wie möglich mitteilen.

Im Krieg starben auch Vaters Zwillingsschwestern. Die spanische Grippe raffte sie nieder. Im Bezirk und im ganzen Umland breitete sie sich gerade zu dem Zeitpunkt aus, als auch Mila, die jüngere Schwester der beiden, die Familie für immer verließ und mit einem ungarischen Pferdehändler durchbrannte. Er hatte im ersten Bodenregiment von Trebinje gedient. Das warf ein schlechtes Licht auf die hochangesehene Familie, deren Oberhaupt in ein Lager verfrachtet worden war.

Zu allem Übel gingen auch noch Gerüchte um, es handle sich bei dem Neugeborenen um ein uneheliches Kind. Es spielte überhaupt keine Rolle, dass es gezeugt worden war, bevor sein Vater interniert wurde. Es wurde gemunkelt, Vukava habe das Kind von Ivo, dem buckeligen Onkel des Vaters, bekommen. Er war es auch, der dem Kind den Namen Anđelko gab. Nur eine Woche nach der Taufe schnitt sich der Buckelige aber mit dem Rasiermesser die Kehle durch. Das wiederum bestätigte noch mehr die Munkelnden in ihrer Annahme, war es doch unter den Leuten unausgesprochen klar, dass nur der Tod von solchen Sünden befreien konnte.

Die Tochter Vesela war das erste Mädchen, das nach Nikola zur Welt kam. Sie war derart unansehnlich, dass sie nur selten das kleine Räucherhäuschen verließ. Diese Ecke des Anwesens war ihr zugeteilt worden, dort hatte sie immer zu bleiben, und wenn sie doch mal hinausging, war sie dazu verdonnert, einen Schleier zu tragen. Das hatte der eigene Vater angeordnet, der von der brachialen Hässlichkeit ihres Gesichtes angewidert war. Dieses unglückliche Mädchen saß nie mit den anderen an einem Tisch, wenn gespeist wurde. Ihre Mutter stellte ihr das Essen auf den kleinen Tisch neben ihrem Bett. Einmal ertappte Großvater Mato sie ohne Schleier vor dem Haus. Er schrie sie an, und sie bedeckte sich sofort mit den Händen das Gesicht und rannte hilflos davon. Sie konnte weder schreiben noch lesen, selten sprach sie überhaupt ein Wort und sie lächelte eigentlich nie. Wenn sie untertags draußen war, dann suchte sie immer gleich nach einem Schatten und setzte sich dort hin, wo es etwas kühler war. Und wenn im Haus niemand etwas dagegen hatte, blieb sie in der Nähe der anderen, verkroch sich aber stets in den dunkelsten aller Zimmerwinkel. Großvater Mato beschimpfte sie in einem fort. »Menschen wie du«, sagte er, »fallen einem nur zur Last. So etwas wie du lebt am längsten von allen! Gott belohnt offenbar jene, deren Leben von keinerlei Nutzen ist und niemandem Frieden bringt, von Glück gar nicht zu reden.«

So sprach er mit seiner eigenen Tochter, die aber am wenigsten etwas dafür konnte, mit diesem Aussehen und in dieser Familie auf die Welt gekommen zu sein.

Mein Vater blieb in jener ersten Nacht seiner Rückkehr in sein Kindheitshaus lange mit der Mutter am Tisch sitzen; sie sprachen über vieles, leicht war es wohl für beide nicht, die vielen ihnen widerfahrenen Verluste zu akzeptieren, und sie weinten auch, vor allem, als die Rede auf Großvater Mato kam. Sein Tod schmerzte sie sehr. »Weil wir nicht einmal wissen«, sagten sie fast zeitgleich, »wo er begraben ist.«

Ich teilte und teile noch heute die Ansicht meines Vaters, der davon gesprochen hat, dass die Erinnerung an Tote, an jene Toten, die wir geliebt haben, schmerzhafter ist, wenn wir ihre letzte Ruhestätte nicht kennen. In unserer Fantasie reihen wir ein abstraktes Bild an das andere und wundern uns oft, wie geduldig das Schicksal die Fäden im Verlauf eines Lebens gesponnen hat, keiner konnte aber wissen, dass mein Großvater in einem kleinen österreichischen Städtchen auf einem Lagerfriedhof enden und das ausgerechnet ihm passieren würde, einem Menschen, dem so sehr an seiner heimatlichen Feuerstätte gelegen war, der seine Geburtsgegend wie geheiligtes Land liebte und davon träumte, ein großes Familiengrabmal errichten zu lassen, sogar an ein Mausoleum hatte er gedacht, auf dem Hügel, direkt über dem Haus in L.

Als Tante Vesela, die hässliche Schwester meines Vaters, die gedämpfte Stimme des Rückkehrers im Haus hörte, schlich sie aus ihrem Dachsloch, ging zum Fenster und betrachtete den Mann lange. Er stand im Widerschein der Lampe und sein Körper bildete einen großen Schatten, der jenen Teil des Zimmers verdunkelte, in dem die gerahmten alten Familienfotos hingen. Nur sie war in dieser Galerie nicht vertreten, weil man sie nie als lebendigen Teil dieser Gemeinschaft akzeptiert hatte. Mein Vater zog den Docht noch etwas mehr in die Höhe, um die Flamme zu verstärken und sich eine Zigarette anzuzünden. Rauchend ging er umher, während sich sein Schatten von der einen zur anderen Wand brach und wie ein böser Geist am Plafond abzeichnete. Durch das geöffnete Fenster, unter dem Tante Vesela in der Hocke saß, waren die Frösche vom Fluss zu hören. Immer öfter trat Vater ans Fenster und blieb dort stehen. Er atmete, so hatte er es selbst ausgedrückt, »die Luft ein, die die Seele heilt«. Dann stand seine Schwester auf, murmelte etwas Undeutliches, und Vater rief sie herein, damit sie ihren Bruder begrüßte.

Vesela rannte gleich zu ihm, griff voller Freude nach seiner Hand und überdeckte sie mit Küssen. Für sie war das ein großes Ereignis, und sie blieb bei Bruder und Mutter, setzte sich an die Wiege, um ihren jüngsten Bruder Anđelko zu betrachten. Großmutter Vukava nannte ihn liebkosend ihren kleinen Engel, denn dieses Kind weinte niemals. Er lachte und gluckste, winkte mit seinen Händchen und mampfte mit seinem Mund vor sich hin, warf die Beinchen freudig in die Luft, während die Mutter ihm die Windeln wechselte. Aber nie weinte dieser Engel, nicht ein einziges Mal.

Meine hässliche arme Tante sah ihn stundenlang an und konnte sich an dem Kleinen nicht satt sehen, sie schaukelte seine Wiege hin und her und kümmerte sich um alles, was im Haus anstand. Aber sie behielt dabei immer ihren Bruder, meinen Vater, im Auge, fragte sich, was er zu welcher Situation sagen würde, er war jetzt der älteste Mann im Haus, der Ernährer der Familie. Seiner Meinung würde jeder von ihnen respektvoll begegnen, obwohl er selbst gar nicht darauf aus war. Wenn er je eine Autorität hatte, so hat er sie nie missbraucht. Er hatte aber hier und dort ein paar konfuse Ideen. Sie waren meinem Empfinden nach weder gut noch schlecht, aber von ihrer Unhaltbarkeit konnte ich ihn dennoch nicht überzeugen. Vom Krieg sprach er immer als einem Übel, ein paar Mal auch mit mir, er glaubte, dass Kriege einen Motor in sich tragen, dass sie sogar der Motor neuer Entwicklungen sind, große Veränderungen in Gang bringen und mit ihnen neue Zivilisationen möglich werden. Es ist durchaus wahr, dass Kriege allzu oft viel zu viel Gutes vernichten, aber mit ihnen geht viel mehr Schlechtes zugrunde, die Menschen verändern sich, die Welt profitiert davon, alte Gewohnheiten werden aufgebrochen, auch die im Hinterland liegenden Dörfer erreicht dann endlich etwas Neues. Bei seiner Rückkehr und im Zeichen der neuen Zeit hatte er beschlossen, seiner Schwester den Schleier auszureden und sie aus dem alten Gefängnis des Patriarchats zu befreien, in dem sie, wie er befand, zu Unrecht eingesperrt war.

»Jetzt, da wir unseren Vater verloren haben, musst du dich nicht mehr verstecken«, sagte mein Vater zu seiner Schwester. »Mit ihm ist auch eine Epoche zu Ende gegangen. Wir müssen uns für unsere bösen Taten schämen und nicht für unsere Schönheit oder Hässlichkeit. Das Alter, wenn wir überhaupt alt werden, wird ohnehin beizeiten jeden von uns entstellen. Und wir müssten dann alle einen Schleier tragen. Du kannst das Tuch abnehmen«, sagte er. Sie aber schreckte davor zurück. »Mein Vater hat angeordnet, dass ich mich bedecken soll, und das werde ich auch bis ans Ende meiner Tage tun.« Vater konnte seine Schwester Vesela nicht überzeugen. »Es ist eben schwierig, alte Gewohnheiten abzulegen«, sagte mein Vater, als er mit mir darüber sprach und mir erzählte, wie er den Versuch unternommen hatte, seine Schwester aus ihrer Knechtschaft zu befreien. Ihr Leben war das einer Gefangenen, aber sie hatte sich daran gewöhnt, hatte gelernt, sich in ihrem Gefängnis einzurichten. »Aber auch Ketten fangen irgendwann an zu rosten«, sagte Vater, »und die Arme hat dann schließlich im Alter von dreiundzwanzig Jahren den Schleier abgenommen. Und nicht nur das, sie lief plötzlich halbnackt durch die Gegend«, sagte er.

Ich liebte es sehr, das hässliche Gesicht meiner verstoßenen Tante Vesela zu betrachten. Eigentlich wusste ich gar nicht, warum es mich so sehr faszinierte, aber ich schlich mich immer an sie heran und brachte ihr Bonbons und andere Süßigkeiten. Am meisten von allen liebte sie *Turkish delight*. Ich blieb oft und lange bei ihr, sah mir ihr Gesicht dabei genau an und erzählte ihr einen Unsinn nach dem anderen. Sie liebte meine Gesellschaft und erlaubte mir, dass ich die Schwielen an ihren Händen berühre, ihre Finger und auch die Warzen, die quer über ihr Gesicht verteilt waren. Ich zupfte ihr sogar ab und an die kleinen Härchen weg, die aus den Muttermalen herauswuchsen. Einmal habe ich sie überreden können, mir ihre Brüste zu zeigen. Ich war damals elf Jahre alt und sie schon in den mittleren Jahren. Oft küsste ich sie aus dem Nichts heraus, das rührte sie, sie senkte dann den Blick und fing an zu weinen. Wenn es für etwas hundertprozentige Sicherheit gibt, dann dafür, dass ich der Einzige aus unserer Verwandtschaft bin, der sie je geküsst hat. Ich weiß nicht, was es mit diesen Gefühlen für meine Tante auf sich hatte, ich erlag einer seltsamen Faszination für ihre Hässlichkeit, was dabei aber genau eine Rolle gespielt hat, kann ich nicht mit Bestimmtheit sagen, eine merkwürdige Neigung war es in jedem Fall. Mein Mitgefühl für sie, dessen bin ich mir durchaus bewusst, musste eigenartig angemutet haben, es grenzte bestimmt auch an Perversion, jedenfalls hatte es etwas Erregendes für mich. Meine arme Tante! Über sie werde ich noch das eine oder andere sagen müssen und es auch tun, wenn die Zeit dazu gekommen ist.

II

Am ersten Tag nach seiner Rückkehr ging mein Vater nahezu den ganzen Vormittag im Ort umher, suchte alle Verwandten auf, sprang zur Begrüßung bei Nachbarn ins Haus, lugte bei dem einen oder anderen Freund hinein, ließ sich selbst von jenen willkommen heißen, mit denen Großvater Mato zerstritten gewesen war. Es war die Zeit der Aussöhnung gekommen, Nachkriegszeiten bringen das mit sich. Es wuchsen viele junge Menschen heran, aber noch mehr waren gestorben. Die Einwohnerzahl von L. war fast bis auf die Hälfte geschrumpft. Jene, die mobilisiert worden waren, befanden sich noch immer an den Kriegsfronten, aber überall sprach man schon vom Ende des Krieges und verlieh seiner Freude Ausdruck, indem man Gewehrsalven in den Himmel feuerte. Der Friedhof war voll von kürzlich Verstorbenen, manche Gräber waren anonym, die Mehrzahl von ihnen war jedoch flankiert von grob geschnitzten Kreuzen, auf denen die Namen der Toten standen, geschrieben mit ungeübter Bauernhand.

Auf der Wiese hinter der Kirche entstand ein neuer Friedhof, neben dem Hügel, in einer Reihe, nur mit in die Erde gestampften Kreuzen, auf denen wiederum sehr selten Namen zu finden waren. An der Mehrzahl der Kreuze hatte man Bleitäfelchen befestigt, versehen mit Zahlen und irgendwelchen Symbolen, die Dinge darstellten, die den Toten etwas bedeutet hatten. In Erinnerung an die Kämpfer legte man auch das eine oder andere Gebetsbüchlein dazu, Suren aus dem Koran, damit die Gräber auch diese Erinnerung bewahrten. Am Kreuzende hatte man Kugeln und Schießpulver mit in die Erde gesetzt, kleine Kreuze und Anhänger mit dem Bildnis der Mutter Gottes waren zu sehen, es hingen auch Pferdehufe dort, ja sogar Pferde- und Tierzähne hatte man ausgestreut. Es war ein Soldatenfriedhof. Einige Jahre nach dem Krieg war dieses Stück Erde sehr beliebt und wurde mehrfach beackert, man pflügte die Erde um und stieß dabei auf die Hinterlassenschaften der Toten, es war meist noch gut erkennbar, ob sie gewöhnliche Beamte gewesen waren, Angestellte vom Bezirksamt oder Offiziere, Angehörige oder Priester der unterschiedlichen Religionen. Die Überreste der Toten wurden in viele Länder gebracht.

Auf der anderen Seite des Flusses, unterhalb einer Anhöhe, befand sich der alte muslimische Friedhof, gleich neben den sauberen weißen Häusern und dem Vorplatz, der direkt zur Moschee führte. In meiner Kindheit liebte ich diesen Friedhof, ich ging manchmal dahin, um dort zu sitzen und zu lesen, es störte niemanden, dass ich dort Zeit verbrachte und mir die alten und neuen Gräber anschaute, die mit unzähligen Ornamenten versehen waren; dort befanden sich auch die zwei Mausoleen, und zwar in jenem Teil des Friedhofs, den man mit dem Wort *sehit* bezeichnete. Nie kam ich auf den Gedanken, mich mit diesem Wort zu beschäftigen. Ich hatte irgendwo einmal über einen solchen *sehit*-Friedhof gelesen, aber kann mich nicht mehr an die Bedeutung des Wortes erinnern. Alles ist im Nebel meines Gedächtnisses verschwunden, vielleicht weil ich freiwillig meine Geburtsgegend und damit auch ihre Geschichte verlassen habe. Und das hier ist mein vorläufig letztes Buch, das sich mit dem Thema Herkunft beschäftigt, ich sage das in vollem Bewusstsein, obwohl ich das schon einmal getan haben und mir ungefähr seit der zweiten Hälfte der achtziger Jahre des 20. Jahrhunderts immer wieder Menschen aus meiner Geburtsgegend begegnet sind, die mir von solchen

Ankündigungen abgeraten haben, denn sie verstanden das als eine Aussage gegen sie, ich sollte nicht aufhören, über sie zu schreiben. Es waren Leute unterschiedlichen Glaubens darunter, die alle davon überzeugt waren, dass ich an diesen Themen dranbleiben und weiterschreiben musste, denn, so hieß es, der Himmel habe doch schon einmal Tote zum Leben erweckt. Aber daran glaubte ich nicht. Ich blieb bei meiner Perspektive, der Geschichte waren schon viele Tote zum Opfer gefallen – wer könnte sie noch zum Leben erwecken? Es ist nicht möglich, Staub und Asche in etwas Lebendiges zu verwandeln. Außerdem glaube ich, dass ich ohnehin bald nicht mehr schreiben können werde, das ist eine logische Konsequenz und muss nach all den Mühen des Schreibens und dem mit ihm verbundenen Durchforsten der Abgründe auch einmal kommen. Im Großen und Ganzen ist es nicht gerade sinnvoll, sich auf das Talent zu berufen und es bei diesen Betrachtungen in den Vordergrund zu stellen, es verschwindet doch letztlich wie alles andere auch, auch die Begabung wird regelrecht ausgelöscht, weswegen man am Ende seines Lebens nicht einmal mehr sicher sein kann, ob das eigene Echo zu einem gehört oder nicht.

Mein Vater hat als junger Mann mit der gleichen aufgeregten Begeisterung den muslimischen Friedhof aufgesucht wie ich; im unteren Teil des Ortes war ein neuer Friedhof entstanden, er reichte nun an den Wegesrand heran. Eine Menge Grabtafeln waren zu sehen, die aus hellem Holz geschnitzt waren. Und am Zaunrand sah man ein Lager für die verschiedenen Steine, die später zu Grabplatten verarbeitet wurden. Ein ungeschickt errichtetes Arbeitshäuschen stand dort, hier traf mein Vater auf seinen alten Schulfreund Selim Cerimagić. Die beiden waren früher unzertrennlich gewesen und kannten sich noch aus der Grundschule, spielten immer am gleichen Flussufer und ähnelten einander so sehr, dass man sie hätte für Geschwister halten können. Deswegen wurden sie auch immerzu von den Leuten geneckt. Über meinen Vater hieß es, er stamme von den Muslimen ab, und Selim, der ein Muslim war, sah in ihren Augen aus wie ein christliches Kind.

Jetzt betrachtete mein Vater diesen jungen Mann, der sich in diesem Augenblick über einen Haufen Steine beugte. Auf dem Kopf trug er eine staubige Schirmmütze, auch seine Kleidung war staubig und voller Flecken. Seine beiden Hände waren stämmig und stark, sein ganzer Körper wirkte wie ein Teil der Erde. In seinem Mundwinkel brannte eine Zigarette. Jetzt ähnelten sie einander nicht einmal im Ansatz. »Bist du Selim?«, fragte mein Vater. »Ja, das bin ich«, sagte der andere. »Ich bin der Steinmetz-Selim. Und wer bist du?« Mein Vater schwieg eine Weile, es war jenes typische Schweigen, das es nur zwischen Menschen gibt, die einander nicht erkennen und die früher befreundet waren. Er wollte ihn nicht auf die Folter spannen, um ihn so dazu zu bringen, sich an ihn zu erinnern, also sagte er ohne Umschweife: »Ich stamme von den Muslimen ab.«

Sie lachten zeitgleich auf, rannten aufeinander zu und umarmten sich, dann nahmen sie Platz im Schatten einer großen Eiche, deren Krone satt und wuchtig durchwachsen war. Selim trank aus einer Soldatenflasche einen Schluck Wasser.

»Ich bin der Einzige, der aus meiner Familie durchgekommen ist«, sagte er. »Da drüben, in der Ecke, da liegen alle meine Leute.« Er zeigte mit dem Finger auf den neu entstandenen Teil des Friedhofs.

»So viele Menschen sind umgekommen«, sagte mein Vater.

»Ach mein Guter, ja, Unzählige. Dieses Mal sind es so viele wie nie zuvor«, sagte Selim. »Wir Muslime wurden von den einen und von den anderen getötet. Und was noch schlimmer ist: Wir haben uns auch untereinander nach dem Leben getrachtet. Wenn ich das so recht bedenke, dann ist dieser Friedhof nicht einmal groß genug … er müsste dreimal größer sein.«

»Mir ist es auch nicht besser ergangen«, sagte Vater, »und ich bin nicht einmal Muslim.«

»Ich weiß schon, damit wollte ich nichts Bestimmtes sagen«, sagte Selim. »Es tut mir leid, wir waren doch wie Brüder … unsere Familien waren immer befreundet. Und es verbinden uns noch immer Patenschaften von früher.«

»Von meinem jüngeren Bruder Nikola wissen wir noch nichts«, sagte mein Vater.

»Ist das so? Bei Allah, das tut mir von ganzem Herzen leid.«

»Nichts, rein gar nichts, nur ein paar Geschichten gibt es, natürlich behaupten ein paar Schlaue, alles zu wissen.«

»Von Blago habe ich aber gehört«, sagte Selim, »er lebte in jenem schönen Haus in Trebinje. Man sagt, er sei vor Scham umgekommen, wegen seiner Mutter und ihrer rätselhaften Niederkunft.«

»Ach das, das ist alles in Ordnung. In allerbester Ordnung«, sagte Vater.

»Ist das so? Gott sei Dank, das freut mich sehr zu hören«, sagte Selim.

So blieben sie noch eine ganze Stunde miteinander unter dem Baum sitzen. Vater hörte achtsam Selims Ausführungen über die unterschiedlichen Steine zu, aus denen er die Grabplatten meißelte. Er brachte ihm einige Stücke, erklärte ihm an den einzelnen Beispielen die Eigenschaften der Steine, brachte sie ihm wie etwas Kostbares und Seltenes, und wenn mein Vater einen der Steine berühren wollte, blies er erst den Staub für ihn weg. Er war nicht nur ein Meister und ein Steinmetz, wie es sie schon immer in diesen Gegenden gegeben hat, er war auch ein genauer Kenner seines Materials, jemand, der die Geschichte im Auge behielt, der auch alles über Architektur wusste, jemand, der den Stein besingt, während er ihn bearbeitet. Doch all das war er auch schon als ganz junger Mann gewesen, er hatte es bei den Alten gelernt. Er liebte alles Handwerkliche, alles Sichtbare und Berührbare. Man konnte diesen Platz einfach nicht überqueren, ohne einen Blick auf den Friedhof zu werfen, und das hieß natürlich, dass man Selim nicht übersehen konnte.

»Jede Gegend hat ihren eigenen Stein, der sich am besten für die Grabplatten eignet, und jeder Steinmetz hat eine eigene Handschrift«, sagte Selim. »Die Meister aus Foča oder Sarajevo nahmen für die Grabplatten Kalkstein, die Leute aus Jajce schworen auf Tropfstein, die Vlasener bevorzugten Tuffstein, jene aus Bihać groben grünen Dolerit, in der Gegend von Mostar kam man an Mergelstein nicht vorbei, in Stola galt das Gleiche für Aragonit, und in unserem Trebinje hielt man sich an den eingeführten mazedonischen Marmor, den man im Volksmund Skopje nannte.«

12

Als ich das erste Mal Vaters Freund Selim sah, konnte er kaum seine Finger bewegen. Sie waren mit einer schwarzen, pechartigen Masse überzogen, die einen barbarischen Gestank verbreitete. Er hatte nie geheiratet. Wenn mein Vater auf Reisen war, besorgte er für Selim immer verschiedene Arzneien. Er brachte Heilsalben und Tees mit, und ich musste sie dann in Selims Haus tragen. Jedes Mal setzte ich mich wenigstens für einen kleinen Moment zu ihm. Wer auch immer vorbeikam, um ihn zu sehen, und alle Welt kam zu ihm, um ihm für die schönen Grabmäler zu danken, mit dem unterhielt sich Selim, das galt auch für kleine Kinder. Sein alles beherrschendes Thema waren Steine, Steinplatten, Steinnischen, muslimische Grabstelen, Gedenksteine, Schmuck und Grabdekoration jeder Art.

Der neue muslimische Friedhof, der nach dem Ersten Weltkrieg entstanden ist, kann mit Recht Selims Werk genannt werden. Aus der Ferne sah es so aus, als gleiche ein Grabstein dem anderen, aber in Wirklichkeit waren das alles Einzelstücke; die vorderen und hinteren Zwischengräber für Frauen schmückte er noch mit einem eingemeißelten geschwungenen Zweiglein, mit Blumen und Blättern, manchmal arbeitete er aber auch eine Mokkatasse, ein Kaffeekännchen oder eine dickbauchige Flasche in den Stein. Auf den Männergrabsteinen hingegen sah man hin und wieder Koranverse, natürlich auch Rosenkränze, genauso wie Krummsäbel, Lanzen, Streitkeulen, Schwerter,

Pistolen, Pfeil und Bogen. Und auf jedem von ihm bearbeiteten Stein war ein Neumond zu sehen, dessen Spitzen nach oben zeigten. Das war Selims Unterschrift.

Als ich mich auf den Weg zu Selim machte, hoffte ich, ihn noch lebend und in guter Verfassung anzutreffen. Das war Mitte der siebziger Jahre, welches Jahr es genau war, weiß ich allerdings nicht mehr, ich weiß nur noch, dass der Sommer zu Ende ging, dass es das Ende eines trockenen Sommers war. Nach über zwanzig Jahren kam ich zum ersten Mal wieder mit dem Auto nach L. und hatte mich mit einer Sonnenbrille und einem leichten Sommerhut aus Jutegarn maskiert. Es war kurz nach Mittag, für diese Zeit hatte ich mich bewusst entschieden, um weniger aufzufallen. Meine heimatlichen Propheten hatten es in diesen Jahren wieder einmal auf mich abgesehen, denn sie hatten in mir einen »Verräter der heimatlichen Erde« ausfindig gemacht. Und das alles nur wegen eines Romans, den keiner von ihnen gelesen hatte! Sie verstanden sich als »Nachfahren berühmter Helden«, und alles, was sie liebten, hatte ich in dunklen Tönen beschrieben und zusätzlich mit Ironie gewürzt. Sie hatten recht, es stimmt, ich habe ihren falschen Mythen den Hals umgedreht, und im Gegenzug haben sie mir den Aufenthalt in meiner Geburtsgegend untersagt.

Ich war dennoch gekommen, zwar heimlich, aber da war ich nun, hatte dafür die Zeit kurz nach Mittag gewählt, wenn die Sonne nicht heißer scheinen kann und alle Ortsbewohner sich in die Kühle der Schatten retten. Es waren einfache Menschen, ohne Bildung, sie haben nie etwas über mein tatsächliches Schreiben gewusst, es interessierte sie auch nicht wirklich, ihr eigentlicher Lebensmittelpunkt war und blieb das Hörensagen, darin kannten sie sich bestens aus. Angeführt wurde der ganze aufgebauschte Skandal aus der Provinz von Halbintellektuellen, die ja, neben Politikern, die bedenklichste Menschengattung darstellen. Ich kam gerade aus Dubrovnik, wo die Verfilmung eines meiner Drehbücher begonnen hatte. Das Team wartete nur noch auf das Ende der Touristensaison, damit die erste Klappe fallen konnte. Diese Zeit wollte ich nutzen, um Selim zu finden. Ich plante einen Kurzfilm, den ich *Die Bildhauer der Gräber* nennen wollte. Selims in Pech gelegte Hände, die ich noch aus meiner Kindheit kannte, waren immer fester Bestandteil meiner Erinnerung gewesen. In jedem Traum, der irgendetwas mit meiner Herkunft zu tun hatte, kamen sie vor, waren Teil jener Gedanken, die in meinem Inneren die Bilder meiner Heimat evozierten. Ich wollte herausfinden, ob die Erinnerungen greifbare Wirklichkeit oder einfach nur ausgestanzte Märchen waren.

Das eine oder andere erkannte ich schnell wieder, die Gegend schien sich aber auch grundsätzlich verändert zu haben. Ich fand mich nicht gleich zurecht, stand lange an der Straße und sah mir den Fluss an, der sich in einen See verwandelt hatte. Mir war schon zu Ohren gekommen, dass seit dem Bau des Staudamms und der Umleitung des Flusses das Ortszentrum von L. unter Wasser stand, auch ein paar kleine Siedlungen waren nicht mehr zu sehen, das fruchtbare Land war genauso wie Großvaters noch vor Urzeiten auseinandergefallener, morscher, hundertfach reparierter Bewässerungswagen verschwunden. Es war schwer auszuhalten, dass nun alles ganz anders aussah. Nicht einmal ein kleiner Rest meiner Erinnerungswelt war noch da, alles war vom Wasser verschluckt worden. Und mit einem Mal kam es mir so vor, als sei deshalb meine ganze Kindheit verwaist. Wo einst das Ortszentrum war, sah man jetzt die Spitze des Minaretts im Wasser aufragen, und weiter vorne, am oberen Wegrand, konnte ich aus der Ferne unser Haus sehen. Ich hätte mich aber nie getraut hinzugehen und wusste auch nicht, wer jetzt darin wohnte.

Selbst das, was ich annähernd erkannte, machte in dieser neuen Umgebung einen fremden Eindruck auf mich, und mir kam der Gedanke, die neuen Bilder erst gar nicht in mich hineinzulassen. Immer öfter schloss ich einfach die Augen, um nicht zu viel sehen und mir so weniger merken zu müssen. Meine Urbilder überlagerten schließlich die Wirklichkeit, und in der Berührung dieser beiden Welten schälte sich vor meinem inneren Auge das Imaginierte als das für mich Wahrhaftigere heraus. Aber schwach und niedergedrückt blieb ich dennoch zurück, und um den Schmerz kam ich ja doch nicht herum. Ich setzte mich für einen kurzen Augenblick auf die Erde, um mich ein bisschen zu sammeln, und nach dem Einatmen und Ausatmen, zu dem mir meine Mutter immer geraten hatte, stieg ich ins Auto, drehte auf der Straße um und fuhr zur alten Brücke zurück. Von dort nahm ich den durchlöcherten Weg in Richtung der ersten Häuser. Ich erkannte nichts, nicht ein Haus, nicht einmal einen alten Baum, dabei hatte sich auf diesen Gehöften einst ein bekannter Wipfel an den anderen gereiht, so viele unterschiedliche Bäume hatte es hier gegeben und sie hatten uns sattesten Schatten gespendet. Hier irgendwo hatte mein Vater unzählige Male bei einer Tasse Mokka und Zigaretten mit seinen Freunden unter den Bäumen gesessen. Wohin war bloß all das verschwunden, konnte denn wirklich alles unters Wasser gekommen sein?

Ich blieb auf dem sich ins Weite öffnenden Weg stehen und entschied mich dafür, in Richtung der ersten Häuser zu Fuß weiterzugehen. Ich stellte mein Auto ab und hatte Glück. Ich sah einen alten Mann unter einem Baum sitzen, unrasiert war er, mit eingefallenen Wangen, er rauchte und nahm erst die Zigarrenspitze aus dem Mund, als ich vor ihn trat. Er sah mich an, ohne meine Begrüßung zu erwidern. Ich hatte das Gefühl, dass er gar nicht mit mir sprechen wollte, denn plötzlich kam mir der Gedanke, er könnte mich erkannt haben. Obwohl das unmöglich war und ich mich bewusst dagegen wehrte, wurde mein Verstand stetig von meiner Paranoia erobert.

»Ich suche Selim«, sagte ich.

»Was für einen Selim?«

»Den Steinmetz«, sagte ich. »Hoffentlich lebt er noch.«

»Mir nach!«, sagte er anführerisch und sprang trotz seines Alters rasch auf die Beine.

Er war barfüßig, ein lebendes Skelett, aber ich kam diesem olympisch schnellen Geher kaum hinterher. Schweigend eilten wir los, ich weiß selbst nicht, warum, aber es war mir unangenehm, hinter dem Alten ein, zwei Mal innehalten und durchatmen zu müssen, schließlich war er mindestens doppelt so alt wie ich. Seine nackten Füße sprangen gekonnt von Stein zu Stein, schnell kamen wir bei den kleinen baufälligen Häusern an und stiegen die leichte Anhöhe hinauf. Schließlich brachte mich mein Lotse zu einem flachen heruntergekommenen Haus, legte die Hand auf die Eingangstür; richtiger wäre es, zu sagen, er schlug wie ein Gewährsmann gegen die Tür, als wollte er auf diese Weise einen Fliegenschwarm aufscheuchen. Das war seine Art, mir wortlos mitzuteilen, dass es sich um Selims Haus handelte. Es dauerte lange, seine Hand behielt er eine Weile auf der Tür, er schien mit ihr ins Haus hineinzuhorchen, und dann hörte man von innen ein Schluchzen.

»Seit dreißig Jahren schluchzt er in diesem Haus vor sich hin«, sagte der Mann. Dann öffnete er die Tür, und wir betraten einen kleinen Raum. Ein leichter, gazeähnlicher Vorhang bedeckte das kleine Fenster über Selims Bettlager. Niemand hätte ihn erkannt, der ihm nicht schon vor mindestens zwanzig Jahren einmal begegnet war. Obwohl es drinnen sehr heiß war, hatte er sich bis zum Kinn in eine grobe Decke eingewickelt, auf der seine beiden großen, noch immer ganz und gar schwarzen Hände ruhten, so als hätte er das Pech seit unserer letzten Begegnung nicht mehr von ihnen abgewaschen. Ich setzte mich am Fußende auf sein Bett, während mein Lotse noch an der Tür stand, sicher, um zu erfahren, wer ich wohl war und was es mit meinem Besuch auf sich hatte. Ich nahm Selims Hand, sie war schwer, monströs, fühlte sich an, als sei sie voller Beulen, ausgefüllt mit einer schweren Masse, mit wild wucherndem Fleisch, das sich an seiner Handwurzel staute.

»Kein einziges Medikament hilft mehr«, sagte er. »Ich habe die Ärzte gebeten, dass sie mir beide Hände abhacken.«

»Schneid sie dir doch selbst ab«, sagte der Lotse und fing an, Grimassen zu schneiden und vor sich hinzukichern.

Selim sah jetzt zum Nachbarn hinüber, hob dann langsam seine schwere Hand und machte zwei, drei Bewegungen mit seinen dicken zwergartigen Fingern, ein Zeichen für meinen Begleiter, dass er sich aus dem Staub machen sollte. Das tat er dann auch, aber von draußen hörte man noch immer sein ziegenartiges Kichern. Mir war klar, dass es völlig unangebracht war, jetzt mit Selim über meinen Film zu sprechen. Ich war mir nicht sicher, ob er davon irgendetwas verstanden hätte, und ich verwarf meine Idee. Hier gab es nur eines zu tun: so schnell wie möglich von hier fortzugehen. Aber mich hatte letztlich etwas anderes hierhergeführt, und das war vielleicht der ewige Zweifel an der Beständigkeit eigener Erinnerung. Ich hielt nicht mehr mit meinem Namen zurück, mehrfach erwähnte ich meinen Vater, betonte sogar, dass die beiden doch Freunde gewesen waren, aber er, obwohl er mir verständig zuzuhören schien, reagierte nicht darauf. Nach einem kurzen Schweigen legte er seine schwere Hand auf meine und fragte mich: »Was hast du auf dem Herzen? Was hat dich hierhergeführt?« »Ich wollte noch ein einziges Mal Selims Gräber sehen«, sagte ich. »Ist doch alles längst unter Wasser«, sagte er. »Noch bevor die Arbeiten am Staudamm begonnen haben, sind Fachleute hierhergekommen, von der Regierung, sie sagten, die Gräber seien ganz wertlos, man müsse sie nicht versetzen, wem daran gelegen sei, der könne ja die Knochen seiner Toten zum neuen Friedhof bringen. Die Grabnischen sieht man jetzt manchmal bei geringem Wasserstand, meine Turbane ragen aus dem Wasser wie Blumen. Wenn ich es auf die Beine schaffe, gehe ich hin und sehe sie mir jeden Tag an, so lange, bis das Wasser wieder steigt. Ich habe von ehrlichen Leuten gehört, dass zur Bayram-Zeit, wenn der Mond jung ist, meine Grabnischen aus dem Wasser herausragen und sich wie junge Bäume hin- und herbewegen, ganz kurz dauert diese Bewegung, wiederholt sich aber oft. Ob das die Seelen der Toten sein könnten und ob sie irgendeine Form haben? Ich weiß es nicht. Aber irgendetwas geschieht dort, sonst würden die Menschen nicht darüber reden. Als ich noch die Steine bearbeiten konnte, habe ich mit den Toten geredet und ihnen alle ihre Wünsche erfüllt. Ich habe nie etwas herausgearbeitet, was ich selbst wollte, sondern das, was die Münder der Toten mir gesagt haben.«

»Du konntest mit den Toten sprechen?«, fragte ich ihn, aber er hörte meine Frage nicht oder wollte nicht auf sie eingehen.

»Vielleicht haben meine Grabsteine ja gerade deshalb, wie man sich seitens der Behörden ausdrückte, keinen Wert, keine Bedeutung für unser kulturelles Erbe«, sprach er weiter. »Die denken ja alle, dass tote Münder nichts zu sagen haben, aber der, der zuhören kann, weiß um Himmels willen ganz genau, dass sie in der Lage sind, sich in ihrer Sprache und auf ihre Art und Weise mitzuteilen. Hätte ich grobherzig die Wünsche der Toten abgelehnt und nur nach meinem Gutdünken die Arbeit getan, wäre das, was ich getan hätte, heute eine richtige Hinterlassenschaft, vielleicht wäre ich sogar berühmt – und nicht das, was ich tatsächlich bin: vergessen! Verunstaltet an den Händen, am Einzigen, was gut war an mir und an meinem Leben! Ich hätte dann aber mit Taubheit gesegnet sein müssen. Das Einzige, was mich tröstet, ist, dass meine Arbeiten unter Wasser an Wert gewinnen werden. Es sind doch in der Geschichte der Menschheit immer die Entdeckungen gewesen, durch die die vergessenen Dinge viel kostbarer geworden sind, kostbarer als das, was wir Tag für Tag sehen können«, sagte er und wurde immer leiser dabei. Dann hielt er inne und sah mich an, als bemerke er mich erst in diesem Augenblick. »Du kannst über Nacht hier bleiben, wenn du bleiben willst«, sagte er.

»Ich bin auf dem Sprung«, sagte ich und stand schnell auf. Zum Abschied hielt ich seine beiden großen entstellten Hände eine Weile lang fest.

Ich hatte mich hier länger aufgehalten, als es ursprünglich angedacht war. Als ich sein Haus verließ, sah ich ein paar Badende am Ufer, und am Wegesrand saßen ein paar Fischer mit ihren Angeln. Einer von ihnen sprang gerade in diesem Augenblick überrascht auf die Beine, er kämpfte offenbar mit etwas Schwerem, das gerade angebissen hatte. Es zog ihn zu sich, und er musste sich mit seiner ganzen Kraft dagegenstemmen, schien aber glücklich über die Aussicht auf einen so großen Fang zu sein, gleichzeitig war er mit der Gefahr konfrontiert, in die Tiefe gezogen zu werden. Seine Angelrute bog und spannte sich mehr und mehr, so als könnte sie jeden Augenblick zerbersten. Ich hatte keine Zeit mehr, seinen Fang abzuwarten, und verließ den angestrengt kämpfenden Angler samt unsichtbarem Ungetüm, das sich an seinem Haken festgebissen hatte.

13

Blago sah meinem Vater sehr ähnlich, und wer auch immer auf die beiden traf, wusste sofort, dass sie Brüder waren. Aber in dieser Ähnlichkeit erkannte man schon auf den ersten Blick auch ihre Verschiedenheit. Mein Onkel hatte keine großen Ohren, seine Nase war nicht so krumm wie die meines Vaters, er war einen Kopf größer als er, seine Haut war nicht allzu dunkel, er hatte schöne Hände und schlanke Finger, so wohlgeformt, als sei für ihn eine Zukunft als Pianist oder Chirurg vorgesehen gewesen. Seine Stimme war sanft und weich, er hatte einen eleganten Gang, mit erhobenem Kopf ging er durch die Stadt, war stets geschmackvoll gekleidet, sogar unmittelbar nach dem Ersten Weltkrieg, in Zeiten größter Armut. Er hielt große Stücke auf Freundschaft und war sehr umgänglich, er ahnte aber schon, dass er etwas Weltmännisches in sich trug und dass er Mut brauchen würde, sich auch als Weltbürger zu verhalten. Mein Vater wollte nie freiwillig und schon gar nicht gerne über ihn sprechen. Die Details über sein Aussehen habe ich ohnehin nicht von ihm, sondern von meiner Großmutter Vukava erfahren. Außerdem hatte ich mir schon als Kind immer wieder seine Schulfotografien angesehen, an die zehn Stück gab es, ein paar Gruppenfotos und zwei, drei Porträts für irgendwelche Dokumente waren darunter. Das genügte mir aber natürlich nicht, um ein richtiges Bild von meinem Onkel zu bekommen, deswegen malte ich es in meiner Vorstellung aus, fügte das eine oder andere aus meiner Fantasie hinzu. Von Vater wusste ich, dass Blago ordentlich war, selbstbewusst, für sein Alter vielleicht sogar etwas zu ernsthaft. Als er fortging, sagte er, dass er alles allein schaffen werde, dass er niemanden brauche, dass er auch keine Hilfe in Anspruch nehmen werde. Da er ein guter Schüler war, hätte er durchaus ein Stipendium bekommen können, in jener sich sprunghaft entwickelnden Zeit, in der alles auf das neue Land ausgerichtet war, das Ambitionen an den Tag legte, für die Bildung seiner Kinder sorgen zu wollen. Man hatte sich ganz offiziell auf die Fahnen geschrieben, »kluge Kinder aus guten religiösen Familien« zu unterstützen. Das war die staatliche Formulierung dafür. Blago schlug das Angebot mit den Worten aus, er sei zwar klug und aus einer ganz guten Familie, aber religiös sei er keineswegs.

Für Onkel Blago war Mutters Niederkunft etwas Beschämendes, während sie sich für meinen Vater ganz anders anfühlte. Er gab nichts auf die kleinlichen Dorfgeschichten, denn dieser männliche Nachwuchs kam gerade in jenem Augenblick, da ihr Vater diese Welt verließ. Mein Vater war noch nicht einmal zurückgekehrt, auch wusste man nichts über ihn, da hielt Blago seiner Mutter arrogante moralische Vorträge, ging ihr täglich auf die Nerven, sagte, in diesen Zeiten und in ihrem Alter würden kluge Frauen keine Bälger werfen. Diese barschen Worte fielen tatsächlich aus seinem Mund, er beschuldigte die Mutter offen, und mehrmals ließ er sie sogar unvermittelt seinen direkten Hass spüren. Für einen guten Schüler war dies alles andere als herzlich oder elegant. Er schreckte nicht einmal davor zurück, sie als Nutte und Sünderin zu beschimpfen, drückte sie auch einmal beidhändig an die Wand, sie sollte endlich erzählen, von wem das Kind wirklich sei, und meine arme Großmutter antwortete ihm immer auf die gleiche Weise und sagte: »Es ist der gleiche Vater wie der deine.« Blago passte auch das Neugeborene an sich nicht, er erschreckte seine Mutter mit gespensterhaften Geschichten und erzählte ihr, dass sich in Kindern, die nicht weinen, »das Grauen und das Elend dieser Welt« von allein verdichte. Sie habe sicher einen Mörder oder einen Dämon zur Welt gebracht. Alles, was sie über das Neugeborene gehört hatte, die erschreckenden und bösen Worte eines an sich gebildeten und klugen jungen Mannes, band sie nur noch mehr an das Kind; sie bewachte es und saß stundenlang an seiner Wiege, still, wie jemand, der Buße tut, voller Trauer und immer »den Tränen so nahe«. Dabei hielt sie die Ikone an ihre Brust gedrückt und betete, flehte den Allmächtigen an, dass das Kind doch endlich weinen möge. Sie stupste es manchmal an und einmal piekste sie es sogar mit einer Nadel, aber auch das half nichts. Sie kam erst zur Ruhe, als mein Vater nach Hause kam. Als er diese Geschichte hörte, rief mein Vater Dr. Kesler, der sich das Neugeborene genau anschaute und daraufhin sagte: »Sie haben keineswegs ein Monstrum zur Welt gebracht. Es ist ein durch und durch gesundes Kind. Es freut sich und lächelt, es weint nicht, weil es nicht weinen will, es hat seinen eigenen Charakter. Ich mag ohnehin keine Kinder, die wegen allem heulen, und dieser Kleine hier, der ist jetzt schon stärker als jeder Schmerz.«

Nachdem sich der jüngere Bruder Nikola in Dubrovnik nach Ancona eingeschifft hatte, mit dem Ziel, weiter nach Amerika zu reisen, war Blago aus dem Haus seiner Mutter ausgezogen und hatte sein eigenes Haus in Trebinje gebaut. Er begann, sich in einem eigenen Leben zurechtzufinden, unterrichtete hier und dort Kinder, vermietete erst einzelne Zimmer zur Übernachtung, dann das halbe Haus an einen Italiener, einen jungen Bauingenieur, der Fachmann für Brückenbau war. Er hieß Silvano, er war ein schöner Mann, still und bescheiden und mit einem in sich gekehrten Gemüt; nach der Arbeit auf dem Gelände kam er in seinen Teil des Hauses zurück, setzte sich an den Zeichentisch und arbeitete bis in die späten Abendstunden hinein. Der einzige Mensch, mit dem sich dieser verschwiegene junge

Mann anfreundete, war mein Onkel Blago. Und nach nur kurzer Zeit hatten sie nicht mehr das Verhältnis eines Mieters und Vermieters, vielmehr entstand zwischen ihnen eine wirkliche feste Freundschaft, sie kochten und aßen zusammen, sonntags reisten sie in der Frühe nach Dubrovnik und kamen mit dem Abendzug zurück nach Hause. Um etwas mehr Geld zu verdienen, kamen sie auf die Idee, auch das Erdgeschoss und Silvanos Anteil unter dem Dach zu vermieten. Die beiden lebten zusammen im bescheideneren Teil des Hauses.

Diese Freundschaft war durchweg rührend und außerdem ganz anders als die anderen unsteten Freundschaften dieser Gegend, die so schnell von einem auf den anderen Moment zerbrechen konnten. Zwischen ihnen fiel kein falsches Wort, sie erhoben nie die Stimme gegeneinander, alles entwickelte sich irgendwie achtsam und ruhig und war harmonisch und zärtlich zugleich. Sie genossen es sichtlich, miteinander zu leben. Mein Vater erzählte mir, so etwas habe man vorher noch nie gesehen, das sei geradezu eine Liebesgeschichte gewesen, wie man sie sonst von jungen Männern und jungen Frauen kannte, nicht aber von zwei Männern verschiedener Kulturen, die sich auch noch vom Alter her unterschieden. Silvano war bestimmt zehn Jahre älter, aber das störte die beiden überhaupt nicht, denn er hatte einfach die natürliche Fähigkeit, einen jüngeren Menschen, so wie er war, zu lieben und zu respektieren. Also stellten weder Herkunft noch Erziehung irgendeine Art von Hindernis für sie dar, weil sie etwas Reineres gefunden hatten, etwas, das man nicht zerstören konnte. Wenn sich alle Menschen so aneinander freuen könnten, dann könnte man das Wort Wunder im Mund führen. Blago lernte sehr bald Silvanos Sprache, und die beiden unterhielten sich immer öfter auf Italienisch, wenn sie unter sich waren, aber auch, wenn die Gesellschaft der anderen irgendwie unangenehm für sie wurde. Hin und wieder wurde diese Idylle von plötzlich aufblitzender Eifersucht gestört, aber sie führte nicht zu ernsthaftem Streit oder gar zu Beschimpfungen, legte sich auch nicht wie eine Krankheit über sie, im Gegenteil, sie festigte nur noch mehr ihre Beziehung; sie schimpften dann ein bisschen herum, aber nur kurze Zeit später sprachen sie schon wieder still und besonnen miteinander, waren sogar fröhlich beschwingt, belächelten einander wegen der Eifersuchtsszenen, machten auch kleine Witze über die Menschen, die Ursache dieser zwischen ihnen entstandenen Unruhe gewesen waren. Und am Ende war ihre Freundschaft immer wieder aufs Neue gewachsen.

Blago wartete auf seinen Bruder, der als Ältester die Verantwortung für alle Familienbesitztümer übernommen hatte. Die Familie war schon damals zerstritten, aber das Oberhaupt konnte in Einzelfällen entscheiden oder wenigstens Einfluss darauf nehmen, dass es mit uns wieder bergauf ging. Die einzige Auflage dabei war, Großvaters Willen zu respektieren. Die Begegnung der Brüder im Haus von Trebinje war zurückhaltend und unterkühlt. Sie lief nahezu wortlos ab, es geschah nichts, das darauf hätte hinweisen können, dass zwischen ihnen auch nur ansatzweise eine Verwandtschaft bestand. Vermittelnde Sätze kamen nicht vor, nichts, das gezeigt haben könnte, dass sich einer von ihnen auf irgendeine Weise entwickelt oder gar ganz verändert hätte. So ernst wurde es also nicht. Es gab auch keine neugierigen Rückfragen, die konkretes Interesse an dem anderen gezeigt hätten, so etwas wie eine Frage nach der Zeit im Krieg und wie sich der eine oder andere durchgeschlagen, wie er überlebt hatte. Aber auch die Zukunft blieb ausgespart. Vielleicht wollten sie sich das für eine andere Begegnung aufheben. Jetzt war das Einzige, was mein Vater von seinem jüngeren Bruder verlangte, dass er ihm zuhörte und mit ihm nach L. kam. Er sollte der Mutter Freude machen und sie überraschen, sollte den kleinen Anđelko besuchen, aus der Wiege zu sich nehmen, ihn zärtlich liebkosen und damit zeigen, dass er an seiner Geburt nichts Anstößiges mehr fand.

»Ich soll ihn zärtlich liebkosen? Soll ich mich hier vor dir erbrechen, oder was?« Blago war unversöhnlich.

»Das ist unser Bruder«, sagte mein Vater.

»Halbbruder«, erwiderte Blago.

»Auch ein Halbbruder ist ein Verwandter! Und auch ein Bastard ist ein Mensch! Würdest du Mutter etwa nicht verzeihen, wenn sie wirklich gesündigt hätte!«, sagte mein Vater mit erhobener Stimme.

»Da gibt es nichts zu verzeihen, ich bin doch kein Priester. Ich komme mit etwas zurecht oder ich lehne es ab, verstehst du? Das ist alles. Das ist meine Haltung zur Familie. Und wenn ich ehrlich sein soll, ich liebe unsere Mutter überhaupt nicht, meinen ganzen Stammbaum liebe ich nicht. Ich kann nicht wirklich auf irgendetwas stolz sein. Es beschämt mich sogar, dass ich von diesen Leuten abstamme, ein Kataklysmus wäre mir mehr als recht, etwas, das alle meine Spuren komplett verwischt. Und für uns, für dich und für mich, ist es besser, wenn wir voneinander überhaupt nichts erwarten«, sagte Blago.

Kurz nach dieser Auseinandersetzung ist Blago mit Silvano nach Italien abgereist; er hat sich nicht von seiner Mutter verabschiedet, er hat nicht den kleinen Bruder zärtlich liebkost, dem Familienoberhaupt hinterließ er überhaupt keine Nachricht, er ließ niemanden wissen, wohin er gehen, wie lange er bleiben wollte, noch was er eigentlich genau vorhatte. Vater versuchte in den ersten Jahren ein paar Mal, die Spuren seines Bruders zu verfolgen, aber er tat es nicht nachhaltig genug, schickte nur einmal einen Anwalt aus Dubrovnik nach Rom, der sich gerne mit detektivischen Aufgaben durchschlug. Danach tat die Zeit das ihrige dazu, es schien, als habe sich dieser Angehörige für immer aus unserer Familie hinausgeschrieben. Der einzige Brief, den mein Onkel auf durchsichtigem Kopierpapier schickte, war mit Tusche geschrieben, auf Italienisch und also von keinerlei Nutzen. Es half uns nichts, dass der Übersetzer und Graphologe Marko Pilj uns die Echtheit seiner Schrift bestätigte, das Ganze für meinen Vater Wort für Wort übersetzte, denn es kam ein Selbstlob dabei heraus, das darin bestand, dass er sich als den besten Studenten weit und breit beschrieb, der nun Staatsstipendiat auf der medizinischen Fakultät in Rom war. Der Advokat schnüffelte in den Büchern der Fakultät herum, blätterte auch im Studentenverzeichnis, um dann nach elend langer und dementsprechend erfolglos gebliebener Suche zu begreifen, dass sich Blago offenbar unter einem erfundenen Namen eingeschrieben hatte und auf der Flucht vor seinen Wurzeln, seiner Verwandtschaft und seiner Muttersprache war. Hin und wieder vernahmen wir das eine oder andere über ihn, aber es waren keine Nachrichten, die ernsthaft und aus zuverlässiger Quelle gewesen wären, und irgendwann gab es nichts mehr, nicht einmal Gerüchte. Sein Schicksal blieb uns gänzlich unbekannt.

Was aber könnte man das Bleibende nennen, was konnte in uns von ihm übrig geblieben sein? Vielleicht nur jene doppelbödige Erzählung vom Beginn des Buches, die natürlich auf wackeligen Beinen steht, wie alle Mutmaßungen. Man könnte das Wort »wackelig« auch durch das Wort »literarisch« ersetzen, die Imagination war schon seit jeher die ebenbürtige Schwester der Wirklichkeit. Wenn wir uns der Fiktion als der spielerischen Wahrheit anvertrauen, dann können wir davon ausgehen, dass wir doch etwas über Blago erfahren haben.

Mein Vater war jetzt der Einzige, der unser Vermögen verwaltete, ihm gehörte alles und er war es auch, der den Überblick über unsere Finanzen hatte. Unser Besitz war an einen Ort gebunden, unbeweglich, aber so, wie Menschen nach den Kriegen in andere Gegenden ziehen und ihre Aufenthaltsorte wechseln, so kommen die einen oder anderen auf der Suche nach ihren Wurzeln an ihre Ursprungsorte zurück, wiederum andere entschließen sich, ganz in die Fremde zu gehen. Aber bei allen ihren Umzügen können sie ihre Ländereien nicht mitnehmen. Die Preise sind in solchen Zeiten nicht allzu hoch, wichtig ist ohnehin nur, dass man überhaupt irgendetwas verkaufen kann. Mein Vater nutzte die Chance, die ihm die Zeit bot, und kaufte das fruchtbare Land neben der Trebišnjica und entschied sich mir nichts dir nichts noch für zwei niedergebrannte Häuser, die einst für die Offiziere von Österreich-Ungarn gebaut worden waren. Er setzte sie wieder instand, eines renovierte er für seine Mutter und seine Schwester, das andere für seinen jüngeren Bruder Anđelko. Und im Ortszentrum von L., direkt am kleinen Marktplatz, wo alles an ein kleines ungarisches Städtchen erinnerte, pachtete er das Erdgeschoss eines zweistöckigen Hauses und bekam einen Vertrag für fünfzehn Jahre. Und in dieser Zeit betrieb er dort einen Gemischtwarenladen. Als der Vertrag abgelaufen war, zog er nach Trebinje, in Blagos Haus, denn es war ihm gelungen, es im Grundbuch unter seinem Namen eintragen zu lassen.

Was den Vorgang dieser Überschreibung angeht, so sprach man hin und wieder von einem Diebstahl, ich hörte aber wenig Greifbares, ein, zwei Wörter, mehr nicht. Vater selbst war zurückhaltend und wirkte, wann immer ich ihn darauf anzusprechen versuchte, eigenartig nervös. Aber man konnte ahnen, dass er viel Mühe und Geld investiert hatte, um an dieses Haus zu kommen. Es war ihm wohl erst dann gelungen, als Trebinje aus dem Verwaltungsbezirk von Mostar wegfiel und dem von Zetska Banovina zugeteilt wurde, die einen Sitz im montenegrinischen Cetinje hatte. Seine Freunde aus Montenegro hatten ihm also bei dieser undurchsichtigen Transaktion geholfen. Diese Banovina konnte sich durchaus rühmen, weit und breit die korrumpierbarste Justiz zu haben und außerdem einen Hang zu allerlei Mythenbildung.

14

Das Kind war vier Monate alt, als man es in aller Heimlichkeit taufen ließ. »Ohne Vater, ohne Patenonkel und ohne eine Festspeise«, so beschrieb es Vukava, die Mutter des Kindes, wenn später jemand auf diesen Tag zu sprechen kam. Der Einzige, der ihr half, war ihr buckeliger Schwager Ivo. Auf ihn hatte sich früher niemand verlassen können, deshalb war auch sie selbst, als sie noch wohlhabend war, etwas grob mit ihm umgesprungen. Sie dachte, er bringe Unglück, und ordnete an, dass er nicht an den gemeinschaftlichen Tisch heranzutreten habe, und zu essen bekam der Arme nur die Reste. Die alte Geschichte war schuld daran, die Leute erzählten sich über Buckelige, dass sie bei ihrer Geburt vom Baum gefallen waren und sich seitdem nie mehr vom Sturz erholt hatten. Und der Buckel bewies es ihnen. In jeder Familie muss es einen geben, der allein an seinem Unglück schuld ist, auf diese Weise werden die Kinder kontrolliert und zurechtgewiesen, damit sie auf die Älteren hören und nicht auf Bäume klettern und auch nicht in den Fluss springen, wenn er reißend und kalt ist, das Innere der Höhlen musste von den Kleinen auch gemieden werden, sonst, sagte man ihnen, warte das gleiche buckelige Unglück auch auf sie, das unserer Familie bereits widerfahren war.

Mein Vater aber sprach seinem Onkel göttliche Eigenschaften zu, nannte ihn einen Engel, der nur anstelle der Flügel einen Buckel bekommen hätte. Trotz seiner Behinderung war er immer frohgemut, lächelte immer freundlich und war außerdem, obwohl er keine Schulausbildung hatte, von Natur aus sehr klug. Er lernte ganze Heldenepen auswendig und ließ diese in seinem wölfisch anmutenden Gesang lebendig werden; er begleitete sich dabei selbst auf der Gusle, einem traditionellen einsaitigen Instrument, und war darin allen anderen Familienmitgliedern mindestens ebenbürtig. Wann immer man beisammensaß, wann immer ein Fest gefeiert wurde, ganz gleich ob es ein religiöser oder ein staatlicher Feiertag war, trat Ivo mit der Gusle auf. Er saß auf einem Stein, hielt die Gusle zwischen den Knien, spielte darauf und sang. Er schickte Helden auf Reisen und rief in seinen Liedern zu Schlachten auf; jede Silbe im rhythmischen Einklang mit den Lauten seines Instruments. Die Frauen weinten vor Rührung und die Männer waren beeindruckt von seiner kernigen Stimme, es erstaunte sie, dass sie aus diesem kleinen Körper kommen konnte. Man machte oft Witze über ihn, die meistens von grober Natur waren. Dann hieß es, all seine Kraft, sein Wissen, sein ganzes Erinnerungsvermögen, alles ruhe in seinem Buckel, er trage seine Gene wie ein Reservoir in seinem Rücken mit sich und habe auf diese Weise Mitgefühl entwickelt, fühle die Trauer und den Schmerz aller Helden, die einst unter Qualen gestorben waren oder von osmanischen Bösewichten hingerichtet wurden. Aber dieses Lob hatte seine Tücken, es verwandelte sich schnell in Häme, und Ivo versuchte ihren Blicken zu entkommen und sich in irgendeinem Winkel zu verstecken. So sind wir; mit Leichtigkeit vollziehen wir den Übergang vom Drama in die gemeine Possenreißerei.

Der buckelige Ivo hatte alles für die Taufe arrangiert, aber es ergaben sich Schwierigkeiten, einen bereitwilligen Priester zu finden, das war alles andere als einfach. Ivo bezahlte ihn aus eigner Tasche, er hatte immer kleine Ersparnisse, auf die er dann zurückgriff. Den Kleinen nannte er Anđelko und ließ ihn in den Kirchenbüchern registrieren. Man versteckte diese Bücher in einer alten Gruft, damit sie nicht verbrannten, denn viele Kirchen und Gemeindehäuser waren in dieser Zeit in Brand gesetzt und gänzlich zerstört worden. Diese Bemühungen, es Gott und den Menschen recht zu machen, wurden von den Leuten zu seinen Ungunsten ausgelegt, man glaubte nur noch fester daran, dass Ivo der Vater des Kindes war. Man fragte sich, warum er sich sonst derart ins Zeug legte, sich um das Kind seines Bruders zu kümmern, der nie ein gutes Haar an ihm gelassen hatte. Ivo war sich durchaus bewusst, dass diese Geschichten die Runde machten, sie waren längst zu ihm gedrungen, und die Hinterhältigkeiten trafen ihn hart. Er ging eines Tages ins Erdgeschoss und setzte sich auf die Couch seines Bruders, nahm genau dort Platz, wo dieser selbst so lange wie auf einem Thron gesessen und die Geschicke der Familie gelenkt hatte. Genau an diesem Platz schnitt Ivo sich mit einer Rasierklinge die Kehle durch. Das war seine Antwort auf das Böse, auf die Lügen, die man sich über seine »guten Taten« erzählte. Aber die Leute in L. rückten nicht von ihrer eigenen Sicht ab. Ganz im Gegenteil, sie fühlten sich geradezu bestätigt durch seinen Selbstmord und man deutete ihn zu seinen Ungunsten. Für die anderen lag es auf der Hand, dass Schwager und Schwägerin voll und ganz gesündigt hatten.

Was kann man daraus folgern? Nach allen diesen Erfahrungen muss ich jetzt sagen, dass in unserer Welt das Gute in den Händen des Bösen liegt und dass kaum einer von uns mehr an das Gute glaubt.

In den Wirren und Nöten dieser Zeit gab es wenig Trost, nur »Mutters kleiner Engel« schien zu leuchten. Das Kind wurde in jener Zeit geboren, als seine Mutter den Ehemann verlor. Und zuvor waren ihre beiden Zwillingstöchter gestorben, danach hatte sie jene dritte Tochter verloren, die mit einem wildfremden Soldaten von heute auf morgen durchbrannte. Ihr ältester Sohn, mein Vater, war in dieser Zeit weit entfernt von der Familie und sie wusste nicht einmal, ob er überhaupt noch lebte. Zwei ihrer jüngeren Söhne wandten sich gänzlich von ihr ab, weil sie ihre Niederkunft als Sünde deuteten, Grobheiten ihr gegenüber waren an der Tagesordnung. Dann gingen sie von ihr weg und zogen fort nach Trebinje. Bald darauf verschwanden sie für immer im Nirgendwo, sie hinterließen keinen Brief und auch keinen Abschiedsgruß. Der Schwager, der immer, wie sie selbst es sagte, ihre »rechte Hand« gewesen war, beging Selbstmord. Und nur ein paar Jahre später, als sie sich gerade ein bisschen von all dem Unglück erholte, ihre Wunden und Verluste zu vergessen versucht hatte, geschah noch ein weiteres Unglück. Darüber werde ich später und zur richtigen Zeit mehr sagen. Ihre schon alt gewordenen Eltern starben im Jahre 1917 in Ravni an Hunger. Ihr Bruder fiel im Krieg.

Die Frage, die wir uns schon seit Gott weiß wie vielen Jahrhunderten in dieser Gegend stellen, ist immer die gleiche: Was kann man eigentlich noch alles überleben? Obwohl ich diese Großmutter gar nicht so übermäßig geliebt habe, beschäftigte mich ihr Leiden geradezu manisch. Ich habe schon früher über sie geschrieben und war damals noch von der Idee durchdrungen, dass die herzegowinischen Mütter höhere Wesen sind.

Mein Vater nahm sich schließlich Anđelkos Schicksal an und kümmerte sich bis zu seiner Volljährigkeit um ihn, aber er fühlte sich nie wohl in dieser Rolle des Ersatzvaters und Versorgers. Noch weniger passte es ihm, dass er auch für seine Erziehung zuständig war. Er zweifelte an seiner Autorität und sagte: »Wer wird denn schon auf jemanden hören, der sich selbst nie etwas hat sagen lassen? Und wer wird schon Angst vor einem Angsthasen haben?«

Wer auch immer von ihm verlangte, auf den »kleinen Teufel Anđelko« erzieherisch einzuwirken, bekam etwas über seine mangelnde Autorität zu hören, wegen der er ja selbst keine Frau und keine eigenen Kinder hatte. »In mir gibt es nichts Väterliches, außer meiner eigenen Sehnsucht nach einem Vater«, sagte er.

Er war von einem anderen Schlag, unsicher und unentschieden, deshalb wundert es überhaupt nicht, dass nach seiner Rückkehr nach L. ganze achtzehn Jahre vergehen mussten, bis auch er heiratete, aber auch erst dann, als er nach Trebinje zog und im Erdgeschoss seines Hauses einen Gemischtwarenladen eröffnete. Eine Wirtschaft kam in den gleichen Räumlichkeiten irgendwann hinzu. Sein Steinhaus in L. hatte er verriegelt. Erst im Juni 1941 kehrte er mit mir und meiner Mutter dorthin zurück. Just zu diesem Zeitpunkt stellte sich eine Formation der italienischen Division *Marche* in Trebinje auf. Eine militärische und zivile Verwaltung sollte ins Leben gerufen werden. Vater war großzügig und bot jungen italienischen Offizieren vom Sanitätsdienst sein Haus an.

Die Jahre in Trebinje, oder wie es mein Vater selbst ausdrückte, »vorher und nachher« lebte er als armer Händler und Wirt, der mehr trank, als er verkaufte, und mehr spendierte, als er in Rechnung stellte. Manchmal verschwand er einfach aus heiterem Himmel für eine ganze Woche und kümmerte sich nicht um seine Geschäfte. Sein Bruder Anđelko übernahm dann seine Vertretung, aber noch am gleichen Abend vertrank er das am Tage eingenommene Geld mit seinen Kumpels.

Als Vater heiratete, machte er noch eine Weile so weiter, es war ihm egal, dass seine Frau, meine Mutter, sehr viel jünger war als er. Seine Launen wurden noch wechselhafter. Jetzt verschwand er manchmal für einen ganzen Monat, machte nicht einmal eine Andeutung, wann er zurückkommen würde. Er stürzte Mutter damit in große Sorgen, aber sie war tapfer, nahm die Geschäfte im Gemischtwarenladen an sich, führte den Laden sicher und entschieden, sogar mit kaufmännischer Hand, sodass von diesem Zeitpunkt an bis zum April 1941 das Geschäft sogar zu florieren begann. Eigentlich war es sogar eine gute Zeit, denn 1937 begann man in Trebinje Eisenbahnschienen zu verlegen: die Route Trebinje–Nikšić. Die Stadt war voller

Ausländer und Arbeiter aus allen Gegenden Jugoslawiens. Die meisten von ihnen kamen aus der Lika. Es waren verschwenderische Leute, die ihren Lohn jeden Tag vertrunken hätten, wenn meine Mutter sie nicht malträtiert hätte, ihr die Gehaltsrechnungen zu zeigen. Wenn sie dann einen Blick drauf geworfen hatte, bedrängte sie die Männer, dass sie einen Teil des Geldes ihren Familien schicken sollten. Auf diese Weise gewannen die Arbeiter sie lieb, weil sie im Grunde auf diese Weise ihre Familien rettete, dabei hätte sie sie wie eine Gans ausnehmen können. Sie war richtig beliebt unter den Arbeitern, was zu häufigen Eifersuchtsanfällen bei meinem Vater führte.

Wann immer ich als Kind und später auch als Erwachsener auf einen jungen Mann zu sprechen kam, den ich in besonderer Erinnerung behalten hatte, drohte mir meine Mutter mit der Faust. Der Fremde hatte eine typische Mütze aus der Lika getragen und einmal sogar versucht, meinen Vater mit einem Messer zu treffen. Das Messer war in einem Holzregal gelandet. Mutter wollte nicht, dass ich mich daran erinnerte oder gar laut darüber sprach. Aber das Messer war nur einen Zentimeter neben Vaters Kopf vorbeigesurrt und hatte noch lange im Holzregel wegen der Wucht des Wurfes vor sich hin gezittert. Dieses Zittern war bei uns ein sicheres Zeichen für den »Todeston«. Wann immer ich aber darauf zu sprechen kommen wollte, verzog sich Mutters Mund zu einem ungehaltenen Strich und sie sagte: »Sei still, du kannst dich überhaupt nicht daran erinnern, du warst viel zu klein.«

Aber warum hatte sich in meinem Gedächtnis die Erinnerung an jenen Tag dennoch so genau festgesetzt? Wie war es möglich, dass ich mich sogar an einige Details genauestens erinnerte, beispielsweise Vaters Todesangst, denn er zitterte neben dem Regal genauso wie das Messer im Regal, als der junge Mann ihn anbrüllte und sagte, dass er eine solche Frau überhaupt nicht verdiene und ohnehin viel zu alt für sie sei.

»Ist es etwa nicht so gewesen?«, fragte ich meine Mutter.

»So war es, aber das ändert nichts daran, dass du dich nicht erinnern kannst«, sagte sie.

»Warum kann ich dir dann aber sogar verschiedene Einzelheiten beschreiben?«

»Vielleicht hast du später Wind von alledem bekommen, es waren ja viele Leute da, man hat sich oft darüber erzählt.«

»Ich kann mich sogar an das Hemd des jungen Mannes erinnern, es war schweißnass.«

»Um das in Erinnerung behalten haben zu können, hättest du schon irgendeine göttliche Begabung in dir tragen müssen«, sagte meine störrische Mutter. »Und wenn du diese Direktverbindung zum Himmel hättest, dann dürftest du gar nichts darüber erzählen, das könnte dir nämlich Unglück bringen, denn Gott könnte dir diese zuteilgewordene Gnade schneller entreißen, als dir lieb ist.«

Sie war überzeugt davon, dass ich lediglich die Geschichten der anderen aufschnappte und kreativ verarbeitete, dass ich das gemeine Getuschel der Leute als mein eigenes Erleben ausgab, nur um die Version ihrer aalglatten Familiengeschichte mit meiner eigenen zu unterwandern. Ich bin nicht der Einzige, dem so etwas widerfahren ist und dem seine Eltern den Vorwurf der Lüge gemacht haben. Jeder kennt das mehr oder weniger von sich selbst. Es fallen mir auch unzählige Schriftsteller ein, die über solche Erfahrungen geschrieben haben, manchmal sogar auf eine maliziöse Weise, denn viele von uns sind von unseren Eltern als kleine Lügner abgestempelt worden.

Für mich sind das aber alles in allem nebensächliche Ereignisse, ein paar Fresken auf der kalten Wand der Vergangenheit, die ich im Schreiben betrachten, aber auf die ich nicht allzu viel Zeit verschwenden kann. Ich bin zudem kein großer Hoffender, sehr wohl aber ein verwundbarer Mensch, der die Angewohnheit hat, immer nachzugeben, gerade bei jenen, die schwächer sind als ich. Unzählige Male habe ich meine Erinnerungen durchforstet, war auf der Suche nach den *ersten* Dingen, hatte mich wieder korrigiert und mich Stück für Stück von den verschiedenen Erinnerungsversionen verabschiedet, aber das, was ich in dieses Buch hineingerettet habe, das ist wirklich so passiert, weshalb es sich auch nicht mehr ändern lässt.

15

Vater war an die zwanzig Jahre älter als meine Mutter. Er kannte sie schon, als sie noch ein drahtiges junges und recht forsches Mädchen war. Sie stammte aus einer guten Familie und war eine der besten Schülerinnen in der ganzen Schule. Ihr Vater Tomo, mein Großvater, hatte ernsthafte Pläne mit ihr. Als seine Tochter aber, ohne einen Schulabschluss gemacht zu haben, einen Gemischtwarenhändler heiratete, den man in der ganzen Gegend als Trinker und Frauenheld kannte, war er so erschüttert, dass er sich erst geraume Zeit danach, namentlich bei meiner Geburt, von diesem Schrecken erholte. Er tat aber nichts, um die Hochzeit zu verhindern. Es war ein Tag der Trauer für ihn, und er trank sogar ein paar Gläschen über den Durst, was sonst eigentlich nicht seine Art war. Außerdem verweigerte er seiner Tochter die obligatorische Tischrede. Seinen Schwiegersohn schloss er nie ins Herz. Zählte man die Worte zusammen, die mein Vater je an ihn richtete, käme nicht mehr als eine Stunde zusammen, die er in seinem ganzen Leben mit ihm geredet hat. Sie hatten sich aber durchaus etwas zu sagen, nur hassten sie sich so sehr, dass sie einander nicht einmal mit Beleidigungen nahekommen wollten. Sie waren mit der Zeit im Vermeiden eines Gesprächs derart gut geworden, dass alles andere ohnehin sinnlos war, das Schweigen hatte sich als die beste aller Methoden erwiesen, aller Uneinigkeit zum Trotz, ein einigermaßen »friedliches Leben zu leben«.

Ob Großvater mich beeinflusst und dazu gebracht hat, mich gegen meinen Vater aufzulehnen, könnte ich gar nicht beantworten, ich weiß nicht einmal selbst, was ich damals für meinen Vater empfand. Alles, was ich weiß, ist, dass ich meine Mutter beschützen wollte, vor allem dann, wenn er sie schlug. Ich war immer auf ihrer Seite, diese Dinge musste man mir nicht erklären, sie erklärten sich von selbst. Meine Mutter war für mich eine Heilige, auch dann, wenn sie mich wegen des Kummers, den ich ihr machte, bestrafte. Als ich etwas größer geworden war, schien mein Vater zu begreifen, dass Mutter in mir jetzt einen Beschützer hatte. Deshalb kam er mehr und mehr zur Ruhe. Und als ich zwölf Jahre alt wurde, war Vater schon ein ganzes Stück friedlicher und sanfter geworden und offenbar auch fähig, sich zusammenzureißen. Er schrie nicht mehr herum und schlug nichts mehr klein im Haus. Viel wichtiger war mir aber, dass er jetzt verstand, was er falsch machte. Einmal sagte ich sogar zu ihm, dass ich vor einem Vatermord nicht zurückschrecken würde, ginge er noch ein einziges Mal grob mit meiner Mutter um. Das sagte ich zu ihm in einem Tonfall, der mir so selbstverständlich und abgebrüht über die Lippen ging, dass es sogar auf eine komische Weise gelehrt klang, so als hätte ich das alles irgendwo in einem Buch gelesen. Er verstummte, senkte seinen Kopf und bat mich leise um Vergebung.

In der Mädchenzeit, erzählte mir Mutter, hätte ihr mein Vater überhaupt nicht gefallen. Er sei verschwenderisch gewesen, hätte sich immer selbst gelobt und angegeben, viele bedeutende Menschen zu kennen, Leute, die berühmte Händler waren, Nachfahren von osmanischen Herrschern, Goldschmiede und die ganzen Handwerker aus Mostar, Ärzte, Archivare, königliche Offiziere. Verächtlich schaute sie ihn an, machte sich lustig über ihn, und ein normal empfindender Mensch hätte es nie wieder gewagt, in ihrer Gegenwart dieses übertrieben angeberische Posaunen zu wiederholen. Je schroffer sie zu ihm war, je direkter sie ihn verhöhnte, desto mehr verlor er auch an Würde in ihren Augen. Auf ihre raffinierten Seitenhiebe reagierte er nach einem bestimmten Muster und hatte sich mit der Zeit ein paar Obszönitäten zurechtgelegt, mit denen er ihr jedes Mal antwortete und die er zu steigern versuchte. Man kann also zusammenfassend sagen, dass diese beiden Eheleute nie zueinander gepasst hatten. Meine Mutter beschrieb diese Ehe als das Leben zweier Leute, die nur dadurch aneinandergeschweißt wurden, weil sie sich immerzu, in unterschiedliche Richtungen gehend, voneinander wegbewegten. Es war das Scheitern, das sie verband. Sie bildeten nur dann eine Einheit, wenn sie sich stritten, wenn ihre Ehe einer Groteske glich und sie immer nur in jenen Augenblicken ein Paar waren, wenn mein Vater zu begreifen schien, dass seine Angebereien, all die vielen Namen, die er aufgezählt hatte, von keinerlei Nutzen für ihn waren. Er redete immer von den Reichen, auf ihn selbst legte sich jedoch der Glanz jenes funkelnden Reichtums, den er so liebte, kein einziges Mal, von bedeutendem Ansehen oder Würde konnte ohnehin keine Rede sein. So war es, und es war nichts mehr für ihn daran zu ändern gewesen.

Wie ist es aber überhaupt zu dieser Ehe gekommen? Verstrickungen und Tragödien sind an der Tagesordnung, wenn Menschen versuchen, ihrer Einsamkeit zu entkommen und vor dem Durcheinander zu fliehen, das sie selbst in ihrem Leben produziert haben. Jeder von uns hat sich hier und dort aufs Glatteis begeben oder war sich selbst gegenüber verantwortungslos und leichtsinnig. Meine Mutter sprach häufig davon, dass wir für unsere Dummheiten früher oder später büßen müssten und irgendwann die gerechte Strafe erhalten.

Sie hatte schon als Mädchen im Gemischtwarenladen meines Vaters eingekauft. Sie verabscheute dieses Geschäft, aber es war weit und breit das einzige in L., es blieb ihr also nichts anderes übrig, als immer wieder hinzugehen. Der Besitzer neckte sie immerfort, und als sie nicht einmal dreizehn Jahre alt war, fragte er sie im Ton eines alten lüsternen Fuchses, ob denn ihre Brüstchen schon Knospen hätten. Sie hatte viele solcher unangenehmer Momente mit ihm erlebt, einmal erwischte sie ihn dabei, als er die Frau eines ihrer Cousins küsste, schnell drückte er meiner Mutter Neapolitanerschnitten in die Hand, damit sie schwieg. »Du hast nichts gesehen«, sagte er. Da sie nirgendwo sonst einkaufen konnte, akzeptierte sie die Neapolitanerschnitten, aber als sie vor dem Geschäft stand, konnte sie einen Kommentar nicht unterdrücken, so war sie, sie hatte etwas stichelnd Aufrechnendes in ihrer Art. »Was soll ich denn auch gesehen haben«, sagte sie, »ich habe den Kopf weggedreht, damit ich mir den Anblick eines unansehnlichen alten Mannes erspare, der meine blutjunge Verwandte küsst.«

Meine Mutter hatte ein stürmisches, lebendiges Wesen, im Grunde genommen kann man sogar sagen, dass ihr Gemüt sonnig und sie eine einfühlsame Frau war, sie hatte auch Sinn für Humor, Mut in jeder Hinsicht, war ein zärtlicher Mensch, den man gesellig nennen könnte. Sie hatte große grüne Augen und feine blasse Haut, die nie braun wurde, selbst dann nicht, wenn sie sie der Sonne aussetzte. Der Großhändler Ljubo Maras, der ein Freund meines Vaters war, versuchte oft, meiner Mutter Komplimente zu machen und ihr zu schmeicheln, und einmal sagte er, wenn sie nur zwanzig Kilometer südlicher in Dubrovnik zur Welt gekommen wäre, könnte sie auch eine Adlige oder eine Großgrundbesitzerin geworden sein. Darüber musste sie lächeln. Wer hat es nicht gern, wenn er hin und wieder ein bisschen gelobt wird? Sie antwortete darauf aber mit dem für sie typischen Sprachwitz, der manchmal etwas unangenehm Spöttisches haben konnte, wie das eine Mal, als ich neben ihr stand und sie Maras eine ihrer gepfefferten Antworten gab. »Na, schau mal einer an«, sagte sie, »Sie sind doch auch in Dubrovnik geboren, aber wo ich bei Ihnen auch hinsehe, ist nicht die kleinste Spur von Adel zu entdecken.«

Sie wollte ihm damit sagen, dass sie sich arm und adelig zugleich fühlte, dass für sie das eine dem anderen nicht widersprach und natürlich unabhängig vom Ort ihrer Geburt war. Der Herr verstummte sofort. Als ich etwas älter war, las ich dann ein Buch, in dem stand, dass jene Künstlerfiguren am meisten leiden, die auf der Flucht vor ihrer Herkunft sind, auf der Flucht vor ihrer Verwandtschaft und vor ihren Eltern, da sie sich im gesellschaftlichen und ethischen Widerstreit befänden und deshalb im Grunde genommen permanent gegen alles kämpften, das sie zu dem Individuum gemacht hatte, das sie jetzt waren. Es war also ein aussichtlosloser Kampf gegen die eigene Zugehörigkeit. Dieser Autor, den ich vor langer Zeit gelesen habe und an dessen Namen ich mich deshalb nicht mehr erinnere, schrieb auch, dass Patriotismus eine eigenartige Form von Hass auf die eigenen Leute sei, ein direkter Hass auf die eigene Herkunft, Hass auf das Volk, zu dem man gehöre, und dass der Wunsch nach Verrat viel zu stark sei, als dass man ihn verdrängen könnte. Wenn wir keine starken animalischen Kräfte in uns hätten, wären wir alle Verräter und Abtrünnige. Wohl wahr! Als ich meine Geburtsgegend verließ, ging ich zur Gemeindeverwaltung und sagte zum erstbesten Beamten: »Können Sie mich bitte entwurzeln?« Heute denke ich, dass meine Mutter etwas Ähnliches wie ich gemacht hat, sogar mehrmals, auf ihre Art, mit ihrem begrenzten Vokabular.

Mein Vater war davon überzeugt, dass er es im Leben wegen seiner Heimatverbundenheit zu nichts gebracht hatte. Sein Traum, aus seiner Geburtsgegend fortzugehen und es seinen Brüdern gleichzutun, war nie Wirklichkeit geworden. Einmal vertraute er mir an, dass er jedes Mal Angst hatte, wenn er aus der Fremde nach Hause kam. Kurz nach meiner Geburt war er für ein paar Wochen wie vom Erdboden verschluckt gewesen, er hatte sich in den kleinen Städten an der Küste herumgetrieben. Und als er zurückkam, lungerte er zwei Stunden lang ums Haus herum, wollte es nicht sofort betreten, versteckte sich sogar, um Mut zu sammeln, bis es dunkel war, denn er wollte nicht, dass ihn jemand bei seiner Rückkehr beobachtete. Erst im Schutz der Nacht wollte er das Haus betreten. Das tat er dann auch, atemlos, wie jemand, der auf der Flucht war. Er hat einmal seine kleinen Ausbrüche als im wahrsten Sinne des Wortes *notwendig* bezeichnet, er brauchte offenbar das gehetzte Gefühl, auf der Flucht zu sein, um dann freiwillig zurückzukehren und immer wieder von seiner eigenen Rückkehr aufs Neue erschüttert zu werden.

Weder mein Vater noch meine Mutter konnten mir jemals begreiflich machen, was sie eigentlich miteinander verband. Ich verstand auch nicht, wie es dazu gekommen war, dass ein alternder Junggeselle, der die Heirat mied wie der Teufel das Weihwasser, schließlich doch geheiratet, also etwas getan hatte, was er verabscheute und was er nie hatte tun wollen. Es würde mir eingeleuchtet haben, dass sie heiraten mussten, weil meine Mutter beispielsweise in eine missliche Lage gekommen und deshalb zur Ehe mit diesem alternden Mann gezwungen war – um etwa die Ehre ihrer Familie zu retten. Und natürlich hätte mir auch eine leidenschaftliche Liebesgeschichte eingeleuchtet, die sich bekanntermaßen um das Alter nicht schert. Die beiden kannten sich aber schon von Kindesbeinen an und waren auch als Erwachsene keine Fremden füreinander. Als sie eine junge Frau geworden war, hatte meine Mutter es nie darauf angelegt, von meinem Vater umworben zu werden. Sie reagierte nicht einmal auf seine Avancen, war sogar brüsk zu ihm und lehnte ihn offen ab, und ihre Eltern taten das Gleiche. Außerdem hatte mein Vater nichts für schmale junge Frauen übrig, er dachte sogar, meine wortgewandte Mutter hätte eine Krankheit. Er mochte füllige Frauen mit großen Brüsten viel lieber. Er selbst drückte sich in dieser Sache bezeichnenderweise so aus: »Ich bevorzuge prächtige Stuten.«

Meine Fragen nach den Anfängen ihrer Ehe beantwortete meine Mutter mir immer mit der gleichen Antwort; diese Heirat, sagte sie, sei einfach ihr Schicksal gewesen. Dabei glaubte sie gar nicht an das Schicksal. Es war wohl mehr als Pech, dass es ausgerechnet bei ihr diese große Ausnahme gemacht und sich in ihr Leben eingemischt hatte.

16

Mein Vater sprach selten über seine Ehe, und wenn er je ein Wort über sie verlor, so hatte er seine ganz eigenen Deutungen zur Hand. Sein Blick auf diese unerwartete und eigentlich auch unbeabsichtigte Beziehung war ein wenig metaphysisch gefärbt. Er behauptete, dass manche Dinge einfach deshalb passierten, weil früher oder später jeder von uns einfach die Welt kennenlernen müsse und draußen nun einmal ein Ereignis auf uns warte, wir ihm also in die Arme laufen müssten, ob wir das wollten oder nicht. An jenem Tag war er in Trebinje zu einem Jahrmarkt aufgebrochen. Er lebte allein und unterhielt schon eine Weile den Gemischtwarenladen in L. Jedes Jahr, wenn im Juni der Rummel stattfand, zog es auch ihn dorthin. Dieses Mal hatte er aber eine merkwürdige Vorahnung und glaubte, dass sich dort etwas Besonderes für ihn ereignen würde.

Er erwartete also dieses, so drückte er sich selbst aus, diffuse Ereignis, während meine Mutter ein paar Schritte von ihm entfernt davon träumte, endlich aus L. fortgehen zu können. Trebinje war für sie ein Traum, ein vielversprechendes Städtchen, mit dem sie Lebendigkeit und wohl auch die Gründung einer Familie in Verbindung brachte. Sie stellte sich vor, dass ihre Kinder dort zur Schule gehen würden. Außerdem wäre damit auch endlich ihr Traum verwirklicht gewesen, eine richtige Stadtbewohnerin zu sein, die auf eleganten hohen Schuhen Spaziergänge zum Sommergarten und zum Kaffeehaus »Unter den Platanen« machte. Mein Vater ermöglichte die Begegnung dieser zwei so unterschiedlichen Menschen, indem er sich selbst zum Jahrmarkt in L. auf den Weg machte, der weit und breit bekannt war und zu Mariä Geburt einer der meistbesuchten Jahrmärkte in der ganzen Herzegowina war.

Dieser Jahrmarkt hatte eine lange Tradition und war bekannt für seine unzähligen Attraktionen, aber in den dreißig Jahren seines Bestehens hatte er mit der Zeit eine politische Dimension angenommen. Immer öfter waren dort junge Kommunisten mit rüden Manieren aufgetaucht und hatten damit die erhöhte Präsenz der Gendarmen automatisch nach sich gezogen.

An diesem Tag war es auf dem Jahrmarkt sehr lebendig. Eine sinnliche Atmosphäre lag in der Luft, von der nicht nur der kleine staubige Marktplatz erfasst war, auf dem die Wirtschaft und der Gemischtwarenladen *Mrkaić* standen, sondern auch die beiden Straßenzüge, in denen Zelte aufgeschlagen worden waren und wo sich die meisten Menschen aneinanderdrängten. Ein Gefährt, auf dem Händler allerlei Speisen und Getränke verkauften, bahnte sich seinen Weg durch die quirlige Menge, in der das Durchkommen immer schwieriger wurde. Die Jahrmarktbesucher beschwerten sich. Die Sonne brannte so stark, dass sich die Frauen, vor allem die korpulenteren unter ihnen, mit Tüchern bedeckten, man sah sogar auch ein paar aufgespannte Regenschirme. Überall standen Menschengruppen, jeder Besucher wollte etwas sehen, sogar um den Messerschleifer hatten sich eine Menge Neugieriger versammelt. Mein Vater ließ sich ein kleines Messer schleifen, er konnte sich das leisten, weil es nicht so teuer war. Die Damenwelt, vor allem die ganz jungen Frauen, versammelten sich bei den schlau dreinschauenden Zigeunerinnen, die lautstark ihre Wahrsagekunst anboten. Eine alte Wahrsagerin schnappte sich meine Mutter und sagte: »Ich sehe in deinem Schicksal einen Ring, du wirst noch in diesem Jahr heiraten. Der Bräutigam ist nicht einmal einen

Schritt von dir entfernt. Er ist so nah, dass du seinen Atem im Nacken spüren könntest. Schau dir das an! Er ist ein reicher Mann und wird dich zu einer Dame machen.«

Das waren also die Jahrmarkt-Attraktionen, nach denen sich alle gesehnt hatten. Die Leute bewegten sich gemächlich Schritt für Schritt durch die Menschenmenge, und es war ihnen egal, ob sie in die eine oder in die andere Richtung gingen, hin und wieder verschwanden sie in einem Menschenknäuel, viele grüßten einander im Vorübergehen. Aber auch der eine oder andere nervöse, ruppige junge Mann war unter den Besuchern und hatte bereits einen über den Durst getrunken. Meistens kamen diese Burschen aus montenegrinischen Gegenden und sorgten dafür, dass es Prügeleien gab und die Leute mitten in ihrer Ausgelassenheit Angst bekamen. Die Ordnungskräfte hatten auf den Jahrmärkten immer sehr viel zu tun, aber auch sie ließen sich auf Begegnungen ein und von der guten Stimmung davontragen, sodass sie dabei ihre Pflichten vergaßen und auf manches Brenzlige viel zu spät reagierten. Wer würde sich auch nicht bei einem mächtigen Stier etwas länger aufhalten, der die angeblich längsten Hörner der Welt hatte, die aus einem riesigen Kopf herauswuchsen? Beeindrucken konnte natürlich auch ein Leithammel, der nicht mehr und nicht weniger als vier Augen vorzuweisen hatte. Es gab aber auch noch andere Attraktionen, Frauen etwa, die barfuß auf einem hauchdünnen Seil balancierten, das über den Köpfen der Menschen gespannt war. Es gab auch die sogenannten lustigen Spiegel, die die Eigenschaft hatten, menschliche Gesichter in Karikaturen zu verwandeln. Auch halsbrecherische Aktionen mit Motorrädern waren zu sehen, die auf der sogenannten »Todeswand« fuhren, Bocchia-Besessene, Steinewerfer, unzählige andere Spiele, Leute, die einem das Geld aus der Tasche zogen und dabei ihre Gesangskunst zum Besten gaben.

Es lohnte sich, all das zu sehen, denn nur einmal im Jahr kam der Rummel nach L. Alle wollten so viele Eindrücke wie möglich sammeln. Dann sprach man das ganze darauffolgende Jahr von nichts anderem als von Mariä Geburt, was so lange ging, bis wieder der nächste Jahrmarkt alle Menschen dieser Gegend zusammenbrachte. Auf einem dieser Jahrmärkte wurde mein Onkel Anđelko verhaftet. Er war noch nicht einmal zwanzig Jahre alt. Sie sperrten ihn ein, weil er vor der Kirche einen Kolo initiierte, mit anderen im Kreis tanzte und lauthals singend skandierte: *Nieder mit der Kirche und den Altären, nieder mit den Popen und den Milizionären.*

In einem Zelt konnte man für wenig Geld ein – so hieß es – nie gesehenes Wunder bestaunen, weshalb sich eine Menge fröhlicher junger Männer davor versammelt hatte. Beharrlich warteten sie darauf, an die Reihe zu kommen und die »größten Titten der Welt« zu sehen. Das also war das angekündigte Wunder. Während sie warteten, waren alle putzmunter, und nach dem Besuch im Zelt verwandelte sich ihre Munterkeit in Übermut. Jeder von ihnen fing an, die Brüste mit den üppigsten Vergleichen zu beschreiben. Ein respektvolles Staunen schwang in ihren Erzählungen mit, und ein Gendarm ließ sich dazu hinreißen, die Brüste mit einem Dudelsack zu vergleichen, während andere ihn in der Beschreibung der Brustgröße zu übertrumpfen suchten und sagten, ein Dudelsack sei ja viel zu klein für das, was sie gesehen hätten. Auch mein Vater hatte sich eine Eintrittskarte für 3 Groschen gekauft, und als er dieses Wunder von Busen sah, bezahlte er noch einmal genauso viel, um es berühren zu dürfen. Als er aus dem Zelt herauskam, fiel sein Blick auf ein Grüppchen junger Frauen aus L., es waren gut gelaunte Mädchen vom Land, unter ihnen jenes aufmüpfige Ding, das in seinem Gemischtwarenladen immer barsch mit ihm umsprang. Seine zukünftige Ehefrau – meine Mutter. Er wollte sich vor ihr verstecken, denn er schämte sich, dass er gerade aus dem Zelt kam, aber es war zu spät, sie hatte ihn schon gesehen, deshalb trat er auf sie zu, nahm ihre Hand, führte sie von ihren Freundinnen weg und brachte sie in einen Kramladen, eine

Holzhütte, in der eine improvisierte Goldschmiedewerkstatt untergebracht war. »Gebt mir die teuersten goldenen Hochzeitsringe, die ihr da habt«, sagte er.

Fröhlich nahm die junge Frau den Heiratsantrag an, verließ glücklich die Bretterbude und zeigte stolz erhobenen Kopfes ihren Freundinnen den goldenen Verlobungsring. »Ich bin verlobt und ich werde heiraten.« Das machte natürlich Eindruck bei den jungen Frauen. Sie wussten, wie streng ihr Vater war und wie sehr er ausgerechnet diesen Mann verabscheute, aber sie kannten auch meine Mutter, wussten, dass sie eigensinnig war und dass sie von nichts abrückte, was sie sich einmal in den Kopf gesetzt hatte. Ihr Vater wiederum konnte ihr nichts abschlagen, sie war sein auserkorener Liebling. Aber wann immer später die Rede auf diese Angelegenheit kam, ob man darüber wohlwollend oder abwertend sprach, meine Mutter betonte stets, ihr Vater hätte das Ganze auf die damalige Überrumpelung vor dem Zelt zurückgeführt. Bei Sinnen sei sie sicher nicht gewesen, darin war sich ihr Vater sicher, sonst, sagte er, hätte sie so etwas nie getan. »Das war die Vorlage für unsere kriegerischen Jahre«, sagte er. Dieser Satz wurde nie vergessen.

Mutter war aber schon auf vielen Jahrmärkten gewesen, nicht nur in den Städtchen der Umgebung, sie kannte auch Orte am Meer. Seit ihrem zwölften Lebensjahr war sie zu Mariä Geburt aber immer am liebsten nach L. gegangen. Es gab unzählige Gelegenheiten auf diesen Festen, mit anderen in Berührung zu kommen; wo viele Menschen sind, da wird man auch schnell übermütig und es passieren Dinge, die man manchmal lieber nicht erleben würde. Sie war aber nicht nachtragend und vergaß schnell und gerne, vor allem das Unangenehme. An diesem Tag aber, an dem sie, ohne den geringsten Zweifel zu verspüren und ohne Widerstand zu leisten, diesen Ring angenommen hatte, prägte sich auch das Nebensächlichste in ihrem Gedächtnis ein. Nun war sie eine vergebene Frau. Das nebensächlichste Ereignis, Bewegungen und Gesichter dieses Tages wurden Teil ihrer Erinnerung, auch die winzigste Kleinigkeit prägte sich ihr ein, die sie später und selbst noch als alte Frau mit Leichtigkeit wiedergeben konnte, wie einen Spielfilm, den sie mit großer Präzision nacherzählen konnte und auf diese Weise immer wieder auf jenen kleinen Ausschnitt ihres Lebens schaute. Mit ihrem Verlobten, der bis vor kurzem noch ein Mensch war, den sie nicht ausstehen konnte und mit dem sie nichts verband, ging sie jetzt ganz selbstverständlich über den Jahrmarkt, schaute sich an seiner Seite und unter seinem Schutz unverblümt das bunte Jahrmarktstreiben an, war freier als bisher, fröhlicher und direkter. Aber schon in der ersten Stunde ihrer Verlobung legte sich ein erster Schatten auf diese Beziehung. So etwas passiert oft, wenn Menschen glücklich sind. Ein Bekannter ihres Vaters tauchte auf, ein junger Zöllner aus Gruž, der sich in die junge Frau verguckte und ein paar Stunden später zu meinem Großvater Tomo sagte: »Ich wusste überhaupt nicht, dass du so eine schöne Tochter hast, sie ist ja im Heiratsalter! Könnten wir ins Gespräch kommen?« »Ja, das wäre schön, aber gerade heute hat sie sich verlobt.« Und dann bat sie ihr Vater, dem jungen Mann ihren Ring zu zeigen, und griff nach der Hand der Tochter, als diese selbst schon im Begriff war, stolz ihre Hand vorzustrecken, damit der Zöllner ihren prächtigen vierundzwanzigkarätigen Goldring zu Gesicht bekam.

In der Ehe war später nichts mehr so lustig oder harmlos wie in jenem Moment mit dem Zöllner. Mein Vater ertrug es schlecht, wenn seine junge Frau mit anderen in Berührung kam. Er versuchte, sich mit Witzen zu retten, aber sie fielen immer böse und grob aus, nie lag etwas Ausgewogenes in seinen Worten. Er war jähzornig und fand einfach keine anderen Mittel, um den flirtenden jungen Männern gelassener zu begegnen, eigentlich scheiterte er an seinem mangelnden Humor. So kam es dazu, dass mein Vater immer unangemessen reagierte, immer auf die denkbar schlechteste Art, weil er ein streitsüchtiger Mensch war, der jeden kleinen Schaden immer noch größer machte, als er zunächst war. Alles mündete bei ihm in einer Auseinandersetzung, jedes Mal auf eine brachial endgültige Art. Das führte dazu, dass alle Menschen, die irgendetwas mit meinem Vater zu tun hatten, um des lieben Friedens willen gleich den Mund hielten, weil sie sich nicht mit ihm in Streitereien verstricken wollten.

Unter solchen Machtspielen leiden in der Regel immer die Unschuldigen, und so musste es dazu kommen, dass meine Mutter zur humoristischen Zielscheibe der Leute wurde. Danach begann erst recht die Zeit der Tobsuchtsanfälle meines eifersüchtigen Vaters. Bis zum Schluss prägten sie die Ehe meiner Eltern. Jedes Mal wenn ihn jemand neckte, konnte man die Reaktion meines Vaters voraussehen. »Habe gerade deine Frau mit einem Jüngling in der Stadt gesehen« – so einen Satz brauchte man nur mal in den Raum zu stellen, und schon verfiel mein Vater auf die absehbar gleiche Weise in seine Schimpftiraden und wurde beschämend ausfällig. »Hätte die Stute nicht gewiehert, wären auch keine Rammler aufgekreuzt.« Mit solchen Worten versuchte er, sich zu wehren. Und das führte natürlich immer dazu, dass mein Vater einen Streit vom Zaun brach, dem ein mathematisch präzises und noch viel größeres Zerwürfnis folgte, wie das eine Mal, als er vor Zorn nach einer Axt griff und eine junge Linde fällte, die vor unserem Haus in L. wuchs. Seine konfusen Gefühle versuchte mein Vater mit Alkohol zu besänftigen, selten schlug er meine Mutter, denn sie zahlte es ihm mit gleicher Münze heim, was etwas vollkommen Neues und durchweg Revolutionäres in unserem Patriarchat war.

»Nichts tut so weh wie ihre Ohrfeigen«, vertraute sich mir mein Vater einmal an und verbot mir, irgendjemandem zu erzählen, dass er von seiner Frau geohrfeigt worden war. Aber ich war stolz auf meine Mutter, ich bewunderte sie sehr dafür.

Merkwürdigerweise nahm seine Eifersucht mit der Zeit überhaupt nicht ab, zwar war sie nicht mehr so stark wie früher, seine berühmten Tobsuchtsanfälle kamen nicht mehr so oft vor und die lautstarken Streitereien waren nicht mehr so häufig, aber es blieb noch genug Zerstörerisches in ihm übrig. Zusätzlich waren beide dickköpfig und verweigerten einander über lange Zeiträume das Gespräch. Einmal stellten sie einen Rekord von sechs Monaten auf, in denen wortlos umeinander herumgeschlichen wurde, sogar dann, wenn Gäste im Haus waren und wenn sie Karten mit Freunden spielten oder gemeinsam verreisten. Als ich einmal meinem Vater sagte, man würde ihnen den Altersunterschied nicht mehr ansehen, weil sie sich unnötig aneinander zerrieben hätten, sagte er ruhig und nachdenklich: »Wir würden uns auch als Gleichaltrige so verhalten haben, da ist einfach etwas in uns, besser gesagt in mir, etwas, das ich nicht bändigen kann, ich bin schon als Unglücklicher zur Welt gekommen, ich habe Angst vor der Stärke der Frauen.«

17

Die Erinnerung an meinen Onkel Anđelko wirft die Frage nach seinem heutigen Wohnort auf, aber den kenne ich nicht, ich habe keine Ahnung, wo er lebt und ob er überhaupt noch lebt. Genauso wenig weiß ich, wen ich nach ihm fragen und wen ich darum bitten könnte, dass er mich im Todesfalle benachrichtigt, denn auch ich habe keinerlei Verbindung mehr zu meiner Familie. Und wenn ich dieses Buch fertiggeschrieben habe, werde ich versuchen, meinen Stammbaum in mir zu kappen, bis dahin muss ich aber noch in seinen Ästen herumklettern, muss an ihnen rütteln, solange dieses Abenteuer währt. Ein paar faule Früchte werden schon noch auf die Erde fallen.

Anđelko war von kleinem Wuchs, aber er war sportlich, sein Körper war schön und harmonisch gebaut. Sehr früh hatte er schon einen erwachsenen muskulösen Körper, und bereits in seinem fünfzehnten Lebensjahr war er ein sehr guter Turner, nahezu ein Meister auf Barren und Reck. Zu Schulzeiten gewann er zwei Pokale in einem Wettbewerb, der für die Schüler der damaligen Banovina von Zetska ausgeschrieben wurde. Er war rothaarig, aber im Sommer veränderte sich seine Haarfarbe, je wärmer es wurde, desto schneller wurde es strohblond. Vorher aber sah sein Haar aus wie eine Fackel im Sturm; und bereits im Herbst nahm das Blonde wieder ab und wurde allmählich wieder dunkler, und in den ersten kalten Tagen war es dann wieder ganz und gar rot. Und ab diesem Moment schien es auf eine merkwürdige Art selbstständig zu werden, sodass die Mädchen zu einer passenden Metapher griffen und ihm den Namen »Wogende Blume« gaben. Er hatte blaue Augen, ein feines Gesicht, einen vollkommenen Körper, er glich niemandem aus unserer Verwandtschaft väterlicherseits, nur seine Mutter betonte mehrmals in einem ihn verteidigenden Ton, dass Anđelko ihrem früh verstorbenen Bruder ähnlich sah, der auch rothaarig war und viele Sommersprossen auf dem ganzen Körper hatte. Er war bekannt als der »Russe«, so nannte man ihn, weil alles Russische als Synonym für die Farbe rot benutzt wurde. Er starb mit zwölf, niemand wusste, woran eigentlich. Eines Tages hatte man ihn tot im »Klosterinternat zur Barmherzigkeit Gottes« vorgefunden, er lag splitternackt in seinem Bett, das regte die Fantasie der Leute nachhaltig an und führte zu vielerlei Gerede.

Anđelko war ein vorbildlicher Schüler, einer der besten seiner Schule, und zwar in allen Fächern. In einigen war er sogar der beste, er hatte eine schöne Handschrift, seine Hausaufgaben und seine literarischen Aufsätze waren sprachgewandt, ohne unnötige Zierden, denn nicht ein Wort darin war zu viel. Genauso war er auch im Leben, er war in allem beneidenswert präzise und dabei immer charismatisch, sehr selten widersetzte sich ihm jemand, denn wenn er etwas tat, konnte man daran ohnehin nichts aussetzen. Mein Vater war stolz auf seinen viele Jahre jüngeren Bruder, er sorgte dafür, dass er in das Höhere Gymnasium von Trebinje kam. Nach dem ersten Halbjahr wurde dem Jungen das Buch *Germinal* von Emile Zola für seine ausgezeichneten Leistungen und vorbildhaftes Benehmen als Geschenk überreicht. Als sein Vormund kam mein Vater voller Stolz zum ersten Schulfest.

Als dann das darauffolgende Halbjahr vorbei war, lehnte es Anđelko für alle völlig überraschend ab, weiter zur Schule zu gehen. Er zog sich in sein Haus in L. zurück, das sich gleich neben dem Haus seiner Mutter befand. Sie war eine ungebildete Frau und nun glücklich darüber, dass ihr Sohn zurückgekommen war, sie kochte für ihn, kümmerte sich um alles, und wegen der Schule stellte sie ihm keine einzige Frage, kommentierte das Ganze nur einmal, als sie sagte, dass jeder Mensch seinem eigenen Stern folgen müsse. Als mein Vater nach Hause kam, wollte er Anđelko dazu überreden, wieder aufs Gymnasium zu gehen, aber er wollte auch wissen, warum er nicht mehr zur Schule ging; Anđelko hatte jedoch keine Lust zu reden, er spielte die ganze Zeit über nur Karten, mischte sie virtuos in seinen Händen, teilte sie sich selbst aus, sammelte sie wieder ein und warf sie in neuer Ordnung wieder auf den Tisch.

»Wir hatten alle sehr große Hoffnungen in dich gesetzt«, sagte mein Vater, »wir haben alles dafür getan, dass du erfolgreich bist. Ist das etwa der Dank dafür?«.

»Ich will gar nicht erfolgreich sein«, sagte Anđelko und wollte wissen, was sein Bruder von ihm erwartete. »Willst du etwa einen Schuldner aus mir machen? Damit ich dir mein Leben lang dankbar sein muss?«

»Und was hast du jetzt vor? Wie soll es jetzt weitergehen?«

»Nur keine Sorge, ich werde dir schon nicht zur Last fallen. Ich kann mein Haus verkaufen, ich spiele sehr gut Poker, ein guter Dieb bin ich auch. Ich kann ja Kirchen plündern. Irgendetwas wird mir schon noch einfallen. Du bist nicht verpflichtet, dich um mich zu kümmern«, sagte Anđelko, stand auf, sammelte seine Spielkarten auf, brach das Gespräch mit seinem Bruder jäh ab, verließ das Haus und machte sich auf den Weg zu einer Quelle und einem wild wachsenden Birnbaum. In den Sommermonaten, während der Ferien, las er dort Bücher und hatte ein Versteck, in das er seine aktuelle Lektüre legte, ein grünes Blatt diente ihm als Lesezeichen. Nun beugte er sich lange über das Wasser und blieb dort stehen, sah sich sein Gesicht in der glasklaren Oberfläche der Quelle an. Später, als die Stadtbücherei in ein neues Gebäude umzog, fand man in vielen

Büchern ein getrocknetes Blatt, jeder wusste, wer es hineingelegt hatte.

Der Leiter des Gymnasiums kam zu ihm, auch der Lehrer wurde vorstellig, den Anđelko eigentlich mochte, sie taten alles, um ihn wieder dazu zu überreden, in die Schule zu gehen, sie brachten sogar ein offizielles Schreiben mit, ein Förderer aus Trebinje wollte sich um seine Ausbildung kümmern, bis er ein Universitätsstudium abgeschlossen hätte, aber weder schafften sie es, ihn zu überreden, noch gelang es ihnen, etwas von ihm über den Grund seines Fernbleibens von der Schule zu erfahren. Der Schulleiter glaubte, irgendeine wahnsinnige Verliebtheit sei der Grund dafür, weil er es schon oft erlebt hatte, dass die jungen Leute in eine Art Adoleszenz-Depression fielen. Damit versuchte er jetzt auch, Anđelkos Fernbleiben, seine Flucht vom Gymnasium zu erklären. Anđelko war jedoch mit keinerlei psychologischen Klischees zu greifen, seine übergroße Ernsthaftigkeit, so hatte es der Leiter abschließend im Schulbuch festgehalten, deutete darauf hin, dass dieser Junge einfach viel zu früh erwachsen geworden war.

»Ich kann nichts mehr lernen, die Schule empfinde ich als Last, das ist alles, was ich jetzt dazu sagen kann«, sagte Anđelko.

Die vielen Versuche, ihn zur Einsicht zu bewegen, waren also völlig sinnlos, nur der Sportlehrer legte sich noch ins Zeug und versuchte seinen Musterschüler wenigstens dazu anzuhalten, seine Übungen nicht aus den Augen zu verlieren, denn er war sich sicher, dass Anđelko nicht einmal die Hälfte seines Potenzials freigesetzt hatte, und der menschliche Körper, sagte er, entfalte sich recht besehen bis zum Ende des Lebens, wer sich aber nicht um seinen Körper kümmere, stimme freiwillig der Erosion seiner eigenen Seele zu.

Anđelko pflichtete seinem Lehrer bei, den er als seinen Sport-Mentor respektierte, schließlich war es ihm gelungen, mit seiner Hilfe seinen Körper in Form zu bringen. Er hatte ihn achtsam und maßvoll trainiert, und es war etwas ganz anderes dabei herausgekommen als das, was die meisten seiner Altersgenossen aus der Provinz aus ihren Körpern machten. In diesen Zeiten waren Muskeln in Mode, die Stadt war für die meisten jungen Männer etwas Geheimnisvolles und verleitete sie dazu, sich als flanierende Muskelprotze am Strand von Dubrovnik zu produzieren.

Im Jahrbuch des Gymnasiums sind die Notizen des damaligen Schulleiters aus dem Jahr 1939 veröffentlicht worden. Es sind ein paar lesenswerte Eintragungen darunter, die ich einsehen durfte und die mir gezeigt haben, wie kostbar es sein kann, wenn man bei einer Betrachtung auf unterschiedliche Quellen und damit auf andere Perspektiven zurückgreifen kann. Manchmal ist gerade das, was uns als das Nebensächliche erscheint, von großem Wert. Ich fand auf diese Weise zum Beispiel heraus, dass der Schulleiter auch ein Professor für Psychologie war, der hin und wieder den Polizei-Inspekteuren zur Verfügung stand und ihnen über das psychologische Profil junger Kommunisten Auskunft gab. Mein Onkel war eine Art Demonstrationsbeispiel für ihn, auf das er immer wieder gerne zurückgriff. Ich muss dazu sagen, dass er ihm sehr gewogen war. Seine Auskünfte erwiesen sich als maßgebend für das, was später als Anđelkos Mythos überlebt hat, und es spielte keine Rolle mehr, dass er von heute auf morgen das Gymnasium abgebrochen hatte und danach in bedenkliche Gesellschaft geraten war.

Sehr häufig ziehe ich beim Schreiben meine eigenen Notizen heran, schaue in alten Heften nach, lese in ihnen. Eine Menge davon fällt naturgemäß immer weg oder ist gar nicht verwendbar, aber alles, was ich in den Papierkorb werfe, sehe ich mir dennoch genau an, bevor ich mich vollends davon verabschiede. Der Sinn dabei ist nicht die übermäßige Rettung meiner alten Kritzeleien, vielmehr helfen sie mir immer, das Geschriebene gewissenhaft zu überprüfen, um zu sehen, ob ich genau genug arbeite. Immer wieder ist es mir auf diese

Weise gelungen, auf ein entscheidendes Datum, auf ein einzelnes Wort zu stoßen, das mir geholfen hat, etwas Neues zu begreifen, weil ich schreibend immer in einen Dialog mit der Sprache selbst trete und letzten Endes, ob ich das will oder nicht, auch immer etwas über das Schreiben selbst sage. Deshalb meide ich ganz bewusst nicht das Theoretische, die Betrachtung des Schreibens verlockt mich im gleichen Maße wie das Erzählen selbst. Ich kenne Schriftsteller, die sagen, dass das Fortgeworfene grundsätzlich immer besser ist, viel besser, als das von ihnen Veröffentlichte. Aber das ist nicht richtig, es handelt sich hierbei um den klassischen Selbstbetrug von Schwindlern, die sich auf diese Weise zum Eigenlob verleiten lassen. Viel mehr als das interessiert mich jedoch die Frage, ob wir nicht auch als Schreibende gezwungen werden, die Träume unserer Vorfahren und jener Menschen, die uns nah sind, zu träumen. Träume ich beispielsweise den gleichen Traum, den auch schon mein Vater geträumt hat? In den Notizen des Schulleiters bin ich auf die Beschreibung eines Traumes gestoßen, den ihm allem Anschein nach mein Onkel Anđelko anvertraut hat – und genau diesen Traum habe ich schon viele Male selbst geträumt, lange noch bevor ich wusste, dass es der Traum meines Onkels war. Er träumte regelmäßig davon, dass das Schulgebäude über ihm zusammenbrach, der ganze Schutt ihn unter sich begrub, er aber keuchend und unter Schmerzen versuchte, sich noch lebend, aber mit einem Mund voller Staub zu retten. Unter dem Eindruck dieses Traumes stehend, zwang er sich jeden Morgen, zur Schule zu gehen. Mit diesen Bildern im Kopf betrat er täglich sein Klassenzimmer, setzte sich hin und wartete darauf, dass das Gebäude wie im Traum zusammenbrach. Mit der Zeit hatte er sich so sehr an diesen Gedanken gewöhnt, dass er schon bald jene kleine Naht aus den Augen verlor, die Traum und Wirklichkeit so sorgsam voneinander trennt. In den Augen seiner Lehrer war er nur ein Schüler, der seltsam unbeteiligt in die Luft starrte, und sie hatten es sich angewöhnt, ihn mehr und mehr zurechtzuweisen. »Sei kein Kalb«, sagten sie, »nur Kälber starren ins Nichts.« Vielleicht war es wirklich dieser Traum, der ihn zur Flucht zwang und aus der Schule wegtrieb, weswegen es auch keine Rolle spielte, dass er eigentlich sehr gute Noten hatte.

In meiner Kindheit wusste ich nicht sehr viel über meinen Onkel, bei uns zu Hause sprach man kaum über ihn, mein Vater erwähnte ihn nur ungern. Die Rolle des Erinnernden scheint mir vorbehalten zu sein, denn nun bin ich es, der unsere alten Familienquittungen zusammenrechnen muss, und während ich das tue, bemerke ich, wie ähnlich ich diesem Onkel bin. Unsere Verwandtschaft erscheint mir sogar überprüfbar, obwohl ich an die Macht der Gene gar nicht glauben will. Denn der Gedanke, durch Ähnlichkeiten mit meinen Eltern verbunden zu sein, ist nicht gerade verlockend für mich, innerlich bäumt sich auch alles in mir dagegen auf. Ein Dichter hat diesen Zustand einmal in einem Vers sehr gut zum Ausdruck gebracht: *Ich bin vor ihnen geboren / selbst habe ich mich / lange vor ihnen / zur Welt gebracht.* Nun träumte aber auch ich diesen Traum, erlebte Nacht für Nacht, wie die Wände des Gymnasiums mich unter sich begruben, wechselte deshalb ständig die Schulen, und an der Universität schaffte ich es nicht mehr als ein Jahr zu bleiben. Auch ich hatte sehr früh damit begonnen, Sport zu machen, ich war sehr gut auf dem Barren, noch heute bin ich ganz gut in Form. Mein Onkel wurde nach dem Schulabbruch Mitglied im Segelverein und im Club der Fallschirmspringer. Er sprang ganze zweiundsiebzig Mal aus einem Zweiflügler heraus. Beim Kartenspiel erwies es sich, dass er eine Begabung zum Betrüger hatte, und Diebstähle beging er aus reinem Vergnügen, wobei er es vor allem auf Gotteshäuser abgesehen hatte. Sein Spezialgebiet wurden Plünderungen von Klöstern und Kirchen. Auch ich war ein begeisterter Fallschirmspringer, bis ich einen Unfall hatte. Ich war Hütchenspieler und zockte auf der Straße. Außerdem konnte ich mit den Karten umgehen wie ein Zauberer. All das tat und erlebte ich, ohne im Geringsten um das Schicksal meines Onkels zu wissen. Er interessierte mich überhaupt nicht, aber meine Zockerzeit hatte genau in jener Periode ihre Hochsaison, als ich nichts mit meinen Wurzeln zu tun haben wollte und mich am liebsten von meiner ganzen Verwandtschaft losgesagt hätte.

18

Wenn zu Hause doch einmal die Rede auf meinen Onkel kam, wurde er von allen einfach nur der Teufel genannt, weil man sagte, er sei schlicht teuflisch intelligent gewesen. Man konnte ihn nicht täuschen oder ihm etwas unterschieben, jede unterschwellige Andeutung verstand er intuitiv, beantwortete sie schnell, manchmal auch mit Fäusten. Sobald er mit jemandem ins Gespräch gekommen war, machte er ihn sofort nach und imitierte wie ein Schauspieler die Art, in der sein Gegenüber sprach, was dazu führte, dass die meisten dachten, er mache sich lustig über sie. Wenn einer stotterte, fing auch er an zu stottern, was mehr als nur eine Unhöflichkeit war. Die meisten fanden das gemein und unmenschlich, was er machte. Wenn einer hinkte, begann er plötzlich auch zu hinken, darin lag tatsächlich etwas Komisches; aber es liegt auch in der Natur der Sache, dass ein Hinkender selbst darüber überhaupt nicht lachen konnte. Nachdem Anđelko ein paar kleine Diebstähle angelastet wurden, steckte mein Vater ihn in eine Besserungsanstalt. Das hatte auch etwas mit Rache an seinem jüngeren Bruder zu tun, der nicht auf ihn gehört und sich eigensinnig über seine Bitten hinweggesetzt hatte. Die begangenen Diebstähle waren nicht wirklich bösartig, Anđelko selbst hatte in der Regel auch nichts vom Gestohlenen, aber er verfolgte eine Art Strategie, er wollte die wohlhabenden Familien erschüttern und aufzeigen, wie sie zu ihrem Vermögen gekommen waren, und seiner Meinung nach war das auf dem Rücken der Arbeiter geschehen. Er war sich darin sicher, dass das, was man durch Diebstahl erringt, einem durch Diebstahl genommen wird. Das war schon alles, eine andere Botschaft hatte er gar nicht.

Nach einem Monat haute Anđelko aus der Besserungsanstalt ab. Er nahm seinen Freund und Beschützer Viktor Bloudek mit, der im gleichen Alter wie er war. Es war der Sohn des Schusters Karl Bloudek. Sie wurden unzertrennliche Freunde, waren einander treu ergeben, segelten zusammen und waren Mitglied im Fallschirm-Club »Unsere Flügel«. Beide waren hervorragende Turner, die gemeinsam eine neue Besonnenheit an den Tag legten. Gemeinsam entschieden sie, das Schusterhandwerk zu erlernen. Karl nahm alsbald die beiden unter seine Fittiche. Sie begnügten sich aber nicht nur damit, Reparaturarbeiten zu machen, sie spezialisierten sich sogar darauf, solide handgemachte Schuhe anzubieten. Sie orientierten sich dabei an italienischer Mode und beschafften sich dafür die nötigen neuen Muster.

Die Bloudek-Schusterei gab es schon seit über fünfzig Jahren. Eröffnet hatte sie Vaclav Bloudek in einer Straße, die auf der einen Seite von einer Reihe Platanen und auf der anderen von Kastanien gesäumt war. Die Bäume stammten noch vom Beginn der Österreich-Ungarischen Monarchie. Die Straße war einst als Teil eines Marktplatzes geplant worden, weshalb die österreichischen Ingenieure gleich zur Stelle gewesen waren und Kastanienbäume gepflanzt hatten. Damals glaubte man noch, dass sie Fliegen abhalten, wegen der Hygiene waren sie für alle wichtig.

Als der Tscheche Vaclav Bloudek im Jahre 1891 nach Trebinje kam, ließ er schon nach einer Stunde Aufenthalt verlautbaren, dies sei die Stadt seiner Träume, und verbreitete daraufhin die Nachricht, es handle sich nun um seine Geburtsstadt. Der Mann wusste natürlich genau, dass er in Prag zur Welt gekommen war. Seine Lebensphilosophie aber besagte, dass ein Mensch notwendigerweise mehrmals zur Welt kommt und dass er bei jeder Veränderung in seinem Leben automatisch neu geboren wird. Im gleichen Jahr heiratete Bloudek eine reife junge Frau, eine Katholikin, aus der Handwerkerfamilie Meštrović. Es handelte sich dabei um eine hochangesehene alte herzegowinische Familie, deren Wurzeln wiederum bis Tschechien reichten. Sie gilt heute als Erneuerin des Schustergewerbes, hat auch die anderen Handwerkskünste, zum Beispiel die Goldschmiedekunst von Grund auf verändert. Die Damenlederhandtaschen der Meštrovićs haben große Berühmtheit erlangt, man hat sie sogar mit vielen Preisen ausgezeichnet.

Anđelko fand in seiner neuen Familie eine Zuflucht, und dass er in der Schusterei Romane zu lesen anfing, das war Viktors Vater Karl zu verdanken. Seine Söhne lasen ihm immer aus Büchern vor, denn den letzten Rest seines Sehvermögens wollte er sich für die Ausübung seines Handwerks aufbewahren, schließlich war er der Ernährer der ganzen Familie. Zwei seiner Söhne waren als Saisonarbeiter nach Slawonien gegangen, hatten dort geheiratet und waren im Norden geblieben, sie sind jetzt also das, was die Leute »Slawonier mit herzegowinischen Wurzeln« nennen. Sein dritter Sohn Viktor verkraftete den Tod der Mutter schlecht und geriet auf Abwege. Dann kam er wie Anđelko in die Besserungsanstalt. Erst als er von dort abgehauen war, fand er zu seinem Vater zurück. Mit seinem besten Freund fing er wieder an Romane zu lesen, zuerst um seinen Vater zu erfreuen, der ein leidenschaftlicher Literaturliebhaber war, aber bald schon verfielen die beiden Freunde selbst dieser Leidenschaft. Sie lasen alles, was ihnen in die Hände kam. In der Chronik der Stadtbücherei sind Fotos von ihnen veröffentlicht, die mit dem Vermerk versehen sind, dass die beiden den Rekord im Bücherausleihen gebrochen haben.

Gemeinsam gingen sie auch zur Prüfung vor die Kommission der Handelskammer von Banovina. Man berief sie getrennt von den anderen Schülern dorthin, denn sie waren zuvor sehr unregelmäßig zum Unterricht erschienen. Vor der letzten Meisterprüfung mussten sie in allen Fächern geprüft werden, beispielsweise in Wirtschaftslehre, was ihnen ganz und gar gelang, und der praktische Teil, in dem die Herstellung von Schuhwerk behandelt wurde, musste im großen Klassenzimmer der Industrieschule absolviert werden, in dem alle Utensilien und Werkzeug bereits auf sie warteten. Diese Prüfung wurde zu einem öffentlichen Ereignis, das nicht nur die Verwandten der Schüler anlockte, sondern auch viele andere Menschen und Persönlichkeiten der Stadt, denn so etwas war damals ungewöhnlich, praktisch nie vorgekommen. Die beiden jungen Männer gaben ihr Bestes, und als die Prüfungsabnahme begann, wurde es im Klassenzimmer still wie in einem Theater. Sie absolvierten die Prüfung auf eine Art, als seien sie Darsteller in einem gesellschaftlich relevanten Stück, direkt vor den Augen eines ausgewählten Publikums. Es waren auch Polizisten und Priester darunter, aber natürlich auch ganz normale Leute aus ihrem Sport-Club. Niemand wusste, warum das Ganze ein solches Ereignis wurde, auch die beiden jungen Männer, die an diesem Tag Meister geworden waren, waren darüber verwundert. Hätte eine Theatergruppe in ihrer Stadt gastiert, wären nicht so viele Leute gekommen, selbst auf dem Flur drängelten sie sich aneinander. Es waren auch viele hübsche junge Frauen gekommen, die beiden jungen Männer waren sehr begehrt. Es wurde sogar erzählt, dass ein paar Schülerinnen in Ohnmacht fielen, so erregt sollen sie von dem Anblick der beiden Kerle gewesen sein.

Was das genau war, um was für ein Phänomen es sich eigentlich bei diesen Milchbuben handelte, kann man bis heute nicht sagen. Im Grunde waren sie einfach nur Schuster, die nicht einmal aus einer einflussreichen Familie kamen und am Rande der Armut lebten. Warum also gerade sie eine solche Aufmerksamkeit auslösten und so viele Leute magnetisch anzogen, war unerklärlich, aber der ganze Rummel glich ungefähr der Stimmung, die sich eher bei einer erfolgreich zu Ende gebrachten Dissertation einstellt. Hier aber, so formulierte es mein Vater, hatten zwei junge Männer doch lediglich das Handwerk der Hirten erlernt. Die beiden Protagonisten waren alles andere als Zauberer, sie waren ja vor nicht allzu langer Zeit aus der Besserungsanstalt abgehauen. Auf der Polizeiwache führte man sogar Akten über sie, der einzige Ruhm, den sie also wirklich zu verbuchen hatten, das war jener in der Stadtbücherei – als Leser von Romanen, die alle Rekorde gebrochen hatten. Das aber war keine wirkliche Auszeichnung, in dieser Gegend galt das Lesen eher als eine lästige Störung. Nur Verrückte lasen nach der öffentlichen Meinung Bücher. Und Leuten mit Bildung begegnet man nicht mit Respekt, sondern vielmehr mit der Überzeugung, dass sie größere Dummköpfe sind als Leute, die überhaupt keinen Schulabschluss haben.

Als der Vorsitzende der Kommission Anđelko und Viktor zu ihrem Meistertitel gratulierte, den sie sich mit Bestnoten erarbeitet hatten, klatschten alle im Klassenraum, und als sie das Diplom ausgehändigt bekamen, rief Viktors Vater Karl alle zu einem kleinen Fest zusammen. Freudig nahmen die Leute die Einladung an, und alles strömte in das benachbarte Klassenzimmer, wo schon auf den Tischen Speisen und Getränke standen. Jeder wollte persönlich mit den frisch ernannten Meistern anstoßen, ein paar Worte mit ihnen wechseln, jeder wollte wissen, was sie nun vorhatten, was man von ihnen in Zukunft zu erwarten habe. Als seien sie Propheten! Man muss aber zugeben, dass die beiden irgendwie anziehend waren, weil sie etwas eigenartig Mysteriöses umgab. Sie strahlten jene heldische Energie aus, die sich in den Erzählungen der anderen schnell in einen Mythos verwandeln konnte. Vielleicht besaßen sie sogar übernatürliche Kräfte! So etwas mussten die Leute sich allen Ernstes gefragt haben, anders kann man diese Versammlung gar nicht erklären. Sie waren einfach von einer geheimnisvollen anziehenden Aura umgeben. Aber andererseits muss man anmerken, dass niemand ohne Schuhwerk auskommt und das Ganze aus praktischer Sicht auch ganz logisch erklärbar war. Aber damals neigte man eben dazu, den Dingen etwas Unerklärliches anzudichten.

Mein Vater kam zum Fest seines Bruders als Einziger schon betrunken. Das nahm man ihm übel, schubste ihn hin und her, mied aber vornehmlich seine Gesellschaft, und einer der wichtigeren Referenten aus der Kommission sprach ihn direkt an und sagte, es wäre besser gewesen, er wäre gar nicht gekommen. Er habe seinem Bruder nur geschadet! Mein Vater nahm ein Glas in die Hand und ging langsamen Schrittes auf Anđelko zu, um ihm zu gratulieren. »Heute hättest du ein Student sein können«, sagte er, »aber wenn es dir lieber ist, dich mit Schuhen statt mit Federn zu beschäftigen, dann sollst du glücklich werden auf deine Art.«

Niemand war glücklich über das, was mein Vater gesagt hatte. Warum musste er das Schusterhandwerk so geringschätzen? Dieser junge Mann war im gleichen Maße für das Handwerk wie für die Feder begabt. Alle nahmen Anđelko in Schutz und waren wütend auf meinen Vater. Vielleicht war es gerade diese Zuneigung der Leute, die Anđelko Mut einflößte und die ihn dazu brachte, seinen Bruder mit einer Schusternadel zu attackieren, er stach ihn in seinen dicken Oberschenkel. Das tat höllisch weh und blutete. Mein Vater zog demonstrativ die Hose aus, drückte mit der flachen Hand fest auf die betroffene Stelle, um das Blut aufzuhalten, aber niemand kümmerte sich um ihn oder hatte Mitleid. Im Gegenteil, ein paar Leute lachten ihn sogar aus, sie sagten, er hätte nichts anderes verdient. Als Einziger sprang Viktor ihm zur Seite, stützte ihn und flüsterte ihm ins Ohr: »Er wird dir nie verzeihen, dass du ihn in eine Besserungsanstalt gesteckt hast.« Von diesem Zeitpunkt an waren die Brüder getrennte Leute, es gab keine Gefühle mehr, die sie miteinander verbanden.

Mein Vater schwieg sich darüber aus, ein einziges Mal aber sprach er mit mir darüber. Die Nadel seines Bruders hatte er nicht vergessen, und nach einer Weile, als er genug Distanz zu allem gewonnen hatte, interpretierte er das Geschehen auf seine Weise. Er war überzeugt davon, dass er für die beiden Freunde etwas Gutes getan und mit seinem Verhalten Werbung für ihr Handwerk gemacht hatte, das man nur ausübte, wenn einem nichts anderes mehr übrig blieb. Mein Vater verstieg sich zu der Behauptung, damals habe die ruhmreiche Epoche des Lumpenproletariats begonnen, das Ereignis mit den beiden gut aussehenden jungen Männern sei ganz gezielt von oben gesteuert worden. Eigentlich sei es eine Lehrstunde für die Arbeit der neuen Ideologen gewesen. Wer aber hätte sich so etwas ausdenken können? Vaters Worte klangen, als glaubte er an eine ultimative Autorität, eine Art neuen Gott, der alle Fäden zog, sogar jene für die Prüfung meines Onkels, die keinerlei Bedeutung für die Menschheitsgeschichte hatte. Mein Vater konnte das Ganze nicht weiter ausführen, aber ich fühlte, was ihn belastete und worauf er abzielte. Er legte die Wirklichkeit auf seine Weise aus. Jahre sind seitdem vergangen, die Geschichte hat uns gelehrt, was alles noch geschehen kann, wir sind uns in der Zwischenzeit alle im Klaren darüber, dass weder Engel noch Menschen einfach immer nur stetig geradeaus gehen können. Traumatische Ereignisse müssen wir früher oder später als Teil unseres Lebens verbuchen, der eine oder andere schmerzhafte Sturz gehört notwendigerweise dazu. Und so hatte man auch die beiden Freunde im kollektiven Gedächtnis als Schuster aus armen Verhältnissen in Erinnerung behalten, als zwei Menschen, die sich viel zu früh mit der Ungerechtigkeit der Welt auseinandersetzen mussten. Aber viel mehr als das interessierte mich natürlich brennend die Frage, wie es dazu kommen konnte, dass mein Vater in alledem auf metaphysische Erklärungen angewiesen war.

19

Immer öfter blieb mein Vater fort, verschwand einfach in der Stadt, und meine Mutter übernahm die laufenden Geschäfte. Sie war fleißig, kümmerte sich genauso akribisch um alle häuslichen Belange wie um den Gemischtwarenladen. Ich half ihr dabei und trug die Waren auch mal direkt zur Bahnstation, stellte mich unmittelbar vor die einfahrenden Züge und verkaufte Obst und gesüßte Mandeln, aber auch andere Dinge trug ich dorthin, Getränke und irgendwelche kleinen Knabbereien. So verdienten wir immer noch ein bisschen Geld dazu und zählten es dann gemeinsam am Abend. Wenn wir dann genau wussten, wie viel wir untertags eingenommen hatten, legten wir ein wenig zur Seite. Mutter betonte immer, wie wichtig es war zu sparen, denn niemand konnte wissen, welche Zeiten noch auf uns zukamen. Wir träumten vom Wohlstand, aber glaubten insgeheim nur an das Allerschlimmste. Meine Mutter führte das auf das Böse zurück, sie sagte, dass wir mit dem Bösen ständig verbunden wären, weil es uns allenthalben umgab, deshalb müssten wir immer an das Böse denken, sowohl beim Einschlafen als auch beim Wachwerden. Man gewöhne sich schnell an das Schlechte, sagte sie, und wenn es nicht mehr da sei, dann fehle es einem sogar. So etwas sei alles andere als schön für die Seele, aber gerade deshalb mache es uns auf lange Sicht stark.

Jedes Mal wenn Vater zum Großeinkauf nach Dubrovnik aufbrach, beunruhigte das meine Mutter, denn sie hatte mit dunklen

Vorahnungen zu kämpfen, die sie manchmal völlig unnötig überkamen. Aber sie konnte sich nicht dagegen wehren, wurde regelrecht von ihnen überfallen und fing dann immer an, alle möglichen Situationen aufzuzählen, in denen Vater etwas zustoßen konnte. Sie benahm sich, als sei er ins fernste Ausland gegangen, wo er ein verlorener und unbekannten Umständen ausgelieferter Fremder war. Die Stadt zog ihn magnetisch an, er liebte sie, als sei er dort zur Welt gekommen, hielt sich gerne in ihr auf und ließ sich regelrecht von ihr verschlucken. Er kaufte immer auf Kredit ein, das Bargeld gab er unterwegs aus, noch bevor er das Lager des Großhändlers Ljubo Maras betrat. Das führte dazu, dass Herr Maras irgendwann Vaters Schulden mit einer Hypothek auf unser Haus beglich.

Meiner Mutter ist es zu verdanken, dass Dubrovnik in meiner Vorstellung zu etwas durchweg Mystischem wurde. In mir formierte sich das Bild einer sagenumwobenen Stadt, in der alles von magischen Gesetzen bestimmt war und die deshalb meinem Vater den Verstand raubte. Wenn uns die aus Dubrovnik kommenden Waren mit dem Zug geliefert wurden, lag ihnen oft eine Nachricht bei, Vater, hieß es, werde in den nächsten Tagen nachkommen. Wir kehrten fröhlich von der Bahnstation nach Hause zurück, der beladene Wagen mit den Waren fuhr vor uns her. Vorausschauend bestach uns Vater, denn er legte immer ein kleines Geschenk dazu. Mutter bekam Seidenstrumpfhosen oder Haarnadeln aus Elfenbein. Und ich besaß schon eine ganze Kollektion von Pfeifen, die er für mich an der Küste besorgte, eine echte Hohner-Mundharmonika hatte er mir auch geschenkt.

Ich hatte schon einige Bücher über Dubrovnik gelesen, besaß auch einen alten abgegriffenen Stadtplan, einen uralten Baedeker, aus dem ich sehr viel gelernt habe, um mich mit meiner Lehrerin unterhalten zu können. Sie hörte mir zu und staunte darüber, mit welcher Selbstverständlichkeit ich von den kleinen und den großen Dubrovniker

Brunnen sprach oder genaue Auskunft über die acht Frauenklöster geben konnte. Zusätzlich kannte ich auch noch eine Menge Wörter, die es nur im Dialekt von Dubrovnik gab, ich hatte sie in einem anderen Buch entdeckt und auswendig gelernt, ich weiß nicht einmal mehr, wie es hieß, aber am Ende des Buches war ein kleines Wörterbuch, das auch die Bedeutungen weniger bekannter Begriffe und Fremdwörter enthielt. Diese Wörter zählte ich aufs Geratewohl auf, von vielen war mir die Bedeutung überhaupt nicht geläufig, auch wusste ich nicht, ob ich sie richtig betonte, aber meine Altersgenossen fanden das sehr lustig, und sie forderten mich immer wieder auf, in dieser für sie fremden Sprache irgendetwas zu sagen. Manchmal machten sie sich auch über mich lustig und benutzten dafür genau jene Wörter, die ich ihnen beigebracht hatte. Meine Mutter ärgerte sich über meine Wörter-Besessenheit, sie schlug mir manchmal sogar mit der flachen Hand über den Mund, um mich endlich zum Schweigen zu bringen. Nur mein Vater liebte es, wenn ich ihn im Dubrovniker Dialekt mit dem Wort Vater ansprach. Wenn wir zusammen auf dem Markt und unter Leuten waren, verschwand Vater blitzschnell hinter einer Säule des Portikus oder versteckte sich hinter einem Baum, damit ich ihn mit diesem einen Wort rief. Manchmal sagte ich das Wort einfach so vor mich hin, die Leute lachten über uns, mein Vater aber war glücklich und umarmte mich.

Die großen Ferien verbrachte ich bei meiner Großmutter mütterlicherseits, es waren Sommer voller Aufregung, ich war den ganzen Tag in Bewegung, immer geschah etwas Spannendes, und alles war kurzweilig, sodass ich in allen Schulferien, selbst in den Winterferien, immer versuchte, zu meiner Großmutter zu kommen. Dort war ich glücklich. Ich glaube, dass ich diese Glücksfähigkeit von meinem Großvater Tomo noch zu seinen Lebzeiten vererbt bekommen habe. Mit ihm entdeckte ich viele geheimnisvolle Dinge und lernte nahezu alles über die Vögel dieser Region. Wir schlichen uns leise an sie heran, fingen sie und studierten sie stundenlang. Aber meine schönsten Momente erlebte ich immer, wenn wir sie aus dem Vogelkäfig wieder in die Freiheit entließen. Ich weiß nicht, ob die armen Vögel oder ich in diesen Augenblicken fröhlicher waren, jedenfalls flogen sie sofort weg und verschwanden im Nichts. Bis heute erinnere ich mich an die vielen Vogelnamen, die von den einfachen Leuten in dieser fruchtbaren Gegend benutzt wurden. Großvater und ich arbeiteten auch zusammen auf den Feldern, im Namen der Nomenklatura, wir verhalfen ihr zu Wachstum und Größe, meistens aber beschrieben wir uns dabei alles, was wir gerade sahen. Mein Großvater machte Notizen, die ich mit Bewunderung las. Das waren meine ersten Erfahrungen als Leser. Wenn er mir etwas vorlas, liebte ich es, seine Stimme zu hören, seine ganz eigene Betonung, die warmen Wörter, die aus seinem Mund kamen. Aber ich liebte auch sein Aussehen, seine ganze Erscheinung und die Art, wie er lachte. Ich wollte eigentlich genauso sein wie er, so und nicht anders.

Großvaters Mutter, meine Urgroßmutter Petruša, kam in Konvala zur Welt, auch sie war eine begnadete Erzählerin und brachte mir bei, dass es schwerer ist, jemandem zuzuhören und die Geschichten in sich aufzunehmen, als selbst Geschichten zu erzählen. Hätte ich mich nicht bei meinem Großvater und in seiner Umarmung sicher und geborgen gefühlt, der mich sogar manchmal in seinem Bett schlafen ließ, hätten mich die Geschichten meiner Urgroßmutter regelrecht umgebracht. Obwohl ich mich von meinem Großvater beschützt und in seiner Nähe immer geerdet fühlte, hatten die Geschichten meiner Ugroßmutter stets zur Folge, dass ich mich über alle Maßen fürchtete, weil sich ihre Erzählungen wie Blei in meiner Psyche einnisteten. Da war zuerst die Angst vor der Dunkelheit, vor schmutzigem und stehendem Wasser, dann vor kleinen Seen und Flüssen, vor Wäldern, Waldbächen, Berg- und Erdhöhlen – alles Orte, an die sie ihre Feen und Elfen verlegte, die ihrer Überzeugung nach dort genauso wie Hexen, Teufel und Ungeheuer oder neunköpfige Drachen wohnten. Petruša erzählte mir davon mit einer kaum hörbaren Stimme, nahezu flüsternd, aber sie sprach erschütternd sicher, als hätte sie all diese gespensterhaften Ereignisse gerade aus ihrer eigenen Erlebniswelt, aus ihren ganz persönlichen Erinnerungen herausgeholt. Bevor sie eine Geschichte erzählte, aß sie ein Löffelchen Honig, und wenn sie dann zu Ende erzählt hatte, trank sie ein Gläschen Schnaps hinterher, um sich wieder zu beruhigen. Sie benannte auch die Zeit, in der ihre Geschichten spielten, es sei, sagte sie, »die alte Zeit, in der Epidaurus zugrunde ging«. Das hörte sich so schrecklich an, dass ich sofort Gänsehaut bekam, und wenn Geschichten an die Reihe kamen, die von bösen Feen handelten, die sich offenbar auf den Diebstahl von Kindern spezialisiert hatten, um sie dann zu erziehen und schreckliche und schändliche Menschen oder gar Dämonen aus ihnen zu machen, war ich schon so am Ende, dass ich kaum mehr Luft bekam. Einmal geschah es, dass mich meine andere Großmutter, Vaters Mutter Vukava, verfluchte, weil ich sie eine Hexe genannt und wegen der Warze auf ihrer Nase verspottet hatte. »Die schwarzen Feen sollen sich in dir festkrallen, bei Gott, wenn sie dich nur endlich holen und zu den roten Blumenbeeten bringen würden!«, sagte sie. Das war für mich nach all den Geschichten, die mir meine Urgroßmutter erzählt hatte, der schrecklichste Satz, den sie mir je hätte sagen können, und er erschütterte mich so sehr, dass ich automatisch nach einem Topf griff, der auf dem Herd stand und in dem gerade Milch kochte, und ihn ihr einfach über die Hände goss. Noch lange Zeit danach musste sie sich um ihre Brandwunden kümmern, ich sah sie unzählige Male Verbände und Pflaster wechseln.

Meine Urgroßmutter Petruša hat zwei Töchter und vier Söhne zur Welt gebracht, aber nur mein Großvater Tomo ist bei ihr in L. geblieben. Zwei ihrer Söhne zogen in große Städte, der jüngste von ihnen aber blieb, denn er liebte das Familienanwesen sehr und hing auch an seinen Großeltern mütterlicherseits, bei denen er den größten Teil seiner Kindheit verbrachte. Als er volljährig war, nahm er den Namen Radonjić an, den Mädchennamen seiner Mutter. Er blieb zunächst in Konvala und ging dann in Dubrovnik zur Schule. Schließlich fing er an, alles zu sammeln, was mit der Folklore des Ortes zu tun hatte, auch jene »unheimlichen Geschichten«, die von mythischen Wesen handelten, hatten es ihm angetan. Seine Vorliebe galt jedoch der Glaskunst und seinen Radonjić-Vorfahren, zu denen ein gewisser Ivan und seine Söhne Luka und Vica gehörten. Nach dem Lesen der Familienurkunden und der Sichtung einer großen Menge Archivmaterials schrieb er eine kleine Familienchronik, die sich vor allem dadurch auszeichnete, dass sie leicht zu lesen war und an den Stellen, an denen ihm die Dokumente ausgegangen waren, durch seine Vorstellungskraft ergänzt wurde, so jedenfalls beschreibt er es selbst in seinem kleinen Vorwort.

Das Kindheitshaus und die zahlreiche Verwandtschaft meiner Mutter habe ich immer als meine eigentlichen Wurzeln betrachtet. Von diesen unzähligen Menschen ist niemand mehr am Leben. Meine Wurzeln sind mit ihnen gestorben. Mit keinem von ihnen kann ich noch über meine Herkunft reden. Sie sind alle von mir abgefallen. Es ist, als sei ich dadurch so leicht wie eine Vogelfeder geworden. Mein Großvater liebte diese Vogelfeder-Redensart, aber ich habe sie damals nicht verstanden, begreife sie erst jetzt, so wie ich einige seiner klugen Sätze erst jetzt begreife. Einer seiner Aussprüche war mir immer besonders rätselhaft vorgekommen. »Du weißt erst dann, was richtige Einsamkeit ist«, sagte er, »wenn du unter vielen Menschen und dennoch allein bist.«

Ich weiß nicht, ob meine Anhänglichkeit an Mutters Verwandtschaft etwas damit zu tun hatte, dass ich in diesem Haus geboren worden bin und nicht etwa im Haus meines Vaters. Ich wurde also im gleichen Zimmer zur Welt gebracht, in dem auch meine Mutter das Licht der Welt erblickt und in dem mein Großvater Tomo seinen ersten Lebensschrei getan hatte. Manchmal stelle ich mir vor, dass diese Tatsache noch immer meine ganze Gefühlswelt beeinflusst. Die Geburt ist ein Mysterium, vielleicht ist dort, wo einem die Nabelschnur durchtrennt wird, der Ort, an dem so etwas wie Heimat möglich ist.

Mutters Verwandtschaft hat in L., diesem weltabgewandten kleinen Ort, an die vierzig Menschen hervorgebracht, die studiert und sich gebildet haben und die sogar in der Öffentlichkeit bekannt geworden sind. Ihr Vetter, nach dem ich benannt worden bin, war schon zur Zeit meiner Geburt ein bekannter Maler und lebte in Paris. Meine Mutter hatte noch neun weitere Vettern und sieben Cousinen, einen Bruder hatte sie aber nicht, nur drei Schwestern, Pava, Ruža und Ivka, alle drei sind später kinderlos geblieben. Sie war die vierte Tochter meiner Großmutter, sie nannte sie Tuga – Trauer. Die nächste Schwangerschaft ging nicht mehr gut, meine Großmutter wurde krank, die Ärzte sagten ihr, dass eine neue Schwangerschaft lebensgefährlich für sie und für das Kind werden könnte. Zu Hause herrschte jedoch die Mentalität vor, dass die Frauen so lange gebären sollten, bis eine »männliche Stirn« zum Vorschein kam. Das war im Sinne von Urgroßmutter Petruša, die meinen Großvater immer wieder antrieb und sagte, er dürfe sich nicht seinem Schicksal fügen und müsse einfach weitermachen, immer weitermachen, bis irgendwann ein Sohn da sei. Man dürfe in dieser Sache nicht aufgeben, ganz gleichgültig, wie viel Zeit es einem abverlange. Aber dieser Eifer wurde nicht belohnt, es kam ihnen allen ihre Krankheit dazwischen.

20

Jeder Mensch will wissen, unter welchen Umständen er das Licht der Welt erblickt hat. Ich selbst fragte sehr oft meine Mutter danach, und sie erzählte gerne darüber, schien aber jedes Mal etwas Neues zu erfinden. Doch niemand konnte über meine Geburt so schön erzählen, wie es meine Oma Jelica tat. Als ich geboren wurde, lebten meine Eltern schon in Trebinje, aber ich kam dennoch in L. zur Welt. Meine Großmutter hatte dafür ihre eigenen Erklärungen zur Hand. Sie unterschieden sich aber durchaus von denen meiner Mutter. Damals brachten selbst die städtischen Frauen ihre Kinder nur dann im Krankenhaus zur Welt, wenn man Komplikationen absehen konnte. Die Schwangeren versuchten sich in der Zwischenzeit so gut wie unsichtbar zu machen, und im Haus hielten sie sich bis zur Niederkunft nur in einem bestimmten Bereich auf, wie etwa in einem kleineren oder etwas abgelegenen Zimmer.

Der Akt der Geburt selbst wurde von den Leuten als etwas Freudiges, aber immer mit Scham Verbundenes gesehen. Wenn eine Hebamme zugegen war, um der schwangeren Frau beizustehen, so war das ein großes Privileg, das sich aber nur wohlhabende Familien leisten konnten. Meine Mutter hatte großes Vertrauen in meine Großmutter Jelica, die dafür gesorgt hat, dass es eine schnelle und schmerzlose Niederkunft wurde. Großmutter hatte selbst viele Kinder zur Welt gebracht und verfügte über ein enormes Wissen. Meine Mutter wollte mich im alten Steinhäuschen zur Welt bringen; wenn man es im Winter gut heizte, wurde es mollig warm darin. Es war Dezember, ein besonders kalter Monat, wie er in dieser Gegend lange nicht mehr vorgekommen war. Mutter war es wichtig, dass ihr Vater Tomo in der Nähe war, denn dann, davon war sie überzeugt, würde alles gut gehen.

Von ihrem Ehemann hatte sie nichts zu erwarten, er war der Meinung, dass sich um die Geburt von Kindern nur Frauen kümmern sollten. »An uns ist es, die nötigen Schüsse abzufeuern«, hatte er gesagt, »wir sind besser im Anstoßen und im Gläser-gegen-die-Wand-Werfen.«

Meine Mutter wusste also, dass er keinen Respekt, schon gar nicht Zuneigung für eine schwangere oder gebärende Frau aufbringen konnte. Einmal mehr war sie Zeugin seiner Grobheiten geworden, als seine Schwägerin keine Milch mehr in den Brüsten hatte. Das kommentierte er mit den Worten: »Kein Wunder, sie ist trockener als die Wüste selbst.«

Das war von besonderer Gemeinheit, denn so etwas sagte man damals sonst nur über Kühe, die keine Milch mehr gaben. Vater war von dieser kruden Machart, dabei war er eigentlich der Einzige unter den älteren Leuten, der nicht verbissen und eisern an seiner traditionellen Welt festhielt, der immer bereit war, seine Ansichten zu überdenken. Außerdem war er zu diesem Zeitpunkt mit dem Großeinkauf für unseren Gemischtwarenladen beschäftigt. In seiner üblichen Manier war er einfach verschwunden und erst nach Hause gekommen, als ich schon drei Wochen alt war. Die ersten Besucher waren alle vor ihm dagewesen, Verwandte und Freunde, so wie es der Brauch vorsah, hatten allesamt vorbeigeschaut und Geschenke gebracht. Vater hatte einmal mehr alles versäumt. Viele Jahre später haben wir erfahren, dass in Metković um die Zeit meiner Geburt ein anderes Kind gezeugt wurde – sein außereheliches Kind.

Großmutter Jelica erzählte mir, Mutter habe sich so sehr vor der Geburt geängstigt, dass sie immerfort zitterte. Seit der Kinderzeit ertrug sie keinen Schmerz, deshalb rief sie gleich bei den ersten Wehen den Taxifahrer an, der sie nach L. brachte, in jenes Haus, in dem auch sie geboren worden war. An die Tür des Gemischtwarenladens und der Wirtschaft hängte sie ein Schild. Mit Großbuchstaben hatte sie WEGEN NIEDERKUNFT GESCHLOSSEN darauf geschrieben. Mutter war abergläubisch, glaubte an alles Mögliche, sie hatte von älteren Frauen gehört, dass sich die Geburtswehen abkürzen lassen, wenn die Schwangere sich mit beiden Händen an einem Gewehr festhielt. Mein Großvater Tomo besaß ein Jagdgewehr, das immer an der Wand hing, und allein dieser Anblick beruhigte sie ein wenig.

»Hier bist du geboren worden«, sagte meine Großmutter Jelica Hunderte Male und zeigte auf die Stelle, an der es geschehen war. »Gleich nachdem du da warst, habe ich Blei geschmolzen und es über ein Kreuzlein gegossen, ich habe es in deine Wiege gelegt, damit es dich vor Verzauberung schützt, und das Messerchen, mit dem ich die Nabelschnur durchgeschnitten habe, steckt noch immer in einem der Hauptbalken, die das Dach tragen. Das Messerchen ist noch immer an Ort und Stelle und leistet gute Arbeit.«

In dieser Zeit hatte meine Mutter nicht genug Milch, aber Badema half ihr aus, rund einen Monat vor Mutters Niederkunft hatte sie Ende November einen Jungen zur Welt gebracht und war zuvor bereits Mutter dreier Töchter. Sie war eine gesunde junge Frau, ihr Vater, ein ansehnlicher Mann aus einer reichen Beg-Familie, war der Trauzeuge meines Großvaters. Sie stillte mich mehr als zwei Monate, und dann hatte Mutter selbst wieder Milch, nachdem Dr. Kesler sich um sie gekümmert hatte. Badema nannte mich Kurto, weil sie glaubte, dieser Name wirke sich abschreckend auf Krankheiten und Dämonen aus, noch heute werden solche Bauchnabel-Namen vergeben. Kurto war ich nur kurze Zeit, schon bei meiner Taufe gab mir mein Großvater Tomo mit dem Einverständnis meiner Eltern und meines Taufpaten den Namen jenes Neffen, der Maler in Paris war. Bademas Sohn Edo und ich waren ein Herz und eine Seele, nicht nur in der Kindheit, sondern auch später, wir trafen einander, nannten uns auch in Zagreb Milchbrüder, wo er Medizin studierte. Bis heute haben wir den Kontakt nicht verloren, wir schreiben uns manchmal, sehen uns aber selten, denn er lebt weit weg, auf der anderen Seite des Ozeans, wo er eine eigene Praxis als Psychiater unterhält.

Ein Bruder meines Großvaters hat auch Medizin studiert, allerdings in Moskau. Gearbeitet hat er dann in vielen montenegrinischen Orten, neben dieser Arbeit übersetzte er aber Bücher aus dem Russischen und schrieb selbst Gedichte. Der Maler, nach dem man mich benannt hatte, war sein Sohn und in unserer Familie sehr beliebt. Wir schmückten uns mit ihm und nannten ihn unseren »legendären Bohemien«, weil man in den Zeitungen so über seine Rückkehr aus Paris schrieb, bevor er nach Mostar zog.

Ich lernte ihn in Počitelj kennen, damals war ich sechsundzwanzig Jahre alt und hatte schon zwei Romane veröffentlicht. Er war von markanter Erscheinung, hochgewachsen, mit einer Löwenmähne, er wirkte in allem künstlerisch, war aber ordentlich gekleidet, nur ein paar bizarre Details fielen an ihm auf. Er trug handgemachte Schuhe, die er auf dem Jahrmarkt gekauft hatte, irgendwo in der Herzegowina, in einem der kleinen Städtchen. Ich erinnere mich sehr gut an dieses Treffen mit dem Maler, weil er mich an die Hand nahm und in eine Galerie führte, die voller Menschen war, und dann leise zu mir sagte: »Ich weiß ja nicht, was du schreibst, ich habe es nicht gelesen, werde auch nicht dazu kommen, verzeih mir, ich stecke noch bei Flaubert fest … aber ich habe von dir gehört, als es diesen Tumult gab und es hieß, du hättest für den schlechten Ruf unserer Gegend gesorgt und unsere ruhmreichen Partisanen mit Dreck beschmutzt, deshalb will ich dir mal sagen, was ich glaube – dass du verdammt gut sein musst, wenn die Kommunisten so über dich herfallen. Mein Rat an dich ist – halt dich von ihnen fern, so gut du nur kannst, um keinen Preis der Welt darfst du mit ihnen unter einer Decke stecken! Und wenn dir jetzt irgendein Schuft hier aus der Menge auf die Pelle rückt und dich fragt, worüber wir gerade gesprochen haben, sag ihm, dass der alte Mistkerl von Maler sich damit gebrüstet hat, noch immer gut und gerne zu vögeln!«

Mein Verwandter lachte laut auf, in der Galerie war es still geworden. Als ich später bei einem meiner kurzen Besuche meiner Mutter davon erzählte, weinte sie und sagte, dass sie sterben werde, ohne ihn je wieder zu Gesicht bekommen zu haben.

Ich glaube nicht, dass das der richtige Grund für ihre Trauer war, es gab viele von uns, die sie nie wieder zu Gesicht bekam, und wenn sie wegen allem geweint hätte, wäre ihr Gesicht nie trocken geworden. Hinzu kam, dass der Maler sie eigentlich gar nicht kannte, er selbst sagte mir, er gebe nichts auf seine Verwandten, er vermeide es sogar, aus der Verwandtschaft einen Kult zu machen, er komme ja kaum mit sich selbst zurecht und könne sich selbst kaum leiden, deshalb wollte er den Kreis seiner Bekannten gar nicht erweitern, und mit den meisten seiner Verwandten hatte er überhaupt nichts gemeinsam. Meine Mutter weinte nicht wegen ihm, sie brachte mit ihren Tränen den Kummer zum Ausdruck, den ich ihr jedes Mal bereitete, wenn ich einmal mehr auf der Durchreise war, denn ich betonte immer gleich bei meiner Ankunft, dass ich nur eine Stunde bleiben würde.

21

Großmutter Jelica war sauber wie ein neues Buch. In den Schlafzimmern war ein angenehmer Duft. Den Wein und die Bäume, die auf dem Hof wuchsen, schnitt sie selbst zurecht, machte Käse, Butter vom Fass, kümmerte sich eigenhändig um die Herstellung von Honig, sie sammelte und trocknete Heilpflanzen, legte sie in kleine Schachteln und beschriftete sie einzeln. Man konnte ihr immer ein großes Geschenk machen, wenn man ihr eine schöne leere Schachtel mitbrachte, aber auch Behältnisse aus Glas oder Blech, in denen sonst Bonbons oder Plätzchen aufbewahrt wurden, sofort benutzte sie alles für ihre Kräuter und hatte für alles passende Teerezepte zur Hand. Außerdem notierte sie immer auf die Behältnisse, was man mit den Pflanzen heilen konnte. Als ich Keuchhusten hatte, trank ich Großmutters Tee, den sie aus schwarzem Holunder hergestellt hatte. Und häufig musste ich mit Salbei gurgeln. Ich war ihr einziges Enkelkind, mir war alles erlaubt, und man kann sagen, dass ich durch und durch verwöhnt wurde. Es gab einfach keinen Wunsch, den mir meine Großmutter nicht erfüllte. Ihre beiden Töchter Pava und Ivka sah sie zwei Jahre lang nicht, sie wusste nicht einmal, wo sie waren. Nur Tante Ruža kam manchmal vorbei, sie war in Cetinje verheiratet, ich ging ihr sehr häufig auf die Nerven, weil ich froh war, dass sie keine Kinder zur Welt bringen konnte, denn das hätte bedeutet, dass ich Großmutter mit ihnen hätte teilen müssen. Und wenn sie so wie ihr Mann geworden wären, dann hätte ich sie kein bisschen geliebt. Ružas Mann kam nur zweimal zur Mutter zu Besuch, denn er verabscheute unsere Gegend. Ich erinnere mich daran, dass er einmal in Anwesenheit meiner Großmutter sogar sagte, die ganze Verwandtschaft stoße ihm eklig auf. Damals hatte ich keine Ahnung, was der merkwürdige Satz eigentlich bedeutete, später verstand ich ihn, hatte also Grund genug, diesen Mann zu verachten. Ich besuchte ihn nie, obwohl ich mich in Cetinje mehrmals und sogar für längere Zeit aufhielt. Ich recherchierte und sammelte Material für einen meiner Dokumentarfilme, ich interessierte mich für das erste *Institut der Zarin Maria Alexandrovna*, das man dort im Jahre 1869 gegründet hatte. Es war die erste Institution in ganz Montenegro, die sich um die mittlere Schulausbildung von Mädchen kümmerte. Ich war sogar zu jenem Zeitpunkt in Cetinje, als der Mann meiner Tante starb, aber zu seinem Begräbnis bin ich nicht gegangen.

Meine Großmutter Jelica hielt auch ein paar Tiere, im einfachen Volk benutzte man dafür das Wort Schatz, und zum Schatz meiner Großmutter gehörten auch Hühner, sie schlachtete jedes Jahr ein Schwein, hatte eine Kuh, die den Namen Goldmünze trug, weil sie in der Sonne so schön golden schimmerte. Manchmal, wenn ihr die Sonne auf den Rücken schien, sah es so aus, als stünde sie in Flammen. Ich glaubte damals, dass sich unsere Goldmünze von allen anderen Kühen unterschied, dass sie schöner als alle anderen Tiere war, sie war auch sehr reinlich, denn unter ihrem Schwanz war nie getrockneter Mist zu sehen und ihre Hinterbeine waren mehr als sauber. Wenn sie muhte, dann so leise, dass es zerbrechlich wirkte, aber wir hörten sie trotzdem immer und wussten auch, wo sie sich befand und auf welcher Wiese sie gerade im Gras lag. Wenn Großmutter oder ich nach ihr riefen, kam sie sogleich angerannt und wir belohnten sie mit Kleie. Am Ende leckte sie mir immer aus der Hand das Salz weg, das ich ihr so gerne hinhielt. Dieses Vergnügen überließ Großmutter immer mir, denn sie wusste, wie sehr ich den Augenblick liebte, in dem die große Kuhzunge meine Handflächen ausleckte. Ich konnte sie auch gut melken, das tat ich immer kniend, während meine Großmutter auf einem Dreihocker neben mir Platz nahm, auf dem sie so lange sitzen blieb, bis ich Goldmünze gemolken hatte. Wenn ich es melkte, sah das Tier immer wieder zu mir herunter, aber bei der Großmutter tat sie nichts dergleichen.

Ich liebte auch alle anderen Tiere, vor allem einen verrückten Hahn, der mit Schlangen kämpfte, doch an die Kuh Goldmünze kam keines von ihnen heran, sie war die Königin auf dem kleinen Hof, mit ihr konnte man richtig reden, sie verstand tatsächlich viel, deswegen legte ich mich häufig zu ihr auf die Wiese, wenn sie genießerisch auf dem Boden lag und mir mit den Augen zuzwinkerte. Das machte mich sehr glücklich. Diese Kuh schlug ich kein einziges Mal mit der Gerte, das war auch nicht nötig.

Im Sommer stand ich nie früh auf. Ich durfte die Ferien genießen, deshalb brachte meine Oma die Kuh in den frühen Morgenstunden, wenn der Tau noch zu sehen war, zum Hang, an dem kleine grüne Oasen im Geröll zu finden waren. Dort holte ich die Kuh dann später ab und brachte sie wieder in den Stall, aber auch nur, wenn sie sich zu weit entfernt und zum Weiden in die Höhle gegangen war und meine Rufe nicht hörte. Wenn sie sich hin und wieder verirrte und nicht reagierte, rannte ich panisch den Hang hinab, ich hatte Angst um sie, vor allem, wenn es schon bald dunkel wurde. Wenn ich auf heimkehrende Hirten traf, blieb ich stehen, fragte nach der Kuh, wollte wissen, wann sie unser Goldstück das letzte Mal gesehen hatten. Ich konnte das Wort Hirte noch nicht richtig aussprechen, und wenn ich es sagte, lief es ungefähr auf so etwas wie Herr Tee hinaus. Unter den Hirten waren auch einige unserer Verwandten, die alle in Lachen ausbrachen, wenn ich Herr Tee sagte, dann rannten sie in alle Windrichtungen fort, um die Kuh einzufangen, denn auch sie mochten dieses Tier sehr gerne.

Zu Hause nannte ich die Feuerstätte mit dem alten Wort *Komin* und dem Schornstein hatte ich den Namen *Kominata* verpasst. Ich konnte damit meine Urgroßmutter Petruša erheitern, und als sie noch am Leben war, versuchte sie oft, mich dazu zu bringen, diese Wörter auszusprechen, ich glaube, sie erinnerten sie an ihre Jugend. Aber sie selbst kannte auch einige ungewöhnliche Wörter, jedenfalls waren sie in der Welt, in die sie eingeheiratet hatte, tatsächlich ungewöhnlich. Wenn sie ein Gläschen Schnaps getrunken hatte, witzelte sie beispielsweise, verlangte dann nicht etwa ein weiteres Gläschen, sondern gleich ein Töpfchen Schnaps. Hausbewohner und Gäste lachten genüsslich über sie und stellten ihr dann als Antwort ein Holzscheit oder etwas ähnlich Unbrauchbares auf den Tisch, so als hätten sie ihre Bitte nach einem großen Schnapsgefäß nicht verstanden.

Die Welt der Wörter eröffnete sich mir auch, wenn mich meine Lehrerin stundenlang im Klassenzimmer festhielt. Sie gab mir ein Buch und sagte, ich könnte so lange bei ihr bleiben und lesen, wie ich wollte. Ich las gerne, aber immer sehr schnell, damals, als ich zwölf Jahre alt war, las ich ohne je innezuhalten. Auch die fremdesten Wörter kamen mir vertraut vor, ich bat auch nie um Hilfe, fragte auch nichts nach. Dann nahm mich eines Tages die Lehrerin mit in ihre Wohnung, die sich hinter der Schule befand. Ich kannte diese Wohnung sehr gut, sogar jeden Winkel ihres Schlafzimmers, das ansonsten immer abgeschlossen war. Im Winter brachte ich ihr immer einen Arm voller Holzscheite und legte sie in die Truhe neben dem Ofen.

Meine Lehrerin Jozipa B. war dreiundzwanzig Jahre alt, sie war wunderschön und trug ganz oft einen Turban aus gewöhnlichem Stoff. Die Leute tuschelten über sie und sagten, dass ihr die Haare ausfielen, dass sie an einer unheilbaren Krankheit litt. Und auch meine Mutter erzählte mir, dass Jozipa in unsere Gegend wegen der schönen Natur versetzt worden war, damit sie hier vom Gedanken an den Tod abgelenkt werde. Einmal fand ich sie in ihrer Wohnung ohne

Turban vor, ihr Haar reichte bis zu ihrem Busen. Es war allerdings spröde, ohne irgendeinen Glanz, als gehörte es gar keiner lebendigen Person, dennoch hatte es eine gewisse Fülle, es war auch ordentlich gekämmt. Sie stellte ihre Füße auf eine Holzbank und entblößte ihre Knie, dann nahm sie mich in Augenschein und berührte mit ihren Fingerkuppen in wiederkehrenden Bewegungen ihren feuchten Mund. »Willst du mich mal an den Haaren ziehen?«, fragte sie mich, und ich lachte aufgekratzt, ich war gut gelaunt und fröhlich, zögerte aber. »Na komm schon, zieh mich schon an den Haaren«, sagte sie. Und ich fasste mit der vollen Hand in ihr Haar, zog daran und hatte plötzlich das ganze Haar in der Hand, hatte es ihr vom Kopf gerissen. Ich sah auf das tote Haar in meiner Hand – eine Perücke. Ich weiß nicht mehr, ob ich geschrien habe, aber als ich den nackten Schädel meiner Lehrerin sah und ihre Perücke in meiner Hand hielt, überkam mich das blanke Entsetzen. Sie lachte und massierte mit langsamen Bewegungen ihre Kopfhaut, so als würde sie diesen Moment genießen, die Spreu war nun vom Weizen getrennt.

Ich weiß nicht, warum, aber ihr nackter Schädel beunruhigte mich zutiefst. Ihr Kopf kam mir auf einmal so zerbrechlich und rührend klein vor. Da pulsierte doch Leben in diesem Schädel! Er war sonst immer mit einer Perücke bedeckt, aber es blieb noch immer ein menschlicher Kopf. Ich war zwölf Jahre alt und dachte in jenem Augenblick nur an den Tod. Ein Satz nistete sich damals in mir ein, der Tod kommt ja, dachte ich, wie die Stille kommt.

22

Im Haus meiner Großmutter Jelica befand sich ein schöner alter Spiegel. Er unterschied sich von den anderen Gegenständen nicht nur wegen seiner luxuriösen Aura, sondern auch durch die Geschichten, die sich um diesen Spiegel rankten. Mein Großvater Tomo wusste seinerzeit sehr viel über den Spiegel, nach L. hatte man ihn als Brautschatz geliefert. Die Vorfahren seiner Mutter Petruša waren berühmte Glaser, eine Epidemie des Schwarzen Todes hatte sie einst alle niedergemäht, und es dauerte ein halbes Jahrhundert, bis sich das Familienhandwerk davon erholen konnte. Petruša erzählte uns, dass sich noch heute einzelne Glasarbeiten im Besitz vermögender Familien befinden und ihre Spuren bis nach Konstantinopel reichen.

Der Spiegel, den sie als Brautgeschenk erhielt, ist bei einem Notar in Dubrovnik verzeichnet, es war ein Einzelstück, das einer ihrer Vorfahren gefertigt hatte. Als Petruša mit achtundneunzig Jahren im Sterben lag, traf es sich, dass ich gerade bei ihr war. Nur einen Augenblick vor ihrem Tod bat sie mich, sie mit Wasser aus einem schönen kleinen Kristallgefäß zu beträufeln.

Der Spiegel war eine Art Magnet des Hauses, alle anderen Gegenstände, die später dazukamen, scheint er nach sich gezogen zu haben. Meistens hatten die Flaschen unterschiedliche Formen, es waren gedungene und durchsichtige dabei, die wie Zwerge aussahen, aber auch schlanke tropfenartig geformte Schmuckflaschen, mit Flechtwerk versehene und bauchige Flaschen, die wir Kürbis- oder einfach nur Korbflasche nannten. So wie die Flaschen neue Wörter in unser Leben brachten, ein Wort wie Karaffe zum Beispiel, so hatte auch mit meiner Urgroßmutter, einer einfachen und ungebildeten Frau, der Hauch einer anderen Welt bei uns Einzug gehalten, der sich noch immer auf ihre Nachfahren auswirkte. Viele von uns sind in alle Himmelsrichtungen fortgegangen, viele waren intelligent, gebildet, begabt, Künstler und Ärzte waren unter ihnen, aber auch Juristen, sogar hochgestellte Offiziere in der amerikanischen Armee.

Großvater Tomo hatte eine Unmenge von Geschichten über den Spiegel zur Hand; ich glaubte ihm alles und hörte ihm gerne zu, obwohl seine Mutter Petruša oft genug sagte, er sei ein Lügner und denke sich im Grunde alles aus. Auf mich wirkte er aber überzeugend, vielleicht, weil er selbst an alles glaubte, was er uns erzählte. Niemand hörte ihm so aufmerksam zu wie ich, Großvater wusste das und führte mich deshalb häufig auf die Felder oder zur Quelle und erzählte mir stundenlang über den Spiegel, sagte, er könne auf die gleiche Art und Weise wie ein Fluss fließen und irgendwann auch trüb werden. In seiner Kindheit habe er mehrere Male wellenähnliches Getöse im Zimmer gehört, es sei aus dem Spiegel gekommen und hätte sich beruhigend auf ihn ausgewirkt. Es gab auch Augenblicke, in denen der Spiegel sich allen verweigerte und sich niemand im Spiegel sehen konnte, oder das Gesicht zeigte sich nur stückweise, nur eine Hälfte des Gesichtes.

Am meisten liebte ich es, wenn Großvater die Geschichte von der abendlichen Sonne erzählte, die sich im Spiegel ergoss, wenn sie in L. an der höchsten Stelle zu sehen war und in jenem Moment, in dem sie den Rand des westlichen Berges streifte, im Spiegel die Umrisse von Dubrovnik zu sehen waren, ein nachwirkendes Zittern, das sich mit dem Verschwinden der Sonne auch im Spiegel in Nichts auflöste. Der Spiegel bewahrte alles, speicherte alles, was sich vor ihm ereignete und in seinem eigenen Gedächtnis einschrieb. Nicht das äußere Auge, nur das innere Auge erhascht etwas von seiner florierenden Fülle. Der Spiegel also war eine große Erzählung, er behütete auf seine Art alle ihm gezeigten Wangen.

Ich war fest entschlossen, diesen zerrinnenden Augenblick, in dem Dubrovnik im Spiegel aufblitzte, zu sehen und wartete stundenlang, wartete, dass die Sonne den Berg streifte und dann jener besondere Moment kam, der eine leichte Gänsehaut verursachte. Die Strahlen blendeten mich und im Spiegel erschien das Sonnenfluten, in diesem Augenblick sah ich die Umrisse der berühmten Stadt, ihre Mauern, ihre Türme, und Orlandos Säule ragte aus dem Gemäuer heraus, hoch in die Luft erhob sie sich, erschien mir und ging dann wieder zur gleichen Stelle zurück. Als ich Großvater meine Vision beschrieb, sah er mich zweifelnd und ungläubig an, so als ertappte er mich bei einer Lüge oder bei einem Diebstahl, als hätte ich mir unrechtmäßig irgendein magisches Wissen angeeignet, das nur ihm gehörte, dann sah er mich lange an und sagte etwas für mich sehr Rätselhaftes. »Auch ich sehe jetzt einen Teil der Stadt in deinen Augen.«

23

Immer wieder wurde ich aufgefordert, die Geschichte vom Tod meines Großvaters Tomo zu erzählen. Meine Mutter drängte mich dazu, sie wurde nicht müde, meinen Sätzen zu lauschen. Sie war regelrecht besessen davon, die gleiche Geschichte immer wieder zu hören, offenbar versuchte sie auf diese Weise, den Tod ihres Vaters zu überwinden. Ich glaube, dass ich die Geschichte jedes Mal gut erzählt habe und auch jedes Mal aufs Neue sehr aufgeregt dabei war. Der Tod kam mir beim Erzählen jedes Mal vor wie ein Teil der Unendlichkeit, wie ein Verwandter von der Leuchtkraft des Mondes. Ich stellte mir den Tod als eine unsichtbare Hand vor, die meinen Großvater von uns weggezogen hatte. Mutter und ich sahen beide zeitgleich mitten in meiner Erzählung zwei Schatten, die sich in der Ferne Richtung Horizont bewegten. Sie waren sehr schnell verschwunden, sodass wir ihnen nicht einmal etwas hätten nachrufen können.

Als ich schon mit dem Schreiben begonnen hatte, im Alter von zwanzig, fiel mir ein gebundenes Buch mit Goldschnitt in die Hände. Es hieß »Anthropologie des Todes«. Als ich es aufschlug, sah ich als Erstes den Sensenmann, das Todessymbol an sich. Es zog mich in ein Kapitel, in dem der Autor betonte, dass jeder von uns die Struktur seines Lebens früher oder später wiederholen müsse, um die Struktur unserer Erlebnisse zu verstehen, damit auch wirklich alles seine Richtigkeit bekäme, denn vieles, was wir als erlebte Fakten verbucht hätten, sei in dieser Absolutheit gar nicht richtig. So etwas musste auch meine Mutter geahnt haben, als sie mich dazu drängte, die Geschichte vom Tod ihres Vaters immer wieder zu erzählen. Dieser Tod nahm einen der wichtigsten Plätze in unserem Familienalbum ein, vielleicht sogar den ersten, das äußerte ich einmal meiner Mutter gegenüber, sie war gerührt von der Zuneigung, die ich für meinen Großvater empfand, denn solche Menschen wie ihn gab es kaum noch, solche Menschen wird es lange nicht mehr geben. »Wer soll sie auch zur Welt bringen?«, sagte meine Mutter.

An jenem Abend befand ich mich bei Großmutter und Großvater, es war Sommer und ein Feiertag, ich weiß nicht mehr, welcher Tag es war, vielleicht war es das Fest des Heiligen Elias, denn die Steine blieben auch über Nacht heiß. Tagsüber hatte mich Großvater weit vom Haus weggeführt und zu einer Stelle gebracht, an der sich die satten Schatten der Bäume dem brennenden Flirren des Sommers widersetzten. Wir trugen zwei Soldatenflaschen mit uns, randvoll mit Wasser, das aber schon lauwarm war, mit kleinen Ästchen und Blättern hatten wir uns die Köpfe bedeckt, um uns vor der Hitze zu schützen. Plötzlich sprach mein Großvater in die Stille hinein. »Heute suchen wir etwas«, sagte er, »was ich vor langer, langer Zeit verloren habe.«

Was das genau war, konnte er mir nicht näher beschreiben, aber er sagte, es sei ohnehin noch nicht an der Zeit, mit mir darüber zu reden, die Sache sei komplizierter, als ich es mir vorstellen könne. Er hielt die ganze Zeit meine Hand, und immer wenn wir über einen kleinen Graben springen mussten, hob er mich in die Luft und trug mich sicher auf die andere Seite. Bei meinen neugierigen Fragen hielt er sich weise zurück, lächelte dabei, und immer wenn wir durchatmeten, setzten wir uns auf die Erde und nahmen einen Schluck Wasser aus der Flasche. Bald erreichten wir eine Anhöhe und blieben stehen, wir hörten, dass plötzlich jemand das Horn blies. Großvater erzählte mir, dass sich an genau dieser Stelle, an der wir jetzt standen, ein See befunden hätte. Vor langer Zeit sei er ausgetrocknet, aber auf seinem Grund, das sehe man immer, wenn auch das Regenwasser sich zurückziehe, hätten unzählige Skelette gelegen, Tierskelette, aber auch ganz kleine Kinderskelette, denn die Sünderinnen hätten sich ihrer Neugeborenen entledigen müssen und sie dann kurzerhand in den See geworfen. »Aber all das ist so lange her, dass wir nicht wissen können, ob es tatsächlich der Wahrheit entspricht«, sagte Großvater.

Dann begriffen wir endlich beide, dass das Horn irgendwo in der Erde war und zu uns hinauftönte, es kam direkt von jener Stelle, an der einst der See gewesen war. Ein kleiner Pfad führte von der Anhöhe in das Becken hinein, wir gingen an den Salzsteinen vorbei. Vielleicht hatte vor Urzeiten ein unterirdischer Meeresarm hierhergeführt, denn wie hätte man sich das Salzvorkommen sonst erklären können? An den Abenden sah man schon seit jeher eine Menge Schafe, die auf den großen Steinen saßen und akribisch an ihnen leckten. Dieser Weg war eigentlich eine Abkürzung, die wir immer nahmen, wenn wir nach Hause gingen. Wir waren schon müde, die Hitze hatte uns zu schaffen gemacht, dann entdeckten wir in der Ferne unser schönes zweistöckiges Steinhäuschen, mit einer Zisterne neben ihr, die breiten, prächtig gewachsenen Baumkronen beschirmten in Teilen das Anwesen. All das war auch mein Erbe, da stand es, das Haus, in dem ich das Licht dieser Welt erblickt hatte. »Mir kommen immer die Tränen, wenn ich aus der Ferne mein Haus entdecke«, sagte mein Großvater.

Diesen Tag werde ich nie vergessen. Immer wenn ich anderen von unserem Ausflug erzählt habe, fragte sich jeder, was Großvater wohl dort bei den Salzsteinen gesucht hatte. In dem Buch »Die Anthropologie des Todes«, das ich mir in einem Antiquariat gekauft habe, stand, dass wir alle unbewusst den Tod als etwas suchen, das wir einmal verloren haben. »Die einen finden ihn früher, die anderen später«. Aber das ist natürlich nur Gedankenspielerei, eigentlich glaube ich bis heute, dass mein Großvater irgendeinen konkreten kleinen Gegenstand gesucht hat, denn er war in dieser Landschaft zu Hause und war viele Male dort vorbeigekommen. Er hatte die eine oder andere Kostbarkeit bei sich, er hätte sie gut unterwegs verlieren können.

Auch mir ist es einmal passiert, dass ich nach zwanzig Jahren an einen Ferienort zurückgekehrt bin und mit meiner Schuhspitze an einer bestimmten Stelle die Blätter zur Seite geschoben habe, weil ich hier als junger Mann etwas Wichtiges verloren hatte, es war ein Andenken, das mir viel bedeutete und das ich nach all den Jahren gerne wiedergefunden hätte.

An jenem Abend saßen wir zu dritt am Tisch. Der Mond schien hell und erleuchtete die Spitze des westlichen Berges. Und als meine Großmutter das Essen auf den Tisch stellte, schauten Großvater und ich durch das offene Fenster hinaus und sahen, dass ein Ast sich eigenartig bewegte, ja dass er uns regelrecht zuwinkte, obwohl draußen nicht der Hauch eines Windes zu vernehmen war. Großvater war beunruhigt, er hatte vor ein paar Tagen alle Äste gestutzt, die ihm den Ausblick verstellten. »So schnell können sie doch gar nicht gewachsen sein«, sagte er. Vielleicht hätten wir darüber gesprochen, aber Großmutter drängte uns, mit dem Essen zu beginnen, und wir fügten uns höflich ihrer Bitte. Dann stand Großvater doch noch plötzlich auf. Im Stehen kaute er noch seinen letzten Bissen zu Ende, wischte sich mit der Hand über Mund und Schnurrbart und sagte zu uns: »Ich muss mal rausgehen, jemand hat mich gerufen. Ich muss nachschauen, wer es ist.«

»Es ist nicht besonders weise, mitten in der Mahlzeit aufzustehen«, sagte meine Großmutter Jelica.

»Esst ihr nur weiter, ich komme gleich wieder zurück«, sagte mein Großvater. »Ich werde offenbar von jemand gebraucht.«

»So solltest du nicht rausgehen, nimm ein Gewehr mit«, sagte Großmutter Jelica.

Großvater war von hoher Statur, er ging aufrecht, sein Gang hatte immer etwas Tapferes, und seine ganze Art, seine Stimme, seine Augen und sein Sinn für Humor wurden immer als überraschend empfunden, weil er doch schon so alt war. Vom Alter war bei ihm aber auch nie die Rede, er selbst vermied so etwas, und wenn man ihn fragte, wie alt er denn sei, antwortete er immer auf eine doppeldeutige Weise, mit irgendeinem Verweis, er war auf seine Art sehr raffiniert. Eine seiner häufigsten Antworten war, dass er, seitdem er fünfzig geworden war, die anschließend hinzugekommenen Jahre unterwegs verloren habe. Er ging hinaus, stellte sich auf den Hof und hob die Arme in die Höhe, wir sahen ihm heimlich dabei zu. Großmutter Jelica glaubte, es handle sich dabei um ein Ritual, und ging davon aus, dass er ein Mondbad nähme. Sein Körper war ganz vom Mondlicht beschienen, nie war das Mondlicht vorher so intensiv gewesen, und ich habe später nie wieder eine solche Nacht erlebt, die von einer Klarheit durchdrungen war, die es sonst nur am Tag gab.

Großmutter und ich aßen weiter, wir waren sogar schon beim Nachtisch, der schön knusprig war und uns im Mund schmolz. Wir aßen kleine Plätzchen, die meine Großmutter Hörnchen nannte. Die mit Marmelade gefüllten legte sie für meinen Großvater auf die Seite, neben die Schüssel und den Teller mit dem Essen, dann rief sie nach ihm, zwei Mal rief sie seinen Namen. »Komm schon wieder rein! Das Essen wird kalt«, sagte sie.

Aber Großvater Tomo reagierte nicht darauf und er stand auch nicht mehr vor dem Haus. Wir gingen beide nach draußen, aber es war keine Spur von ihm zu sehen. Gleich hinter dem Haus erhob sich eine Anhöhe, und ein kleiner Weg führte zu einer Wildbirne, unter der sich eine klare Wasserquelle befand, die für angenehme Frische sorgte. Zu dieser Jahreszeit war dort kaum Wasser zu finden, denn der Sommer war sehr trocken. Wir sahen damals zwei Schatten, die vor uns weghuschten, und dann fanden wir Großvater an der

Quelle, er lag auf der Erde, seine Augen waren weit aufgerissen, das Mondlicht auf seinem Körper. Es sah so aus, als würde er noch atmen. »Renn sofort los und hol den Spiegel!«, befahl mir meine Großmutter.

Das Haus war nicht weit entfernt, und in Nullkommanichts hatte ich ihr den Spiegel gebracht, felsenfest davon überzeugt, dass es sich dabei um einen magischen Gegenstand handelte und dass Großvater sofort wieder leben würde, wenn meine Oma den Spiegel hielt und etwas sagte. Sie kniete vor ihm und hielt den Spiegel über seinen Mund, so überprüfte sie, ob er noch atmete und ob der Spiegel beschlug. Aber sie wollte sich nicht mit dem abfinden, was sie im Spiegel sah, wiederholte den Vorgang ein paar Mal, immer mit der Hoffnung verbunden, der Spiegel würde doch noch beschlagen. »Nichts, der Spiegel bleibt unbeschlagen, er atmet nicht mehr«, sagte sie, ohne Klage, ohne Tränen, sie war vollkommen ruhig, als sei sie nur jemand, der seinen Tod bestätigen musste, jemand, der wusste, was nun zu tun war und wie man mit den letzten, unverrückbaren Dingen, die jeden von uns erwarten, umgehen musste. »So, das war's«, sagte sie noch, »jetzt werden wir nie wieder ein Wort aus seinem Munde hören.«

Zum ersten Mal sah ich, dass sie das Gesicht meines Großvaters streichelte. Ich legte den Spiegel auf die Erde, direkt neben den toten Körper. In ihm spiegelten sich die Sterne, sie schienen als Abbilder des Himmels darin zu zwinkern und zu blinzeln. Innerlich aufgewühlt sah ich diesen Lichtbewegungen zu, überzeugt davon, dass ich gleich den Moment erleben würde, in dem Großvaters Seele ihren Flug in Richtung der Sterne begönne. Während wir über Großvater wachten, sahen wir die Bewegung einer großen hellen Kugel über uns; es war der Mond, der geradezu hastig unseren Familienspiegel eroberte, seine Klarheit machte aus dem Tod und der Seele ein unvergessliches Ereignis. Als ich zwölf wurde, schrieb ich eine Erzählung darüber. Sie begann mit folgendem Satz: »Er ist schön gestorben, er ist mit der Zeit verschmolzen.« So etwas würde ich heute nicht mehr schreiben, mein Stil scheint sich geändert zu haben, und doch musste ich mir diesen Satz für das Ende dieses Kapitels ausborgen.

24

Für einen Laib Käse und eine kleine Kelle Schmant kauften wir einem dunkelhäutigen englischen Soldaten seine khakifarbene Uniform ab. Meine Mutter nähte mir eine Hose aus dieser Uniform, eine Pumphose und ein Hemd mit vier Taschen. Jeder, der mir über den Weg lief, musste sich anhören, wie viel in diese Taschen hineinpasste. Aus den Stoffresten nähte sie mir eine kurze Hose. Der Sommer stand vor der Tür, die Freiheit war zum Greifen nahe und wir waren glücklich. Meine Mutter nähte jeden Tag etwas Neues oder änderte alte Kleider, und wenn sie den Faden in die Nadel eingeführt hatte, das Handrad sich zu drehen begann und sie mit ihrem Fuß auftrat, fing sie an, etwas vor sich hinzusingen. Wenn sie etwas stopfte, kam ihr immer eine Redensart über die Lippen, wie jene, nach der es bei uns heißt, dass die Menschen von Flicken zusammengehalten werden, was eine optimistischere Variante der Überzeugung war, dass das Leben Leiden sei, beides sagte sie gerne und machte dabei immer einen tiefen Atemzug.

Sie liebte ihre Singer-Nähmaschine über alles, behandelte sie wie ein Lebewesen, sprach mit ihr, lobte sie und streichelte sie, hatte aber immer Angst, dass mein Vater sie im betrunkenen Zustand einmal verkaufen oder jemandem als Zahlungsmittel in Aussicht stellen könnte. Die Singer-Nähmaschine hatte eine große Bedeutung im Leben meiner Mutter, sie war das Hochzeitsgeschenk ihres Vaters und wichtiger Teil ihrer Mitgift.

An den Füßen trug ich handgemachte Sandalen, die der Dorfschuster, ein Autodidakt, fabriziert hatte. Sie waren aus Gummi, von übrig gebliebenen Autoreifen. Ein paar Lederriemchen hatte er am Gummi mit kleinen gelben Nägeln befestigt. Dieser Schuster hatte die Angewohnheit, jeden Kunden zu küssen, bei dem er Maß nahm, oder er strich ihm freundlich über die Fußballen, aber bei mir lutschte er an meinem großen Zeh, was mich so sehr kitzelte, dass ich lauthals in Lachen ausbrach. Niemand nahm ihm dieses kleine Ritual übel, das machte er immer, bevor er an die Arbeit ging. Wenn er die Leute küsste und streichelte, zumal, wenn es sich dabei um Kinderfüße handelte, sagte er: »Ach, diese Füßchen ernähren mich.« Aber wenn es sich um die Füße eines Mädchens handelte, bedankte er sich nur höflich für das Vertrauen, das man ihm entgegenbrachte. Er hielt es für ein großes Geschenk, einen barfüßigen Menschen beschuhen zu dürfen. Und wenn es sich um männliche Füße handelte, beugte er sich wie ein gläubiger Mensch nach vorne und sagte leise und dankbar, dass er ohne Menschenfüße kein Brot hätte, dass er ihnen alles Brot der Erde verdanke, genauso wie jeden anderen Bissen, den er in seinem Leben genossen hätte. Aber nicht nur das, sagte er, ohne Füße wäre er längst vor Hunger gestorben.

Ich erinnere mich, dass ich wütend auf meine Mutter war, weil sie mir damals, als ein großer Wagen vom Roten Kreuz mit Kleidern und Schuhen nach L. gekommen war, nichts gekauft hatte. Aber sie tröstete mich mit der Geschichte von Jesus Christus, der genau mit solchen Sandalen, wie ich sie jetzt hatte, Predigten hielt und über die Heilige Erde lief. Das faszinierte mich aber überhaupt nicht, denn Jesus hatte in meinem Leben und in meiner Vorstellungskraft überhaupt keinen Platz, ich glaubte nicht, dass es ihn je gegeben hatte.

Meine Mutter badete mich, massierte mir Walnussöl ins Haar, kämmte es zur Seite – meine erste Stadtfrisur. Ich war sauber und schön angezogen, weil ich mit meinem Vater im Lokalzug nach Trebinje fahren wollte. Die Stadt war jetzt befreit und wir hatten alle Hausschlüssel dabei, aber wussten nicht einmal, ob noch die Wände dastanden, in welchem Zustand unser Haus nach dem Abzug der Italiener überhaupt war. Es hieß, man hätte es unter dem Namen einer Sanitätsfirma als Bordell benutzt. Mit Mutter geriet ich in einen kleinen Streit, weil ich unbedingt meine Barett-Mütze tragen wollte, aber das erlaubte sie mir nicht, sie zerrte mich jedes Mal vor den Spiegel, um mir zu zeigen, dass meine neue Frisur schöner als die Mütze war und vom Wahlnussöl wunderbar leuchtete.

Im Zug konnte ich nicht an einer Stelle sitzen bleiben, rannte ständig durch die Waggons und zeigte allen Mitreisenden meinen neuen Anzug, passte aber genau auf, dass ich mich nicht irgendwo anlehnte und ihn schmutzig machte. Vater unterhielt sich mit den Leuten, er war ernsthaft und machte einen schlauen Eindruck, nicht nur auf mich, alle hörten ihm zu und nickten mit ihren Köpfen, ich glaube, es widersprach ihm auf dieser Zugfahrt niemand. Über ihren Köpfen verdichtete sich eine große Rauchwolke, weil sie eben alle fortwährend rauchten, und die kleinen blauen Kringel tänzelten vor sich hin, bevor sie durch das geöffnete Fenster im Nichts verschwanden.

Als wir an der Bahnstation ausstiegen, wollte mein Vater wissen, ob ich mich noch an den Weg erinnerte und ob ich jetzt wüsste, in welche Richtung wir gehen müssten. Ich brüstete mich damit, mit verbundenen Augen unser Haus finden zu können, obwohl mir alles ziemlich unbekannt vorkam. Ich verortete sogar den Fluss auf die falsche Seite, nur das Quaken der Frösche kannte ich noch aus dieser Stadt, die wir zu Beginn des Krieges verlassen hatten. Vater bohrte nicht weiter nach, er begriff sofort meine Verwirrung, sah, dass ich von der Stadt erschlagen war, nahm mich an der Hand und half mir auf diese Weise, mich nicht in meinen eigenen Lügen zu verstricken, aber er freute sich offenbar sehr, dass ich diese Rolle hatte spielen wollen, dass ich ihn zu unserem Haus hatte führen wollen. Er fragte mich auch nicht, ob ich unser Haus erkennen würde, als wir ihm schon ganz nah gekommen waren.

Unterwegs traf mein Vater Freunde und Bekannte von früher, manche grüßte er einfach nur, andere umarmte er und sprach mit ihnen. Sobald er stehen blieb, riss ich mich gleich los, rannte nach rechts und nach links, entdeckte ein Tor oder schaute mir ein heruntergekommenes Eckchen genauer an, stand vor der Auslage einer Straßenküche und betrachtete die Speisen. Dann flitzte ich zur Holzbrücke, lehnte mich über das Geländer und schaute hinunter, bis mein Mund vor Staunen ganz trocken war, der Fluss war noch immer da, er schimmerte grünlich. Ein Esel brach unter dem Gewicht auf seinem Rücken zusammen.

Kurz bevor wir unser Haus erreichten, zog ich die Schlüssel aus der Tasche meines Vaters heraus, weil ich die Tür öffnen wollte. Aber Vater hielt mich zurück und legte seine Hand auf meine Schultern. Am Eingang unseres Hauses sahen wir einen großen Mann stehen, er sah brüsk zu uns herüber. Dann kam eine Frau heraus, sie hatte zwei Kinder im Arm. Hinter ihnen erblickte ich eine alte Frau in einem Holzstuhl, sie lachte hämisch, drohte mit der Faust und spuckte in unsere Richtung. Um die Füße der Frau schlich eine Katze mit aufgerichtetem Schwanz. Vater sprach mit ihnen, aber der Riese verwehrte uns den Eintritt, und wenn wir mit Gewalt versuchen wollten, das Haus zu betreten, sagte er, würde er uns erschießen. Plötzlich hatte er eine Pistole in der Hand. »Erschieß sie einfach alle«, krächzte die Alte hinter ihm.

Vater sprach wieder auf sie ein, sagte, niemand könnte sich über das Gesetz stellen und ihm einfach sein Haus wegnehmen. Und wenn sie es bis jetzt hatten besetzt halten können, so nur deshalb, weil er nicht anwesend gewesen sei. »Das Haus ist mein Besitz und wird noch immer unter meinem Namen geführt«, sagte er.

»Es gibt nichts Leichteres, als es unter einem anderen Namen zu führen«, brüllte der Mann ihm entgegen. »Du hast zwei Häuser, ich hingegen keines! Du hast niemanden verloren, meine drei Brüder sind aber als Partisanen gefallen. Mein Haus ist niedergebrannt worden, es war zweimal größer als dieses hier. Ich nehme niemandem etwas weg, ich bin hier, weil ich es mir verdient habe, hier zu sein. Man hat mir gesagt, dass ich dieses Haus nehmen darf, weil es aus türkischen Turmresten besteht, und wir haben dafür gekämpft, dass es in dieser Welt keine Türme mehr gibt. Wenn du noch einmal kommst, wirst du dich umschauen, und wenn du nicht aufpasst, werden die Vögel dein schönes Gehirn von der Wiese picken«, sagte er und verschwand im Haus. Die Tür knallte er wütend hinter sich zu.

Wir standen vor dem Haus und sahen uns die Wände an, der Putz bröckelte an mehreren Stellen, das ganze Haus wirkte vernachlässigt und heruntergekommen. An der Vorderseite sah man die Spuren eines Hakenkreuzes und vom Fundament zog Feuchtigkeit in die Höhe. Wir gingen um das Haus herum, berührten die Wände und sahen uns das Dach an, das genauso wie die Dachluke schon morsch und verrostet war. An manchen Stellen war es mit Blech abgedichtet worden.

So endete unser Besuch in Trebinje. Es hätte auch schlimmer kommen können. Mein Vater machte einen ruhigen Eindruck auf mich, er schien sich letztlich nichts aus irdischen Gütern zu machen. Ich ging jedenfalls davon aus, weil er oft davon gesprochen hatte, dass alles, was wir auf dieser Welt besitzen, nur vorläufiger Natur sei. »Das Leben wird nicht wertvoller, wenn man etwas besitzt, das Leben hat mit uns etwas ganz anderes vor.« So etwas hatte er schon früher zu mir gesagt, wenn wir in den Garten oder zu seinem Lieblingskaffeehaus »Unter den Platanen« gingen. Dort setzten wir uns auch jetzt hin und verschnauften etwas. Mein Vater hatte mich früher selten gestreichelt, aber an diesem Tag nahm er liebevoll meine Hand, streichelte sie und hielt sie die ganze Zeit fest, während wir auf den Kellner warteten, um uns etwas zu bestellen.

Vater bediente sich beim Bestellen von Getränken immer eines bestimmten Rituals, und jede Wirtschaft, in der er einmal Gast gewesen ist, kannte seinen Ablauf, vor allem die Leute aus dem Kaffeehaus »Unter den Platanen«. Jetzt aber waren hier neue Besitzer und neue Kellner, und Vater musste ihnen erklären, dass er gleich zwei Schnapskaraffen auf einmal haben möchte, nicht etwa, weil ein Gläschen zu wenig für ihn war, vielmehr kam ihm ein Plural deshalb gelegen, weil er sich dann zwischen zwei Dingen entscheiden musste. Er trinke ja schließlich, weil er ein Mensch mit Dilemma sei, mit zwei Gläsern auf dem Tisch ließe sich dann sogar mit sich selbst anstoßen.

Mein Vater hielt den Leuten praktisch einen Vortrag, in dem er ihnen darlegte, dass es mindestens zehn Arten gab, wie man sich allein betrinken konnte. Die Gründe reichten freilich vom freudigen Vergnügen bis zum bleischweren Kummer.

Und während ich den Sirup für kleine Leute trank, so nannte man ein Konzentrat aus Himbeeren, das man mit Wasser verdünnen musste, leerte mein Vater erst das eine, dann das andere Gläschen. Er überlegte wirklich sehr lange, mit welchem Gläschen er beginnen sollte, was sich eine ganze Weile hinzuziehen schien. »Man muss gut auf seinen Kopf aufpassen, wir leben in Zeiten, in denen die Leute es kaum abwarten können, ihre Wut an den anderen auszulassen«, sagte er leise, sprach es in seinen Bart hinein, sah mich dann an und sprach auf eine Weise weiter, als verteidige er bei genauer Betrachtung etwas.

»Ich halte meinen Kopf nicht für ein altes Gemäuer hin. Selbst wenn das Haus noch so schön wäre, oder neu erbaut, ich würde nie ein Gewehr in die Hand nehmen, um es wieder in meinen Besitz zu bringen. Ich habe keine Lust darauf, irgendeine Art von Krieg zu führen, vor allem nicht mit Menschen, die ihre Diebesbeute verteidigen, das sind nämlich die gefährlichsten, mein Junge«, sagte er, »und wenn sie nicht gefährlich wären, dann hätten sie nicht fremdes Eigentum angerührt. So logisch ist die Sache! Es ist nicht nur unsere Stadt, die so verkommen ist, sondern die Welt ist verdorben.« Dann stieß er glasweise mit sich selbst an, um dann beide Gläser ganz schnell hintereinander zu leeren.

Selbst wenn mein Vater einen wankelmütigen Eindruck machte und von mir aus auch ein Taugenichts war, gab es viel, was ich von ihm lernen konnte. Manchmal stimmen Redensarten wirklich, mein Vater hatte von Natur aus gute Eingebungen und hin und wieder auch einen glasklaren Verstand.

Die Stadt war lebendig und quirlig wie ein Jahrmarkt. Die Leute gingen kreuz und quer, man sah sehr viele Kämpfer mit einem fünfzackigen Stern auf der Mütze, sie trugen Lumpen, rasch zusammengeflickte Kleider, die aus Resten von Uniformen gemacht waren, die sie beschlagnahmt oder Toten genommen hatten. Auf dem Marktplatz standen einige große Militärwagen, ohne Kennzeichen, ohne Beschriftung, es hatte lediglich jemand mit ungeschickter Hand fünfzackige rote oder weiße Sterne auf sie gemalt. Aus dem Radio tönte Musik, vornehmlich russische, überall hörte man Märsche und Partisanenlieder. Irgendwo außerhalb der Stadt gab es auch Detonationen. Jeden Augenblick traf eine neue Nachricht ein, und einer stellte sich hin und machte einen Ausruf, ließ verlauten, dass dieser oder jener Held noch am Leben war. Es fiel auch der Name Tito, Worte wie die Kommunistische Partei usw.

Für mich war dies ein großer Tag, nicht nur deshalb, weil ich einen neuen Anzug trug und gerade meine erste Zugreise hinter mich gebracht hatte, sondern auch wegen der Neubegegnung mit der Stadt, die in meiner Vorstellung ganz anders aussah, meine Erinnerungen waren schnell verblichen, falls ich sie je aus meinen ersten Lebensjahren deutlicher in mir getragen hatte. Meine Mutter hatte wahrscheinlich recht, wenn sie davon sprach, dass ich mir fremde Geschichten aneigne und sie dann im Gedächtnis in meine eigenen umforme. Vater war schon recht gut gelaunt, seine Freunde waren um ihn versammelt und ich rannte in den Park, den ich als das Paradies auf Erden in Erinnerung hatte. Meine Mutter hatte mich immer dorthin gebracht, damit ich den Vögeln zuhöre. Ich hatte mir damals die überaus schön geformten Kronen der unterschiedlichsten Bäume angesehen. Jetzt hatten sie sich verändert, alles war verwüstet und schmutzig, die Bäume gefällt, und ein kranker Vogel hing auf dem Rest einer Sitzbank aus Eisen. Entweder schlief er oder er starb gerade, das konnte ich nicht genau erkennen. Ich ging von dort aus zu der alten Mauer und sah sie mir genauer an, häufig hatte ich geträumt, dass ich hier hinaufklettere. Aus der Nähe sah die Mauer nicht mehr so gefährlich aus wie in meinen Träumen. Sie schien bezwingbar.

25

Wir blieben in der Stadt, um die Sache mit dem Haus zu klären. »Wir müssen in Erfahrung bringen«, sagte mein Vater, »ob uns das alles tatsächlich noch gehört oder ob wir jetzt in einer Gesellschaft leben, die sich auf die Fahnen geschrieben hat, ohne Pardon und Gesetz zu handeln.« Wir fanden ein schönes und sauberes Plätzchen zum Schlafen, aber ich konnte kaum ein Auge zumachen und wurde sehr früh wach, die Stadtgeräusche, die Glocken, das Stimmengewirr, all das tönte von der Straße zu uns herauf, ich stand mehrmals auf, ging zum Fenster, um zu sehen, was draußen vor sich ging, warum es so laut war, und fragte mich, ob das immer so in der Stadt war und ob jeder Morgen ein Übermaß an Stimmen in sich trug.

»Wir werden uns von der Stadt nicht einschüchtern lassen«, sagte der Vater, als er mich am Fenster stehen sah. »Soll die Stadt doch machen, was sie will, wir finden schon unser Plätzchen in ihr.«

Vaters Tag begann mit Tabak und einem Mokka im Kaffeehaus »Unter den Platanen«. Als wir dort Platz nahmen, kam ein Ochsenkarren vorbei, auf dem sich unzählige Tierkadaver befanden, die man überall in der Stadt aufgesammelt hatte. Der Gestank schnürte uns allen die Kehle zu. Der Mann, der den Karren zog, hielt sich ein Tuch vor den Mund, um sich so diese unerträgliche Arbeit zu erleichtern. Nur einen Augenblick später fuhr ein Motorrad mit Anhänger geradewegs ins Kaffeehaus hinein und machte eine Vollbremsung vor den ersten Tischen. Der Anhänger war voller kahlrasierter und ausgemergelter Kinder, die flink absprangen und einen Tisch in Beschlag nahmen. Der Fahrer gab dem Kellner die Anweisung, ihnen alles zu trinken zu geben, was sie verlangten. »Das sind Kriegswaisen«, sagte er und fuhr weg, um noch eine weitere Gruppe zu holen. Ich betrachtete diese verängstigten und kriegsgeplagten Kinder, die fast alle im gleichen Alter waren wie ich. Keines von ihnen wusste, was es eigentlich bestellen wollte, und sie fingen deshalb alle an, erst einmal lauthals zu lachen. Nur ein Junge lachte nicht, er machte einen sehr ernsthaften Eindruck und beobachtete mich die ganze Zeit.

Ich begleitete meinen Vater zum Rathaus. Viktor Bloudek arbeitete dort und wir wollten ihn treffen, er war in der Zwischenzeit ein hoher Militär geworden. Wir hatten uns nicht angekündigt, weil Vater sagte, es sei immer besser, mächtige Leute einfach zu überraschen und mit der Tür ins Haus zu fallen. Über Viktor hatten wir gehört, dass er nicht nur den zivilen Sektor verwaltete, sondern auch für Militär und Innere Angelegenheiten zuständig war, und man hatte ihn schon jetzt zum Sekretär des Parteikomitees in der Stadt gewählt. Überall sprach man davon, dass Viktor hier nur vorübergehend war, nur auf der Durchreise, es warte, hieß es allenthalben, eine hohe Position in der neuen Staatsregierung auf ihn. Vater gab mir etwas Geld, ich sollte ein bisschen spazieren gehen und die Stadt kennenlernen, irgendwo etwas essen, bis er sich um seine Angelegenheiten gekümmert hätte, denn er wollte sich absichern und den Konflikt um das Haus auf eine rechtliche Grundlage stellen.

Für mich war das eine überaus große aufregende Sache, ich trieb mich in den Straßen herum, wollte so viel wie möglich sehen und erleben, und es geschah tatsächlich auch jeden Augenblick etwas Neues. Auf dem Marktplatz ging es drunter und drüber, das faszinierte mich und deshalb kehrte ich immer wieder dorthin zurück, weil ich Angst hatte, dort etwas zu verpassen. Ich ging zwar auch zur Bahnstation und zum Friedhof, aber eigentlich nur, um wieder eiligen Schrittes zum Marktplatz zurückzukehren. Auf diesen Streifzügen machte ich auch einen Schlenker zum Garten »Unter den Platanen«, warf auch einen kurzen Blick ins Kaffeehaus, um zu sehen, ob mein Vater schon zurückgekehrt war. Einerseits brannte ich darauf zu erfahren, wie das Gespräch mit Viktor verlaufen war. Andererseits schnaufte ich erleichtert durch, wenn ich ihn dort nicht vorfand, denn so hatte ich noch Zeit, es gab so viel zu sehen und zu bestaunen. Im Vorübergehen schnappte ich auf, dass sich bald in der Stadt eine Attraktion ereignen würde, konnte aber nicht recht begreifen, um was es sich dabei genau handelte.

Ich aß etwas in einer offenen Straßenküche, schlich mich dann allein an unser Haus heran und beobachtete es aus einem Versteck. Lange schaute ich es mir einfach nur an, ohne dass etwas vorfiel. Ich hasste das Haus, hasste auch seine Bewohner, diese fremden Leute, weil sie sich unseren Besitz unter den Nagel gerissen hatten. Und das Haus hasste ich, weil wir wegen ihm L. verlassen mussten. Es erfüllte mich Zorn bei diesem Gedanken, aber mit ihm kam auch ein Gefühl von Macht in mir auf, dieses Gefühl kannte ich schon von früher. Ich stellte mir vor, den Hausbesetzern etwas zuleide zu tun, ich dachte, dass ich das könnte, einfach wenn ich sie mit meinen Augen fixierte. Diese Kraft habe ich selten benutzt, auf diese Art sogar nur noch ein weiteres Mal, zu meiner Verteidigung, aber diese Geschichte kann ich hier nicht erzählen, weil sie mir selbst Angst macht. Diese Kraft äußerte sich schon häufiger, sehr konkret, ich musste nur ein Objekt lange genug in Augenschein nehmen und mich dann darauf konzentrieren, was ich erreichen wollte. Das waren aber nie weltbewegende Dinge, sondern Belanglosigkeiten, so etwas, wie mit der Kraft meines Willens die offene Küchentür zuzumachen, bis die Scharniere zu krächzen anfingen. Mit meiner Vorstellungskraft konnte ich mich zum Beispiel auch lästiger Fliegen entledigen, jedes Mal wenn sie mir auf die Nerven gingen, konzentrierte ich mich auf ihre Flügel, machte sie erst ohnmächtig und brachte sie dann ganz langsam um. Wenn ich Ball spielte, ging in meiner Anwesenheit nie irgendein Fenster zu Bruch, ich achtete darauf, dass er nicht verschwand. Außerdem war ich der Herrscher über unzählige Käfer, und an diesem Tag in der Stadt, als ich hinter dem Baum vor unserem Haus stand, begann ich gleichsam in meiner Vorstellung von alleine, Feuer in unserem Haus zu legen, ich weiß nicht, wie es vonstatten ging, aber die Flammen loderten schneller auf, als mir lieb war, und ich sah ganze Nebelschwaden aus den Fenstern kommen, spitzgezackte Flammen flackerten aus dem Dach heraus, sogar aus den Wänden des Hauses drang das Feuer nach außen. Man hörte das Knistern der Balken und dann brach das Dach in sich zusammen. Ich war offenbar in Trance geraten, atmete schwerfällig, wie immer, wenn ich mich dieser Macht bediente. Die Sache mit dem Haus überragte bei weitem alles, was ich bisher getan hatte, ich fühlte mich wie ein Brandstifter und Mörder. Ich hörte auch Hilferufe, reagierte aber genauso wenig wie die anderen Vorbeigehenden. Dann rannte ich so schnell wie möglich weg, damit mich niemand dort ertappen und beschuldigen konnte, das Feuer gelegt zu haben. Das Bild des brennenden Hauses hatte sich tief in mich eingeschrieben und verfolgte mich noch lange wie ein Alptraum.

In den nächsten Tagen wurde der Hausbesetzer von der Polizei abgeholt; als wir dorthin kamen, verließ die Familie gerade das Haus. Ängstlich ging ich auf das Haus zu, noch immer loderten ja die Flammen in meiner Erinnerung. Vater und ich traten über die Schwelle und blieben einen Moment lang unter dem Stützbalken stehen, dann sahen wir uns zwei Stunden lang um, die Fenster im oberen Stockwerk waren weit geöffnet, nirgendwo eine Spur von Rauchgeruch, vom alles vernichtenden Feuer erst gar nicht zu reden. Ich konnte irgendwann nicht mehr an mich halten und fragte Vater, ob er denn nicht auch diesen Ruß rieche. Aber er wusste überhaupt nicht, wovon ich rede, und wollte sich nur so schnell wie möglich einen Eindruck vom Zustand des Gebäudes verschaffen. Von unserem alten Hausstand war fast überhaupt nichts übrig geblieben, nur im Erdgeschoss und im Keller fanden wir einiges an Zubehör aus dem Gemischtwarenladen. Da waren die einfachen kleinen und die großen Waagen, auch Balkenwaagen darunter, Packkörbe für Obst, Korbflaschen, Gläser, Ölfässer, normale Flaschen, Trichter, unterschiedliche Gewichte und so manches andere, das uns bei der Wiedereröffnung des Ladens noch von Nutzen sein konnte. Wir erledigten alle Formalitäten, die Handelserlaubnis, die man uns vor dem Krieg ausgestellt hatte, war noch immer gültig, auch die anderen Dokumente waren nicht abgelaufen. Im Juni 1945 konnten wir unseren Laden wieder aufmachen und zwei, drei Monate später eröffneten wir zusätzlich eine kleine Wirtsstube, die eigentlich nur eine Art Buffet war und die sich im gleichen Raum befand. Vater gelang es, etwas von seinem guten Land zu verkaufen, aber auch Ländereien, die gerodet werden mussten, um fruchtbar gemacht zu werden, dann, zu Mutters großer Zufriedenheit, verkaufte er schließlich auch unser Haus in L. Mutter wurde nicht müde zu betonen, dass die Stadt viel besser zu uns passte, das Dorf ohnehin nur etwas für Analphabeten war, womit sie eine Anspielung auf jenen Teil unserer Familie machte, von dem keiner lesen oder schreiben konnte. In diesen Tagen, als Verhandlungen, Umzugskisten und Verkaufsstrategien an der Tagesordnung waren, flüchtete ich zu meiner Großmutter Jelica. Ich war wütend auf meine Eltern, aber musste mich schon zu Beginn des Schuljahres ihren Entscheidungen fügen.

Vater war wieder nach Dubrovnik unterwegs, um den Großeinkauf zu machen, aber er fuhr ebenso an andere Orte, weil er auch an den unterschiedlichen Groß- und Viehmärkten interessiert war. Sein Kompagnon, der Großhändler Ljubo Maras aus Dubrovnik, machte mit der Auslieferung der Waren genau an der Stelle weiter, an der er vor Kriegsausbruch aufgehört hatte. In unserer Wirtsstube trank man wieder Weißwein aus Konvala und Mostar, den sogenannten Žilavka, und als Rotwein gab es Plavac und Blatina. Der Laden war solide, mit allerlei Waren gefüllt, aber es herrschte dennoch großer Mangel, so wie immer und überall in Nachkriegszeiten. Erstaunlicherweise konnte man aber selbst in dieser Zeit allenthalben Geräte für die Landwirtschaft kaufen, Gartenmesser beispielsweise, man bekam auch die teuersten Rasiermesser, originalverpackt, auf denen A MASUTTI stand; Karbid und Petroleum für die Lampen gab es auch, und an Lebensmitteln konnte man Reis, Salz, Kaffee bekommen, auch Weißmehl gab es, das wir unter uns »Sattmacher« nannten.

26

Wann immer mein Vater nach Dubrovnik reiste, begleitete ich ihn bis zur Bahnstation, blieb allein auf dem Gleis zurück, stand dort, bis der Zug anfuhr, und manchmal stieg ich sogar mit ihm ein und fuhr noch zwei, drei Kilometer mit meinem Vater mit, bis zur nächsten Biegung, an der das Ječmeni-Tal begann, und dort sprang ich heraus, ohne mir je wehzutun. Mein Vater lobte meine Sicherheit und Leichtigkeit, mit der ich das immer tat. Nach Hause kam ich aber bedrückt zurück, jetzt war mein Vater wieder weg, aber ich war auch glücklich, darüber, dass er sich noch lange aus dem Zugfenster hinausgelehnt und mir gewunken hatte. Immer stellte ich mir in diesen Augenblicken bereits seine Rückkehr vor. Und mit schnellen Schritten, manchmal auch über die Gleise springend, ging ich dann zurück. Wenn ich auf den Gleisaufseher traf, gingen wir eine Weile gemeinsam. Er zeigte mir einmal, wie man mit dem langstieligen Hammer umgehen musste, den er immer bei sich trug. Ich bekam es von ihm vorgeführt. Ich hatte das Gefühl, dass man den Hammer wie ein Jongleur halten und von der einen in die andere Hand werfen musste, damit ein gewisser Rhythmus beim Kontrollieren der Schienen zustande kam, aber der Hammer wurde auch für die Eisenkeile benutzt; wenn sie nachgelassen hatten, musste man sie wieder einklopfen, denn sonst wäre auch irgendwann das Holz locker geworden. Der Mann war darin genauso wie im Hantieren mit dem Französischen Schlüssel geübt, mit dem er die locker gewordenen Schrauben flink nachzog. Wann immer er auf die Schienen oder auf die Keile hämmerte, hielt er jedes Mal inne, um dem dabei entstandenen Geräusch nachzuhorchen. Er legte immer die Hand hinters Ohr, um besser zu hören, so als sei er mehr für den Klang als für die Reparatur der Schienen zuständig. Seinen Klopfhammer nannte er den Dirigentenstab, sich selbst in dieser Konsequenz dann tatsächlich einen Dirigenten. Er war einer meiner wenigen Verwandten, die mir imponiert haben, denn nur auf diese ausschließliche Weise kann man in seinem eigenen Fach ein Meister werden. Seine Dienstzeit, in der er sorgsam die Gleise bewachte und seine kleinen Kunststücke aufführte, beendete er immer mit einem Ritual und pinkelte direkt neben die Schienen. Er behauptete, er habe einen Urinstrahl wie ein Pferd, und sagte, dass ihm kein Zweibeiner dieses Rauschen nachmachen konnte. Alle wussten von dieser selbstgewählten Disziplin meines Verwandten, denn jeder bekam früher oder später seine Zirkusnummer zu Gesicht. Mit den hier niedergeschriebenen Sätzen möchte ich meinen lieben, aber hirnverbrannten Dirigenten ehren, der später Dekan an der Fakultät für Verkehrswesen in Belgrad wurde.

Auf dem Gleis, wenn ich in der Frühe mit Vater auf den Zug wartete, war es immer aufregend, es gab so viel zu sehen. Mir konnte kaum etwas entgehen, und das verdankte sich meinem unruhigen Gemüt, ich konnte einfach noch nie ruhig an einer Stelle stehen bleiben. Einmal habe ich meinen Vater dabei erwischt, eine seiner blutjungen Cousinen beidhändig zu umarmen. Er war so von ihr hingerissen, dass er die Zuglokomotive, die schon die Abfahrt des Zuges ankündigte, gar nicht hörte. Vater liebte die Frauen, ganz egal, ob es sich gerade um eine junge Schwägerin handelte, die in die Familie einheiratete, oder um andere Verwandte, die fortzogen und in einer anderen Region Männer fanden, auch junge Mädchen, die gerade im heiratsfähigen Alter waren, entgingen seinem Auge nicht. Er wusste immer, wie man mit ihnen umgehen musste, half ihnen bei der Ernte und anderen Arbeiten, stieg auch mal auf ein Pferd, um sie zu beeindrucken. Und wenn Heu gedroschen wurde, versteckte er sich hinter den hohen Ballen auf dem Dreschplatz von L. und küsste die eine oder andere von ihnen, das nahm ich jedenfalls an, denn einmal hörte ich, dass er mit jemandem im Flüsterton sprach und schwerfällig atmete. Wenn sich mein Vater erst einmal in eines der Mädchen verguckt hatte, machte er ihm auch gerne Geschenke, brachte ihm Schmuck mit, den er irgendwo an der Küste kaufte. Er bereiste den ganzen Süden von Risna nach Kotor, und manchmal kam er sogar bis nach Zadar.

Wenn er nicht in weiblicher Gesellschaft war, sich nicht vergessen und entspannen konnte, dann plauderte Vater mit seinen Bekannten. Alle liebten es, sich mit ihm zu unterhalten, er hatte Witz und war geistreich, aber auch ein sehr guter Redner, der seinen Gegnern zusetzen konnte. Er war dafür bekannt, dass er verbale Duelle immer zu seinen Gunsten entschied. Auch wenn ich eine Zeit lang Konflikte mit ihm hatte und es Stunden gab, in denen ich ihn auch hasste, schaffte nur er es, mich so tief zu berühren, dass ich wegen meines inneren Aufbäumens Schuldgefühle bekam. Er manifestierte auf diese Weise das Gewissen in meiner Seele, denn nach jedem Streit behandelte er mich liebenswürdiger als je zuvor. Ich habe mich immer an die Verwandtschaft meiner Mutter gehalten und nichts von meinem Vater vererbt bekommen, doch nur ihm ist es zu verdanken, dass ich fähig geworden bin, Reue zu empfinden. Er hat unzählige Male betont, dass ein Mensch kein Mensch ist, wenn er keine Schuld empfinden könne, selbst dann, wenn er ein reines Gewissen hätte. Es ist schwer, mit den eigenen Verfehlungen zu leben, aber ohne diese tiefe Erfahrung, überhaupt ein Gewissen zu haben, wäre ich längst zugrunde gegangen, und ich glaube, dass es auch das war, was mich von den anderen unterschied.

Wann auch immer ich in der Kindheit meinen Vater bei seiner Abfahrt verabschiedete, hatte ich es mir angewöhnt, einige Zeit vor ihm zur Station zu gehen und mir genau anzusehen, wie der Zug auf dem dritten Gleis einfuhr und dann allmählich im Bahnhof seinen Platz fand. Je nachdem, aus welcher Richtung der Zug einfuhr, war meine Stadt die erste oder die letzte Station auf der Strecke. An diesem Ablauf hatte sich seit dem 17. Juli 1901 nichts geändert, das war der Tag, an dem hier die Bahnstation eröffnet wurde. Dem Leser, der sich diese Attraktion nicht vorstellen kann, bin ich schuldig, die Geschwindigkeit zu nennen, in der das Ganze vonstatten ging: fünfzehn bis achtzehn Stundenkilometer. Manchmal war dieser Zug bei uns im Ort schon so voll wie eine Streichholzschachtel. Unzählige Male musste ich um einen Platz am Fenster kämpfen; dann wartete ich dort voller Vorfreude auf meinen Vater und machte mich sofort bemerkbar, jeder sollte wissen, dass ich mir Gedanken um ihn machte, dass ich diesen Platz für ihn errungen hatte, deshalb redete ich schnell und laut, und einiges davon war ganz bestimmt überflüssig. Kurz bevor es losging, betrat mein Vater den Zug, und ich sprang heraus. Aber nur, wenn Vater abends wegfuhr und es nach Abfahrt des Zuges schnell dunkel wurde; sonst fuhr ich eben am liebsten noch ein paar Kilometer mit. Sprang ich jedoch schon an der Station aus dem Zug, blieb ich noch auf dem Gleis stehen, vor dem Waggon, während Vater mit seiner erhabenen Statur oben am Fenster stand und mich gerührt und gütig betrachtete. Er bat mich jedes Mal, noch eine Weile auf dem Gleis zu bleiben, damit wir uns zuwinken konnten.

Im Haus war alles leer und öde ohne ihn. Alle Räume schienen von Trauer erfüllt, wenn ich zurückkam, sie wirkten verlassen ohne diesen fröhlichen Mann, ohne eine männliche Stimme. Und dann hörte man obendrein nichts von ihm und wir wussten nicht, wann und ob er überhaupt zurückkommen würde.

Wenn ich Vater zum Morgenzug gebracht hatte, ging ich abends wieder zur Bahnstation und wartete dort auf ihn, aber er kam selten am gleichen Tag zurück. Das hielt mich jedoch nicht davon ab, jeden Abend zu den Gleisen zu gehen und auf den einfahrenden Zug zu warten. Wenn der Zug kam, wurde er schnell leer. Die Reisenden hatten es immer eilig, ihre Sachen nach Hause zu tragen. Jeder wollte so schnell wie möglich zu seiner Familie zurück, jeder, nur mein Vater nicht.

Ich blieb bis zu den frühen Morgenstunden dort sitzen. Einmal, als ich auf Vater wartete, schlief ich auf der Bank unter der Platane ein. Ich war müde und fiel ganz schnell in den Schlaf. Um mich herum hörte ich viele Stimmen und es wurde laut gepfiffen, aber das störte mich überhaupt nicht. Wenn man mit der Hand gegen den Wasserhahn drückte, den es an der Station gab, fing das Wasser gleich an zu fließen. Ich hörte das Gluckern des Wassers und die Leute bückten sich, um es sich direkt in den Mund fließen zu lassen, weil sie sehr durstig waren. Ich konnte meinen Kopf nicht heben, um zu sehen, wer gerade das Wasser trank, jede Bewegung erschien mir anstrengend. Mutter fand mich irgendwann auf der Bank und brachte mich nach Hause. An diesen gemeinsamen Rückweg erinnere ich mich nicht mehr, denn ich schlief fast im Gehen ein.

Während ich diese Zeilen hier schreibe und mich anstrenge, jene Zeit vor mein geistiges Auge zurückzuholen, wird mir klar, wie viel in unserem Leben von flüchtiger Natur ist und wie schnell sich alles im Nichts verlieren kann. Nur die Abschiede von meinem Vater sind meiner Erinnerung nicht abhandengekommen, sie haben sich tief in mich eingebrannt. Schaue ich zurück, kommen sie mir vor wie Rituale, die wie nichts anderes fest zu uns gehörten. Es ist, als sei da ein innerer Plan in uns gewesen, dem wir Abschied für Abschied gefolgt sind, damit wir uns später einmal davon erzählen konnten, später, wenn das Leben leichter geworden sein würde und wir begriffen hätten, wie nahe wir einander immer gewesen sind.

27

Das Leben an den Gleisen – was ließe sich nicht alles darüber erzählen! Ständig trieben wir uns dort herum, inspizierten jede Ecke an der Bahnstation, kramten im Schotter, wurden fündig, rannten im Tunnel umher, stromerten herum, waren Horden von Kindern, manchmal sogar durchmischt mit Erwachsenen; jeder von uns hatte die Hoffnung, dass er dort eines Tages etwas Kostbares finden würde. Jemand musste doch gerade hier etwas verloren haben! Aus dem fahrenden Zug musste doch mal ein Koffer abhandengekommen sein! Jemand musste doch in Panik mindestens einmal seine Tasche durch das Fenster rausgeworfen haben! Eine Tasche voller Schmuck natürlich. Von einem Raubüberfall! Jeder durchfahrende Zug brachte etwas Neues mit sich, aber eines blieb immer gleich: Wir Kinder winkten fremden Reisenden so euphorisch nach, wie wir sonst niemandem nachwinkten. Könnte das nicht das Bild aller Bilder sein, wenn man an Sehnsucht denkt, Sehnsucht nach dem, was wir Welt nennen? Die Züge gehörten zu der Welt unserer Spiele, es waren gefährliche, verlockende Spiele, denn wir spielten mit etwas, das nicht nur schneller war als wir, sondern auch zu einer wirklichen Gefahr werden konnte. Noch heute bekomme ich manchmal Gänsehaut, wenn ich mich daran erinnere, welche Verlockung für uns Kinder gerade in diesem Risiko lag. Wir spielten mit unserem Leben, mindestens zehnmal wäre ich fast unter die Räder geraten. Aber darüber rede ich nicht so gerne, wenn das Geschenk des Lebens im Glück besteht, überlebt zu haben, wähle ich in dieser Sache irgendwie lieber das Schweigen.

Ich war überzeugt davon, dass es in mir eine innere Macht gab, etwas, das mich beschützte und mir viele Male geholfen hatte, es fügten sich zum Beispiel Dinge in meinem Leben, die ich längst vor meinem inneren Auge als verwirklicht gesehen hatte. Manchmal betraf das dramatische und unangenehme Situationen, aber es gab auch überaus fröhliche Erlebnisse, die das Ergebnis dieser Visionen waren. Auch auf die Gefahr hin, dass es allzu philosophisch oder gar fatalistisch klingt, muss ich dennoch sagen, dass ich kein einziges Mal an die Gleise gegangen bin, ohne mich auf das Unerwartete vorbereitet zu haben. Unser Leben ist ohne Veränderungen nicht möglich, ob wir es wollen oder nicht, wir müssen von der sogenannten Normalität sogar ab und an verstoßen werden. Unser Leben muss sogar aus den Fugen geraten, sonst bleibt immer alles beim Alten.

Viele Male bildete ich mir in meinem Furor auch Dinge ein, ich sah manchmal irgendwelche Luftwirbel, die aus dem Gras strömten, im Gebüsch entdeckte ich flimmerndes Licht, und wenn ich auf die entsprechende Stelle zuging, überzeugt davon, dass dort ein silbernes Halsband oder sonst irgendein Schmuck lag, war entweder überhaupt gar nichts zu sehen oder nur Glassplitter, irgendein anderer banaler Gegenstand, der mich maßlos enttäuschte, aber aufgeben wollte ich deshalb schon lange nicht, weil ich in meiner inneren Logik auch das Banalste als ein Zeichen deutete, das mich zum eigentlichen Schatz führen würde, der selbstverständlich schon längst auf mich wartete. Ich wusste, dass die Natur keine direkten Botschaften übermittelte, man konnte nicht einfach den Arm ausstrecken und direkt nach einem Schatz greifen. Aber sie wies einem natürlich den Weg, gab verschlüsselte Zeichen, die man deuten musste. Mir half dieses Bündnis mit dem Unsichtbaren auch beim Schreiben, weil sich das wirklich Gute erst in der fünften oder sechsten Schicht zeigt. Aber bei den Gleisen war es anders, ich nahm alles in die Hand, was die Leute aus den Zügen warfen, sah es mir an, drehte und wendete es, las auch die rätselhaftesten Botschaften, Sätze fremder Menschen, die auf Durchreise waren und etwas auf irgendwelche Schachteln gekritzelt hatten. Es war mir gleichgültig, dass ich viele Wörter überhaupt nicht verstand, die sie benutzten, denn in meiner Vorstellung waren sie ohnehin nur Wegweiser für das, was später kommen würde, das eigentliche Ereignis wartete noch auf mich. Den Schatz, sagte ich mir im Stillen, den werde ich schon noch finden!

Und dann fand ich in einem kleinen Wald tatsächlich einmal eine Reisetasche. Sie war mit Blättern und Ästen überdeckt. Ich würde sagen, dass sie im Grunde versteckt worden war, aber ich war dort schon tagelang herumgestromert und hatte jeden Winkel in Augenschein genommen, jeden Ast, der dort lag, hatte ich hochgehoben, sogar die einzelnen Steinchen hatte ich untersucht. Ich hatte kein konkretes Ziel, und genau das hat mir am Ende geholfen. Die Tasche war sehr schwer. Deshalb bekam ich Angst, dass nur Plunder oder gar Munition drin sein könnten. Außerdem war Nachkriegszeit, überall fand man Überreste von Waffen. Einige meiner Freunde kamen ums Leben, weil sie mit Bomben spielten, und einer meiner Cousins hat das Augenlicht verloren, weil er im Garten eine Tüte ausgeschüttet hatte, in der sich Schießpulver befand. Meine Mutter hatte mir sehr intensiv eingetrichtert, dass mich Gott nie beschützen würde, wenn ich es nicht alleine tat, deshalb war ich zwar immer sehr achtsam, aber nicht ängstlich.

Als Erstes schleppte ich die Tasche etwas tiefer in den Wald hinein, entfernte mich absichtlich vom Weg, fand einen Unterschlupf hinter einem großen Gebüsch, versteckte mich unter den Ästen und machte sie auf. Die Tasche hatte einen metallenen Reißverschluss, der schwer zu öffnen war, er war verrostet, deshalb versuchte ich, mit meiner Spucke nachzuhelfen. Die Tasche kam mir merkwürdig aufgeplustert vor. Als ich sie öffnete, war ich sehr aufgeregt, starb fast vor Angst, und bei jedem weiteren Geräusch zuckte ich heftig zusammen. Angst zieht nun einmal naturgemäß andere Ängste nach sich. Ein Blatt fällt zu Boden, ein trockenes Ästchen, und du denkst, du stirbst, ein Specht, der an einem Stück Holz pickt, eine Wachtel, die auffliegt, werden zur Gefahr, auch der Wind ist ein Feind, der durch das trockene Gras fährt, und all das scheint nur deshalb zu geschehen, damit du Gänsehaut bekommst und die Angst sich über deine Freude legt, ausgerechnet jetzt, da deine offensichtlichen Träumereien endlich greifbare Wirklichkeit geworden sind.

Die Tasche gefunden zu haben erfüllte mich mit Stolz, selbst wenn es nicht der große Schatz sein sollte, sagte ich mir, war es immerhin eine ansehnliche Beute – was immer einem Bettler in die Arme fällt, kann ihn nur reicher machen.

Der Reißverschluss ließ sich nicht öffnen; als ich es dennoch immer wieder versuchte, blieb er hängen und die übervolle Tasche bekam einen Riss. Ein rundes Bündel fiel heraus. Eine zusammengewickelte silberne Tischdecke, fest verknotet. Als ich den Knoten löste und die festlich wirkende Tischdecke befreite, sah ich, dass sie sich für große Tische in feierlichen Räumlichkeiten eignete. An den Stoff-Enden war die Tischdecke sogar mit goldenen Fäden ausgefranst. Sie musste sehr wertvoll sein! Mutter würde sicher daraus ein schönes Kleidungsstück schneidern können. Ich sah mir alles sehr genau an, legte es ordentlich zur Seite und wollte später alles wieder so zusammenschnüren, wie ich es in der Tasche vorgefunden hatte. Dann entdeckte ich noch mehrere Garnknäuel, zwei Schachteln getrockneter Datteln und einen eigenartig bemalten Fächer. Ich fand auch mir völlig unbekannte Sachen, Dinge, die ich noch nie gesehen hatte. Meine Lehrerin erklärte mir später, wie sie im Einzelnen hießen und dass eins dieser wunderlichen Gegenstände ein Monokel mit Galerie sei. Man benutzte es, sagte sie, nur für ein Auge, und das vor allem dann, wenn man etwas von oben betrachten wollte. Ein Requisit also, das in der besseren Gesellschaft, bei herrschaftlichen Leuten, in den richtigen Händen war.

Am meisten an dem ganzen Haufen irritierte mich eine komische Bocchia-Kugel. Sie war kleiner als die normalen Spielkugeln, die ich kannte. Warum hatte bloß jemand so etwas Schweres mit sich herumgetragen? Und wie war diese Kugel zu allen anderen Gegenständen in dieser Tasche geraten, die sich so grundsätzlich von ihr unterschieden? Ich kratzte ein bisschen an der Oberfläche der Kugel, legte sie an mein Ohr, um zu hören, ob Geräusche aus ihr kamen, wusste aber selbst nicht, warum ich das tat, warf sie dann den Abhang hinunter und sah zu, wie sie in einen Graben rollte. Dann aber kam endlich die Entdeckung des Wesentlichen!

In einem anderen Bündel befand sich Frauenkosmetik, in einer Pomadeschachtel entdeckte ich ein wunderschönes Goldarmband. Erst als das Gold in meinen Händen zu leuchten begann, bekam ich es mit der Angst zu tun, denn plötzlich fühlte ich mich wie ein richtiger Räuber. Ich verzog mich noch mehr hinters Gebüsch, kroch tiefer unter die Äste und blieb in meinem Versteck, bis es Abend wurde. Mit der Tasche konnte ich untertags auf keinen Fall in der Stadt aufkreuzen. Ich hätte lügen müssen, man hätte mir Fragen gestellt, die ich nicht hätte beantworten können. Alle wussten, dass ich eine solche Tasche nicht besaß. Der wachhabende Polizist, der mich ohnehin schon im Visier hatte, hätte sie sicher sofort bemerkt und inspiziert, meine Schultasche hatte er auch schon durchsucht.

Als die erste Dunkelheit aufkam, schlich ich nun doch mit der Tasche in die Stadt. Ich war vorsichtig, rannte und war darauf bedacht, mich immer im Schutz eines Schattens zu bewegen. Es hatte mich auf dem ganzen Weg niemand gesehen, dennoch entschied ich mich dafür, so schnell wie möglich ins Haus zu springen. Ich war außer Atem, wie ein Gejagter, den man verfolgte, ich schloss die Tür ab und legte die Tasche auf den Boden. Die Sachen breitete ich auf dem Tisch aus, nur das Armband hatte ich in meinen Hosentaschen verstaut, ich hatte mir vorgenommen, es erst am Schluss zu zeigen. Ich wusste nicht, ob meine Mutter nicht vielleicht von meiner Beute enttäuscht sein, noch was sie überhaupt zu dem Ganzen sagen würde. Aber sie freute sich sehr über die silberne Tischdecke, wir breiteten sie aus und staunten über ihre Größe. Fasziniert berührten wir die goldenen Fransen mit unseren Fingerkuppen. Wir sahen uns die gesamte Beute in aller Ruhe an. Es waren auch Dinge darunter, mit denen wir überhaupt nichts anzufangen wussten.

Wir atmeten durch, beruhigten uns ein bisschen und aßen die trockenen Datteln. Wir waren ein wenig traurig, dass nicht die eine oder andere Kostbarkeit in der Tasche zu finden war, aber nützlich waren die Sachen allemal, es waren sogar ein paar wohlduftende Seifen darunter, eine ganze Sammlung von Knöpfen aller Größen und ein kleines Kissen mit verschiedenen Nähnadeln. Dann zeigte ich die eigentliche Überraschung vor und holte das goldene Armband heraus. Mutter und ich waren der Meinung, dass es sich gelohnt hatte, einen Tag lang die Schule zu schwänzen, und dass ich mich im Gebüsch versteckt hatte, fand meine Mutter genauso wichtig. Wir versprachen einander, mit niemandem über das goldene Armband zu sprechen, und wollten es auch Vater verheimlichen. Würden wir eines Tages gezwungen sein, es zu verkaufen, dann sicher nur aus Not. Mutter sagte, Gold sei in der Regel an jenen Plätzen am sichersten, die gar keine richtigen Verstecke waren, man müsse es deshalb immer dort ablegen, wo es niemand vermuten würde. Sie schlug vor, dass wir das Armband in die kleine Schublade ihrer Singer-Nähmaschine legten, einfach zu Metermaß, Nadelkissen und Garn. Mit einem Tüchlein bedeckten wir schließlich diese Kostbarkeit.

Bevor wir das Armband versteckten, waren wir ausgelassen und fröhlich, völlig unerwartet hatte ein Hauch von Reichtum unser Haus heimgesucht. Besitz kann etwas Schönes sein, weil er Geschenke möglich macht. Feierlich überreichte ich meiner Mutter das Armband und schob es ihr auch über das Handgelenk. Wir starrten beide das Gold an und waren sehr beeindruckt. Aber da es uns nicht wirklich gehörte, überkam uns mit dem Glück auch Sorge, denn wir wussten ja, dass alles, was wir nicht mit unseren eigenen Händen verdienten, uns auch wieder genommen werden könnte. Und noch als wir über die Schönheit unserer neuen Errungenschaft staunten, klopfte es an der Tür. Wir erstarrten vor Angst. Mutter nahm schnell das Armband ab, mit ungeschickten Fingern half ich ihr dabei und es gelang uns gerade noch rechtzeitig, das Armband in der Nähmaschinenschublade zu verstauen. Mutter ging zur Tür und ich sah ihr gespannt nach. Mein Herz klopfte so laut, dass ich das Gefühl hatte, es halle im ganzen Haus wider und jeder könne es hören. Als ich die Stimme meiner Lehrerin hörte, war ich beruhigt. Sie war besorgt wegen mir und fragte meine Mutter, warum ich nicht in der Schule gewesen war. »Ist er krank? Oder hat er sich einfach vor dem Unterricht gedrückt?«

»Komm herein«, sagte meine Mutter, »ich zeige dir, was er gefunden hat.«

Die Gegenstände aus der fremden Tasche lagen noch auf dem Esstisch, meine Lehrerin sah sich alles an, ich stand neben ihr und plapperte aufgeregt vor mich hin, erst freute ich mich, bekam dann aber doch noch Angst. Dann fing ich an zu lügen und dachte mir eine Geschichte für das Ganze aus, die auch meine Mutter beeindruckte. Beim Erzählen fiel alles sehr dramatisch aus, denn mir war plötzlich ein Mann in den Sinn gekommen, den ich den Unsichtbaren nannte. Ich sagte zu meiner Lehrerin, er sei es gewesen, der mich zum Gebüsch geleitet und die Anordnung gegeben hätte, mich dort zu verstecken und bis zum Anbruch der Dunkelheit zu bleiben. Die Lehrerin setzte das Monokel auf und erklärte uns, wie man es benutzen musste. Ich schenkte es ihr, zusammen mit dem Fächer. Das Armband verschwiegen wir selbst ihr, was nicht weiter erstaunenswert war, denn hätten wir nur ein Wort darüber verloren, wäre es kein Geheimnis mehr gewesen.

Wir müssen immer wieder in die eigene Vergangenheit zurückkehren, sie ist immer da, als Teil unserer Ehe, als Teil unserer Silber- und Goldhochzeiten, wir sterben mit ihr, und wenn wir sie nicht mehr zu uns rufen und teilnehmen lassen an den Dingen des Lebens, dann haben wir gar nichts mehr, wir sind am Ende allein, so ist es schon immer gewesen. Ich würde es aber niemals wagen, einen Pakt zu schließen mit einer Idee, von der ich annehmen muss, dass sie einfach keine Rolle spielt. Nein, nie gehen die Dinge für immer verloren, keine unserer Geschichten kann sterben. Wir erinnern uns nicht nur deshalb, um anderen aus unserem Leben zu erzählen, sondern auch, um uns selbst zu zeigen, dass wir fähig sind zurückzublicken. Jedes Mal wenn ich zurückschaue (man erlaube mir diese Perspektive, denn ich bin ein schreibender Mensch), mache ich die Erfahrung, dass meine eigene Gestalt sich mehr und mehr von mir selbst entfernt, wie ein Verräter, der auf der Flucht vor mir ist. Und ich kenne die Angst, weil ich letzten Endes nur ein Mensch bin. Angst spielt in jedem Leben eine Rolle, vor allem in den fieberhaft vorgetragenen Beichten. Auch das ist der Sinn meiner immer wieder eingeschobenen reflektierenden Betrachtungen in diesem Buch, mit denen ich mich meiner selbst vergewissere und das eine oder andere Kapitel abschließe. Vielleicht sind das alles kleine Fluchten.

28

Manchmal blieb Vater einfach länger als zwei, drei Wochen weg, ohne uns eine Nachricht zu schicken. Sein Großeinkauf kam nicht an der Bahnstation an. Der Laden aber war leer, wir hatten gar nichts mehr zu verkaufen. Einmal trat sogar der Fall ein, dass wir zwei Wochen lang in dieser misslichen Lage waren. Vater ließ einfach nichts von sich hören, und wir wurden immer wütender auf ihn, weil er uns und das Geschäft im Stich gelassen hatte. Dieses Mal äußerten wir unseren Unmut laut, auch das, was wir verdienten und für den nächsten Einkauf zur Seite legten, gab er einfach aus und ließ uns auf dem Trockenen sitzen. Wenn aber unser Ärger und unsere Wut abgeflaut waren, bereuten wir es, so wütend auf ihn gewesen zu sein, und einigten uns wieder darauf, dass es besser ist, ihn und seine Macken zu ertragen, als ganz ohne ihn zu leben. Es tat uns leid, dass wir immer wieder so schnell über ihn urteilten. Ich fing als Erster damit an, vor allem dann, wenn Vater mich gnadenlos enttäuschte, wenn er beispielsweise nicht an einem Feiertag bei uns war oder bei einem lange im Voraus geplanten Fest nicht auftauchte, wenn er mich auf sich warten ließ und mir kein Geschenk brachte, dann kam es dazu, dass ich den einen oder anderen Satz in Rage aussprach. Einmal hatte ich ihm so etwas ins Gesicht geschleudert und gesagt, dass ich es kaum erwarten könne, auf seinem Grab zu tanzen. Später bin ich vor Pein umgekommen und konnte es nicht fassen, dass ich einen solchen Satz laut ausgesprochen hatte. Ich weinte in Mutters Armen, sie tröstete mich und sagte, dass in uns allen böse Gedanken wohnen, die wir nie ganz auslöschen können. Mutter hatte mir gesagt, dass viele meiner schlechten Gedanken schon eins mit der Luft, ja auf und davongeflogen waren, und von diesem Augenblick an wünschte ich meinem Vater nie wieder etwas Böses. Ich glaube, ich lernte damals, dass man genauso schnell gut wie böse werden kann. Daran versuchte ich mich später im Leben immer zu erinnern und die schlechteren Gedanken mit einer Art inneren Waage in gute zu verwandeln.

Vater war also zwei Wochen nicht mehr aufgetaucht, wir hatten das goldene Armband im Haus. Vielleicht warteten wir deshalb dieses Mal, trotz Warenmangel, etwas ruhiger auf seine Rückkehr. Durch das Armband fühlten wir uns sicherer, obwohl wir gar nicht wussten, was es überhaupt wert war, und wir hatten auch keine Ahnung, wie wir es zu Geld machen konnten. Wir hatten sogar Angst, dass der Juwelier oder irgendein anderer Käufer uns über den Tisch ziehen und uns viel zu wenig dafür geben könnte. Dann tauchte Vater plötzlich auf, er sah verwahrlost aus, war nicht rasiert, er hatte einen schweren und müden Gang. Wir hatten ihn seit langem nicht so schwach gesehen. Man sah ihm an, dass er von seiner körperlichen Unansehnlichkeit wusste, dass ihm klar war, wie er aussah, denn er wagte es nicht, uns in die Augen zu sehen. Die Spuren seiner durchzechten Nächte waren auf den ersten Blick zu sehen. Aber wir hatten ihn trotz allem freudig empfangen, schauten jedoch mit einer gewissen Distanz auf ihn. In uns war eine eigene Zuversicht gewachsen, woher sie kam, wussten wir nicht einmal selbst. Es konnte ja nicht sein, dass ein einzelnes Armband diese Veränderung in uns erreicht hatte. Mutter wählte versiert ihre Worte, sie machte Anspielungen, setzte Vater auf diese Weise richtig zu, und ich lernte es unmittelbar von ihr, begann wie sie, Vater mit Worten ruppiger zu behandeln.

Als er es sich in seinem Fauteuil gemütlich gemacht hatte, kam auch schon der Wagen mit der Lieferung. Das Bargeld hatte er vertrunken und die Waren hatte man ihm wieder angeschrieben. Wir hatten keinen Überblick mehr über die Schulden, die er beim Großhändler Maras machte. Unsere Fragen ließ er unbeantwortet, und dann fingen wir bald an, Witze über Vaters schwere Zunge zu machen, wir lachten ihn aus, weil er lallte. Er fand sich nicht mehr mit uns zurecht, so wie früher, wenn wir ihn in Streitlaune empfingen. Er fühlte sich von uns ertappt, deshalb schwieg er jetzt. Erst als wir die Waren auspackten, fing er sich ein bisschen, begann sich selbst zu loben, wie er das immer so machte, indem er mit seinen städtischen Bekanntschaften angab, die wichtige Namen, richtige Titel hatten. Aber wir waren schon lange keine aufmerksamen Zuhörer mehr, nur zwei Menschen, die mit Berechnung schwiegen, die aus Kalkül lachten, über das, was er sagte. Mutter und Sohn waren wir, Vaters zwei »humorvolle Diener«. Aber er begriff unsere Taktik und änderte seine eigene. Er ging nicht mehr auf unsere Sticheleien ein und erzählte uns, dass einer seiner guten Freunde gestorben war, er sei ein schlauer und adliger Kopf gewesen, ein Nachfahre berühmter Chirurgen. Dann fing er an von seinem verstorbenen Freund Ivan Rubinović zu erzählen, vor langer Zeit, sagte Vater, hätte einer seiner Vorfahren am Stadttor eine wichtige Aufgabe ausgeführt. Er sei für das Durchwinken der Leute zuständig gewesen, keiner, der die Stadt betreten wollte, sei an ihm vorbeigekommen. Er entschied, ob die Kranken durchkamen oder nicht, die Wachen brachten sie zu Ärzten. Damals nannte man die Ärzte noch Physicus und Magister. Vater erzählte, dass ihm der Tod seines edlen Freundes zugesetzt hatte und er deshalb in der Stadt geblieben sei. »Wir tranken wieder und wieder auf seine Seele, und mit einem Arzt aus seiner Familie habe ich ein großes Geschäft für uns vereinbart. Wir verkaufen jetzt Heilpflanzen!« Mutter war wütend. »Und dann hat er auch noch ein Gläschen auf die Heilpflanzen getrunken?«

»Auch darauf haben wir getrunken, meine Verehrte«, sagte Vater.

»Dann können wir glücklich sein, dass du den Weg zu uns zurückgefunden hast«, sagte ich. »Du hättest ja wie der adlige Typ sterben können.«

»Ja, das hätte durchaus sein können«, sagte er. »Jeder muss einmal sterben, ob er vom Adel ist oder vom Gesindel.«

»Als wir merkten, dass du offenbar eine Weile fortbleiben wirst, nahmen wir an, dass du hier eines Tages mit einer jungen Frau von der Küste auftauchen würdest, dass du unser Hab und Gut schon auf Hochzeit und Hochzeitsgäste verschwendet hast«, sagte Mutter. Und ich konnte es mir nicht verkneifen, genüsslich zu lachen, denn ich liebte es, wenn meine Mutter diesen ironischen Ton hatte, die Art, mit der sie ihre Sätze sprach.

»Wenn ich eine andere herbringen wollte, müsste ich ja erst Witwer sein«, sagte er. »Wenn mich aber nicht alles täuscht, ist meine Frau noch nicht gestorben, aber hiermit verspreche ich in Anwesenheit dieses Zeugen, dass ich mich gleich einen Tag nach ihrem Tod vermählen werde, aber Gott behüte, geplant habe ich das nicht.«

Eine ganze Weile gingen die Sticheleien noch so weiter, einen Streit wie früher gab es aber nicht, im Gegenteil, alles ging ruhig vonstatten, die Verachtung war zwar nicht zu übersehen, luzide Witze überwogen aber in den Gesprächen. Früher eskalierte immer alles, vulkanartig brachen die Streitereien zwischen meinen Eltern auf, und in aller Regelmäßigkeit flogen die Gegenstände nur so durch das Geschäft. Jetzt hatten wir eine neue Ebene erreicht, es schien, als ob alle Beteiligten verstanden hätten, dass der Lärm zu nichts führte, ohnehin war das Zerstören und Herumwerfen der Gegenstände sinnlos und absurd, denn es war schwer, sie überhaupt zu bekommen. Mutters Ironie wurde eine Waffe, mit der es uns gelang, Vaters Autorität für immer zu untergraben. Wenn nichts anderes, so hatten wir immerhin erreicht, dass er eine Bitte an uns richten musste, wenn er Hilfe brauchte. Früher hatte er einfach alles selbstverständlich vorausgesetzt. Jetzt hielten wir die Zügel in der Hand, nannten die Dinge beim Namen, sagten es ihm direkt, dass er stank, wenn er nach Erbrochenem roch, sagten, dass seine Augen nur deshalb so rot waren, weil er ja ach so viel um seinen toten Freund geweint hatte, und ganz bestimmt auch wegen all der anderen wichtigen und berühmten und in allem so bedeutenden Vorfahren. Wohlfeil flogen unsere Bissigkeiten durch die Luft, aber auch er ließ sich einiges einfallen, ließ nichts unerwidert, talentlos konnte man ihn in dieser Hinsicht also nicht nennen. Seine Rückkehr führte aber letztlich dazu, dass wir mehr als früher miteinander lachten. Die Ironie kippte irgendwann in Zuneigung und Fröhlichkeit, dann kam es vor, dass Mutter und ich ihn sogar streichelten wie ein Kind.

29

Eigentlich vertrug mein Vater überhaupt keinen Alkohol. »Der Kater danach dauert immer länger als das Trinkvergnügen selbst«, sagte er. Es fiel ihm von Mal zu Mal schwerer, anderntags wieder zu sich zu kommen, er hatte richtige Schmerzen und bekam endlose Hustenanfälle. Regelmäßig nahm er irgendwelche Mittel ein, aber man muss sagen, dass es eher Beschwörungen waren als richtige Medikamente. Irgendjemand hatte ihm gesagt, dass man Kopfschmerzen nach einem Saufgelage am besten mit einer Lieblingsspeise kurieren könne. Aber auch saure Suppen und Kräutertees hatte man ihm empfohlen. Und wenn er in Imotski bei seinem Freund, dem Händler Basic, blieb, versuchte er sich mit einem merkwürdigen Gemisch aus Rotwein und Milch zu kurieren, aber nicht Kuhmilch, sondern Ziegenmilch; das war dabei wohl das alles entscheidende Geheimnis. Wir taten alles, um ihn wieder auf die Beine zu bringen, umhegten und pflegten ihn, als sei er gerade aus dem Krieg zurückgekehrt. Meine Mutter witzelte und sprach davon, dass wir uns einen Verwundeten ins Haus geholt hätten. Wir brachten ihn auch zu Leuten, die sich mit Naturmitteln auskannten. Gegen Husten empfahlen sie ihm vor allem Milch von fuchsroten Ziegen oder von einer Eselin. Man sollte die Milch mit Honig und einer Knoblauchzehe aufkochen, und der Kranke musste alles in einem Schluck trinken. Gegen die Kopfschmerzen half ihm ein in Traubenschnaps getränktes Tuch, das wir ihm quer über die Stirn banden. Dieses Mal pflegten wir ihn schon vier Tage lang, aber im Unterschied zu früher, als wir auch grob mit ihm umgegangen waren und uns im Streit mit ihm überworfen hatten, waren wir dieses Mal zärtlich, übertrieben es sogar mit unserer Hingabe und Aufmerksamkeit. Das wiederum kam ihm wie eine Art Komplott vor, und er witterte darin eine Strategie seiner Frau, die nichts anderes als das Ziel verfolgte, ihn zu domestizieren und ans Haus zu binden.

Ich kümmerte mich mit größter Achtsamkeit wie ein Wundheiler um Vaters linke Handwurzel, legte ihm Umschläge an die verletzte Stelle, die wir aus Breitwegerich mischten, einer Pflanze aus der Familie der *Plantaginaceae*. Wir hatten sie immer zu Hause, wussten alles über sie, hatten uns für alle Fälle auch ihre unterschiedlichen Namen notiert, die im Umlauf waren. Überall hieß sie anders, schon in der Nachbargemeinde wurde ein anderes Wort verwendet. Und in den weiter entfernt liegenden Gegenden wechselten die Bezeichnungen sogar von Dorf zu Dorf. Trotz allem kümmerten wir uns um Vater, fragten die Leute, welche anderen Kräuter ihm noch helfen könnten, sprachen mit Frauen, die sich damit auskannten, vielleicht, weil wir glaubten, auf diese Weise auch das ganze Leid, das sich in unserer Familie angesammelt hatte, kurieren zu können, wir wollten, dass alles wieder gut wurde, glaubten mit jedem Atemzug daran, ja wir begannen sogar an Gott zu glauben und fühlten uns in die Pflicht genommen, so etwas wie ein Gelübde zu erfüllen. Und wenn ich all das hier darlege, so nicht, um zu zeigen, dass ich ein Kräuterfachmann bin, sondern um von unserer unerschütterlichen Zuneigung zu erzählen. Wir waren bereit, einander immer beizustehen, allen Abgründen und aller Ohnmacht und Wut zum Trotz. Wie oft waren wir ratlos gewesen und hatten Vaters Handlungen nicht verstanden, dennoch waren wir jetzt bereit, es anders zu machen als er. Es war merkwürdig, aber das kleine Kraut half uns dabei, dieses Gewächs, das an jedem

Straßenrand zu finden war, heilte auf seine Weise den großen Schmerz unserer Familie.

Abends rief Vater meine Mutter und mich zu sich und erzählte uns, dass Menschen reich werden, weil sie Dinge in ihrem Denken zusammenbringen, die auf den ersten Blick eigenartig erscheinen, so wie es damals in Dubrovnik der Webermeister und der Magister am Ende der Široka-Straße getan hatten. Wir wussten nicht, ob wir ihn richtig verstanden, aber wir unterließen es, mit ihm zu diskutieren. Vielleicht war ihm wirklich endlich etwas eingefallen, dachten wir, etwas, das uns helfen würde. Mutter war davon überzeugt, dass aus den verrücktesten Köpfen die besten Ideen kommen konnten. Und ich hatte ohnehin ein Herz für Visionen.

»Wenn wir erfolgreich sein wollen, müssen wir im Laden Wachskerzen und Mehl haben und nicht nur Seife anbieten, sondern auch Soda, Gewürze und Süßigkeiten, Heftpflaster und Sirup, Spiegel aller Art, Karbid-Lampen und natürlich Werkzeug! Die Regale müssen voller Waren sein, am besten nicht wie zu erwarten nach Ähnlichkeit sortiert – genau umgekehrt ist es besser, sie müssen sich richtig voneinander unterscheiden! Sobald wir etwas verdient haben, nehmen wir uns Saison-Arbeiter, die Wermut, Spitzwegerich, Heidekraut und andere Heilkräuter für uns sammeln. So wie man im reichen Amerika Baumwolle pflücken lässt, so werden wir hier Wermut und Lindenblüten und alles Mögliche pflücken lassen, und über meinen Freund Rubinović werde ich mich um den Verkauf andernorts kümmern, es soll ein richtiger Markt daraus werden. Sie denken, dass wir in zwei Jahren gemachte Leute sind.«

In der ganzen Zeit von Vaters Genesung blieb ich bei ihm und reichte ihm alles, wonach er verlangte. Mutter arbeitete im Gemischtwarenladen, sah aber häufig ins Zimmer hinein, um uns zu besuchen, ich hatte in der Zwischenzeit gleichsam die Stellung eines Arztes inne und Vater war der Patient. Sie wollte sich einen Überblick über meine

Behandlungsmethoden verschaffen. Und während ich den Arzt mimte und irgendetwas an sein Ohr hielt, das an ein Stethoskop erinnerte, mich auf Vaters Herzschlag und Lungen konzentrierte, mit zwei Fingern auf seine kranke Brust tippte, packte mich bei einer solchen Gelegenheit Vater hastig am Arm und sagte plötzlich: »Es kommt noch ein Kind zur Welt.«

Zuerst verstand ich die Bedeutung seiner Worte nicht, weil er auch schon früher die Angewohnheit hatte, einfach irgendetwas Kopfloses in den Raum zu werfen, und Mutter und ich versuchten daraufhin immer, das Rätsel in seinen Sätzen zu knacken und ihnen einen Sinn abzugewinnen. »Was denn für ein Kind?«, fragte ich.

»Ein menschliches Wesen, ein Gottesgeschöpf«, sagte er. »Du wirst kein Einzelkind mehr sein. Deine Mutter wird mir einen weiteren Sohn schenken, der mir beistehen wird.«

»Ist sie denn schwanger?«, fragte ich und konnte kaum meine Tränen zurückhalten, Hass stieg in mir hoch, Hass auf beide, vor allem auf Mutter, die es zustande gebracht hatte, mir so etwas zu verschweigen.

»Schwanger ist sie, ja, ja, so könnte man das ungefähr nennen«, sagte Vater. »Man sieht es noch nicht, aber sie ist schon im vierten Monat. Dieses Kind wird alles zwischen uns glätten, alles, was kaputt gegangen ist.«

»Ich werde zwölf Jahre älter als dieses Kind sein«, sagte ich.

»Genau, volle zwölf Jahre und ein paar Tage ...«, sagte Vater.

Meine Wut ließ bald nach, auch der Hass, der in jenem Augenblick entstanden war, löste sich auf. Aber dennoch wollte ich Mutter nicht sehen und mir ihre Erklärungen nicht anhören. Und wenn das Kind dann da wäre, beschloss ich, würde ich ihm gelassen gegenübertreten. Ich werde ihm nicht schaden, sagte ich mir in einem langen Selbstgespräch, ich werde es nicht vergiften, aber ich werde es auch nicht verwöhnen, es nicht in seiner Wiege schaukeln, ich werde auch nicht seine Windeln wechseln, sie nicht waschen und draußen zum Trocknen aufhängen, ich werde ihm natürlich keine Fragen stellen, ich werde ihn auch Mutter nicht reichen, damit sie ihm die Brust geben konnte, nein, ich werde mir nicht ansehen, wie es auch noch schmatzt und mit dem Mund nach der Mutterbrust lechzt, sich ihre Milch hastig einverleibt, dann vielleicht auch noch aufstößt und alles wieder ausspuckt. Das würde ich alles nicht ertragen können! Ich selbst war bis zu meinem fünften Lebensjahr gestillt worden, was Mutter meinem Vater verheimlicht hat. Keiner meiner Freunde wusste es, es war ein Geheimnis, manchmal zog ich einfach meine Mutter, wenn wir unterwegs waren, in irgendeine Ecke, wo es schön dunkel war, auch in den Stall oder hinter die Scheune. Ihre Brust war schon längst milchlos, Trost gab mir das trotzdem. Und jetzt sollte ich mit ansehen müssen, wie der gleiche Trost einfach von heute auf morgen einem anderen zuteil wurde? Nur weil auch er aus dem gleichen Mutterbauch gekommen war wie ich?

30

Als ich erfuhr, dass meine Mutter schwanger war und ein zweites Kind erwartete, verließ ich das Haus fluchtartig und verbrachte den ganzen Tag am Fluss. Und am Abend kroch ich durch den Schulzaun hindurch und versteckte mich in der Holzkammer. Dort blieb ich etwa eine halbe Stunde, ich wollte sicherstellen, dass niemand in der Nähe der Lehrerinnenwohnung war. Sie lebte in einem ebenerdigen Steinhaus mit zwei Eingängen. Es brannte Licht bei ihr, mein Atem blieb stehen, denn bei der Lehrerin durfte man nicht einfach so unangemeldet hereinplatzen, schon gar nicht am Abend, wenn sie schon die Tür abgeschlossen und die Vorhänge zugezogen hatte, um sich in erster Linie vor den neugierigen Blicken jener Eltern zu schützen, die es sich in den Kopf gesetzt hatten, die Arbeit meiner Lehrerin zu unterwandern, weil sie überzeugt davon waren, dass sie ihren Kindern alles falsch beibrachte; sie hatten aber keine Beweise dafür. Meine Mutter war mit der Lehrerin befreundet, deshalb war ich bei ihr auch willkommen. Ich klopfte einmal, dann noch einmal, das zweite Mal etwas lauter, die Vorhänge gingen auf und meine Lehrerin zeigte sich am Fenster, sie gab mir mit der Hand ein Zeichen, ich durfte eintreten. Ich hörte, dass der Schlüssel im Schloss umgedreht wurde, und als sie mich sah, war sie besorgt. »Ich habe dich erwartet, allerdings nicht in einem so niedergeschlagenem Zustand.« Fast flüsternd sagte sie das, als sei ich ein Geliebter, von dem niemand wissen durfte.

Heute kann ich zusammenfassend sagen, dass nach all den Jahren und Freundschaften, die nun für immer vorbei sind, mir Menschen, die Einfluss auf mich hatten, immer dabei geholfen haben, an mich selbst zu glauben. Und meine Lehrerin Jozipa B. war einer der wichtigsten Menschen in meinem ganzen Leben.

Jozipa kam aus der südlichen Region des Neretva-Flusses, aus der Gemeinde Slivno, vor langer Zeit haben die Herrscher von Dubrovnik genau aus diesem Ort ihre Pferde geholt. Vielleicht stammte Jozipa sogar von Pferdezüchtern ab? Es ist eine große Ehre, Nachfahre von Menschen zu sein, die sich mit Pferden auskennen und die ihre unterschiedlichen Rassen am Leben erhalten.

Als ich ihre Wohnung betrat, ahnte sie offenbar schon, dass ich sehr aufgewühlt war, dieser liebenswürdige Engel kannte mich gut genug. Nur mit Mühe hielt ich die Tränen zurück, musste mich sehr zusammennehmen und sie stand mir bei, legte ihre Hand zärtlich auf meinen Hals und zog mich an ihren Körper heran, mit ihrem Hausmantel bedeckte sie mich wie eine tröstende Mutter, der verlockende Duft ihrer weichen warmen Haut tröstete mich. Voller Vertrauen drückte ich meinen Kopf an ihren Körper und sie umarmte mich beidhändig, ihr Hausmantel kam mir vor wie ein Beschützer meines Unglücks, meiner Schwäche, die über mich gekommen war. Mir kam es vor, als bedecke dieser Stoff meine Kleingeistigkeit, meine Aufgeregtheit und meine Angst, einfach alles, was ich in dieser kurzen Zeit erlebt hatte. Nur mit Hilfe meiner Lehrerin, mit ihrer lieben Zugewandtheit konnte ich alles in mir sortieren, nur ihr konnte ich sagen, dass es mir über alle Maßen schwerfiel, die baldige Geburt dieses Geschwisterchens zu ertragen. Es fühlte sich an, als würde es sich in unser Haus hineinschleichen, ich litt sehr darunter, dass Mutter mich nicht ins Vertrauen gezogen hatte. Ich fühlte mich von ihr betrogen, aber ich wusste gar nicht richtig, ob mein Aufbegehren einen Sinn machte oder ob ich nicht einfach immer von Natur aus schnell gekränkt war und ein eifersüchtiges Wesen hatte. Darüber konnte mir doch eigentlich nur meine Lehrerin etwas sagen! Nur sie hatte immer das passende Wort zur Hand und wusste auch, was sie sagen musste, um mich zu beruhigen und meine Zweifel zu zerstreuen. Sie hatte mir schon früher aus schwierigen Situationen geholfen, vor allem wenn es Streitereien mit den älteren Schülern gegeben hatte.

Sie hatte auch dieses Mal schon mit meiner Mutter gesprochen, hatte geahnt, dass ich abgehauen war und irgendwo am Fluss den Tag verbracht hatte, deshalb nahm sie mich gleich so selbstverständlich auf, und dann sprach sie mit mir eine Weile über die Schönheit der Geburt, aber auch über die Schönheit des Todes. Sie streichelte mich, erzählte mir alles mit beruhigender Stimme und ich nahm ihre Worte in mich auf, sie schmolzen in mir wie Honig, wie etwas, das mir das Leben retten würde. Dieses Erlebnis hat sich tief in meinem Gedächtnis abgelegt, noch heute denke ich, dass eine Geburt etwas Sinnvolles ist. Und es ist nur ihr zu verdanken, dass ich nach allen Stürmen in meinem eigenen Leben und nach allem, was sich bei uns und auch in der restlichen Welt ereignet hat, noch immer davon überzeugt bin, dass das Leben heilig ist.

Auch früher schon war ich das ein oder andere Mal abends bei der Lehrerin vorbeigekommen. Meine Mutter schickte ihr frisches Obst aus unserem kleinen Garten, im Frühling junge Zwiebeln, Radieschen und grünen Salat, und wenn die Zeit der Feigen in L. gekommen war, brachte ich ihr die reifen Früchte in einem kleinen Reisigkorb, den ich mit großen Feigenblättern ausgelegt hatte, um die Frische zu erhalten. Wann immer ich zu ihr kam, fiel es mir schwer, wieder von ihr fortzugehen, ich konnte sie stundenlang ansehen und es machte Freude ihr zuzuhören, ich mochte die Art, wie sie sprach, mochte ihren Akzent, sie wusste beneidenswert viel über ihre Geburtsgegend und ihren Fluss, die Neretva, wusste alles über die Menschen, ihre Traditionen, ihre Trachten, über die Schönheit der Natur – es gab kein größeres Vergnügen für mich als ihr zuzuhören und sie anzuschauen, wenn sie auf dem kleinen Dreihocker in ihrem Lehrerhäuschen saß, immer mit angewinkelten Knien. Sie stickte bis in die späten Abendstunden. Sie brachte sogar mir bei, wie man stickt, ich half ihr einmal beim Nähen eines Kleides, für das sie einen Unterrock aus Spitze brauchte, diesen versah sie mit den kleinen Initialen ihres Namens, JB, mit goldenem Garn. Wenn ich an unsere Treffen zurückdenke, dann kommt es mir vor, als seien dies die glücklichsten Momente meines Lebens gewesen. Es war ein Glück, das die anderen nicht hatten, ich empfand es als ein Privileg, sie anschauen zu dürfen, während sie mit ihren flinken Fingern nähte. Meine erste Stickerei waren also ihre Initialen, groß und breit waren sie fortan auf Handtüchern, Kopfkissen, Decken und Jacken zu sehen.

Jozipa nähte und schneiderte wie alle fleißigen Frauen aus unserer Gegend; sie hatte eine Begabung und die Finger für Stickereien, sie stickte zum Beispiel auf Spitze, aber eigentlich auch auf alles andere, was die Kleidung ein bisschen verschönerte. Mit Wehmut erzählte sie, dass der Großteil der Volkstrachten aus der Gegend um die Neretva bereits der Vergessenheit anheimgefallen war, dass die Meisterwerke der Stickerei zusammen mit den Toten, die man darin bestattete, längst unter der Erde lagen. Es war gleichgültig, wie viel Gold allein schon auf die Herstellung der Trachtenkleidung von Frauen und die Folklorekleidung von Männern verwendet worden war und dass sie manchmal über ein ganzes Leben in Kisten aufbewahrt wurde, irgendwann später aber landete alles in einem Grab, sogar dann, wenn die Kleidung festlich gewesen und auf Hochzeiten und anderen Feierlichkeiten getragen worden war. Meine Lehrerin tröstete mich, sagte, solche Begräbnisse gebe es aber schon längst nicht mehr, die Menschen ließen sich heute in gekauften Kleidern bestatten oder nur in Tücher wickeln. Der Tod sei nicht mehr so ein großes Mysterium wie früher. Und dass man einst alles auf die Toten verschwendet hätte, die

Verschwendungssucht also selbst vor dem Tod nicht Halt gemacht hatte, sei durchaus nützlich gewesen und hätte dazu beigetragen, dass viele Legenden entstanden sind, die man sich bis heute erzählt.

Ganz besonders waren unter diesen Handarbeiten die *faculeti* bekannt, das waren bestickte Kopftücher, märchenhafte Beispiele einer detailreichen Handarbeit. Noch heute kann man sie in Ethnologischen Museen betrachten, aber auch manche Familien haben sie aufbewahrt. Und nahezu jeder hat zum *faculeti* eine Legende zu erzählen. Eine davon handelt von sechs schönen Mädchen, die die jungen Männer ihres Ortes am Hafen verabschiedeten, als diese gerade ihren Matrosendienst auf fremden Schiffen und auf weit entfernten Ozeanen antraten. Die schönen Frauen standen am Hafen und die jungen Männer auf dem Schiff. In dem Moment, in dem es aus dem Hafen lief, kam ein starker Wind auf, die Kopftücher der Mädchen flogen davon und man sah ihr wildes Haar im Wind wehen. Auf diesen Kopftüchern waren Liebesbotschaften eingenäht, der Wind trug sie direkt in die Hände der werdenden Matrosen, die nun für lange Zeit die Neretva-Gegend verließen. Wenn ein junger Mann ein Kopftuch gefangen hatte, bewahrte er es wie ein Zeichen Gottes auf, ein Wink des Schicksals oder wie ein Surenbüchlein. Nur eines dieser sechs jungen Mädchen heiratete den nächstbesten, der ihr über den Weg lief, während die anderen fünf auf jenen Mann warteten, dem der Wind das Tuch zugespielt hatte. Und wenn die Matrosen irgendwann aus der Ferne zurückkamen und ihren Dienst absolviert hatten, heirateten sie die ihnen vom Wind Versprochene. Nur einer unter ihnen blieb nach der Rückreise unverheiratet. Es hieß aber, dass die Treulose keine Kinder bekommen könne. Diese Begebenheit wurde von Generation zu Generation weitergegeben. Die Geschichte wurde nicht ausgeschmückt und man erzählte sie wie einen wahren Vorfall. Am Schluss der Erzählung entfuhr jedem ein tiefer Seufzer wegen der jungen Frau, die sich nicht an die Abmachung gehalten hatte. Jozipa hatte diese Geschichte in ihrer Kindheit von ihrer Mutter gehört. »Einem Menschen, mit dem der Wind dich vermählt, darfst du niemals untreu werden«, hatte sie gesagt.

Über die prachtvollsten bestickten Kleider gab es viele verschiedene Geschichten, jeder erzählte sie, wie es ihm gerade passte, aber niemand wagte es, den Sinn der Geschichte zu entstellen, und auch die Hauptfigur blieb immer erhalten: Es ging um eine junge Frau von betörender Schönheit, die im südlichen Neretva-Tal das Licht der Welt erblickt hatte. Ich kannte diese Geschichte nur von Jozipa, erzählte sie aber meiner dankbar zuhörenden Großmutter Jelica und anderer Verwandtschaft, die sich am liebsten etwas von mir erzählen ließen, wenn etwas Übernatürliches darin vorkam.

Manchmal träume ich noch von diesen Momenten, jedes Mal kommt ein anderer geliebter Mensch in meinen Träumen vor, in den prachtvollen Kleidern, wie sie jene sagenumwobene Schönheit getragen haben musste, die 1786 im Alter von zwanzig Jahren an Cholera starb. Niemand hatte damals Angst, sich bei der Erkrankten anzustecken. Die Menschen küssten sie sogar auf den Mund, und mit ihrem Tod nahm die Epidemie ein Ende. Die Priester waren sich darin sicher, dass Gott in dieser Sache seine Finger im Spiel und die Frau gerade wegen ihrer Schönheit ausgesucht hatte, um sie für alle anderen zu opfern. Da die Cholera besiegt war, entschieden sich die Leute dafür, der Toten die schönsten Kleider anzuziehen, die es in dieser Gegend gab. Nachdem man sie angezogen und ihren Leichnam in der Kirche der Heiligen Dreifaltigkeit aufgebahrt hatte, wollte sie jeder noch einmal sehen und ihre Schönheit bewundern, der man eine göttliche Strahlkraft nachsagte. Als die Leute aus dem ganzen Umland feierlich am Leichnam der Schönen vorbeizogen, hörte man Ausrufe der Begeisterung und es flossen Freudentränen. Dann geschah etwas, das zur unmittelbaren Entstehung der Legende führte, die später im kulturellen Gedächtnis dieser Gegend Eingang finden sollte.

Die bewundernden Ausrufe über ihre Schönheit nahmen immer ekstatischere Züge an. Es hieß, ihr Körper sei plötzlich von einer höheren Macht bewegt worden und eine Art poetische Levitation habe die Tote schweben lassen. Zuerst liegend, dann sei die junge Frau jedoch im Stand über den Boden geglitten, sodass sie mit den Zehenspitzen den Boden berühren und sich wie eine Tänzerin drehen konnte. Ihr Kleid habe Geräusche im Wind gemacht. Es habe sich angehört wie das Rauschen der Blätter in Baumkronen. Tausende kleiner Waldbeeren, feuerrot leuchtend, fielen daraufhin aus ihrem Totenkleid auf den Boden. Das aufprallende Geräusch war unüberhörbar. Es machte den Eindruck, als hätte die Jungfrau Maria, die hinter der Aufgebahrten auf dem Altar zu sehen war, einen Seufzer nach dem anderen getan. Nur kurze Zeit später setzte die in goldenes Licht gehüllte Erscheinung ihre beiden Füße ganz auf dem Boden ab und legte sich danach gleich wieder auf die Bahre. Das Licht stumpfte langsam ab, die Legende war im gleichen Augenblick geboren. Man erzählte sich, es hätte sich um eine Auferstehung für Sekunden gehandelt, um etwas, das so nie wieder vorkommen würde. Forscher, Reisende und Ethnologen schrieben später darüber, nannten es einen Mythos, etwas, aus dem sich unzählige andere Geschichten herausschälten. Ein italienischer Schriftsteller hat in seinen Reisetagebüchern diesen Vorfall als seelische Illumination beschrieben. Und Ludwig Salvator hat sich der Begebenheit in seinem 1905 in Leipzig erschienenen Buch »Das, was verschwindet« im Zusammenhang mit der levantinisch-orientalischen Kleidung der Neretva-Gegend angenommen, er beschreibt in seinem Text das prächtige Kleid, aus Gold und Silber soll es gewesen sein. Die nahezu heilige und übernatürliche Schönheit der jungen Frau fand auf diese Weise Eingang in die Schrift, immer im Zusammenhang mit dem Wunder ihrer kurzen Auferstehung.

31

Mein Vater war davon überzeugt, dass es schwerer ist, etwas Gutes laut auszusprechen als etwas Schlechtes. Das Gute ist anstrengend. Das Böse geht einem leicht über die Lippen, an ihm findet man Genuss, jeder von uns wird hin und wieder gezwungen, mit dieser Verlockung umzugehen, vor allem jene Menschen, die in einer kleinen begrenzten Welt leben. Man kann sich nicht vorstellen, dass es ein großes Vergnügen ist, aus der inneren Dunkelheit in die Helligkeit des Tages hinauszutreten. Vaters Gesprächspartner waren Intellektuelle, ich bekam es oft mit, wenn sie über das Gute und das Böse sprachen. Wie es mein Vater zustande gebracht hat, sich mit diesen Leute auf Augenhöhe auszutauschen, werde ich nie begreifen, aber schon damals kam es mir so vor, als sei er der versierteste Erzähler unter ihnen, denn er kannte sich mit dem Thema am besten aus und seine Beispiele von Menschen, die vom Bösen verführt worden waren, gingen ins Unendliche. Nicht ein einziges Mal hörte ich, dass er etwas Lobendes über das Menschengeschlecht sagte. Es wunderte mich, dass ihm alle so aufmerksam zuhörten, vor allem, wenn er Geschichten aus seiner Jugend in Skadar erzählte. Und ich selbst erinnere mich noch heute an diese Geschichten meines Vaters. Eine davon möchte ich hier erzählen, wenn ich auch nicht weiß, warum ausgerechnet in diesem Kapitel, in dem ich eigentlich davon berichten will, dass mein Vater ungewöhnlich mild und zärtlich während Mutters gesamter Schwangerschaft war.

Seine besagte lehrreiche Erfahrung hat er in der hinteren Altstadt von Skadar gemacht, direkt am Mausoleum des Mehmet Efendija. »Wer diesen Ort mit einer bösen Absicht betritt, wird mit einem schwarzen Gesicht zurückkehren«, stand auf seinem Grabstein. Und was konnte elender sein als das, was die Menschen taten, die hier vorübergingen? Sie verrichteten an seinem Grab ihre Notdurft, bewarfen es mit Mist und toten Ratten, brachten verwesende Katzen, und statt der sonst üblichen leuchtenden Münzen war neben dem mit Absicht gesäten Dornengestrüpp nur noch Erbrochenes an diesem Mausoleum zu sehen. Warum machten sie das, gegen wen richtete sich ihre Wut? War ihr Gegenspieler das Gute, widersetzten sie sich dem Schicksal oder stellten sie sich über die Strafe, über Gott oder nur über diesen einen Menschen, der sie lediglich darum gebeten hatte, sein Grab ohne schlechte Absichten zu besuchen?

Allen seinen Erkenntnissen zum Trotz wurde mein Vater aber selbst immer wieder Opfer seiner eigenen schlechten Leidenschaften und Gewohnheiten. Deswegen will ich hier noch eine Geschichte einfügen. Als wir in unserem Ladengeschäft gar keine Waren mehr hatten, es leer war wie die Wüste, eröffneten genau zu diesem Zeitpunkt die Brüder Paranos einen Gemischt- und Kolonialwarenladen. Man konnte dort sogar Vogelmilch und also alles kaufen. Die Leute kauften in diesem neuen Laden ein, der sich in der gleichen Straße wie unser Geschäft befand. Mein Vater hatte sich etwas in den Kopf gesetzt: Er wollte mich dazu überreden, an die Hauswand des Paranos-Geschäftes den Satz *Haut ab nach Griechenland* zu schreiben. Aber das wollte ich auf gar keinen Fall, denn ich wusste, dass diese Leute Alteingesessene waren. Ihre Vorfahren hatten schon 1476 hier gelebt, zu einer Zeit also, als der Bezirk Trebinje vom neuen Bey Pašait einem einheimischen Mann namens Herak Vraneš überantwortet wurde, der darauf bestand, dass die griechischen Textilhändler bei uns blieben. Er verkaufte ihnen in ihrem Viertel eine ganze Straße und ihre Nachfahren handelten später mit italienischem Wein, so lange, bis das Osmanische Reich zusammenbrach. Niemand aus der Paranos-Familie konnte mehr die griechische Sprache sprechen, das Einzige, was sie von uns unterschied, war ihr Nachname. Außerdem war ich in das Töchterchen des jüngeren Paranos verliebt, sie war schwarzäugig, in meinem Alter und hieß Jelena. Ich träumte davon, dass wir eines Tages, wenn wir volljährig wären, heiraten würden. Schon allein deshalb wollte ich auf keinen Fall auf meinen Vater hören und diesen Unsinn auf ihre Hauswand schmieren. Ich entschied mich sogar dafür, dort einkaufen zu gehen und zu den ersten Kunden der Paranos-Brüder zu gehören. Ich ging also in den Laden und wollte Fenchel und Lebkuchen kaufen.

»Und was hat das gekostet?«, fragte Vater.

»Gar nichts«, sagte ich. »Der Besitzer hat mir das Geld zurückgegeben und gesagt, dass ich eingeladen bin.«

»Das ist redlich«, sagte Vater.

Ich habe meinen Vater belogen. Der Grieche hat mir nichts spendiert, ich habe bezahlt, wie alle anderen auch bezahlt haben. Ein bisschen Zeit war nach dieser genüsslichen Lüge vergangen, da rief mich mein Vater eines Tages in sein Zimmer und bat mich, auf dem kleinen Hocker Platz zu nehmen, den er vor seinen Fauteuil gestellt hatte. Aus dem Kleiderschrank holte er eine im englischen Schnitt gefertigte Uniformjacke namens Dolman heraus. Die Jacke war olivenfarben, der Stoff fein und weich. Das war sein liebstes Kleidungsstück. Kurz vor Kriegsende war er eines Tages damit nach Hause gekommen, just an jenem Tag, an dem ich für eine Packung Eier eine Pilotenkappe aus echtem Leder bekommen hatte. Damals kauften wir auch eine Soldatenuniform, die Vater zu klein und mir zu groß war.

Ich erinnere mich nicht mehr an das genaue Datum, auch die Historiker streiten sich darüber, ob es der Januar oder der Februar 1945 war, als in den Bahnhof von L. ein Zug mit einer ganzen Kompanie englischer Soldaten einfuhr. Gut erinnere ich mich hingegen daran, dass es Schneeverwehungen gab, dass die Schneeflocken wuchtig fielen, Tag und Nacht schneite es, sodass der Zug auf dem Gleis mehr als sechs Stunden liegen blieb, so lange, bis die Schienen bis Uskoplje frei geworden waren. In dieser Zeit strömte alles zu den Gleisen, weil es sich herumgesprochen hatte, dass die Engländer ihre Uniformen gegen Essen und Getränke tauschten. Viele Bewohner wollten eigentlich gar nicht mit ihnen handeln, sie wollten nur die Soldaten und ihre Bekleidung sehen. Vaters Onkel Limun, der siebzig Jahre in Amerika verbracht hatte, stand im Alter von zweiundneunzig Jahren aus seinem Krankenbett auf, weil er die Gelegenheit wahrnehmen wollte, mit den Soldaten wieder Englisch zu reden. Später erzählte er, dass dies seit seiner Rückkehr der glücklichste Tag gewesen sei, dass er beim Sprechen seiner geliebten englischen Sprache die ganze Zeit über habe weinen müssen. Mein Vater nutzte die Situation aus und ließ ihn mit den Engländern um den Preis des Dolmans feilschen, den er für drei Flaschen Schnaps und eine Korbflasche Wein bekam. Für ein Huhn, ein Stück Speck und einen Käselaib konnte man eine Pistole bekommen. Ein paar junge Engländer, Soldaten und Offiziere, verliehen dem alten Limun einen Orden, weil er der Einzige weit und breit war, der sich auf Englisch verständigen konnte. Das machte große Freude, zugegeben, der Spaß war ein bisschen unangemessen, aber so etwas passiert oft, wenn maßlos getrunken wird. Und der Orden war nicht etwa ein belangloser Knopf, eine Klammer oder ein Sternchen von den Epauletten, es war ein echtes Stück, ein britisch-irischer Orden des Heiligen Patrick, auf dem *Quis separabit* stand. Aber dabei blieb es nicht, die vollkommen betrunkenen Offiziere ernannten Limun zum Admiral der königlichen Marine, was er in aller Ernsthaftigkeit als Ehre betrachtete. Später nannten ihn dann alle Admiral, und in seinem Testament verlangte er, dass man diesen Titel auf seinem Grabstein einmeißelte.

Als Vaters Onkel Limun im Alter von fünfundneunzig Jahren starb, trug ich, gleich hinter dem Kreuzträger und dem Priester gehend, diesen St. Patrick-Orden vor seinem Sarg auf einem kleinen Kissen. Und noch heute kann man auf dem Friedhof von L. die merkwürdige Inschrift auf seinem Grabstein lesen, nach der hier ein *Admiral der britischen königlichen Kriegsmarine* in Frieden ruht, der sich die Auszeichnung des Heiligen Patrick verdient habe. Das warf später Fragen auf. Welche Stürme und Ozeane musste dieser Mann erlebt und was musste er alles auf der Welt gesehen haben, wenn er ausgerechnet hier, hinter Gottes Rücken, seine ewige Ruhestätte gefunden hatte? Wie groß musste jene Welle gewesen sein, die ihn ausgerechnet an diesen Ort geworfen hatte! So etwas müsste sich fortan jeder Durchreisende gefragt haben! Nur wir wussten die ganze Wahrheit, aber wer waren wir schon, vorläufige Zeugen, vor deren Augen aus einem Spaß historischer Ernst werden kann; nicht nur wir verändern uns, sondern auch das, was wir Wahrheit nennen.

Vater passte gut auf seinen Mantel auf und bürstete ihn häufig; lange Zeit tat er ihm gute Dienste und hatte für ihn einen festen Platz in seinem Kleiderschrank. Wenn er in seinem Dolman-Mantel Verwandte oder Freunde besuchte, erlaubte er nicht, dass man ihn einfach auf ein Bett oder einen Stuhl legte, sondern bestand darauf, dass man ihn an die Türklinke hängte, und er behielt das gute Stück während der ganzen Unterhaltung im Auge. Manchmal stand er auf und zupfte am Kragen herum. Manche seiner Freunde machten sich schon einen Spaß aus seiner Mantel-Narretei, deshalb versteckten sie hin und wieder den Dolman oder schmückten ihn mit Gräsern und Ästen. Das verärgerte Vater viele Male, und wenn sie ihm den Mantel wieder gesäubert zurückgaben, konnte er es nicht lassen, den Werdegang des guten Stücks mit dem menschlichen Schicksal zu vergleichen, das ja auch alles andere als absehbar ist. Wie hätte auch der englische Schneider, der die gelb-leuchtenden Knöpfe am Mantel angenäht hatte, wissen können, dass sein Werk einmal den feinen Rücken eines britisch-königlichen Offiziers und dann den Rücken eines armen Gemischtwarenhändlers wärmen würde, der später in seinem Testament niederschreiben sollte, mit dem englischen Mantel begraben zu werden? So etwas nennt man gemeinhin Schicksalsverlauf. Der arme Händler wollte im Dolman begraben werden, einfach, weil er nichts Besseres und nichts Festlicheres besaß, während sein erster Besitzer, der britische Offizier, alles dafür gegeben hätte, nicht darin begraben zu werden.

Ich saß auf dem kleinen Hocker vor Vaters Fauteuil und wusste nicht, warum er mich gerufen hatte, was er eigentlich vorhatte, aber irgendetwas lag in der Luft, das sah ich schon an der geheimnisvollen Art, mit der er seinen Mantel im Schoß hielt. Außerdem war ihm jenes kleine Lächeln über das Gesicht gehuscht, das ich schon von ihm kannte, es widerfuhr ihm immer, wenn eine angenehme Überraschung von ihm zu erwarten war, denn so etwas konnte mein Vater gut, er überraschte nicht nur seine Verwandten, sondern auch gänzlich fremde Menschen. Das zählte zu seinen guten Charaktereigenschaften. Er gestikulierte auf eine für ihn typische Weise, das war seine Art, alle Ungereimtheiten und Streitigkeiten aus der Welt zu schaffen und etwas Neues möglich zu machen. Es kam viel öfter vor, dass ich im Angesicht meines Vaters vor Glück als vor Angst zitterte, Schläge und Strafen waren eine absolute Seltenheit.

Er betrachtete mich mit jenem für ihn typischen schelmischen Lächeln und breitete dann den Mantel vor mir aus. Er klopfte mit der flachen Hand auf die gefütterte Innenseite, genau auf jene Stelle, der er den Namen Safe gegeben und wo er immer etwas Geld versteckt hatte. Ein sicherer Platz also, für den Fall der Fälle! Dieser Safe war in Wirklichkeit aber eine kleine Tasche, die im Mantel eingenäht war, er trennte die Naht auf, holte ein paar große Geldscheine und ein Bündel kleinerer Scheine aus ihr heraus. Er spuckte sich auf die Finger und zählte die Geldscheine durch, großzügig und warmherzig gab er mir dann das ganze Bündel. Er bat mich, meine Hand auszustrecken. Das tat ich und er schlug mit seiner Hand auf meine ein, das Geräusch besiegelte mit Nachhall sein für mich sehr großes Geschenk.

»Schlechter als die Griechen will ich nicht sein«, sagte er. »Behalte das, pass gut darauf auf, damit es dir niemand wegnimmt. Du kannst die hübsche kleine Griechin natürlich auch damit einladen. Oder tun, was immer dir in den Sinn kommt«, sagte er.

Mein Vater beschenkte mich, weil ich ihm nicht gehorcht hatte. Es lag eine anrührende und besondere Schönheit darin. Irgendjemand hat einmal davon gesprochen, dass der Verstand in uns immer im Plural waltet und dass wir uns glücklich schätzen können, wenn er sich selbsttätig korrigiert. Ich weiß nicht, wie sich die gute Phase, die er gerade mit meiner Mutter hatte, auf Vater auswirkte, aber sie flüsterten häufiger als sonst, schlossen sich im Schlafzimmer ein, und mit mir sprachen sie immer öfter über das Kind in Mutters Bauch. Sie waren glücklich, weil mein Zorn von kurzer Dauer war. Die Lehrerin hatte uns geholfen, unsere kleinen Familienschwierigkeiten aus der Welt zu räumen. In dieser Zeit verstanden wir uns alle sehr gut, wir aßen zusammen und es war nicht wie früher, als jeder in seiner Ecke und so weit wie möglich vom anderen entfernt hockte. Vater hatte mich außerdem aus einem anderen Grund zu sich gebeten, er übergab mir die Verantwortung, nach einem schönen Jungennamen zu suchen. Er sollte modern sein, ich musste keine Rücksicht auf Tradition oder Familiengeschichte nehmen.

»Die Namen in unserem Familienstammbaum haben keinen Bestand mehr«, sagte Vater. Es sei an der Zeit, sich nichts mehr aus der Ehre der Toten zu machen. »Wenn du selbst einmal ein Kind hast«, sagte er, »darfst du ihm bloß nicht meinen Namen oder den Namen deiner Mutter geben, beide sind altmodisch, man blamiert sich mit ihnen draußen in der Welt.«

Vater sprach die ganze Zeit von einem Jungen, er schien sich darin sicher zu sein, dass es einer werden würde, und man konnte den Eindruck bekommen, es sei in seiner Macht, so etwas zu beschließen. Wir widersprachen ihm nicht, obwohl Mutter und ich uns eher ein Mädchen als einen Jungen wünschten. Vielleicht versuchte mein Vater auf diese Weise seine Angst vor einem Mädchen zu verdrängen, denn ein Mädchen wurde damals schon vor der Geburt gehänselt, Namen wie Brandstifterin oder Kühehüterin warteten schon auf das Kind, während ein Junge immer als Erbe oder Stammhalter ersehnt wurde. Sooft mein Vater sich von der Tradition losreißen wollte, so oft blieb er auch ihr Sklave.

Sie erlaubten mir damals, Mutters Bauch zu streicheln, ich durfte mein Ohr darauf legen und hören, ob das neue Wesen in den Tiefen des Mutterbauches schon atmete. Ich übertrieb es hin und wieder mit meinen Fragen nach dem Schicksal des neuen Kindes, alles in allem konnte ich mich aber auf die Geburt dieses neuen Menschen freuen, es würde ihm so ergehen, wie es uns erging, und Gott würde uns helfen, wir würden bald die Armut abstreifen, vielleicht würden wir aus dieser Gegend fortziehen; so fruchtbar und so schön sie auch war, war sie doch genauso fluchbeladen.

32

Nachdem die Schulglocke die letzte Stunde eingeläutet hatte, flüsterte meine Lehrerin mir zu, dass wir den Sonntag gemeinsam auf den Feldern beim Fluss verbringen würden. Wir wollten uns mit dem Fahrrad auf den Weg machen und einen Picknickkorb mitnehmen. Als ich das hörte, rannte ich übermütig nach Hause, ich hüpfte fröhlich vor mich hin, im Glauben, meiner Mutter als Erster davon zu erzählen. Aber sie wusste es schon, sie hatte sogar mit der Lehrerin verabredet, für unseren Ausflug Krapfen zu machen. Sofort inspizierte ich mein altes Fahrrad, ölte die Kette und die Zahnräder und flickte die Reifen. Wer auch immer an diesem Tag mit mir sprach, konnte sehen, dass ich glücklich war. Und das Glück konnte ich auf unterschiedliche Arten zum Ausdruck bringen, unbändig und wild, schreiend und mit den Händen gestikulierend. Auf diese Weise konnte ich an die hundert Meter Weg hinter mich bringen. Wie lang mir dieser Tag vorgekommen war! Die Zeit war nie langsamer vergangen. Auch die Nacht war lang, ich schlief spät ein und wachte früh auf. Mutter war vor mir wach, die Krapfen hatte sie schon gebacken, in ein Tuch gewickelt und in eine Netztasche gelegt. Sie goss uns eine Flasche Honigwasser ab, mein Lieblingsgetränk; schon im Alter von zehn Jahren betrank ich mich zum ersten Mal und es gelang mir problemlos, eine riesige Menschengruppe zu unterhalten. Ein Herr, er war ein berühmter Schauspieler und Regisseur, der gerade mit einem Gastspiel im »Haus der Kultur« in unserer Stadt war, streichelte mir über das Haar und sagte, dass in mir ein Komiker auf seine Stunde warte. Seitdem trank ich das Honigwasser nur noch in Maßen, ein oder nur ein halbes Glas, nie wieder verlangte ich Nachschub.

Die Netztragetasche befestigte ich links am Lenkrad, denn rechts befand sich die Klingel, nach der ich, ob es nötig war oder nicht, oft griff. Breitbeinig stieg ich aufs Fahrrad, ein Fuß war auf einem Pedal, den anderen hatte ich auf dem Boden abgestellt. Mutter begleitete mich, stand neben mir, kämmte mich und richtete mich immer noch her. Ich sträubte mich dagegen und schob ihre Hand weg. War ich aber auf irgendeine Weise etwas grob mit ihr umgesprungen, plagte mich danach immer das schlechte Gewissen. Mehrmals klingelte ich, um meinen Aufbruch anzukündigen, und kerzengerade sitzend fuhr ich die ersten fünfzig Meter freihändig. Erst als ich das Lenkrad wieder anfasste, sah ich meine Mutter vor dem Haus stehen; sie strahlte etwas Unwilliges aus, wirkte traurig und zerknirscht, sie winkte mir, wie man sich zum Abschied vor einer langen Reise zuwinkt. Vor der Schulwohnung wartete die Lehrerin auf mich, sie stand schon neben ihrem neuen Fahrrad. Sie trug leichte Kleidung, ein Kleid mit Blumenmuster, flache Stoffschuhe und kurze weiße Söckchen. Sie hatte sich ein sehr schönes Tuch um den Kopf gebunden, es hatte auch ein Blumenmuster. Sie trug eine Sonnenbrille, kaum jemand hatte eine derart teure und elegante wie sie. Als sie auf ihr Damenrad stieg, hob sie das Kleid hoch und zeigte mir ihre Knie. Sie war nicht so besonnen wie unsere Mädchen, zog nicht ständig an ihrem Kleid herum, um die nackten Stellen ihres Körpers zu bedecken. Sie tat sogar genau das Gegenteil und zog das Kleid nur noch höher herauf, manchmal bis zur Hälfte der Oberschenkel. Bevor sie sich setzte, sah sie sich noch einmal um, wollte überprüfen, ob der Picknickkorb gut am Gepäckträger befestigt war.

Wir fuhren in Richtung des Dubrovniker Stadttors, unterwegs

begegnete uns das städtische Blasorchester, begleitet von einer Schar Kinder schritt es über die breite Straße und wir blieben stehen, ohne von unseren Rädern abzusteigen, und schauten uns das Orchester an, bis es nicht mehr zu sehen und hinter der nächsten Ecke verschwunden war. Schnell fuhren wir weiter über die staubige Straße. Zwei, drei Kilometer lang knirschte der Schotter unter unseren Rädern und die Steinchen zischten wie aus einer Vogelschleuder geschossen unter dem Gummi hervor, flogen gegen große Steine oder Bäume und pfiffen wieder an unseren Ohren vorbei. Als wir die letzten Vorstadthäuser hinter uns gelassen hatten, fuhren wir auf einem enger werdenden Pfad in Flussrichtung weiter. Rechter Hand ließen wir steinumsäumte Wiesen hinter uns, Macchia und niedriges Gehölz. Je mehr wir uns dem Fluss näherten, desto mehr eröffnete sich uns ein Landstrich, auf dem die unterschiedlichsten Wildkräuter und Klee in verschwenderischer Üppigkeit wuchsen, ein Quakkonzert der Frösche erwartete uns auch schon. Das Flussufer war sogar gesäumt von einigen Palmen, wir folgten dem Flusslauf hinter den traurigen Weiden, umfuhren das Leinkraut und den Besenginster und kamen durch das hohe Gras zu der feuchten Stelle, auf der die Wipfel der Pappeln in die Höhe hinaufragten.

Meine Lehrerin hatte ein Plätzchen bei der Trinkwasserquelle ausgewählt; hier war sie auch früher hergekommen, deshalb blieb sie plötzlich stehen und sah sich um, um sich zu vergewissern, dass es auch wirklich jene Stelle war, die sie bereits kannte. Überall schoss das Gras in die Höhe und Blumen in allen Farben waren zu sehen. Unsere Räder stellten wir im Schatten ab, Picknickkorb und Netztasche mit den Lebensmitteln legten wir in ein Gebüsch, die Blätter und Äste raschelten. Wir waren beide glücklich, atmeten mit vollen Lungen die frische Luft ein, sahen uns dabei an und lachten. Ihre Brüste hoben sich und senkten sich unter ihrem Kleid, das war aufregend für mich, und ich sah sie mir unverfroren an, sie musste nicht heimlich auf meinen hungrigen Blick warten, es verstand sich alles von selbst. Zwei, drei Mal hoben und senkten sich ihre Brüste, weil sie sich nach vorne beugte und wieder aufrichtete. Sie machte ein paar schöne gymnastische Bewegungen, besonders beeindruckend war jene Bewegung, bei der sie nahezu wie eine Balletttänzerin das Bein in die Höhe hob und mit der Hand ihre Fußzehen umklammert hielt, ohne sich darum zu kümmern, ob ihr Kleid verrutscht war und ihren nackten Oberschenkel entblößt hatte.

»Unsere Welt ist so was von primitiv«, sagte sie. »Wenn die Leute wüssten, dass ich heute keinen Büstenhalter trage, würden sie mir das garantiert übelnehmen. Die Armen haben ja keine Ahnung davon, dass man gerade in der Natur frei atmen muss«, sagte sie.

Als sie dann auf einmal große pfauenblaue, weiße und gelbe Blumen erblickte, rannte Jozipa schnell zu ihnen. Ich blieb stehen und sah ihr zu, wie sie sich erst vorbeugte, dann aufrichtete und dabei, mit den Händen um sich greifend, etwas zu fangen versuchte. Was für einen eigenartigen Anblick diese flinke junge Frau bot! Mit diesen langen Beinen! Ab und an stieß sie einen kleinen Schrei aus, manchmal klang das fast panisch, so als sei sie in Gefahr. Ich hatte das Gefühl, sie greife förmlich nach der Natur und nehme ihr etwas weg, und es wirkte auf mich, als würde sie dabei von einer besonderen Lebenslust beflügelt. Dann verschwand sie einen ganzen Augenblick lang in den Blumen; ich konnte sie nicht mehr sehen. Als sei sie von einem Abgrund verschluckt worden! Ich erschrak, rührte mich aber nicht von der Stelle. Es war weit und breit nichts zu hören, nur das rege Zirpen der Grillen, die die ganze Luft mit ihrem gleichmäßigen Gesang erfüllten. Ich wagte es nicht, nach ihr zu rufen, denn was, wenn sie nicht antwortete? Und die Stimme hätte mir versagen können; und das Herz klopfte sich schon in die Höhe, klopfte hinauf bis zum Kinn.

Nach einer längeren Pause machte ich ein paar Schritte in Richtung der Stelle, an der sie wie vom Erdboden verschluckt worden war, schon vorher blieb ich jedoch wieder stehen, die Knie sackten mir immer wieder ein und ein Zittern ergriff meinen ganzen Körper. Nicht ein Grashalm bewegte sich. Ich entschied mich dafür, panisch zu schreien, ich wollte sie dazu bringen, dass sie zu mir zurückkam. Aber meine Stimme gehorchte mir nicht, alles fühlte sich an wie in einem bleiernen Traum. Was war nur mit mir geschehen, was hatte mich in diesem Augenblick derart gelähmt? Einen richtigen Grund gab es eigentlich nicht, es war doch das Natürlichste auf der Welt, wenn sich Menschen ins Gras legen und dann auch kurz einschlafen, vor allem, wenn es so jemand wie Jozipa war, die regelrecht hungrig war nach der Natur. Aus heutiger Sicht betrachtet, ist es klar, dass ich Angst um Jozipa hatte und befürchtete, sie könnte dort auf dem Feld gestorben sein, einfach tot sein, tot, zwischen den Blumen. Vielleicht habe ich geglaubt, dass eine so große Freude wie jene, die ich während unseres Ausflugs empfunden habe, gar nicht anders als im Tod enden konnte. Die Leute hatten außerdem immerzu von ihrem Tod und ihrer Krankheit gesprochen, jeder wusste irgendetwas darüber zu erzählen, es gab auch viele krude Geschichten, die verbreitet wurden. Und all das hatte sich unheilvoll auf mich ausgewirkt, ich war bestimmt überzeugt davon, sie in jenem Augenblick tot aufzufinden, weil es einfach mein Schicksal so eingerichtet hatte, dass ich in diesem Augenblick bei ihr war.

Als ich mich gesammelt hatte und zu jener Stelle gehen konnte, an der sie verschwunden war, bot sich mir ein Anblick, den ich trotz der vielen Jahre, die diese Begebenheit inzwischen zurückliegt, immer noch genau vor mir sehe, so als sei mir das alles erst gestern geschehen.

Jozipa lag auf dem Rücken, mit entblößten Schenkeln, und auf ihrer Brust bewegte sich mit einem langsamen Flügelschlag ein bunter Schmetterling hin und her. Er unternahm nicht einmal den Versuch fortzufliegen. Es sah so aus, als hätte er sich an ihrem Kleid festgehakt. Jozipa hatte das Kopftuch abgenommen, und als ich ganz nah an sie herantrat, mich neben sie kniete, konnte ich ihren Atem hören. Ich betrachtete ihren Busen, der sich langsam, fast unmerklich, hob und wieder senkte. Erst jetzt sah ich, dass der Schmetterling auf ihrer Brust mit einer Stecknadel durchstochen und auf diese Weise an ihrem Kleid befestigt war. Er schlug hin und wieder mit den Flügeln, war aber offenbar bereits sehr geschwächt. Was mich an diesem schönen Tag aufgeheitert hat, war die Erkenntnis, dass Jozipas Kopf gar nicht so spiegelglatt war, wie ich es gedacht hatte, er war übersät von kleinen dichten Haaren, die sich voll und weich anfühlten. Zärtlich strich ich ihr mit der Hand über den Kopf, vor Glück verschluckte ich mich fast dabei. Ich konnte meinen Blick nicht von ihren nackten Schenkeln und den sehr schönen Knien lösen. Ich sah mir auch ihre Fußzehen ganz genau an, sie war jetzt barfuß und hatte ihre Stoffschuhe nur eine Armeslänge von ihr entfernt zur Seite gelegt. Es war einer der schönsten Tage meines Lebens. Nie wieder habe ich später annähernd etwas damit Vergleichbares erlebt, und es ergab sich auch nie wieder eine solche Gelegenheit, auf einem Feld, mitten in den Blumen, eine Frau mit jenem verschmelzenden, tief gefühlten Blick anzusehen.

Jozipa hatte ihre Knie angewinkelt, sie machte die Augen auf und sah mich fröhlich an; noch immer von ihr bezaubert, lag meine Hand auf ihrem Kopf und ich streichelte ihren weichen Haarflaum. Als sie meine Hand in die ihre nahm, war ihr mein schneller Puls sicherlich nicht entgangen.

»Du bist aufgeregt und glücklich, weil mein Haar wächst? Ist es so?«, fragte sie.

Ich hatte Angst vor meiner eigenen Stimme, sie hatte mich schon einmal im Stich gelassen, ein paar Worte konnte ich aber hinauspressen, konnte ihr sagen, dass ich mich freute, und in meinem Bauch machte sich in diesem Augenblick ein Zittern breit. Ich hatte geglaubt, dass das Glück einen leiser und schmerzloser umfängt, jetzt aber, da ich eines Besseren belehrt worden war, wusste ich, dass es kein größeres Erlebnis als so eines geben konnte – der Tod hatte in mir keinen Platz mehr, obwohl es nicht leicht gewesen war, das Bild von ihm aus meinem Inneren zu vertreiben, weil ihr Gesicht für mich dieses Bild war. Und um ganz offen zu sein, ihr hübsches Kleid hatte ich für ihre Begräbnisausstattung gehalten. Ein Stein fiel mir vom Herzen. Von da an hatte mein Leben sich verändert, es war mir kostbar geworden.

Jozipa nahm den mit der Stecknadel durchstochenen Schmetterling von ihrem Kleid ab. Jetzt zeugte schon gar nichts mehr von seiner einstigen Lebendigkeit. Es war ein betörend schöner Schmetterling; selten habe ich solche durchdringenden Farben gesehen, so plastisch erschien mir sein Wesen, nicht einmal unter der gekonnten Pinselführung eines Malers hätte er auf diese Weise entstehen können. Viele Jahre später, als ich einiges über Schmetterlinge wusste und mich ein bisschen mit Lepidopterologie beschäftigte, war ich mir sicher, dass Jozipa ein faunisch wertvolles und in unseren Gegenden seltenes Schönbär-Exemplar gefangen hatte; dieser Schmetterling ernährt sich von der Moorwolfsmilch und von Butterblumen.

Das eine oder andere Mal werde ich mich wieder den Schmetterlingen widmen, aber nur kurz, denn das ist lediglich ein Nebenschauplatz in meiner Geschichte, aber gestehen muss ich doch, dass meine Liebe für das Schreiben und für Insektenkunde ohne meine Lehrerin Jozipa undenkbar wären, auch wenn es nicht das Einzige geblieben ist, was ich ihr zu verdanken habe. Sie hat noch viel mehr für mich getan, sie hat meinen Widerstand gegen das Banale gestärkt, hat mir geholfen, meinen Geschmack auf das Wesentliche zu reduzieren, mich davor bewahrt, dem Kitsch zum Opfer zu fallen. Sie hat dazu beigetragen, dass sich einige meiner Tugenden entwickelten, und mir wie nebenbei gezeigt, dass zwanghafte Ordnung unsere Freiheit einschränkt und die Individualität erstickt, dass sie sogar gewaltvoll ist, unnatürlich – und sie hat mir, von heute aus besehen, das Wichtigste von allem gezeigt: Sie hat mich die Liebe selbst entdecken lassen.

33

Unter der Aufsicht eines Lehrers, der Mitglied im Bildungsreferat der Stadt war, und zweier Männer, die sich selbst eifrig »Parteisoldaten« nannten, wurden eines Tages aus unserer Schule unerwünschte Büsten entfernt. Ich erinnere mich nicht mehr daran, wen sie genau darstellten, aber man hatte uns gesagt, dass es sich um irgendwelche Reaktionäre handelte und dass es unsere Pionierspflicht sei, auf den Schulhof zu gehen und unsere Wut an den umgeworfenen Skulpturen auszulassen; wie das aber zu geschehen hatte, wurde uns überlassen. Auf einem großen Haufen hatte man allerlei Plunder zusammengeworfen, Bücher waren auch zu sehen, die der gleiche Lehrer fortgeworfen hatte, der auch für die Kultur im Stadtkomitee zuständig war. Aus der ärmlichen Schulbücherei warf man in hohem Bogen die Bücher aus der Vorkriegszeit hinaus, aber auch viele andere, über die ich nichts wusste. Der Lehrer zündete auf dem Schulhof das Ganze an, symbolisch verabschiedeten wir uns von einer Zeit, in der offenbar alles schlecht gewesen und das Schulsystem rückschrittlich zu nennen war. Ich erinnere mich daran, dass meine Lehrerin die Bemerkung machte, es sei alles andere als weise, auch die Lehrbücher für Mathematik, Physik und Chemie zu verbrennen, denn da würde sich doch so schnell nicht alles ändern. Der eifrige Parteisoldat erwiderte nur, er sehe leider gänzlich schwarz, wenn er sich klarmache, dass diese Bücher im »Königreich Jugoslawien« gedruckt worden waren, Fakt sei doch, dass es das nun einmal nicht mehr gebe, deshalb müsse man alle Spuren und Erinnerungen an diese Zeit konsequent auslöschen, denn, so der Kanon, sie sei durch und durch böse gewesen.

Meine Lehrerin bekam damals eine Abmahnung. Und bei dieser einen ist es nicht geblieben. Sie begannen ihr richtiggehend zuzusetzen, mehrere Bürger und viele Eltern meldeten sich zu Wort, nörgelten lautstark an ihr herum, hatten immer etwas an ihr zu bemängeln, weshalb sie wieder und wieder im Bildungsreferat der Stadt vorgeladen wurde. Man fing an, ihr Fragen zu stellen, die Befragungen waren endlos, und es kamen dann auch Inspektoren in unsere Schule, zuerst aus der Stadtverwaltung, dann aus dem Bezirk, schließlich auch aus der Republik. Hohe Parteigenossen wurden vorstellig, und einmal tauchte auch der Freund meines Onkels, das hohe Tier Viktor Bloudek, auf. Es erstaunte mich, dass die meisten von ihnen nicht gerade froh über die Gesundung meiner Lehrerin zu sein schienen. Einer der Spitzel beschwerte sich sogar öffentlich über ihre Genesung und sagte, ihr Beerdigungskleid sei doch schon fertig gewesen, auch das Toten-Stirnband habe bereits auf ihren hübschen Kopf gewartet. Ich kam auf die gleiche Liste wie Jozipa, weil man mich oft mit ihr gesehen hatte. Als sie aus Zagreb zurückkam und die medizinischen Untersuchungen ergeben hatten, dass ihre unheilbare Krankheit überwunden war, feierten wir zu Hause ein Fest bis spät in die Nacht. Ich hielt den ganzen Abend die Hand meiner Lehrerin. Sie hatte schon festes neues Haar bekommen, es war schnell gewachsen und war kastanienfarben. Es knisterte morgens, wenn sie es kämmte. Ich erinnere mich gut daran, dass meine Mutter weinte, weil sie so glücklich über den guten Haarwuchs von Jozipa war. Sie umarmte sie immerzu und versuchte, ihr immer etwas Nettes zu sagen. Wir waren froh und die Freude teilten wir mit der Lehrerin, liebten ihre Schönheit und bewunderten sie für ihren Geist und ihre Weisheit. Aber die Leute um uns herum, von den Mächtigen angestachelt, schienen sich völlig darauf geeinigt zu haben, dass man sie eliminieren musste. Im lokalen Wochenblatt wurden häufig Leserbriefe abgedruckt, in denen Sätze wie »Ich bin nur ein Vater« oder »Ich bin nur eine Mutter« usw. standen; man beschimpfte sie als untragbare Person und beschwerte sich über ihre kurzen Röcke. Sie sitze absichtlich halbnackt vor den Kindern, die sich ihren Schenkeln und Knien gar nicht entziehen könnten. Es wurden auch andere zornige Briefe abgedruckt, man sprach über Jozipa wie über einen Staatsfeind. Die Schreiberlinge beeilten sich, sie als eine Verrückte darzustellen, man bezeichnete sie sogar als Spionin, die sich auf Staatsgrundstücken und Genossenschaftswiesen herumgetrieben habe, mit einem Netz in der Hand, das sie angeblich für den Fang von »Schmetterlingen« dabeigehabt haben soll. Sogar aus ihrem Geburtsort traf ein Brief ein, der nur mit Namensinitialen unterzeichnet war, darin war die Rede vom Vater der Jozipa B. Der ungebildete Dörfler habe sich gegenüber dem Verbund der Genossenschaft und der Volksbefreiungsbewegung verdächtig gemacht. Die selbsternannten Aufklärer, die dem Regime treu ergeben waren, beschafften sich aus der Stadtbücherei das Verzeichnis aller Bücher, die Jozipa ausgeliehen hatte, es handelte sich ihrer Meinung nach ausschließlich um Titel von »westlicher Dekadenz«. Für sozialistischen Stoff interessiere sie sich nicht und habe einfach nichts für Arbeiterthemen übrig. Jetzt fragten sich natürlich alle, ob eine solche Person gut für die Erziehung unserer Kinder sein konnte.

Jozipa brachte uns das Schreiben bei. Meine Mutter war überzeugt davon, dass wir ohne sie gleichsam Blinde geblieben wären. Häufig beschäftigten wir uns in unseren Hausaufgaben mit Legenden, die wir von den Älteren gehört hatten, und wer die meisten Geschichten sammeln konnte, der wurde gelobt und bekam gute Noten. Darin war ich am besten. Ich war tüchtig im Sammeln der Volkserzählungen, und das machte mich irgendwann zu Jozipas Lieblingsschüler.

Außerdem war ich der Einzige, der Wörter benutzte, die auch sie im Unterricht gebrauchte, und nicht nur die, die man in meiner Region schrieb oder sprach. Es kümmerte mich überhaupt nicht, dass ihr die Bildungsinspektoren ihre Sprache verübelt und ihr sogar verboten hatten, einige Wörter zu benutzen. Ich wollte ihr treu bleiben, liebte alle Wörter, die auch sie sagte, die verbotenen sprach ich so laut ich nur konnte aus. Manchmal zwinkerte sie mir zum Zeichen des gegenseitigen Verständnisses zu. Und wir hielten zueinander, lehnten uns auf diese Weise gemeinsam gegen die politischen Kleinkrämer auf, gegen viele Dogmen, die ich erst später als solche erkannt habe und richtig einordnen konnte. Jozipa ist es zu verdanken, dass ich in meinem Leben gelernt habe, für meine Gefühle einzustehen. Intuitiv erfasste ich, dass ich im Zustand des inneren Widerstands lebte. Ich lernte, mich auf meine Weise zu widersetzen, das tat ich aber nie laut, spürte jedoch deutlich, dass meine Stellung deutlich abseits gesellschaftlicher Normen war.

Wenn ich in der Kindheit je auf den Geschmack des Glücks gekommen bin, so war das vor allem in der Zeit, in der ich mit Jozipa zusammen war oder wenn ich mich nur in ihrer Nähe befand, das galt sogar für jene Fälle, in denen sie sich von mir abwandte und mich bestrafte. Für meine schelmischen Streiche musste ich mich oft in die Ecke knien. Sie züchtigte mich auch mit der Rute, und einmal verbrachte ich achtundvierzig Stunden in der Schule. Es gab dort eine richtige Zelle, so etwas wie Einzelhaft, doch davon später mehr. Meine glücklichsten Augenblicke, die ich mit ihr teilte, waren jene in der Lehrerwohnung, wenn wir nähten und strickten. Ich lernte beides sehr gut, der Grund dafür war, ich wollte schlicht und ergreifend bei ihr sein. Meine Klassenkameraden hänselten mich wegen der Handarbeiten, aber das war mir egal. Auch meine Mutter warf es mir vor, sie sagte, dass das nur etwas für Frauen sei und man mich auslachen würde. Und tatsächlich drückten mich einmal zwei Jungen an die Wand, pressten ihre Körper und Knie gegen mich, und einer von ihnen, der ein rundes unreines Gesicht hatte, kam mir ganz nahe und sagte drohend: »Na, Mädelchen, willst du nicht ein Deckchen für uns stricken?«

Ich konnte ihnen entkommen und rannte weg, keine Demütigung konnte mich kleinkriegen, nichts mich dazu bringen, mich von Jozipa fernzuhalten. Mutter war stolz darauf, dass Jozipa mich vor allen anderen bevorzugte, sie erzählte überall herum, dass ich von meiner Lehrerin besessen sei, aber sie nahm es ihr dennoch sehr übel, dass sie mir Handarbeiten beibrachte, ich war schließlich ihr Junge. Aber sie bekam die Antwort, dass Handarbeit das Gleiche wie Lesen sei, genauso wichtig wie Singen, Gymnastik oder Schönschreiben. Jozipas Einstellung war, dass man Talent nicht in männlich oder weiblich aufteilen könne und dass solch verquere Einstellungen uns in der modernen und zivilisierten Welt zu Hinterwäldlern machten. Meine Mitschüler hatten auch gute Noten in Handarbeit, aber sie stellten ebenso geschickt kleine Schneepflüge aus Holz her, bastelten Miniatursensen und anderes Werkzeug, sie konnten Schiffe, Barken oder Schachteln modellieren, manche auch Särge.

Ohne Zweifel brachte unsere Lehrerin Jozipa vollkommen neue Ideen in unseren verbohrten Dorfsumpf, mutig hielt sie die Stellung, sah über die Arroganz und die Bosheit der Leute hinweg, nahm es aber auch mit den Lügen und grotesken Verrücktheiten des primitiven Kommunismus auf. Dabei hatte Jozipa aber durchaus das eine oder andere Golgatha zu erleiden. Der Schüler, der in der Bank vor mir saß, war wild und bösartig, er war ein schlechter Schüler und fing immer Streit an, zerstörte oft das Schulinventar, und in die Schulbank ritzte er mit seinem Taschenmesser vulgäre Wörter hinein. Immer wenn er Kreide sah, brach er sie auseinander oder zertrat sie auf dem Boden, pinkelte in den Schwamm, mit dem wir die Tafel wischten, und malte, wo immer er konnte, das männliche und das weibliche Geschlecht hin. Er richtete überall Schaden an, es fiel ihm stets eine neue Widerlichkeit ein, aber vieles davon verzieh man ihm, weil er ein Kriegswaise und ein »Kind gefallener Kämpfer« war – das war die Sprache der Komiteetreffen und Staatszusammenkünfte. Als er eines Tages auch gegenüber Jozipa übergriffig wurde, wies sie ihn mit folgenden Worten zurecht: »Was für Leute kümmern sich eigentlich um dich – was sind das für elende Betreuer, die es nicht zustande bringen, einem Schreihals wie dir den Sinn von Höflichkeit zu erklären? Du gehörst in eine Besserungsanstalt und nicht in eine Schule! In dir wohnt und wächst ein Gewalttäter heran, jetzt schon könntest du als Mörder durchgehen.«

Sein Vormund, die Stadträte und Vorsitzenden der Partei brachten die Lehrerin vor das Partei-Komitee, dort befragte und malträtierte man sie wegen des Wortes »Betreuer«, es gezieme sich nicht, so mit einem Kind umzugehen, das ein Nachfahre gefallener Kämpfer sei, die sich um unser neues Land verdient gemacht hätten. Das Wort empfand man als beleidigend, obwohl es in seiner Bedeutung durchaus dem Wort Eltern gleichgestellt war. Man spreche hier keineswegs eine artifizielle literarische Sprache, gab man ihr zu verstehen, vielmehr stünde die Sprache des Volkes im Vordergrund, und diese liege ihnen allen am Herzen. Das war die verdeckte Art, ihr mit einem Rauswurf zu drohen.

Auch damals stellte ich mich auf ihre Seite, allerdings diskret, auf meine Weise. Mit durchdachter Behutsamkeit hatte ich schon immer Dinge zu erreichen versucht, die mir wichtig waren. Ich meldete mich bei einem Schreibwettbewerb an, den das Bildungsministerium für einen Aufsatz zum Thema »Kriegswaisen« ausgeschrieben hatte. Heimlich arbeitete ich mit großer Akribie an meinem Text, niemand half mir dabei, und meiner Lehrerin verriet ich auch nicht, dass ich an diesem Wettbewerb teilnehmen wollte. Ich hatte eine schöne Handschrift und achtete darauf, dass mir nicht einmal der Ansatz eines grammatischen oder irgendeines anderen Fehlers unterlief, deswegen schrieb ich meinen Aufsatz mindestens zwanzig Mal ab. Die erforderlichen Angaben zum Verfasser schrieb ich auf ein gesondertes Blatt und legte es meinem Text bei. Ich steckte alles in einen Umschlag und schickte es an die angegebene Adresse des Wettbewerbs ab. Mein Aufsatz trug den Titel »Der Staat als Betreuer von Kriegswaisen«, bekam den ersten Preis und wurde im Sammelband junger Talente veröffentlicht. Man wusste von diesem Preisausschreiben nicht nur in der Schule, sondern in der ganzen Stadt. Mit meinem Erfolg schmückten sich nun auch jene, die nur kurze Zeit zuvor meine Lehrerin beschimpft und die behauptet hatten, sie habe das Wort »Betreuer« als gezielte Beleidigung verwendet. Das war für mich eine gute Gelegenheit, ihr gegenüber Solidarität zu bekunden. Als Einzige begriff sie meinen geschickten Schachzug und wunderte sich, dass ich kein Wort über mein Vorhaben verloren hatte. Zugleich war sie die Einzige, die das eine oder andere an meinem Text auszusetzen hatte. Er sei ganz schön geschrieben, sagte sie, aber viel zu schmeichlerisch. Später habe ich in meinen Texten das gleiche Verfahren angewandt, um mich an meinen Zensoren vorbeizuschmuggeln.

Ich erinnere mich noch genau daran, dass mich das Urteil meiner Lehrerin Jozipa sehr aufgewühlt hat, aber in helle Aufregung versetzte mich ihre Einladung, einmal bei ihr in der Lehrerwohnung zu übernachten, damit wir in der Frühe einem Vogel zuhören konnten, der immer zu einer bestimmten Stunde auf dem Wipfel ihres Bergahorns auftauchte. Die Äste des Baumes reichten bis zu ihrem Fenster, an dem der Vogel wie ein menschliches Wesen fröhlich vor sich hinzwitscherte. Das Vögelchen war ihr ganz persönlicher Weckdienst. Sie hatte es schon unzählige Male von Ast zu Ast hüpfen sehen, manchmal versteckte es sich hinter einem großen Blatt, weshalb sie es regelrecht suchen musste. Dieser kleine bunte Sänger bedeutete ihr viel. Wir halten uns alle an etwas fest, brauchen ein Wesen, das uns hilft, der Einsamkeit standzuhalten. Eine Stimme war dabei immer eine gute Hilfe. Irgendwann habe ich verstanden, dass meine Lehrerin Jozipa eine Melancholikerin war und völlig unvorbereitet von Stimmungen überrascht wurde. Sie vertraute mir an, dass der Vogel ihr fehlen werde, wenn sie hier wegzöge. Schwermütig war ihre Stimme dabei, und sie sah mich auf eine Art an, als sei ich jener Vogel. Jozipa hatte auch einmal einen Text über Vögel geschrieben, er wurde im *Neretva-Kalender* veröffentlicht und trug den Titel »Die Überwinterung der Vögel im Tal der Neretva«. Es las sich wie Literatur, ihre Beschreibungen waren durch und durch poetisch, vor allem wenn es um die Schwärme der Regenpfeifer ging und sie ihre akrobatischen Flüge beschrieb, sich über Waldschnepfen ausließ, die pfeilschnell und in Sekundenschnelle ins Moor fliegen. Allen Erniedrigungen zum Trotz, die sie in dieser Region erlebte, schien ihr der Abschied von uns doch schwerzufallen. Sie war schon an der Zagreber Universität bei der Naturwissenschaftlichen Fakultät angenommen worden, Abteilung Biologie, das verdankte sich ihren zahlreichen Artikeln, die sie in den unterschiedlichsten Zeitungen und Zeitschriften veröffentlicht hatte.

Sie erzählte mir auch von ihrem Kristallspiegel, der an der Wand neben der Tür in ihrem Schlafzimmer hing. Niemand hatte diesen Raum je zuvor betreten. Sie überdeckte den Spiegel häufig mit einem Tuch, das sie dann behutsam und mit langsamen Bewegungen zur Seite schob, um sich so, Stück für Stück, ihrem Gesicht anzunähern. Wenn sie das Tuch ganz zur Seite gezogen hatte, überkam sie ein leichtes Zittern, sie spürte jedes Mal die Angst vor der Begegnung mit der eigenen Gestalt, es war das Unwägbare, das sie in Aufregung versetzte. Mehrmals hatte sie diese Erfahrung gemacht, wenn der Spiegel ihren Kopf in einer unendlichen Reihung gezeigt hatte. Sie sprach dann von einer »Seelenkomposition im Plural« – in einem fernöstlichen Buch hatte sie etwas in der Art gelesen. Der Spiegel ist im

Grunde ein idealer Ort für das Zusammentreffen mit einem anderen Menschen. Sie erwartete diese besondere Zusammenkunft, legte das Tuch über den Spiegel, horchte ihn nach seinen Geheimnissen ab, und noch während sie ihn bedeckte, tröstete sie sich selbst, beschwichtigte dabei ihre Ängste. »Wart's ab«, sagte sie einmal im Spaß, »eines Tages wird die Muttergottes unsere Verlobung in einem Spiegel kundtun.« Ein heftiges Lachen überfiel sie daraufhin. Und ich fühlte mich allen Ernstes zu ihrem Verlobten auserkoren.

34

In der Zeit, als unserer Familie endlich so etwas wie Frieden zuteil geworden war, saßen wir häufig zusammen und träumten ernsthaft davon, an einem anderen Ort unser Glück zu versuchen. Vater und ich spielten mit der Idee eines Umzugs und unsere Devise war, so weit wie nur möglich fortzugehen. Aber Mutter entzog sich allen diesen Gesprächen und sagte, sie habe bereits mit dem Umzug nach Trebinje alle ihre Träume verwirklicht. Wir aber ließen uns die Namen aller Meeresstädte auf der Zunge zergehen, sprachen von Dubrovnik und Kotor, dort, betonten wir, könnte man schöner leben, aber wovon, das wussten wir selbst nicht so genau, denn in diesen Tagen sprachen alle Händler und Handwerker mit Angst in der Stimme vom neuen Staat, der die Abschaffung des Privateigentums plante. Vater war überzeugt davon, dass es sich bei den bevorstehenden Enteignungen nur um Fabriken handeln konnte. Diese und die Ländereien, Palazzi und große Firmen seien für den Staat interessant, alles andere nicht, kleine Lädchen, Gaststuben und Wirtshäuser, Kioske, kleinere Verkaufsstellen wie jene, an denen Maronen geröstet wurden, würde letztlich sicher kein Mensch anrühren wollen. Wir besaßen nur eine Erlaubnis für den Einzelhandel, Vater verfügte über einen Nachweis, dass er die Forstwirtschaftsschule besucht hatte, aber in jener Zeit war etwas ganz anderes kostbar. Es war Vaters schöne Schrift, die einen Schatz wert war. Meine Mutter konnte auch ganz gut schreiben, vor Hunger sterben würden wir also alle nicht. Außerdem hatte Mutter immer wieder davon gesprochen, dass sie lernen wollte, wie man mit einer Schreibmaschine schreibt.

Wir gaben uns unseren Träumen hin und waren überzeugt davon, dass sich bald alles für uns verwirklichen ließe. Wir beschlossen, unseren Geburtsort L. aufzusuchen, aber niemandem vom Anlass unserer Reise zu erzählen. Wir wollten uns von allen Menschen verabschieden, die uns nahe waren, aber genauso planten wir, uns alles anzusehen, was uns einst etwas bedeutet hatte, die Orte, die Ländereien. In L. lebten meine beiden Großmütter und meine unglückliche Tante Vesela, aber es gab auch andere nahe und ferne Verwandte. Es war ein Sonntag, wir hatten genug Zeit zwischen dem Morgen- und dem Abendzug. In L. kamen wir gegen neun Uhr an, es war ein schöner Tag, eigentlich sonnig, aber mit einem wolkendurchsetzten Himmel, Schatten fielen auf die Erde, dann wieder brach die Sonne voll durch und wir sahen immer wieder zum blauen Himmel hinauf. All das erinnerte uns unmittelbar an die hier verlebte Zeit, an alles, was die Natur in unsere Erinnerung eingeschrieben hatte, mitunter auch Beunruhigendes, doch auch solches, das sich als Glück in uns ablegte.
Es war eine Seltenheit, hier eine dreiköpfige Familie zusammen zu sehen; Mutter nahm mich an die Hand, Vater ging uns ein paar Schritte voraus. Vielleicht war an unseren Gesichtern gerade an diesem Tag das Glück ablesbar; wir waren auch stolz, dieser Gemeinschaft anzugehören, und gingen gleich zu unseren nächsten Verwandten. Wir besuchten Großmutter Vukava, blieben aber nur kurz. Jeder wusste, dass sie meine Mutter alles andere als lieb hatte, erzählte sie ja überall, dass ihnen mit ihr eine »böse Saat« zuteilgeworden sei. Mutter und ich standen an der Tür und Vater übergab Großmutter ein Viertelpfund Kaffee, eine Wäscheseife und eine Seife fürs Gesicht; Geld gab er ihr auch. Meine Tante Vesela bekamen wir nicht zu Gesicht, denn immer wenn sie Stimmen von Besuchern hörte, versteckte sie sich in

ihrem Zimmer und sperrte die Tür ab. Wir wussten, warum sie das tat, ihre Hässlichkeit war nicht der einzige Grund. Die Scham setzte ihr zu. Doch darüber zur gegebenen Zeit mehr.

Dann machten wir uns von dort auf den Weg zum Haus meiner anderen lieben Oma Jelica. Das war ein gutes Stück zu Fuß, in besseren Zeiten wäre ein Fiaker vorbeigekommen, aber davon konnte jetzt nicht mehr die Rede sein. Kurz bevor wir das Haus erreichten, riss ich mich los und rannte voraus, um Großmutter als Erster umarmen zu können, denn niemand hatte jemals so viele zärtliche und liebkosende Wörter für mich aufgebracht wie sie. Sobald wir uns geküsst hatten, machte ich mich eiligst auf den Weg in den Stall, um meine Lieblingskuh Zlatka zu begrüßen, sie beugte sich gerade über den Futtertrog, ich rief ihren Namen und sie drehte sich gleich zu mir um, betrachtete mich, denn sie war traurig, dass ich sie so lange nicht besucht hatte. Ich streichelte sie und sprach mit ihr, und sie schien mir, das kann ich bezeugen, auch wirklich zu antworten, sie muhte kurz zur Begrüßung, beugte dann den Kopf und schnappte mit ihrem Maul genüsslich nach Stroh und Spreu. Großmutter stand in der Tür zum Stall und betrachtete mich voller Rührung und Güte, ihre Augen leuchteten genauso hell wie die meiner Mutter. Von ihnen habe ich die Augenfarbe vererbt bekommen. Und während Großmutter mich betrachtete, streichelte ich den Rücken der Kuh, ihren dicken Bauch und fuhr mit der Hand in Richtung Euter. Großmutter sprudelte vor Fröhlichkeit und war immerfort in Bewegung; sie sagte, die Kuh sei trächtig und würde in zwei Monaten ein Kalb werfen. Ich versprach ihr vorbeizukommen und das Kalb zu umarmen.

»Ich nehme dich beim Wort«, sagte Großmutter. »Du musst dir das Kalb ansehen, bevor sie es schlachten.«

Wir saßen vor dem Haus und blieben bei Käse und Schinken lange beieinander. Großmutter packte für uns einen Geschenkkorb, legte achtsam Eier rein und bettete sie in Heu, steckte uns dies und das noch zu, Trockenobst, Kräutertees, Brombeerkonfitüre, Honigwaben. Das machte sie immer so – als würden wir in der Stadt hungern oder Gelüste auf Dinge haben, die es dort einfach nicht gab. Oma Jelica klagte über Schwindelgefühle, sie waren selten und hielten nicht lange an, eine Viertelstunde, nicht mehr, aber das war lang genug für sie, um die Orientierung zu verlieren. Dann erschien ihr alles unbekannt und sie hatte das Gefühl, in einem fremden Haus zu leben. Einmal hat sie sogar ihr Haus auf der Suche nach ihrem Haus verlassen. Verwandte fanden sie und berichteten, sie habe immerzu vor sich hingebrummelt: »Warum bringt ihr mich zurück, ich bin doch schon tot.« Mutter konnte solche Geschichten nur schwer ertragen und sagte nur: »Haben wir uns nicht etwas Fröhlicheres zu erzählen?«

Nach dem Besuch bei Großmutter Jelica machten wir uns auf den Weg zu unserem Haus, blieben ein paar Meter vor ihm dicht beieinander stehen und betrachteten es durch die Bäume und Fliederbüsche hindurch, die es verdeckten. Wir liebten dieses schöne Haus noch immer, hatten es aber verkaufen müssen, die Schulden belasteten und erdrückten uns und es gab in jenen Tagen auch keinen anderen Weg, das Geschäft zu eröffnen. Den Käufer haben wir nie zu Gesicht bekommen, Viktor Bloudek war der Makler. Es lief alles über ihn. Das Haus wurde ordentlich im Grundbuch unter einem uns unbekannten Namen eingetragen; seit damals hat es niemand von uns mehr betreten, aber es war auch nie mehr geöffnet vorzufinden. Jetzt sahen wir es aus sicherer Entfernung an und wagten nicht, noch näher heranzutreten, wir wussten, es würde uns allen wehtun; es gab viele Erinnerungen in diesem Haus, in jeder Ecke, ein Reich war dort gewachsen, und jetzt war es feucht und voller Spinnweben, die Feuchtigkeit war förmlich zu riechen, es war gut, dass wir es nicht betreten konnten. Einer von uns wäre bestimmt in Tränen ausgebrochen. Wir sahen auf die verschlossene Tür, die zugezogenen Fensterläden, alles war von einer Verlassenheit gezeichnet, die etwas Totes ausstrahlte.

Die vom Holz abbröselnde Farbe setzte Vater zu. Er rief aus, alles sei heruntergekommen – »das Haus, die Menschen und die Zeit, in der wir leben«. Die Weinlaube war nicht mehr zu erkennen, der Wein vertrocknet, das einzig Lebendige an diesem verlassenen Haus war der bleierne Wetterhahn auf der Schornsteinspitze, und in diesem Moment bewegte er sich, das kauzige Geräusch sorgte einen Augenblick lang für Ausgelassenheit bei uns. Der mit Steinen ausgelegte Weg führte bis zur Tür und war mit Laub überdeckt. Lange hatte hier niemand mehr sauber gemacht, nicht einmal der Wind schien durchgepfiffen zu haben, und obwohl dieser Teil des Grundstücks immer dem Wind ausgesetzt war, konnte sich keiner von uns daran erinnern, dass es unter der Tür je gezogen hätte, die Fenster auf der Südseite hingegen waren undicht und man musste sie immer mit Tüchern auslegen. Wir brachten es also nicht übers Herz, uns dem Haus weiter zu nähern, wir waren nicht kaltblütig genug, das war einmal unser Zuhause gewesen, und wir erwiesen ihm durch unser Schweigen unsere Ehre.

Von dort aus machten wir uns auf den Weg zum Friedhof. »Das ist doch auch eine Art Heimat«, sagte Vater, eine Heimat, die wir aber lieber nicht die unsere nennen wollten. Aber Fakt ist, dass man sich auf Friedhöfen gut ausruhen kann. Das Gras scheint von der Kraft der Friedhöfe zu profitieren, es wächst wuchtig zwischen den Gräbern in die Höhe, manchmal ist es sogar so hoch wie die Kreuze. Es mutet geheimnisvoll an, dass es so in die Höhe schießen kann. Mit einer Sense kommt man schlecht an dieses Gas heran, man muss es am Ende immer mit den eigenen Händen beseitigen. Das Tor am Eingang des Friedhofs stießen wir zur Seite, es stammte noch aus der Zeit von Österreich-Ungarn, als die Kirchen noch Geld für die Friedhofspflege erhielten, und quietschte.

Langsam bewegten wir uns von Grab zu Grab, blieben an dem einen oder anderen stehen, um uns die Namen anzusehen, obwohl wir genau wussten, wer an welcher Stelle bestattet worden war. Wir gingen zu den Gräbern unserer Verwandten, auch zu jenem Grab, das mein Großvater Mato für sich und seine Frau vorgesehen, aber nie geschafft hatte zu vergrößern und zu renovieren, und er selbst wurde nicht einmal auf diesem Friedhof begraben. Mein Vater sagte, die Schlangen hätten hier eine ideale Heimstatt gefunden. An dieser Grabstele war kein Name zu lesen, das Kreuz verschwand im wachsenden Blätterwerk, und über die Grabplatte hatte sich eine Schicht von Patina gelegt, eine hauchzarte schöne Patinaschicht, die an alte und längst vergangene Zeiten denken ließ. Mein Großvater ist auf dem Lagerfriedhof von Gmünd begraben. Niemand von uns war jemals dort gewesen, nur ich bin unlängst einmal durch dieses schöne österreichische Städtchen durchgekommen und habe meinen Mitreisenden erzählt, dass hier irgendwo in der Erde die Überreste meines Großvaters ruhen.

Es gab auch noch ein anderes Familiengrab unserer Vorfahren. Ihre Namen waren nicht mehr zu erkennen, nur die Reste einer alten Schrift waren noch da, einzelne Buchstaben, gewiss Altkirchenslawisch. Es war verwunderlich, dass an dem Grab kein Kreuz angebracht war, nur eine flache Grabplatte, etwas anderes fiel aber ganz und gar aus der Reihe. Es war ein sechszackiger Stern auf der Mitte der Grabplatte. Die Zeit hatte den Stern nicht verbleichen lassen. Über dieses Symbol konnte uns Vater nichts sagen. »Das ist schwer zu erklären«, sagte er. »Nicht einmal die Leute, die sich damit beschäftigen, könnten uns Auskunft geben.«

Es muss erwähnt werden, dass es nicht üblich war, auf diesem Friedhof die Toten aus der Familie meines Großvaters zu bestatten. Die Gemeinde, der er angehörte, hatte ihre Kirche auf der anderen Seite des Ortes, es ist eine besonders schöne alte Kirche, mit bemalten Wänden, der Friedhof ist nicht so verwahrlost, nur vier Familien haben hier ihre Gräber.

Ich war oft auf diesem Friedhof gewesen, einmal auch mit meiner Großmutter Jelica, es muss irgendein Feiertag gewesen sein, über den ich nichts wusste. Wir hatten einige Kleinigkeiten mitgebracht, die Großvater zu Lebzeiten geliebt hatte, wir setzten uns an die Gräber und aßen genüsslich alles auf.

Nach unserem Ausflug zum Friedhof nahm ich nun mit meinen Eltern eine Abkürzung in Richtung der Bahnstation. Vater trug den Korb, Mutter hatte sich angeboten, es selbst zu tun, aber er hatte das abgelehnt. Da sie schwanger war, hatte ich mich besorgt gezeigt und ihr zu verstehen gegeben, dass auch mir das nicht recht sein würde. Vater schlug vor, dass wir im Wirtshaus hinter dem Bahnhof einkehrten. Das gefiel uns allen gut. Dort blieben wir sitzen, bis der Zug einfuhr, wir tranken Kirschsaft, ich sprang mehrmals raus, um nach dem Zug Ausschau zu halten, ich hatte Angst, dass wir ihn verpassen könnten. Es hatte sich schnell herumgesprochen, dass mein Vater im Wirtshaus war, viele Leute kamen herein, aber man grüßte uns nur verhalten. Jene, die meinen Vater gut gekannt hatten, wunderten sich, dass er ihnen nicht ein Gläschen spendierte. Bestellte denn hier keiner mehr etwas? Wo waren die Zeiten geblieben, in denen mein Vater den Kellner zu sich gerufen und eine Runde für alle bestellt hatte? Anstatt wie früher den anderen Getränke zu spendieren, erklärte mein Vater freudig, dass seine Frau ein Kind erwartete und er seinen Geburtstag mit Schüssen und einem Feuerwerk zu feiern gedenke. »Wenn die Schwangere Schmerzen auf der rechten Seite des Bauches hat, dann wird es ein Junge«, sagte der Wirtshausbesitzer und brachte meiner Mutter ein gekochtes Ei und zwei Krapfen auf einem Teller. Das war ein alter Brauch, man brachte der Schwangeren immer das, was man gerade selbst im Haus hatte.

»Ich spüre Schmerzen auf der rechten Seite«, sagte meine Mutter, als sie die Krapfen und die Eier verspeiste, und dann gingen wir gemeinsam zum Zug.

Im Zug fühlte Mutter sich nicht gut, sie ging zum Fenster, beugte sich vor und versuchte sich zu übergeben. Ein unbekannter Mann mit einem Fes auf dem Kopf trat zu ihr und legte seine Hand auf ihre Stirn, mein Vater betrachtete all das in Ruhe und drehte sich dabei eine Zigarette. Hätte der Mann seine Hand auf Mutters Brust oder Bauch gelegt, wäre mein Vater, selbst wenn das zu Streit geführt hätte, bereit gewesen, ihn zu beschimpfen und ihm ins Gesicht zu sagen, dass die türkischen Zeiten ein für alle Mal vorbei waren. Aber dieser Mann hatte nur gute Absichten, er wollte nur meiner Mutter helfen, die sich auf der Zugfahrt nun mal nicht wohlfühlte. Danach sprach mein Vater in einem freundschaftlichen Ton mit dem Mann, es stellte sich heraus, dass er der Enkel des Selim-Bey Musović war. Sie redeten eine Weile angeregt und freundlich miteinander. Ich sehe es noch vor mir, wie mein Vater genüsslich an seiner Zigarette zog, dabei zur Zugdecke schaute, zu der seine bläulichen Rauchkringel fortschwebten und sich in der Luft auflösten. Selbstbewusst redete er mit dem anderen, sein Ton hatte etwas von einer staatlichen Autorität, als er sagte, dass der Fes genauso wie die montenegrinischen Kappen oder die Trachtenkleidung nur von jenen Leuten getragen wurden, die sich den neuen Zeiten verwehrten, ja die sich aufführten, als sei ihnen das Neue mit Gewalt aufgezwungen worden. Der Enkel des Selim-Bey lachte bitterlich auf und drehte mit geschickten Fingern seine Zigarette.

»Neue Zeiten«, sagte er und leckte mit der Zunge über das Papier, »es gibt keine neuen Zeiten.«

Es gab noch einige schöne Momente, in denen mein Vater diesem Mann zugeneigt war, und wir versuchten, es ihm gleichzutun. Vaters Freundlichkeit bedeutete uns viel, sie kam uns eigentlich vor wie ein Geschenk Gottes, deswegen versuchten wir damals wie nie zuvor, es ihm in allem recht zu machen. Das eine oder andere Mal kamen wir deshalb auch in Versuchung, ihm die Sache mit dem Armband anzuvertrauen, aber es war uns klar, dass dies nicht gut war und dass Mutter und ich dadurch etwas verloren hätten, eine Sache, die nur uns verband. Wir entschieden uns für das Geheimnis und damit auch für eine bestimmte Art von Treue und Verlässlichkeit. Wenn es sich um einen besonderen Reichtum gehandelt hätte, um kostbaren Schmuck oder einen richtigen Schatz, dann hätten wir Vater sicherlich alles erzählt und es ihm auch überlassen, was damit zu tun war, aber so etwas konnte damals nur in der Fantasie vorkommen. Der Gedanke war jenseits aller Wirklichkeit.

35

Glückliche Zeiten währen nicht ewig, auch unser stilles Glück hielt nur ein paar Wochen. Aber Mutter und ich erinnern uns gerne an jene Tage, in denen alles von Bedeutung war, deswegen klagen wir nicht, wir wissen, dass es schon viel ist, das Glück auch nur kurz gekannt zu haben. Selbst wenn eine Reihe von unglücklichen und tragischen Geschehnissen das Leben bestimmt, gibt es letzten Endes immer etwas, das Hoffnung schenkt. So ist es schon immer gewesen, und wir waren da nichts Besonderes, alle Menschen sind den Umständen ihres Lebens ausgeliefert, es spielt fast keine Rolle, worum es sich im Einzelnen eigentlich handelt.

Es war nicht leicht für uns, Vaters betrunkene Stimme wieder zu hören, er sang sein Lieblingslied, das er immer vor sich hinträllerte, ganz egal zu welcher Tages- oder Nachtzeit, sobald er aus der Gaststube getreten war, nach einer durchzechten Nacht, auf dem Weg nach Hause, manchmal alleine, manchmal mit der Hilfe eines anderen. Wir begriffen, dass etwas unwiederbringlich verloren und unsere Vorstellung von einem glücklichen Leben wie eine Seifenblase zerplatzt war. Es ging schnell, es reichte aus, dass Vater sich an einem Nachmittag von uns entfernte, dass wir dorthin zurückkamen, wo unsere Illusionen gewachsen waren, an jenen Platz, an dem die alte Verlorenheit ihre Heimat gefunden hatte.

Es blieb uns nachts wieder nichts anderes übrig, als erneut Vaters rauer und weit entfernter Stimme zuzuhören, zuerst war sie so weit entfernt, dass wir sie kaum hörten. Aber mit reflexartiger Leichtigkeit erkannten wir schließlich, dass es sich um seine Stimme handelte, denn dieses Lied hätte unmöglich ein anderer als er selbst singen können. Auch später hörten wir dieses Lied nie aus einem anderen Mund, sodass wir immer mit Sicherheit sagen konnten, dass es sich ganz und gar um sein Lied handelte, er hatte es sich von der Seele geschrieben und er sang es auf seine ureigene Weise. Aber Vaters Lied war auch unser Lied, denn sobald wir ihn am Ende der Straße vernahmen, sangen auch Mutter und ich die Zeilen leise vor uns hin, einfach aus Lust, wie ein Duett, das den Hauptsänger begleitet, bis er selbst irgendwann nach vorne vor sein Publikum trat. Je näher er kam, desto lauter sang er und wir wurden dabei immer leiser. Es war unser gemeinschaftlicher Augenblick, mit dem wir uns wohl das Schreckliche vom Leib zu halten versuchten, vielleicht wollten wir aber auch einfach nur Vater in seiner Fröhlichkeit unterstützen, denn er kam nicht schlecht gelaunt nach Hause, im Gegenteil. Mutter aber empfand das Lied als reinen Schmerz, der auch auf unser Gemüt drückte:

Trinke ich mit meinen Freunden, oh Mutter
Dann höre ich manche schwören
Die einen bei ihrem Dorf, die anderen bei ihrem Bruder
Ich aber habe nichts und niemanden
Nichts worauf ich schwören könnte
Nur meine zerschnittene Seele
Gehört mir allein.

An jenem Abend begleitete ihn Vijorsa, die Besitzerin des Schönheitssalons, der *Mehr Schönheit* hieß, offiziell benutzte man diese Bezeichnung für ein inoffizielles Bordell. Dieser Salon war noch vor dem Krieg eine Art Tabu, und die Kommunisten machten mit dieser Tradition »unter dem Siegel der Verschwiegenheit« weiter, ohne dass jemand hätte sagen können, warum das so war. Der Salon wurde 1937 eröffnet, als ein gewisser Luka in die Heimatstadt seines Vaters Mirko Cvjetković zurückkehrte, der einst ein wohlhabender Händler gewesen war. Luka war Segler und Schwimmer, er nahm sogar an der Weltmeisterschaft 1926 in Budapest teil. Er selbst hatte nie in der Stadt seines Vaters gelebt, weil er in Herceg Novi geboren war. Mit ihm im Schlepptau kam die schöne Vijorsa – mit einem Busen, wie man ihn an diesem Ort noch nie zuvor gesehen hatte. Aller Liebe zum Trotz wurde sie Salonbesitzerin und bewies einen ausgezeichneten Sinn fürs Geschäftliche. Über ihr Etablissement wurde allerdings mehr gesprochen, als dass man in ihm irgendetwas praktiziert hätte, das der Schönheit zuträglich gewesen wäre.

Der Salon hatte jeweils eine Friseurabteilung für Männer und für Frauen, im hinteren Bereich befanden sich die Plätze für Massagen und eine Treppe führte nach unten zum Club. Es wurde nicht jeder vorgelassen, die Leute wurden sogar überprüft und die Getränke waren sehr teuer. Von den anderen Dienstleistungen wagte kaum jemand zu sprechen. Zwei Jahre nach der Eröffnung des Salons starb Luka allem Anschein nach an gebrochenem Herzen, aber das wirkte sich nicht im Geringsten auf das Florieren des Geschäftes aus. Vijorsa sorgte Tag für Tag dafür, dass es wie von einem mythischen Fluidum umgeben zu sein schien. Der Salon erlebte seine Blütezeit unter der italienischen Besatzung, man hatte ihm damals den Namen »Heiligennahrung« gegeben. Und Vijorsa ist mit Sicherheit die einzige Person, die von den Kommunisten eine Auszeichnung für eine ganz besondere »Zusammenarbeit mit dem Operator« erhielt, sodass sie auch nach dem Krieg einfach mit dem weitermachte, was sie auch bisher getan hatte. Nur genoss sie jetzt einen ganz besonderen staatlichen Schutz und war unantastbar. Und wenn irgendein Dummkopf sich über den Salon ausließ, fand man ihn schon am nächsten Tag am

Ufer des Flusses, verprügelt, entstellt, nicht einmal die eigene Mutter hätte ihn erkannt. Recht besehen war Vijorsa für alle ein Rätsel, ja eigentlich ein großes Mysterium. Obwohl sie schon vom Alter gezeichnet war, strahlte sie eine ganz besondere Schönheit aus. Ihr Ruhm hielt sich in unserer Stadt bis zu den sechziger Jahren, dann verschwand sie plötzlich und niemand hörte je wieder etwas von ihr. Und jetzt, da ich über Vijorsa und ihren Salon schreibe, fühle ich Zuneigung und Wärme für sie, dennoch ist es rätselhaft für mich, dass meine Hand dabei zu zittern anfängt.

Als sie mir Vater übergab, streichelte sie ihn und betrachtete mich durch ihre dichten geschminkten Wimpern. Es hatte Mühe gemacht, ihn zum Haus zu begleiten. Ihr Blick hatte etwas Sehnsüchtiges, aber nicht auf eine animalisch erotische Weise, vielmehr lag in ihm eine unerträgliche Schwermut, vielleicht hatte sie damals schon gewusst, dass ihre Zeit hier abgelaufen war, dass das Alter sie gezeichnet hatte, die Jahre allzu schnell verflogen waren, aber in allem überwog ihre praktische Seite, der Sinn für den Alltag, das Wissen darum, dass man als Mensch letzten Endes einen knurrenden Magen hat. Sie war sich darüber im Klaren, dass die Vergänglichkeit und das Leben im Hier und Jetzt zueinander gehörten.

»Schau einer an, wie groß du geworden bist, noch ein bisschen, da kannst du schon zur Kundschaft in meinem Salon gehören, du wärest natürlich bessere Kundschaft als dein Vater«, sagte sie und strich mit ihrem Zeigefinger über meinen Mund. »Er ist mir etwas schuldig geblieben, ob tot oder lebendig, das Geld werde ich in jedem Fall bekommen«, sagte sie.

Ich ließ sie stehen und zog meinen Vater hinter mir her, legte ihn angezogen auf das Bett, zog ihm nur die Schuhe aus, lockerte ein wenig seinen Gürtel und deckte ihn zu. Danach machte ich das Licht aus. Schnell fing er an zu schnarchen, ein paar Minuten blieb ich noch in der Dunkelheit des Raumes bei ihm stehen, zog dann leise die Tür hinter mir zu und fand mich sehr schnell im Speisezimmer wieder. Dort saß meine Mutter und weinte. Als ich sie umarmte und zu trösten versuchte, sagte sie, sie habe Vaters Schulden für »die Dienste in Vijorsas Salon« bereits beglichen. Vijorsa habe wenigstens auf einer Anzahlung beharrt und sei nicht gewillt gewesen, sich sonst vom Fleck zu rühren. Für Vaters Abenteuer zu bezahlen und das wenige, das wir hatten, für seine beschämenden Ausflüge auszugeben, war schrecklich und brachte uns in noch größere Schwierigkeiten. Es gab keine Möglichkeit, mit ihm darüber zu reden, er hatte uns mit seinem Verhalten für alle Zeiten erniedrigt. Wir fragten uns dennoch, ob wir uns dem Schmerz stellen und alles ansprechen sollten. Wir wussten nicht, was in dieser Situation das Richtige war.

Mutter war durchaus vernünftig, leider habe ich ihre Eigenart, die Dinge ausklingen zu lassen, nicht auch von ihr geerbt. Sie hatte ein Organ zur Vergebung, und auch das Unverzeihliche konnte sie verzeihen. Aber vielleicht unterscheiden wir uns auch nur in unseren Ansichten und haben ein anderes Verständnis von Vergebung. Ich denke dabei nicht an das, worüber das Christentum sich theoretisch auslässt und in der Praxis nicht lebt, sondern an das, was in allen Menschen angelegt und in der Natur der Dinge gegeben ist. Am nächsten Tag fegten und putzten wir unseren Laden und ich machte Mutter immer wieder Vorwürfe, weil sie Vaters Schulden bei der Prostituierten beglichen hatte. Meine Mutter stützte sich am Besenstiel ab und sagte plötzlich: »Ich bin bereit, alles dafür zu tun, ihn wenigstens ein bisschen glücklich zu sehen. Das mit der Prostituierten ist wirklich peinlich, aber es ist nicht das Böse an sich. Denn dein Vater ist eigentlich ein guter Mensch.«

Sie hatte auch schon früher immer wieder über solche Dinge gesprochen, es sei leicht, hatte sie gesagt, etwas zu verzeihen, das einem wirklich wehtue. Irgendwann gehe aber jeder Schmerz vorüber und jede Schlechtigkeit könne etwas Gutes werden, aber wenn ein Mensch wirklich etwas Böses in sich trage, selbst dann, wenn er das zu kaschieren versuche, könne man ihm letztlich nicht verzeihen.

»Heute Morgen hat er weder gejammert noch nach uns gerufen«, sagte ich verschmitzt, »er verzichtet freiwillig auf unsere Verwöhnung. Vielleicht lebt er gar nicht mehr?«

»Sei still! Wie kannst du so über deinen Vater reden? Los, geh zu ihm hinauf«, sagte meine Mutter und fügte an: »Ein neuer Tag, ein neues Leben.«

Ich nahm einen Krug in die Hand, füllte ihn mit Wasser, mit der Absicht, es in sein Gesicht zu schütten. Das sollte meine Rache dafür sein, dass wir das vom Mund Abgesparte der Salonbesitzerin hatten geben müssen. Aber er war gar nicht im Zimmer und lag gar nicht im Bett. Er war einfach verschwunden. Auf dem Tisch fand ich ein Bündel Scheine und eine Nachricht für uns, geschrieben in der Handschrift eines unordentlichen Menschen, dessen Hand zudem noch vom Rausch zitterte. Wie wenig war doch von seiner schönen Schrift übrig geblieben! *»Ich nehme den frühen Bus nach Dubrovnik, muss Besorgungen machen, habe ein wichtiges Geschäftsgespräch in Sachen Heilkräuter. Ich bin Vijorsa etwas schuldig geblieben, es ist nicht das, was ihr denkt, ich werde es euch erklären, bringt ihr die Hälfte dieser Summe in den Salon, damit sind wir quitt. Das Geld habe ich von einem Schuldner bekommen. In ein, zwei Tagen bin ich wieder bei euch.«*

Für mich hatte er ein Buch auf den Tisch gelegt, es hatte einen blauen Umschlag, mit festem Einband, auf dem in goldenen Buchstaben ein T eingestanzt war. Das stand für Tolstois Roman »Hadschi Murat«, das fünfte Buch aus Tolstois gesammelten Werken von insgesamt dreißig Büchern, es war eine Belgrader Ausgabe aus dem Jahre 1933. Dies war der erste Roman, den ich gelesen habe, es gab keine anderen Bücher, in der Schulbücherei gab es nur Bücher über das Pflanzen- und Tierreich, auch Atlanten, alte schmutzige Schulbücher – allesamt Werke von Lenin und Stalin. Deswegen las ich dieses Buch einfach fünfmal hintereinander und meiner Mutter las ich es sogar einmal laut vor. Manchmal kehre ich noch heute zu diesem Buch zurück, aber ohnehin lese ich Tolstoi in aller Regelmäßigkeit. Und wieder bin ich derjenige, der seine Sätze einer von mir geliebten Person laut vorliest.

36

Als ich Vijorsa das Geld brachte, betrat ich zum ersten Mal ihren Salon. Eine junge und schöne Friseurin brachte mich zum Zimmer der Chefin im ersten Stock, sie lag auf einem breiten Bett, die Seidenbettwäsche leuchtete rosa. Vijorsa war leicht bedeckt, aber überhaupt nicht schamvoll, ihr Hauskleid hatte das gleiche Blümchenmuster wie ihre Kissen und Bettlaken. Sie hatte ihr Gesicht eingecremt, auf die Stirn hatte sie sich lauter Obstscheiben gelegt. Zwei schwarze Augen starrten aus diesem sonst so weißen Gesicht hervor. Sie klopfte leicht mit ihrer Hand auf das Bett und gab mir damit das Zeichen, mich neben sie zu setzen. Sie forderte mich auf, das mitgebrachte Geld zu zählen, was ich auch machte.

»Das genügt, die Schulden sind beglichen«, sagte sie.

»Darf ich fragen, was er für diese Summe bekommen hat?«, fragte ich ernsthaft, war bemüht um den Ton eines Familienoberhaupts, so als sei ich für Vater zuständig.

»Nichts«, sagte sie, »aber wir haben miteinander gesprochen.«

Vijorsa zeigte mit der Hand auf ihren Nachttisch, auf dem ein Grammophon stand, sie hob den Heber an und legte ihn auf die Platte. Wir hörten eine leise und angenehme Musik, die ich schon aus Filmen kannte. Vijorsa bewegte ihren Zeigefinger im Takt der Musik.

»Das ist mein Lieblingslied, es handelt von einem ersten Kuss«, sagte sie. »Hast du schon einmal ein Mädchen auf den Mund geküsst?«, fragte sie mich.

»Nein, habe ich nicht.«

Sie zog mich heftig an sich, und mit ihren vollen geschminkten Lippen küsste sie mich mitten auf den Mund, ich bekam keine Luft und versuchte mich ihrer Umarmung zu entreißen, dabei fiel ihr das Obst vom Gesicht und landete auf den Kissen. Irgendeine merkwürdige Flüssigkeit floss in Richtung ihres Kinns und bewegte sich weiter zum Hals und zu ihren Brüsten. Auf den Lippen spürte ich noch immer ihren Atem und roch den Duft der Creme. »Sobald du etwas größer geworden bist, bekommst du noch ein paar Stunden in meiner Schule gratis geschenkt, Lebensstunden, verstehst du? Denn ohne die Kenntnis dieser Dinge wirst du es im Leben nicht weit bringen – nicht nur wegen des Nachwuchses, die Liebe an sich hängt davon ab. Dein Kleiner ist schon dabei, sich ordentlich aufzubäumen«, sagte sie und legte ihre Hand auf meine Hose. »Du musst ihn in Übung halten, lass den Pfeil ruhig ab und an mal fliegen, das ist gesund«, sagte sie.

Ich lachte. Es war mir unangenehm. So etwas hatte ich noch nie vorher erlebt. Am Schluss schenkte sie mir einen kleinen Schein und erzählte mir, wie es zu den Schulden meines Vaters gekommen war. Er hatte Vijorsa ein junges Mädchen abgekauft, das etwa fünfzehn Jahre alt war und ursprünglich aus einem der Bergdörfer kam. Mit ihrem Vater und ihrer Mutter lebte sie in einem Zimmer, im ärmlichen Teil der Stadt. Vijorsa hatte sie »von der Straße gerettet« und in ihren Salon eingeführt, zunächst als Bedienung, aber da das Mädchen bildhübsch war, wusste mein Vater, was sie hier noch zu erwarten hatte. Er war sich darüber im Klaren, dass es schwer sein würde, Vijorsa von ihrem Plan abzubringen, aber er versuchte dennoch, sie wenigstens davon zu überzeugen, die junge Frau, die nicht nur schön, sondern auch blitzgescheit war, noch zur Schule gehen zu lassen. Vielleicht würde sie dann jemand aus der Stadt unter seine Fittiche nehmen, sagte mein Vater zu Vijorsa. »Aber es ist wichtig, dass das nicht du bist.« Manchmal müsse man etwas großzügiger sein, auch wenn wir nicht wissen, wohin eine solche Geste einen Menschen bringen wird. In Wirklichkeit könne man aber niemandem helfen, sagte Vijorsa zu mir, als sie mir diese Geschichte erzählte, die ich jetzt als Teil meiner eigenen Erinnerung niederschreibe.

Als ich in meiner Gegend noch geschätzt wurde, trat ich einmal auf der städtischen *Jugendbühne* bei einem literarischen Abend auf. Ich erinnere mich an einen Besucher mit lockigem Haar, er kam im Rollstuhl, und wenn mich nicht alles täuscht, hieß er Fahro. Er fragte mich, ob ich ein typisches Bild für diese Region aus meiner Kindheit heraufbeschwören könnte, etwas, das es so nirgendwo anders gebe, und ich erzählte ihm die Geschichte, die sich in Vijorsas Salon ereignet hatte. Die Leute hörten aufmerksam zu, einige lachten, als ich Vijorsas Lippenkenntnisse beschrieb, und es stellte sich heraus, dass von den Anwesenden selbst meine Altersgenossen keine Ahnung von diesem Salon hatten und niemand ahnte, dass es so etwas in unserer Stadt gegeben hatte. Anderntags machten sich alle auf die Suche nach einem solchen Etablissement, die Alten wurden befragt, man bedrängte sie, über Vijorsa zu erzählen, aber niemand konnte sich an sie erinnern. Es war, als sei ein ganzer Zeitkanal einfach im Nichts verschwunden. Und als ich mich im Konflikt mit den Menschen meiner Region befand, weil sie sich durch meine Bücher allenthalben provoziert fühlten, nahmen sie genau dieses Detail auf und wendeten es so lange, bis sie es gegen mich verwenden konnten. Sie sagten, an diesem Beispiel könne man genau sehen, wie ich meine Geschichten verdrehe und die ganze Gegend meiner Herkunft meinen Lügengebilden unterwerfe, dabei aber alles nur erfinde. Unter dem Druck, meine Poetik verteidigen zu müssen, schrieb ich, dass meine Topographie selbstverständlich abstrakt ist, mein inneres Inferno nicht einmal an den Echoraum meiner Geburtsstadt heranreiche. Ich vertrat die These, dass alles, was ein Schriftsteller niederschreibt, sich erst dann in Literatur verwandelt, wenn es zur Fiktion wird, und dass die sogenannte Wirklichkeit auf diese Weise erst in der Fiktion einen Sinn machen kann. Ein »frei denkender« Kritiker ließ mich wissen, dass meine Worte eine Art »Asche-Ausstreuung« seien und sich »der chinesischen Kulturrevolution würdig« erwiesen hätten.

Doch zurück zu meinem Vater – er kam nicht wie angekündigt nach Hause, er blieb nicht ein, zwei Tage weg, er ließ sich zehn Tage lang nicht blicken und auch nichts von sich hören. Die Waren trafen nicht ein, aber diese Fluchten waren uns nicht unbekannt, wir machten uns nicht einmal Sorgen um ihn. Manchmal machten wir ein paar Witze über ihn, sagten Sätze wie »vielleicht hat ihn jemand ins Meer gestoßen«, oder »jemand hat ihm bestimmt was auf den Kopf gegeben und man hat ihn ausgeraubt«, »wer weiß, vielleicht ist er längst verheiratet und lebt mit irgendeiner Witwe zusammen«. Und doch war dieses Mal etwas anders, Mutter und ich beratschlagten, was zu tun sei, und beschlossen gemeinsam, dass ich eiligst nach Dubrovnik reisen, ihn finden und auf gar keinen Fall ohne ihn nach Hause zurückkommen sollte. In der Zwischenzeit hatten wir schon zum zweiten Mal die Aufforderung der Gemeinde erhalten, dass Vater vorstellig werden und einen Fragebogen ausfüllen müsse, wie dies alle Händler schon getan hatten. Man bat ihn, seine Papiere mitzubringen, den Nachweis, der ihm den Handel mit Einzelwaren erlaubte. Außerdem war es in der Zwischenzeit zu einer Hygieneinspektion gekommen und man verlangte, dass wir Klebestreifen am Plafond anbrachten, wegen der überhandnehmenden Fliegen. Aber solche Klebestreifen hatten wir überhaupt nicht. Alles, was wir hatten, waren kleine Kartons, in deren Mitte sich kleine Teller mit Zuckerwasser befanden. So hatten wir die Fliegen bisher immer gefangen, die sofort im Zuckerwasser ertranken, aber so effektiv wie die Klebestreifen war diese Lösung bestimmt keineswegs. Wir versuchten den Beamten unsere Kartonlösung schmackhaft zu machen, aber sie ließen nicht mit sich reden, sagten, sie akzeptierten nur die hängenden Klebestreifen.

Am Abend kam auch die Lehrerin vorbei, sie war besorgt und sagte, dass die neuen Behörden keinen Spaß verstünden, dass man schon einige Banker, Industrielle und Großhändler hinter Gitter gebracht hätte, man würde sie wie Ausbeuter behandeln, wie Reiche, die »auf dem Rücken der Arbeiter und Bauern« zu ihrem Geld gekommen waren, ihr Hab und Gut werde konfisziert. Und wenn mein Vater nichts von sich hören ließe, würde man ihn umso mehr verdächtigen und davon ausgehen, dass er etwas zu verbergen habe und sich dem Gesetz entziehen wolle. Es sei nichts leichter, als diesen Verdacht auf sich zu ziehen und so ins Blickfeld des Staates zu geraten. Meine Lehrerin sagte, ich müsste mich sofort auf den Weg zum Bahnhof machen, eine Karte kaufen, denn der Morgenzug sei übervoll, vor allem montags, da gebe es so gut wie nie einen Platz, und auf den Dächern der Waggons zu liegen sei neuerdings verboten, das sei nicht mehr so wie in den ersten Jahren nach dem Krieg, man führe eine Art Ordnung ein und es sei auch schon die Rede von Preiserhöhungen und nötigen Reservierungen. Der einstige Direktor der Österreichischen Eisenbahnlinie Nöderling, der wegen der Konfiszierung des Terrains die Entscheidung getroffen hatte, schmal verlaufende Eisenbahnschienen zu verlegen, hätte es sich nicht träumen lassen, dass es eines Tages so viele Zugreisende geben könnte.

Ich rannte zur Bahnstation, um mir eine Karte für den frühen Zug zu kaufen, in der Regel fuhr er um 6.45 Uhr, häufig aber war er verspätet, der Grund dafür waren Arbeiten an den Schienen und Sabotage. Als ich zur Kasse vortrat, sagte mir der Beamte, ich hätte keinen Anspruch mehr auf einen Nachlass. Ich sei nun aus dem Alter heraus, indem ich fünfzig Prozent weniger zahlen durfte, dies gelte nur noch für Kinder bis elf Jahre. »Aber ich bin doch elf Jahre alt«, sagte ich. »Nein, das bist du nicht, warum lügst du, ich weiß doch, aus welcher Familie du bist, du bist zur gleichen Zeit wie mein Sohn zur Welt gekommen, und das war vor genau zwölf Jahren«, sagte er. »Und was wäre, wenn du mich gar nicht kennen würdest?«, fragte ich.

Mager war ich nicht mehr und ich wuchs wirklich sehr schnell, mein Alter konnte ich nicht mehr verbergen, gestern noch war ich mit dem Nachlass gereist. Ich zahlte den vollen Fahrkartenpreis und der Kassierer am Schalter sagte zu mir: »Merk es dir, von heute an wirst du nie wieder mit Nachlass reisen.«

Das war eine erhebliche Erhöhung, Kosten, mit denen wir nicht gerechnet hatten. Als ich Mutter erzählte, dass ich den vollen Fahrpreis zahlen musste, wusste sie genau, um wie viel mehr Kosten es sich für uns handelte, aber sie echauffierte sich nicht, schimpfte nicht auf die Eisenbahn, sondern umarmte mich und sagte etwas Zärtliches zu mir, nahm mich in die Arme und sang etwas vor sich hin, sagte, dass ich nun einmal kein Kind mehr sei, sondern ihr erwachsener Sohn, ein junger Mann, fast so etwas wie das Familienoberhaupt, das sich mutig auf die Reise mache, seinen »verrückten Vater« nach Hause zu holen. Auch die Lehrerin streichelte mich, es freute sie, dass ich langsam, aber sicher in der Erwachsenenwelt heimisch wurde, aber mit einem ironischen Unterton fügte sie an, dass der Staat und die Eisenbahngesellschaft sich früher mit solchen Preisen für Kinder ruiniert hätten. »Bald werden nur noch die Neugeborenen umsonst fahren dürfen, Babys, die an der Mutterbrust saugen«, sagte sie.

37

Als ich am Bahnhof ankam, war ich noch etwas schläfrig, deswegen legte ich mich noch ein bisschen auf die Bank unter der Platane. Bis der Zug aufgestellt wäre, wollte ich dort liegen bleiben. Und als ich darauf wartete, dass mein kleiner Zug einfuhr, ereignete sich etwas Unerwartetes, vielleicht war es das Schönste, das einem kleinen Reisenden geschehen konnte. Plötzlich stand meine Lehrerin vor mir. Ihr schönes Gesicht leuchtete, mir stockte der Atem vor Glück, fast hätte ich mich vor Freude verschluckt, denn sie war gekommen, um mich zu verabschieden, wie eine Mutter oder eine Geliebte – es fällt mir bis heute schwer, diese beiden Gattungen auseinanderzuhalten, denn irgendwie finden sie ab einem bestimmten Zeitpunkt in der Liebe ohnehin als Zustand von allein zueinander, berühren sich auf eine uns erklärbare Weise, aber ich bitte den Leser oder den Kritiker, hier nicht gleich die Psychoanalyse zur Hand zu nehmen und doch eher diesen Deutungsschlüssel zu vergessen, denn im Falle dieser beiden Göttinnen, die in meinem Leben eine wichtige Rolle spielten, gibt es nicht einmal den Ansatz einer inzestuösen Energie, es ist vielmehr etwas gänzlich anderes Schönes. Für mich ist es eine besondere Verbindung, etwas Feierliches, ja nahezu Religiöses, wenn die Lehrerin, das Ideal der Geliebten, mit der Mutteridee verschmilzt, wenn beide Bilder ineinander übergehen und die erotischen Träume, in denen der Schriftsteller seine Schauplätze markiert, sich überschneiden und

Verwandlungen erfahren, denn dann handelt es sich nicht nur um Erotik, sondern tatsächlich um eine besondere Liebe.

Die Lehrerin nahm meine Hand und hielt sie ganz fest, und so gingen wir am Gleis entlang, die Reisenden strömten aus allen Richtungen, das Gedrängel auf dem Perron war groß. Unsere Handflächen waren feucht, vor Aufregung, wir wussten beide um die Richtigkeit meiner Reise, mich, das muss ich zugeben, bewegte aber ihre Anwesenheit noch viel mehr als die eigentliche Reise. Und ob ich meinen Vater dann finden würde oder nicht, das war in diesem Augenblick zweitrangig für mich. Plötzlich beugte sie ihr Gesicht an mein Ohr, es war heiß, ihr Atem so verlockend, sie sagte, das sei alles sehr wichtig und nützlich für mich, ich würde jetzt eine selbstverantwortliche Person werden, und irgendwann würde meine ganze Geschichte einen Titel tragen und so etwas wie *Vatersuche* heißen. Beim Abschied steckte sie mir ein paar Dinar zu. Ich sollte mich in der Stadt verwöhnen, es war so viel, dass es auch für einen Erwachsenen gereicht hätte.

»Such dir ein schönes Restaurant aus und iss dort wie ein richtiger Herr«, sagte sie.

Als der Zug anfuhr, blieb sie am Gleis stehen. Wer würde sich so etwas nicht gemerkt haben? Die Leute drängelten beim Betreten des Zuges. Ich war geschickt und schnell, bewegte mich flink zwischen den vielen Körpern. Der Eisenbahnwärter sah uns behäbig an, in der Hand hielt er einen Lautsprecher und schreckte nicht davor zurück, uns als Viehherde zu beschimpfen. Aber die Leute versuchten nur, zu ihren rechtmäßigen Plätzen zu kommen, die sie reserviert hatten, sie wollten einfach nur ans Ziel kommen und ihre Erledigungen hinter sich bringen. Der Eisenbahnwärter schrie immer wieder, er werde »das kopflose Vieh ohne ordentliche Fahrkarte« sofort aus dem Zug schmeißen. Aber niemand achtete auf ihn und seine Beleidigungen oder sah sich gezwungen, ihm auf die gleiche Art zu antworten. Vielmehr fügten wir uns dieser brachialen Lieblosigkeit, wahrscheinlich weil wir uns durch seine Erniedrigungen tatsächlich wie etwas Niederes empfanden.

Immer wenn ich mit dem kleinen Zug reiste, erzählte man sich unter den Leuten, dass man ihn bald abschaffen würde. Jedes Mal versetzte mich das in eine tiefe Trauer, deswegen saß ich immer im Coupé mit dem Gesicht ans Fenster gelehnt und sann darüber nach, wie sehr mir die vorbeihuschende Landschaft fehlen und wie stark ich eines Tages von der Nostalgie dieses Verlustes erfasst werden würde. In diesem Zug fühlte ich mich überaus glücklich, selbst dann, wenn ich mit Sorgen reiste oder in einer schwierigen Situation war, wie etwa damals, als man mich bestohlen hatte oder als mir ein paar Gassenbuben meine Trillerpfeife abgenommen und sie aus dem Fenster geworfen hatten. Aber die schönen Augenblicke überwogen in allem, besonders auf den Rückreisen aus Dubrovnik. Wir kamen immer mit Taschen voller Bonbons zurück, am Strand hatten wir verschiedenfarbige Steinchen und Muscheln gesammelt. Im Zug gab es immer etwas Kleines zu knabbern, drei, vier Kinder waren wir und einander treue Kameraden, wir wussten, dass der kleine Zug uns zusammengebracht und Reiselustige aus uns gemacht hatte, die diesen Zug Fahrt für Fahrt immer öfter ihr Zuhause nannten. Mit vollem Genuss lehnten wir uns aus den Fenstern, ja wir hingen förmlich aus ihnen heraus. Wir wollten den Anordnungen zuwiderhandeln, die auf den Metalltafeln angebracht waren und auf denen stand: »Nicht aus dem Fenster lehnen«. Recht besehen versuchten wir, immer genau das Gegenteil von dem zu machen, was die Regeln von uns erwarteten. Dass man die Tür bei einem fahrenden Zug nicht öffnen sollte, interessierte uns überhaupt nicht, regelmäßig sprangen wir auch aus dem Zug heraus. Alles in allem waren wir fröhliche Reisende, für uns sind das schönste Tage geblieben, über die wir uns noch immer etwas zu erzählen haben. Wir legten eine Leichtigkeit an den Tag, die uns den Schwierigkeiten mit einem Lächeln entgegentreten ließ.

Als mein Zug an der Haltestelle Gruž ankam, machte ich mich nicht gleich auf die Suche nach meinem Vater. Ich trieb mich noch ein bisschen auf dem Bahnhofsgelände herum, ging zur Toilette und kam wieder zum Gleis zurück. Es war niemand zu sehen, nur die eine oder andere Schwalbe war da, das war alles. In der Stille hörte man plötzlich das Geräusch eines Maschinentelegrafen. Ich liebte diesen Klang, durch das geöffnete Fenster drangen nun die Funkgeräusche zu mir, und ich trat zum Fenster und sah die langsamen Bewegungen des Papiers, sah, wie es nach oben gezogen wurde und wieder auf den Boden fiel.

Aber eigentlich war ich sehr verwirrt, denn ich wusste gar nicht, wohin ich nun gehen sollte. Ich konnte die Straßenbahn Nummer 1 bis zur Station Labad nehmen, dort musste man in die Nummer 2 umsteigen in Richtung Pile-Labad-Bucht, da hätte ich bis zur vorletzten Station fahren müssen, ganz in der Nähe wohnte auch der Großhändler Ljubo Maras. Er wusste mit Sicherheit, was mit meinem Vater los war. Meine Mutter hatte einmal den Friedhof in Mihalje erwähnt. Vielleicht hielt mein Vater sich dort auf, da konnte man immer eine gute Stelle zum Ausruhen zwischen den Gräbern finden. Ich hatte mir auch alle Wirtshäuser aufgeschrieben, alle Orte, die für meinen Vater wichtig waren; wenn es auch in letzter Zeit dort zu vielen Veränderungen gekommen war und es überall neue Wirtsstuben unweit von Labad gab, erhoffte ich mir etwas davon. Überall wurde Wein und Schnaps ausgeschenkt, es gab viele neue Büdchen, die keine Genehmigung hatten, so hatte es jedenfalls Vater immer erzählt, wenn er nach langen Nächten, in denen er getrunken hatte, wieder nach Hause kam. Ich wusste, dass es mir nicht leichtfallen würde, eine solche Gaststube zu betreten und wie ein Spitzel die Gäste in Augenschein zu nehmen. Die Besitzer konnten mich deshalb durchaus zum Teufel schicken und einfach wieder auf die Straße hinauswerfen.

Ich stand am Bahnhof und dachte darüber nach, in welche Richtung ich am besten zuerst gehen sollte, beschloss im Stillen, nicht etwa mit gebeugtem Kopf, sondern eifrig zu gehen, mit einem durchdringenden Blick, denn wenn du jemanden treffen möchtest, munterte ich mich selbst auf, dann triffst du ihn auch. Jeder von uns hat so etwas schon erlebt. Mutter wäre in diesem Moment eine sehr gute Wegweiserin für mich gewesen. Häufig lobte sie selbst ihre Ortskenntnisse in Gruž, denn früher hatte es zu Trebinje gehört. Oft sind wir hier gewesen, waren herumgegangen wie in einem Viertel unserer eigenen Stadt. Es gab viele Fischer aus unserem Ort, die von hier aus den Fang nach Hause brachten. Sie sprach davon, dass das Brot der Fischer ein bitteres war und dass einige unserer Städter nicht so geschickte Hände wie die Leute von der Küste hatten und deshalb draußen auf dem offenen Meer ihr Leben ließen, weil sie nicht so schnell die Netze auswerfen konnten. Wenn Mutter also diese Einzelheiten über die Fischer wusste, ging mir durch den Kopf, dann müsste es ratsam sein, noch einmal auf dem Zettel nachzuschauen, was sie mir aufgeschrieben und was sie mir alles vor meiner Abreise geraten hatte.

Ich weiß nicht, warum es mich zum Wartesaal des Bahnhofs zog, welcher Teufel mich ritt, in die leere Wartehalle zu gehen. Was suchte ich dort nur? Man bekam kaum Luft, es war alles verraucht und verstaubt. Es kratzte mir im Hals, und jeder andere hätte sofort die Flucht ergriffen. Ich setzte mich in den Warteraum und schaute mir die Aufschriften an. Auf einer Wand war das Zeichen des Roten Kreuzes zu sehen, darunter der Satz: *Woche des Kampfes gegen Tuberkulose*, und dann etwas weiter unten auf der gleichen Wand, oberhalb des Kassenschalters: *Bitte Kleingeld vorbereiten!*

Und während ich dies zum wer weiß wievielten Male las, hörte ich, dass jemand am Gleis hustete, es war jener typischer Raucherhusten, an dem sich auch unzählige Male schon mein Vater verschluckt hatte, während er sich selbst schwor, wirklich eines Tages mit dem Rauchen aufzuhören. Unzählige Male habe ich später in großen Städten, auf Straßen, in irgendeiner Wartehalle, so oft den Husten meines Vaters gehört, war stehen geblieben, hatte ihn mit meinen Blicken gesucht, ihn oder seinen Doppelgänger. Und damals, auf der Bahnstation in Gruž, fing ich an zu zittern, eine Gänsehaut fuhr mir durch den ganzen Körper, denn ich dachte natürlich in jenem Augenblick, es könnte wirklich mein Vater dort stehen. Solche Dinge hatte ich schon früher und auch später erlebt, deshalb ging ich vorsichtig zum Fenster und sah heimlich auf die Gleise. Aber es war niemand zu sehen, der Husten nicht mehr zu hören, es gab keine übersinnliche Magie, die mir Vater in die Arme gebracht hätte.

Aber dennoch, oft genug hatte diese Mathematik des Lebens ihre Wirkkraft entwickelt und jene Knäuel, die ich verflochten hatte, wieder auf eine fatale Weise in eine Ordnung gebracht, die für mich etwas Rigoroses an sich hatte. Aber darin entdeckte ich trotz allem immer ein System, deswegen deutete ich die ganze Situation als ein zwangsläufig entstandenes *Warten auf den Vater*. So war auch der Titel einer meiner Kurzgeschichten, die ich bei einem Wettbewerb eingereicht hatte, die das Blatt »Politika« mit einem Preis würdigte; ich denke, es war im Jahr 1962. Und jetzt, da ich diese Zeilen schreibe, bin ich schon auf der »Allee zwischen den Bäumen – dem klassischen Pfad des Alters«, wie es in den Zeilen einer meiner Lieblingsdichter heißt, aber ich lache auch darüber, denn je älter ich werde, desto fröhlicher werde ich auch.

Kürzlich habe ich bei einem anderen Schriftsteller nachlesen können, dass die Halluzinationen der Kindheit der Wirklichkeit zuwiderhandeln, ich muss mich dann – wenn das tatsächlich stimmt – fragen, ob meine ganze Kindheit eine lange und unendlich mühsame

Halluzination war und ob das, was ich erlebt habe und wer ich heute bin, am Ende nur eine »verfälschte Wirklichkeit« ist. Denn wer bin ich eigentlich?

38

Als ich auf die Straßenbahnlinie Nummer 1 Kantafug-Pile wartete, überkam mich ein kleinmütiges Gefühl, ich zweifelte auf einmal daran, meinen Vater in dieser großen Stadt, die so viele Verlockungen in sich trug, jemals zu finden. Wenn ich all diese Ecken absuchen wollte, dachte ich, bräuchte ich zwei, drei Tage dafür, um in den Schenken und Gaststuben nach Vater zu fragen. Sicherlich müsste ich auch die Nächte umherstreifen und würde noch Ärger kriegen, weil man mir ansah, wie alt ich war. Außerdem hielt mein Vater sich ab und an auch in anderen Städten auf, vielleicht war er überhaupt nicht hierhergereist oder war in der Zwischenzeit mit dem Autobus nach Hause zurückgekehrt; und die Zeit für meine Suche war in jedem Fall begrenzt, ich musste ihn bis zur Abfahrt des Zuges am Nachmittag finden. Ich war besorgt und verschreckt, meiner gar nicht mehr so sicher und wusste nicht, ob ich das zu erfüllen in der Lage war, was ich meiner Lehrerin und meiner Mutter versprochen hatte. Wenn ich gewusst hätte, wo ich Vater genau hätte suchen müssen, wäre das vielleicht leichter für mich gewesen, ich hätte Vater einfach zum Zug gebracht, aber so hatte ich noch nicht einmal den Ansatz eines Planes, deshalb entschied ich diese wichtige Sache, die meiner Verantwortung oblag, auf meine Weise zu lösen, wie ich das später noch oft im Leben getan habe, als erwachsener Mann, der sich der einen oder anderen Herausforderung zu stellen hatte. Meine Idee war, mich einfach treiben zu lassen und überhaupt nichts aktiv zu tun, sondern einfach nur zu schauen, wo ich von allein landen würde, hoffend natürlich, dass sich alles einfach von alleine auflösen ließe, so wie ein Wollknäuel, das einen Berg herunterrollt und am Ende ein schlichter Faden ist. Ich habe das Leben immer als einen Abstieg verstanden, nur Dummköpfe denken, dass es nur bergauf geht. Wenn ich also nichts tun konnte, dann sollte ich es auch tatsächlich unterlassen, die Lösung musste bei jemand anderem liegen. Es ist keine Schande, ein zaghafter Mensch zu sein. Außerdem fand ich in der Zaghaftigkeit immer auch eine Art Berufung. Und wenn nichts anderes mit mir anzufangen war, dann schrieb ich eben aus Zaghaftigkeit.

Ich ließ die Straßenbahn wegfahren, ich war ohnehin eingenommen von der Betrachtung der Matrosen, von ihren Kappen und Uniformen, es waren junge Männer ohne Bärte, die genüsslich lachten und lange auf dem Bahnhof stehen blieben, offenbar spielten sie eine Art Spiel, in dem es darum ging, die vorbeifahrenden Straßenbahnen genauso wie ich zu verpassen. Einen Augenblick lang hatte ich sogar vollkommen vergessen, warum ich nach Dubrovnik gereist war, still und geradezu heimlich nahm ich an der Freude der Matrosen teil, obwohl ich überhaupt nicht verstand, was der Grund für ihre übermäßige Freude war. Sie hielten sich an den Händen und bewegten sich so, als wären sie auf einem Schiff. Ich war von dem tiefen Wunsch durchdrungen, mit ihnen zu reden, aber ich wagte es nicht, ein Gespräch anzufangen, im Kopf hatte ich schon ein paar Satzanfänge für die Matrosen zurechtgelegt. Ich gebe zu, ich hatte diese Sätze von anderen Menschen gehört, ich habe sie mir nicht ausgedacht. Einmal hatte sich Herr Ljubo Maras mit meinem Vater unterhalten, er war überzeugt davon, dass ein junger Matrose nie zu einer schnellen Entscheidung in der Lage war, jedenfalls nicht so wie einer, der schon das vierte Jahr auf See hinausfuhr, im fünften die hohen Masten eroberte, um im zwölften Jahr auf den Schiffen den Stürmen zu trotzen. Wenn es zu einem Gespräch mit den Matrosen gekommen wäre, hätte ich mit Sicherheit die Geschichte meiner Urgroßmutter Petruša erwähnt, die als junge Frau in ihrem Dorf drei Matrosen versteckt gehalten hatte. Sie waren von einem Kriegsschiff geflohen, und als ein Monat vorbeigegangen war, hielten sie alle drei um ihre Hand an.

Die Straßenbahn kam lange nicht vorbei, irgendjemand sagte, dass sie an der Station Lapad von den Schienen abgekommen war, deshalb machten die Matrosen sich zu Fuß auf den Weg zum Hafen und ich beschloss, ihnen einfach zu folgen. Aber der Hafen war für mich ein gänzlich neues und unbekanntes Gebiet, die Matrosen verschwanden im Getümmel, und ich schaute gebannt auf einen Frachter, der den Namen »Garibaldi« trug. Ich war nicht der Einzige, der von seiner Größe fasziniert war, auch die Städter standen an der Kaimauer und beobachteten die Pferde, die man vom Schiff entlud, es waren sechs sehr schöne Pferde, das Rostfarbene unter ihnen rutschte beim Gehen auf der abschüssigen Plattform aus und stürzte. Ein Schrei entfuhr der Menge, die Menschen hatten Angst um das Tier und einige von ihnen legten vor Schreck die Hand auf den Mund, die anderen, alles ältere Leute, schauten nur voller Entsetzen auf das Geschehen. Danach war im Hafen nichts mehr zu sehen, ziellos wie eine Fliege schwirrte ich umher und konnte mich nicht entscheiden, wohin ich denn gehen sollte, versuchte aber den Eindruck zu erwecken, hier von jemandem erwartet zu werden, dem ich gleich in die Arme fallen würde. Ich wusste nicht, ob ich die Straßenbahnlinie 2 oder die Linie 1, die zum erneuten Male klingelte, nehmen sollte. Hastig sprang ich erst in die eine, dann in die andere Richtung, blieb aber auf einmal atemlos stehen, der Schuh war mir abgefallen und lag zwischen den Schienen, ich weiß nicht mehr, was genau passiert war, aber ich musste mich erst mal hinsetzen und durchatmen. Ich glaube, meine Schuhe waren mir einfach eine Nummer zu groß, ich hätte mein ganzes Geld in ihnen verstauen können. Irgendwann wusste ich überhaupt nicht mehr, wo ich mich befand, alles erschien mir gleichermaßen vertraut wie fremd.

Ich weiß nicht, wie viel Zeit ich eigentlich insgesamt in Gruž verbracht habe, ich schaute mich überall um und hatte mit Sicherheit das ganze Viertel schon gesehen, denn ich war sehr müde, mehrmals hielt ich nach einer Bank Ausschau, fand sie in einem Park und legte mich hin. Ich betrachtete die schönen gemeißelten Wände eines Palazzos, war hingerissen von den Zypressen und den Kirchtürmen, und als ich eine Sirene vernahm, die von der Werft kommend zu hören war, sprang ich von der Bank auf und schaute besorgt umher. In diesem Augenblick kam ein Padre vorbei, der mich beruhigte. Das sei hier der übliche Ruf zur Jause. Dann ging ich von dort weg und schlich lange um einen Kiosk herum, an dem man stehend etwas essen konnte. Die Preise waren mit Kreide auf eine Tafel geschrieben, die am Verkaufspult hing. Während ich die Speisekarte las und die Gerüche der Nahrung aufnahm, bekam ich Durst auf einen Saft. Ich merkte mir aus unerfindlichen Gründen die Preise für zwei Gerichte, das eine hieß »Nichts Besseres als Gnocchi«, das andere »Eine Wucht Sardinen«, aber nichts davon konnte man schon bestellen, die Leute hatten erst jetzt angefangen zu kochen. Die Jause gab es erst nach elf Uhr. Und selbst wenn das Mittagessen schon fertig gewesen wäre, hätte ich nichts bestellt, weil ich mich an Jozipas Rat halten und nur in einem guten Restaurant zu Mittag essen wollte. Hier stand ich einfach nur so herum, fragte mich aber gleichzeitig, ob das mein gutes Recht war oder nicht.

Eine Frau mit riesigen Brüsten kam auf den Kiosk zu, so etwas hatte ich noch nie zuvor gesehen, und es dauerte Jahre, bis ich einen solchen Busen wieder zu Gesicht bekam. Ich hielt mich am Pult fest, um mich zu wappnen und sie besser sehen zu können, die Frau bestellte einen Schnaps. Ich hatte das Gefühl, dass sie meinen paralysierten Blick genau wahrgenommen hatte, denn sie fing plötzlich an mit beiden Händen ihre Brüste noch höher zu stemmen, so als wollte sie sie noch ein bisschen besser richten und geschmeidig einbetten. Sie machte sogar einen Knopf auf, als beabsichtige sie, mich damit zu necken und ein kleines Spiel mit mir zu beginnen. Schüchtern grinste ich sie an.

»Würdest du sie gerne sehen?«, flüsterte sie leise und geheimnisvoll.

»Wer würde das nicht wollen«, sagte ich mit bemüht entschiedener Stimme.

»So manch einer würde dafür zahlen, dass er so einen schönen Busen sehen kann, für meine zwei Babys gibt man gerne was aus. Sind sie nicht schön?, meine zwei Mädelchen – so nennt mein Mann meinen Busen. Wenn du ein bisschen Kleingeld hast, können wir das regeln, dann kannst du sie auch von nahem in Augenschein nehmen«, sagte sie.

»Habe ich nicht«, sagte ich.

»Dann glotz sie gefälligst nicht an wie ein Kalb eine bunte Tür«, sagte sie und drehte mir im Weggehen eilig den Rücken zu.

Ich entfernte mich von dem Kiosk, ging mit behutsamen Schritten weg, sah mich aber immer wieder um, weil ich Angst hatte, dass mich aus dem Nichts irgendjemand am Hals packen und auf die Erde werfen, mich zwingen würde, mein ganzes Geld aus den Taschen hervorzuholen. Als die Kirchenglocken verklungen waren, hörte man lange die Turbinen eines Dampfschiffs, ich wusste nicht, ob es sich für die Hafeneinfahrt ankündigte oder schon dabei war wieder auszulaufen. Nicht einmal hundert Schritte vom Kiosk entfernt stieß ich auf eine Bäckerei, sie war geöffnet, aber alle Regale waren bereits leer. Hinter der Theke stand ein Mann in einem weißen Hemd und sichtete Papiere, offenbar handelte es sich um Abrechnungen, wahrscheinlich rechnete er gerade seine morgendlichen Einnahmen zusammen, deshalb bemerkte er mich gar nicht an der Tür. »Ist vielleicht etwas übrig geblieben, eine Semmel oder ein Krapfen?«, wollte ich wissen.

»Alles schon ausverkauft«, sagte der Bäcker, ohne den Kopf zu heben.

»Und von gestern haben sie auch nichts mehr?«, fragte ich.

»Alles weg.«

»Mir ist es egal, wenn's von gestern ist, manchmal mag ich Gebäck sogar lieber, wenn es alt ist«, sagte ich.

»Entweder bist du taub oder verwildert«, sagte der Mann, hob den Kopf, und als er mich erblickte, rief er etwas wild Klingendes aus und nannte mich einen Esel.

Als ich mich etwas von ihm entfernt hatte, bereute ich es, dass ich mich nicht über die Unfreundlichkeit des Verkäufers in der Bäckerei beschwert hatte, und sagte mir, dass ich hätte grob zu ihm sein müssen, beschimpfen hätte ich ihn sollen. Zu so etwas war ich durchaus in der Lage, aber ich muss zugeben, dass es mir in meiner eigenen Stadt leichter gefallen wäre. Ich ballte meine Hände zu Fäusten und unterdrückte meine Wut, dann entdeckte ich einen Garten und schlich mich in ihn hinein, setzte mich auf eine Bank, um einen Plan zu schmieden, wie ich nun weiter verfahren wollte. Schließlich beschloss ich, nach Lapad zu fahren und Vaters Großhändler Ljubo Maras zu besuchen. Einmal hatte ich dort übernachtet, kannte also den Herrn, er war freundlich gewesen und ich stellte mir vor, dass er mich jetzt nicht wegschicken würde, vor allem aber hoffte ich, dass er wusste, wo mein Vater war.

Ich sprang auf den Anhänger der Tram und fuhr ein Stückchen mit. Ich erinnerte mich daran, dass Vater mir erzählt hatte, dass die Leute von Dubrovnik nicht etwa mit der Straßenbahn fuhren, weil sie keine Zeit hatten, sondern weil sie fleißige Leute und immer in Eile waren.

Lange stand ich vor dem schönen Haus aus bearbeitetem Stein, an der Vorderseite hatte es vier Fenster und in der Mitte ein gotisches

Biforienfenster. Auf der Westseite befand sich eine Terrasse, und vom Eingangstor bis zur Haustür führte ein von Weinreben gesäumter Pfad. Ich ging eine Weile nervös umher, berührte mit meinen Fingern den Zaun, zupfte ein paar Blätter vom Efeu und vom Lorbeer weg, sah immer wieder zu den Fenstern, an den Vorhängen hatte sich die ganze Zeit über nichts getan, es beobachtete mich also niemand heimlich. Und während ich am schmiedeeisernen Tor stand, überfiel mich plötzlich eine vehemente Angst, in meinem Magen schien sich alles umzudrehen, ich zitterte, rannte dann so schnell ich nur konnte weg; nach einigen hundert Metern blieb ich stehen, atmete durch und sah ein kleines Segelboot in der Bucht, eine Möwe versenkte sich in diesem Augenblick mit flatternden Flügeln und einem durchdringenden Kreischen wie ein Pfeil in der golden glitzernden flachen Unendlichkeit des Meeres. Ich zählte mein Kleingeld zusammen, hielt es fest in meiner Hand, überquerte die Straßenbahnschienen und stellte mich an die Tramhaltestelle. In diesem Augenblick hörte ich das Getrappel von Pferdehufen, einmal in einem regelmäßigen Rhythmus, dann, als würde der Eisenbeschlag der Hufe immer wieder an den Schienen reiben. Dieses Orchester schien sehr nahe zu sein, ich musste nicht lange warten und sah schon bald, dass die Straßenbahn den Pferden den Vortritt ließ, die in kleinen, aber gut hörbaren Schritten grazil und langsam die Straße überquerten. Jedes dieser sechs Pferde hatte einen eigenen Führer, der sein Pferd am Kopf festhielt. Die Vorübergehenden blieben stehen und genossen diesen Anblick, ihre Gesichter leuchteten hell und sie lächelten. So wenig also brauchte es zur Freude! Der Glanz der Pferderücken hatte die Menschen verzückt. Es heißt, Pferde seien die einzigen Tiere, die einen wohligen Duft verbreiten. Es stimmte tatsächlich, als sie vorbeigegangen waren, hinterließen sie einen angenehmen Geruch.

39

Ich bin nicht überstürzt hineingerannt, ich war zunächst sogar ganz ruhig neben einem Pfeiler stehen geblieben und hatte gesehen, dass die gemeißelten Steinblumen von ihm abgefallen waren, auf dem Boden lag eine Marmorstatue, der die Hände fehlten. Ein Mann hielt den wenigen Besuchern einen kleinen Vortrag, aber er tat es mit einem unangenehmen Nachdruck in seiner Stimme, sodass man das Gefühl bekam, die Statue knirsche vor Wut mit den Zähnen, ersinne Rache an jenem Vandalen, der sie in eine solch missliche Lage gebracht und von ihrem Thron gestürzt hatte. Der Reiseleiter, das werde ich wohl nie vergessen, streichelte beim Reden die abgebrochenen Teile der Staue, küsste ihre versprengten Marmorfinger, sogar die kleinen Blütenblätter liebkoste er und entdeckte dabei mich. Als er mich ansah, bemerkte ich, dass er weinte, die Tränen perlten an seinem Gesicht entlang in Richtung seines Kinns. Ich hätte mich etwas mitfühlender zeigen sollen, aber in diesem Augenblick überwog mein offenmundiges Staunen. Viele Male ist mir später durch den Kopf gegangen, dass in allen Epochen Waffen erfunden worden sind, mit denen man die Schönheit ausschalten wollte, und es kommt mir vor, dass dieser zerstörerische Akt eine größere Heftigkeit in sich trägt und stärker als das schöpferisch Demiurgische ist.

Im Palast waren viele Leute. Ich war mir nicht im Klaren darüber, ob ich nicht in eine Feier hineingeplatzt war, begriff aber schnell, dass mich im Grunde niemand beachtete, es drängte mich auch niemand dazu, mir eine Eintrittskarte zu kaufen. Deswegen schritt ich fröhlich von einer goldenen Statue zur nächsten und genoss die Erhabenheit, die von ihnen ausging. Ganz plötzlich bewegte sich an der Decke der riesige Kronleuchter, der auf mich den Eindruck einer ungeheuerlichen Fackel machte. Das Kristall zitterte, die kleinen Kristallblumen verursachten dabei einen fast musikalischen Klang, es musste ein Wind durch sie gefahren sein. Auch die anderen Palazzobesucher hatten den Luftzug bemerkt, aber keiner von uns war stehen geblieben, bestimmt aus Angst, dass der Lüster auf den Boden fallen und zerspringen könnte. Aber er blieb einfach in der Luft stehen. Auch ich und vor allem meine Beine hatten vor Aufregung gezittert, weshalb mir dieses Ereignis für immer unvergesslich bleiben wird.

Aus der weitläufigen Halle kommend, stieß man direkt auf einen Säulengang, der seiner ganzen Länge nach im Licht stand. Die Strahlen erfassten das polierte Metall der Fenster, die an sich leuchtenden Gegenstände erschienen mir nun noch heller, ebenso das Schmuckwerk und die Schatullen, die zwischen den Wandpfeilern standen und mit floralen Mustern und barocken Kränzen versehen waren. Der Glanz und das Leuchten der Gegenstände lähmten mich geradezu, ich blieb stehen, ging nicht sofort zu den Verkaufsständen, sondern blieb noch eine ganze Weile neben der vergoldeten Statue stehen, die unsere Stadt als Miniatur in ihrer Hand hielt, zu ihren Füßen, auf kleinen Podesten, standen verschiedene Figuren, manche von ihnen waren beschädigt, und in eine verliebte ich mich auf der Stelle. Es war eine alabasterfarbene Skulptur der Heiligen Familie. Es waren viele potenzielle Käufer im Raum, jeder schaute sich die schönen Gegenstände sehr genau an, und ich kaufte für einen geringen Preis als Geschenk für meine Lehrerin Jozipa ein altertümliches Wappen, wenn ich mich richtig erinnere, gehörte es der adeligen Familie Ban, die aus der Gegend von Popovo Polje aus der Herzegowina stammte.

Ich wusste, dass meine Lehrerin solche Gegenstände sammelte und liebte, die an und für sich nicht kostbar waren, aber eine besondere Bedeutung für sie hatten, wenn sie aus der Herzegowina kamen. Sie liebte die Menschen dieser Gegend und war sich sicher, dass ein Herzegowiner, sei er nun ein Fronbauer, Händler, Landarbeiter, Hirte, Lehrer oder Herumstreicher, eine von Grund auf edle und gute Seele hatte, und wenn er krude oder frevelhaft war, so nur deshalb, weil ihm im Leben irgendeine Ungerechtigkeit zugestoßen war. Damals erfüllte mich ein solcher Satz mit Stolz, aber mit den Jahren des Erwachsenwerdens entfernte ich mich immer mehr von dieser Welt und wollte von niemandem mehr zu ihr gezählt werden, auch dann nicht, wenn der andere es gut meinte, denn es gab für mich andere und größere Räume, zu denen ich mich lieber zugehörig fühlte. Und wer weiß, vielleicht ist auch meine Lehrerin enttäuscht worden, vielleicht reichen heute die Visionen und Wünsche ihrer Jugend nicht mehr an sie heran. Ich würde sie gerne sehen und mit ihr darüber reden, ihre Erinnerungen würden mir gewiss von großer Hilfe sein, sie würden dieses Buch bereichern, aber die Zeit hat ihre Spuren an uns allen hinterlassen, deshalb denke ich, dass ein solches Gespräch nach all diesen Jahren nicht mehr möglich wäre würde.

Wie ich in jenen großen Raum mit den erleuchteten Gegenständen gekommen war, das weiß ich selbst nicht mehr. Etwas Ähnliches habe ich später nicht noch einmal erlebt und für mich diesen kleinen Ausflug als ein eigensinniges Aufeinandertreffen von Wirklichkeit und Imagination verbucht. Meine Kenntnisse über die dort ausgestellten Gegenstände habe ich mir erst später angeeignet. Auf diese Weise war es mir möglich, mein Erlebnis einzubetten und alles zu rekonstruieren und herauszufinden, wie die Gegenstände hießen. Dabei wollte ich nie der Haltung eines Vortragenden verfallen, ich bin mir darüber im Klaren, dass im Gegensatz zur totalen politischen Freiheit der Erzähler seine Freiheit aus der von ihm gesetzten Begrenzung bezieht.

Am Ende des Säulengangs war ein Verkaufsstand. Es wurden verschiedene Gegenstände und Glasperlen angeboten. Hier hielt ich mich am längsten auf und hörte dem Klangspiel der Glasperlen zu. Die Verkäufer wussten alles über Glasperlen, sie erzählten und gestikulierten, beriefen sich auf verschiedene Epochen und den Glanz vergangener Zeiten, sie boten unzählige Halsketten an, Rosenkränze, Schmuckanhänger, Tassen, Gläser, Fläschchen, Brillen, massenweise kleine bunte Glasbeeren, die als Schmuck für Tücher und Schals gedacht waren, kleine runde Spiegel *(specchi tondi piccoli)* und Glasglöckchen. Das Glasperlenspiel war überall zu hören, ich war glücklich, dass ich so etwas erleben und die Perlen berühren durfte. Manche Perlen hielt ich gebannt und sprachlos in den Händen, das wache Auge des Händlers ruhte stets auf mir. Bis heute faszinieren mich alle Glaswaren, ich fing sogar irgendwann an, sie zu sammeln. Als ich mein erstes Buch veröffentlicht hatte, besaß ich schon eine ansehnliche Sammlung von Flaschen, die sogar in einem Museum ausgestellt wurden und die Leute erfreuen konnte. Leider sind alle Flaschen in Belgrad zerstört worden, als das Dach einstürzte und alles unter sich begrub.

Ich bin mir nicht sicher, ob diese Liebe zum Glas in einen familiären Zusammenhang gebracht werden kann und ob sich ein Interesse für so etwas vererben kann. Mir ist aber bekannt, dass einer meiner Vorfahren ein hoch angesehener Glasmacher war. Er hieß Radonjić und kam aus Konvala. Ob Zufall oder nicht, ich befand mich ausgerechnet in jenem Augenblick in der Stadt Zadar, als bei der Felswand von Gnalić auf dem Meeresgrund aus der Zeit der Venezianischen Republik die Galeere Gagiana geborgen wurde – mit einer großen Fracht Muranoglas. Die Unterwasserarchäologen behaupten, dass das Schiff im November 1583 gesunken ist. Ich war eigentlich nur auf der Durchreise, beschloss aber damals, so lange in Zadar zu bleiben, bis ich diesen Schatz aus Glas mit eigenen Augen gesehen hätte.

40

Kaum dass ich mich auf den Weg zu den Treppen gemacht hatte, fand ich mich in einer Masse forteilender Menschen wieder, wusste aber überhaupt nicht, was eigentlich auf dem Bürgersteig los war; ich erblickte einen Tänzer, der ein altertümliches Kostüm trug, mit einer Perücke auf dem Kopf, in spitzen Lackschuhen. Er war durchweg elegant und die Leute klatschten, ich machte das sofort auch, riss mich aber innerlich noch etwas zusammen, bis er ausrief: »Wer es wünscht, kann sich im Palazzo Sponza umsehen!«

Dann ging er schon zum Palazzo, aber nur wenige folgten ihm. Einer von ihnen war ich. Es gefiel mir, diesem wundersamen Menschen nachzugehen, weil ich mir vorstellte, dass einst die Großgrundbesitzer von Dubrovnik so ausgesehen haben müssten wie er. Er fuchtelte mit einem eleganten Stab herum, der aus weißem Holz war, geschickt hielt er ihn in der Hand und hantierte mit ihm herum; er sah aus wie ein Ritter mit seinem Schwert, deswegen drückte ich mich an den Leuten vorbei, um ihm so nahe wie möglich zu sein. Wir betraten nach ihm den Palazzo Sponza, ich heftete mich sofort an seine Fersen und blieb immer dicht hinter ihm. Und als ein großer Spinnweben von irgendwoher angeflogen kam und auf dem Ärmel unseres Zauberers landete, sah ich es als Erster und pustete ihn sogleich weg, ich stand nahe genug und war voller Bewunderung für das, was er machte. Er hatte einen schönen Akzent und eine tiefe Stimme, er nannte uns das Jahr, in dem der Palazzo erbaut worden war, er kannte auch den Namen der damaligen Meister; es waren die Brüder Andrijić.

Und als dieser redegewandte Herr uns alles über die Geschichte des Sponza-Palastes erzählte, den er ab und zu mit dem Namen Divona bezeichnete, denn dort hatte sich einst die Zollstation befunden, wurde mir schwindelig. Ein Gefühl von Versteinerung nahm mehr und mehr überhand, stumm stand ich dort und konnte überhaupt nicht mehr hören, was der Mann erzählte, was er durch sein Spiel, seine Gesten und seinen Stab zu verdeutlichen suchte, es schien, als hätte sich mein eben noch vorhandener Gehörsinn vollständig von mir verabschiedet. Was hatte bloß zu dieser plötzlichen Veränderung geführt? Eine größere Begeisterung, als die, mit der ich ihm gefolgt war, hätte sich nicht einstellen können. Aber es gab einen anderen einfachen Grund dafür. Im Palazzo entdeckte ich in einer Ecke eine Braut, sie war ganz in Weiß und stand neben einem Pfeiler. An und für sich war dies nicht wirklich ein außerordentliches Ereignis, ich hatte so etwas schon öfter gesehen, auf einer Hochzeit hatte ich sogar einmal Mundharmonika gespielt, aber diese Frau im Palazzo sah mir direkt in die Augen, sie zwinkerte mir zu und lächelte mich sanft an, dann beugte sie ein bisschen ihren Kopf, als wollte sie mir zeigen, dass sie mich kannte, und als müsste nun ihrem Blick eine Umarmung folgen. Vielleicht spielte sie mit mir, forderte mich heraus und wollte mich ermutigen, sie weiterhin anzusehen, vielleicht wollte sie einfach noch ein wenig mit einem Jungen flirten. Vielleicht schmeichelte es ihr aber auch einfach nur, dass ich so sichtbar von ihrer Gestalt eingenommen war, denn etwas Schöneres hatte ich bisher tatsächlich noch nie gesehen, es war unbeschreiblich. Menschen und Epochen können in gleichem Maße verlocken. Ich hatte Gänsehaut, trunken sah ich diese fremde Frau an und bildete mir ein, sie zu riechen, ihren Duft wahrzunehmen, der sich dann in meiner Vorstellung im ganzen Raum ausbreitete. Dann stand auf einmal der Bräutigam da, er war einen Kopf kleiner als sie, hatte einen dünnen Schnurrbart, und an sein Sakkorevers hatte er sich ein Ästchen Rosmarin geheftet. Er nahm ihre Hand und sie gingen an mir vorbei, ihr Hochzeitskleid raschelte, als sei es aus Papier. Aber in Wirklichkeit war es Seide. Auf dem Marktplatz wurden die neu Vermählten mit Musik erwartet, unzählige Kinder waren da, dann hörte man Schüsse. Tauben flogen hoch, die Hochzeitsgesellschaft bewegte sich in Richtung der Kathedrale.

In den kleinen Straßen trieb ich mich lange herum, blieb stehen, schaute mich um, alle Menschen kamen mir schön vor, ich glaubte in ihren Gesichtern so etwas wie Güte sehen zu können, sie strahlten alle etwas Sanftmütiges aus, vielleicht war irgendein Feiertag? Ganz besonders war ich betört, wenn eine große schlanke Frau in einer Volkstracht an mir vorbeiging. Aber leider geschah dies nur selten. Irgendwann fand ich mich in einem Gässchen wieder, das gegenüber dem Franziskanerkloster lag, in dem einst das Fundhaus untergebracht war. Über der Tür stand etwas in lateinischer Schrift, ich sah mir das an, die Buchstaben waren am Tragbalken eingeritzt, ich versuchte alles zu entziffern, Buchstabe für Buchstabe, aber ich verstand nichts. Irgendetwas daran zog mich jedoch magisch an, ich stand hier noch viel länger als vor den vielen schönen Portalen oder Skulpturen, aber eigentlich gab es gar nichts zu sehen, außer der geheimnisvollen, aber nicht zu entziffernden Aufschrift. Ich hatte das Gefühl, dass sich mir jemand von hinten näherte, drehte mich um und sah einen eleganten Mann vor mir, sein schwarzes Haar glänzte und war ordentlich gekämmt. Mir kam der Gedanke, dass er mir helfen wollte, die Inschrift zu lesen, die es mir so sehr angetan hatte, deshalb freute es mich, dass er an mich herangetreten war. Er aber sah nur auf meine Schuhe, dann warf er mir zwei, drei strenge und unfreundliche Blicke zu. »Dass du dich nicht schämst!«, sagte er. »So ein Lümmel, treibt sich in der Stadt in Frauenschuhen herum. Genau solche Schuhe hatte meine Großmutter.«

Das verwirrte mich so sehr, dass ich auf der Stelle verstummte, aber ich wusste auch nicht, was ich hätte sagen sollen, wagte ebenso wenig, diesem feinen Herren zu widersprechen, der mich auch weiterhin im Auge behielt.

»Würdest du sie verkaufen?«, fragte er.

»Ich soll dir meine Schuhe verkaufen?«, sagte ich und kam aus dem Staunen nicht heraus.

»Das sind doch keine Laufschuhe! Meine Großmutter hat einen kleinen Fuß, wie ein Kind. Sie träumt davon, dass ich ihr solche Schuhe besorge, hier sind sie unauffindbar. Das ist türkisches Schuhwerk, du Dummkopf! Wie kann man so ein Wallache sein!«, sagte er und entfernte sich. Aber nach ein paar Schritten blieb er stehen und sah mich noch einmal an, voller Neid, hatte ich das Gefühl, denn er hatte ein bösartiges Lächeln auf den Lippen.

Meine Schuhe waren einfach nur aus Gummi und aus Stoff, mit einer sehr schönen lackierten Schnalle. Ich hatte die ganze Zeit geglaubt, dieses Detail verschönere meine Schuhe so weit, dass sie insgesamt städtischer wirkten, deshalb hatte ich immer, sobald ich mich an einem öffentlichen Platz einfand, meine Schuhe offensiv gezeigt, in der Regel setzte ich mich gleich irgendwohin und streckte den Schuh vor, um die Schnalle zur Schau zu stellen. Und nun das! Diese Beschämung und Beleidigung, dass ich Mädchenschuhe trage! Ich war so niedergeschlagen, in diesen Schuhen wollte ich am liebsten nie wieder einen Schritt gehen, gesenkten Hauptes ging ich aber dennoch weiter, geplagt von dem Gedanken, dass mich alle anstarrten und auf meine Füße sahen, deswegen war mein Gang alles andere als sicher und ich so durcheinander, dass ich fast über meine eigenen Füße fiel.

Ich fühlte mich gedemütigt und kam in diesem kümmerlichen Zustand auf den Gundulić-Platz, dort rettete mich das Stimmengewirr, ich vergaß im Getümmel meine Schuhe, weil ich ganz eingenommen war von vielen Menschen und Stimmen, die auf dem heißen Stein abzuprallen schienen und wo die Verkäufer ihre Waren feilboten und hinter ihren Theken standen. Es begeisterte mich, sie dabei zu beobachten, wenn sie sich etwas untereinander zuriefen, denn jeder benutzte seinen Stand wie eine kleine Bühne und war ein begnadeter Schauspieler in dieser bunten Straßenszenerie. Die Geräuschkulisse betörte mich, ich liebte die Fröhlichkeit der Menschen, den melodischen Klang ihrer Sätze, alles war anders als in meinem kleinen Städtchen und das Glück so ansteckend, manchmal war ich zeitgleich mit ihnen heiter, lachte immer dann, wenn auch die Händler lachten, die sich im Witzemachen überboten. Einige Male ging ich an diesen lebendigen Verkäufern vorbei, hörte ihnen beseelt zu, bewunderte ihre Fähigkeit, mit Bewegungen und Worten eine solche Freude herzustellen, es machte mir Spaß, ihnen dabei zuzusehen, wie sie den Vorbeigehenden etwas zum Probieren anboten, und wenn eine schöne Dame vorbeiging, verbeugten sie sich vor ihr und baten sie, doch einfach nur stehen zu bleiben, selbst wenn sie nichts kaufen wollte.

Es wurde Obst und Gemüse verkauft, Olivenöl, getrocknete Feigen, Schnaps und Wein in normalen Flaschen und Korbflaschen, weißer und geräucherter dunkler Käse, ebenso wie geräuchertes Fleisch, aber es waren mindestens noch drei weitere Theken mit allerlei Kleinigkeiten gefüllt, mit ungewöhnlichen Gegenständen und Souvenirs, die meisten kannte ich überhaupt nicht, weder den Namen, noch wofür sie gut waren, aber ich entdeckte eine kleine Glaskugel, in der man die Miniatur der Kathedrale Velika Gospa sehen konnte. Ich entschied, dass dies das Geschenk für Mutter sein sollte. In der Tasche hatte ich das Wappen für die Lehrerin und nun kam die Glaskugel dazu. Ich war stolz darauf, dass ich so schöne Geschenke für sie gefunden hatte.

41

Wie oft auch immer ich mich später als Erwachsener in der Altstadt aufgehalten habe, ich habe nie herauskriegen können, in welchem Restaurant ich damals als Zwölfjähriger gegessen habe. Jedes Mal war ich auf der Suche nach ihm, manchmal alleine, manchmal mit Freunden, die in dieser Stadt zur Welt gekommen waren, ich beschrieb ihnen winzige Details, nannte die Entfernung zum Meer und zu den Segelbooten, die Einrichtung aus Bambus auf der Terrasse, beschrieb die großen Hafenfenster, aber ich fand diesen Platz nie wieder, es gelang mir einfach nicht, sein Geheimnis zu lüften, und auch meine Freunde konnten mir nicht dabei helfen, sie übten sich mehr im Raten und fragten sich, ob es wohl hinter dem städtischen Kaffeehaus gewesen sei, an der Mole, und wir gingen in der Stadt umher, sahen uns tausend und einen Winkel an, aber keine Spur von meinem legendär gewordenen Restaurant aus der Kindheit, aller genauen Erinnerung zum Trotz, die ich mit Leichtigkeit wieder hervorholen konnte, ohne Anstrengung und in glasklarer Kontur, Hunderte Male hatte ich das getan, alles stand deutlich vor meinem inneren Auge, als sei es gestern erst geschehen. Ich kann mir nicht vorstellen, dass die Vorstellungskraft des Gedächtnisses etwas erschaffen haben könnte, das nie Wirklichkeit war, aber irgendetwas hatte sich offenbar in meinen Koordinaten verschoben, und dieses Etwas war nicht mehr ausfindig zu machen. In all diesen Jahren war es nicht umsonst, das eine oder andere zu meistern und sich selbst zu überwinden, ohne eine Stütze im Außen zu haben, es reicht nicht, das Eigene aus dem üblichen Rahmen zu heben, manchmal ist es wichtiger, in einer gänzlich neuen Leere anzukommen und von vorne zu beginnen, mit dem Nichts, mit dem wir das umkreisen, was wir Identität nennen, vielleicht sogar gerade dann, wenn alles zu spät zu sein scheint.

Ich hätte auch an irgendeinem Imbiss etwas stehend essen können, das war schon Luxus für mich, denn es war gar nicht unüblich für mich, dass ich aus Dubrovnik mit einem knurrenden Magen nach Hause kam. Ich hatte für gewöhnlich irgendwelche Reste gegessen oder süßes Gebäck, zur Weinlesezeit einfach nur Trauben mit Brot. Ein herrschaftliches Essen war für mich schon ein Teller Sardinen, wenn ich sie mir leisten konnte. Aber jetzt hatte mir meine Lehrerin Geld gegeben, damit ich wie ein feiner junger Mann irgendwo etwas zu mir nahm, ohne die alte provinzielle Angst, ohne Hemmungen, ohne die Unterwürfigkeit eines Dörflers an den Tag zu legen. Es fiel mir aber nicht leicht, ein gutes Restaurant zu betreten. Ich war noch wegen des älteren Herrn verängstigt, der mich einen Wallachen genannt und mir gesagt hatte, dass ich Frauenschuhe trage. Dennoch nahm ich nach einigen Anläufen meinen Mut zusammen und betrat durch eine zweiflügelige Tür einen Flur, der wiederum zu einer kleineren Glastür führte, über der auf Milchglas in verschnörkelter Schrift das Wort *Restauracija* zu lesen war. Allein das genügte schon, um mich in innere Aufregung zu versetzen, und als ich am Ende des Flures ankam, entdeckte ich mich in einem goldumrandeten Wandspiegel. Sofort fiel mein Blick auf die ärmlichen »Mädchenschuhe«, ich sah die Angst in meinem eigenen Gesicht, meinen vom Schreck durchsetzten Blick, und am liebsten wäre ich im Erdboden versunken, hätte mich so lange versteckt, bis meine Angst vorbeigegangen wäre, verzweifelt wollte ich mich irgendwohin flüchten, mich gleichsam retten. Mehr aus Zufall als aus gezieltem Vorhaben landete ich vor einer Tür, die ich als die Toilettentür erkannte. Auf der einen Tür war ein Schildchen mit einer Dame und auf der anderen mit einem Herrn zu sehen. Ich ging hinein und stellte mich sofort an ein Pissoir, obwohl ich gar nicht das Bedürfnis hatte zu pinkeln, danach wusch ich mir die Hände, legte die nassen Handflächen an meinen Hals, nahm mich zusammen und versuchte mich zu beruhigen. Und nur einen Augenblick später befand ich mich schon in dem feinen Restaurant.

Es gelang mir, zwischen den bereits für das Mittagessen mit weißen Tüchern gedeckten Tischen hindurchzugehen, ohne zu stolpern oder irgendwo hängen zu bleiben. Am Ende des Restaurants saß in einer Ecke ein Klavierspieler, er trug einen hellen Anzug, war mittleren Alters und hatte einen etwas dunklen Teint, sein Haar war wild und dicht, seine Finger eilten langsam und geschickt über die Tasten, er sah häufig zu einem vornehmen Paar, das in seiner Nähe an einem Tisch speiste. Die Musik war leise, sie hatte etwas Feierliches an sich, und ich fühlte mich so, wie man sich manchmal allein in einer Kirche fühlt, deshalb vergaß ich für einen Moment, wo ich mich befand, bewegte mich ungeschickt nach vorne, berührte mit der Hand unaufmerksam eine Pflanze in einem großen roten Topf, blieb stehen und starrte den Musiker an, der mir aufmunternd zunickte.

Das vornehme Paar war mit dem Essen beschäftigt. Die Dame hatte einen schönen Haarknoten, am Hals und an den Händen trug sie Schmuck. Man hörte das Klappern ihres Essbestecks und das Geräusch beim Einschenken der Getränke, zwei Kellner gingen um sie herum und standen ihnen zur Verfügung. Als ich mich an den Tisch setzte, sah das Paar ständig zu mir herüber, so als hätten sie gedacht, dass ich mich hierher verirrt hatte oder als sei ich ein Dieb, der gleich etwas stehlen und dann davonrennen würde. Auch die Kellner betrachteten mich misstrauisch, sie standen in der Nähe der Tür, die zur Küche führte, sie unterhielten sich, rührten sich aber nicht von der Stelle, auch dann nicht, als ich mich zu ihnen drehte. Ich war aber geduldig, bis zur Abfahrt meines Zuges hatte ich noch genug Zeit, ich machte es mir gemütlich und sah durch die Fenster auf das Meer hinaus, betrachtete die Barken, die im Hafen festgebunden waren und sich leicht hin und her wiegten; obwohl das Meer kein bisschen unruhig war, stieß ab und zu eine Welle gegen die Mole und gegen die Eisenpfeiler, an denen die Schiffe festgebunden waren. Das Wasser schoss in die Höhe und der Steinboden des Hafens wurde immer wieder nass.

Was musste ich jetzt tun? Ich hatte keine Lust, aufzustehen und das Restaurant wieder zu verlassen, ich hatte mich ja gerade erst durchgerungen, hier Platz zu nehmen und zu essen. Und während ich wartete, dass die Kellner sich meiner annahmen, holte ich aus meiner Tasche die Glaskugel und das Wappen und legte beides auf den Tisch. Als ich das Gefühl hatte, dass die Kellner und das Paar mich wieder beobachteten, hielt ich die Glaskugel in Augenhöhe und inspizierte sie durchdringend, als sei ich dabei, sie zu befragen oder in ihr etwas zu lesen, eine geheime Botschaft zum Beispiel, die sich aus der Lichtbrechung ergab. Hätte mein schönes Wappen einen Anhänger gehabt, hätte ich es sicher an meiner Brust befestigt, damit sie sich noch mehr wunderten und über meine Anschaffungen staunten und sich über meine Kühnheit, sie auf den Tisch zu legen, von mir aus auch erbosten.

Und erst als ich die Stoffservierte auseinanderfaltete und die Ordnung auf dem gedeckten Tisch durcheinanderbrachte, trat ein Kellner an meinen Tisch, ohne dass ich ihn rufen oder in seine Richtung schauen musste. Vielleicht hat genau in jenem Augenblick mein kompliziertes Verhältnis zu Kellnern begonnen, man musste immer eine Taktik zur Hand haben und durfte nicht zu freundlich, aber auch nicht gerade unfreundlich zu ihnen sein. Jetzt stand der Kellner da und überragte mich um einiges, er war dick, von grober Gestalt, mit einem riesigen Bauch, über dem sich das zugeknöpfte Hemd gerade noch halten konnte, und zwischen den Knopfabständen drängte sein Fett hervor. Er fragte mich nichts, stand einfach nur sehr lange dort, und ich schwieg noch eine Weile, vertiefte mich in die Speisekarte und wählte schließlich und endlich mein Essen. Eigentlich wechselten wir kaum ein Wort miteinander, aber meine Bestellung war offenbar gelungen. Der Kellner erledigte all das, ohne mir irgendwelche Vorwürfe zu machen, aber dass er freundlich gewesen wäre, kann ich auch nicht behaupten.

Das Tauziehen um den Kellner war damit vorbei, der Rest verlief ohne Komplikationen. Das ältere Paar sah immer wieder neugierig zu mir herüber, aber das beschäftigte mich nicht weiter, es irritierte mich nicht im Geringsten, ich aß einfach alles in Ruhe auf, das Besteck fiel mir zum Glück nicht ein einziges Mal aus der Hand, ich bückte mich auch nicht, um irgendetwas vom Boden aufzuheben. Im Gegenteil – ich aß ganz ruhig vor mich hin und nicht etwa wie einer, der im Grunde total ausgehungert war, und während ich aß, betrachtete ich immer wieder meine Glaskugel. Ich weiß nicht, ob es um mich ging, aber irgendwann erschien an der Tür eine weiß gekleidete Köchin und betrachtete mich; sie war fröhlich und lachte, und ich bemerkte, dass zwischen ihr und dem Musiker ein geheimer Austausch stattfand und sie sich Zeichen gaben. Als die Köchin in der Tür erschienen war, hatte er mit einer schnelleren und lauteren Musik eingesetzt. Man hörte sie sogar draußen am Meer, die Fischer sahen von ihren kleinen Booten zu uns herüber. Nach dem Essen blieb ich noch ein bisschen am Tisch sitzen und hörte der Musik zu, bis der Pianist aufhörte zu spielen. Der Kellner kam einige Male zu meinem Tisch, räumte etwas weg oder brachte einen Teil des Bestecks fort, dann beugte er sich mit einem Mal zu mir und flüsterte mir ins Ohr: »Bilde dir nicht ein, dass du hier abhauen kannst, ohne zu bezahlen, ich werde dich wie einen Hasen fangen und dir die Haut vom Fleisch ziehen. Unten an der Mole hätte ich dich spätestens gefangen! Und dort würde ich dich in eine Ecke drängen, dich an einen Baum binden, dir die Unterhose runterziehen und dir den Arsch versohlen, bis das Blut zu fließen anfängt. Und weil es mir sehr gut gefällt, eine Zigarette zu rauchen, wenn ich die Diebe in ihre Schranken gewiesen habe, würde ich mir danach den Genuss erlauben, am Ende der ganzen netten Zeremonie meine Zigarette auf deiner Haut auszudrücken.«

Der Kellner flüsterte mir das alles ins Ohr, sein Atem schlang sich um meinen Hals, er hatte Mundgeruch, und sein stechend schwerer Schweiß war mehr als deutlich zu riechen, aber er machte mir keine Angst, denn ich hatte gar nicht vor, mich davonzumachen. Ganz im Gegenteil, ich wollte mein Geld ausgeben, deshalb legte ich gleichsam nebenbei meine Scheine auf den Tisch, man konnte sofort erkennen, dass ich genug dabeihatte und in der Lage war für das zu bezahlen, was ich gegessen hatte. Die Episode endete nicht mit einer weiteren Drohung des Kellners, sondern geradezu mit seiner Fröhlichkeit. Als er mir das Restgeld zurückgab, war er kein bisschen schroff oder unangenehm, er brachte mir ein Gläschen Rum und sagte, der Musiker gebe mir einen aus. Und tatsächlich, der Musiker sah zu mir herüber, mit einem großen Lächeln im Gesicht hob er sein Glas und ich tat es ihm nach. Wir stießen durch die Luft miteinander an. Der Kellner schaute mich gleichsam gütig an, und ohne irgendeine Unsicherheit zu zeigen, leerte ich das Gläschen Rum in einem Zug. Er war offenbar zufrieden, dass ich das Glas so schnell geleert hatte, aber er konnte nicht wissen, dass ich lediglich meinen Vater imitierte, den ich unzählige Male dabei beobachtet hatte, wenn er sein Getränk in einem Schluck runterkippte, es geschah in einer einzigen Bewegung und war ehrfurchtgebietend.

Die Geste des Musikers führte zu überschwänglich guter Laune, dieser Mann war großzügig zu mir und das rührte mich sehr, sogar der Kellner war mir auf einmal sympathisch, und ich fing an, mich selbst zu loben und ihm überschwänglich zu erzählen, dass ich der Sohn eines reichen Händlers aus Trebinje bin. Das Selbstlob nahm er freundlich auf, einen Moment zuvor aber hätte er mich deshalb bestimmt verspottet. Eine einzige Sache kann alles ändern, manchmal denke ich heute, dass der Pianist mit seinem musikalischen Wesen den zukünftigen Künstler in mir gewittert haben musste – wenn ich denn je ein Künstler geworden bin. Damals bin ich fröhlich auf die Terrasse des Restaurants hinausgerannt und habe mich kurzerhand in einen Rattansessel geworfen. Als ich mich in die Kissen nach hinten lehnte, spürte ich, wie schön diese städtische Behaglichkeit ist, der sich die Leute zu einer bestimmten Tageszeit hingeben, wenn sie miteinander reden und zusammensitzen und vor ihnen die Boote schaukeln, auf denen die Möwen landen, die mit ihrem Kreischen alles lebendig machen und dadurch selbst an einem ganz gewöhnlichen Tag alles stimmig und sinnvoll erscheinen lassen. So habe ich es damals erlebt, und ich scheue mich nicht, jetzt darüber zu erzählen, trotz meiner ambivalenten Haltung der Vergangenheit gegenüber, denn mir kommt es so vor, dass das, woran wir uns erinnern, genauso glaubwürdig ist wie das, was wir unsere Wirklichkeit nennen. Deshalb ist es nicht weiter tragisch, dass ich jenes Restaurant später nicht mehr gefunden habe, es hätte mich gefreut, wenn es mir gelungen wäre, vielleicht hätte ich dann besser darüber erzählen können, aber die Zeit löscht immer auf der einen Seite etwas aus, um es auf einer anderen als etwas Neues zu beschriften.

42

Erneut machte ich mich auf den Weg zum Gundulić-Platz, der sich als mein Lieblingsplatz erwies, zu dem ich immer zurückkehrte, wenn ich durch die Straßen und Gassen streunte, auch später, wenn ich müde wurde, denn nirgendwo sonst fühlte ich mich so gut und konnte an keiner anderen Stelle der Stadt so tief durchatmen wie bei der Statue des Dichters Ivan Gundulić, vielleicht weil ich damals sein Epos »Osman« auswendig konnte und seine Verse oft aufsagte, sei es für mich allein oder auch für andere, und immer wenn mein Vater sich mit der Klugheit seines Kindes schmücken wollte, drängte er mich dazu, diesen Dichter zu rezitieren, um auf diese Weise alle sprachlos zu machen, die mir zuhörten.

Die Mittagsglocken waren schon lange verklungen. Sie hatten die Schließung des Marktes angekündigt. Auf dem Marktplatz waren nicht einmal mehr die Reinigungskräfte zu sehen, die Steine waren sauber und nass, nur noch die Tauben pickten herum und suchten in den Steinrillen nach Körnern, ein prächtiger Hahn war von irgendwo hergekommen, ging langsamen Schrittes und erhobenen Hauptes, voller Stolz, über den Platz. Ich habe keine Ahnung, wie er dorthin gekommen war und ob er sich aus einem Käfig befreit hatte. Später erzählte ich diese Geschichte meinen Freunden, dachte selbst, wenn ich hier alleine war, gerne daran zurück, wie der Hahn über den Marktplatz gelaufen und wie er um die Statue herumgeschlichen war, wie er sich rar gemacht hatte, als ich den Versuch unternahm, ihm näher zu kommen.

Als ich an jenem Tag unter der Statue saß und nach oben schaute, um sie mir genau anzusehen, hörte ich in der Ferne plötzlich Frauenschreie, ein paar kurze stockende Ausrufe, als werde jemand verfolgt, und dann erschien in einer für mich nur mit dem Wort dramatisch zu benennenden Überraschung jene Braut auf dem Marktplatz, der ich im Sponza-Palast begegnet war. Einen Augenblick lang sah sie verwirrt aus, blieb stehen, als wisse sie nicht, wohin sie nun gehen sollte. Jetzt fand ich sie draußen in der Helligkeit des Lichtes noch viel schöner als zuvor. Und als sie mit ihren Händen ihr Kleid hochzog, damit es nicht den Boden berührte und dreckig wurde, sah sie zu mir herüber, verschreckt und nahezu flehentlich, als sei ich ihr Retter. Ich war zu Tränen gerührt, Mitleid hatte mich ergriffen, und ich breitete die Arme aus, um sie so zu begrüßen, aber sie verschwand ganz plötzlich wieder in der Lučarica-Straße. Ihre Verfolger konnte ich nicht sehen, ich wusste auch nicht, vor wem sie geflohen war, ich sprang auf einen Stein, es war bestimmt ein Grenzstein, der den Marktplatz von der Straße trennte, um die Szene ganz im Blick behalten zu können, und wartete auf ihre Verfolger, dann wollte ich sie, sobald ich sie erblickt hätte, in die Irre führen und in die falsche Richtung schicken.

Ich war beunruhigt, fühlte, wie die Aufregung sich in mir ausbreitete, und fragte mich, wie es nur möglich war, dass so viel an einem Tag geschah, und was wohl noch alles bis zur Abfahrt des Zuges auf mich wartete. War so etwas in dieser Stadt der ganz normale Alltag? Die Braut war auf und davon, ihre Schritte konnte niemand mehr hören, denn sie hatte an den Füßen nur leichtes Schuhwerk, flach und weich, wie bei einer Tänzerin. Ihre Bewegungen hatten allesamt etwas Harmonisches an sich, vielleicht war sie aber einfach von Natur aus grazil, denn das Ganze wirkte auf mich wie eine Art Spiel, als sei sie so etwas wie eine Ballerina, die sich mitten im Tanz von der Bühne geschlichen hatte und nun auf der Flucht war, auf der Suche nach einem Beschützer. Aber wenn sie nur eine Vorstellung gegeben hat, dann musste diese alles andere als lustiger Natur gewesen sein, denn im Gesicht der Braut hatte ich Angst gesehen. »Und wenn die Angst dich jagt, dann hast du nach ihren Regeln zu tanzen«, so hat es einmal mein bevorzugter dalmatinischer Dichter gesagt; ein Romantiker natürlich.

Die Verfolger der Braut blieben aus; ich rannte in die Lučarica-Straße, wahrscheinlich, weil ich irgendeinem Instinkt folgte. Wenn sie vor der eigenen Hochzeit weggerannt war und den Trottel an ihrer Seite verlassen hatte, stand ich natürlich innerlich zu ihr, denn der Typ hatte mir schon im Sponza-Palast nicht gefallen. Ich hatte ihm sogar ein paar unliebsame Blicke zugeworfen, vor allem in jenem Moment, als er angefangen hatte, an ihrem Haar und ihrem Hals herumzuschnüffeln. Ich rannte bis zum Ende der Straße und entdeckte dieses schöne Geschöpf, ganz außer Atem, als sie gerade dabei war, in die kleine Querstraße einzubiegen, und sie wirkte auf mich wie ein weißer Blumenstrauß. Ich sah ihr weißes Kleid noch ein letztes Mal aufblitzen und dann fiel der Vorhang, der das Ende der Vorstellung markierte, *finis bala*; ich sah sie nicht mehr, sie verschwand im Labyrinth der Straßen und Gassen. Und jenes Labyrinth machte auch mir zu schaffen, ich fühlte einen Schwindel in meinem Kopf.

Ich schaffte es gerade noch, mich zu einer Wand zu schleppen, sah eine kleine Öffnung mit einer Luke, die mich vollkommen irritierte, mir ging durch den Kopf, dass ich zufällig Buža entdeckt haben musste, eine Öffnung in der Stadt-Felswand, über die ich etwas gelesen hatte. Zu Hause hatte ich einen abgewetzten Baedeker, ich las pausenlos in ihm, lernte das Büchlein geradezu auswendig, die Namen aller Straßen, Plätze, Palazzi, Festungen, Kirchen und Klöster, ohne dass ich sie je gesehen hätte. Immer wenn ich das einstudierte Wissen aus dem Baedeker wiederholte, sagte ich mir alles laut auf, das Nützliche genauso wie das Belanglose, am Schluss sogar den Namen des Herausgebers, den Hinweis auf den Grafiker, die Namen der Mitarbeiter, der Drucker, der Fotografen, schließlich auch das *Copyright by*, was mir am meisten Mühe machte, denn zu diesem Zeitpunkt war für mich alles gleich abstrakt und unbegreiflich und als reines Wissen ohne irgendeinen praktischen Nutzen.

Durch die Tür in der Felswand sah ich auf das offene Meer hinaus, es wirkte in diesem Augenblick unendlich und mystisch auf mich. Das war ein vom Zauber durchdrungener Augenblick, vielleicht der schönste, der in meinem Gedächtnis in seiner ganzen Klarheit von diesen Stunden geblieben ist, denn nach meinem kopflosen Rennen und der atemlosen Suche nach der Unbekannten zeigte das Meer sich mir in jener Maßlosigkeit, die an aufregende Abenteuer und Schiffsbrüche denken lässt, an eine Geschichte, die sich auf dem Festland nie ereignen kann, weil das Wasser immer auch mit dem Geheimnis verbunden ist, ein in sich beweglicher Kosmos, deswegen hat das Meer in meinem Inneren immer die Natur dargestellt und einen wichtigen und symbolischen Platz eingenommen. Geschichten über Galeeren und Piraten kann man mir nicht oft genug erzählen.

Der Anblick des Meeres nahm mir den Atem, ich ging zu jenem »Türchen des Südens«, doch das Herz blieb mir fast stehen, denn es kam mir vor, als würden die Felsen sich in einer unermesslichen Tiefe nach unten erstrecken, ich wich zurück, bekam Höhenangst und traute mich nicht, durch das Türchen zu gehen, um mir die Felsen genauer anzuschauen. Diese Angst hat mich von diesem Augenblick an nie mehr losgelassen. Im Gegenteil, mit der Zeit wurde sie sogar immer schlimmer, aber ich erinnere mich daran, dass ich die Luft angehalten und mich an einem Stein festgeklammert habe, einen Blick nach unten wagte, auf den Abgrund warf, auch aufs Meer, das sich schäumend Welle für Welle in der Bucht abstieß. Meine Handflächen schwitzten, der Schwindel im Kopf drückte auf meine Ohren und machte mich fast taub. Es kam mir vor, als ob die Möwen mich wie Aas umkreisten, dass sie in jedem Moment im Sturzflug auf mich niederschießen könnten, aber sie flogen nur kreischend über mich hinweg. Ich fühlte mich wie ein Köder, den man an die Felswand gekettet hatte. Auf dem offenen Meer erblickte ich ein Schiff, und das beruhigte mich etwas.

Nur kurze Zeit nachdem ich die Fassung gerade wieder zurückgewonnen hatte, fing mein Herz erneut an zu rasen, denn am Rand eines Felsens entdeckte ich plötzlich die davongelaufene Braut; wie eine weiße Skulptur stand sie dort und sah hinunter in die Tiefe des Meeres. Sicher hat sie mich in ihrer jämmerlichen Lage überhaupt nicht bemerkt, aber an ihrer freudigen Geste konnte ich erkennen, dass sie genauso wie ich das Schiff in der Ferne gesichtet hatte. Sie musste irgendetwas gesagt haben, denn ich hörte in kleinen Intervallen das Echo ihrer Stimme. Das Schiff war hinter der Insel Lokrum in See gestochen und war auf dem Weg zum Hafen, es entfernte sich sehr schnell, und in der Weite am Horizont, an der Stelle, an der das Meer mit dem Himmel zu verschmelzen schien, baute sich ein Unwetter auf, immer schneller verdunkelte sich der Himmel, aber es war so weit entfernt, dass man das Donnern nur ahnte, nicht aber wirklich hörte. Zu hören war aber die Schiffssirene, die ihre Hafeneinfahrt ankündigte.

Der Wind machte sich an die Taille der Braut heran; wenn er heftiger wurde, wurde ihr Kleid an ihren Körper gepresst und zeigte so seine Formen. Ich wollte schon fast ein Steinchen ins Meer werfen, um ihre Aufmerksamkeit auf mich zu ziehen, aber wagte es am Ende nicht, mich auch nur von der Stelle zu rühren, ich ging sogar noch tiefer in die Hocke und versteckte mich. Sie lehnte sich gegen den Wind, schien zufrieden zu sein, wie einer jener Engel, die in den Geschichten meiner Urgroßmutter Petruša vorkamen. Der Wind kroch unter ihr Brautkleid, ihr Schleier flog auf, in Richtung der Felswand.

Sicher stand die Braut, mit ausgebreiteten Armen, noch lange genau so im Wind, aber ich konnte sie aus meinem Verschlag heraus nicht mehr sehen.

Sehr oft habe ich später den Flug jenes Vogels beschrieben, der seine Kreise über der Braut zog; es ist ein unvergessliches Bild für mich, etwas, worüber ich immer erzählen kann und werde, solange ich am Leben bin.

43

Ich verschwand durch die kleine Tür und fand mich auf der dunklen Straße wieder. Ich wusste nicht, wie spät es war, ich fand mich nicht gleich zurecht, weil ich die Orientierung verloren hatte, aber ich schaute doch immer wieder zum Himmel hinauf, nur sah man die Sonne nicht, die Straße war voller Schatten, ich hatte das Gefühl, sie sei in der Zwischenzeit von allen Seiten abgesperrt worden, ja sogar von oben wies sie nun eine Begrenzung auf, weil die Leute Kleider zum Trocknen an den Wäscheleinen aufgehängt hatten, die die Sicht einschränkten. Es herrschte eine lähmende Stille, man hörte keine Stimmen in den Häusern, keine Schritte, nichts, auch Musik war nicht zu vernehmen, und die Fensterläden hatte man zugezogen. Vielleicht war das ja genau die Zeit in der Stadt, in der sich alle ausruhten, die Zeit der Siesta, in der man fest schläft, wie das am Mittelmeer so ist – nach einem Essen und einem Glas Wein. Bisher hatte ich mir ein genaues Gefühl für die Zeit erhalten, aber jetzt war es mir gänzlich abhandengekommen. Vorher hatte es genügt, den Verlauf der Sonne zu beobachten, um die Uhrzeit zu bestimmen, eine Armbanduhr hatte ich für so etwas nicht gebraucht. Aber wenn man einmal den Sinn für zeitliche Orientierung verloren hat, findet man sich in einer persönlichen Zeitlosigkeit wieder, in der nur die Irren glücklich sind, denn ihre Sorgen sind jenseits der Zeit, es ist ihnen vollkommen egal, ob sie selbst es sind oder nur die Zeit, die vergeht. Entmutigt sank ich zusammen in dieser dunklen Dubrovniker Straße, aber immerhin wusste ich noch, dass ich mich in der Nähe des Stradun-Platzes befand und dass ich damit auch, gedemütigt zwar, aber immerhin, bald in die »irdische Zeit« zurückkehren würde. Ich weiß nicht, warum ich mich nicht getraut habe, an irgendeiner Tür oder an die Fensterläden zu klopfen oder jemanden freundlich nach einer Abkürzung zum Gundulić-Platz zu fragen. So hätte ich auch erfahren, ob die städtische Uhr richtig ging. Aber ich traute mich nicht, die Städter bei ihrer wohlverdienten Ruhe zu stören.

Am Ende der Straße erblickte ich einen Mann, der eine große Laterne auf seiner Schulter trug. Das war ganz sicher der Leuchtturmwärter, denn er tat dies mit einer selbstverständlichen Leichtigkeit. Ich rannte ihm hinterher, aber er verschwand plötzlich hinter einer Ecke und ich verlor ihn, ich hörte auch seine Schritte nicht mehr, deshalb dachte ich, dass er wohl eine Erscheinung gewesen sein musste. Ich ging weiter in die Richtung, in die vielleicht auch der Leuchtturmwärter gegangen war, und fand mich an einer Stelle wieder, an der sich zwei Straßen kreuzten, wusste aber nicht, welche von ihnen ich wählen sollte, entschied mich dann für die breitere und hellere der beiden Straßen und hoffte, auf diese Weise dem Labyrinth zu entkommen. Ich ging sie bis zum Ende, bis zu einer kleinen Wand, begriff dann aber, dass man hier nicht weiterkam, ging dann in die kleine Straße und dachte, dass ich bei der Jesuiten-Treppe landen, von dort die Stufen hinabsteigen und somit den schönsten Weg zu meinem Marktplatz finden würde. Aber diese kleine Querstraße machte mir einen Strich durch die Rechnung und führte mich zu einem Portikus, in dem ich mich gänzlich verloren fühlte, ich lehnte mich an einen Stützpfeiler, nun war ich gezwungen, genau zu überlegen, wohin ich jetzt gehen wollte; dann plagte mich die Vorstellung, dass es jemanden in meinem Inneren gab, der im Stillen alle meine Entscheidungen manipulierte, der meine Bewegungen in die falsche Richtung lenkte, sodass ich so immer und immer wieder an einer falschen Stelle ankommen würde. Vielleicht hatte sich jemand einen Spaß daraus gemacht, mich in diesem Straßenwirrwarr in die Irre zu führen, um aus meinem Aufenthalt in der Stadt einen Albtraum zu machen. Ich nahm ein Steinchen in die Hand und kratzte etwas in die Wand hinein, ich malte ein gut sichtbares Kreuz, denn wenn ich noch einmal hierherkäme, würde mir dies die Bestätigung dafür liefern, dass es in dieser Stadt tatsächlich merkwürdige Kräfte gab, die auf mich Einfluss nahmen.

Ich musste mich beeilen, ich spürte, dass mein Zug bald abfahren würde, die daraus entstehende Panik führte aber zu noch größerer Konfusion und ich rannte einfach blindlings los, riss dabei fast eine alte Frau auf den Boden, die wie aus dem Nichts aus einem Tor hinausgetreten war, gebeugt und an einem Stock gehend. Zum Glück fiel sie nicht hin, das hätte ich schwer verdauen können und bei ihr bleiben müssen; weil ich »nahe am Wasser gebaut hatte«, »ein Gefühlsbündel«, wie es einmal ein mir sehr lieber jüdischer Schriftsteller formuliert hatte, hätte mich ihr Sturz vollends aus der Bahn geworfen und meinen Aufenthalt in der Stadt in jedem Fall verlängert. Wo ich in einem solchen Fall übernachtet hätte, weiß ich nicht und auch nicht, was für Abenteuer noch meiner geharrt hätten, vielleicht hätte ich noch etwas viel Schwerwiegenderes erleben müssen, als es die Sache mit den Mädchenschuhen schon für mich war, und das hatte mich schon tief genug verletzt. Was sollte ich also tun, den Vater hatte ich nicht gefunden, in der Stadt war ich so gut ich konnte überall herumgegangen, überzeugt davon, dass ich auf ihn treffen würde, deswegen hatte ich mich am Vormittag so lange in Gruž aufgehalten, hatte das Haus des Großhändlers Maras ausfindig gemacht. Jetzt war ich immer noch unverrichteter Dinge hier, aber niemand konnte es mir zum Vorwurf machen, ich werde, sagte ich mir, mit Stolz nach Hause zurückkehren, ich habe ja einige Kleinigkeiten und Geschenke für jene besorgt, die ich am liebsten habe. Ich hatte aber auch allerhand erlebt, darüber würde ich ihnen natürlich erzählen können, viele Jahre danach, vielleicht auch schreiben. So wäre kein Augenblick verlorene Zeit gewesen, ganz gleich, ob es etwas Unangenehmes oder euphorisch Schönes war. Und selbst wenn man als Schriftsteller über nichts schreiben kann, so führt dies zu der Erkenntnis, dass auch die Literatur ohnmächtig und diese Arbeit letzten Endes absurd ist.

Ich rannte direkt in die offene Tür einer Kellerschenke, in der ein schwaches Licht brannte, ein weißhaariger Mann, der mit dem Rücken zur Straße stand, nahm sich in diesem Augenblick Wein vom Fass, er beugte sich mehrmals vor und zog mit dem Mund an einem Gummischlauch. Außer Atem erzählte ich ihm alles, was mir passiert war, sagte, dass ich nicht mehr in der Lage war, aus dem Wirrwarr der Straßen herauszufinden, dass ich immer wieder an den gleichen Punkt gekommen war und nicht mehr weiterwusste. Aber er hörte mich nicht oder er tat so, als höre er mich nicht, aber ich erzählte ihm trotzdem noch einmal, dass ich schon zweimal an den gleichen Ort gekommen war, namentlich an jene Stelle, an der ich das Kreuz in die Wand geritzt hatte, dann sei ich wieder an der kleinen Öffnung in der Felswand angekommen, obwohl ich damit gar nicht gerechnet hatte, denn diese Felswand war der eigentliche Grund für meinen Albtraum. Wäre ich dort nicht hingekommen, stünde ich, sagte ich, längst an der Bahnstation in Gruž. Der Mann nahm eine Karaffe in die Hand und füllte sich in aller Ruhe seinen Wein ab. Es war Rotwein, das Gefäß war schnell gefüllt. Ich überlegte, ob ich nicht losweinen sollte, um diesen gleichgültigen Menschen ein wenig aus der Fassung zu bringen, aber dann erhob er sich mit der Karaffe im Arm, sah mich an und fragte: »Zu wem gehörst du denn?«

Zu wem ich gehöre? Ich war mir nicht sicher, ob das eine Frage nach meiner Herkunft oder nach meiner inneren Natur war, aber was auch immer es bedeutete, ich hatte keine Lust, noch mehr Zeit mit diesem verschrobenen Mann zu verlieren, deswegen schaute ich ihn brüsk an, ich glaube, ich streckte ihm sogar die Zunge raus, und rannte die Straße hinunter. Jetzt war ich nicht mehr der wankelmütige Junge, der von einer in die andere Straße lief, ich entschied mich nun schnell für eine Richtung, und endlich gelang es mir, aus der schrecklichen Gewalt der Straßen hinauszukommen und damit auch aus meiner eigenen Verwirrung. Wie es mir gelungen ist, zum Fürstenpalast zu kommen, weiß ich nicht mehr, aber dort erfasste mich große Freude, weswegen ich sanftmütig mein Gesicht an einen warmen und schön bearbeiteten Stein legte. Über die Kunst der Steinbearbeitung hatte ich damals schon sehr viel gelesen, weil ich meine Lehrerin beeindrucken wollte. Dieser Liebe verdanke ich auch einiges andere an erworbenem Wissen.

Wann ich begriffen habe, dass dieses Gebäude eine Festung war, weiß ich nicht mehr, aber als mir außerdem klar wurde, dass dort auch eine Sonnenuhr angebracht ist, war ich von diesem Gebäude besessen. Steht die Sonne im Zenit, schneidet der Schatten des Dachkranzes die Vorderseite des Schlosses und schlägt ohne Glocken oder irgendeinen anderen Hilfsmechanismus die Mittagsstunde. Am längsten Tag des Sommers ist dieser Schatten auf der Hälfte des südlichen Vorsprungs zu sehen, und während der Tagundnachtgleiche bewegt er sich bis zum Stützwerk des ersten Pfeilers. Auch im Winter wird die Zeit von der Sonnenuhr gemessen, sonnige Stunden gibt es mehr als genug; dann zieht sich der Schatten in die Länge, er sieht aus wie eine Diagonale des Vordergebäudes. Vor allem in der Zeit um Weihnachten herum sieht man diese Verlängerung vom Dachkranz bis zum Boden des südlichen Vorsprungs und dem Anfang der Säulen-Kolonnaden. Als ich das alles einige Zeit später einem schlauen Buch entnommen hatte, fiel es mir leichter, die Zeit abzulesen, und wann auch immer in den darauffolgenden Jahren ich mich vor diesem Gebäude befand, blieb ich stehen und sah den Schattenbewegungen zu. Was ist mir dabei in Erinnerung geblieben? Die Zeit, die vergeht, oder doch eher jene, die im Gedächtnis haften bleibt?

44

Es gelang mir, noch in letzter Sekunde den Zug nach Hause zu erwischen. Die Linie Nummer 1 von Pile nach Kantafig war so langsam wie noch nie, aber vielleicht kam mir das auch nur so vor; wenn man sich beeilen muss, kommt einem auch das schnellste Gefährt langsam vor. Auf dem Gleis standen kaum Leute, die Eisenbahnwärter waren gerade dabei, ins Bahnhofsgebäude zurückzugehen, und der Zug fuhr langsam an. Ich rannte los und erwischte ihn an der ersten Abbiegung. Die Reisenden starrten mich durch die Fenster und aus den Waggons an, einer von ihnen streckte mir die Hand entgegen und hielt sich mit der anderen am Türgriff fest. Als ich endlich hineinsprang, sorgte ich bei allen für ausgelassene Fröhlichkeit. Der fremde Mann ließ mich zu Atem kommen, dann nahm er mich auf dem Gang des letzten Waggons herzlich in die Arme. Ich bedankte mich, weiter kam ich aber nicht, denn der Zug war so voll wie eine Dose Sardinen. Man konnte kaum atmen auf dem Flur, und in den Coupés war es genauso. Junge, geschickte Männer kletterten auf das Dach, und auch ich konnte vom letzten Wagen aus ganz leicht heraufsteigen. Für uns, die wir in der Pionierszeit der Eisenbahn groß geworden waren, war dies eine unserer leichtesten Übungen. Das hatten wir oft genug gemacht, auch wenn der Zug halbleer war, bis man anfing, uns oben abzufangen und uns des Zuges zu verweisen. Wir waren auf den Zugdächern so etwas wie die Matrosen der Lüfte. Auf dieser Zugstrecke befand sich eine bergauf führende Kurve, die der Zug nicht nehmen konnte, wenn er zu voll war. Dort stiegen wir in der Regel aus, gingen ein paar Schritte zu Fuß und oben auf dem Hang wartete der Zug dann auf uns. Wie sehr wir uns auch immer abmühten, vor dem Zug oben anzukommen, es ist uns nie gelungen.

Ich hatte mir vorgenommen, an der ersten Station namens Sumet auszusteigen, gleich oberhalb des Flusses Dubrovačka, von draußen wollte ich durch die Fenster dann die Menge auf dem Gang in Augenschein nehmen. Als ich auf dem Dach gelegen hatte, war ich von der fixen Idee beseelt gewesen, im gleichen Zug wie mein Vater zu sitzen. Ich hatte mir dabei vorgestellt, dass man seine Rückkehr natürlich ganz und gar mir zuschreiben würde. Das wäre ein glückliches Spiel des Zufalls gewesen, der meine Vorstellungskraft genährt und meine Lügengebilde gestützt hätte, die es aber auch ohne diese erhoffte Fügung mehr als reichlich in meinem Kopf gab. Bis zur Bahnstation Zvekovica blieb ich auf dem Dach. Hier stiegen viele Reisende aus, es waren nicht so viele, dass die Gänge dadurch wesentlich freier geworden wären, aber ich konnte doch einen gemütlicheren Platz finden. So war ich wenigstens den Ruß und die Funken aus dem Schornstein der Lokomotive losgeworden, ich konnte in aller Ruhe auf dem Gangboden sitzen. Die mühsame Wegstrecke und den Aufstieg bei Uskoplje hatten wir schon hinter uns gebracht, ohne dass wir dieses Mal hätten aussteigen müssen. Unsere Lok stampfte und schnaubte, und manchmal dachte man, sie würde gleich den Geist aufgeben, man hätte gehend mit der Geschwindigkeit des Zuges fast mithalten können, aber es durften alle drin bleiben.

Schon bei der Einfahrt des Zuges in den Bahnhof von Trebinje sprang ich hinaus, nicht etwa, weil ich mich beeilen wollte, es war eher deshalb, weil ich das schon immer getan hatte. Ich liebte es, auf diese Weise meine Geschicklichkeit zu zeigen, obwohl mich die Eisenbahnwärter immer einzufangen versuchten, schon oft hatten sie es auf mich abgesehen. Zur Strafe musste ich immer etwas abarbeiten, das beeindruckte mich aber wenig, ich sprang dennoch immer aus dem Zug heraus. Es war eine meiner Leidenschaften, und man konnte sie mir nicht einmal mit Gewalt austreiben.

Ich rannte nicht gleich nach Hause, sondern blieb erst einmal am Gleis stehen und wartete ab, bis der Zug sich geleert hatte, denn die Vorstellung, dass mein Vater im gleichen Zug gekommen sein könnte, ließ mich noch immer nicht los. Ich fragte sogar ein paar Bekannte, ob sie ihn gesehen hatten, und dann ging ich die einzelnen leeren Waggons ab. Die Luft war noch warm und es stank nach menschlichen Körpern und einem strengen billigen Tabak. Überall hatten die Leute ausgespuckt, fettiges, zerknülltes Papier lag auf dem Boden, Apfelreste und andere Abfälle waren zu sehen, und aus den Toilettenräumen drang ein stechend beißender Geruch zu mir vor. Ich beeilte mich, wollte so schnell wie möglich meine Fantasie auf ihre Tauglichkeit überprüfen und sehen, ob nun mein Vater mitgereist war oder nicht. Ich bildete mir ein, er könnte sich noch schlafend in einem Coupé befinden, denn auch zu Hause schlief er manchmal an den Nachmittagen einfach im Sessel ein. Aber ich fand ihn nicht, die Telepathie hatte sich nicht um uns gekümmert, ich war umsonst gereist, aber so ist es nun mal, es gibt immer Dinge, die sinnlos und umsonst sind. Wenn alles immer wunschgemäß verliefe, gäbe es niemanden, der etwas über die Lücken schreibt. Wenn es keine Verfehlungen gäbe, was wären wir dann? Glückliche Menschen? Ehrlich gesagt, ich fühle mich durchaus wie ein Glückskind, dessen Leben zwar letztlich eine Anreihung von Traurigkeiten ist, die zusammen eine einzige Sinnlosigkeit ergeben, aber die ich letztlich sehr gerne zum Anlass nehme, um das Leben zu besingen.

Am Ende des leeren Zuges angekommen, blieb ich vor dem vorletzten Coupé stehen, weil ich auf der Holzbank eine geöffnete Truhe entdeckte, die voller Krimskrams war, zwei Fächer waren in der Truhe eingefasst, in denen mehrere glitzernde Objekte zu sehen waren. Ich wusste sofort, dass es sich dabei um einen Reiseverkaufsladen handelte, der Händler musste auch irgendwo und bestimmt in der Nähe sein, denn so etwas konnte niemand einfach so im Zug vergessen. Zwei breite Gürtel waren an der Truhe befestigt, die der Verkäufer sich über die Schulter hängen musste und so mit der ausgelegten Ware vor sich hertrug. Sicher hatte er seinen kleinen beweglichen Laden langsamen Schrittes durch die Straßen getragen und auf diese Weise sichtbar seine Waren feilgeboten. Wir nannten diese reisenden Händler Matani, die meisten Leute, die einen solchen Namen hatten, kamen aus der Gegend des Städtchens Imotski. Wir aber riefen einfach alle reisenden Händler so, ganz egal, ob sie von dort oder aus anderen Regionen kamen. Und während ich mir diese bunten Gegenstände ansah, kam so ein Matan aus der Toilette und zog sich gerade den Reißverschluss zu. »Der Hahn musste mal ein bisschen Blut lassen«, sagte er und lachte.

Ich begriff überhaupt nicht, wovon er redete und was das zu bedeuten hatte, aber dieser Satz blieb mir in Erinnerung. Ich habe ihn und den dümmlichen Ausdruck auf seinem Gesicht nie vergessen können. Solche Sachen habe ich später noch Tausende von Malen gehört, ich selbst benutzte manchmal die raue Sprache der Vagabunden und kam oft genug mit schlechter Gesellschaft in Berührung, aber diese Metapher vom Hahn, der Blut lassen musste, blieb mir als eine besonders widerliche im Gedächtnis, ihre Bedeutung, wenn ich sie richtig verstanden hatte, war so armselig und geistlos wie kaum etwas anderes, das mir je untergekommen ist. Gedankenlosigkeit begegnet uns allen oft genug, das Schlimme ist aber, dass wir sie uns sogar Wort für Wort merken können.

»Ich bin ein Krämer«, sagte er, »also nur jemand, der einen kleinen Bauchladen hat, ein kleiner Wanderer, wie man das in meiner Gegend sagt. Ich habe das, was man nirgendwo sonst bekommen kann, und dieser kleine Wanderladen bietet jedem etwas. Für dich habe ich ein Spiel, dem du nicht widerstehen kannst. Haste bisschen Geld dabei, hmm? Hast doch bestimmt was im Schuh stecken! Nicht wahr?«

»Ja, ein bisschen was habe ich noch«, sagte ich.

»Wie viel hast du denn?«

Ich zeigte ihm, was mir übrig geblieben war, konnte nicht umhin, ein bisschen damit anzugeben, und zeigte ihm, was ich für meine Mutter und für meine Lehrerin gekauft hatte. Der Händler schaute sich meine Geschenke sehr genau an, besah sich sowohl das Wappen als auch die Glaskugel mit der Kathedrale. Dann lachte er bösartig, fast neidisch auf und sagte, das sei nur wertloses Zeug. Ich hatte den Eindruck, dass die Summe meines übrig gebliebenen Geldes ihn zufriedengestellt hatte, er fing nämlich an, in seiner Truhe herumzukramen und war auf der Suche nach irgendeinem Schnickschnack.

»Das hier ist für dich, du wirst sehen, alle werden dich darum beneiden«, sagte er. »Das Geld, das du dabeihast, das reicht nicht mal für'n buntes Bonbon, aber wenn wir uns mal in der Stadt wiedertreffen, dann musst du mir einen ausgeben«, sagte er.

In den Händen hielt er Spielkarten, er nahm sie aus einer Schachtel heraus und breitete dann mit großer Kunstfertigkeit das Spiel fächerartig vor mir aus, er hielt mir die Karten vorher immer unter die Nase, zog sie aber schnell wieder zurück, erlaubte mir also nicht, die Karten zu sehen. Obwohl ich neugierig und ungeduldig war, ließ ich mich auf ihn ein, hüpfte wie ein kleiner Hund nach oben, um die Karten zu schnappen, für die ich schon bezahlt hatte. Ich hielt mich an seinem Ellenbogen fest, aber er war sehr geschickt und schaffte es, mich wie Spinnweben abzustreifen. Er hielt die Spielkarten auch über meinen Kopf, sodass ich, weiter in die Höhe springend, sie zu schnappen versuchte, ich wollte ihm nicht das überlassen, was mir ja schon gehörte, auch weil ich Angst hatte, dass er mich überlisten und bestechen würde, aber er machte sich nur einen Spaß aus mir, quälte und provozierte mich, sichtlich genoss er es, mit mir zu ringen, und fing sogar an, mich mit der freien Hand zu kitzeln, was mich vollkommen paralysierte. Ich bekam kaum noch Luft, stemmte mich gegen ihn mit meinen Füßen, er aber lachte so genüsslich, dass ihm dabei die Tränen kamen, ohnmächtig lag ich auf der Holzbank im Coupé und als er sich über mich beugte, floss ihm Speichel aus dem Mund, ein durchsichtiger Schleimfaden, der sich langsam in die Länge zog und irgendwann abfiel und widerlicherweise direkt auf meinen Mund tropfte. Zum Glück gelang es mir irgendwie, mir mit dem Arm den Mund abzuwischen. Es war ekelerregend. Auch er war außer Atem, und noch immer über mich gebeugt sagte er: »Du musst jedem Geld abnehmen, dem du diese Karten zeigst! Denn du hast sie praktisch von mir geschenkt bekommen. An den anderen kannst du das verdienen, was du jetzt an Schulden bei mir hast. Dann kannst du sie Stück für Stück begleichen und es wird noch genug für dich übrig bleiben.«

»Ja, gut«, sagte ich und krümmte mich unter dem Druck seiner Knie, »lass mich jetzt los und gib mir endlich meine Karten.«

»Du wirst mir also das Geld bringen?«, fragte er.

»Ja, das mache ich«, sagte ich. »Morgen bringe ich dir das Geld, sag mir nur, wohin.«

»Du weißt doch ganz genau, wo die Matani übernachten«, sagte er und ließ mich endlich gehen.

Ich schnappte nach den Karten und rannte aus dem Waggon, schnell kam ich zu dem Wasserhahn am Bahnhof, trank einen Schluck und wusch mir den Mund aus; ich hatte das Gefühl, dass meine ganze Kleidung und Haut seinen Schweiß aufgesogen hatten. Ich versteckte mich im Gebüsch hinter dem Wasserhahn und sah mir zum ersten Mal richtig an, was ich mir von ihm überhaupt gekauft hatte. Das Spiel bestand aus sechzehn Karten; vier Damen, Könige und Buben in den einzelnen Spielfarben Treff, Pik, Karo und Herz, ein Joker in allen vier Farben. Es waren keine gewöhnlichen Karten, es waren schamlose, unerhörte und gänzlich obszöne Karten. So etwas sah ich zum ersten Mal und bekam einen riesigen Schreck. Ich schaute mich unruhig um, aus Angst, dass mir jemand gefolgt sein könnte und mich nun heimlich beobachtete, vielleicht hatte sich der schreckliche Krämer angeschlichen und würde mich nun der Polizei ausliefern. Ich verlor die Kontrolle über mich und fing an zu zittern. Als ich den Bahnhofsvorsteher erblickte, duckte ich mich und starrte weiterhin reglos auf die Karten. Die Joker waren richtiggehend vulgär, die Damen und die Könige waren lediglich nackt, die Buben hatten alle eine Erektion. Es gelang mir irgendwie, die Karten aufzuteilen und in meinen Schuhen zu verstecken, und als ich mich erhob und meine Hände in die Taschen steckte, begriff ich, dass die Geschenke für meine Lehrerin und meine Mutter verschwunden waren. Entweder hatte ich sie im Kampf mit dem Typen verloren oder der Verrückte hatte sie mir gestohlen. Ich hatte das Gefühl, auf der Stelle an meinem Unglück zu ersticken, dachte, dass ich ohne die mitgebrachten Dinge umkommen würde, ich packte das Gitter, riss eine Latte heraus und stürmte mit ihr in Richtung des leeren Zuges. Ich war bereit, mit dem viel stärkeren Krämer zu kämpfen, um meine Gegenstände zurückzubekommen. Ich betrat den Waggon und schlich mich vorsichtig an das Coupé heran, in dem wir miteinander gerungen hatten, aber von Matan war weit und breit nichts mehr zu sehen, nur die feuchten Spuren seines Schweißes und seiner Spucke sah man noch auf der Holzbank. Ich kroch auf Knien auf dem dreckigen Boden umher, sah unter die Bänke, aber mein Wappen und die Glaskugel waren unauffindbar. Auch in den darauffolgenden Tagen fand ich den durchgeknallten Händler nicht, ich sah ihn nie wieder.

Aus der Sache mit den Geschenken ist ein Unglück geworden, es sollte nicht sein, ich hatte weder meiner Mutter noch meiner Lehrerin eine Freude gemacht. Der ganze Tag war wie in einem Traum vergangen, und alles, was mir nur einige Stunden zuvor in Dubrovnik geschehen war, kam mir jetzt schon wie eine fremde Geschichte vor, die sich vor langer Zeit ereignet hatte. Ich ging nicht sofort nach Hause, ich suchte erst meine Freunde auf. Da ich immer alles mit ihnen teilte, zeigte ich ihnen auch die erotischen Karten, wir sahen sie uns genüsslich in einem Versteck hinter einem alten Gemäuer an. Es war eine große Aufregung für uns, wir lachten sogar, hatten aber Angst, dass man uns dabei erwischen würde. Überhaupt war ich ängstlich und besorgt, weil ich nun der Besitzer von etwas Verbotenem war. Wenn man mich erwischt hätte, wäre das auf etwas genauso beschämend Peinliches hinausgelaufen wie das Begrabschen einer Heiligen.

Erst am Abend ging ich nach Hause, dort fand ich Vater vor, er war eine Stunde nach mir mit dem nächsten Zug gekommen, allerdings aus Montenegro, aus dem Städtchen L., in dem er die letzten fünf Tage verbracht hatte. Mutter und er saßen in der Weinstube, andere Gäste waren nicht da, eine schwächliche Glühbirne von fünfundzwanzig Watt konnte sie kaum erleuchten, und auf den Gesichtern meiner Eltern malten sich ein paar Schatten ab, die sie grob erscheinen ließen. Beide sahen besorgt aus und hatten sicher vor meiner Ankunft über die Schwierigkeiten gesprochen, die uns nun bevorstanden. Ich spürte das und setzte mich leise zu ihnen, machte Vater auch keinerlei Vorwürfe, wollte nicht wissen, wo er sich aufgehalten und getrunken hatte. Ich begriff in diesem Augenblick, dass es wichtigere Dinge als den Verlust meiner Gegenstände gab, ahnte, dass uns allen irgendetwas Schlimmes bevorstand und der neue Staat unser Schicksal schon bald verändern würde, ohne uns auch nur einzubeziehen oder uns danach zu fragen, was wir uns wünschten und was wir selbst dachten. Vor allem traf es Mutter und mich schwer, dass Vater im Falle einer staatlichen Enteignung schon am nächsten

Tag Trebinje verlassen und nach Montenegro umziehen wollte, in ebenjenes Städtchen L., in dem er sich offenbar bereits eine Stelle als Referent im Forstamt beschafft und wo er eine Zweizimmerwohnung gefunden hatte. Mutter liebte Trebinje und unser Haus, mir ging es genauso wie ihr, obwohl ich eigentlich meinen Geburtsort L. noch mehr liebte, fortgehen wollte ich erst, sobald ich volljährig geworden wäre.

Mutter versuchte, sich gegen Vaters Entscheidung aufzulehnen, und bat ihn, sich doch im Ort eine Arbeitsstelle zu suchen, damit wir hier, sagte sie, »wo man uns doch schon kennt, wo meine Mutter und unsere Ländereien sind« bleiben konnten. Sie versprach ihm auch, sich selbst eine Beschäftigung zu suchen, als Verkäuferin, sie habe ja Erfahrung, habe doch ein Händchen für die Bilanzen. Vater aber war nicht von seiner Idee abzubringen, denn er wollte in keinem Fall erlauben, dass man ihn auf eine so willkürliche Art in die Armut stieß, und er wollte auch nicht zulassen, dass sich jemand über seine Erniedrigung lustig machen konnte. »Wenn sie uns das Geschäft nicht wegnehmen, wenn sie mit den kleineren Händlern etwas gütiger umspringen als mit den Großen, dann bleiben wir hier und machen weiter wie bisher«, sagte er.

Dieser Abend hat sich unwiderruflich in mein Gedächtnis gebrannt, weil wir alle drei die schwere Last dieser Lebenssituation fühlten. Die Sorgen drückten wie schwere Gewichte auf uns. Kurz bevor wir die Stube schlossen, kam meine Lehrerin vorbei, sie wollte sehen, ob ich zurückgekommen war und den Vater nach Hause gebracht hatte. Als sie uns alle drei am Tisch sitzen sah, war sie glücklich. Es gelang ihr sogar, uns ein wenig aufzuheitern. Vater und ich belogen sie und erzählten ihr, dass ich ihn bis Gruž hinter mir hergezogen hätte, als sei ich ein bissiger Gendarm, um ihn schließlich mit rabiater Kaltblütigkeit in den Zug zu werfen. Mutter wollte uns schon verraten und erzählen, dass wir uns verpasst hatten, aber wir brachten sie mit unseren Blicken und Gesten zum Schweigen. Ich stieß sie unter dem Tisch mit dem Fuß an, denn sie konnte kein bisschen lügen. Die Lehrerin war stolz auf mich und lobte mich vor meinen Eltern.

45

Ich sitze auf einer herrlichen Terrasse, mit Blick auf den Jachthafen und Segelschiffe, und in der Ferne sind ein paar kleine Inseln zu sehen. Ich habe mir einen Platz in einem angenehmen Schatten aus Erdbeerranken gesucht und sehe mein Manuskript durch, das ich vor über zwanzig Jahren geschrieben habe. Aus einer Mappe hole ich meine damaligen Notizen, sehe mir Blatt für Blatt an, was damals so kurz vor der Drucklegung stand. Ich hatte mich ganz plötzlich gegen die Publikation entschieden, so als hätte ich selbst Angst vor dem Text bekommen, an dem ich so lange geschrieben habe. Es hatte damals vorab sogar schon Rezensionen gegeben, und jetzt stieß ich auf eine wohlwollende Kritik eines Journalisten, der leider verstorben ist, das sage ich mit Pietät und Mitgefühl, denn er ist in seinen besten Jahren gestorben; er hatte geschrieben, dass jeder von uns »im Besitz seines eigenen inneren Bahnhofs« sei. Das gefiel mir, vielleicht war es sogar wahr, was er da von sich gegeben hatte. Damals glaubte ich noch daran, dass das Schreiben beruhigend auf einen Menschen wirken kann. Jetzt bin ich nicht mehr dieser Meinung, in meinem Alter wird man nicht mehr geheilt, und Therapeutisches ist auch gar nicht vonnöten. Ich bin in einem Alter, in dem man Witze auf eigene Rechnung machen kann, ich ringe nicht mehr mit den äußeren Kräften, ich reise nicht mehr, mit großer Gelassenheit mache ich mich lediglich auf den Weg, von meinem inneren Bahnhof aus, und der einzige Zug, den ich dabei noch besteige, ist der für das nächste Kapitel. Das sind die einzigen Stationen, die noch auf mich warten. Ich möchte nicht sagen, und das kann ich auch nicht, dass ich gänzlich zufrieden bin; mein Lebensmensch begleitet mich, meine Frau ist mir mein teuerster Begleiter, fast hätte ich gesagt, mein einziger Leser, sie inspiziert jeden Satz, den ich schreibe, als sei er von weittragender Bedeutung, sie gibt mir Ratschläge und Hinweise, besteht darauf, dass ich die blasphemischen Passagen streiche, Skandalöses ebenso und alle expliziten erotischen Anspielungen ohnehin; das seien alles Stereotype, sagt sie, tausendfach verwendet, abgenutzt, und das würden sie auch bleiben, bis jemand mit einem neuen Blickwinkel und einem neuen Stil käme.

Genau das ist jetzt meine Arbeit, ich mache sie auf dieser Terrasse, ich versuche, ihren Ratschlägen gerecht zu werden, bereinige das Manuskript und kürze es, komme langsam, aber sicher zu der heute im Grunde vergessenen »Ästhetik der Verknappung« zurück. Die Arbeit verlangt eine gnadenlose Strenge, und während ich mich in ihr übe, kommen mir viele Schriftsteller in den Sinn, die sich mit ihrem Skalpell an den »Manuskripttumor« herangewagt haben. Das Talent des Schreibenden liegt wohl vornehmlich darin, mit der unsichtbaren Waage hantieren zu können, das Geschriebene zu überprüfen, die »Seelenergüsse« zu beseitigen und Unnötiges einfach zu streichen. Das ist für keinen Schriftsteller eine Lieblingsbeschäftigung. Mich erfüllt sie jedoch sehr, denn immer wenn ich etwas Überflüssiges gestrichen habe, habe ich später festgestellt, dass das Manuskript nicht einmal ein bisschen Schaden dadurch genommen hatte. Im Gegenteil, es fehlte weder ein Wort noch ein Passus, die tragende Wand stand noch immer, bekam sogar durch Verknappungen eine bessere Erdung und ich konnte sie von innen stützen. Es mag verwundern, aber sogar Ätherisches lässt sich auf diese Weise im Schreiben am besten erhalten. Einmal hat ein Schriftsteller diese Erfahrung auf den

Punkt gebracht, als er sagte, seine Bücher würden gleichermaßen vom Nasenrotz wie von der Luft zusammengehalten werden.

Dieses Kapitel ist eine Haltestation, hier musste ich durchatmen, ich bin müde und bedrückt, vom frühen Morgen an hat sich etwas Dunkles auf mein Gemüt gelegt. Ich habe von meinen toten Freunden geträumt. Mit einem Dichter, der einst ein mir sehr naher Freund gewesen ist, reiste ich mit einer unterirdisch fahrenden Eisenbahn, das dauerte sehr lange, meine Mutter würde sagen, es dauerte »die ganze gottverdammte Nacht«, das Rattern der Räder habe ich noch immer im Ohr. Von Zügen träume ich oft, entweder verpasse ich sie oder renne ihnen sinnlos hinterher, immer in der Hoffnung, irgendwann aufspringen zu können. Oder ich sitze im Zug, auf einem gemütlichen Sitz, manchmal aber auch auf einer harten Holzbank, dann wieder suche ich verzweifelt nach dem Ausgang, um den Zug zu verlassen, der mich in eine mir unerwünschte Richtung bringt. Diese Träume habe ich nie zu deuten versucht, Traumdeutungsbücher habe ich nie gelesen, weil ich wusste, dass mein erster kleiner Dubrovniker Zug die *materia prima* aller meiner Züge ist. Und als diese Träume anfingen, sich in unzählige andere Schauplätze aufzufächern, bekamen die Reisen manchmal unheimliche symbolische Bedeutungen für mich und ich versuchte, mich an der Station Gruž zu beruhigen. Dort mündeten die meisten meiner Träume.

Wenn ich im Traum in einen Zug sprang und in mir unbekannte, weit entfernte Gegenden fuhr, endete ich doch immer wieder an der Station, an der ich zu Beginn aufgebrochen war. Das war sogar dann der Fall, wenn ich mit meinem eigenen Auto unterwegs war, ohne eine Fahrkarte, ohne eine Zeitbegrenzung; wenn ich irgendwo in einem Hotel übernachtete, träumte ich immer, dass der Zug mir vor der Nase weggefahren war, dass ich hilflos im Zimmer zurückblieb, ohne Fahrzeug, ohne irgendeine andere Möglichkeit, meine Reise fortzusetzen. Diese Träume gingen manchmal in richtige Albträume über, die

Eisenbahnschienen surrten auf eine unangenehme Weise, die Gleise überschnitten sich, ich fuhr über irgendwelche Abgründe hinweg, voller Sehnsucht und unglücklich, denn alles, womit ich als Mensch tief verbunden war, wofür ich etwas empfand, war längst nicht mehr Teil der sichtbaren Welt. Dann war nur noch ein Gewirr aus Stimmen zu hören, das aus der Erde zu mir herauftönte.

In ein, zwei Tagen fahren wir zurück in die Stadt, das Manuskript habe ich durchgearbeitet, keinen Tag lang war ich untätig. Es fällt mir schwer, das Meer zu verlassen, in der Stadt wird die Arbeit sicher nicht so gut vorangehen. Auch in biblischen Texten hat das Meer religiösen Charakter, nur für geistlose und schlechte Menschen ist es einfach ein Element, einfach nur Wasser. Aber das ist es am allerwenigsten. Von den Dichtern konnten wir in den vergangenen Jahrhunderten lernen, dass sogar der Zweifel angebracht ist, ob es sich überhaupt um Wasser handelt, denn sie besangen es wie eine göttliche Kraft, die alle Regeln von Chaos und Ordnung in sich trägt.

In der Kindheit war ich oft wütend auf meinen Vater, der mir immer versprach, nach seiner Abreise anderntags vom Meer zurückzukommen, sich aber nie daran hielt. Heute kann ich seine Erklärungen verstehen, kann ganz und gar nachvollziehen, dass alles anders wird, wenn man das Meer erblickt, ja dass die Versprechungen, die man macht, sich in nichts auflösen, weil man am Meer ein anderer wird. Aber zu jener Zeit konnte ich das nicht verstehen, jetzt weiß ich, dass er die Wahrheit gesagt hatte. Ich weiß jetzt, was es bedeutet, wenn man »von Angesicht zu Angesicht mit der Tiefe« steht, denn, so hatte er es gesagt, jeder Mensch, sei er noch so begrenzt, ist immer an die Tiefe gebunden. Wie hätte ich damals so etwas verstehen können? Vielleicht begreife ich es auch heute nicht in Gänze, aber ich weiß, ob nun begrenzt oder nicht, dass ich mir bald ein Städtchen am Meer aussuchen und dort leben werde. Ich würde sogar jedem, der seiner Heimat den Rücken kehrt, das Meer ans Herz legen, denn es ist ohnehin das Einzige, was man wirklich braucht, so »wie die Nahrung, wie das Öl oder wie eine Kerze«. Jetzt verstehe ich auch den Dichter, der diese Zeile geschrieben und gesagt hat, dass die Stadt ihn mit Trauer erfüllt und er sich einfach immer nach dem Meer »wie die Seele nach dem Purgatorium und dem Vaterunser« sehnt.

Mein Vater muss eine Ahnung davon gehabt haben – er konnte genießen, und genießend wehrte er sich gegen jegliche Einengung. Manchmal kam er in eine besondere Stimmung, und in Gesprächen fing er dann plötzlich an, sich mir zu offenbaren, sprach über die Gründe für sein Trinken, wurde pathetisch, gebrauchte feierliche Worte wie etwa »Verschmelzung«, es gelang ihm dabei eine sehr melodische Sprache und andächtig hörte ich ihm zu. »Du musst das Meer immer loben, ganz gleich ob Wellen zu sehen sind oder nicht«, sagte mein Vater und bezog sich dabei auf den Dichter Lučić. Vielleicht hatte dieser einfache Gemischtwarenhändler durchaus Talent, das ihm dann zur Falle wurde. Schriftsteller sind auch jene Menschen, die nicht schreiben. In ihm konnte sich diese Gabe jedenfalls nicht entwickeln, er hatte zu viele Sorgen, aber er lebte eigentlich, wie ein Schriftsteller lebt, er war eine Art Lebensbohemien, ein unglücklicher, wenn man so will, als habe er insgeheim geahnt, dass es nichts Abstoßenderes als einen glücklichen Schriftsteller gibt. Mir sind im Laufe meines Lebens viele fröhliche und euphorische Schriftsteller über den Weg gelaufen. Am Ende kam heraus, dass die mit ihnen verbrachte Zeit verschwendet war. Ich habe es danach immer bereut. Statt sich mit den Glücklichen auseinanderzusetzen, ist es viel sinnvoller der Frage nachzugehen, warum mediterrane Schriftsteller so sehr auf die dunklen Dinge fixiert sind, vor allem auch, warum sie sich so sehr mit dem Tod beschäftigen, während zeitgleich um sie herum alles zauberhaft und schön und dem Spiel des Lichtes und der Schatten unterworfen ist und alles von einnehmenden Gerüchen und sinnlichen Eindrücken bestimmt wird. Eine Antwort darauf wäre freilich ein Unterfangen, denn bisher konnte niemand ernsthaft darauf antworten, weil jeglicher Versuch in dieser Richtung sich wie ein banaler Witz anhört. Ich weiß nicht mehr, wer es war, der gesagt hat, dass er sich mit dem Meer und den Verlockungen des Mediterran deshalb verwandt fühle, weil er auf diese Weise seine eigene Sterblichkeit spüre und nur vor dem Hintergrund der mediterranen Schönheit seine eigene Vergänglichkeit zu berühren in der Lage sei.

Meine eigene Familiengeschichte hat mich in vielfacher Hinsicht beschäftigt, und nach all den kleinen Um- und Abwegen, die ich bisher erzählend auf mich genommen habe, möchte ich wieder auf die Schwangerschaft meiner Mutter zu sprechen kommen. Damals verbrachte ich die meiste Zeit mit ihr. Sie hatte wie nie zuvor an allem etwas auszusetzen. Vater ging sehr behutsam mit ihr um, blieb sogar häufig am Abend zu Hause. Wir beide saßen am Esstisch und Mutter lag auf dem Sofa, immer mit den Händen auf dem Bauch. Es fiel ihr schwer, sich zu bewegen, auch das Aufstehen war nicht mehr so einfach, deshalb sprangen Vater und ich ihr immer zur Seite, um ihr zu helfen. Ihr Mund war angeschwollen, wie kurz vor dem Aufplatzen. In allem war sie verlangsamt, sie wurde nur lebendig, wenn sie sich mit ihrer Schwiegermutter Vukava stritt, die Vater ins Haus geholt hatte, damit sie ihr zur Hand gehen konnte. Die alte Frau war im Streiten geübter als meine Mutter, sie hatte eine kreischende Stimme, wusste immer, wie sie die Oberhand behalten konnte, außerdem lachte sie wie eine richtige Hexe. Es war ein durchdringend gellendes Lachen, zahnlos war sie hinzu, aus ihrem Mund spuckte es nur so heraus, sodass alle um sie herum in aller Regelmäßigkeit nass wurden. Vukava hatte es sich angewöhnt, wann immer es ihr einfiel, einfach vorbeizukommen und zehn Tage am Stück zu bleiben, sie stritt sich mit meiner Mutter, bis mein Vater sie wieder nach Hause brachte. Da man sie diesmal aber gerufen hatte, fühlte sie sich wichtig und unersetzlich, so als habe man ohne sie nicht weiterleben können, als sei sie es, die den ganzen Haushalt führte, weshalb dann auch alles so laufen musste, wie sie es wollte. Einmal war ich bei Mutter im Zimmer, als sie wie eine Wahnsinnige hereinstürmte und wild auf die Schwangere einschrie: »Du liegst den ganzen Tag wie eine trächtige Kuh herum! Schau mich an, ich habe neun Kinder zur Welt gebracht, und das sogar stehend. Es hat keinem von ihnen geschadet, im Gegenteil! Aus allen ist etwas geworden, und du liegst auf diesem Sofa herum und bringst deinen armen Mann dazu, einen Mann!, dass er für dich sorgt und um dich herumtänzelt, als sei er der Idiot vom Dienst!«

Ich verteidigte meine Mutter und ihre dicken Bauch, beschimpfte Vukava so grob ich nur konnte, und ich bereute es danach überhaupt nicht, weil ich sie ohnehin nie geliebt hatte. Im Vergleich zu meiner anderen Großmutter kam sie mir vor wie jemand, mit dem ich gar nicht verwandt war. Ich sagte zu ihr, dass ich sie wie ein Tier zum Bahnhof bringen und sie dort anbinden würde, wenn sie nicht endlich von alleine ginge. Sie suchte ihre Sachen zusammen und zog schnaubend davon. Obwohl sie Vaters Mutter war, hatte ich kein Mitleid mit ihr, aber für das eine oder andere ihrer Leiden hatte ich durchaus Verständnis. An diesem Tag blieb ich bis zum späten Abend bei meiner Mutter und sagte plötzlich zu ihr, dass sie einen viel besseren Mann als Vater verdient hätte. Sie legte schnell ihre Hand auf meinen Mund und sagte: »Wenn ich ihn nicht genommen hätte, würde ich auch dich nicht haben.«

Mir wollte das nicht in den Kopf, denn ich stellte mir vor, dass sie mich andernfalls eben mit jemand anderem gezeugt hätte, aber sie sah das ganz anders, sagte, mit jemand anderem wäre ich nicht ich gewesen, sondern eben jemand anderer. Diese undurchsichtige Philosophie leuchtete mir eine ganze Zeit lang überhaupt nicht ein, sogar als Erwachsener fragte ich meine Mutter immer wieder, warum sie meinen Vater zum Ehemann gewählt hatte und ob sie in ihn verliebt gewesen war. Sie drückte sich davor, mir darauf eine direkte Antwort zu geben, sprach davon, dass die Treue sehr viel wichtiger gegenüber dem Ehemann sei als die Liebe und der Respekt nützlicher als die Verliebtheit.

46

Von Tag zu Tag veränderte sich meine Mutter immer mehr; nicht nur, dass ihr Körper und ihre Brüste dicker geworden waren, sie war insgesamt eine schwierige Frau geworden, die Waage zeigte das leider genauso wie das Leben – so waren die Worte meines Vaters. Ständig mussten wir etwas für sie tun, es ihr hier und da recht machen, und dennoch fand sie immer etwas zu meckern, erteilte uns ständig irgendwelche Lektionen über Gott und die Welt, sei es über einfache Dinge in der Küche, sei es über die Kunst der Kaffeezubereitung, dann wollte sie auch noch unbedingt anordnen, auf welche Weise wir die Wäsche aufhängen sollten, und natürlich hatte sie auch den Wunsch, uns das Kochen, wie sie selbst es gelernt hatte, beizubringen. Es gab Augenblicke, in denen sie regelrecht darauf wartete, dass Vater und ich irgendetwas falsch machten, aber helfen wollte sie uns auch nicht, selbst dann nicht, wenn wir sie liebevoll darum baten, deshalb kam es oft dazu, dass wir uns aus dem Nichts heraus und wegen Kleinigkeiten stritten. Aber zum Glück lösten die Streitereien sich genauso schnell in Luft auf, wie sie aufgekommen waren, und wir konnten ihr damals auch nicht dauerhaft etwas übelnehmen, es fiel uns leicht, als sie in anderen Umständen war, ihr rasch zu verzeihen.

Es ging uns total auf die Nerven, wenn Mutter stundenlang auf dem Sofa herumlag und sich ständig um ihr Haar kümmerte, es kämmte, dann wieder zu einem Zopf flocht, dann zwei Zöpfe aus dem einen machte, die Haarbüschel einsammelte und aus ihnen kleine Kügelchen drehte. In den Gemischtwarenladen kam sie kaum noch herein, weil sie Angst vor den Treppen hatte, und wo immer sie auch hinging, tat sie es behäbigen Schrittes, blieb häufig stehen, zwang auf diese Weise auch uns, langsamer zu gehen, und wir hatten das Gefühl, sie tue es deshalb, damit die Leute sie ansprachen und fragten, in welchem Monat sie war, wie es ihr gehe, wann der Nachfolger denn das Licht der Welt erblicken werde und so weiter. Manchmal stampfte sie bis zu irgendeinem Garten oder einer Wand, atmete tief durch, und ich musste sie die ganze Zeit an der Hand halten, weil ihr immer häufiger schwindlig wurde. Im Kopf, sagte sie, habe der Schwindel immer angefangen, aber mir kam das alles vor wie eine Pose.

Sie hatte manchmal eigenartige Gelüste, die uns besorgniserregend erschienen, einmal verlangte sie zum Beispiel, dass wir ihr einen Hut kauften, denn wenn sie ohne nach draußen ginge und der Sonne ausgesetzt sei, bekäme sie Sommersprossen im Gesicht. Wir versuchten, ihr die Hutsache auszureden, aber sie ging nicht auf uns ein und lachte uns sogar aus. Als Vater ihr den Vorschlag machte, sich ein Tuch um den Kopf zu binden, wenn sie in die Sonne ging, sagte sie vollkommen hysterisch und bissig, er wolle wohl eine Dörflerin aus ihr machen, eine Schwangerschaft sei aber der einzige Weg, wie eine Frau hier Respekt genießen könne, eine Zeit, in der sie sich wie ein Mensch fühlen durfte, denn sobald sie das Kind geboren hätte, warteten auf sie die immergleichen Dinge, die sie schon ihr Leben lang tat. Damals schlug ich mich auf die Seite des Vaters und erinnerte sie daran, dass sie sich selbst über die sogenannten Damen lustig gemacht hatte, die mit Hüten unterwegs waren. Um glaubwürdig zu wirken, sagte ich den Satz im gleichen Tonfall, in dem auch sie ihn damals gesagt hatte. Und dann drängte ich sie dazu, das bitte nicht zu tun, vor allem weil sie noch nie in ihrem Leben einen Hut getragen hatte und das auch überhaupt nicht zu ihr passte, ich fing sogar an zu weinen und sagte, die ganze Schule würde über mich lachen.

»Gut, ich gehe den Hut besorgen«, sagte Vater. »Was für einen willst du denn? Einen Strohhut? Einen weißen, einen schwarzen?«

»Einen schwarzen«, sagte Mutter.

»Willst du einen mit einem großen Trauerband oder mit einer Krempe? Eine Schwangerschaft ist doch keine Trauer, gute Frau«, sagte Vater. »Ich will einen schwarzen, mit einer großen Krempe«, sagte sie.

So war die Sache mit dem Hut, aber dabei ist es nicht geblieben, wir mussten ihr sogar ins Gesicht sagen, dass sie nun übertrieb, dass sie kleinlich war und dass wir sie so nicht kannten. Ein anderes Beispiel für ihren Eigensinn war der Milchkaffee. Sie wollte ihn nur aus einer ganz bestimmten Tasse trinken, das galt auch für alles andere; außerdem hatte sie das Verbot ausgesprochen, niemand sonst dürfe aus der Tasse trinken. Es war kindisch, aber wir fügten uns ihrem Regime. Wir mussten sie jeden Tag mit Schnaps massieren, entweder Vater oder ich, den Rücken mussten wir ihr ordentlich durchkneten, die Wirbelsäule und auch die Oberschenkel. Am Essen hatte sie immer etwas zu nörgeln und manchmal ging sie dabei zu weit; sie forderte Eier mit zwei Eigelb, weil ihre Mutter, meine Großmutter Jelica, ein solches Huhn hatte, das diese Eier austrug. Wir versuchten, ihr alles recht zu machen. Es gab Frauen aus L., die mit dem Zug kamen und auf dem Markt ihre Waren verkauften, nicht nur am Wochenende, sondern auch an den anderen Tagen. Sie brachten also diese Eier mit zwei Eigelb, ein paar ältere Frauen vom Dorf rieten allerdings davon ab, sie zu kaufen, sie lasen aus dem Kaffeesatz und sagten, sie dürfe nichts anrühren, was irgendwie doppelt war, denn das könnte in einer Schwangerschaft dazu führen, dass sie am Ende Zwillinge zur Welt brachte. Das aber wäre ein Risiko gewesen, zuerst natürlich bei der Geburt selbst, und dann war es durchaus ein Unterschied, »zwei Mäuler« oder nur ein Kind zu ernähren. Aber Mutter hatte auch schon vor ihrer Schwangerschaft auf dem Markt immer mit Vorliebe Früchte gekauft, die miteinander verwachsen waren, sie aß sie gleich am Stand auf. Sie erzählte dann, dass sie von ihrem Vater, der ein weiser Mann gewesen sein soll, immer die Erzählung gehört hatte, alles, was von Natur aus zusammengewachsen sei, stünde unter Gottes besonderem Segen und sei eine Botschaft der Natur. Ihre Mäkeleien waren manchmal unerträglich, so verlangte sie einmal, dass wir sie nach Gruž bringen sollten, sie hatte gehört, dass ein großer Ozeandampfer am Hafen angelegt hatte, und den wollte sie sich angucken, besonders die Kojen schienen sie zu faszinieren. Es gelang uns nur schwer, ihr diesen Ausflug auszureden.

Vater hatte viel im Gemischtwarenladen zu tun, auch in der Gaststube liefen die Geschäfte gut, er blieb bis spät in den Abend dort unten, es wunderte uns, dass er wenig trank, Mutter konnte ihre boshaften Bemerkungen nicht unterlassen und sagte, er habe noch nie weniger getrunken. Ich half ihm nach der Schule, genauso wie an den schulfreien Tagen. Statt mit meinen Freunden spielen zu gehen, rannte ich aus dem Klassenzimmer direkt ins Geschäft. Aus Dubrovnik kamen regelmäßig unsere Warenlieferungen, zum ersten Mal hatten wir viele Vorräte, noch nie waren die Regale so voll und reich bestückt wie in jener Zeit. Die beiden Paranos-Brüder beneideten uns, standen oft vor unserer Auslage und sahen sich die vielen Leute an, die bei uns zu viel besseren Preisen einkauften. Vaters Freund Ljubo Maras überließ uns die Waren mit einem großzügigen Zahlungsaufschub, er war ein gutherziger Mann, und Vater sagte über ihn, er schaue auf seine Geschäfte mit einer bewundernswerten Gelassenheit, denn er sehe gar keinen Sinn mehr darin, bloß Geld anzuhäufen; nach fünfzehn Jahren kinderlos gebliebener Ehe habe er die Hoffnung verloren, dass seine Frau ihm noch Nachwuchs schenken könnte. Aber er wusste auch, dass die gesellschaftlichen Umwälzungen für Kapitalisten und Geldhorter keinen Platz übrig lassen würden, er fühlte sich in jener Zeit sogar immer mehr als Verlierer. Damals wollte er vor der Inventur und der Liquidation seines privaten Eigentums einfach alles loswerden und sein Vorratslager ganz und gar leeren. Deswegen dachte er, es sei das Beste in so einer Situation, einem Freund zu helfen, besser als alles einem Staat zu überlassen, der ihm alles wegnehmen wollte, damit andere mit seinen ehrlichen Errungenschaften und fremdem Fleiß neues Fett ansetzen konnten. Absichtlich benutze ich hier das Wort ehrlich, auch wenn ich mir natürlich darüber im Klaren bin, dass die Handelsgeschäfte alles andere als eine saubere Sache sind, aber noch einmal möchte ich das Wort ehrlich ausdrücklich betonen, denn die Kommunisten behaupten, dass die Leute alles ohne Ehrlichkeit erworben hatten – »auf dem Rücken des Volkes und der Arbeiterklasse«.

Obwohl wir in der Stadt lebten, waren wir in Gedanken und mit dem Herzen in L., vor allem Vater und ich, und immer wenn wir auf etwas Nostalgisches zu sprechen kamen, gesellte sich Mutter zu uns. Wir litten sehr und trauerten um das, was wir verloren hatten, wir sprachen über die Schönheit der Landschaft, nicht nur über jenes Landstück am Fluss, sondern auch über jene Teile unserer Ländereien, die den Leuten als vollkommen unbrauchbar erschienen, weil sie glaubten, diese seien wild und für den Landbau ungeeignet. Manchmal konnten wir nachts nicht schlafen, kamen um vor Sehnsucht, als sei dieser Ort nun für immer in unerreichbare Ferne gerückt, aber in Wirklichkeit konnte man ihn in einer Viertelstunde mit dem Lokalzug erreichen. Ich war sogar öfter mit dem Fahrrad auf die Schnelle hingefahren; ich radelte morgens hin und kam abends wieder zurück. Wir sprachen dann über alles, was sich in L. ereignet hatte, wir waren über alles auf dem Laufenden, wussten, wer wohin gereist war, wer sich mit wem verlobt hatte, wer gerade mit wem einen Streit austrug, wessen Weinberg am fruchtbarsten und wer der neue Bahnhofsvorsteher war.

Vater träumte davon, dass man eines Tages in L. einen Stadtturm errichten würde, mit einer Uhr, die zu jeder vollen Stunde schlug, dann wäre auch denkbar gewesen, dass man eine schöne Markthalle auf dem heutigen kleinen Marktplatz erbauen ließ. Unser Geburtsort war von betörender Schönheit und Vater fand immer etwas an ihm, das ihn rührte. Die Pappeln am Fluss liebte er sehr, aber auch die Baumkronen der anderen Bäume mit ihren ausufernden Wipfeln hatten es ihm angetan. Über die sieben Eichen vom Marktplatz konnte er stets Märchenhaftes erzählen, seine Geschichten reichten bis in die Zeiten des Sultans Ali-Bey Vlahović. Mein Vater hatte das alles von seinem Großvater gehört. An diesen sieben Eichen hatte ein Kommandant der osmanischen Armee, dem ein böser Ruf vorauseilte, sieben Kinder, die er unseren Vorfahren entrissen hatte, an den Bäumen festgenagelt. Als Antwort darauf seien aber in den darauffolgenden Jahren vierzig neue Kinder zur Welt gekommen, auf Befehl der Stadtvorsteher wurden die Verheirateten wie die Unverheirateten, die Witwen wie die alten Jungfern dazu aufgefordert, zahlreich zu gebären. Es war eine Anordnung, die sogar vom Priester gesegnet wurde. Den Frauen wurden im Vorfeld die Sünden verziehen und alles, was sie taten, wurde prophylaktisch offiziell als vortreffliche Tugend deklariert.

Ein europäischer Reisender, der in der Herzegowina unterwegs war und immerfort solcherart Geschichten gehört hatte, kam zu der Erkenntnis, dass sich in dieser Gegend »die Moral allen äußeren Umständen anpasst, man könnte auch sagen, sie steht auf wackeligen Füßen«.

Natürlich hatte er recht, aber wenn man auf der Durchreise ist, sieht alles so einfach aus. Etwas anderes ist es aber, in einer solchen Gegend zu leben. Die Moral hat in der Gefangenschaft ihre eigene Gesetzmäßigkeit und bringt zwangsläufig Dinge mit sich, die in Amoralität kippen können. Man kann natürlich jetzt mit Voltaire aufwarten und davon sprechen, dass es nur eine Moral gibt, so wie es auch nur eine Geometrie gibt. Was aber ist für mich Moral? Für mich ist Moral nichts anderes als Ehrlichkeit, die aber nicht auf Kosten der Regeln geht, keine »geometrische« Aufrichtigkeit, sondern eine, die aus der Betrachtung des Herzens kommt. So hat es auch in ähnlicher Weise der Dichter Ibrahim-Bey Bašagić aus Nevesinja empfunden und geschrieben. Ob ich auf dem richtigen Weg und der sogenannten richtigen Seite bin, das hängt für mich von den Umständen ab, unter denen ich gezwungen bin, meine Entscheidungen zu treffen. Und warum kann ich dabei für niemanden ein Beispiel sein? Ich habe eine einfache Antwort: Ich leide an unheilbarer Melancholie.

47

An einem Nachmittag sah ich Mutter in vollkommen neuen Kleidern. Sie trug einen breiten Faltenrock, eine Bluse aus leichter Baumwolle, über der sie eine Männerweste mit eingenähten Taschen trug. Aus einer der Taschen ragte eine Silberkette heraus, die ohne Zweifel meinem Großvater gehörte. Sie trug flache Schuhe und sehr schöne Lederschnürsenkel mit Schmuck. Es handelte sich um Lackschuhe, sie waren noch ganz neu, weil Mutter sie bisher nie getragen hatte. Sie trug natürlich auch den schwarzen Hut mit der großen Krempe. Sie in diesem Aufzug zu sehen machte mich sprachlos und ich rannte sofort zu Vater, rief ihn, damit er sie auch gleich betrachten konnte. Vater sah sie von der Türschwelle aus misstrauisch an, ich versteckte mich hinter ihm und betrachtete sie heimlich, wie jemanden, der verrückt geworden ist.

Vater fragte sie, zu wessen Begräbnis sie sich denn auf den Weg gemacht habe. »Ich habe zwei Eintrittskarten fürs Kino gekauft.« Mutter drückte mir die Karten in die Hand und sagte: »Verwahre du sie.« Und Vater ließ die Schultern sinken und ging zurück in den Laden. So groß meine Freude auf das Kino war – die Liebe fürs Kino hat mich auch nie wieder losgelassen –, so sehr schämte ich mich wegen Mutters Kleidung und auch wegen ihrer Schwangerschaft, obwohl sie selbst sehr stolz war auf ihren Bauch. Ein paar Lausbuben sagten über meine Mutter, dass sie trächtig sei. Das wiederum verletzte und kränkte mich zusätzlich, aber ich war nicht mutig genug, um mich ihnen physisch zu widersetzen. Hinzu kam, dass ich die Bedeutung und Tragweite des Wortes nicht ganz erfasst und sie in meinem Erleben etwas milder verbucht habe, als sie eigentlich war. Aber wie auch immer, die Leute aus unserem Viertel mochten weder mich noch meine Eltern. Ihre Sticheleien waren bösartig, sie sahen in uns immer noch Neuankömmlinge und sprachen abschätzig von unseren Bergnaturen. Es interessierte sie gar nicht, dass mein Vater den Alteingesessenen beibrachte, dass unser Ort einst *Leusinium* geheißen hatte, dass er in altgriechischen Zeiten besiedelt wurde und damit älter als der neue Ortskern war. Wir hatten uns damit arrangiert, dieser Unfreundlichkeit ausgeliefert zu sein, was aber nicht heißt, dass wir wegen ein paar böser Menschen alle unsere Nachbarn verachteten. »Auch die Feindschaft muss man erträglich gestalten«, hatte mein Großvater Tomo immer gefordert.

Der Film wurde unsere neue Leidenschaft und wir sahen uns Filme aller Genres an. Sonntags gingen wir zur Matinee und am Abend sahen wir die gleiche Vorstellung noch einmal. Wir hatten damals keine Kriterien für Gutes oder Schlechtes. Unsere Devise war, dass alles gleich gut war, und das wurde auch bald zu unserer Ästhetik. Ob wir den Film verstanden hatten, fanden wir heraus, wenn wir ihn uns nacherzählten, wer besser erzählte, der war fein heraus, wer irgendetwas vergaß, eine Szene, ein Detail, der hatte verloren und durfte nicht weitererzählen. Und der andere durfte dann allein weitermachen. Ich konnte mich zu den besseren Erzählern rechnen, mein Problem war nur, dass ich irgendwann anfing, mir Szenen auszudenken, die es im Film gar nicht gegeben hatte, so kam es zu Verwirrungen und die Leute reklamierten den Stoff, da sie sich daran nicht erinnern konnten. Selbst dann, als man mich entlarvt hatte, machte ich mit den Erfindungen weiter und wurde vom Kreis der Erzähler ausgeschlossen, man beschwerte sich über mich, weil ich, hieß es, immer einen ganz eigenen und damit einen vollkommen anderen Film sah. »Entweder bist du ein Lügner oder ein Debiler«, sagten die besseren Erzähler, jene also, denen nie ein Fehler unterlief.

Mutter liebte das Kino und das bedeutete mir viel, nicht nur deshalb, weil ich von ihr dafür Taschengeld bekam, sie hatte immer etwas Kleingeld für mich, das sie mir heimlich gab, sie wurde ganz lebendig, wenn ich ihr Filme nacherzählte, aufmerksam hörte sie mir zu. Sie fand nie heraus, an welchen Stellen ich mir etwas ausdachte oder sie regelrecht belog. Sie ging mit mir ins Kino, aber zum Glück nicht so oft – das sage ich wegen meiner Freunde. Denn wenn sie uns zu einer Vorstellung begleitete, setzte sie sich immer in die erste Reihe, und das machte uns zu schaffen, weil wir uns in ihrer Anwesenheit nicht entspannen oder etwas Verrücktes machen konnten, zum Beispiel wagten wir es nicht, über irgendeine Derbheit zu lachen. Nach der Vorstellung liebte ich es, in allen Details mit Mutter über den Film zu reden; sie fühlte mit den leidenden Helden, mit den schmerzlichen Erfahrungen irgendwelcher Filmschönheiten, wir bewunderten die heldenhaften Taten von Kriegssoldaten, erzürnten uns über Ungerechtigkeiten und hassten die Bösen. Alles in allem kann man zusammenfassend festhalten, dass die Gesichter aus den Filmen, jene weit entfernten unbekannten Welten, Stück für Stück Teil unserer persönlichen Erfahrung und unseres Alltags wurden.

Wenn wir im Foyer auf den Beginn der Vorstellung warteten, zerrte ich Mutter manchmal ruppig in eine Ecke, um mich vor den neugierigen Blicken der anderen zu schützen, ich hielt den Kopf gesenkt oder starrte gebannt auf die Gesichter der Schauspieler, die als Fotos an den Wänden der renovierten Eingangshalle hingen. »Du hättest irgendetwas anderes anziehen können«, sagte ich. »Das Kino ist keine feierliche Sache, die anderen Frauen kommen auch in ganz normalen Schuhen. Ich schäme mich wegen dir«, sagte ich. »Ich will aber nicht, dass die Leute sagen, ich sei nachlässig geworden, seitdem ich schwanger bin«, sagte sie. »Ich bin auch eine Dame, ich habe das Recht auf meinen Hut.«

Im renovierten Kinosaal bekamen wir die besten Plätze, in der zehnten Reihe, Parterre. Das war jene Reihe, die einen größeren Abstand hatte und die sich auf einem leicht erhöhten Podium befand. Man konnte die Beine ausstrecken; diese Plätze bekamen sonst immer nur die Verwandten und Freunde der berühmten Kassiererin Mara, die sich jeden Film genauso oft ansah, wie er im Kino gezeigt wurde. Die Sitze nummerierte man bald, und vor jeder Vorstellung ging eine Platzanweiserin durch den Saal und besprenkelte ihn mit einer kleinen Handpumpe, sodass es danach etwas anders roch. Einmal wurde der Film *How green was my valley* in der Regie von John Ford gezeigt, mit Walter Pidgeon und Maureen O'Hara in den Hauptrollen. Mutter hatte nach vielem Hin und Her endlich die richtige Sitzhaltung gefunden, sich aber dann stolz neben ihren Sitz gestellt, damit sie auch ja jeder sehen konnte, um sich danach doch wieder ächzend auf ihren Platz zu werfen, demonstrativ hielt sie dabei immer die Hand auf dem Bauch, den sie absichtlich in die Höhe stemmte. Die Art, wie sie den Film schaute, fand ich manchmal sehr lustig, aber ihre Kommentare ärgerten mich mehr und mehr, ihre Gesten, vor allem die tiefen Seufzer gingen mir genauso auf die Nerven wie ihre unartikuliert kehligen Schluchzer. Ich stieß ihr den Ellenbogen in die Rippen, einmal zwickte ich sie sogar ganz fest. Ich erinnere mich, dass sie nach der Schießerei in einem Western schreiend behauptete, dass sie den Geruch von Schießpulver in der Nase hatte.

Nach der Rückkehr aus dem Kino fanden wir Vater am Küchentisch sitzend vor. Er war mit irgendetwas beschäftigt, hob nicht einmal den Kopf, sah uns nicht an, weil er versuchte einen Überblick über seine Tageseinnahmen zu bekommen, er zählte das Geld mehrfach hintereinander, irgendetwas schien nicht zu stimmen. »Da klafft mir doch eine große Lücke zwischen den Einnahmen und den Ausgaben«, sagte er. Abends blieben wir länger wach als unsere Nachbarn, die sehr früh zu Bett gingen, wie die Hühner, mit der ersten Dunkelheit, während wir in der Nacht richtig auflebten, wir hatten Zeit, es war nichts mehr zu tun, außerdem begriffen wir das Leben in der Stadt als eine Pflicht zum längeren Wachbleiben, man sollte ruhig noch sehen, dass bei uns das Licht brannte. Die Vorbeigehenden durften neidisch darauf gewesen sein, denn wir mussten nicht am Strom sparen. Und wir stellten uns vor, dass die anderen über uns sprachen und sich vorstellten, wie viel wir einander zu erzählen hatten. An manchen Abenden gab es auch Musik bei uns, das war in der ersten Zeit nach der Befreiung; die Menschen freuten sich und ließen sich bei Musik ein bisschen gehen, denn nun waren das Blutvergießen und der Krieg endlich vorbei, deshalb waren auch wir fröhlich, wir hatten neue Freunde und luden sie zu uns ein.

48

Ich weiß nicht, warum ich den Rhythmus dieser Erzählung verlangsame und zu dem zurückkehre, was ich schon an anderer Stelle etwas beiläufig angekündigt habe; ich habe es in jenem Kapitel getan, in dem ich nur am Rande auf die Lebensgeschichte meiner armen Großmutter Vukava zu sprechen gekommen bin. Ich hatte schon berichtet, dass sie vor eine große Schwierigkeit gestellt wurde, und zwar genau in jenem Augenblick, als sie sich ein wenig von ihren vielen inneren Wunden und Verlusten erholt hatte. Aufzählen möchte ich sie nicht noch ein weiteres Mal, um nicht den Eindruck zu erwecken, dass ich mich an diesen Wunden weide. Ich denke, jetzt könnte ich mein Versprechen einlösen, wenn ich auch dadurch mit anderem verzögert vorankomme; auch das Beiläufige muss seinen Platz bekommen. Ich glaube nicht, dass jede Figur und jedes Schicksal um jeden Preis bis zum Schluss dargestellt und genau gezeichnet werden müssen. Ich liebe unvollendete Dinge, es macht mir mehr Freude, eine Figur schweben zu lassen, als sie statisch zu Ende zu erzählen. Das ist natürlich nicht meine genuine Entdeckung, ich habe mir nur ein wenig die Ästhetik jenes Schriftstellers zu eigen gemacht, den Miller »das nordische Genie« genannt hatte.

Vukava lebte zusammen mit ihrer unverheiratet gebliebenen Tochter Vesela. Wegen ihrer Hässlichkeit hatte sie niemanden zum Heiraten gefunden, und es hätte sie auch dann niemand genommen, wenn sie als Mitgift den ganzen Ort L. zum Einsatz geboten hätte. Man könne nicht hässlicher zur Welt kommen, sagte mein Vater, und es werde wohl auch nie wieder in dieser Gegend so etwas Beschämendes geschehen, denn hässlicher könne man nun wirklich einfach nicht sein. Mutter und Tochter lebten gemeinsam in einem Haus gleich hinter der Moschee. So nannten die Leute noch immer die kleine Anhöhe, auf der einst vor langer Zeit tatsächlich eine Moschee gestanden hatte, noch immer orientierte man sich daran und sagte »bei der Moschee« oder »in der Nähe der Moschee«, Sichtbares aus alten muslimischen Zeiten gab es aber nirgendwo.

Das führte manchmal zu Verwirrungen, Durchreisende wunderten sich, denn immer wenn sie nach einer Gaststätte fragten, in der man etwas essen konnte, erwähnten die Bewohner von L. die Moschee, die aber niemand sehen konnte und die nur in ihrer Vorstellung existierte. Es gab sie gar nicht, aber jeder wusste, dass sie dort bis 1912 gestanden hatte, über Nacht jedoch verschwunden war, sodass von ihr nicht einmal eine Spur zu sehen war, nur eine ebene Fläche war noch da, die Reste des Gotteshauses hatte man mit Schotter eingeebnet. Auch ich hatte es mir angewöhnt, den Reisenden Beschreibungen an die Hand zu geben, in denen die Moschee vorkam, ich sagte so etwas wie – »sobald Sie an der Moschee vorbeigekommen sind«. Dann drehten und wendeten sich die Leute, erstaunt über das, was ich ihnen erzählte, aber in meiner Vision sah ich die Moschee, sie entstand vor meinem inneren Auge, und zwar genau in der Form, wie ich sie einmal auf einer alten Postkarte aus dem Jahre 1907 gesehen hatte.

Hinter dieser Moschee lebten also die beiden Frauen in jenem Haus, in dem einst die österreichischen Offiziere untergebracht waren und das mein Vater gleich nach dem Ersten Weltkrieg gekauft hatte. Er hatte es renoviert und hergerichtet, Mutter und Tochter lebten dort in ärmlichen Verhältnissen. Sie hatten eine Kuh und sechs Ziegen, die Aufgabe der Hirtin übernahm Vesela, ihre Mutter kümmerte sich um den Haushalt, sie kochte das wenige, das sie aßen, sie wusch die Wäsche und hielt das Haus in Ordnung. Vesela trieb in der Frühe die Kühe auf die Weide, die dann dort bis zum Abend blieben, auch die Ziegen führte sie nach draußen, zu jenen Stellen, wo es viel Grün gab, sie blieb neben ihnen sitzen, strickte oder spann Wolle; den Mund machte sie selten auf, und wenn sie sprach, dann nur durch die Nase, und das auch nur, um sich über irgendetwas zu beschweren. Sie trug immer Schwarz und hatte einen durchsichtigen Schleier um ihren Kopf gewickelt. Die Leute rannten vor ihr weg oder drehten sich nach ihr um. Es machte niemandem Freude, ihr über den Weg zu laufen. Sie war sich dessen sehr bewusst und versteckte sich immer, sobald sie jemanden sah. Kaum einer hörte je ihre Stimme; nur mir gelang es, ein paar Sätze aus ihr herauszubringen. Aber irgendjemand hatte dieses unsichtbare Geschöpf eines Tages dann doch geliebt, denn sie wurde schwanger, das muss in der ersten Hälfte der zwanziger Jahre gewesen sein. Ihre Mutter wusste, dass Vesela ein Kind bekommen würde, aber sie hatte keine Ahnung, wer sein Vater war. Schnell aber war für alle klar, dass es sich um eine sündige Vereinigung handeln musste, deshalb war es wichtiger, dass man herausfand, wer überhaupt in diese missliche Lage gekommen war, dieses Ungeheuer von Frau zu berühren, ohne dabei Angst um die eigene Familienehre verspürt zu haben. Aber nicht sie war die gebrandmarkte Sünderin, sie war eigentlich die erste Frau dieser Gegend, deren Vergehen unbedeutend erschien im Vergleich zu jenem des männlichen Verführers, den man allerorts verachtete. Oder war es womöglich vielleicht ein Tier, das sie bestiegen hatte? So viel zum bösen Zungenschlag der Leute. Meine Tante Vesela hielt sich bedeckt.

Das Kind starb ihr im dritten Monat. Man sprach vom Kindsmord, Beweise gab es dafür aber nicht. Auf die Frage, ob sie ihr Kind getötet habe, antwortete Vesela mit einem Nein, indem sie den Kopf bewegte. Der kleine Leichnam hatte bei der Obduktion nichts Verdächtiges an sich gezeigt. Über die Vaterschaft wurde weiterhin gemutmaßt, und wäre der arme Bastard am Leben geblieben, würden sich die Nachfahren noch immer die Geschichten von damals erzählen. In jener Zeit war ein dickköpfiger Schädel keine Ausnahme, eher waren Menschen ohne Gefühle die Regel. Unter ihnen waren durchaus ernstzunehmende Leute, die zu meinem Vater kamen und ihm tatsächlich den Vorschlag unterbreiteten, seine Schwester zu quälen. »Denn niemand auf der Welt pinkelt sich nicht vor Angst in die Hose, wenn man ihm Schmerzen zufügt.« Das waren ihre Argumente. Aber mein Vater hatte immer die gleiche Antwort parat. »Vielleicht würden wir ja alle überrascht sein! Wenn es irgendein Nichtsnutz oder Idiot gewesen wäre, wüssten wir es doch ohnehin schon längst. Da hat schon jemand ganze Arbeit geleistet, und die Ärmste schweigt sich jetzt aus. Ich gehe davon aus, dass es jemand ist, der unter uns allen Ansehen genießt, irgendein Offizier oder Ingenieur, denn wenn sich unsere Leute tatsächlich auf Ziegen und Schafe oder auf Stuten und Kühe werfen, die alten Großmütterchen vergewaltigen, dann ist meine arme Schwester im Vergleich zu ihnen allen noch immer eine brave Jungfrau, ja verglichen mit den Kühen und Großmüttern eine Heilige. Unsere Leute sind nicht nur primitiv, missgebildet und mit Tierbeinen ausgestattet, sondern auch krank bis auf die Knochen. Wenn ihnen das Blut zu Kopfe steigt, dann ist ihnen das Loch so was von egal, in das sie ficken, wenn es nur ein bisschen warm ist, na dann gefällt's ihnen umso besser. Ich hab gehört, dass ein Landsmann von uns einen Haufen Kuhscheiße gefickt hat, aber er war alles andere als irre.«

Diese harten Worte meines Vaters wurden bis in meine Zeit überliefert, niemand konnte sie ignorieren, Vaters Nihilismus stand für sich. Aber jeder hatte in dieser Sache seine eigenen Argumente zur Hand. Ich habe schon erzählt, dass ich meine Tante gern hatte, ich mochte es, sie anzusehen, mit ihr fielen mir alle möglichen Verrücktheiten ein, ich fragte sie auch immer allerhand, aber sie antwortete mir nicht, lachte nur das eine oder andere Mal und legte dann wieder ganz schnell ihr ernsthaftes Gesicht auf, so als hätte sie sich wieder daran erinnert, dass es ihr verboten war zu lachen, obwohl es niemanden gab, der dieses Verbot tatsächlich ausgesprochen hatte.

Muss ein Mensch eigentlich etwas sagen, um sein Gutsein zu beweisen? Meine Tante war in Wirklichkeit ein guter Mensch. Mein Vater pflegte zu sagen, dass die »stumme Vesela« sich als die Klügste von uns allen erwiesen hatte, sie musste sich wenigstens nicht ihrer Worte schämen, während jeder von uns im Laufe seines Lebens irgendeinen Unsinn von sich gebe, und wenn er sich darüber im Klaren sei, dann könne das nicht spurlos an ihm vorübergehen, etwas müsse letzten Endes seinem Gewissen zusetzen. Ich war der Einzige, der Vesela zum Reden bringen konnte, Vater aber glaubte mir nicht, und die Tante war meine Zeugin, sie bestätigte, dass ich die Wahrheit sagte, indem sie bejahend mit dem Kopf nickte. Das war mehr oder weniger alles, was man aus ihr herausbekommen konnte. Etwas anderes brachte nicht einmal ihre Todesstunde mit sich.

»Es war ein feiner gebildeter Mann«, hatte mir meine Tante Vesela dann doch noch anvertraut. »Wir haben uns sechs Monate lang heimlich getroffen, im Wald oder in der Höhle. Ich habe ihn geliebt, und das ist alles, was man je von mir hören wird«, sagte sie.

Meine arme Tante! Ich weiß nicht, ob sie es je bereut hat, mir so viel erzählt zu haben, denn es sprach sich bald darauf schnell herum, weil ich es immerfort herumerzählte, dass ihr Geliebter ein reicher und gebildeter Herr war. Damit gab ich den ohnehin schon kursierenden Geschichten noch mehr Futter, obwohl sie eigentlich am Abflauen waren. Vielleicht war ihr Verführer schon lange tot. Meine

Tante Vesela hatte bald ganz andere Sorgen. Einmal traf ich sie hinter dem Haus, sie war traurig und hatte geweint, ich war zwölf Jahre alt. Ich habe sie nicht beim Weinen beobachtet, sondern bin gleich zu ihr getreten und habe sie sofort umarmt. Ich versuchte, irgendetwas Zärtliches und Beruhigendes zu ihr zu sagen; so etwas machte sonst niemand aus unserer Familie. Warum hatte meine Tante geweint, was hatte sie bloß derart erschüttert? Langsam und mit Nachdruck hatte ich es geschafft, die Gründe für ihre Sorgen und ihre Bitterkeit herauszubekommen, die sie in einer Zeit erlebte, als sie schon eine reife Frau war. Sie erzählte mir, dass die Kommunisten ein Gesetz für unsere Gegend erlassen hatten. Es durften in unserer Region keine Ziegen mehr gehalten werden, weil es hieß, sie zerstörten die Wälder. Wenn dies nicht aufhörte und man die Ziegen nicht schlachtete, würden wir bald nur noch kahle Landschaften haben. Vesela war mit Ziegenmilch und Ziegenkäse großgezogen worden; die Ziegen waren die einzige Freude in ihrem Leben, sie sorgten aber nicht nur für ihre Ernährung, sie waren auch ihre Gefährtinnen, mit denen sie leise sprach, ja mit denen sie sich sogar manchmal stritt, wenn sie nicht das machten, was sie von ihnen verlangte. Die kleinen Zicklein liebte sie über alles. Sie umarmte sie oft, küsste sie, als seien es ihre eigenen Kinder. Sie besaß zwei Wolldecken aus Ziegenhaar und einen Bettvorleger aus Ziegenleder. Und dann kamen die Kommunisten mit ihrem schlauen überflüssigen Paragrafen und vernichteten all das, ohne auch nur einmal mit der Wimper zu zucken. Wer hätte da nicht geweint!

49

Mit meinen »erotischen Karten« geriet ich in Schwierigkeiten, es gelang mir nicht, den naiven und neugierigen Kindern auch nur einen Groschen zu entlocken, aber dafür hefteten sich ein paar Schufte aus den höheren Klassen an meine Fersen. Sie stellten mir häufig nach und versuchten auch, mir die Karten zu entwenden, deshalb bewaffnete ich mich eines Tages mit einem kleinen Messer, das die Form eines Fischleins hatte. Außerdem trug ich auch einen eisernen Schlagring, den mir ein Verwandter, der Eisenschmied war, in seiner mit Äxten, Sensen und Hufeisen überfüllten Werkstatt schmiedete, während ich mich mit einem Blasebalg um das Feuer kümmerte. Aber meine Bewaffnung nützte mir nichts, sie stahlen mir zwei Karten, einen Karobuben und einen Joker; so etwas passierte mir immer mit den Dingen, die mir etwas bedeuteten und auf die ich achtgab. In meine Schule gingen zu allem Übel auch noch berühmt-berüchtigte Taschendiebe.

Ich habe nie erfahren, wer mich von ihnen verraten hat, aber auf diese Weise hatte ich eine Lektion fürs Leben erhalten und kam wie erwartet fast um vor Scham. Nicht nur vor meiner Lehrerin, sondern auch vor jenen Leuten, die eine hohe Meinung von mir hatten, weil ich einen guten Ruf wegen meiner literarischen Zusammenfassungen und der gut gemachten Hausaufgaben genoss. Damals hatte man im Gemeinderat davon gesprochen, mir wegen meines »ungewöhnlichen

Talentes« ein Stipendium zu geben. Dieser Glückstod hat mich mein ganzes Leben lang verfolgt, denn immer wenn es so aussah, als würde mein Leben sich zum Besseren wenden, passierte etwas, das die ganze Sache wieder umwarf; und meistens war ich selbst daran schuld.

Ich wusste ganz genau, was uns Schülern verboten war und bei welchen Dingen es sich in der Schule um eine Grenzüberschreitung handelte, aber dass es sich bei diesen harmlosen Bildchen um eine derart große »gefährliche moralische Unterwanderung« handelte, das war mir keineswegs klar. So hatte sich der Schulinspektor geäußert und mich der Gründung und Leitung eines »Handbordells« bezichtigt. All das verstand ich nicht, seine Ausdrücke konnte ich nicht deuten und es war mir auch nicht klar, was er damit gemeint hatte, dass ich »das allgemeine moralische Niveau in der Schule zerstört« habe. Ich erinnere mich an diesen Inspektor, es war ein gedrungener Mann von etwa fünfzig Jahren; ständig wurde betont, dass er sich um irgendetwas verdient gemacht habe, aber was das gewesen ist, habe ich vergessen. Er kam selten in die Schule, nur wenn etwas Besonderes vorfiel; bei uns tauchte er auf, als unser Physik- und Chemielehrer wegen seiner religiösen Überzeugungen verhaftet wurde, und das andere Mal, als ich zum Problem wurde, als hätte ich ein so großes Drama produziert, dass nur er sich darum kümmern konnte.

An diesem Tag wartete meine Lehrerin vor unserem Klassenzimmer auf mich, sie legte ihre eiskalte Hand auf meine Schulter, und während sie mich den langen Schulflur vor sich herschob, fasste sie zwei, drei Mal fest an meinen schmalen Hals. Ich wusste nicht, was sie im Sinne hatte und wohin sie mich eigentlich zu bringen gedachte, aber ich fragte sie auch nicht danach. Eilig versuchte ich einfach mit ihr Schritt zu halten. Mit den Händen hielt ich mich an meiner schweren großen Schultasche fest. Diese Tasche war aus Leder und fiel eigentlich schon auseinander, ich hatte sie von meinem Großvater Tomo, der sie vor langer Zeit auf einem Flohmarkt gekauft hatte. Damals war dies eine sehr teure Arbeitstasche, die in verschiedene Fächer unterteilt war, ein Fach hatte einen Reißverschluss, der immer noch gut funktionierte. In meiner Tasche hatte ich nicht nur Bücher, sondern auch ein paar schöne Kieselsteine, Vogelschleudern und schön geformte Flusssteinchen, einen kleinen Gummiball und auch meine Waffen, mit denen ich mich zur Wehr setzen wollte, das Messerchen und den Schlagring, und in einem der anderen Fächer hatte ich meine »erotischen Karten« versteckt, sie waren eingewickelt in ein Tuch.

Die Lehrerin brachte mich in das Zimmer des Schuldirektors und schubste mich in Richtung des Tisches, an dem der Inspektor saß, abgestützt auf seine Ellenbogen und die Nase zwischen den zusammengefalteten Handflächen. Unter dem Brillengestell blickten mich zwei durchdringende grüne Augen an, streng, ohne mit der Wimper zu zucken. Ich hatte das Gefühl, er sehe gar nicht mich an, sehe zwar zu mir herüber, aber sehe mich gar nicht, sehe durch mich hindurch, auf irgendeinen unsichtbaren Punkt in die Ferne.

»Hol alles aus der Tasche raus«, sagte die Lehrerin.

Ohne zu zögern tat ich sofort, was sie mir sagte, und der Inspektor griff gleich nach jedem Gegenstand und inspizierte ihn von allen Seiten; ein paar Mal klappte er das Messerchen auf und wieder zu, er versuchte sogar seine dicken und kurzen Finger in den Schlagring zu schieben. Die Steinchen sah er sich an wie Perlen, er wickelte das Papier auf, in dem mein Essen war, roch an der Nahrung, und den kleinen Gummiball warf er auf den Boden, der Ball prallte vom Boden ab und oben angekommen fing er ihn wieder auf. Die Vogelschleuder spannte er und richtete sie ganz lange auf mich, behielt mich immerfort im Auge.

»Bist du dir sicher, dass das alles ist, was du in der Tasche hast?«, fragte er.

»Wo hast du denn das versteckt, worüber sich die ganze Schule auslässt?«, sagte rasch die Lehrerin, um mir zuvorzukommen, denn sie wusste, wie leicht ich mich in Lügen verfangen konnte. Sie kannte mich gut und versuchte bestimmt, mich zu retten, aber ich wurde plötzlich wütend auf sie, ging auf ihre Hilfe nicht ein und antwortete grob: »Das ist mir doch egal, worüber die ganze Schule redet!«

Der Inspektor sprang in diesem Augenblick hinter dem Tisch hervor und gab mir eine heftige Ohrfeige, von der es mir noch lange im Ohr surrte. Die Lehrerin fand in der Seitentasche die Karten und übergab sie dem Inspektor; er hielt die Spielkarten mit zwei Fingern, prüfte sie und drehte dann angewidert den Kopf zur Seite.

»Leg deine Hände auf den Tisch«, sagte die Lehrerin mit einer strengen Stimme.

In dieser Zeit war ich von einem Unglück ins andere gerannt, jeder fühlte sich berufen, mich auszufragen, mich an den Ohren zu ziehen. In meinem Gedächtnis ist mir die Schulzeit als eine einzige Aneinanderreihung von Erniedrigungen haften geblieben. Wenn ich nicht meine Lehrerin geliebt hätte, wäre ich unter diesen Torturen zusammengebrochen. Ihr war ich folgsam, selbst dann, wenn sie streng mit mir umging, ich war bereit, dies auszuhalten, manchmal sogar mit Genuss. Jetzt legte ich die Hände auf den Tisch, wie die Lehrerin es mir angeordnet hatte. Warum behandelte man mich wie einen Dieb, der die Hände auf den Tisch legen musste? Ich hatte doch weder jemandem etwas zuleide getan noch jemanden gezwungen, sich die Bildchen anzusehen. Mein Ohr surrte noch immer, ich hatte das Gefühl taub geworden zu sein. Der Inspektor ging zwischen dem Tisch und dem Fenster hin und her, sprach wütend und in einem vernichtenden Ton, aber auf eine Weise, als sei dabei gar nicht ich sein Ansprechpartner, sondern der Äther höchstselbst. »Dir steht eine Zukunft als Zuhälter bevor. Du wirst noch auf der Straße landen oder irgendwelchen Alten in einem Bordell den Hintern waschen«, stieß er durch seine zusammengepressten Zähne in meine Richtung hervor. Aber da hörte ich ihm schon nicht mehr zu, ich legte meine Hände auf die Ohren und verdiente mir damit noch eine zusätzliche Ohrfeige. Meine Lehrerin versuchte noch, etwas Freundliches zu sagen, sie wollte auf eine diplomatische Weise diesen groben Mann dazu bringen, dass er aufhörte. »Vielleicht wird noch ein Magier beim Zirkus aus ihm, ein Zauberer mit den Karten«, sagte sie. »Ha, sieht ganz nach einer Zirkusnummer aus«, schrie er. »Ein Possenreißer ist er ja jetzt schon. Er wird keine extra Clownsnase mehr brauchen, die Natur hat ihn schon mit einer versorgt«, sagte er höhnisch lachend und ließ seinen Zeigefinger auf meine Nase herunterfahren.

In unserer Schule gab es eine sogenannte Einzelzelle, sie wurde immer benutzt, wenn Hausarrest, so nannte man das, ausgesprochen wurde. Der Direktor fand dafür ein paar kultiviert klingende Beschreibungen, ließ sich weit und breit darüber aus, dass es sich um eine Erziehungskammer handele, wir anderen nannten es aber einen Verschlag. Es handelte sich um einen schmalen langgezogenen Raum, ohne Fenster und ohne eine Sitzgelegenheit, eine Toilettenschüssel war darin, die Wände bekritzelt, und dahinter lag die Holzkammer. In der Mitte der Tür befand sich ein kleines Fenster mit Eisengittern, sodass die Schüler von außen denjenigen, der gerade bestraft wurde, beobachten konnten. Nach den Regeln der Schule konnte man einen Schüler bis zu höchstens achtundvierzig Stunden dort einsperren, das Minimum aber waren sechs Stunden. Man kam in diese Kammer nicht wegen schlechter Noten, auch nicht wegen unangebrachten Verhaltens, sondern wegen irgendeines schlimmeren Vergehens, etwa wegen Vandalismus am Schulinventar oder wenn man einen Lehrer angegriffen hatte, aber auch wegen »sündiger Handlungen«, zu denen das Masturbieren an einem öffentlichen Ort zählte. Diese Hausregeln galten seit der Zeit von Österreich-Ungarn, und daran hatte sich bis in unsere Zeit nichts geändert. Nach dem Aufenthalt in der Einzelzelle musste der verurteilte Schüler einen Text schreiben über die Zeit, in der er eingesperrt war. Jene Schüler, die keinen Sinn für das

Schreiben hatten, sagten in der Regel, dass ihnen diese Textarbeit viel schwerer vorkam als die Strafe selbst. Aber es hatte so ausgesehen, als seien die Tage der Einzelzelle gezählt, denn überall war nun die Rede davon, dass die Kommunisten die überalterten Erziehungsmethoden abschaffen würden, da sie aus anderen Zeiten und Regimes rührten, die sich gegen das einfache Volk richteten.

50

Ich bekam achtundvierzig Stunden Hausarrest; so viel hatte zuvor nur ein anderer Schüler bekommen, der in der Nacht alle Schalter und Steckdosen aus unserer Schule entfernt und den Leuten in den umliegenden Dörfern verkauft hatte, denn damals wurden gerade die Stromleitungen verlegt. Zehn Jahrzehnte später ist dieser Junge ein bekannter Verbrecher geworden, und heute, während ich das hier schreibe, zählt man ihn zu einem der bekanntesten Leute im Pariser Kriminellenmilieu. Der Inspektor befand, dass unsere beiden Vergehen gleich gravierend waren; mein Vergehen sei, so drückte er sich aus, moralischer Natur. Für ihn hatte es die gleiche Bedeutung wie das, was der andere, also ein Dieb getan hatte, ein Junge, der ein schlechter Schüler war und später ein bekannter Mafioso wurde. Ich bekam nur zweimal in den ganzen achtundvierzig Stunden etwas zu essen; die diensthabende Schulaufsicht brachte mir das Essen. Während der großen Pause sahen mir die anderen Schüler zu, machten Witze über mich und aßen genüsslich vor meiner Tür. Der kleine Wicht von Kriegswaise warf mir eine Katze durch das Gitter, das war aber entgegen seiner Erwartung eine durch und durch liebe Katze, die ich schon viele Male gefüttert und mit der ich meine eigenen Schinkenrationen Stückchen für Stückchen geteilt hatte. Der Junge hatte gedacht, die Katze würde sich auf mich stürzen und mir das Gesicht zerkratzen, aber sie war einfach nur warm und anschmiegsam, legte sich auf meinen Bauch und schnurrte friedlich vor sich hin. Und als ich irgendwann am Nachmittag einschlief, muss sie einfach durch das Gitter wieder nach draußen gesprungen sein.

Meine Lehrerin kam nicht zu Besuch, sie ging nicht einmal an meiner Tür vorbei. Meine besten Freunde blieben fern, sie trauten sich nicht einmal in die Nähe der Tür. Ich fühlte mich von allen verraten, die ich liebte. Ich muss gestehen, dass ich auch weinte, ich schluchzte lange vor mich hin, vor allem am Abend. Es fiel mir schwer, solche Torturen auszuhalten, ich bin als Held vollkommen ungeeignet, denn es gibt überhaupt nichts auf dieser Welt, was ich mit meinem Blut verteidigen würde. Die Strafe, die mir der widerliche Inspektor aufgebrummt hatte, war nicht angemessen, denn selbst wenn ich mir diese »schmutzigen Bildchen« angesehen habe, so war das ja nur meine eigene Sache, die anderen zwang ich nicht dazu, das Gleiche zu tun; all das war eigentlich nicht weiter der Rede wert und kindisch. Doch hatte ich diese Bildchen auch den Mädchen gezeigt? Ja, das hatte ich, na und? War das so ein schlimmes Vergehen, dass man mich wie einen Verbrecher hinter Gittern einsperren musste? Die Einzigen, die zu mir hielten und das Bedürfnis hatten, etwas Freundliches zu tun, das waren zwei kleine Typen aus dem Zigeunerkarst, so hieß eines unserer Stadtviertel; sie kamen am Abend zu meiner Tür und spielten Harmonika für mich, bis sie jemand von dort fortscheuchte. Diese kleinen Musikanten, die heruntergekommen waren und verlotterte Strohhüte trugen, waren dankbar, dass ich ihnen in unserer Gaststube manchmal das eine oder andere Getränk spendiert hatte, deshalb wollten sie mich jetzt wohl ein bisschen erfreuen und auf diese Weise etwas ausgleichen.

Als ich herauskam, musste ich mich bei der Lehrerin melden und wie ein Räuber irgendein Papier unterschreiben, ich sah gar nicht hin, was ich unterzeichnete, ich wollte nur so schnell wie möglich weg. Ich konnte mit ihr nicht reden, weil ich wütend war; sie hätte viel mehr für mich tun können, sie hätte sich für mich, der ich doch ihr Lieblingsschüler war, etwas engagierter einsetzen können, außerdem war ich abgekämpft, unausgeschlafen und hungrig. Zum Schluss versprach ich ihr, alles aufzuschreiben, was sich in jenen achtundvierzig Stunden ereignet hatte.

»Vergiss nicht die kleinen Zigeuner, die für dich gespielt haben wie Kurtisanen«, sagte die Lehrerin in einem höhnischen Ton.

Ich glaube, ich hatte selbst später als Schriftsteller nie mehr so viel Fantasie und so viele Ideen wie an jenem Tag, an dem ich die Gefängniszelle wieder verlassen durfte. Meine Eltern wussten, warum ich in der »Erziehungskammer« gelandet war, aber sie schimpften nicht mit mir, Mutter verstand nicht so recht, was daran schlimm gewesen war, während mein Vater mich umarmte und sagte, dass mit den Mädchen, das sei, wenn auch nur auf den Bildchen, ein wenig zu früh für mich. Aber auch er sah darin keine Sünde. Meine Eltern hielten zu mir, und so etwas hätte ich jedem anderen auch gewünscht. Als ich wieder zu mir gekommen war, gebadet und gegessen hatte, setzte ich mich an meinen Lieblingstisch am Erkerfenster, zog die Vorhänge zur Seite, damit jeder sehen konnte, dass ich nun meinen Aufsatz über die achtundvierzig Stunden schrieb. Die Ideen sprangen nur so in meinem Kopf herum und die Rache trieb mich dazu, mir unzählige Ereignisse auszudenken. Ich schrieb über die Lehrerin, notierte, dass sie mich in der Kammer besucht hatte, zu mir gekommen war, auf einem Servierteller allerlei Leckereien mitgebracht und sich für mich nackt ausgezogen, mir alles gezeigt hatte, was an einer Frau interessant war, und am Ende gesagt hatte, dass sie schöner sei als alle diese Königinnen auf meinen Karten. Und als ich mein Lügengebilde danach durchlas, begriff ich sofort, wie kümmerlich die Rache einen machen konnte, ich lernte daraus, und später, als ich Schriftsteller wurde, versuchte ich, alle Rachegefühle aus meinen Texten fernzuhalten, weil sie nur zur Dümmlichkeit und zu nichts anderem führt.

Ich muss an dieser Stelle sagen, dass für mich die schönere Arbeit des Schreibens ohnehin darin liegt, das Geschriebene zu korrigieren, es ist interessanter für mich, als etwas Neues zu schreiben. Und wenn ich mich als Schriftsteller beschreiben müsste, dann könnte ich dies am besten mit der Formulierung tun, dass ich mich als einen unermüdlich korrekturwilligen Autor begreife. Ob dies gut oder schlecht ist, ist mir vollkommen gleichgültig.

Der Tag fiel stundenweise in sich zusammen; mir lag nichts daran, über jene zu schimpfen, die mich ausspioniert und beschuldigt hatten, die »Unsittlichkeit« zu vermehren, ich wusste jedoch ganz genau, wer alles dahintersteckte. Anstelle einer Abrechnung mit ihnen habe ich über meine erste Begegnung mit dem Teufel geschrieben, befürchtete aber, dass sich das unglaubwürdig anhören könnte, und es gibt nichts Schlimmeres als ein echtes Ereignis, das sich wie eine Erfindung anhört. An Teufel glaubt heute kaum noch jemand. Aberglaube ist einvernehmlich primitiv und rückschrittlich. Nur die alten Frauen sind noch von ihm eingenommen, Leute, die hinter Gottes Rücken leben. Also habe ich mir überlegt, dass es recht besehen nicht gut sein konnte, eine durch und durch echte Begebenheit als Erfindung auszugeben, und aus diesem Grund entschied ich mich, alles so zu beschreiben, wie ich es wirklich erlebt hatte. In meinem Kopf aber schwirrte es nur so von Teufeln und Hexen, von Feen, die in unserer Gegend nach allgemeinem Einvernehmen beheimatet waren. Mit meinen eigenen Augen hatte ich ja einen Backofen gesehen, in dem die Feen ihr Brot buken, Riffkorallen, mit denen sie ihr Haar kämmten. Mit brustzerberstender Angst hatte ich die Höhle einmal betreten, in der sie ihre Feenstube hatten. Dennoch fiel ich in dieser Nacht keinerlei Phantomen zum Opfer, es gab auch keine Spur von anderen Erscheinungen, wahrscheinlich weil der Teufel den Beschreibungen meiner Urgroßmutter Petruša nicht ähnlich war, die als junge Frau mehrmals vom sprichwörtlichen Verführer heimgesucht worden sein soll, manchmal zweimal am Tag, als sie in Konavle lebte und noch ein Mädchen war.

Mein Teufel ließ sich in der zweiten Nacht blicken, ich hatte keine Ahnung, wie spät es eigentlich war. Weder schnitt der Teufel Grimassen, noch streckte er mir die Zunge raus, er hatte nicht einmal den Ansatz von Hörnern auf seinem Kopf, Schlappohren konnte ich auch nicht entdecken, und seine Hände machten auch nicht den Eindruck von Krallen; dieser Teufel hier war so etwas wie ein Schatten, ein merkwürdiges, undefinierbares Wesen, reine Dunkelheit oder ein Geist – seine Anwesenheit fühlte ich aber mit jedem Stückchen meiner Haut. Erst hatte er sich als Rauschen bemerkbar gemacht, zischte durch die Luft, und ich bekam eine lange anhaltende Gänsehaut, ein heftiges Zittern überkam mich, und dann schritt der dunkle Schatten zum Fensterchen an der Tür, schloss es und sagte im Flüsterton ein paar für mich vollkommen unverständliche Worte. Ich bin mir nicht sicher, ob er mit irgendeinem seiner Organe erfassen und wahrnehmen konnte, dass ich zitterte, oder ob er im Dunkeln sah, wie sehr es mich vor ihm schüttelte, denn etwas Helles leuchtete mit einem Mal am Fensterchen auf; vielleicht war genau das ja sein Auge gewesen.

Meine Angst steigerte sich ins Unermessliche, als der Teufel sagte, er sei im Besitz des Schlüssels für die Einzelzelle, es sei »ein Universalschlüssel, der alle Türen öffnen kann« und dass dieser Schlüssel sein Lieblingswerkzeug sei, es für ihn keinerlei Hindernisse gebe. Er habe Zutritt zu allen Häusern, und wenn es nötig sei, könne er lange unsichtbar bleiben und im Bedarfsfall auch mal die Zähne fletschen. Seine Redeweise war klar, keine Spur von irgendeinem Zischen, wie wir es gelesen hatten und wie es uns immer von unseren Vorfahren erzählt worden war. Es gab Zeiten, in denen immerzu die Rede vom Teufel war, man saß um die Feuerstelle herum und erzählte sich in aller Regelmäßigkeit von ihm. Jeder hatte eine eigene Satan-Version zur Hand; mein Großvater Tomo sprach davon, dass der Teufel selbst dann zu verstehen sei, wenn er eine uns unbekannte Sprache spreche. In meiner Kindheit habe ich das nie wirklich begriffen, aber je mehr Erfahrungen ich mit dem Unberechenbaren machte, desto eher verstand ich, wie recht mein Großvater hatte. War der Teufel mir erschienen, um mit mir zu spielen, oder was genau wollte er von mir? Er sagte, es sei nichts Verwerfliches an dem, was ich getan hatte, das Leiden eines Unschuldigen sei süßer als alles andere, nur die Menschen um mich herum, vor allem das »zweihöckrige Kamel«, so nannte er meine Lehrerin, täten alles, »um Mutige vor einem ausgedachten Gott zu erniedrigen, und das Schäbige dazwischen schreiben sie mir, dem Teufel, zu«.

Bei dem französischen Jesuiten Surin habe ich gelesen, dass man »die Worte des Teufels nicht vergessen kann, nur weil man sie vergessen will«. Wer nur einmal dem Teufel begegnet war, hat sich seine Worte genau eingeprägt, so wie ich mir damals alles in der Zelle gemerkt habe. In einem Moment bat mich der Teufel, ihm näher zu kommen, er wollte mich liebkosen, aber ich habe mich noch mehr in die Ecke verzogen und so gut ich nur konnte an die Wand gezwängt. Sicher hatte er den Schlüssel vergessen, wenn er so etwas von mir verlangte, aber vielleicht gehörte sein Gerede über den Universalschlüssel auch nur zu seiner üblichen altbewährten Falle.

Wir sprachen noch über dies und das, es fiel mir leichter, ihn zu ertragen, wenn wir miteinander sprachen, denn wenn er schwieg, hörte man nur seinen Atem, und das jagte mir maßlose Angst ein. Nach den Schweigepausen wechselte seine Laune, seine Stimme wurde milder. Sanft und zärtlich sagte er, ich könne meine Sünde loswerden, wenn ich mich ihm überließe, dann versuchte er sich als Spaßvogel, lachte immer öfter und begann dann sein Geschlecht zu lobpreisen, beschrieb es detailliert, kam mehrmals darauf zu sprechen, dass sein Glied nicht bissig sei, sagte, dass seine »harte Gurke« immer für Streicheleinheiten aufgeweckt sei und jede Berührung dankbar erwidere.

»Ich bin mir sicher und auch bereit, unter Beweis zu stellen, dass ich meinen Samen sogar bis zur Wand, an der du stehst, schleudern kann. Weißt du, was Samen überhaupt ist?«, fragte er mich, fing dann sogleich an albern prustend zu lachen und sprang auf der Stelle herum, sodass ich mich an die Worte meiner Urgroßmutter Petruša erinnert fühlte, die einmal gesagt hatte, der Teufel lache auf eine ansteckende und hässliche Weise, denn er habe »keinen Grund zu lachen«. Das meiste, was der Teufel von sich gab, habe ich nicht verstanden, seine Worte hatten keinerlei Bedeutung für mich, aber über all das schrieb ich meinen Hausaufgabenaufsatz, und als ich ihn später las, zweifelte ich selbst an den Vorkommnissen, wusste nicht mehr, ob der Besuch des Teufels echt oder ein Ergebnis meiner Panik und Vorstellungskraft war. Die Lehrerin gab mein Heft an das Archiv der Schule weiter; dort befanden sich andere Aufsätze, die noch vor dem Krieg von unfolgsamen Kindern dieser Schule geschrieben worden waren, manche von ihnen sind bekannt geworden, aber mein Aufsatz wurde als einziger zur von allen gelesenen Lektüre, niemand wusste, wie er überhaupt in die Hände vieler Lehrer gelangt war, wer ihn auf der Schreibmaschine abgetippt und kopiert hatte. Man las meinen Aufsatz wie verbotene Literatur; eine Kopie kam auch irgendwie in meine Hände, aber ich erinnere mich nicht mehr daran, wer sie mir gegeben hat. Der Text kam auch auf mir unbekannten Wegen in die Stadtverwaltung; dort deutete man alles, was ich verschlüsselt beschrieben hatte, auf eine krude einfache Weise. Selbsternannte Literaturfachleute vermuteten »hinter meiner bunten und ausufernden Imagination die blanke Realität«.

Keiner, der den Text in die Hände bekommen hatte, glaubte an die Erscheinung des Teufels, vielmehr versuchte man zu erraten, wer das sein könnte, wer sich da so in der Rolle des Teufels übernommen hatte, ob es jemand aus der Schule sein konnte, ein verkommener Junge aus den höheren Stufen, vielleicht aber sogar ein Lehrer, der

Schulleiter selbst, dem man schon seit langem einen Hang zu kleinen Knaben nachsagte. Der strenge Inspektor, der in meiner Vorstellung eine Inkarnation des Teufels war, versuchte sich in psychologischer Deutung und sagte, »das Kind hat in seiner Fantasiewelt, im Angstzustand vor der Dunkelheit, seine Version des Übernatürlichen erschaffen, es borgt sich dafür die Worte der Menschen aus, die ihn umgeben«. Er war sich darin sicher, dass der kleine Häftling von einem schlichten menschlichen Wesen besucht worden war, aber es sei eben krank und pervers gewesen, deshalb schlug er vor, dass man die Einzelzelle in Zukunft hin und wieder in Augenschein nehmen sollte. Meine Lehrerin gab zu bedenken, dass ich auch schon früher in meinen Hausaufgaben Dialoge, die ich irgendwo aufgeschnappt hatte, mit Ausgedachtem angereichert hatte, dass es mir erfolgreich gelungen war, normale Gespräche in die Münder merkwürdiger und fremder Figuren zu legen. Mich fragte man natürlich auch aus, aber ich blieb dabei und sagte, es habe sich um den Teufel höchstpersönlich gehandelt. Immerhin trug mein Text dazu bei, dass man schon bald diese Art von erzieherischem »Hausarrest« abschaffte. Und wenn ich schon als der »pornografische Fackelträger« an unserer Schule bekannt geworden bin, bin ich es wenigstens auch gewesen, der durch die Niederschrift seines Textes zur Abschaffung dieser Art von Bestrafung beigetragen hat.

Aber jetzt, während ich dieses Buch schreibe, denke ich, dass sich jeder von uns mehrmals in den unterschiedlichen Lebensetappen auf irgendeine Art und Weise lächerlich gemacht hat. Von mir kann ich sagen, dass ich mich bei der einen oder anderen ernsthaften Angelegenheit nicht zu schämen brauche, ich habe nie jemanden denunziert und nie einen anderen Menschen erniedrigt; im Gegenteil, ich habe oft die Verantwortung für etwas übernommen, was ich selbst gar nicht getan hatte, aber andererseits bin ich oft in komplizierte Grenzsituationen geraten, Leidenschaften und anderes Verwegene waren die Sünden, die sich daraus ergaben; grundlos habe ich gelogen; das alles würde ich sicher nicht mehr tun, wenn man die Vergangenheit verändern könnte. Man hat mir geraten, die erotischen Karten aus diesem Buch wegzulassen oder, wenn ich diese Episode einfließen lasse, dann doch nicht mit allzu viel Gewicht, sondern nur in ein, zwei Sätzen, aber ich bin letztlich nur meiner Erinnerung treu geblieben, möge es auch um den Preis des Ganzen sein. Nicht zuletzt verdankt es sich schließlich dieser Begebenheit, dass mich Pornografie nie wirklich interessiert hat, das kann ich mit einigem Stolz sagen, und auch, dass dieser Widerwille in mir mehr und mehr wächst, ohne dass ich dabei ein verdrießlicher Dickschädel geworden wäre, der wie Nikolaj Alexandrowitsch Berdjajev denkt, »dass Sex Erniedrigung ist«, nein, nein, darum geht es mir überhaupt nicht. Das hier ist kein Pamphlet gegen die Lust, bis gestern habe auch ich noch auf der Straße gelebt, war mir selbst überlassen, wurde von jeder kleinen sinnlichen Verlockung angezogen, der ich mich auch immer, ohne zu zögern, ergab. Jeder von uns hat beharrlich und lange nach einer »weisen Frau« Ausschau gehalten, wie Sokrates den heiligen Berg Eros genannt hat. Und während ich all das beschrieben habe, habe ich nur nach Beweisen meines eigenen Daseins gesucht.

51

Kaum war unser Gemischtwarenladen geöffnet, war schon ein Kunde mit Neuigkeiten zur Stelle, er sagte uns, für Trinkgeld sei in jedem Fall schon einmal gesorgt, er wollte aber erst etwas erzählen, wenn wir versprochen hätten, ihm einen auszugeben. Ich kann mich nicht mehr daran erinnern, wer genau der Überbringer der Nachricht war, vielleicht einer jener Nichtsnutze, die sich schon in den frühen Morgenstunden vor dem Geschäft oder an einem der Tische postierten und den ganzen Tag damit zubrachten, die Leute zu beobachten, um zu sehen, was sie einkauften, und manchmal kamen sie auch mit der Kundschaft ins Gespräch, wobei sie ihnen bedeutungslose oder wahnwitzige Fragen stellten; doch alles, was sie damit erreichten, war nur eine nachhaltige Irritation. Solche Leute verscheuchte mein Vater dennoch nie, er setzte sich sogar zu ihnen, und wenn sie ihm etwas hinter dem Ladentisch stahlen, dann tat er so, als bemerke er es nicht, während ich mit dem Besen auf sie losging, vor allem dann, wenn ich sie dabei erwischte, auf den Boden zu spucken oder ihren Nasenrotz vor unserer Tür abzuwerfen. Ich konnte sehr ruppig zu ihnen sein, aber hinterher tat es mir immer leid. Die Neuigkeit, um die es ging, betraf die Ankunft meines Onkels Anđelko, der zum ersten Mal nach der Befreiung in diese Stadt zurückkam. Sofort rannte ich die Treppen hinauf und weckte meine Mutter, ich war aufgeregt, das war ein großes Ereignis, mein Onkel, um den sich so viele Geschichten rankten, war gekommen; ich träumte oft von ihm, obwohl ich ihn nie gesehen und ihn nur von einer einzigen Fotografie kannte. Vater blieb bei der Nachricht um die Ankunft des Bruders ruhig und zurückhaltend; ich kann mich noch daran erinnern, dass er hinter der Ladentheke stand und leise sagte: »Er weiß, wo er uns findet und dass wir verwandt miteinander sind, er wird schon kommen, wenn ihm danach ist.«

Von Anđelkos Ankunft wusste nicht einmal sein bester Freund und Kampfgenosse Viktor Bloudek, ein Mann, der in der Stadt über alles Bescheid wissen musste, denn für ihn arbeiteten jede Menge Leute und die Städter überschlugen sich darin, ihm die eine oder andere Neuigkeit zu übertragen, um jemanden anzuzeigen. Es war verwunderlich, wie sie ihm schmeichelten; als sei er ein Gott, steckte ihm immer jemand etwas, sogar ohne irgendeinen Nutzen davon zu haben, sie erwarteten keinerlei Entschädigung oder Lob von ihm. Er logierte in einem alten Steinhaus im Zentrum der Stadt, das nur für angesehene Persönlichkeiten hergerichtet worden war. Es war ein exklusives Haus, in dem sich drei Appartements mit Badezimmern, eine Küche und ein Salon befanden, wo gespeist wurde. Ein Koch und eine Bedienstete waren, ob mit oder ohne Gäste, in dieser Villa fest angestellt. Uns war es nicht erlaubt, uns vor diesem Gebäude überhaupt aufzuhalten; immer sprang jemand auf die Straße und verscheuchte uns, ein Angestellter vom Rathaus, ein Wächter oder irgendein anderer Beamter. Die Leute, die hier beschäftigt waren, erweckten in allem den Eindruck einer führenden Elite; das Zimmermädchen war besser gekleidet als meine von mir geschätzte Lehrerin, mit einem höheren Gehalt als jede andere gebildete Frau. Um die Wichtigkeit und Bedeutung dieses Gebäudes noch mehr aufzuwerten, wurde es irgendwann offiziell *Titos Villa* genannt, auch wenn der Staatsmann nie einen Blick in sie hineinwarf; jeder, der hier allerdings vorbeischaute, erweckte den Eindruck einer hochstehenden Persönlichkeit, war eine geachtete Respektperson.

Sobald sich Anđelko niedergelassen hatte, ließ er die Haushälterin rufen und bestellte ein Essen für zwei. Vor dem Abendessen sah er sich die Appartements des Hauses an, inspizierte die Küche, die Kammer und die Vorräte; es handelte sich dabei um eines von vielen Häusern, die sich im Besitz des reichen Händlers Antun Meštrović befunden hatten. Recht besehen war es ein Palazzo, in dem sein jüngster Nachfahre bis 1945 gelebt hatte, bevor er emigrierte, aber er war kein Kollaborateur und hatte auch nicht den faschistischen Unabhängigen Staat Kroatien unterstützt, er war einfach nur ein Antikommunist. Anđelkos erster und liebster Gast war Viktor Bloudek, das Treffen begann emotional, so wie das nun einmal unter einander vertrauten Menschen der Fall ist. Das festliche Beieinander zog sich über Stunden, und das Dienstmädchen bewirtete sie, niemand sonst durfte das Haus betreten, obwohl sich ein paar Karrieristen vor das Haus stellten, um die beiden Autoritäten zu begrüßen. Die erste lautstark bekundete und freudige Zusammenkunft machte späteren ruhigeren Begegnungen Platz, es ging nicht mehr übermütig zu, sie umarmten sich auch nicht alle paar Minuten, sie sprachen leiser miteinander, verabschiedeten sich unterkühlt, sogar in einer düsteren Stimmung; den anderen heuchelten sie Herzlichkeit vor, das Treffen verlief heiter, man schmeichelte den beiden Protagonisten des neuen Staates. Es waren verkommene Zeiten; Sommer 1948; man wusste schon von der Resolution des Kommunistischen Informationsbüros, es herrschte Misstrauen auch unter den Kommunisten, die bis gestern noch einander nahe Kampfgenossen gewesen waren.

Viele, die vorher in dieser Residenz gewohnt hatten, waren bekannt, man wusste genau, wer sie waren und wo sie arbeiteten und ob sie in der Regierung oder etwa im Ministerium beschäftigt waren, nur Anđelko stellte für alle ein Rätsel dar, deshalb überschlug man sich mit Spekulationen über ihn und übertrieb natürlich. Hätte man ihm nicht einen hohen Posten angetragen, wäre *Titos Villa* nie zu seiner

Adresse geworden, aber wo er beschäftigt war und was er genau tat, wusste niemand, mit einem wohlklingenden Titel konnte man ihn also auch nicht ansprechen. Es gab aber durchaus Versuche der Überrumpelung; man sprach ihn mit Wörtern wie »General« oder »Minister«, ja sogar mit »Präsident« an, aber mit diesen Angelhaken fingen sie keine Fische. Anđelko stellte sich ihnen und las ihnen die Leviten, hielt krude Vorträge über ihre Dummheit, indem er ihnen erzählte, dass sie offenbar davon ausgingen, ein »Minister« oder ein »Präsident« stünden in der Rangordnung höher als ein gewöhnlicher Mensch; solche wie sie würden schon morgen die Menschen wieder in unterschiedliche Rassen aufteilen, ihre Nachbarn töten, weil diese einen anderen Glauben als sie selbst hatten, obwohl der andere Glaube den eigenen nicht im Geringsten bedrohte; solche Leute würden die größten Verbrechen begehen, wenn man sie nur dazu anregte und wenn jene, vor denen sie sich in die Hosen machten, ihnen ein kleines Zeichen gaben. Der Mann war gefährlich, er beleidigte seine Schmeichler, noch mehr aber setzte er jenen zu, die ihn offen kritisierten.

Erst von seiner Haushälterin aus der Villa erfuhr ich etwas über meinen Onkel, es war eine wortkarge Frau, die ihn mit allerlei köstlichen Gerichten umgarnte; er aß aber wenig, am liebsten etwas gegartes Gemüse, und trank ein Glas Wein, aber auch mal ein Bier. Die Haushälterin versuchte einmal, ihm etwas Besonderes zu kochen, und fragte, ob er vielleicht etwas Einheimisches essen wolle, sie schlug ihm gedörrtes Hammelfleisch, Gemüsekohl mit weißen Kartoffeln und Gewürzen, frischen Rahm oder Polenta vor. Er gab ihr eine kurze, aber klare Antwort: Genau davor sei er weggelaufen. Er war ein herzlicher Mensch, allerdings nur, wenn niemand etwas sagte, das seinem Standpunkt widersprach, dann verdunkelte sich sein Gesicht in Sekundenschnelle und er ließ einen wütenden Wortschwall auf sein Gegenüber niederprasseln, darunter war nicht selten die eine oder andere gezielte Beleidigung. Er konnte sich sehr gut ausdrücken und sein Gedächtnis hatte schon eine mythische Dimension angenommen, über die man sich weit und breit ausließ; manchmal führte er seine Dialoge in Form von Zitaten, in denen halbe Bücher ihren Platz fanden, und in seiner Hemdtasche war das eine oder andere beschriftete Papier versteckt, von dem er dann die Zitate ablas und das Gesagte ergänzte, viele berühmte Namen waren darunter. Das war seine Art, sein Gegenüber schachmatt zu setzen. Er schmückte sich nicht mit hohen Persönlichkeiten, benutzte weder seine Macht noch seine Titel, er versprach den Leuten keine Luftschlösser, obwohl sich viele von ihnen an ihn wandten und um Arbeit baten, das eigene Kind in irgendeine Militärschule einschreiben wollten, auf der Suche nach einer kleinen Wohnung waren, sich ein Stipendium wünschten, nein, nein, auf so etwas ließ er sich nicht ein. Und als ihn einer seiner Schulfreunde einmal fragte, wo denn sein Domizil sei, wo er eigentlich wohne, soll er ihm geantwortet haben: »Immer an zwei verschiedenen Orten, wenn das dein hohler Kürbiskopf begreifen kann.«

Wenn ich mitbekam, dass er den Leuten schroff über den Mund fuhr, gefiel mir das, denn ich war nie in der Lage, deutlich und klar meine Meinung zu sagen, selbst wenn es sich um jemand wirklich Lästiges handelte, den ich loswerden wollte; ich hielt die Attacken der anderen einfach aus, redete das Geschehen herunter und nahm sogar meine Angreifer vor anderen in Schutz. Vielleicht hatte einmal mein Onkel gerade ein Fenster offen gelassen, als er noch in der Villa wohnte und ein gerade erwachsen gewordenes Zimmermädchen verführte; davon erzählte sie mir jedenfalls zwanzig Jahre später in einem kleinen Meeresstädtchen, in dem sie gerade mit ihren beiden Kindern Ferien machte; sie hatte zwei erwachsene Töchter. Sie war früh Witwe geworden, achtunddreißig Jahre alt und strahlte noch vor Sinnlichkeit; ich hatte sie zufällig kennengelernt und nichts über sie gewusst, aber wir fanden so schnell alles über uns heraus, dass es uns schon wieder verdächtig vorkam, so deckungsgleich vor die Zufälle des Lebens gestellt zu werden. Ich war damals noch in den besten Jahren, die Frau zog mich magnetisch an, aber die Geschichte mit dem Onkel blieb das einzig Aufregende, das sich zwischen uns ereignete. Sie sprach zärtlich über ihn, nostalgisch, er war ihr erster Geliebter, von dem sie damals noch lange träumte; eine solche Leidenschaft wie mit ihm habe sie nie wieder erlebt, aber auch seine damaligen Worte nie vergessen können, obwohl sie ihre Bedeutung nicht einmal erahnen konnte. »Meine Liebste, ich bin nicht geerdet. Oft weiß ich nicht einmal, wer ich bin und wo ich mich befinde. Ich habe zwei Gesichter, eines bleibt immer unsichtbar.«

Während seiner Zeit in *Titos Villa* ist Anđelko selten unter Leute gekommen, lediglich jeden zweiten Abend drehte er ein paar Runden im Park, als suchte er dort etwas Verlorenes, ab und an bückte er sich, um ein Steinchen oder ein Spänlein aufzusammeln, Gräser, ein trockenes Blatt, das er dann lange im Stehen betrachtete. Hier war er oft mit seinen Freunden in der Kindheit gewesen, er hatte dort seinen Baum und sein kleines Stückchen Erde; hier hatte sich ein Teil seines Lebens abgespielt; jeder von uns muss früher oder später seine Augenblicke zusammenklauben, muss sich erinnern, wo er sie verstreut hat, und kann dann den Vers des alten Dichters aufsagen: »Lange hat es gedauert, schnell ist es vorbeigegangen«. Anđelko verließ die Villa bei erster Dunkelheit, bevor der Abend hereinbrach, vor dem Abendessen, Begegnungen vermied er, sogar wenn er gegrüßt wurde, reagierte er nicht darauf, beeilte sich, in den Park zu kommen, als sei er dort mit jemandem verabredet und hätte ein Rendezvous mit einem Mädchen. Er hatte nicht die leiseste Ahnung, dass ich mich an seine Fersen geheftet hatte und in den Büschen hockte, um ihn beobachten zu können. Ich schaffte es nicht, meinen Mut zusammenzunehmen und ihn anzusprechen, stattdessen rannte ich wie ein Fremder an ihm vorbei, ein vorlauter Schreihals, der unartikulierte Töne ausstieß. Einmal war ich entschlossen, auf ihn zuzugehen, ich war ganz in seiner Nähe, aber plötzlich fing ich an zu zittern und rannte weg in Richtung des schmiedeeisernen Tores. Ob mein Onkel ein Agent, ein Provokateur, ein Berater, ein Lehrer, politischer Instrukteur, ein Denunziant, ein Handlanger der Kominform-Resolution war – das allein kann nur der Himmel wissen. Er war zehn Tage in der Villa, ohne auch nur einmal seine Verwandten aufzusuchen.

Vaters Freunde, der alte Dr. Kesler, der Schuhmacher Karlo Bloudek und der einstige Leiter der Agrar-Bank, ein Nachfahre der städtischen Familie Marko Gucetić, saßen bei offenem Sonnenschirm vor unserem Laden und ich bediente sie nach der Anordnung meines Vaters. Ich kann mich gut an die Worte des Bankiers erinnern. »Mit einem ordentlichen Beruf hat dieser Zirkus nichts zu tun.« Danach fing er ein Gespräch über meinen Onkel an. Was war das eigentlich für ein Mensch, der seine nächsten Verwandten mied, konnte es solche gefühllosen Menschen überhaupt geben? Würde er noch seine Mutter und seine Schwester besuchen kommen? Vater verteidigte zur Verwunderung der anderen seinen Bruder; wir konnten ihn lieben oder hassen, für was auch immer wir uns entschieden, er war immerhin der Einzige, der sich in kein Schema zwängen ließ, und man musste zugeben, dass ein solcher Mensch unbestechlicher in seinem Blick war als die anderen. Die Frage, ob er nicht von der kommunistischen Doktrin infiltriert gewesen sei, war durchaus legitim und das Wort Dogma konnte man berechtigterweise ebenso in den Mund nehmen, wenn einem dieser Begriff mehr zusagte, da gibt es bekanntermaßen Finessen, die Menschen benennen gerne ein und dieselbe Sache unterschiedlich; und nicht einmal das absolute Böse hat einen eindeutigen Namen.

Seitdem der Onkel unsere Stadt in Aufruhr versetzt hatte, waren zehn Tage vergangenen, wir hatten uns schon damit abgefunden, dass er uns verraten und sein Versprechen vergessen hatte; es tat uns leid, dass er nicht vorbeigekommen war, uns nichts über sich erzählt hatte, nichts über all das, was hier geschah. Ohne ihn konnten wir nicht wissen, wohin all das führte, wir hörten einfach nur allerlei von den Leuten, vor allem von denen, die es sich zur Aufgabe gemacht hatten, Panik zu verbreiten. Dann erschien ein paar Tage später ein Ausländer in unserem Laden, sprach mit einem fremden Akzent und bestellte sich ein Getränk. Er saß lange vor einem Gläschen Schnaps, saß dort wie ein gebrochener Mann, dann sagte er zu meinem Vater, von heute an sei es verboten, den Namen Stalins zu sagen. Mein Vater hat ruhig, wenn nicht sogar verächtlich erwidert, dass er ihn noch nie erwähnt habe, nicht früher und nicht jetzt, er habe auch nicht vor, ihm eine Träne hinterherzuweinen, genauso wie er sich nie an ihm habe freuen können. Was hatte er überhaupt mit uns zu tun, dass er verboten werden konnte oder geliebt worden war? »Das ist ein fremder Mensch und er wohnt in einem fremden Land, mein lieber Kamerad.«

Der Gast hatte meinen Vater dazu gebracht eine fünfminütige Tirade abzufeuern. »Es macht überhaupt keinen Sinn, den Königen hinterherzuweinen, sie sind weder Freunde noch Verwandte«, sagte mein Vater. Und wer weiß, was er noch alles von sich gegeben hätte, wenn nicht mit einem Mal Milizionäre herbeigestürmt wären, die den unglücklichen Fremden packten, während sie mit Pistolengriffen auf seinen Kopf einschlugen. Wer dieser Mann war, haben wir aber nie erfahren.

Allen Enttäuschungen der letzten Jahre zum Trotz hofften wir noch immer, dass Anđelko uns besuchen würde, im Grunde erwarteten wir ihn Tag und Nacht, rannten bei jedem Geräusch nach draußen vor das Haus, entweder Mutter oder ich. Vater blieb zurückhaltend; selten unterlief ihm irgendeine Art von Euphorie, obwohl wir in diesen Tagen kaum von etwas anderem als vom Onkel sprachen, jeden Tag, sogar mehr als in der Nachkriegszeit. In diesen Gesprächen waren wir uns darin einig, dass die Zeit »Flügel« hat, und es kam vor, dass er erst gestern noch ein kleiner Junge und frech wie ein Teufel war. Meine Mutter betonte immer wieder, dass Anđelko ein guter Mensch war; diese Bemerkungen von ihr entbehrten jeglicher Grundlage, deshalb zwang sie Vater geradezu, ihr bissige und ironische Antworten zu geben, sie hörte seine üblichen Vorwürfe, es war das alte Spiel, er beschimpfte sie, sagte, dass sie in Luftschlössern lebte, die nichts mit der Wirklichkeit gemein hatten.

Unser Warten hatte sich aber gelohnt, denn eines Morgens fuhr eine schwarze Limousine vor unser Haus, sie versperrte geradezu den Eingang zu unserem Laden. Ich hatte gerade den Boden gefegt und mit Wasser bespritzt, während mein Vater hinter der Theke die Getränke in Flaschen umfüllte. Anđelko ging aus der Limousine direkt in unser Geschäft hinein, er war fröhlich und gut gelaunt, begrüßte seinen Bruder, mit etwas Distanz und ohne ihn zu umarmen, und mir streichelte er über den Kopf.

»Ich dachte, du gibst dich nicht mit Leuten ab, die Schlösser besitzen und seelenlos ihr Geld verdienen«, sagte mein Vater.

Mein Onkel blieb stehen und sah sich um, er betrachtete unser alles andere als wohlhabend ausschauendes Geschäft. »Nach dem neuen Gesetz darf man nicht mehr den Verkaufsladen zusammen mit der Wirtschaft in einem Raum betreiben, man kann keine betrunkenen Leute, die sich erbrechen können, dort beherbergen, wo auch Grundnahrungsmittel verkauft werden«, sagte er.

Dann kam meine Mutter herein, breitete die Arme heraus und brachte Lebendigkeit in den Raum; herzlich begrüßte sie ihren Schwager. Ihre Art, mit der sie auf Menschen zuging, hatte etwas Ehrliches an sich, sie war beglückt und freute sich, weil sie davon überzeugt war, dass die Begegnung zweier Menschen, vor allem, wenn sie miteinander verwandt waren, immer herzlich sein sollte, ganz egal was und wann sich etwas zwischen ihnen ereignet hatte, ob sie ein angespanntes Verhältnis hatten oder irgendein anderes Schicksal sie miteinander verband. Das hatte sie von ihrem Vater gelernt, der zu Lebzeiten noch weiter als sie gegangen war und sogar bereitwillig den eigenen Feinden seine Hand gereicht hatte. Auch Anđelko hatte diese Art von Herzlichkeit an sich, er umarmte meine Mutter ganz fest, beugte sich dann zu ihrem Bauch und legte sein Ohr darauf. »Wollen wir mal hören, ob unser Nachfahre einen Ton von sich gibt«, sagte er.

Er setzte sich nicht einmal hin, ging einfach immer nur hin und her; wir wünschten uns sehr, dass dieser Weltenbummler etwas länger bei uns bliebe, aber er war allem Anschein nach zu ungeduldig und hatte es eilig. Er war nachlässig gekleidet, trug einen zerknitterten leichten Sommeranzug aus Leinen und in seiner Tasche steckte eine Sonnenbrille. »Ich bin auf dem Sprung, es tut mir leid«, sagte er. »Das hier lasse ich für Mutter da, ich hatte keine Zeit, selbst bei ihr vorbeizuschauen.«

Auf den Tisch legte er ein riesiges Bündel Geldscheine; so viele große Scheine hatten wir schon seit langem nicht mehr gesehen. Einen Schein zog er heraus und gab ihn mir, dann legte er seine Hand auf meine Schulter und bat mich, noch heute diesen »Sündenablass der Mutter zu übergeben«. »Weiß man denn, was mit uns kleinen Händlern jetzt passieren wird? Wird der Staat uns auch die Geschäfte wegnehmen?«, wollte mein Vater wissen. »Wenn das Gesetz Privatbesitz abschafft, dann werden vor dem Gesetz Klein- und Großhändler gleichermaßen behandelt«, sagte Anđelko. »Handelsleute sind Ausbeuter, jetzt müssen sie zurückzahlen, was sie über Jahre hinweg gehamstert haben, Angst habe ich aber nicht um sie, denn ganz egal ob es sich um einen kleinen Ladenbesitzer handelt, den Leiter einer kleinen Drogerie, um einen Kneipenwirt oder einen Großhändler, ob es einen Wucherer oder Feudalherrn betrifft, ich bin mir sicher, dass sie genug von ihren Einnahmen zur Seite gelegt haben und damit nicht nur für ihre, sondern auch ihre Nachfahren gesorgt haben. Wenn wir uns ihre Häuser oder Ställe ansehen würden, so fänden wir sicher vergoldete Mistgabeln und Säcke gefüllt mit wertvollen Gütern. Bei einem Goldhändler aus Mostar hat man sechs Silberpistolen und zwei goldene Stahlhelme gefunden, die man mit einem militärischen Oliv übermalt hatte, um das Gold zu kaschieren. Seine Sau hat auf dem Hof aus diesem goldenen Gefäß getrunken, ein Gold, von dem niemand etwas gewusst hatte – vierundzwanzigkarätig! Wenn ihr etwas Wertvolles besitzt, irgendeinen Schmuck oder ein Stückchen Gold, so entfernt es aus dem Laden«, sagte er. »Dem Himmel sei Dank, so etwas haben wir nicht«, sagte mein Vater. »Und das hier, was du im Laden sehen kannst, haben wir auf Kredit bekommen, wir sind so verschuldet, dass uns recht besehen nur diese staatliche Liquidation des Privateigentums retten kann.«

»Ich weiß, dass ihr nichts habt«, sagte Anđelko mit zärtlicher Anteilnahme, dann umarmte er noch einmal meine Mutter und verabschiedete sich von uns in der Manier eines großen Reisenden.

Er hatte seine Worte mit Behutsamkeit ausgesprochen, eine andächtige Ruhe war im Raum entstanden, prompt fingen Mutter und ich an zu weinen; ich hielt die Hand meines Onkels und begleitete ihn bis zum Wagen. Der Fahrer wartete im Auto, es hatten sich schon eine Menge neugieriger Leute um ihn versammelt. Als Anđelko eingestiegen war, fuhr die Limousine sofort an und ich stand an der Tür und winkte meinem Onkel nach. Er winkte zurück. Ein paar Kinder rannten dem Wagen hinterher, um den Geruch von Benzin einzuatmen. Eine dicke Frau stand am Straßenrand und wickelte ihr Gesicht noch tiefer in ein Tuch ein, um sich so vor dem Staub zu schützen. Nur unser Taugenichts Ibrica, der gleichsam unser Inventar war, sah nicht einmal dem Wagen hinterher, er saß am Tisch vor dem Laden und las vertieft in einer Zeitung. Nichts konnte ihn ablenken, nicht einmal ein tragischer Unfall vor seiner Nase hätte ihn bewogen, den Kopf zu heben.

Jeden Morgen kaufte Ibrica am Kiosk eine Tageszeitung und klemmte sie sich unter den Arm, um sich dann zu unserem Geschäft aufzumachen, er nahm Platz, trank über eine lange Zeit hinweg seinen ersten Morgenschnaps und einen Kaffee, guckte stundenlang in die Zeitung, in der er mit angefeuchtetem Finger wie kein anderer Leser blätterte. Viele Passanten, die ihn kannten, fragten im Vorbeigehen, was denn in der Zeitung so zu lesen sei, und er antwortete liebenswürdig, nachdenklich und kühl, und manchmal schwieg er einfach nur.

Die ganze Geschichte über Ibrica bringe ich hier als Kuriosität ein, denn er konnte überhaupt nicht lesen. Die Zeitung kaufte er eigentlich meinem Vater und gewöhnte sich an, sie immer »vor ihm« zu lesen. Auch mein Vater fragte ihn manchmal humorvoll, was es denn »Neues« gebe, ob wir denn »einen Krieg zu erwarten« hätten, und Ibrica ließ sich weit und breit über alles aus, was er »gelesen« hatte; viele Male traf er voll ins Schwarze, seine Erzählungen deckten sich mit dem, was wirklich in der Zeitung stand. Und mein Vater bezahlte ihn für diesen Gefallen immer auf die gleiche Weise.

»Das hier, mein Ibrica, gebe ich dir für die Zeitung, das hier für deine Reiseausgaben, für das abgenutzte Schuhwerk und die überstandene Angst, dass dir niemand die Zeitung unterwegs geklaut hat. Ist das gerecht oder nicht?«

»Nein«, sagte dann Ibrica.

»Warum denn nicht?«

»Und was ist mit dem Zuschlag fürs Lesen? Wer bezahlt mich denn für meine Lesezeit, die ich für dich großmütig investiert habe?«

»Wie konnte ich denn diesen wichtigen Posten vergessen!«, stieß mein Vater dann freudig aus und schlug sich mit der flachen Hand gegen die Stirn.

Eine Woche nach dem Fortgehen meines Onkels Anđelko wurde Viktor Bloudek verhaftet und auf die Gefangeneninsel Goli Otok gebracht. Dort kam er 1951 auf tragische Weise ums Leben. Noch sechs weitere Leute wurden damals verhaftet, alles Menschen, die mit Anđelko zu Abend gegessen hatten. Meinen Onkel habe ich nie wieder gesehen, aber Geschichten habe ich über ihn gehört, viele Geschichten, die einander alle widersprachen. Es sieht so aus, als würde sein Umzug nach Paris der Wahrheit am nächsten kommen, da sei er Konsul geworden, habe eine Französin aus Reims geheiratet und sich nach etwa zwanzig Jahren Arbeit im Diplomatischen Dienst ganz aus dem politischen Leben zurückgezogen, um ein Import-Export-Unternehmen zu gründen. Es wird erzählt, dass er heute mit seiner Ehefrau und seinen vier Kindern immer noch in Frankreich lebt. Seine Nachkommen sprechen nicht seine erste Sprache und sie tragen den Nachnamen ihrer Mutter. Ich weiß nicht mehr, wann mir das alles zu Ohren gekommen ist und wer es erzählt hat, ich habe es nicht mehr auf seine Richtigkeit überprüft, auch nicht nach ihm geforscht und ich habe auch nicht in Reims herumgelungert, um ihn zu finden. Er hat mich einfach nicht interessiert, und wenn wir uns getroffen hätten, dann weiß ich gar nicht, was wir wohl miteinander angefangen hätten – denn er hatte seine guten Gründe, sich gänzlich von seinen Wurzeln und seinem Familienstammbaum zu lösen. Hatten das Gleiche nicht auch schon seine Brüder Nikola und Blago getan, die er nie zu Gesicht bekommen und über die er nie etwas Näheres erfahren hatte? Hatte ich mich nicht genauso wie er und wie seine Schwester Mila verhalten? Manchmal denke ich, das Abstandhalten sei unsere markanteste Charaktereigenschaft und unsere Blutlinie zwinge uns geradewegs dazu, uns voneinander zu entfernen. War nicht auch mein Vater sein Leben lang Tag für Tag auf der Flucht vor sich selbst gewesen? Der Alkohol half ihm dabei, denn die Betäubung war mit der Zeit ein Land für ihn geworden. Vielleicht war jeder von uns überzeugt davon, dass ihm Gott ungerechterweise diesen Flecken Erde als Geburtsort zugewiesen, dass er ihm diese Sprache, diese Kultur einfach aufgebürdet hatte, deshalb versuchten wir, kraft unseres eigenen Willens, diese Ungerechtigkeit wie ein Gewicht von unseren Schultern abzuwerfen. Immer wenn wir auf dieses Thema zu sprechen kamen, fasste mein Vater das Ganze auf seine Art zusammen und sagte: »Zuerst musst du ein schönes Fleckchen Erde finden, dort für deinen Schutz sorgen und dann kannst du mit dem Pinkeln beginnen.« Was aber würde in dieser Logik dann aus mir werden? Habe ich alle meine Züge vorbeifahren lassen, ohne auf sie aufzuspringen? Ist es nun zu spät, so etwas wie einen Anker auszuwerfen?

52

Am frühen Morgen hörte man ein Poltern an unserer Ladentür; es waren feste Schläge, die uns weckten, ich ging als Erster zum Fenster und erblickte einen Milizionär und zwei Leute mit Akten unter dem Arm – das waren Schriftführer. Einer von ihnen war eine Zeit lang in Vaters Geschäft als Hilfsarbeiter angestellt gewesen, er hieß Đurica Mrkajić. Er hatte die Angewohntheit, immer laut zu lachen, und ich hatte den Eindruck, er mache das auch ohne einen ersichtlichen Grund. Er lachte aus vollem Halse, nur um beachtet zu werden und um einmal mehr jenen Satz zu hören, den die Leute dann gerne sagten. »Wo das Lachen ist, wird auch Đuro nicht weit sein!« Aber wenn sie etwas getrunken hatten, hörte sich das ganz anders an, sie sagten: »Da steht er, der dumme Đuro, fällt wie ein Huhn vom Himmel herunter und lacht über jeden Scheiß.« Seitdem ich ihn kenne, lacht er über nichts so gerne wie über den Kummer anderer Menschen.

Ich machte das Fenster auf und sah nach unten. Der Milizionär gab mir den Befehl, sofort meinen Vater die Tür öffnen zu lassen, und Đurica behandelte mich wie einen Vorgesetzten.

»Guten Morgen, Chef! Oho, ho, ho, Chef habe ich gesagt, das Wort Chef kitzelt ja geradezu an meinen Lachnerven! Das sind ja schrecklich miese Zeiten, in denen das Gesindel es bis in Chefetagen schafft, und die richtigen Leute werden zu Dienern und Handlangern gemacht. Oho, ho, ho!«

»Ach Đuro, du bist durchgeknallt!«, rief ich ihm entgegen und machte das Fenster zu.

Ich ging mit meinem Vater nach unten, der mit seinem großen Schlüssel die Ladentür aufmachte, er tat das ohne Angst oder Verärgerung, wirkte sogar fröhlich dabei, als fiele ihm nun eine Last von den Schultern. Ich wäre gerne bei ihm geblieben, seine Gelassenheit bewunderte ich in jenem Augenblick, aber an diesem Tag war das Ende des Schulhalbjahrs, die Zeugnisse wurden ausgeteilt und um acht Uhr musste ich zur Schule gehen. Đurica erklärte meinem Vater, dass jetzt eine Generalinventur stattfinden würde und er nichts aus dem Geschäft entfernen dürfe, was von ihnen vorgefunden worden war.

»Der Ladenbesitzer muss jetzt anwesend sein«, sagte der Hauptschriftführer, »wir, die wir alles niederschreiben, werden jedes kleine Ding laut beim Namen nennen, bevor wir es in unser Inventurheft aufnehmen, wir wollen uns nicht am nächsten Tag nachsagen lassen, wir seien Räuber und hätten uns etwas genommen, was uns nicht gehört.«

»Dann ist der arme Đurica also nichts weiter als ein kleiner Schreihals?«, wollte mein Vater wissen.

»Đurica war hier kaufmännische Hilfskraft und kennt jeden Artikel beim Namen«, sagte der Hauptschriftführer.

Der Milizionär verpasste meinem Vater Handschellen und wies ihm einen Tisch zu, von dort sollte er die Inventur verfolgen. Das waren offenbar die üblichen Vorsichtsmaßnahmen, um den einen oder anderen hitzigen Ladenbesitzer in Schach zu halten, damit sie nicht auf die Schriftführer und Staatskräfte losgingen. Als ich neben meinem Vater stand, der bereits mit Handschellen am Tisch saß, schnappte der Milizionär plötzlich nach meinem Ohr und fing an, an ihm zu ziehen, ich versuchte, mich so lang wie möglich zu machen, mich auf die Zehenspitzen zu stellen und meinen Kopf so weit es ging zu neigen, um den Schmerz besser aushalten zu können. »Ich reiß dir die Ohren ab«, schrie er. »Du hast einen im Staatsdienst stehenden Mann beleidigt! Wer ist hier durchgeknallt?«

Die beiden Läden in unserer Straße, Vaters Geschäft genauso wie das der Paranos-Brüder, aber auch Senads kleines Lädchen, in dem Eisenwaren und Agrarprodukte vertrieben wurden, gingen an jenem Tag offiziell in Staatsbesitz über. Man eröffnete daraufhin einen staatlichen Genossenschaftsladen im Erdgeschoss des einstöckigen Hauses, in dem die Paranos-Brüder lebten. Der Laden bekam den Namen *Gemischtwarenladen Nummer 2*. Das ist alles, was ich zur Abschaffung von Privateigentum und der Enteignung meines Vaters zu sagen habe. Es war nichts anderes als die Pfändung von fremdem Besitz. Obwohl das für uns sehr schmerzhaft war, und zwar nicht nur deshalb, weil wir überhaupt nichts mehr besaßen, was uns hier und dort über die Runden geholfen hatte, sondern vor allem deshalb, weil es eine Erniedrigung war. Unsere alte Kundschaft wurde schadenfroh, auf der Straße mussten wir uns Zurufe wie jene nach dem Preis der Orangen gefallen lassen, ich habe weder damals noch jetzt beim Schreiben begriffen, warum sie uns so behandelt haben; zudem hatten wir zu Zeiten des Ladens ganz selten Orangen im Angebot, aber vielleicht war genau diese Frucht in ihren Augen das Zeichen für Wohlstand und Fülle.

In die Schule kam mit jedem Schüler mindestens ein Elternteil mit zur Zeugnisvergabe, nur ich wurde von niemandem begleitet, und als die Lehrerin meinen Namen ausrief und sagte, dass ich mit gut bestanden hatte, antwortete ich bissig: »Ich habe bessere Noten verdient.« »Warum konnten deine Eltern nicht kommen? Das hier ist ein großer festlicher Moment, ein besonderer Tag für jeden Schüler und für alle Eltern. Wenn schon die Mutter nicht mitkommt, warum hat dein Vater den Weg nicht auf sich genommen?«, fragte sie. »Man hat ihn verhaftet«, sagte ich. »Heute haben sie uns das Geschäft dichtgemacht.«

Für einen Moment waren alle still geworden; alle Schüler sahen in meine Richtung. Ich hielt mich ganz passabel und redete mir ein, dass schon niemand die Tränen auf meinem Gesicht sehen und nichts von meiner Niedergeschlagenheit bemerken würde, ich mimte den Fröhlichen und übertrieb es natürlich damit. Es ist nicht leicht, in einem solchen Zustand das rechte innere Maß zu bewahren. Erst als alle auseinandergegangen waren, ging ich zum Lehrerpult, um mir mein Zeugnis abzuholen. Die Lehrerin und ich waren allein im Klassenzimmer. Sie betrachtete mich herausfordernd und dann schallte ihr schönes Lachen durch den Raum. Ich liebte sie wieder und hatte ihr verziehen, dass sie sich damals auf die Seite des Inspektors geschlagen und mich in die Erziehungszelle gesteckt hatte. Als ich am Pult stand und darauf wartete, dass die Lehrerin mein Zeugnis unterschrieb, spürte ich die Zuneigung, die ich schon immer für sie empfunden hatte, und zeitgleich auch den verwegen süßen Wunsch, meinen Kopf zwischen ihre Brüste zu stecken, die sich wie zwei magische kleine Nester unter ihrer leichten Seidenbluse hoben. Und als sie dann einen Knopf öffnete, glaubte ich, dass sie Lust auf mich hatte. Mir kam es so vor, als wäre ich nicht nur durch unsere Nähe, sondern auch durch die zwischen uns entstandene Distanz reifer, ja vielleicht sogar schneller erwachsen geworden. Und die erotischen Karten hatten mir letztlich doch ein bisschen dabei geholfen und mir Selbstvertrauen eingeflößt. Ich fühlte mich wie ein erfahrener Bursche. Als sie das Zeugnis unterschrieb, fragte sie:

»Haben wir uns versöhnt?«

»Haben wir«, sagte ich.

»Ich musste mich so verhalten, wie ich mich verhalten habe«, sagte sie. »Sie sehen in mir ein schwarzes Schaf und beschuldigen mich, dass ich Schüler verführe. Das ist eine Lüge. Ich weiß, warum sie das tun. Ich werde nicht mehr lange in dieser Gegend bleiben, du wirst der Einzige sein, der mir fehlen wird, aber du wirst bald flügge werden, mein Lieber, und auf und davon fliegen. Gott allein weiß, ob sich unsere Wege je wieder kreuzen werden. Wenn es uns vorherbestimmt ist, dann wird es so sein. Und jetzt komm mal her und umarme mich«, sagte sie.

Sie saß auf dem Stuhl hinter dem Lehrerpult, drehte sich um, wollte mich in den Arm nehmen, ein bisschen öffneten sich ihre Knie dabei und ich schmiegte mich wie ein Liebender an sie. Voller Hingabe umarmte ich sie und freute mich, endlich in die Nähe ihrer Brüste gekommen zu sein, drückte mich noch ein bisschen fester an sie, küsste hastig ihren weißen Hals und steckte meine Nase in ihr wohlriechendes Haar. Das werde ich im Leben nie vergessen, es war das Aufregendste, das ich je erlebt habe. Wir blieben lange so in der innigen Umarmung beisammen, dann stand Jozipa auf, streichelte mich ein, zwei Mal, bevor wir Arm in Arm zur Klassenzimmertür gingen. Mein Kinn fing an zu zittern, ich kämpfte mit meinen Empfindungen, versuchte sie mit meinen schwach ausgeprägten Kräften in Schach zu halten, aber es war nicht leicht, gerade mal so gelang es mir, nicht in Tränen auszubrechen.

»Wir sehen uns noch«, sagte meine Lehrerin. »Ich komme heute Abend zu euch, um mich auch von deinen Eltern zu verabschieden. Auch sie habe ich liebgewonnen, sie sind einfache Menschen, so einfach, wie es auch meine Eltern sind.«

Aus der Schule kehrte ich sehr niedergeschlagen heim, aber zeitgleich fühlte ich auch Freude in mir. Ich stand wieder in der Gunst meiner Lehrerin. Über die Außentreppen ging ich ins Haus und traf Mutter in Vaters Stuhl sitzend an, sie hatte geweint und zog sich alle paar Augenblicke ihren Schal fester und fester um den runden Bauch. Sie freute sich, als ich ihr mein Zeugnis und meine Noten zeigte; ihr trauriges Gesicht leuchtete kurz auf. Sie hatte viel geweint, weil wir den Laden verloren hatten, ich nahm ihre Hand und führte sie zum Bett, damit sie sich ein bisschen hinlegen konnte. Als ich versuchte, sie ein wenig zu trösten, lächelte sie erst zaghaft, dann etwas offener und lachte dann schließlich ganz laut. Ich spielte ihr irgendetwas vor, alberte herum, damit sie wieder guter Laune wurde.

Und jetzt, da ich dieses Kapitel zu Ende bringe, lese ich ein paar von diesen Seiten, die ich vor einer halben Ewigkeit geschrieben habe, und es wird mir klar, dass hier noch zwei, drei Ergänzungen zu meiner Lehrerin Jozipa wichtig sind. Ein Grund dafür ist, dass die Beschreibung eines Schicksals ein großes Geschenk für den Schreibenden sein kann, aber vor allem auch, weil ich mich in diesem Falle tatsächlich an die Wirklichkeit, also an das halten will, was damals passiert ist.

Nachdem wir uns an jenem Abend in unserem Haus von Jozipa verabschiedet haben, sind wir einander nie wieder begegnet, aber ich habe noch etwas über sie erfahren.

Anfang der sechziger Jahre des letzten Jahrhunderts habe ich die meiste Zeit in Zagreb verbracht. Dort trieb ich mich immer in einer Gruppe junger Filmemacher herum, machte gerade meine ersten unsicheren Schritte als Drehbuchautor und schrieb auch Hörspiele, und am Ende dieses Jahrzehnts wurde ein Film, für den ich das Drehbuch geschrieben hatte, nach Cannes eingeladen. Später wurde er auf vielen anderen Festivals gezeigt und bekam auch einige Preise. Das betone ich, aber nicht, um mich selbst zu loben und wichtig zu machen, sondern deshalb, weil mir später kein Erfolg größere Freude bereitet hat als dieser erste, auch wenn danach noch einiges für dankbare Freude in mir gesorgt hat. Erfolge waren aber eher eine Belastung für mich, sie brachten mir mehr Schwierigkeiten ein als das Schreiben selbst, wegen dem ich immer Beleidigungen auszuhalten hatte. Ich muss gestehen, dass mich Zurechtweisungen mehr bewegten als Lobhudeleien. Heute grüße ich auf der Straße viel lieber jene, die mich damals kritisierten, als jene, die mich einfach nur lobten. Der Grund dafür ist einfach – Letztere verpflichten mich zur Höflichkeit.

In meinen Zagreber Jahren war ich ständig in wichtige Debatten und irgendwelche Diskussionen mit den Leuten vom Film verwickelt. Und während ich in der Stadt herumging, in Cafés und Wirtshäusern ein bekannter Gast wurde, trieb mich die Vorstellung, irgendwo in dieser Stadt meine Lehrerin Jozipa zu finden, vielleicht saß sie ja gerade an einem der Nachbartische, stellte ich mir vor, oder ich war nur einige Augenblicke vorher auf der Straße an ihr vorbeigelaufen, ohne sie erkannt zu haben. Unzählige Male habe ich draußen im Gewirr der Straßen gedacht, »na bitte, da ist sie ja«, und war kopflos einer fremden Frau hinterhergerannt. Einmal habe ich einer hübschen Dame den Namen Jozipa nachgerufen, ich war mir mehr als sicher, dass sie das sein musste, und solche Missverständnisse produzierte ich am laufenden Band, einige jener Frauen, denen ich irrtümlich nachgelaufen war, verübelten mir meine Verfolgungen sehr.

In einer Fachzeitschrift bin ich einmal auf einen Text über eine spezielle Lagerung von Schmetterlingen in entomologischen Schachteln gestoßen, der mit dem Kürzel J. B. unterschrieben war. Als ich das erste Mal in Zagreb das Museum für Naturkunde besuchte, nahm ich einen kleinen Prospekt mit, weil ich das Titelbild mochte, später habe ich ihn immer mit mir herumgetragen und auch als Lesezeichen benutzt. Ich hatte den Namen meiner Lehrerin darauf entdeckt, sie war auf dem Prospekt als Mitarbeiterin eines bekannten kroatischen Vogelkundlers, Prof. Konstantin Igalffyja, aufgeführt und es ging um Untersuchungen seltener Nestvögel im aufgeschwemmten Flusstal der Neretva. Im Naturkunde-Institut konnte ich in Erfahrung bringen, wann sie ihr Diplom gemacht hatte, und ich schaffte es sogar, mit jemandem in Kontakt zu treten, der ein bisschen mehr über sie wusste. Mir wurde klar, dass die meisten aus dem Institut nicht über sie reden wollten, so als hätten sie Angst vor etwas, als hätte sie irgendein Verbrechen begangen. Am Ende habe ich über einen Assistenten der Naturwissenschaftlichen Fakultät nach langem Hin und Her erfahren, dass Jozipa emigriert ist, sie hatte um politisches Asyl gebeten und war als wissenschaftliches Delegationsmitglied einer zwischenstaatlichen Austauschgruppe aus Jugoslawien ausgereist. Alle an der Fakultät fanden es wichtig, etwas gegen sie zu sagen und ihr Verhalten zu verurteilen. Deshalb wollte auch lieber niemand über sie reden. Ich habe auch erfahren, dass sie nach sechs Monaten im Exil weiter nach Australien gezogen ist, sie lebt in Melbourne, ist mit dem Sohn eines einst hochstehenden Politikers verheiratet, wie sie ist er ein Emigrant und sogar in ihrer Heimatgegend geboren worden; ihr Mann ist elf Jahre jünger als sie.

Ich weiß nicht, ob die Ergänzung dieses Kapitels wirklich nötig war, aber mir war sie wichtig, weil ich sie meiner Seele schuldete.

53

Mutter und ich blieben im leeren Haus zurück; wir konnten nicht einfach fortgehen und allem, was bis dahin unser Leben gewesen war, den Rücken zukehren. Erst drei Jahre später verließen wir unser zweites Heim, von diesem Moment an war mein Leben von Umzügen bestimmt und ich habe danach ganze zweiunddreißig Mal meine Adresse gewechselt. Dieser Prozess ist bis heute nicht abgeschlossen, denn sobald dieses Buch in Druck gegangen ist, ziehe ich mit meiner Liebsten in ein kleines Fischerdörfchen nach Istrien; ein weiterer Umzug, der mir aber nicht schwerfallen wird, weil ich dort noch andere Bücher schreiben möchte; aber es sollen Bücher werden, in denen das autobiografische Ich kein Mitspracherecht mehr hat. Man hat mir erzählt, dass man besser schreibt, wenn man sich auf den absteigenden Treppenstufen des Lebens befindet, besser also als auf den aufsteigenden. Falls es mir gelingen sollte, mir die Musen gewogen zu halten, wird jegliche Maschinerie der Erinnerung für mich verboten sein; es gibt nun nichts mehr, das sich *hinter* mir befindet, die Lichter sind allesamt ausgeschaltet, mein altes Leben gleicht einer verlassenen Stadt, es macht keinen Sinn mehr, in der Asche zu stochern, es ist müßig, die kleine Glut erhalten und etwas von den Funken retten zu wollen. Die Vergangenheit hat sich selbst ausgelöscht. Ich habe niemanden dort, wo ich einst gelebt habe. Alle Fotografien von damals habe ich vernichtet. Das Einzige, was ich behalten habe, ist Vaters silberne Tabakdose mit den schönen Platin- und Goldintarsien. Er hat sie von seinem Vater vererbt bekommen; für mich ist sie ein ästhetischer Gegenstand, der seinen Platz in meinem Regal gefunden hat; es ist keine konkrete Erinnerung und keine Bedeutung für mich an ihn gekoppelt.

In diesem Augenblick, da ich mein Buch schreibe, gibt es die Heimat aber doch, jetzt ist sie gezwungenermaßen mein Sujet, das Begonnene muss ich zu Ende führen und noch ein bisschen auf Umzüge zu sprechen kommen, Haarspalterei und Aufrechnungen liegen mir dabei fern.

Die wenigen Habseligkeiten, die wir hatten, waren schnell verstaut, der Laster stand dennoch einen ganzen Nachmittag lang vor der Eingangstür unseres Hauses. Vorsichtig packten wir das Porzellan und die Glaswaren ein, aber von dem Moment an, in dem wir Mutters Singer-Nähmaschine auf den Laster gestellt hatten, sahen wir immerzu durch das Fenster nach draußen, nicht etwa, weil wir glaubten, jemand könnte das gute Stück stehlen, so etwas war praktisch unmöglich, weil wir ständig vom Haus zum Auto gingen, vielmehr liebten wir die Nähmaschine, wie man ein menschliches Wesen liebt, und wollten ihr auf diese Weise immer noch nahe sein. Aus der kleinen Schublade für Kleinkram, die unten am Gerät angebracht war, nahm ich das Goldarmband heraus. Mit Mutters Segen verstaute ich es in meiner Tasche, an der eine kleine Schnalle angebracht war, aber um wirklich nichts zu riskieren, befestigte ich es zusätzlich noch mit einer Sicherheitsnadel.

Sie nahmen uns das Haus nicht weg, das erlebten nur die ganz reichen Händler, bei denen auch der Grundbesitz verstaatlicht wurde. Aber da wir in Montenegro, im Städtchen N., eine staatliche Mietwohnung zugewiesen bekommen hatten, ging unser Haus auch an den Staat über, ohne dass an unserer Eintragung im Grundbuch etwas geändert worden wäre, und in unseren einstigen Räumlichkeiten züchtete man bald darauf Heilpflanzen. Im Erdgeschoss wurde eine Kräuter-Apotheke eröffnet. Sie war noch bis 1956 geöffnet, dann brannte das Haus bis auf den Grund ab. Zwanzig Jahre später errichtete jemand an der gleichen Stelle ein hässliches mehrstöckiges graues Haus, das wie alle anderen hässlichen Häuser aus dieser Zeit aussieht. Wir bekamen nichts für unsere Ländereien, meinem Vater erklärte man im Gemeindehaus, dass städtischer Besitz nun automatisch Eigentum des Staates wird, wir also alle auf fremdem Grund und Boden lebten. Wir kümmerten uns nicht mehr darum, informierten uns auch nicht, ob das nun wirklich eine gesetzliche Regelung war oder nicht.

Als wir über die Schwelle nach draußen traten, löschte Vater das Haus aus seinem Gedächtnis. Ich glaube, er hat es nie geliebt, aber vielleicht plagte ihn auch die Erinnerung, die Tatsache, dass er es einst mit Bestechungsgeldern und einem Betrug in seinen Besitz gebracht hatte.

Vater stellte sich allen Schwierigkeiten, die mit dem Umzug verbunden waren, er schonte Mutter, wo immer es möglich war, mich auch, denn ich war ohnehin stets in ihrer Nähe, nur beim Aufladen hatte ich richtig angepackt. Vater fuhr mit dem beladenen Laster voraus, unsere Habseligkeiten hatten wir nicht einmal zugedeckt, nach einer langen Zeit der Dürre hatten sich gerade an diesem Tag ein paar Wolken am Himmel gezeigt, aber ein Sommergewitter blieb dennoch aus. Mutter und ich standen noch kurze Zeit im leeren Haus, sahen uns um, inspizierten jede Ecke, und beim Hinausgehen küsste sie plötzlich den Türrahmen, was ich ihr sogleich nachmachte. Das Küssen beruhte auf einem alten Glauben, der besagte, dass man entweder die Schwelle oder den Rahmen eines Hauses küssen müsse, »wenn man es bezieht oder verlässt«. Ein Haus ist ein Tempel, Zufluchtspunkt und geschützter Raum, Schlaflager und ein Ort, an dem man zur Ruhe und zu sich selbst kommt. Sie weinte immerzu, als wir in Richtung Bahnhof gingen, ich trug eine Tasche, in der sich die Unterwäsche meiner Mutter befand, ein paar alte Laken, eine Schere und ein Hygiene-Mäppchen, für den Fall, dass die Wehen zu früh einsetzten oder Mutters Berechnung des Geburtsdatums falsch war. Ich trug noch eine Flasche Wasser, eine schöne alte bauchige Zweiliter-Korbflasche, mit einem Korkstopfen, der in eine kleine Glaskugel eingearbeitet worden war.

Mutter blieb immer wieder stehen, sah sich um, es war das letzte Mal, dass sie ihr Haus sehen konnte, ich hingegen wollte so schnell wie möglich zum Regionalzug nach L. und empfand nicht das Gleiche beim Abschied wie sie. Ich hatte den Türrahmen doch geküsst, was konnte ich denn noch anderes tun, war dies nicht des Abschieds genug? Ich habe nie Anhänglichkeiten an Wohnungen und Häuser entwickelt, in denen ich gelebt hatte, an die Lebensabschnitte, die ich in ihnen verbrachte, dachte ich nicht mehr als an einen Teil meiner Wirklichkeit zurück, für mich waren das nur Möglichkeiten des sich Niederlassens gewesen. Vergangenheit. Lediglich das Haus meiner Großeltern in L., mein Geburtshaus, in dem auch meine Mutter das Licht der Welt erblickt hatte, weckte Erinnerungen in mir, das Gedächtnis zog mich hin und wieder melancholisch zu jenem zerbrechlichen Wesen, das ich einmal gewesen war und das man in die Welt geworfen hatte und das wie jeder andere auch das Schutz spendende Nest seines Kindheitszimmers irgendwann verlassen musste; das war das einzige Haus, das irgendeine Bedeutung für mich hatte, und es blieb auch das einzige, das mich viele Male voller Sehnsucht zum Weinen brachte. Das Haus stellte den Verlust meiner inneren Landschaften dar und es war seine Schuld, dass ich mich manchmal bei sinnlosen Träumereien ertappte, wie etwa dem Gedanken, vielleicht doch noch eines Tages in meine Geburtsgegend zurückzukehren, in eine Region also, in der nichts so stark ist wie die Herrschaft des schönen Fluchs, so hat es einmal ein Freund von mir geschrieben, ein bosnischer Dichter, in seinem nostalgischen Poem »Die Unmöglichkeit der Rückkehr«.

Am Ende dieses Kapitels möchte ich noch etwas über dieses Haus sagen, ich habe das Bedürfnis, noch etwas über mein Geburtshaus zu erzählen, weil es sich wie ein Schatten über alle späteren Erinnerungen an andere Lebensorte gelegt hat. Nun warte ich auf den Bezug meines neuen Heims, das, so bin ich mir sicher, eine tiefe Bedeutung für mich haben wird, denn zwischen dem Geburtshaus und jenem Haus, in dem die Bilanz eines Lebens niedergeschrieben wird, ist nur noch ein großes Intervall – das Dazwischen. Heute bin ich, im fortgeschrittenen Alter, überzeugt davon, dass es nur diese beiden Häuser in meiner Wirklichkeit geben kann, alles andere aber Literatur ist.

Vater ruckelte langsam mit dem Laster über die Landstraßen, das Waldforstamt hatte uns den Wagen für den Umzug überlassen; es stellte sich heraus, dass er in diesem Gefährt die nächsten Jahre fahrend verbringen sollte, zuerst als Referent des Amtes; aber diese Arbeit mochte er nicht, er hatte nicht mehr jene Freiheiten, an die er sich als Ladenbesitzer gewöhnt hatte. Bald war er in der Gegend als Förster bekannt, der jeden Tag bis zum Ende seiner Arbeitszeit draußen verbringt, vornehmlich an einer Stadteinfahrt stehend. Er hatte sich darauf spezialisiert, sich das Brennholz der Leute anzusehen, verlangte nach der Erlaubnis fürs Holzfällen und gab jenen einen Stempel, denen man genehmigt hatte, das Holz auf dem Markt zu verkaufen, jene aber, die keine ordentlichen Dokumente vorweisen konnten, hielt er manchmal ein, zwei Stunden auf, ließ jedoch auch sie irgendwann fahren, natürlich nur mit Bestechungsgeldern, die darin bestanden, dass man ihm im Wirtshaus vor der Stadt einen Schnaps ausgab. Denn das Trinken war das eigentliche Zentrum seiner Aktivitäten.

Jetzt saß der Vater in der Kabine neben dem Fahrer, die Fahrt dauerte fast drei Stunden, obwohl die Entfernung zwischen Trebinje und N. nur etwa siebzig Kilometer betrug, die Straße aber war voller Schlaglöcher, und schon nach einer kleinen Wegstrecke, die wir für uns Habsburger Straße genannt hatten, bedeckte der Staub nicht mehr nur unseren Hof; es leuchtete ein, dass Mutter darauf gedrängt hatte, die Singer-Nähmaschine mit einer Plane zu bedecken. Und während Vater nur ruckelnd auf der Landstraße vorankam, fuhren wir in aller Ruhe mit dem Zug in L. ein; wir hatten schon mit Oma Jelica auf dem Diwan gesessen und über Mutters Niederkunft gesprochen und über alles, was uns nun in dieser Stadt erwartete, neue Menschen waren hier, die mein Vater »zu den Sternen hochgelobt« hatte, die uns aber eher ganz gewöhnlich erschienen. Wie überall waren auch hier die einen Menschen besser, die anderen schlechter, so hatte es mein Großvater Tomo immer gesehen, der ständig betonte, dass wir »alle vom gleichen Ast abgestiegen waren«.

Ein paar Tage verbrachten wir mit Großmutter Jelica ohne große Sorgen, Mutter war es wichtig, dass wir wenigstens eine Zeit lang unsere Probleme vergaßen, nun würde alles anders werden – wie es anderen Leuten erging, so würde es auch uns ergehen. Oma Jelica verlor zeitweise den Bezug zur wirklichen Welt, manche Dinge konnte sie nicht mehr mit dem richtigen Wort benennen oder verwechselte vieles miteinander – ein Teller war dann für sie ein Löffel, das Brot wurde zu einer Zuckermelone. Für mich war das sehr unterhaltsam, ich fand das lustig, aber Mutter wies mich zurecht, ich sollte aufhören, mir einen Spaß daraus zu machen, denn wer sich über den Kummer der anderen belustigte, sagte sie, würde selbst eines Tages von Kummer übermannt werden. Aber es war nicht einfach, sich einen Witz zu verkneifen, wenn mich Oma Jelica beispielsweise nach einem Abendessen plötzlich anstarrte und sagte: »Sie kommen mir irgendwie bekannt vor, der Herr.« Sie stachelte meine Lachnerven geradezu an und am liebsten hätte ich mich als einen reisenden Handelsvertreter bei ihr vorgestellt, der den Akzent eines Fremden oder einen Küstendialekt spricht; die Ideen sprühten nur so aus mir heraus, aber Mutter sah mich sofort streng an und ein paar Augenblicke später war ich einfach wieder das liebe Enkelkind meiner Großmutter.

Mutter sagte, dass Omas Lämpchen mal an-, mal ausgingen, daran müssten wir uns gewöhnen. »Es tut weh, aber wir müssen uns damit anfreunden.« Wir ließen sie in ihrer Welt in L. zurück, hatten Angst um sie, aber eine Wahl hatten wir nicht wirklich, mit uns hätte sie nicht fahren können, selbst wenn dies ihr Wunsch gewesen wäre, weil Vater sie nicht ausstehen konnte. Nach drei, vier Tagen, die wir mit Großmutter Jelica verbracht hatten, wurden wir benachrichtigt, dass in der gerade eröffneten Post von L. ein Anruf für uns angekündigt worden sei, ich ging zur anvisierten Zeit hin und sprach mit meinem Vater. Er war begeistert von der Stadt und den Menschen und von der neuen Wohnung, seine Stimme überschlug sich vor Glück, er bat uns, mit dem Morgenzug zu kommen, denn er hatte schon alles für unseren Empfang und für die Niederkunft vorbereitet.

Heute weiß ich nicht, was aus dem Erbe meines Großvaters geworden ist, wem mein Geburtshaus gehört, die Erinnerungen jedoch sind sehr lebendig. Jemand hat mir erzählt, das Dach sei schon vor langer Zeit eingestürzt, die Wände quietschten geisterhaft, es wachse an ihnen Efeu und wilder Wein entlang, und aus den Trümmern, genau an der Stelle, an der die Ladenkasse gestanden und wo das Feuer im Herd gebrannt hatte, sei ein großer krummer Feigenbaum gewachsen, um den Baum herum schieße Farn und Unkraut nur so in die Höhe. Ich weiß nicht, ob das wirklich stimmt, aber ich selbst bin das letzte Mal 1950, als meine Großmutter Jelica verschwunden war, dort gewesen. Sie haben sie im Hain tot aufgefunden, nachdem sie tagelang auf der Suche nach ihr gewesen waren. Ich habe sie nicht gesehen, als man sie brachte, war sie in eine Plane gewickelt und gleich in einen Sarg gelegt worden, den man auf der Stelle vernagelte. Ich wollte mir keine Geschichten über ihren Leichnam anhören; ich war mit Schulfreunden aus N. nach L. gekommen; drei von uns und zwei Freundinnen blieben noch drei Wochen nach Omas Begräbnis; heiter verbrachten wir dort die Zeit der Sommerferien und blieben bis Anfang August. Wir sprachen kaum über Großmutters Tod, nur am Abend verschreckten wir die Mädchen ein bisschen, wenn wir von der »Seele der Toten« sprachen und uns aus Spaß ihre Kleider anzogen. Wir haben nie so gelacht wie damals, ich erinnere mich nicht daran, dass ich jemals später so viel Nähe zu anderen Menschen zulassen konnte.

Meine städtischen Mitschüler bestaunten alles, was sie im Haus oder auf dem Grundstück sahen, die Natur kam ihnen anders und schöner, ja aufregender vor als in der Stadt. Alles schien sie zu unterhalten, sie lachten über die einfachsten Dinge wie etwa über einen ganz normalen Sommerregenguss, ein Gewitter erwarteten sie glucksend, schrien vor Glück und rannten zum Tor am Ende unseres Grundstücks. Die Entladung der Gewitterwolken rief uns magisch nach draußen, wir stellten uns ihrem Zorn, indem jeder von uns einen Eisengegenstand in die Hand nahm und in den gefährlichsten Winkel auf dem Hof rannte; hier war schon einmal ein Blitz eingeschlagen und hatte unsere schöne Eiche verbrannt, die sogar Eingang in botanische Lexika gefunden hatte und in einem Buch mit dem Titel »Parkanlagen im Hinterland der Küste« als eine Art der immergrünen Eiche erwähnt wurde. In Opas Werkstatt fanden wir alte Eisengegenstände und rannten mit ihnen wie mit Waffen nach draußen. Aber unserem kindlichen Getrommel und den gefährlichen Blitzmagneten zum Trotz passierte keinem von uns etwas. Das waren damals unsere Spiele, unsere unbedachten kleinen Leichtfertigkeiten. Diese Art von Selbstunterhaltung kam gleichsam von alleine auf, manchmal auch am Fluss, wenn wir Krebse und Forellen fischen gingen und dann plötzlich in die Bäume hinaufkletterten, um von den Wipfeln wieder kopfüber ins Wasser zu springen. Wir waren allesamt gute Schwimmer, auch die Mädchen. Wenn ich mich ausschließlich mit dem Thema Kindheit beschäftigen würde, hätte ich vieles zu sagen, die Natur käme in allen ihren Nuancen darin zum Tragen, aber ich kann nicht, ich fühle mich von der Idylle abgestoßen, das Säuseln des Wassers macht mich nicht glücklich, deswegen geize ich mit Naturbeschreibungen, meine Obsessionen gelten etwas anderem; vielleicht der Vergänglichkeit, vielleicht dem Tod.

54

Von L. brauchte man etwa zwei, drei Stunden, um nach N. zu kommen, es hing alles von den Kreuzungen ab, von den Personen- und Transportzügen, und an der Bahnstation Bileća stand man mindestens eine halbe Stunde, weil diese Haltestelle gleichzeitig die Endstation eines anderen Zuges war, auf den wir warteten; die Lokomotive wendete hier, jedes Mal schaute ich mir diesen Vorgang ganz genau an, blieb an der Wendestelle stehen, sah den Zug auf dem anderen Gleis einfahren, blickte zum Zuganfang, sah, wie die Lokomotive nun an der Stelle angebracht wurde, die bisher das Ende des Zuges gewesen war. Bis das abgeschlossen war, hatten wir genug Zeit, uns draußen an der Station eine Flasche Wasser abzufüllen. Sogar zum Sodawasserverkäufer konnte man bei diesem Stopp gehen, der seinen Wagen am Bahnsteig entlangschob, ein Getränk war schnell gekauft, in der Regel lauwarmes Sodawasser oder Orangeade; und man schaffte es auch, noch im Tabakladen Zeitungen und Zigaretten zu bekommen, sogar im Gemüseladen konnte man sich in die Schlange stellen und ein bisschen Obst kaufen.

Mutter saß im Abteil am Fenster, das halb geöffnet war, sie sah mir durch die Scheibe zu, wie ich am Gleis herumstromerte, ich war findig und beweglich, stand als Erster beim Wasser, füllte uns eine Flasche ab und kaufte Mutter eine Tüte großer saftiger Kirschen. Viele guckten sich meine bauchige schöne Zweiliterflasche an, in der das Wasser eine bläuliche Farbe annahm. So rasch ich konnte, kehrte ich wieder zurück, ich wollte neben Mutter sitzen, sie anschauen, wenn sie die Kirschen essen und mir hoffentlich etwas abgeben würde. Die Schwüle setzte uns zu und der warme Wind wehte den Staub durch die Luft, der sich auf unser Waggonfenster legte; ich rieb mir die Augen, weil es in den Lidern kribbelte, ein Körnchen war mir irgendwie ins Auge geraten, aber Mutter schlug mir jedes Mal auf die Hand, damit ich mit dem Reiben aufhörte, weil sie Angst hatte, ich könnte mir mit den schmutzigen Händen am Ende noch eine Infektion zuziehen. Während der Sommertrockenheit schossen die Funken aus dem Schornstein der Lokomotive zur Seite und entfachten Feuer am Gleisrand. Und wenn der Zug sich in Bileća langsam in Bewegung setzte, sich mehr und mehr von der Bahnstation entfernte, konnten wir noch immer von unserem Fenster aus das Lodern des Feuers und die dichten Rauchschwaden sehen.

Meine schwangere Mutter bekam gerade in dem Moment Unterleibsschmerzen, als der Zug die leere Station Koravlica hinter sich ließ, die als solche nur durch den Schotter in einer kleinen Erdvertiefung gekennzeichnet und an einem zwischen zwei Pfeilern angebrachten Ortsschild zu erkennen war. Sie hatte Bauchkrämpfe und ich konnte förmlich zusehen, wie ihr Gesicht bleicher und bleicher wurde, bis ihr der Schweiß aus der Stirn schoss und zum Kinn rann. Sie öffnete den Mund und lechzte nach Luft; es schien, als würde sie gleich ersticken, und ich war ratlos, wusste einfach nicht, wie ich ihr helfen sollte, wie ihre Schmerzen zu lindern wären. Und was hätte ich anderes tun können, als mich an sie zu schmiegen und ihre feuchten Hände festzuhalten, so fest ich nur konnte? Ich gab ihr einen Schluck lauwarmes Wasser zu trinken und wischte ihr mit einem Taschentüchlein den Schweiß von der Stirn.

Unsere Mitreisenden, die meisten unter ihnen waren Saisonarbeiter, saßen dicht gedrängt auf den Bänken und wussten nicht, ob es sich nur um vorübergehende Schmerzen handelte oder ob das schon die richtigen Geburtswehen waren. Ein Gewitzter unter ihnen fragte, ob es sich um eine Scheingeburt handelte, und zwinkerte dabei den anderen zu, die daraufhin zu scherzen und zu lachen begannen, als sei eine Geburt etwas Unanständiges, und sie fingen sogar an, geschmacklose und vulgäre Details über Schwangere zu erzählen. Sie machten mir mit ihrem Gerede mehr als alles andere zu schaffen, als sie dann auch noch sagten, dass ich eines Tages die teuflische Frauenhöhle schon selbst entdecken würde, und wieder lachten sie aus vollem Halse, sie konnten sich vor Lachen gar nicht mehr einkriegen. Ich wehrte mich nicht gegen ihre verdorbene primitive Welt. Auch später fing ich keinen Streit mit solchen Dummköpfen an und unternahm auch nie den Versuch, die Fehler der anderen geradezubiegen. Manchmal tat es mir leid, dass ich solchen Menschen nicht ins Gesicht sagte, was sie zu hören verdient hätten, aber ich rechtfertigte mein Vorgehen vor mir selbst damit, dass ich ohnehin nichts ausrichten und sie niemals verändern würde. Sie aber hätten aus mir einen zornerfüllten Menschen gemacht. Ein solcher Mensch wollte ich jedoch niemals sein.

Es kam oft vor, dass jemand mit größerer Entschiedenheit und innerer Kraft genau das tat, was ich selbst mir wünschte, aber keine Lust, keinen Mut hatte, es auch wirklich zu tun. Auch damals war es so, als zwei jüngere Männer an unserem Abteil vorbeigingen und diese »Witzeleien« der barbarisch gefühllosen Arbeiter hörten. Sie wiesen sie entschieden zurecht, stellten sich auf unsere Seite, auf eine so mutige Weise, dass ich die Fremden um ihre Kraft und um ihr Mitgefühl für uns beneidete. Mutter erlebte das nicht auf die gleiche Weise wie ich, ihre Schmerzen wurden immer schlimmer. Einer der jungen Männer hatte eine kraftvolle Sprache, mit einem montenegrinischen Akzent, er war offenbar gebildet und nannte die Arbeiter wilde Tiere. Er sagte sogar, dass Tiere verständiger als sie seien, sie empfänden mehr, beschützten ihre Kleinen, umarmten sie. »Und ihr macht euch über eine Geburt lustig, macht Witze über etwas Heiliges, weder eine Mutter noch eine Frau könnt ihr lieben.« Auf diese Weise brachten sie unsere Mitreisenden zum Schweigen, die daraufhin kein Wort mehr von sich gaben, aber noch heute denke ich, dass diese rohen Menschen sich nicht einen Augenblick lang geschämt und nichts bereut haben. Die Gesichtshaut solcher Leute, das hatte mein Vater immer gesagt, ist dick wie eine Schuhsohle.

Mutter musste zur Toilette. »Ich kann es nicht mehr aushalten«, sagte sie. Die beiden jungen Männer stützten sie und halfen ihr, an den Mitreisenden vorbeizukommen. Sie brachten sie in den Flur und hielten sie unter den Achseln fest. Meine Mutter griff mit beiden Händen nach ihrem Bauch, es war die intuitive Geste einer Schwangeren, um ihr Kind zu beschützen.

»Ich habe es noch nicht erwartet«, sagte sie, sich entschuldigend vor den beiden liebenswerten Männern, die uns zu Hilfe geeilt waren. »Es ist viel zu früh, viel zu früh«, sagte sie. »Alles wird gut«, sagte einer der beiden, drehte sich dann zu mir um und sagte: »Komm, Kleiner, nimm deine Sachen.«

Was hatten die beiden Wohlmeinenden mit uns vor? Ich nahm unsere Tasche von der Gepäckablage herunter und ging ihnen nach, drehte mich aber noch einmal um und streckte den derben Arbeitern die Zunge raus. Mutter hatte einen schweren und unsicheren Gang und hielt alle Augenblicke an, damit die Krämpfe weggingen. Vorsichtig bewegten wir uns von Waggon zu Waggon, und auf den kleinen Übergängen zwischen den Waggons hielten wir meine Mutter noch etwas fest und kamen so endlich zu dem Abteil, auf dem *Reserviert für das Personal* stand. Die Vorhänge waren zugezogen. Auf der Holzbank hatte sich der Kondukteur ausgestreckt, der flink hochsprang, als er die beiden jungen Männer sah. Wie ein Soldat, der auf Befehle wartet, stand er jetzt vor ihnen. »Dieses Abteil wird jetzt vorübergehend in eine Entbindungsanstalt umfunktioniert«, sagte der Kleinere der beiden, der auch zuvor den Arbeitern eine Lektion in Mitmenschlichkeit erteilt hatte.

Das Gesicht des Kondukteurs leuchtete; noch heute sehe ich seine heller gewordenen Augen vor mir, die beflissenen Gesten dieses hilfsbereiten Menschen. »Wir haben Glück, eine Hebamme ist im Zug!«, schrie er glücklich. »Ich gehe sie holen, guter Gott, die arme Frau kann das Kind doch einigermaßen anständig zur Welt bringen.«

Schnell war er weg, emsig rannte er den Waggonflur hinunter und der andere junge, etwas stillere Mann schloss das Toilettenräumchen auf, das nur den Diensthabenden vorbehalten war. Er half meiner Mutter hineinzugehen und wartete draußen vor der Tür auf sie. Es war schwer für mich, all das zu erfassen, es war auf eine Weise schön und unbegreiflich zugleich, dass diese Fremden unsere Retter wurden und uns einfach so halfen. Mutter kam aus dem Abort heraus, es ging ihr etwas besser, die Wehen hatten etwas nachgelassen, sie lächelte und sagte, dieser WC-Raum sei sauberer als alle anderen im Zug. Und dann bedankte sie sich mit einer zärtlich-milden Stimme bei den jungen Männern: »Ich weiß nicht, womit ich euren Schutz verdient habe«, sagte sie, »wie kann ich euch nur danken?«

Alles, was sie getan hatten, war voller Wohlwollen und Liebenswürdigkeit gewesen, es war mehr als erstaunlich, und selten ist mir so etwas in meinem späteren Leben noch einmal begegnet, selbst als ich bereits viele Reisen und Begegnungen in der ganzen Welt hinter mich gebracht hatte. Jetzt schreibe ich das erste Mal darüber, mit dieser Art des Guten bin ich im Laufe meines Lebens nicht gerade überschüttet worden, in meinen Büchern kommt es selten vor – auch wenn wir doch alle damit das eine oder andere Mal in Berührung gekommen sind. Und ich weiß auch nicht, warum ich nicht umhin konnte, hier das Gute zu beschreiben. Hatte ich etwa Angst, dass man mir nicht glauben würde? Oder habe ich das Böse als das Normale verbucht, sodass mir das Gute automatisch als das Mystische erscheint? Was ich in all den Jahren, in denen ich schreibe, verinnerlicht habe, ist, dass das Gute keine Erben hat, das Böse aber umso mehr. Das mag auch eine Antwort auf meine grundsätzlichen Zweifel sein. Doch ich möchte den Faden nicht verlieren und werde mich wieder den beiden jungen Männern widmen, die meine Mutter ins Abteil begleitet haben und ihr den Schlüssel zum Abort daließen. In der Zwischenzeit war auch der Kondukteur zurückgekehrt, zusammen mit einer älteren Nonne in schwarz-weißer Ordinationskleidung. »Das ist unsere Dauerreisende, Schwester Marija, Franziskanerin aus Cetinje«, sagte der Kondukteur.

Die jungen Männer begrüßten sie lebhaft und verabschiedeten sich dann. Die Schwester strich meiner Mutter liebevoll über das Gesicht, dann machte sie die Knöpfe ihrer Bluse auf und löste die Klammer, mit der ihre Weste befestigt war. Sie machte Mutters breiten Rockgürtel auf und zog ihn ein Stückchen nach unten. Dann schob sie die Bluse nach oben und entblößte einen glatten Bauch, fing an, ihn zu massieren und sanft zu kneten, und dann beugte sie sich vor und sprach auf den Bauchnabel ein: »He du! Willst du rauskommen oder warten, bis wir im Krankenhaus sind?«

Ich lachte über diesen zauberischen Kommunikationsversuch der Franziskanerin und meine Mutter lächelte sanft. Schwester Marija sah mich streng an und sagte: »Lustig ist das nicht, du! Das Kind im Bauch hört und versteht alles, mein Lieber. Es hat mir auch meine Frage schon beantwortet, nur höre ich nicht mehr so gut.«

Wieder überströmte Schweiß die Mutter, ihre Zähne fingen an zu klappern. Ich sagte, dass unsere Handtücher und Laken in der Tasche seien. Die Schwester befeuchtete ein kleines Handtuch mit Wasser aus unserer Flasche und fing an, den Schweiß von Mutters Stirn zu wischen.

»Keine Angst, meine Gute«, sagte sie leise, dicht an Mutters Mund gebeugt. »Du bist in guten Händen. Keiner von uns ist gänzlich allein oder verlassen. Es ist immer jemand mit uns, jemand beschützt uns, alle Zeit, immer, bei allem, was wir tun.«

Sie legte Mutter auf die Bank, aus ihrer Handtasche nahm sie ein kleines Kreuz heraus und befestigte es an dem Haken über Mutters Kopf. Dann wandte sie sich mir zu und sah mich lange und forschend an.

»Was denkst du über Gott?«, fragte sie.

»Weiß nicht«, sagte ich.

»Er weiß es«, sagte sie, »Gott weiß genau, was du denkst. Jetzt geh bitte raus, das hier solltest du dir nicht angucken.«

Sie schloss die Abteiltür und zog die Vorhänge hinter sich zu. Ich stand auf dem Flur vor dem Abteil, legte mein Ohr an die Tür und versuchte, etwas zu hören, aber die Luft war erfüllt vom Rattern der Räder, das Aneinanderklackern der Waggons tat das Seine dazu. Das Pfeifen der Lokomotive hörte man jedes Mal, wenn der Zug auf einen neuen Schienenabschnitt fuhr. Am Rande der Strecke sah man überall Spuren des Feuers; schwarze Steine, verbranntes Gras und seltene Bäume, die jetzt skelettartig in die Höhe ragten.

Der Zug fuhr in die Bahnstation Petrovići ein, schon seit dem letzten Abbiegen war er langsamer geworden; die Lokomotive hielt direkt unter der Wassertränke an. Als der Zug zum Stillstand kam, entstand eine zum Zerschneiden hörbare, tiefe Stille und eine Lähmung lag über allem, etwas, das alle Stimmen schluckte. Noch immer zischte der Dampf aus der Lokomotive heraus und man hörte jetzt die Stimme des Kondukteurs, er ließ uns wissen, dass der Zug hier mindestens fünfzehn Minuten halten würde, um die Ankunft des Güterzuges aus N. abzuwarten. Wohin auch immer ich gereist bin, regelmäßig sprang ich bei jeder Station hinaus, noch bevor der Zug hielt, jetzt aber blieb ich vor der Abteiltür bei meiner Mutter stehen und wartete ihre Niederkunft ab. Ich legte meine Stirn auf die Fensterscheibe und es gelang mir, einen Blick auf das Innere des Abteils zu erhaschen; der Vorhang war etwas verrutscht und ich konnte einen kurzen Moment lang erkennen, was drinnen vor sich ging. Natürlich tat ich das in aller Heimlichkeit und hatte Angst, dass die Schwester mich dabei erwischen und vom Flur verscheuchen würde. Sie stand mit dem Rücken zu mir und war vollauf mit der werdenden Mutter beschäftigt. Sie hielt ihr unsere bauchige Flasche an den Mund und trieb sie an, da hineinzublasen. Wie eine Befehlshaberin hob sie streng ihre Stimme an und sagte zu ihr: »Los, blas in die Flasche, blas sie wie einen Ballon voll, so als müsste sie danach fliegen!«

Ich sah auf das angestrengte Gesicht meiner Mutter, ihre verdrehten Augen und aufgeplusterten Wangen; sie pustete derart vehement in die Flasche hinein, dass ich dachte, sie werde größer, wechsele ihre Form, sehe aus wie ein Ei und dehne sich bis zu jenem Punkt aus, an dem sie irgendwann platzen musste. Und dann, mitten in diesem von Stille umscharrten Warten, hörte man plötzlich Mutters gellenden Schrei und ich sah, wie die Flasche in Tausende kleine Kristalle auseinanderbrach. Flimmernd bebte diese Explosion in mir weiter, illuminierte alles, und mir schien, ein silbern-goldener Regen falle nun auf meine Mutter und die Nonne herab. Aus den kleinen Kristallen schossen Luftwirbel heraus, aus denen in nur einer Sekunde fliegende kleine Kränze entstanden und eine Aureole nach der anderen über dem Kopf der Gebärenden hinterließen. Mitten in diesem Geburtsfeuerwerk hörte man endlich auch das Neugeborene schreien. In diesem Augenblick öffnete ich die Abteiltür und sah als Erstes Schwester Marija, sie hielt das Kind im Arm, es war schrumpelig und blutig und an seinem Bauch hing noch die Nabelschnur; ein Gefühl des Ekels kam bei diesem Anblick in mir hoch, ich war bestürzt und dachte an das Allerschlimmste – dass eine Missgeburt zur Welt gekommen war. Mutter war mit ihren Kräften am Ende, ihr Haar war ganz nass, und auch vom Gesicht der Nonne rann der Schweiß nur so herunter, sie atmete schwer und fuhr immer wieder mit der Zunge über ihre trockenen Lippen. »Du hast einen Bruder bekommen«, sagte Schwester Marija. »Das Kindlein ist gesund und schön«, sagte sie und drehte sich dann in Richtung des Kreuzes über Mutters Kopf, dankbar offenbar, dass Jesus, gekrümmt und ans Kreuz genagelt, ihr die Kraft und das Wissen geschenkt hatte, einer Seele zum Leben auf dieser Welt zu verhelfen.

Schwester Marija legte das Kind sachte in den Arm meiner Mutter; Schwester Marijas Hände zitterten, sie formte eine Faust, um sich zu beruhigen und das Zittern unter Kontrolle zu bekommen, dann zog sie die blutigen Laken ab, auf denen Mutter gelegen hatte, und verstaute sie in ihrer Tasche. Auf dem Fenstersims, der ihr als Ablage diente, stand unsere bauchige Flasche und neben ihr lag Mutters Kamm. Nur in meiner Vorstellung war die Flasche zersprungen. Jetzt nahm die Nonne sie in die Hand, schob sie mir zu und sagte: »Los, ab mit dir zum Wasserhahn, füll die Flasche auf!«

Die bauchige Flasche, eine der schönsten aus Mutters Flaschensammlung, stand seit jeher an einem besonderen Platz im Regal, und Großvater füllte in ihr nur dann Wein ab, wenn ein vornehmer und angesehener Gast bei uns vorbeikam. Jetzt sah diese Flasche in meinen Händen wie ein kostbarer Gegenstand aus, wie der teuerste Kristall der Welt, ich umarmte sie, liebte sie wie ein lebendiges Wesen; am Tag von Mutters Niederkunft hatte sie eine unendliche Bedeutung bekommen. Und auf dem Weg zum Wasserhahn, als ich den Bahnsteig an der Station Petrovići hinuntertrabte, erzählte ich lautstark allen Mitreisenden, dass meine Mutter einen Jungen zur Welt gebracht hatte. Das Weinen des Neugeborenen zersetzte die Stille und der Lokführer erkor es sofort zur Sirene dieser Zugfahrt; es waren fröhliche und kurze Pfiffe zu hören, jeder erlebte die Geburt als ein Zeichen der Freude. Die Bahnangestellten und viele Reisende, ob an den Fenstern oder am Gleis neben den Waggons, waren glücklich, obwohl sie über die Mutter gar nichts wussten, aber hin und wieder ist auch das Schöne ansteckend, genauso wie Wut, Hass oder Neid. Viele ließen Mutter von ihrer Anteilnahme wissen und man hörte Ausrufe wie »Was für eine starke Frau!«, »Gott behüte sie!«, »Ein Glück, dass ihm nichts fehlt«; aber auch die eine oder andere geschmacklose Bemerkung war zu hören, so etwas wie »Von wem ist es denn überhaupt?«, »Hat's denn eigentlich 'nen Vater?« usw.

Der Kondukteur schien es sich zur Aufgabe gemacht zu haben, allem eine noch größere Bedeutung zu geben, und sagte so etwas wie »Ein Reisender ist zur Welt gekommen!« oder »Sein Leben begann auf Rädern, der wird's weit bringen!«; der gute Mann hatte, das muss man ihm zugestehen, nichts als die allerbesten Absichten, als er davon sprach, Gott habe das Wesen des Kleinen schon zu Beginn in die richtige Bahn gelenkt. Kaum einer hatte erwartet, dass der Kondukteur die Geburt derart geistreich verorten würde. Für ihn war es klar, dass Gott uns alle zur Welt gebracht hatte und dass »sein Same unser aller Leben ist«. Das Ausmaß dieser Erkenntnis ist unermesslich. Es gibt nicht viele solcher Menschen, nur noch einmal traf ich jemanden, der ihm ähnlich war, es war ein Handwerker, der einen kleinen Klempnerladen führte. Auch er war weise, sprach wie der Kondukteur von den Dingen, die unserem Verstand nicht zugänglich sind und sich ihm auch fortwährend entziehen. Diesen beiden ähnelt der Postbote aus Knut Hamsuns Roman *Die Weiber am Brunnen*. Im Gespräch mit dem Konsul spricht er vor sich hin, grummelt etwas über Gott, über das Leben im Jenseits dahin und sagt plötzlich so etwas Schönes wie: »Wir kommen auf diese Welt, um unser Schicksal zum Guten zu wenden.« Und hat dieser Gedanke nicht etwas mit der Geburt meines Bruders auf der Bahnstation Petrovići gemeinsam?

Als der Zug losfuhr, fühlte Mutter sich schon viel besser, gewann wieder etwas mehr Lebendigkeit zurück, befeuchtete sich die Lippen schluckweise mit Wasser, und ihre Müdigkeit schien sich im gleichen Augenblick auf Schwester Marija übertragen zu haben. Sie hatte sich auf die Holzbank gelegt, die Augen fielen ihr zu, und ein paar Mal ließ sie den Rosenkranz auf die Erde fallen, ich hob ihn immer wieder auf und legte ihn in ihre Hände. Ihre Finger waren steif, sie hatte keine Kraft mehr, den Rosenkranz zu beten, und starrte nur das Kruzifix über Mutters Kopf an. Das Kind war in ein Tuch gewickelt, Mutter nahm es zärtlich an die Brust und streichelte sein haarloses kleines Köpfchen; auf ihrem Gesicht zitterte ein mildes, glückssattes Lächeln. Wir waren privilegiert, hatten unser eigenes Abteil. Hätten wir denn irgendwo sonst so etwas erleben können, in einer fremden Gegend, bei fremden Menschen so viel Komfort und eine solche Zuwendung erfahren? Niemand beschwerte sich über das laute Weinen des Kindes, ganz im Gegenteil, die Gesichter strahlten um die Wette und alle feierten die Geburt des Kindes mit uns. Schließlich erfuhren wir auch, wer die beiden jungen Männer gewesen waren, die uns aus der Gesellschaft unserer rohen, kaltblütigen Mitreisenden befreit und in dieses Abteil gebracht hatten. Der Kondukteur bezeichnete sie als »Vertreter der Großherzigkeit«, aber in Wirklichkeit waren sie vom Staatssicherheitsdienst. Man sprach von ihnen mit Bewunderung, nannte sie »die Helden der neuen Zeit«, nur ein paar Tage zuvor hatten sie im gleichen Zug einen Verdächtigen erschossen. Alle waren mit diesem Mord einverstanden gewesen. »Da, auf dem Boden, wo jetzt Ihre Füße stehen, lag der Körper dieser Missgeburt«, sagte der Kondukteur. Dann ließ er sich ewig über eine Fliege aus, die lange auf dem offenen, blutigen Mund der Leiche Platz genommen habe.

Viele der Reisenden kamen an unsere Abteiltür, um die Frau aus der Nähe zu sehen, die im Zug ein Kind zur Welt gebracht hatte. Eine Frau, die keine Kinder bekommen konnte, setzte sich neben die Nonne und fing an zu weinen, erzählte von ihren vier missglückten Schwangerschaften und sagte, dass sie beim letzten Mal fast gestorben wäre. Als seien wir alle selbst noch tief abergläubisch, tröstete sie niemand von uns. Nach der Niederkunft ist jede Frau noch in Gefahr und es war alles andere als angenehm, diese Geschichte zu hören. Und es hatte ihr auch keiner von uns angeboten, Platz zu nehmen, das tat sie einfach selbst, brachte ungefragt ihre Angst in unser Abteil. Wir mochten sie nicht, und als sie das Baby in den Arm nehmen wollte, erlaubte Mutter es ihr nicht und zog das Kind näher zu sich. Waren wir unseren Ängsten verfallen oder war diese Frau wirklich so etwas wie die Botin des Todes, jemand, der uns in diesem Augenblick an der Nase herumführte? Ich weiß es nicht, sie sah ehrlich aus und schien nichts böse zu meinen, aber unsere Intuition ist manchmal der bessere Wegweiser durchs Leben, viel besser, als es der Verstand überhaupt sein kann. Niedergeschlagen ging sie von uns weg. Wir sprachen noch Jahre danach über sie, als mein Bruder gesund heranwuchs, wir bereuten es, eine Frau abgewiesen zu haben, die darunter litt, selbst niemals Mutter werden zu können.

Kaum war sie im anderen Waggon verschwunden, stand vor uns im Abteil ein Professor für Geschichte, er kam aus Trebinje, so stellte er sich vor, und sagte, dass er meinen Vater kenne. Er gratulierte zur gelungenen Geburt und konnte dabei den Blick nicht vom Kreuz über Mutters Kopf lösen. »Gut finde ich es nicht, dass das Kind unter diesem Kreuz zur Welt gekommen ist. Das ist ein katholisches Kreuz«, sagte er.

»Es ist unser christliches Kreuz«, sagte Schwester Marija. »Warum zerbrechen Sie sich Ihren Kopf, mein Herr? Sie sind doch nicht der Vater des Kindes.«

»Nein, aber ich kenne seinen Vater«, sagte der Professor. »Das wäre ihm überhaupt nicht recht, wenn er das sehen würde. Wir haben unser eigenes orthodoxes Kreuz, Schwester.«

»Die Frau hat unser Kreuz nicht gestört«, sagte die Franziskanerin.

»Die Frau interessiert mich nicht, ich spreche hier im Namen des Kindsvaters«, sagte er. »Er würde das fremde Kreuz zum Fenster hinauswerfen, weil er ein eigenes hat.«

»Hier ist seine Ehefrau, guter Mann. Wenn jemand das Recht hat, in seinem Namen zu sprechen, dann doch diese Frau und nicht etwa Sie«, sagte die Nonne.

»Unter diesem Kreuz sind große Verbrechen begangen worden, das wissen Sie so genau wie ich, meine verehrte Kirchendienerin! Nehmen Sie es herunter und verstauen Sie es in Ihrer Tasche. Wenn Sie das nicht machen, werfe ich es eigenhändig zum Fenster hinaus«, schrie der Professor mit einer zittrigen Stimme und sein Gesicht wirkte dabei völlig entstellt.

Schwester Marija gab nach, sie nahm das Kreuz von der Wand und steckte es in ihre Tasche. Der Professor ging weg. Wir blieben betäubt von seiner Attacke zurück, verwundert über ein solches Ausmaß an Hysterie, Schwester Marija war viel zu erfahren, um sich von so jemandem in einen Streit verwickeln zu lassen. Mutter und ich hingegen verstanden überhaupt nicht, worum es eigentlich ging. Diese Art von Bitterkeit kannten wir nicht. In unserer Familie gab es solche Diskussionen nicht. Meine Urgroßmutter Petruša starb unter einem solchen Kreuz, es hing seit jeher über ihrem Bett. Ich weiß nicht, unter welchen anderen Symbolen sonst meine Vorfahren starben und geboren wurden. Und warum sollte mir das auch so wichtig sein? Hätte ich damals über meine heutige Erfahrung verfügt, ich hätte Schwester Marija verteidigt. Mir sind später engstirnige Menschen begegnet, die genauso besorgniserregend wie der Professor waren. Ich glaube, ich bin ihnen so begegnet, wie Schwester Marija dem unbekannten Professor begegnet ist – ruhig und gesammelt. Es gibt immer jemanden, der einen Schatten auf das werfen möchte, was wir selbst unsere glücklichen Tage nennen.

55

Wenn man in seiner eigenen Stadt niemandem sein Leid klagen kann, sagte meine Mutter, dann ist diese der denkbar schlechteste Ort, an dem man sein Leben verbringen kann. Gleich nach unserem Umzug nach N. fing unsere Pechsträhne an, wir hatten keine Freunde und es begegnete uns auch niemand mit Wohlwollen. Wir hätten alles leichter ertragen können, wenn wir etwas wohlhabender gewesen wären oder wenigstens in jenem Maße arm, in dem wir es als Besitzer unseres kleinen Ladens waren. Jetzt waren wir an einem Punkt angekommen, an dem wir uns nur aufgeben konnten, es schien die einzige Wahl zu sein, die wir hatten. Vater bekam gesundheitliche Probleme, erkältete sich schnell, ständig hatte er hohes Fieber, hustete mehr und mehr, hörte mit dem Rauchen auf und wurde wieder rückfällig; beide rauchten sie die billigste Zigarettenmarke namens Drava. Aber die wichtigste Veränderung lag darin, dass Vater und Mutter einander immer mehr zur Stütze wurden. Sobald Mutter anfing darüber zu klagen, dass uns diese Stadt nur Kummer eingebracht hatte, versuchte Vater, sie sanftmütig und leise wieder zu beruhigen und ihre Sorgen zu zerstreuen, er übernahm sogar die überraschende Rolle des Optimisten, der uns eine Vision von besseren Zeiten vor Augen führte. Das war Vaters große Wandlung. Das hatte sich niemand von uns vorher vorstellen können, dass ausgerechnet er, der sich früher um nichts gekümmert hatte, nun Mutter trösten würde, die immer so stark und guter Dinge gewesen war. Wenn sie sagte, das zweite Kind sei nicht nötig gewesen, erwiderte er streng, dass sie sich versündige.

Soweit es in unserer Armut möglich war, fand Mutter sich mit dem minimalen Haushaltsbudget zurecht, auf den Markt ging sie erst bei Schließung, kurz bevor alle Stände abgebaut wurden, dann bekam sie alles für wenig Geld, und manchmal schreckte sie nicht davor zurück, auf dem Markplatz auch etwas vom Weggeworfenen mitzunehmen. Es traf sie sehr, dass wir nicht wie die Einheimischen in den Geschäften oder beim Gemüsehändler etwas anschreiben lassen konnten, und wir hatten auch niemanden, bei dem wir uns etwas Geld hätten borgen können. Sie war stolz darauf, dass sie damals in unserem Laden immer ein paar offene Rechnungen ihrer Kundschaft laufen hatte, vor allem aber, dass sie keine Unterscheidungen zwischen Einheimischen und Zugezogenen gemacht hatte. Mutter fing vorübergehend an, in den Häusern der Leute zu arbeiten, bis ihr ein wohlhabender Witwer ein übertrieben hohes Trinkgeld und die Garderobe seiner verstorbenen Frau anbot, damit sie mit ihm schlief. Meine Mutter war von diesem Erlebnis so erschüttert, dass sie nie wieder den Versuch unternahm, als Haushälterin zu arbeiten. Es gelang ihr damals, vom Roten Kreuz als Freiwillige genommen zu werden, sie war fleißig und beliebt, man gab ihr als Gegenleistung für ihre Arbeit Kleidung, die als Teil internationaler Hilfslieferungen eintraf. Sie war nicht mehr abhängig von der Gunst eines einzelnen vermögenden Menschen, sie durfte sich aus den Kleiderbergen einfach etwas aussuchen, und so kam es dazu, dass wir eine Zeit lang wie eine amerikanische Farmerfamilie gekleidet waren. Vater und ich trugen karierte Hemden, spitze Schuhe, Lederhosen oder Jeansoveralls mit breiten Trägern. Mutter hatte Kleider in schrillen Farben und Pelzstiefelchen, sogar mein kleiner Bruder hatte als Baby eine Baumwollmütze mit einer Bommel bekommen, und ich wurde öfter mal von

Stadthooligans wegen meiner Cowboyhüte überfallen. Ich hatte auch ein paar Reiterstiefel.

Vater fühlte sich manchmal schuldig, es plagte ihn, dass er seine Familie in diese Stadt gebracht hatte, er bereute es, dass wir nicht nach Cetinje gezogen waren, wo er zwei, drei gute und einflussreiche Freunde hatte. Mutter konnte es nicht verschmerzen, dass wir unserer Gegend und dem fruchtbaren Land den Rücken gekehrt hatten, das milde Klima zugunsten eisiger Schneefälle und bitterkalter Winter getauscht hatten. Das uns einst vertraute milde Klima wird im regionalen Lexikon mit dem weitgehend unbekannten Wort *umnina* beschrieben, mild nannte man es vor allem deshalb, weil es dort nie schneite. Und ich benutze dieses Wort im Gedenken an meine Mutter, Melancholie überfällt mich dabei, man möge mir verzeihen. Mutter schlich vorsichtig um Vater herum, sie wollte ihm vorschlagen, dass wir wieder nach Hause zurückkehren. »Hier blühen doch keine Rosen für uns, so wiegt jedes Unglück doppelt so schwer wie dort, wo man uns kennt«, sagte sie dann leise, wurde nicht müde, dabei zu betonen, dass wir hier in der Fremde waren, in der Stadt könne man es ohne einen Hof mit Garten nicht aushalten. Es fehlte ihr ein Stückchen Erde für Salat, Schnittlauch und ein bisschen anderes Gemüse. Vater lehnte sich gegen eine Rückkehr gänzlich auf, er wollte nicht einmal mehr zu Besuch in unsere Gegend gehen, beharrte darauf, dass die fremdeste Fremde besser sei als die nächste Verwandtschaft.

Auch ich verstieg mich in meinen Tagträumen darauf, von einer Flucht aus dieser Stadt zu träumen, mir war bewusst, dass mir im Falle eines Abschieds nichts fehlen und mich nichts traurig machen würde, mir kam es sogar so vor, als könnte ich die Trennung von meinen Eltern verkraften, denn etwas anderes band mich nicht an diesen Ort, den ich nicht ein einziges Mal als meinen wirklichen Lebensort erlebte, wie das die meisten Menschen einfach immer von sich behaupten, wenn sie irgendein bedeutungsloses Provinzstädtchen als »den schönsten Ort der Welt« in himmlische Höhen heben. Wenn mich irgendetwas an dieses Städtchen band, so war das die Abneigung, ein tiefes Unbehagen, das in meinen Eingeweiden feststeckte, als wiederkehrendes Gefühl, sobald die Rede auf N. kam. Und wenn ich später hier durchreiste oder nur kurze Zeit hier verbrachte, kam dieses alte Gefühl in mir hoch, es hatte mich ganz in seiner Gewalt und erstickte alle Lebensenergien in mir. Einmal war ich auf der Durchreise und hielt kaum die zehn Minuten aus, die der Zug auf dem Gleis stand. Aber es ist natürlich nicht gerecht, sich so über eine ganze Gegend zu äußern, überall gibt es genug glückliche Menschen und Leute, die mit Freude ihr Leben gestalten, zumal, wenn sie unter sich und Teil einer großen Familie sind, sich gut verstehen und sich aus dieser Zufriedenheit heraus den Geschehnissen in der Welt stellen. Wenn ich verloren und unglücklich war, dann war es natürlich nicht die Schuld jener Stadt, in der ich lebte, es ist sogar sicher, dass sie gar nicht so war, wie ich sie zu sehen glaubte. Auch ich habe eine Heimatgegend, so sehr ich sie auch ablehne; L. ist mein Geburtsort, diese fruchtbare Region gehört zu mir und zu meinen Ursprüngen, aber nach dem Tod meiner Großmutter Jelica gab es dort nichts Freudiges mehr, ich hatte also keinen Grund und auch nicht den Wunsch, jenes Haus jemals wieder aufzusuchen, obwohl mich alles anregt und heiter stimmt, alles, das auf irgendeine Art verlassen ist, alles, was von Unkraut überwuchert, zerstört und unbegehbar ist. Alle erzählen mir, dass meine heimatliche Gegend jetzt einer Einöde gleicht, aber doch scheint dort noch immer der Mond und die Grillen zirpen vor sich hin.

Jene zwei Jahre, die ich mit meinen Eltern in N. verbrachte, sind in meiner Erinnerung als die schrecklichsten Jahre meines Lebens abgespeichert; damals habe ich in der kurzen Zeit viele Gesetzesüberschreitungen und Dummheiten begangen, zu denen man aus der Perspektive eines normalen Verstandes nichts weiter sagen kann;

Schlägereien gehörten dazu, die man mit nichts rechtfertigen konnte – einen alten Mann habe ich sogar mal grundlos verprügelt, was ich mir bis heute nicht vergeben kann. Es ist bitter, das getan zu haben, und das Bild dieses Menschen plagt mich noch immer, manchmal träume ich davon. In der Schule wurde ich sehr schlecht, man drohte mir mit der Überweisung in ein Heim für schwer erziehbare Jugendliche, die schriftlichen Hausaufgaben in Literatur machte ich einfach nicht mehr, brachte mit meinen vulgären Gedichten die ganze Gattung in Verruf, weil ich ein stümperhafter Versemacher der untersten Kategorie geworden war. Die Elternabende mied mein Vater, Mutter saß dort unter den anderen Eltern alleine und beschämt die Zeit ab und hörte sich die Rügen meiner Lehrer an. Einer von ihnen versuchte zu beweisen, dass ich geistesgestört bin, und meine arme Mutter versuchte wiederum, mich zu verteidigen, indem sie alle Schuld auf die Stadt schob, was natürlich ihre verzweifelte Projektion war. Man brachte sie schnell zum Schweigen und zählte berühmte Namen aus Kultur, Wissenschaft und Sport auf, die »diese Stadt hervorgebracht hatte«. Man erwähnte Volkshelden aus der Vergangenheit, Politiker, Herrscher und Titelträger Venetiens.

Für das, was ich gleich nach unserer Ankunft in N. getan habe, während meine Mutter mit dem Neugeborenen beschäftigt war, kann ich niemandem die Schuld in die Schuhe schieben, auch der Stadt nicht, sie konnte mich nicht über Nacht mit dem Bösen anstecken, es war einfach da, blitzte in mir auf, nicht nur das Böse, sondern auch die Unehrlichkeit, die Gier, der Verlust von Mitgefühl und Verantwortung – denn ich habe ohne irgendeinen Einfluss von außen meine eigene Mutter bestohlen, vielleicht bin ich sogar daran schuld, dass das Baby dann vor der Zeit keine Milch mehr bekam; noch heute bereue ich das Geschehene und würde alles tun, um es nur vergessen zu können. Was habe ich getan? Wir waren noch neu in der Stadt, Ankömmlinge, ich trat vor meine Mutter wie ein Schurke, während sie dem Baby die Brust gab, und erzählte ihr einfach, dass ich das Goldarmband der Nonne Marija geschenkt hatte; in Wirklichkeit hatte ich es einem durchreisenden Handelsvertreter verkauft, das ganze kleine Vermögen hatte ich mit den Schlägern aus meiner Schule verprasst, damit ich endlich in ihrer Gunst stand, es hieß jetzt, ich sei ein Kavalier und Freund. Ich habe keine Ahnung, wie viel Geld das eigentlich war, aber ich erinnere mich daran, dass die Summe, die der Händler mir ohne zu feilschen gab, ein ansehnlicher Berg Scheine war; zwei Tage lang fraßen wir uns die Bäuche in einem Wirtshaus am Rande der Stadt voll, kauften Zigaretten, tranken Hochprozentiges, schafften uns Messer und Lederhandschuhe an, die mit Metalleinsätzen geschmückt waren. Und während ich mit Schrecken Mutters Zorn wegen meines unverständlichen Verhaltens erwartete, dachte ich, sie würde sagen, dass man nichts verschenke, was für die allerletzte Reserve und für bittere Zeiten aufgehoben worden war, auch nicht an Schwester Marija. Aber sie sah mich nur zärtlich und liebevoll an und sagte: »Das hast du gut gemacht, dieses Armband hätte uns ohnehin nicht aus der Armut retten können. Die Nonne hat das mehr verdient als wir.«

Es wäre sicher leichter zu ertragen gewesen, wenn Mutter mich beschimpft und einen Nichtsnutz genannt hätte, der auch das wenige verschleuderte, was wir in diesen kargen Zeiten besaßen, sie hätte mich damit erlöst, der Diebstahl wäre leichter zu ertragen gewesen. Aber meine Mutter war nicht engherzig das hatte ich jedoch auch schon vorher gewusst. Und während ich als Lügner und Dieb vor ihr saß, schwieg sie und gab dem Neugeborenem die Brust, sie zweifelte nicht im Geringsten daran, dass ich ihrer Hebamme das Geschenk gemacht hatte und dass alles, was ich ihr erzählt hatte, der Wahrheit entsprach. In einem Augenblick hob sie plötzlich den Kopf und sah mich freundlich und liebevoll an, und sie weinte. »Du bist so gut und so großzügig«, sagte sie. »Ich habe Angst um dich, du wirst es schlecht haben im Leben.«

Diese Worte setzten mir zu und plagten mich über einen langen Zeitraum hinweg, aber ich konnte mich nicht entschließen, ehrlich zu sein und zu gestehen, dass ich sie betrogen und hintergangen hatte. Es gelang mir auch dann nicht, als wir später über die Armut lachen konnten, viel Zeit vergangen war und das Unglück sich langsam verflüchtigt hatte; hätte ich ihr alles gestanden, hätte sie sehen können, wie sehr sie sich in mir und meinem Edelmut getäuscht hatte. Aber wer weiß, vielleicht hätte sie die Wahrheit einfach nicht geglaubt oder es wäre ihr nicht recht gewesen, wenn sie das Bild hätte aufgeben müssen, das sie von mir hatte, möglicherweise wäre ihr die wahre Version der Geschichte wie eine Erfindung vorgekommen, die sie als Witz abgetan hätte. Ich wollte später nicht mehr an Mutters Gefühlen rühren, aber unternahm doch mehrmals den erfolglosen Anlauf, ihr alles zu beichten. Es ist ein Glück, dass ich sie nach meinem Abschied nur noch selten gesehen habe, es geschah nur in den Abständen, die sich meist auf einen Fünf-, Sechs-Jahres-Rhythmus einpendelten, und dabei entfremdete ich mich von ihr; wir beide wussten später immer nur wenig voneinander.

Mutter fühlte sich unwohl in der neuen Stadt und verfiel in befremdliche und schwer nachvollziehbare Vorurteile, dann gab sie Dinge von sich wie jene Überzeugung, dass man die Vornehmheit einer Stadt am besten an den muslimischen Häusern und Familien erkennen könne, und ihr kam es vor, dass selbst die Muslime in dieser montenegrinischen Stadt an Eleganz verloren hatten, es hatte offenbar keinerlei Bedeutung, dass sie die Nachfahren berühmter Beys und stolzer Familien waren. Wie sich diese Vorurteile überhaupt in meiner Mutter bilden konnten, war mir nie klar gewesen, aber viele Male habe ich übermäßiges Lob aus ihrem Mund gehört, dann sprach sie von ordentlichen, sauberen und aufopfernden Türkenfrauen (das Wort *aufopfernd* benutzte sie oft und meinte damit jene fleißigen, nimmermüden Frauen, ohne die ein Haus nichts wäre), von denen sie selbst nicht nur das Kochen gelernt hatte, sondern auch die Kunst des Kaffeetrinkens, bei der es nicht nur darum ging, sich den kleinen Genüssen des Lebens zu öffnen, ein, zwei Mal am Tschibuk zu ziehen, sondern auch darüber nachzudenken, was die Welt da draußen einem für Fallen stellen konnte; Männer waren auch ein wichtiges Thema, ebenso das Gute und das Böse. Muslimische Frauen haben meiner Mutter beigebracht, wie man Strudelteig und Pita machte, sodass ich bis heute, wenn ich mich in Gegenden wiederfinde, in denen Muslime leben, und ich in einer Schenke irgendwo etwas zu mir nehme, an die Geschmackserlebnisse aus der Kindheit erinnere. Die Schwermut ist dann sofort zur Stelle und mit ihr die Gestalt meiner Mutter, die mich immer in solchen Augenblicken begleitet. Und so kam es eines Tages dazu, dass ich einmal in einem Burekladen einfach ein Gespräch mit ihr anfing, was von außen natürlich wie ein bloßes Selbstgespräch aussah und mir verstörte Blicke meiner Mitmenschen einbrachte.

Ich erinnere mich daran, ich war im Alter von neun Jahren, dass eine orthodoxe Frau aus L. einen muslimischen Mann heiratete und daraufhin alle Eltern ihre Kinder aufforderten, sich in Zukunft die Nase zuzuhalten, wenn sie ihr Weg einmal am Haus der Braut vorbeiführen sollte, das machten aber nicht nur die Kinder, auch die erwachsenen Frauen taten es. Meine Eltern untersagten mir, so etwas zu tun, und prompt wurde über uns geredet, aber wir wollten nicht zu den Ewiggestrigen zählen und die einen gegen die anderen ausspielen. Dies war unsere gemeinsame Welt, eine Welt mit einer gemeinsamen Sprache, die uns verband, die Animositäten waren uns vererbt worden, auf dieser Grundlage war es leichter, uns zu rügen, aber eines müssen wir uns alle auf die gleiche Art merken – wir sind alle gleich, sogar unsere Familiennamen zeigen uns das. Die Nachnamen sind sogar oft identisch, die einzigen Unterschiede machen manchmal die Vornamen aus, aber kann das als Grund ausreichen, uns selbst untereinander zu Feinden zu machen? So jedenfalls ging mein Vater damit um. Und ich hörte ihm jedes Mal aufmerksam zu. Heute glaube ich nachvollziehen zu können, dass ich das auch ohne seine Monologe gefühlt habe, dass ich mit einem eigenen inneren Gespür all das verstand, was ich später eingehend studiert habe, vor allem, dass eine Nation im Grunde ein Mythos ist, dass sie eine Versuchung darstellt, in Kategorien von Reinheit und Rasse zu denken, es aber letzten Endes keine Trennungen, lediglich unsere vielfach sich überlappenden Leben gibt. Nur deshalb konnten ja auch wir überleben und dort ankommen, wo wir uns nun befanden, sonst wäre jeder von uns an jeder beliebigen Stelle des Lebens gescheitert. Ich weiß nicht, wer es war, der einmal davon gesprochen hat, dass unsere Suche nach der Reinheit der Wurzeln eine »Vernebelung der Dinge« darstellt.

Dieses Kapitel hat mir Mühe gemacht, ich habe es mehrfach gekürzt, mehrmals habe ich Mutters Ideen über Muslime hin- und hergeschoben und darüber nachgedacht, ob ich sie überhaupt niederschreiben sollte – weil ich Angst hatte, damit in irgendwelche nationalistischen Fallen und Raster zu tappen, aber dann bin ich in einer Zeitschrift auf eine Reisenotiz des britischen Archäologen und Schriftstellers Arthur J. Evans vom Juni 1875 gestoßen, in der er die Ansichten meiner Mutter unterstreicht. Er schreibt in diesem Text unter anderem darüber, dass die Muslime aus Bosnien-Herzegowina Manieren haben, eine angeborene Eleganz, die in ihren östlichen Vorfahren und Traditionen begründet liegt, die sie beim Übertritt zum Islam durchdrungen haben; er schulde ihnen nur seinen Respekt; die Christen hingegen, die in der Mehrheit waren, zeigten sich ihm von einer erschlagend unhöflichen, undankbaren Seite, ihnen habe etwas Kleinliches und Kleingeistiges angehaftet.

Dass sich die Eindrücke dieses Reiseschriftstellers mit der Wahrnehmung meiner Mutter deckten, war für mich (trotz meiner vorhandenen Abwehr) Grund genug, alles so stehen zu lassen, wie ich es zuerst geschrieben hatte; es ist mir wichtig, auch meinen Zweifeln Raum zu geben und Einblick in die so aufkommenden Ungenügsamkeiten zu geben.

Noch war ich in N. wohnhaft, da starb meine zweite Großmutter, meine Oma Vukava; keiner von uns war beim Begräbnis der alten Frau, nicht einmal mein Vater, obwohl der Anstand es geboten hätte, der eigenen Mutter die letzte Ehre zu erweisen. Ich bin mir nicht sicher, ob meine hässliche Tante Vesela noch am Leben ist; damals hatte es für mich etwas Kurzweiliges, diese »vollkommene Hässlichkeit« zu betrachten, heute würde ich nicht mehr genießerisch auf sie starren können, im Laufe meines Lebens habe ich noch ganz andere geistige und physische Hässlichkeiten und Abgründe zu Gesicht bekommen. Ich versteinere nun nicht mehr innerlich, das Schreckliche ist aber dennoch ungenießbar geworden. In meiner Erfahrungswelt wimmelt es nur noch so von Ungeheuern, die Begegnungen mit ihnen stellten schon seit jeher ein Mysterium für mich dar. So viele Male habe ich Menschen zugehört, die mir ihre Seelen geöffnet und alles mit der Bitte über sich erzählt haben, doch auch den gröbsten Unsinn ernst zu nehmen. Auch wenn mir die Sprache, in der sich diese Menschen mir genähert haben, fremd geblieben ist, war mir klar, dass wir alle, der eine oder andere weniger stotternd, lediglich von unseren Leiden erzählen wollen, und all die armen verlorenen Seelen sehnen sich nur danach, an einem Lüftchen Ewigkeit teilzuhaben; dieses aber kann ihnen nur jemand geben, der mit ihnen leidet. Wie verlockend diese Geschichten auch alle gewesen sind, über diese Menschen, die genau wussten, wie empfänglich ich für sie war, habe ich vieles geschrieben, ein paar beeindruckende »Irre« waren darunter, das musste sein. Dieses Wort versehe ich mit schmückenden Anführungszeichen, weil es unter ihnen auch ein paar meiner Verwandten gab, ihnen habe ich nicht den literarischen Platz geben können, der ihnen gebührt hätte, ich hatte Angst vor Konflikten und Streitereien mit der Verwandtschaft, ich zog es vor, nur in Andeutungen zu arbeiten, das Feuer nicht zu groß werden zu lassen, leise zu sein, ohne Attacken und Rachegefühle, ich wollte nie einen anderen symbolisch im Schreiben töten. In meiner Familie gibt es viele Tonleitern, die ins Böse ausschwingen, aber es ist besser, dass ich mich nicht an ihnen abgearbeitet habe. »Wenn man einen Bienenstock stehlen will, wird man von den Bienen zerfressen.« So jedenfalls sah es mein Vater immer.

56

Als ich für meinen Dokumentarfilm mehrere Male nach Cetinje reiste, um Material zu sammeln, fragte ich jedes Mal im Ort nach Schwester Marija, aber nur wenige wussten etwas über sie, es war jedoch auch eine Zeit, in der man über diese aufopfernden und fleißigen Ordensfrauen kaum sprach, sie waren gute Krankenschwestern, die sich voller Hingabe um ihre Patienten kümmerten und freundlich und liebevoll waren, ganz anders als die zivilen Krankenschwestern. Zweimal versuchte ich, mit ihr in Kontakt zu kommen, ich wollte mit ihr noch einmal über die Niederkunft meiner Mutter sprechen, aber das gelang mir nicht, weil Hauptschwester Anuncijata, die ein zeitweiliges Gelübde abgelegt hatte, mich zwar beide Male empfing, es aber strikt ablehnte, irgendetwas an Schwester Marija weiterzugeben, als verheimliche sie etwas, und meine Frage, ob sie denn noch am Leben sei, beantwortete sie nur mit Schweigen.

Das erste Mal traf ich Schwester Anuncijata vor dem Tor des Ordens, sie glaubte mir nicht, schien mich sogar zu verdächtigen, offenbar in der Annahme, es sei etwas zwischen der Franziskanerin Marija und mir gewesen, aber ich wollte nur ihre Version der Niederkunft hören, um zu sehen, was mir selbst in Erinnerung geblieben war und ob in meinem Gedächtnis das eine oder andere möglicherweise eine unrealistische Ausschmückung erfahren hatte. Außerdem hatte ich einfach den Wunsch, diese Frau nach fünfzehn Jahren wiederzusehen. Ihre Gestalt war schließlich schon ein fester Bestandteil meiner Erinnerungslandschaft geworden.

Das zweite Mal empfing man mich sogar herzlich bei den »Franziskanerinnen der unbefleckten Empfängnis«, direkt im Speisesaal; um mich herum standen drei, vier Schwestern, das Gespräch leitete aber wieder Schwester Anuncijata. Man gab mir hausgemachte Kipferl, die noch backofenwarm waren, aber das Gespräch verlief etwas zurückhaltend.

»Was wollen Sie eigentlich von Schwester Marija?«, fragte Anuncijata.

»Sie hat vor über fünfzehn Jahren meine Mutter bei der Geburt begleitet«, sagte ich.

»Schwester Marija war nie Hebamme. Und niemand hätte es ihr erlaubt, eine solche Aufgabe zu übernehmen«, sagte Anuncijata.

»Aber das war in einem fahrenden Zug, nicht in einem Krankenhaus«, sagte ich.

»Im Zug? Dann war es ihre Pflicht zu helfen«, sagte Schwester Anuncijata. »Das war wohl das erste Mal, dass sie so etwas tun musste, ich denke, sie hat nie zuvor einer Geburt beigewohnt. Sie war berufen worden, um sich der Lungenkranken anzunehmen.«

»Warum versteckt ihr sie vor mir? Haben Sie einen Grund dafür?«, wollte ich wissen.

Eine Antwort bekam ich nicht, alle anwesenden Schwestern wurden still und senkten ihre Blicke zu Boden, während Schwester Anuncijata sich darauf verstieg, auf ihre Hände zu starren. Irgendetwas Geheimnisvolles stand im Raum, etwas, das sie mir nicht erzählen konnten; wenn sie vor langer Zeit gestorben wäre, so hätte man das nicht vor mir verbergen müssen. Ich hätte nur einen Blumenstrauß an ihr Grab bringen und eine Kerze anzünden können. Schwester Anuncijata erzählte mit leiser Stimme von den Anfängen der Franziskanerinnen, die sich 1946 in Cetinje niedergelassen hatten. Ich hatte nichts über sie gewusst, und es wunderte mich, dass sie sich als Katholikinnen im Zentrum der Orthodoxie niedergelassen hatten, aber darüber sagte Schwester Anuncijata nichts. Bald schon bestanden die Cetinje-Franziskanerinnen aus Schwestern, die aus Slowenien gekommen waren, sie arbeiteten im Sanatorium *Golnik*, aber die Kommunisten kündigten ihnen dann allen. Man beschuldigte sie, Patienten mit Geschichten über Gott und den Glauben verführt zu haben, deshalb wurde ihnen ab diesem Moment die Arbeit in Krankenhäusern grundsätzlich untersagt. Eine Schwester starb im Gefängnis, die älteste unter ihnen, Schwester Marija, die ein lebenslanges Gelübde abgelegt hatte, war zu diesem Zeitpunkt 57 Jahre alt, man hatte sie in der Waschküche des Krankenhauses vergewaltigt. Ein junger montenegrinischer Arzt, Dr. Cvjetko Popović, der Spezialist im Sanatorium *Golnik* war, wandte sich sowohl an die Kirche als auch an den Staat mit der Bitte, dass man ihm zehn Franziskanerinnen als Mitarbeiterinnen überließ, die er in einer Lungenklinik in Cetinje beschäftigen wollte. Die slowenische Regierung überzeugte er davon, dass die Schwestern hier in einer orthodoxen und zudem atheistischen Gegend auf taube Ohren in Religionsdingen stoßen würden; der Kirche stellte er ein Kloster für die Nonnen in Aussicht, versicherte glaubwürdig, dass sie neben ihren medizinischen Diensten im Krankenhaus, die in Montenegro dringend nötig waren, in aller Ruhe ihren Glauben praktizieren konnten. Und genauso ist es auch gewesen.

»Damals gab es in Montenegro um die zwanzig Schwestern, heute sind es insgesamt hundertzweiundvierzig«, sagte die Hauptschwester Anuncijata und stand hastig auf, um zu signalisieren, dass dies das Ende der Besuchszeit war.

Als ich vor ihr stand, ohne zu wissen, wie ich mich von ihr verabschieden sollte und was ich noch tun konnte, um mehr über Schwester Marija zu erfahren, gab mir Anuncijata die Hand, dann ging sie zur Tür des Speisesaals, wo sie kurz stehen blieb, sich umdrehte und mich gütig ansah, mit einer Direktheit, die etwas Verführerisches hatte, sie deutete eine Verbeugung an, ein leichtes Lächeln war in ihren Mundwinkeln zu sehen, ihr schönes, von der Haube umrahmtes Gesicht leuchtete. »Kommen Sie morgen Vormittag ins Kloster, es wird möglich sein, Schwester Marija zu sehen«, sagte sie und ging auf das Zimmer der Oberschwester zu.

Die jüngeren Nonnen der Unbefleckten Empfängnis waren sichtlich froh über die Entscheidung ihrer Vorsteherin, übermütig lachten sie jetzt und man sah dabei ihre schönen weißen Zähne; sie freuten sich allem Anschein nach über etwas, das ich in diesem Augenblick nicht verstehen konnte. Von der idiotischen Annahme fehlgeleitet, es handle sich um eine sinnliche Entladung und um Freude über erneuten Männerbesuch, musste ich erkennen, dass das leider nur meine Fantasie war. Mir war auch kein bisschen klar, was sich eigentlich hinter dem ganzen geheimnisvollen Gerede um Schwester Marija verbarg; ich war überzeugt davon, dass sie krank war und man sie nicht überfordern wollte, mein Besuch aber eine große Ausnahme und ein Akt der Dankbarkeit war, weshalb man mir also erlaubte, sie kurz zu sehen.

Als ich am nächsten Tag kam, fand ich die Tür zum Kloster schon angelehnt vor, ich stieß sie auf und ging hinein, im Halbdunkel erwartete mich die diensthabende Novizin, Schwester Cecilija, sie forderte mich auf, ihr zu folgen. Wir durchschritten einen abgedunkelten Raum und stiegen Marmorstufen hinauf, an deren Ende die anderen Schwestern auf uns warteten. Ich begrüßte sie laut und deutlich mit den Worten *Gesegnet sei Jesus Christus*, damit wollte ich ihnen meine Ehrerbietung zeigen und meinte das ernst, ohne irgendeine Ironie oder gar Heuchelei; das fühlten sie auch und erwiderten meine Worte einstimmig. Wir gingen einen schmalen Flur entlang und kamen zu einer verschlossenen Tür, an die eine der Schwestern klopfte. Als die Tür aufging, erwartete uns eine leise Musik, und

Hauptschwester Anuncijata hielt einen Kerzenleuchter in der Hand. Wir folgten ihr bis zu einem Alkoven, vor dem ein plissierter Vorhang hing, sie zog ihn zur Seite. Auf einem schmalen Gestell war ein auf einem Sockel stehender Totenschrein zu sehen. Als ich näher trat und mich über den Körper beugte, hob Schwester Anuncijata den Kerzenleuchter in die Höhe und ich erblickte ein eingesunkenes wächsernes Gesicht. Die Haut klebte an den Knochen des Kopfes, der Körper war ab der Mitte mit einem tiefdunklen Stoff bedeckt, auf dem mit goldenem Garn ein Kreuz aufgestickt war. Die Hände lagen überkreuzt auf ihrer Brust, sie waren trocken und klein wie ihre Unterarme, jede Vene und jedes Muttermal waren auf ihrer Haut zu sehen. Am rechten Arm leuchtete ein Goldarmband, das für eine so schmale und verwelkte Hand viel zu groß war. Einen Augenblick lang meinte ich jenes Armband zu sehen, das ich verkauft hatte, aber ich konnte mich eigentlich nicht mehr an sein genaues Aussehen und die filigranen Details erinnern. Ein kleiner roter Rubin, der am Armband die Funktion einer Klammer hatte, leuchtete wie glühende Kohle. An der Wand hing neben dem Leichnam der Gekreuzigte. Ich glaube nicht, dass es mir möglich war, nach so vielen Jahren das Gesicht von Schwester Marija zu erkennen, sicher wäre sie mir lebendig genauso wie jetzt als mumifizierte Leiche eine Unbekannte gewesen. All das war rätselhaft für mich, ich fragte aber nicht nach, warum sie hier auf diese Weise aufgebahrt worden war. »Das ist Schwester Marija, für uns ist sie eine Heilige«, sagte Anuncijata. »Sie ist vor sieben Jahren unter mystischen Umständen gestorben. Sie ist nicht balsamiert, aber ihr Körper widersetzt sich mit Gottes Hilfe dem Verfall.«

Die Schwestern küssten den Leichnam, knieten neben dem Schrein und fingen an, den Rosenkranz zu beten. Wenn ich dieses Gebet hätte mitbeten können, hätte ich es in diesem Augenblick getan. »Wir warten schon zwei Jahre darauf, dass die Bischofskonferenz Stellung zu diesem Fall bezieht«, sagte Schwester Anuncijata. »Es gab Vorschläge, sie zuerst zu bestatten und später erst ihr Mysterium offenzulegen, aber das haben wir abgelehnt. Marija ist für uns eine Heilige, es ist uns egal, was die Bischöfe und der Vatikan davon halten mögen«, sagte sie.

Mehr als das habe ich nicht erfahren, ich habe keine Ahnung, ob sich Schwester Marija noch immer im Alkoven des Klosters befindet, ob man sie bestattet hat oder nicht, ich weiß auch nicht, unter welchen Umständen sie gestorben ist, aber selbst wenn ich die Hauptschwester weiter bedrängt hätte, es mir zu sagen, bin ich mir sicher, dass sie mir das verweigert hätte. Ich habe nie in Erfahrung gebracht, ob man Marija heiliggesprochen hat, ihr Schicksal brannte mir nicht mehr auf der Seele, was vor allem daran liegen mag, dass ich nichts mit Mysterien zu tun haben will; und wenn es in alledem irgendeine Art von Wunder gegeben hat, wenn die göttliche Gnade dem Körper dieser Märtyrerin tatsächlich zuteil geworden sein sollte und die Nonnen daran glauben, dann würde nur ein hochmütiger und oberflächlicher Mensch die Tatsache ignorieren, dass in jeder ähnlichen Begebenheit etwas Religiöses stecken kann. So zurückhaltend ich aber auch bin, so schrecke ich dennoch davor zurück, das sogenannte Wunder komplett zu verneinen, selbst dann, wenn es aus der Sehnsucht nach einem Wunder entstanden wäre. Die Sache mit dem Armband könnte im gleichen Bemühen an einer anderen Stelle und unter einer anderen Perspektive eine genauso mystische Bedeutung erlangen.

57

Die Zeit, in der ich langsam erwachsen wurde, verbrachte ich ohne meine Eltern und entzog mich so ihrem Einfluss, aber darüber Genaueres zu erzählen wäre müßig. Es würde die Geduldigen ermüden, die mich so nehmen konnten, wie *ich* bin, mir selbst schwebte anfangs ohnehin eine ganz andere Art zu erzählen vor, jetzt ist es zu spät, meine Entscheidung kann ich nicht mehr rückgängig machen; mein Ich ist bis in unsere Zeit vorgedrungen und hat mir unterwegs ein paar schmerzhafte historische Betrachtungen aufgebürdet. Wenn jemanden das Autobiografische in diesem Buch zu sehr bedrängt, wenn er es als zu direkt erlebt, so kann er etwas Milde walten lassen, indem er bedenkt, dass es sich bei dieser Niederschrift eigentlich um eine Beichte handelt. Niemand geht beichten, weil es ihm gut geht, sondern weil sein Inneres eine Wunde davongetragen hat und weil er mit sich selbst ringt. Das hier vorgestellte *Ich* feiert weder sich noch andere, es hat sich letztlich auch keine Lobhudeleien zur Aufgabe gemacht. Es versucht nur, so offen wie möglich zu sein.

Als ich fünfzehn war, verschlug es mich in ein Banater Dorf namens Klek in der Nähe von Zrenjani, dort stieß ich auf meine Tante Pava, Mutters älteste Schwester. Wie ich aber zu ihr gekommen war, ist auch für mich und meine Erinnerung ein Rätsel, denn diese Tante hatte ich nie zuvor gesehen und wusste auch nur wenig über sie; meine Großmutter Jelica sprach selten von ihren Töchtern, die sie immer als »unglückliche Töchter, geboren in einem glücklichen Heim« beschrieben hatte. Nur meine Mutter wurde von ihr verwöhnt und gelobt, aber auch ihr war das Schicksal nicht gewogen; sie hätte sich besser verheiraten und zehn Kinder zur Welt bringen können, wenn schon ihre Schwestern ohne Nachkommenschaft geblieben sind. Pava war mit einem ehemaligen orthodoxen Priester aus der Gemeinde St. Georg verheiratet. Er hatte als junger Mann in der Parochie Trnovo gedient, kehrte aber dann vollends um, entsagte seinem Glauben, wendete sich von der Kirche und seiner Hirtenmission ab. Zwischen den beiden Weltkriegen gelang es ihm, als Kommunist ins Gefängnis zu kommen. Über ihn hatte man sich erzählt, er sei Vollstrecker bei den Partisanen gewesen und habe mit Genuss Leute getötet und die in Gefangenschaft geratenen Ustaše gequält; ob das der Wahrheit entsprach, wusste niemand von uns, aber Angst hatten wir alle vor ihm. Mein Vater sagte, ein Fünkchen Wahrheit verberge sich immer in solchen Geschichten, denn selbst wenn wir wissen, dass die Leute sich vieles ausdenken und immer übertreiben, sagte er, »so gründet letztlich jede Lüge auf der Wahrheit«. Damals habe ich das nicht verstanden, aber ich hörte ihm genau zu und hatte genauso wenig vor diesen Verwandten kennenzulernen wie er. Wir wussten, dass man ihm nach dem Krieg als Siedler irgendwo in der Vojvodina etwas Land zugesprochen hatte und er als Wirtschafter dorthin berufen worden war, den konkreten Ort kannten wir aber nicht, denn meine Tante und er ließen nie wieder etwas von sich hören. Der ärmeren Verwandtschaft schickten sie auch nie ein Kleidungspaket oder Lebensmittel aus der als reich bekannten Vojvodina, andere Siedler taten das durchaus.

Als ich im Dorf Klek auf meine Tante stieß, war sie schon mit einem anderen Mann verheiratet; ihr erster Ehemann, jener Ex-Priester, wurde im Schlaf getötet, seine Frau lag neben ihm und hat von alledem nichts mitbekommen. Man hatte ihm die Kehle durchgeschnitten, mit einem Rasiermesser oder einem Skalpell, das kam bei den Untersuchungen heraus. Weder die Tatwaffe noch der Mörder wurden jemals gefunden. In diesem schönen großen Haus, das einst der deutschen Familie Kitel gehört hatte, genauer, einem Einbeinigen, der im Besitz der Zuckerfabrik war, verlebten die Eheleute nur eineinhalb fröhliche Jahre, waren faul und verbrachten ihre Zeit meist im Bett liegend. »Sie lebten auf großem Fuß«, sagten ihre Landsleute. Die Ländereien ließen sie von Tagelöhnern für wenig Geld oder ein bisschen Nahrung bewirtschaften, weil der Ex-Priester zwischenzeitlich der Parteichef des Stadtkomitees war, ein Ideologe der Kommunistischen Partei. Zeitgleich zu dieser Tätigkeit versuchte er sich als Dichter spöttischer Verse, die den Exodus der Banater Deutschen zum Gegenstand hatten. Der selbsternannte Dichter spottete über die hunderttausend vertriebenen Banater Deutschen, die auf der Flucht nur ihre wenigen Habseligkeiten mitnehmen konnten, ein bisschen Schmuck, Familienalben, sonst nichts. Aber nicht einmal das sei Frau Kitel richtig gelungen: »Sie blieb zurück ohne Unterhose, soll ihr deutscher Vater sie ficken und mit ihr schmusen« – solche Verse dichtete der neue Besitzer jenes 1824 erbauten prächtigen Hauses, das zweimal restauriert wurde, einmal noch im 19. Jahrhundert, das zweite Mal von Grund auf im Jahre 1902.

In dieser großen deutschen Familie gab es einige, die sich dem Leben in den unterschiedlichsten Banater Gemeinden anpassten, das waren jene, die abends Besseres zu tun hatten als Lieder zu singen wie »Vater, der du bist im Himmel, säubere unsere Höfe vom serbischen Ungeziefer«. Einer von ihnen war Peter Kitel, der auch nach dem Krieg und der Vertreibung seiner Landsleute das blieb, was er schon immer gewesen war – ein Pflaumenschnapsliebhaber und Kapellmeister mit Blechinstrumenten in Zrenjanin. Dieser Mann klopfte eines Tages bei meiner Tante und ihrem Mann an die Tür und bat ergeben darum, auf dem Dachboden in den Kisten nachzuschauen und sich ein paar Kleinigkeiten seiner Verwandten mitnehmen zu dürfen, Fotografien, Briefe, Alben, altes Geld, denn in seiner Familie hatte es Münzenkenner gegeben, ein paar Anhänger hatte er auch im Sinn, Musiknoten für seine Cousine, die in dem Zimmer komponiert hatte, in dem das mit einer dicken Staubschicht überzogene Klavier stand. Der neue Besitzer erlaubte das großzügig, und der Kapellmeister steckte alles sorgfältig in eine Jutetasche, dann setzten sie sich wie alte Freunde in den Garten und tranken, bis es dunkel wurde. Meine Tante bediente sie Stunde um Stunde, und als sie sah, dass beide so betrunken waren und keiner von ihnen mehr gehen oder noch klar sprechen konnte, goss sie Schnaps über die Jutetasche und zündete sie mit einem Streichholz an. Sofort schossen die Flammen in die Höhe und die beiden Männer starrten dämlich und dumpfen Blickes ins Feuer. »Ich lass mir doch das rechtmäßig Überantwortete nicht von einer kleinen deutschen Kröte wegnehmen, die in meinen Sachen rumschnüffelt.« Das war alles, was meine Tante dazu sagte.

Aber nachdem der Mann meiner Tante ermordet worden war, gab man ihr zu verstehen, dass sie sich nicht allein in so einem großen Haus breitmachen konnte und man sie deshalb vorübergehend bei der serbischen Familie Malesev unterbringen würde. Hier hatte sie in ihrer Anfangszeit als Haushälterin gearbeitet. Schließlich heiratete sie den blinden Aco Malesev, der acht Jahre jünger als sie war. Kaum dass Aco unter der Haube war, zogen seine Eltern nach Novi Sad um, die Pflege des Blinden und die Arbeit auf den Ländereien übernahm meine Tante, obwohl man sie nicht gerade als fleißigen Menschen kannte, aber sie fand sich ganz gut zurecht, ließ sich hier und da etwas einfallen und nahm sich Tagelöhner, die sie nach getaner Arbeit abfüllte, ihre Nahrung und Getränke mit ihren spezialmagischen Zusätzen versetzte; sie inszenierte unendliche Streitereien, bezahlte die Arbeiter zwar, fand aber immer irgendeinen Trick, um sie einmal mehr übers Ohr zu hauen. Das Haus, in dem ihr erster Mann ermordet wurde, teilte man einer mehrköpfigen Siedlerfamilie aus der

Herzegowina zu, die sich in diesem Prozess der Zuweisung jedoch benachteiligt fühlte. Ständig jammerten sie darüber, wie wenig man ihnen gegeben hatte, obwohl sie eine so verdienstvolle Familie von Partisanen seien und ihnen deshalb das beste Haus und schönstes Land zustünde. Ein Jahr später geschah im »verfluchten Haus der Familie Kitler«, wie die Ortsbewohner es nannten, wieder ein Verbrechen. Der älteste Sohn der zugezogenen Familie tötete mit einer Axt seinen Vater im Schlaf, es gelang ihm anschließend, illegal über die rumänische Grenze zu fliehen. Er verbrachte sechs Monate in einem Auffanglager, bekam danach politisches Asyl, heiratete eine Frau aus der Ukraine und zog mit ihr nach Kiew.

Als es meiner Tante gelungen war, ein gutes Verhältnis zur Familie Malesev aufzubauen, die sich in Selbstlob von alters her zu den alteingesessenen Banater Serben zählte, flüsterte man schon überall hinter vorgehaltener Hand, dass sie dort nicht mehr lange einfache Wirtschafterin bleiben, sondern schon bald voller Stolz eigenen Besitz verwalten würde. Genauso ist es auch gekommen. Den Blinden hatte sie in null Komma nichts um den Finger gewickelt und in ihr Bett gezogen. Er war ihr hoffnungslos ausgeliefert, seine Eltern aber hatten es kaum erwarten können, jemanden in die Pflicht zu nehmen, der sich um ihren blinden Sohn kümmern sollte. Sie zogen am gleichen Tag fort, an dem der Standesbeamte diese Ehe vollzog. In Novi Sad besaßen sie ein ganzes Stockwerk in einem schönen Haus; seitdem sind sie nicht ein einziges Mal mehr in Klek gewesen. Ich glaube noch heute, dass meine unfruchtbare Tante eine Frau ohne Gefühle war; ich konnte keinerlei Ähnlichkeiten mit meiner Mutter, meiner Großmutter oder meinem Großvater ausfindig machen; nicht ein Zug an ihrem Gesicht oder an ihrem Charakter war verwandt mit jenen Menschen, die ich geliebt habe.

Jeder kann sich an bestimmte Ereignisse in einer sehr präzisen Genauigkeit erinnern, aber wenn etwas aus der Erinnerung gelöscht ist, dann entsteht eine magische Lücke, ohne die wir weder im Dilemma noch im Widerspruch leben, es ist der Platz der Imagination, wir strengen uns an, die Lücke zu füllen, damit die Erinnerungen sprechen, die Vorstellungskraft ist dabei immer bei uns, sie ist eine Nutznießerin dieses Abenteuers, sie zerrt uns in jeden dunklen Winkel des Unbewussten, aber aller Fantasie zum Trotz kann ich einfach nichts finden, das mir den Weg weisen würde, der mich damals nach Klek geführt hat. Alle Geschichten, nach denen ich dorthin von einer »unsichtbaren Hand« geleitet worden oder meiner »inneren Stimme« gefolgt sei, sind für mich nur ein großes Tohuwabohu, so etwas würde nie die Kraft gehabt haben, meinen Realismus zu unterwandern, deshalb kann man mich auch nicht zum Glauben ans Übernatürliche zwingen. Ich erinnere mich durchaus gut an den Tag, an dem wir darüber gesprochen haben, dass ich noch ein Schuljahr bei ihnen bleiben sollte, das war in der Wäscherei, am runden Tisch, meine Tante leitete das Gespräch und mein blinder Onkel mischte sich von Zeit zu Zeit ein und ergänzte alles, was seine Frau gerade sagte. Die Bedingung war, dass ich in den großen Ferien alle Arbeiten erledigen sollte, die ich über das Schuljahr hinweg vernachlässigt hatte; dabei war ich auch während der Schulzeit der einen oder anderen Verpflichtung durchaus nachgekommen, wie etwa jener, mich zweimal im Jahr um das Rupfen der Gänse zu kümmern, dann war da noch das Säubern der Schweineställe, das Wegtragen der Federn zur Genossenschaft, und bei den Schlachtungen war ich zur Stelle, wenn es ans Füllen der Würste und die Herstellung der Grieben ging. »Ich weiß überhaupt nichts über dich«, sagte meine Tante. »Außerdem bin ich nicht verpflichtet, etwas für dich zu tun, nur weil du das Kind meiner Schwester bist, ich kenne ja nicht einmal deinen Vater, und wie meine Schwester aussieht, habe ich auch längst vergessen. Ich könnte dir in aller Ruhe die Tür vor der Nase zuschlagen, aber wir brauchen einen Knecht. Mein Mann ist blind, im Haushalt habe ich keinen

Nutzen von ihm. Jemand muss mir mit den Gänsen und Schweinen helfen, beim Entladen der Kohle komme ich allein auch nicht zurecht, der Mais muss geschält werden und allerlei andere Arbeiten harren auch noch ihrer Erledigung. Wenn du bereit bist, all das für ein Zimmer und Nahrung zu tun, dann kannst du bei uns bleiben. Wenn nicht, dann – ab mit dir. Es ist nicht beschämend, ein Knecht zu sein, es ist beschämend, wenn man ein Bettler ist. Passt dir das oder nicht?«, wollte sie wissen. »Passt«, sagte ich. »Unsere Knechte waren immer zufrieden, es hat ihnen an nichts gefehlt, aber auf deine Herren musst du bedingungslos hören«, sagte mein Onkel Aco, weil er sich bemüßigt fühlte, das Ganze mal wieder zu ergänzen. »Und wenn ich danach verlange, dass du meine Eier kraulst, dann hast du eben meine Eier zu kraulen!«

»Das ist nur eine seiner Redensarten, er ist aus einer alten serbischen Familie, sie sind Knechte gewöhnt, aber das heißt nicht, dass du ihm wirklich die Eier kraulen musst, sondern dass du dir für keine Arbeit zu schade sein darfst«, sagte meine Tante.

Ihr Haus befand sich am Anfang des Dorfes, gleich nach dem Ortsschild, auf dem Klek stand, in der Nähe der staubigen Straße und der Schmalspurbahn, mit der ich jeden Tag nach Zrenjanin in die Schule fuhr. Manchmal, wenn ich den Zug verpasst hatte, ging ich auch zu Fuß; die Strecke war genauso lang wie jene zwischen Trebinje und L. Wir hatten ein Gehöft und einen Viehpferch für die Schweine, einige Ferkel wurden gemästet, die Gänseschar meiner Tante war die größte im ganzen Dorf. Aco und meine Tante hatten ihr eigenes kleines Stück Weideland und züchteten Kräuter auf dem Hof, für die Gänse war es das Paradies auf Erden, der Gänserich wurde besonders gepflegt, hatte einen eigenen Raum, der sauber und warm war und nach der Brutzeit für den Gänsenachwuchs bereitstand.

Wie ich damals meine Tante gefunden habe, weiß ich beim besten Willen nicht mehr, an alles andere erinnere ich mich jedoch sehr genau, an jeden Winkel dieses Hauses, an den langen Kreuzgang, an dessen Ende sich mein Zimmerchen befand, ich hatte ein Holzbett und warme Daunendecken, die für die sehr kalten Banater Winter sehr nützlich waren, auch im Sommer lagen sie gefaltet auf meinem Bett. Mit Leichtigkeit kann ich mir alle möglichen Einzelheiten aus dieser Zeit wieder in Erinnerung rufen; zum Beispiel die Art, wie der Blinde seine Suppe schlürfte oder wie er röchelnd aus dem Bauch heraus lachte, ich erinnere mich an das Ehebett, in dem es nachts, aber häufig auch an den Nachmittagen laut zuging, sie lachten immer über irgendetwas, grunzten dabei wie die Schweine und gackerten wie die Gänse. Und einmal habe ich den Blinden im Stall dabei erwischt, wie er sein Geschlecht in den Hintern einer Gans rammte. Er hatte ein genaues Gehör und wusste, dass ich mich in der Nähe befand, er schrie: »Ist jemand da?« Ich tat so, als hätte ich ihn nicht gehört, und mein Onkel führte sein krankes Treiben mit der Gans ruckartig zu Ende.

Aco hasste als Alteingesessener die Siedler und wurde nicht müde, immer zu wiederholen, dass er einfach nicht aus dem Staunen herauskomme, wie ein Mensch sich das Haus eines Fremden unter den Nagel reißen und dann so tun konnte, als sei das, was über Generationen von anderen errichtet worden war und üblicherweise an die eigenen Nachkommen vererbt wurde, schon immer sein Besitz gewesen. Alle Neuankömmlinge nannte er Türken, beim Abendessen sprach er davon, dass die Türken die Vojvodina verwüstet hätten. Was man hier von Generation zu Generation vererbt habe, sei in ihren Händen über Nacht zu Staub zerfallen. Er lachte über jeden seiner Einfälle, genau genommen wieherte er und genoss es sichtlich, wenn meine Tante sagte, er lache wie ein Pferd. Selbst mich nannte er mehrere Male einen Türken, aber ich denke heute, dass das eigentlich seine Metapher für die Kommunisten war. Er lehnte es ab, den neuen Namen der Stadt auszusprechen, seit 1946 trug sie den Namen

Zrenjanin, vorher hieß sie Petrovgrad, im Jahre 1918 hatte sie diesen Namen nach dem serbischen König Petar Karađorđić bekommen; in der Zwischenzeit war aber Aco auf den anderen alten Namen verfallen und nannte seine Stadt Beckerek, noch lieber benutzte er aber die ungarische Bezeichnung Nagybecskerek, und wenn ihn jemand rügte, weil er es vermied den Stadtnamen zu benutzen, der sich einem Helden verdankte, antwortete er immer auf die gleiche Weise – »wir haben es uns schnell angewöhnt, mehr Helden als Städte zu haben«. Nur unglückliche Völker seien ständig bereit, die Namen ihrer Marktplätze und Städte zu ändern. Mir sagte er öfter, dass ihm im Herzen jeder Ungar, Rumäne oder Russe näher als irgendein neuer Landsmann sei, mit dem er nichts teilen könne. »Das sind alles Analphabeten, sie sind dumm wie Brot, wir aber sind schon Herrschaften in dritter Generation, bis jetzt ist es uns erfolgreich gelungen, uns den Flegeln und Parasiten zu widersetzen, aber jetzt, da die Türken alles an sich gerissen haben, hat der Teufel jeden Ansatz von Herrschaft weggepustet.«

Bei diesem merkwürdigen Paar, bei meiner Tante und meinem Onkel, habe ich also bis zum Beginn des folgenden Schuljahrs als Knecht gearbeitet, mit gutem Erfolg, einer drei, hatte ich es beendet, aber die Ferien musste ich auf dem Gut verbringen, um das abzuarbeiten, was ich das Jahr über gegessen hatte, es gab auch Schulden, die ich wegen meiner Bücher machen musste, auch für mein Schulmäppchen und für Schuhe. Von allen Arbeiten war mir das Gänsehüten am liebsten, ich hatte sogar ein Luftgewehr, das ich mir über die Schulter warf. Es sah einem richtigen sehr ähnlich, und es war keineswegs nur Spielzeug oder Zeitvertreib für Hirten, das war meine Waffe gegen die Zigeuner, die sich auf Diebstähle von Gänsen spezialisiert hatten; einmal habe ich einem kleinen Zigeuner Angst gemacht, indem ich den Gewehrlauf auf ihn richtete, er ist sofort abgehauen. Während ich die Gänse gehütet habe, ist nie eine verloren gegangen, nicht eine Gans ist abgehauen, geklaut worden oder umgekommen. Die Gänseküken führte ich nie nach draußen, wenn noch Tau zu sehen war, ich wechselte häufig ihr Streu aus, füllte es, wenn nötig, mit Heu an jenen Stellen auf, an denen die Gänse zur Tränke gingen und fraßen. Ich achtete immer darauf, dass die Tränke nicht verdreckte, denn die kleinen Küken kamen manchmal wegen Schimmel um. Meine Tante verlieh mir den Titel als bester Gänsehüter, hatte auch irgendwo aufgeschnappt, dass ich gut schreiben konnte, und schenkte mir zum Abschied eine prächtige große Gänsefeder; lange Zeit hob ich sie in einem Buch auf.

Diese Feder war für mich eine wertvolle Erinnerung, nicht etwa an meine Tante oder an meinen Onkel, sondern an die Gänse selbst, denn ich hatte das kleine Volk sehr liebgewonnen. Die Gänsefeder wurde für mich so etwas wie ein Glücksbringer, vielleicht war ich doch etwas abergläubisch und dachte, dass ich besser schreiben würde, wenn sie in einem Glas oder auf einem Buch auf meinem Schreibtisch zu sehen war.

58

Meine Schulausbildung setzte ich in Belgrad fort und nahm alle möglichen Gelegenheitsarbeiten an; früh fing ich an, für Zeitungen zu schreiben, besprach Bücher und Kunstausstellungen, die von den ernsthaften Kritikern ignoriert wurden. Von mir erhielten sie jedoch Beachtung, weil ich einfach Geld verdienen musste, um über die Runden zu kommen. Ich hatte Glück und einige Zeitungsredakteure waren mir gewogen, ich bekam kleine Aufträge, bekam sogar ein kleines Feuilleton überantwortet, das man lobte, und daraus entstanden andere Anfragen, man gab mir zu verstehen, dass Tagesjournalismus und Sachbuch meine Gebiete werden könnten. Aber ich ging damals noch zur Schule, und als ich während meiner Matura am Zweiten Jungengymnasium den ersten Preis bei einem Wettbewerb gewann, den die Zeitung »Volksarmee« für siebzehn Belgrader Gymnasien ausgeschrieben hatte, war ich mit einem Mal berühmt, man fotografierte mich für eine Filmzeitung, von überall her bekam ich Angebote, die Leute sahen auf einmal einen Schriftsteller in mir. Und der Chefredakteur der »Volksarmee«, ein General namens Ivanović, sagte bei der Überreichung der Preisurkunde, dass in mir »ein großes Talent« schlummere. Ich war überzeugt davon, dass ich meiner Gänsefeder diesen Erfolg zu verdanken hatte, mit der ich die preisgekrönte Arbeit unterschrieben und den Umschlag mit dem Wettbewerbstext adressiert hatte. Und immer wenn ich etwas veröffentlichte und Preise erhielt, urteilte man wohlwollend über mich; später, als ich meine Feder verloren hatte, war ich schon anerkannt und brauchte ihre magische Rückendeckung nicht mehr und irgendwann gab ich meine kleinen abergläubischen Tendenzen für immer auf.

Die Feder hat mich oft an meine Tante und das kleiner Banater Dorf erinnert. Ich plante mehrmals, es wieder aufzusuchen, obwohl ich mich dort während meines einjährigen Aufenthalts nicht einmal ein bisschen glücklich gefühlt habe; im Gegenteil, ich erfuhr eine Demütigung nach der anderen, aber das hielt mich keineswegs davon ab, manchmal in der Erinnerung melancholisch zurückzureisen und jene schweren Zeiten meines Lebens mit der Frage zu umkreisen, ob es denn je leichte Zeiten für mich gegeben hatte. Ich dachte sogar oft an meinen blinden Onkel zurück, nun mit sehr viel mehr Humor, als es mir damals möglich war; auch der Vorfall mit der Gans kam mir nicht mehr so gespenstisch vor, weil ich später ganz andere Grausamkeiten zu Gesicht bekommen habe, Menschen etwa, die sich Schmerzen zufügten und dabei von einem Liebesakt sprachen. Dagegen war die Gansszene geradezu ein Bild der Zärtlichkeit, so pervers sie auch war, so sehr übertraf das andere alles, was ich mir unter Grausamkeit vorstellen konnte, aber das heißt nicht, dass ich meinen Onkel nicht verabscheue für das, was er getan hat, im Gegenteil, mein Magen ist dafür nicht gemacht, und ich kann es nicht ausstehen, wenn irgendeine Art von Gewalt im Spiel ist, selbst dann nicht, wenn sie sich nur gegen eine Gans richtet.

Eines Tages, als ich zwanzig Jahre alt war, habe ich die beiden Sonderlinge dann doch noch besucht. Als ich in der Nähe ihres Hauses und ihrer Ländereien aus dem Zug sprang, nahm ich nicht gleich den direkten Weg zu ihnen, sah aber schon aus der Ferne, dass die Fassade ihres Hauses heruntergekommen und bröckelig war. Ich blieb kurz stehen, um mir die Veränderungen anzusehen. Mich fröstelte es ein wenig vor der Begegnung mit meiner Tante, weil ich sie als eine ganz und gar unberechenbare Person kannte. Ich wusste, dass die Möglichkeit bestand, von ihr abgewiesen zu werden. Es war denkbar, dass sie nach einer Bezahlung für die Übernachtung verlangte. Ich hatte Lust, vorher noch eine Runde mit meiner alten Schmalspurbahn von Zrenjanin nach Klek zu fahren und mich dabei an meinen ersten kleinen Dubrovniker Zug zu erinnern. Vor allem aber wollte ich auch Material für meinen Roman sammeln, mich hier emotional einschwingen und ein bisschen die Luft der »Bergleute in der Ebene« schnuppern. Ich war im Unterwegssein durch meine eigenen Labyrinthe und das, was man das Innere nennt, auf eine vielversprechende Goldgrube gestoßen, die ich so gar nicht nennen dürfte, man könnte es mir als Hochmut auslegen – der Roman, den ich im Kopf hatte, musste ja noch geschrieben werden. Ein paar Funken musste ich jedoch dabei schlagen und Umwege auf mich nehmen, sonst, wusste ich, würde es mir nicht möglich sein, dieses Buch zu schreiben. Meine Tante war natürlich in mürrischer Stimmung. Als sie aber hörte, dass ich schon zwanzig geworden war und Prosa in Literaturzeitschriften veröffentlicht hatte – und ich gab noch ein bisschen damit an, dass ich einen Textauftrag für den *Reiseführer Belgrad* in der Tasche hatte, in dem ich unsere Theater und Kinos vorstellen sollte –, wurde sie plötzlich ganz zutraulich und gastfreundlich, ließ unser Verwandtschaftsverhältnis an keiner passenden Stelle unerwähnt. Meine zeitweilige finanzielle Misere kommentierte sie abwinkend. »Lass uns nicht über diesen irdischen Kleinkram reden, für uns sind das doch Bagatellen«, sagte mein Onkel Aco, um seiner Frau eine Stütze zu sein.

Ich fand die beiden nahezu genauso vor, wie ich sie verlassen hatte, sie saßen im Speisezimmer am runden Tisch, ich hatte das Gefühl, dass sie sogar die gleiche Kleidung trugen wie damals, nur ein paar kleine Details verwiesen auf einen gestiegenen Lebensstandard; jetzt stand auf einer schönen Empire-Kommode ein Radioapparat, der mit einem mit Spitze umrandeten Tuch bedeckt war, meine Tante benutzte für diese wertvolle Handarbeit das altmodische Wort *sustikla*. Sobald wir ins Gespräch gekommen waren, begriff ich, dass einiges neu war; mein Onkel hatte eine Arbeit in der Fabrik in Zrenjanin für Bürsten und Besen gefunden, und meine Tante hatte eine Arbeit für ihre Seele gefunden; ich war mir nicht darüber im Klaren, ob ihr Vergnügen daran nur scheinbarer Natur war und ob sie davon irgendeinen praktischen Nutzen hatte, aber eines war klar, als Heiratsvermittlerin hatte sie gleichsam den Sinn ihres Lebens gefunden und konnte ihre manipulatorischen Fähigkeiten zur vollen Entfaltung bringen. Sie war der ideale Maestro, permanent zog sie an den Schicksalsfäden der anderen Menschen und bekam so in diesem Teil des Banats einen passablen Ruf als Heiratsvermittlerin. Sie reiste in die umliegenden Orte, suchte nach Heiratsbedürftigen und Heiratswilligen, die sie dann miteinander verkuppelte. Sie brachte unterschiedlichste Schicksale zusammen, überzeugt von ihrer eigenen Mission und ihrem Edelmut. Sie fühlte sich wie eine Schöpferin, die Leben hervorbrachte; die Frau, die selbst keine Kinder zur Welt bringen konnte, verschaffte sich über den Umweg zu ihren Klienten ihren Nachwuchs.

Meine Tante trug an ihrem rechten Arm eine Männerarmbanduhr und am linken ein Armband in der Form einer Schlange. Das waren Dinge von Leuten, die ihr eine Ehe verdankten. Sie hatte eine ganze Kollektion solcher Geschenke. Darunter war auch eine silberne Tabakdose, die sie immer in ihrer Tasche trug, weil sie sich Zigaretten drehte, die sie mit der Zunge ableckte und dann »wie ein Türke« rauchte, so formulierte sie es selbst, obwohl sie beim Rauchen immer über das Rauchen schimpfte, und während sie schimpfte, kam sie sichtlich auf noch größeren Genuss dieser Leidenschaft, die bei genauer Betrachtung nichts anderes als reine Abhängigkeit war. Bevor sie die Zigarette anzündete, philosophierte sie herum und sagte, sie würde jedem, der ihr lieb sei, davon abraten, jemals mit dieser Selbstvergiftung auch nur anzufangen. Meine Tante brüstete sich mit ihrer neuen beruflichen Tätigkeit. Sie führte sorgsam Buch über die Verheirateten und gab damit an, dass sich noch keiner ihrer glücklich Vermittelten habe scheiden lassen, nur eine Ausreißerin habe es mal gegeben, aber die sei sehr schnell wieder zu ihrer Familie zurückgekommen.

Meine Tante brachte Bauchspeck und Schwarten ins Esszimmer. Ich aß davon viel und genüsslich, die beiden gingen kurz in den Flur und tuschelten eine Weile vor sich hin. Als sie wieder hereinkamen, stellten sie sich beide hinter mich. Die Tante streichelte mich, während der Blinde mit seinen Fingerkuppen mein Gesicht abtastete. Beide waren sich darin einig, dass ich zu dünn und zu schmächtig war und dass ich etwas zunehmen musste. Meine Tante schenkte mir ein Hemd, das an den Ärmeln mit Spitze und vorne mit einer Stickerei versehen war; vielleicht war das Hemd sogar Bestandteil einer der vielen Folklorekostüme für Frauen, die es in der Banater Gegend in den unterschiedlichsten Minderheiten gab. »Das ist ein teures Hemd, ein Paar, das ich verheiratet habe, hat es mir geschenkt«, sagte meine Tante Pava.

Ich zog meinen abgetragenen und ausgeblichenen Kapuzenpullover mit den langen Ärmeln aus und zog das mit Spitze versehene Hemd aus feinem, weichem Leinen an. Es passte mir perfekt, so als sei es nach Maß für mich geschneidert worden. Tante hatte im Schrank an die fünfzig Paar getragene und ungetragene Männerschuhe verschiedener Größen, ein Paar passte mir und ich zog meine alten Schuhe aus, die ich mir auf dem Flohmarkt gekauft hatte und die schon durchlöchert waren. Ich schlüpfte in die neuen schönen Mokassins, sie waren zwar schon getragen worden, aber sie waren sehr bequem. Dann fing sie an, mich zu überreden, dass ich wenigstens einen Monat bei ihnen bleiben sollte. Sie versuchte, mich mit Geschichten über dieses kleine

Banater Dörfchen zu locken, das ihrer Meinung nach gerade jetzt in seiner Blüte stand. Dann begann sie mehrmals von einem bevorstehenden Ereignis zu sprechen, einer großen Feier, die offenbar noch ein Geheimnis war und im Zusammenhang mit dem örtlichen Handballclub stand. Ihre Euphorie erschien mir sehr rätselhaft. Glaubte sie wirklich daran, dass diesem Banater Dorf, in dem der Schlamm das Hauptereignis vor allem für die Schweine war, eine große Zukunft bevorstand? Oder hatte sie die ganze Zeit etwas anderes vor, etwas, bei dem sie wieder ihre Manipulationskraft unter Beweis stellen konnte? Und am wenigsten verstand ich, was ich eigentlich mit alledem zu tun hatte, warum sie mir schmeichelte. Plötzlich hatte sie unsere Verwandtschaft entdeckt, ich war mit einem Mal ihr Vetter und damit ihr großer Liebling.

Aco ging früh zur Arbeit, er nahm den Morgenzug oder den Arbeiterautobus bis zur Ölfabrik, und von dort ging er mit seinem weißen Blindenstab zu Fuß bis zu seinem Arbeitsplatz, er trippelte dabei versiert und schnell, als dirigiere er ein Musikstück. Wenn er weg war, legte sich meine Tante noch einmal für ein, zwei Stunden ins Bett, dann stand sie auf und blieb ewig in ihrem Frisiermantel, die meiste Zeit über trug sie ihn aufgeknöpft und man sah unter ihrer engen durchsichtigen Wäsche ihre gequetschten wuchtigen Brüste und den vor Fett berstenden Bauch hervorquellen. Ihre Haare waren fettig und sie hatte Schuppen, sie war nicht nur nachlässig, sondern im eigentlichen Sinne verwahrlost. Und in diesem Aufzug hatte sie sich angewöhnt, immer wieder mal in mein Zimmer zu kommen. Sie setzte sich ans Bettende, quasselte Gott weiß was zusammen und kratzte sich dabei die Schuppen vom Kopf, die Ausdünstungen ihres Körpers widerten mich an, ich erstickte fast und fühlte Übelkeit in mir aufsteigen. An einem Morgen brachte sie mir ein Heft und Stifte. »Schreib mal alles auf, was dir so durch den Kopf geht«, sagte sie und übergab mir dann feierlich ein kostbares Geschenk. Es war eine goldene Armbanduhr von *Omega*. Ich konnte es nicht glauben, dass diese Frau, die ich als eine bösartige Person erlebt hatte, mir ein so kostbares Geschenk machte, auf eine Weise, als horte sie irgendwo einen ganzen Berg voller *Omega*-Uhren und als bedeute ihr diese eine herzlich wenig.

»Das schenkt dir deine Tante, damit du sie nicht vergisst, wenn du eines Tages berühmt wirst«, sagte sie.

Ich konnte sie nicht durchschauen. Noch etwas Gutes tat sie für mich – sie schickte ein Paket an meine Eltern nach N. Vor meinen Augen füllte sie den Karton, aber nicht ohne dabei unablässig zu betonen, dass es ein großzügiges Geschenk sei – »und was«, sagte sie, »haben die beiden jemals für mich getan!?« Erst legte sie ein paar verschieden große Bürsten rein, eine größere für Malerarbeiten, die sie als Pinsel bezeichnete, danach noch zwei kleine Besen mit kurzem Stiel. Darauf legte sie ordentlich gefaltete Bettwäsche und schippte schließlich eine ganze Menge Bohnen in den Karton, damit sie eine passable Unterlage für die Lebensmittel hatte, Speck, geräucherte Schweineohren und -füße, ein Eimerchen Schweinefett und zwei Flaschen Früchteschnaps (Birne und Quitte), die in der Landwirtschaftlichen Genossenschaft in Subotica abgefüllt worden waren, aus der später das Kombinat *Agros* hervorgegangen ist. Sie schrieb ihnen nicht eine einzige Zeile, nicht einen kleinen Gruß. Und mir erlaubte sie auch nicht, dass ich ihrem Paket einen Brief für meine Eltern beilegte. »Das hier mache ich nur wegen dir, nicht wegen ihnen«, sagte sie.

Wir trugen das Paket zur Post, die Adresse kam drauf, ein Stempel folgte; der Absender war Aco Malesev, aber es stand nicht die Wohnadresse drauf, sondern, wie es hieß, seine Arbeitsanschrift in Zrenjanin, die aber wahrscheinlich reine Fiktion war. Sie habe es nicht gerne, ihre persönlichen Angaben preiszugeben, möge keinerlei Spuren legen, die man später nachprüfen könne, aber nicht etwa deshalb, weil sie Angst vor unerwünschtem Besuch habe; die Leute, die kommen wollten, fänden schon irgendwie ihre richtige Adresse heraus. Sie sei vielmehr davon überzeugt, dass ausgeschriebene Namen und Adressen eine Art unausgesprochene Einladung waren, und in ihrem Beruf sei es einfach ratsam, mehrere Namen und viele Gesichter zu haben. »So wie jeder Mensch Kleidung hat, so muss er auch ein geheimes Leben haben«, sagte sie.

59

Ich hatte nur ein, zwei Tage in Klek bleiben wollen, es war nicht schwer, meine Erinnerungen aufzufrischen. Ich besuchte alle Orte, an denen ich mit den Gänsen zur Trift gegangen war. Aber ich blieb länger, als ich es geplant hatte, und der Grund dafür war so verrückt, dass man ihn sich niemals ausdenken könnte. Meine Tante hatte mich gekauft. Ich konnte nicht einfach eine goldene Armbanduhr annehmen und am nächsten Tag abhauen, selbst dann nicht, wenn ich eine eigene Bleibe in Belgrad und auch sonst ein genaues Ziel vor Augen gehabt hätte. Die letzten Wochen in der Stadt hatte ich bei einem Freund im Studentenwohnheim verbracht, war nicht einmal gemeldet, weil ich aus dem Loch, in dem ich wohnte, rausgeschmissen worden war; die Schwestern Dimitrijević kündigten mir diese Hundehütte, weil ich ihnen zwei Monate lang die Miete schuldig geblieben war.

Einmal fing meine Tante morgens im Speisezimmer beim Frühstück an zu weinen, weil die Erkenntnis, dass das Leben ohne Kinder überhaupt keinen Sinn machte, sie zutiefst erschütterte. »Wir sind zwei Blinde, die sich einen Schmerz nach dem anderen zufügen, während sie gemeinsam auf ihre Todesstunde warten.« Das waren ihre eigenen Worte. Mehrmals sagte sie: »Wem sollen wir denn all das, was wir besitzen, hinterlassen?«

Dann starrte sie mich kurze Zeit an und dachte, ich würde mich an ihren Angelhaken hängen und mich als Nachfolger empfehlen, aber ich versuchte philosophisch zu sein und antwortete ihr so nebensächlich ich nur konnte. »Euren schönen Besitz müsst ihr jemandem vererben, der euch dafür dankbar ist.«

»Und wer soll das sein?«, wollte sie wissen.

»Der Verfall«, sagte ich. »So manches an irdischen Gütern vermischt sich mit den Toten unter der Erde«, sagte ich. Es gelang mir, sie damit zum Schweigen zu bringen, aber offenbar auch gänzlich zu erheitern, denn auf einmal verkündete sie, dass wir am Abend bei einer wohlhabenden ungarischen Familie zu Gast sein würden, die eine schöne Tochter, ein Einzelkind hätten, und wenn sich die Funken zwischen uns entzünden ließen, dann könne man da schon etwas ausrichten, sagte sie. Ich fragte meine Tante, ob die Einladung in irgendeinem Zusammenhang mit ihrem Beruf stehe. Und sie sagte: »Ein bisschen verbunden ist alles mit allem.«

Ich hatte nicht erwartet, dass auch ich in ihre Machenschaften verwickelt werden konnte. Zum einen hatte ich nie etwas in dieser Richtung angedeutet und zum anderen auch nicht einmal im Traum ans Heiraten gedacht. Ich war weit davon entfernt, eine Familie zu gründen, Kinder und ein Haus zu haben, ich sagte meiner Tante sogar, ich sei schon verheiratet, und zwar mit der Literatur, und da ich das schon sei, brauche ich sonst niemanden mehr. Aber ich fürchte, da habe ich mir selbst etwas vorgemacht, weil ich, wie alle anderen auch, darauf wartete, dass mein Leben sich verwandelte und in eine andere Spur kam. Und manchmal hegte ich die Hoffnung, dass diese Verwandlung durch die Liebe möglich sein würde. Tante Pava hatte genau begriffen, dass ich kein Glück mit den Frauen hatte, und dann fing sie an, mir Vorträge darüber zu halten, dass zu zweit alles erträglicher sei, vor allem, sagte sie, »wenn die Braut hübsch und wohlhabend ist«. Meine Tante wiederholte oft unter dem beipflichtenden Nicken ihres Mannes, dass die Armut der schlimmste aller Makel war. Wie konnte man einem solchen Unsinn widersprechen?

Als wir am Abend das schöne und prachtvolle ungarische Haus betraten, konnte ich meine Tante in Aktion erleben, deshalb beobachtete ich vor allem sie die ganze Zeit über, sah mir ihre ganzen Finessen an, staunte über die Art, wie sie diese einfachen Menschen um den Finger wickelte. Es waren Ackerbauern, die nur dann auflebten, wenn die Rede auf die Ernte oder auf Reichtum kam. Ehemann Tibor erzählte, dass ihm alles kaputt gehen würde, wenn der Staat sich nicht endlich um die Bewässerung kümmere. »Man kann aus fruchtbarem Land in null Komma nichts eine dürre Ebene machen«, sagte er. Der Mann war klein und um die fünfzig Jahre alt, er hatte kurz geschnittenes Haar, eine Narbe im Gesicht, die sich von der Schläfe bis zum Kinn zog, als sei an dieser Stelle das Schwert in der Luft stehen geblieben, aber bevor ich weiterrätselte, erzählte er selbst die Geschichte von der Narbe, die er seit seinem zwanzigsten Lebensjahr hatte. Ein Pferd hatte ihm einen Schlag mit dem Huf verpasst, und sein Gesicht war wie eine Melone zersprungen. Die Frau sprach wenig, versteckte aber immer ihre Hände, sie waren schwarz von der Erde und aufgeplatzt von der Arbeit auf den Feldern. Meine Tante schmeichelte sich bei dieser Frau ein, überschlug sich förmlich vor Freundlichkeit, wackelte mit ihrem Zopf hin und her, und ich verstand, dass auch in diesem Haus die Frau das letzte Wort hatte. Das betonte meine Tante dann auch mehrmals, indem sie irgendeine Redensart von sich gab, nach der es hieß, ein Haus ohne eine Frau sei eben kein Haus. Mit milder Stimme säuselte sie auf die Frau ein. »Ach meine Marta, meine liebe Marta, ohne uns Frauen gäbe es gar keine Männer, aber die Nichtsnutze sind uns alles andere als dankbar.«

Ich war völlig uninteressant für die Runde, es war klar, dass ich Pavas Neffe war, und das reichte offenbar aus. Die beiden Bauersleute fragten nicht einmal nach meinem Namen. Ich saß in einem bequemen großen Sessel und fühlte mich glücklich, es gefiel mir, am Ofen zu sitzen. Meine Tante versuchte, mir Zeichen zu geben, dass ich irgendetwas von mir geben sollte, aber ich zog es vor zu schweigen und unternahm keinerlei Versuch, etwas zu sagen, weil ich Angst hatte, meine verrückte Tante würde in meinem Namen um die Hand der Tochter anhalten. Aus dem Mund meiner Tante kamen die Worte wie Honig geflossen, sie entschuldigte sich für dies und das, und dann wurde mir klar, dass die Leute überraschend von ihr aufgesucht worden waren und zum Glück überhaupt nichts im Vorhinein abgesprochen worden war. »Wir haben einfach mal reingeschaut, weil ich meinem Neffen das schönste Banater Mädchen zeigen wollte«, sagte sie. »Jeder will sie sehen, sie ist ja schon so schön, dass sie eine Berühmtheit geworden ist«, sagte sie.

»Wenn es so wäre, dann hätten wir sie längst unter die Haube gebracht«, sagte Tibor. »Ich bin traurig, dass ich noch keine Erben habe.« »Ohne einen Soldaten ist das Haus leer«, sagte meine Tante. »Wir haben keine Kinder, aber unser Neffe hier, der wird eines Tages alles erben.«

Erst jetzt sahen mich die beiden Eheleute an, aber nichts änderte sich an ihrem leeren Blick. Die Lüge meiner Tante belustigte mich, aber ich unterließ es, auf sie einzugehen. In diesem Moment kam die Tochter herein, sie hatte ein Hauskleid an, nasse Haare und einen Föhn in der Hand. Sie war überrascht, Gäste im Haus vorzufinden, die nicht eingeladen worden waren, sie sprach streng, geradezu schreiend mit ihren Eltern. Wir verstanden zwar nichts, weil sie Ungarisch sprach, aber es war mehr als deutlich, dass sie ihnen Vorwürfe machte. Sie beruhigte sich erst, nachdem ihre Mutter sie zärtlich gestreichelt und etwas Freundliches in mildem Ton gesagt hatte. Sie verzog sich in die Ecke, setzte sich auf einen niedrigen Hocker, steckte den Föhn in die Steckdose und fing an, sich die Haare zu trocknen. Erst in diesem Augenblick richtete ihr Vater das Wort an mich. »Das ist unser Liebling Eva. Sie ist wütend, weil sie denkt, wir hätten schon wieder einen potenziellen Bräutigam ins Haus geholt. Das wäre dann der zwanzigste, alle anderen hat sie bisher abgelehnt.«

Eva hatte langes kastanienbraunes Haar, sie war hübsch, klein und perfekt gebaut. Als sie vor mir stand, schob sie ihr Hauskleid ein wenig zur Seite, zeigte ihren Körper, sie fuhr sich mit der Zunge über den Mund und bellte mich wie ein kleiner Hund an, der dabei seine Zähne zeigte. »Was für ein Jammer, dass du so hässlich bist, ich würde sonst gerne mit dir ausgehen«, sagte sie. »Heute ist ein Tanzabend vorgesehen, im Haus der Kultur, es spielen Musiker aus Subotica.«

Verführerisch drehte sie sich um und entfernte sich hüpfend aus dem Raum. Ihr Vater Tibor stand auf, nahm meine Hand, zog mich aus dem Sessel, wahrscheinlich wollte er mit dieser Geste die Worte seiner verwöhnten Tochter ein wenig vergessen machen. Eva zeigte sich noch einmal kurz an der Tür, die sie nur angelehnt hatte, und lugte mit dem Kopf herein. »Falls es euch interessiert, ich warte auf einen Prinzen«, sagte sie, lachte und verschwand.

Tibor führte mich zum Fenster und zeigte auf ein wunderschönes orangefarbenes kleines Haus auf dem Hof, die Türen waren weiß gestrichen, die Wandpfeiler waren rechteckig, über der Tür stand 1927, das Baujahr des Hauses. »Wer auch immer meine Tochter heiratet, bekommt als Brautschatz dieses Häuschen geschenkt, dazu gibt es noch den Obstgarten und den Ziehbrunnen«, sagte er.

Ich war verzaubert von der märchenhaften Schönheit dieses Anwesens, die Harmonie und der Stil des Gartenhäuschen hatten es mir angetan, und aus der Perspektive eines adressenlosen Menschen kam mir alles wie ein idealer Ort zum Schreiben vor. Als ich das Zauberhäuschen und daneben die dichte Baumkrone des Walnussbaumes betrachtete, sagte ich betört, dass ich noch nie so einen schönen Baum gesehen hatte. »Diesen Walnussbaum habe ich zu Ehren von Evas Geburt gepflanzt«, sagte Tibor. »Jetzt ist auch er dreißig Jahre alt, er trägt gut und spendet satten Schatten. Wenn ich von der Ackerarbeit müde bin, lege ich mich unter den Walnussbaum, schlafe genüsslich eine Runde und wache erholt und zur neuen Arbeit bereit wieder auf.«

Tibor hielt mich die ganze Zeit am Arm fest und zeigte mir die eingerahmten Familienbilder an den Wänden, erklärte mir, wer wer in ihrer zahlreichen Familie war, die sich in alle Richtungen zwischen Horgos und Kaniza, Futog und Novi Sad und in Ungarn zwischen Baj und Szeged zerstreut hatte. »Wir haben allein siebenhundert junge Verwandte, die unter dreißig Jahren sind«, sagte er.

Er sprach über seine Familie, aus der zwei berühmte Metzger stammten, eine berühmt gewordene Saure Wurst trug den Namen Otto, und dieser Otto war sein Onkel. Man krönte die Qualität dieser Wurst 1936 mit einem Preis in Szeged. Tibor nahm einen kleinen ovalen Rahmen von der Wand, pustete den Staub weg und zeigte mir Eva im Alter von zehn Jahren, sie trug eine Violine im Arm. Er lobte ihr Talent, ihre künstlerisch musikalische Natur, die Umstände hatten sie gezwungen, einen Abschluss an der Mittleren Medizinschule zu machen, die Musik sei trotzdem immer ihre erste Leidenschaft geblieben. In diesem Moment machte sich Eva, als sie die Stimme ihres Vaters hörte, von draußen mit einem Pfeifen bemerkbar. Dann sahen wir sie in der Mitte des Gehöftes: Die Arme gen Himmel gestreckt, starrte sie nach oben auf eine Schar Vögel; sie flogen zielgerichtet, schnell wollten sie noch der Dunkelheit davonfliegen. In der Ferne sah man Glockentürme und am Horizont ging bereits die Sonne unter. Tibor erzählte, dass seine Tochter oft auf die Haselbäume kletterte, um sich den Sonnenuntergang anzuschauen.

Eva verabschiedete sich nicht von uns. Sie war einfach zum Tanzabend gegangen, wir saßen nur noch einen Moment zusammen. Die Bauersleute waren müde geworden, deshalb verabschiedeten wir uns von ihnen, draußen war es bereits dunkel. Am Ende der Gasse leuchtete kümmerlich eine Glühbirne, die man auf einem Pfeiler angebracht hatte. Und als wir gemeinsam die Gasse hinuntergingen, darauf aufpassten, dass wir nicht in die vielen Löcher fielen, sprach meine Tante mit einer vertraulichen Stimme von ihren Vorhaben, blieb immer öfter stehen, legte mir ihre Überlegungen dar und schmiedete ihre Pläne. »Ich will nur meinen Neffen versorgt wissen«, sagte sie. »Aber das Mädchen hat mich doch nicht einmal eines Blickes gewürdigt.« »Diese Frauenspielchen sind mir durch und durch bekannt, so lockt man eben einen Mann an«, sagte sie. »Du musst heiraten und deine Zukunft absichern, du hättest ein kommodes Zuhause, wo du schreiben könntest, fern jeder Armut und Erbsenzählerei. Ich habe ihre Familie genau studiert, die sterben alle jung, in zehn Jahren bist du der einzige Besitzer dieses ganzen Vermögens. Und wenn du genug von dieser Frau hast, überlässt du sie einfach mir, ich habe da meine eigenen magischen Tricks und Zaubermittel zur Hand, der Teufel trägt sie auf der Stelle fort, das sag ich dir, so schnell kannst du dir nicht einmal die Hände reiben«, sagte sie und klatschte in die Hände.

Wir gingen wieder zurück nach Hause, stritten uns und machten einander Vorwürfe. Wir fanden meinen Onkel am Esstisch vor, er war gerade dabei, seine Bürsten in zwei Gemüsekartons zu sortieren, die er mit verblichenem Zeitungspapier bedeckte. »Du musst den Staat bestehlen, wenn du deine Gefangenschaft irgendwie überleben willst«, sagte er und lachte, wie es für ihn typisch war, lauthals, wiehernd, wie ein Pferd.

Meine Tante erzählte wenig vom Besuch bei Tibor, den reichen Leuten und dem schönen Mädchen, sagte aber, sie sei durchaus in Gefahr, zu einer alten Jungfer zu verkommen, die Eltern seien panisch und hätten Angst um sie, sie würden sie sogar dem schwarzen Teufel geben, wenn sie nur endlich heiraten und man allenthalben darüber reden würde, dass Tibors Tochter vergeben sei. Über mich sagte sie, dass ich ein undankbarer und brüsker Neffe sei. »Du bist ein armes Würstchen, das nach den Sternen greift, wenn du nur wenigstens ein bisschen schöner wärst oder eben reich, aber nichts als Knochen bist du!« Und dabei verfiel sie wieder in ihren bäurisch-herzegowinischen Akzent. »Du zwingst mich ja förmlich, die Magie zu Hilfe zu nehmen«, sagte sie und schielte mit einem zugekniffenen Auge in meine Richtung.

Mein Onkel schlich freundlich um seine Frau herum, nannte sie schmeichelnd seine Hexe, die in der Lage sei, die Potenz eines Mannes außer Kraft zu setzen und aus einem geilen Bock einen impotenten Kümmerling zu machen. Weder hatte ich Angst vor Magie und diesem Zauberzeug, noch ließ ich mich auf irgendein hirnrissiges Gerede darüber ein, aber ich hatte das tiefe Bedürfnis, ihnen zu sagen, was ich vom neuen Beruf meiner Tante hielt. Ich hatte ohnehin vor am darauffolgenden Tag abzureisen, war jedoch von ihrer Güte abhängig, weil ich Geld für die Fahrkarte nach Belgrad brauchte. Dennoch musste ich meiner Tante sagen, dass ich überhaupt keine Lust hatte, in diesem Banater Schlamm mein Leben zu fristen, weil ich Größeres als die Heirat mit einer hirnamputierten Krankenschwester vorhatte. Dann legte ich dar, was ich von ihrem Gewerbe hielt, sagte, was ich hinter ihrem krankhaften, ja perversen Bedürfnis sah, andere Menschen ständig zusammenbringen zu wollen, und dass sie mit der gleichen Leidenschaft auch eine durchschnittliche Kupplerin geworden wäre. Das Glück anderer zu beeinflussen, dahinter verberge sich doch der Wunsch, es auch zu unterwandern. Atemlos redete ich weiter und sagte, die Tante sei auf der Flucht vor sich selbst, vor dem, was sich in ihr selbst an Heimatlosigkeit und Trauer verberge, sie trage mit alledem nur sich selbst Rechnung, ihrem eigenen inneren Hunger, ihrer Leere und Langeweile und schiebe nur ihre edelmütigen Taten vor ihre geschickt konstruierte Fassade, die natürlich vor ihren guten Taten immer fest bestehen bleibe. Nicht nur dass sie meine Worte nicht störten, sie gefielen ihr sogar, vielleicht auch, weil sie meine Aufrichtigkeit und meine Sprache als fein und gewählt empfand. Schließlich protestierte mein Onkel und sagte, ich sollte meinen Rotz beisammenhalten, denn hinter seiner Frau stünde kein leeres Gerede, sondern unverrückbare Taten, Ehen, Familien, Geburten, all das, was einen Sinn im Leben erschaffe. »Die Leere deines Gehirns, mein junger Herr, ist nichts anderes als deine Unhöflichkeit, denn du hast hier den ganzen Abend in einem gastfreundlichen Haus verbracht, in dem man dir Nahrung und ein Bett gegeben hat. Zieh dich an und mach, dass du wegkommst!« Onkel Aco Malesev war außer sich.

Was hätte ich tun können, außer reumütig zu sein und zu schweigen, ich verließ das Zimmer und legte mich ins Bett. Am nächsten Morgen weckten sie mich in der Frühe, die Sonne schien schon. Ich war so müde, dass ich es kaum bis zur Brunnenpumpe schaffte, ich wusch mir dort mein Gesicht und wurde nur langsam wach. Meine Tante war dabei zu verreisen, zu einer Hochzeit, hieß es, und der blinde Bürstenfabrikant musste zur Arbeit. Auf meine Bitte hin, mir Geld für die Fahrkarte zu leihen, stellten sie sich beide taub, es war aber eigentlich auch keine Bitte gewesen, mehr ein hilfloses Flehen, denn ich war im Grunde kurz davor, in Tränen auszubrechen, ich war ohnehin gedemütigt worden, und sie warfen mich in der Frühe auch noch aus ihrem Haus, direkt in die Arme der dörflichen Idylle hinein. Die Gänse wackelten gackernd auf der Trift hin und her, entfernten sich wie eine weiße Wolke, die man vom Himmel heruntergelassen hatte, und verschwanden dann in Richtung der Weide und des Graslandes. Ich fühlte mich wie ein Krieger in jener traurigen Banater Gegend, die die Banater selbst Sibirien nennen.

60

Wer hätte sich vorstellen können, dass ich auf der Flucht vor Eva ausgerechnet in Evas Armen landen würde? Oder dass ich aus der verhassten Provinz einfach nicht wegkäme und noch Monate dort gefangen bleiben sollte? Wie gerne würde ich all das vergessen, nur weiß ich nicht, wie mir das gelingen kann. Ich weiß nicht mehr, ob es ein Trost war, ein seelisches Bedürfnis, ein Gefühl von Rettung oder irgendein anderes teuflisches Versprechen, aber es passierte genau das, was ich nicht wollte und vor dem ich auf der Flucht war. So etwas ist mir später immer wieder geschehen. Das Unerwünschte hat sich in meinem Leben und in meiner Biografie selbsttätig vermehrt. Ich bin unzählige Male schwach geworden. Dabei sind mir viele Fehler unterlaufen und ich habe einige Menschen verletzt. Dennoch glaube ich, dass ich im Laufe meines Lebens keinem anderen Wesen so sehr geschadet habe wie mir selbst. Jetzt lässt sich weder etwas daran ändern noch zurechtrücken. Dieses Manuskript kommt langsam zu seinem Ende und das, was ich noch zu erzählen habe, hat mit dem leidlichen Abenteuer meiner Verlobung zu tun. Es sind nur noch ein paar Pinselstriche, zwei, drei Fensterchen, die ich noch öffnen muss; ich bin es leid, andere Versionen der Wahrheit zu liefern und der Haarspalterei zu verfallen.

Da ich kein Geld hatte, um nach Belgrad zu fahren, und die einzigen Leute, die ich in Klek kennengelernt hatte, Eva und ihre Eltern waren, klopfte ich an jenem frühen Morgen an ihre Tür. Ich wollte mir Geld von ihnen borgen und die goldene *Omega*-Uhr als Pfand dalassen. Im Haus fand ich nur Eva vor. Bis auf die Sonntage arbeiteten ihre Eltern tagein, tagaus von Sonnenaufgang an und waren draußen auf den Feldern. Eva empfing mich wie einen Liebhaber, sie benahm sich verführerisch und war das Gegenteil ihrer gestern noch zelebrierten Ablehnung, die sie mir mehr als deutlich gezeigt hatte. Sie war sogar nackt, als sie mir die Tür öffnete, aber sie sprang rasch und fröhlich unter ihre Bettdecke zurück. All das war aufregend und entsetzlich.

»Was suchst du hier in meinem Haus?«, fragte sie. »Wer bist du überhaupt?«

»Ich bin dein Verlobter«, sagte ich, um geistreich zu erscheinen.

Ich stand vor ihr und betrachtete sie, während sie von einer Lachsalve nach der anderen übermannt wurde. Sie konnte sich einfach nicht zusammenreißen. Warum? War ich etwa so ein komischer Vogel? Eva warf die Bettdecke zur Seite und fing an, mit ihren Beinen zu strampeln. Das war eigentlich mehr als infantil, und von einer reifen, dreißigjährigen Frau hatte ich so etwas nicht erwartet. Ich war schon ganz verrückt nach ihr, und sie führte mir diese gymnastischen Übungen vor! Ich war überfordert, und weil ich zu alledem auch noch unerfahren war, unternahm ich einfach nichts und sah fasziniert ihrer erotischen Darbietung zu. Blitzschnell sprang sie auf mich, wie eine Katze, legte ihre Arme um meinen Hals und schlang ihre Beine um meine Hüften. Schon allein hierfür hatte es sich gelohnt, das ganze Theater mit meiner Tante zu erleben und die unangenehmen Stunden mit ihr in einem Haus zu verbringen, um hier bei Eva zu sein. So haben wir uns kennengelernt, leidenschaftlich – wie sie es ausdrückte. Wir küssten uns den ganzen Vormittag, und nicht einmal erwähnte ich, dass ich mir Geld leihen wollte, ich dachte überhaupt nicht mehr an den Zug und an meine Rückreise. Gegen Mittag machte Eva uns etwas zu essen, Gänse-Rührei mit Speck, und am Nachmittag liebten wir uns in dem kleinen Zauberhäuschen, in dem ich mir schon mein Arbeitszimmer und mich als Verlobten vorstellte, der unter diesem Dach mit seiner Familie lebte. Seitdem ich das Haus meiner Tante verlassen hatte, lief alles anders, als ich es mir vorgestellt hatte; vor mir stand nun ein ganz neues Leben.

Am Abend wartete Eva auf ihre Eltern, die auf dem Traktor nach Hause kamen, sie trat vor sie und gab unsere Verlobung bekannt. Das erste gemeinsame Abendessen begannen und beendeten wir mit dem Birnenschnaps Viljamovka und beim Essen redeten wir über alles Mögliche, die Siedler kamen nicht gut dabei weg und meine Tante auch nicht, wir nannten sie einvernehmlich eine Hexe. Eva war überzeugt davon, dass sie kleine Kinder verspeiste. Ihr Mann Aco Malesev ist in seinem vierzehnten Lebensjahr erblindet, ich erfuhr, dass sein Bruder seit zwanzig Jahren in der Irrenanstalt in Kovin war. Die ganze Familie, hatte Eva gesagt, trage im Blut den Erreger für die endemische Syphilis. »Sie stammen alle aus dem östlichen Serbien, der Inzest ist für sie eine normale sexuelle Handlung, so übertrug sich die Syphilis von Generation zu Generation«, sagte sie. Am Schluss hob Tibor das Glas zu einem Trinkspruch in die Höhe. Großzügig beraumte er eine sechsmonatige Verlobungszeit an, damit wir noch ein bisschen Bedenkzeit hatten und nichts überstürzten. »Denn die Ehe wird bei uns vor Gott und natürlich auch in unserer katholischen Kirche geschlossen«, sagte er. Die Verlobungszeit sei wie jede Übergangszeit nützlich, um Gewohnheiten und Charaktereigenschaften zu überdenken, die einen im gemeinsamen Leben begleiten würden.

So ist es dazu gekommen, dass ich mich im Alter von zwanzig Jahren verlobt habe; kaum jemand wusste von meinem Abenteuer, und mir selbst kommt diese verrückte Episode rückblickend wie eine Erfindung vor. Manchmal habe ich das Gefühl, ich beschreibe das Leben eines fremden Menschen, keineswegs aber mein eigenes. Und eigentlich kommt das der Wahrheit auch sehr viel näher, was immer wir über uns schreiben, es ist immer die Beschreibung eines anderen. Da ich aber schon bei der Verlobung bin, möchte ich auch anstandshalber gestehen, dass ich auf der Suche nach einem Anker und einer Zufluchtsstätte war, und natürlich suchte ich auch einen Menschen, der meine abstrakte Sehnsucht nach Liebe erfüllen konnte.

Das Leben eines Menschen, der kein eigenes Dach über dem Kopf und recht besehen nur Träume besaß, war in einem so wohlhabenden Haus keineswegs ein leichtes, von Fröhlichkeit konnte auch nicht die Rede sein. Die ungarischen Bauersleute waren auch keineswegs so naiv, sich von meinen poetischen Existenzideen oder gar Versprechen beeindrucken zu lassen. »Deine Luftschlösser kannst du ruhig weiterbauen, aber wir leben hier auf der Erde«, sagte Tibor. Manchmal half ich auch auf dem Grundstück, erledigte die eine oder andere leichte Arbeit, aber niemand bedrängte mich, hier irgendetwas zu tun, jetzt war ich kein Knecht wie einst bei meiner Tante, ich war der Prinz, wie es Eva in ihrer närrischen Art ausgedrückt hatte. Ich wusste am besten, was für ein Prinz ich eigentlich war, wer ich war und was ich wollte. Damals habe ich immer das Gedicht von Tin Ujević zum Besten gegeben und mich als eine »Blume ohne Wurzeln« beschrieben, die weder fürs Hiesige noch fürs Jenseitige gemacht sei. Das war im Übrigen auch der Titel meiner neuen Prosa-Arbeit, die ich damals im neuen Haus zu schreiben begann. Aber das damalige Notizheft ist verschwunden, nur noch ein paar Dinge, die ich damals schrieb, die eine oder andere Metapher zum Beispiel, sind mir noch in Erinnerung geblieben. Wenn ich das Heft gerettet hätte, würde ich sicher jetzt hineinsehen, denn es wäre heute der greifbare Beweis für jene schreckliche Zeit, die mir noch heute so zusetzt. Wenn ich an Damals denke, habe ich das Gefühl, jemand versuche mich zu erwürgen. Dabei ist alles schon so lange her, eine halbe Ewigkeit ist seitdem vergangen.

Die meiste Zeit verbrachte ich faulenzend. Im Garten baute ich mir eine Hängematte aus Stroh, ich brachte sie zwischen zwei Bäumen an und lag darin dösend oder lesend. Die Bücher lieh ich mir in der Stadtbücherei von Zrenjanin aus, es gab aber auch im Haus der Kultur einen großen Lesesaal mit einigen hundert Büchern in Glasvitrinen. Onkel Aco Malesev hatte auf seinem Dachboden einige Werke der russischen Klassiker herumliegen, aber über die Schwelle seines Hauses bin ich nie wieder getreten. Meine Tante mied ich wie eine Hexe. Einmal bin ich ihr im Genossenschaftsladen begegnet und sofort zeigte ich ihr die Hörner. Ich bildete eine Faust, ließ den Zeigefinger und den kleinen Finger abstehen, so wie wir das auch schon in der Kindheit gemacht hatten, und das war seit jeher unsere Art, uns vor Beschwörungen und dem bösen Blick zu schützen. Ich sprach laut und deutlich das Wort *corno* aus. Meine Tante wusste ganz genau, was es bedeutete, sie zischte mich wütend an, sodass mir ihre Spucke ins Gesicht flog.

»Du zeigst mir die Hörner und trägst an deinem Arm meine Uhr?!«

Später habe ich es bereut, dass ich ihr die Uhr nicht vor die Füße geworfen habe, dann hätte sie sich bücken und die Einzelstücke zusammensuchen müssen. Ich wäre damit endlich aus meiner Lähmung erwacht, hätte Größe gezeigt, wenn ich in diesem Moment schwach geworden wäre und mich auf ihr Niveau hätte hinabbegeben und auf die wertvolle Uhr verzichten können. Aber was sollte ich tun, wie immer, war es mir auch jetzt unmöglich, jemanden zu erniedrigen, selbst wenn es um meine Feinde ging. Vielleicht hat das Schicksal mich aber auf diese Weise geschont, vielleicht hat durch ihn der gleiche Fadenzieher gesprochen, der auch Erzähler durch ihre Geschichten leitet und der damals Angst um mich hatte, Angst, die Zeit anzuhalten, in der sich meine Geschichte wie alle Geschichten erst einmal entfalten musste. Ihre Glaubwürdigkeit stand auf dem Spiel. Nein, hatte der Fadenzieher gesagt, nein, schmeiß die Uhr nicht auf den Boden, bring' mir meine Geschichte nicht durcheinander, sei geduldig, das wohlverdiente Finale ist bald erreicht.

Es ging nicht alles glatt in Tibors Heim. Mit Eva war es auch nicht so fröhlich wie am Anfang. Eigentlich hatten wir nur einen Monat lang so etwas wie unsere Verlobungsflitterwochen. Der Ehrlichkeit halber muss ich sagen, dass mir niemand im Haus Vorwürfe machte, wenn ich meine Tage faulenzend und in der Schaukel lesend verbrachte. Sie hielten mir keine Vorträge, redeten überhaupt recht wenig mit mir, denn untereinander sprachen sie ohnehin immer nur Ungarisch. Wenn ich mich einschaltete und fragte, von was gerade die Rede war, sagten sie in aller Seelenruhe, »lern ein bisschen Ungarisch, deine Krone fällt dir schon nicht vom Kopf, wenn du dich ein wenig bemühst«. Später war es mir egal, worüber sie sprachen, mir waren ihre Auseinandersetzungen am Tisch oder auf der Holzbank vor dem Haus irgendwann gleichgültig geworden. Tibor wunderte sich, dass ich gar nicht mehr nachfragte, und wenn er sprach, sah er in meine Richtung, als erwarte er, dass ich mich doch noch neugierig einschaltete. Aber ich dachte überhaupt nicht mehr daran, nur einmal, als die Frauen den Tisch deckten, bin ich auf- und abgegangen und habe mich über ihre Geschichten lustig gemacht, die von einer Sau und ihrem Wurf handelten. Mein böser Spott galt auch der Rüben- und Sonnenblumenernte, von der die Ölgewinnung abhing. Meinem *Schwiegervater* klopfte ich dabei eifrig auf den Rücken und krümmte mich bei der Erwähnung seiner Ackerarbeiten vor Lachen. »Ja, was hat denn das Jahr schon eingebracht, ist es schon weniger als letztes Jahr, ist der Sommer so prall und wie geht's denn heute unserer lieben Sau, wie viel Meter Weizen liegen denn im Speicher herum, haben wir denn die Samen im Genossenschaftsladen abgegeben, wie sieht es mit der Getreideablöse aus, haben uns die Federkäufer etwa über den Tisch gezogen, sollen wir noch ein Gehöft anbauen?« Als hätte mich der Teufel angestachelt, war mir all das eingefallen und ich hatte es laut ausgesprochen. Tibor sagte nichts. Das Abendessen verlief friedlich, es war nichts außer dem Klirren des Bestecks und dem Schlürfen der Suppe zu hören.

Eva schlug vor, dass wir zu viert ein Gespräch führen sollten, und um unsere Verlobung noch irgendwie zu retten, machte sie einen ungewöhnlichen Vorschlag.

»Da dein Name für uns keine Bedeutung hat, möchte ich dich fragen, ob es dich stört, wenn wir dich Attila nennen?« »Attila!«, rief ich erstaunt aus. »Warum denn ausgerechnet dieser Name?«

»Wir mögen ihn. So hieß einer unserer Vorfahren«, sagte sie. »Vielleicht können wir auf diese Weise die Risse zwischen uns kitten«, sagte sie.

Ich widersetzte mich nicht, sollten sie mich rufen, wie immer sie wollten, ich hatte überhaupt keine feste Vorstellung von Identität. Mir gefiel sogar der Name Attila besser als mein eigener, außerdem klang mein Nachname ohnehin ein wenig Ungarisch. Das Heft, auf das ich *Blume ohne Wurzeln* geschrieben hatte, wurde für mich zur täglichen Zuflucht für alles, was ich über meine Wurzeln zu sagen hatte. Aber alles, was ich da hineinschrieb, verwandelte sich gleichsam von allein in sein Gegenteil. Ich war nie darauf erpicht gewesen, mir eine Identität zuzulegen, und eigentlich war ich auch nicht auf der Flucht vor dem, was sie hätte für mich darstellen können. Auf keinen Fall wollte ich irgendeine Art von Obsession im Hinblick auf dieses Thema entwickeln, denn für mich war klar, dass Identität in meinem Falle einfach bedeutete, dass jeder Mensch anders war und ich mich eben in dieser Weise von anderen unterschied und nur einmal so auf der Welt war, wie ich es nun einmal war. Man sagt gemeinhin, man könne nicht vor dem eigenen Selbst flüchten. Aber ich hatte mir geschworen, dieses Selbst dazu zu bringen, sich vor mir in die Flucht zu schlagen.

Nun reiste ich also als Attila mit Eva von einem Jahrmarkt zum anderen. Wir waren auf tausend Festen, weil sie verrückt nach solchen Ereignissen war. Sie amüsierte sich und tanzte bis zur Erschöpfung. Ich war ständig bei ihr und passte auf ihre Handtasche auf, während sie sich bei einem Kolo oder bei einem traditionellen ungarischen Volkstanz vergnügte. Eva war attraktiv, sie stach aus den anderen jungen Frauen heraus, nicht nur wegen ihrer Schönheit, sondern auch durch die Art, wie sie sich kleidete, schminkte, wie sie ihre Frisur trug und auch beim Tanz, sie war nicht zu schüchtern, um auch ihr Kleid bis zu den Oberschenkeln hochzuheben, manchmal sogar bis zum Hinterteil. Ich genoss es, die verlockenden Reize ihres Körpers zu sehen, teilte die Freude bei ihrem Anblick mit anderen und klatschte und pfiff übermütig zu ihrer Unterstützung. Eva sorgte bei diesen Zusammenkünften immer für Freude, alle wollten dort sein, wo sie war und tanzte, die meisten wollten so auch ihren Alltagssorgen entfliehen. Ich war fröhlich, aber nicht nur deshalb, weil sie meine Verlobte war, sondern weil mich die Freude der anderen an ihr ebenso glücklich machte.

Auf einem dieser Jahrmärkte lernte ich einen jungen Mann kennen, der aus der gleichen Gegend kam wie ich. Er war mit einer dunkelhäutigen Ungarin verheiratet, die sicherlich von den Zigeunern abstammte. Ich erinnere mich an ihre großen Augen, ihre schmale Taille, an ihre Brüste und die vollen Lippen, sie trug Schmuck und bunte Kleider, die größten Ohrringe, die ich je gesehen habe. Ich schreibe darüber, weil ich sie und ihren Mann nie vergessen habe. Er klebte sich auf diesem Jahrmarkt förmlich an mich, er muss um die dreißig gewesen sein. Er hatte es sich in den Kopf gesetzt, dass wir uns miteinander anfreunden müssten, weil sich unsere Schicksale als ungarische Schwiegersöhne gekreuzt hatten. Mir war weder eine schicksalhafte noch vom Blut her abgeleitete Freundschaft und Verwandtschaft recht, aber er wich einfach nicht von meiner Seite und hörte nicht auf, mit mir zu reden. Seinem endlosen Redeschwall entnahm ich an einer Stelle, dass er allem unduldsam gegenüberstand, das nicht eng mit seiner eigenen Nationalität und Sprache verknüpft war. Wir kamen schlendernd zu den Pferdeverkäufern, gingen ein Stückchen allein, unsere Frauen warteten in der Reihe bei einem Würstelstand, weil wir allesamt Lust auf Essigwurst hatten. In der Zwischenzeit wollten wir uns den Pferdemarkt ansehen, weil der Jungvermählte sich ein Pferd, vielleicht aber auch nur ein Fohlen kaufen wollte. Er hatte die Theorie, dass es unmöglich war, sich ohne ein Pferd niederzulassen. Bei den Verkäufern erkundigte er sich mal bissig, mal im ironischen Tonfall über die Rassen und wollte Näheres über die Stuten und Hengste wissen. Er wurde hin und wieder kränkend, sein Humor war gänzlich unelegant und ungeschliffen, und er bekam deshalb auf keine einzige Frage eine Antwort. Ich war dabei und sah, dass die Pferdehändler ihn einfach nicht beachteten, mit den Schultern zuckten, als verstünden sie seine Sprache nicht. Und als wir diesen schlammdurchsetzten Teil des Marktes verließen und zu unseren Ungarinnen zurückgingen, blieb er auf einmal stehen, packte mich am Ellenbogen und sagte verbittert: »Hast du das gesehen, sie sprechen alle unsere Sprache, aber sie wollen sich einfach nicht mit uns unterhalten, weil sie uns hassen.«

Ich befreite mich aus seiner Umklammerung und beschleunigte den Schritt. Noch nie konnte ich Leute leiden, die einen einfach anpacken, wenn sie einem etwas erzählen, oder die ihre Hand auf meine Schulter legen, wenn sie sich vorbereiten, mir etwas mitzuteilen. Dann ging ich einfach von ihm weg. Die Frauen kamen uns schon entgegen. Sie hatten die gebratenen Würste und mit Ajvar bestrichenes Brot dabei, dazu ein paar Servietten. Eva hängte sich an meinen Hals und sprach ständig verzärtelt meinen neuen Namen aus. Sie wollte sogar, dass ich ihr aus der Hand esse. Sie sagte noch zweimal den Namen Attila, mein Landsmann zeigte sich darüber verwundert und verzog das Gesicht zu einer hässlichen Grimasse. Er sah mich entsetzt und angewidert an, enttäuscht sagte er: »Du hast ja deine Seele verkauft, sogar ihren Namen hast du angenommen.«

Ich habe ihm nichts geantwortet, aber der Ausdruck »verkaufte Seele« hat mich noch lange Zeit danach geplagt. Es war falsch, was er sagte, und dennoch nagte es an mir. Viele dieser Menschen, die mir so etwas ins Gesicht pfefferten, waren selbst auf irgendeine Art und Weise dem Leben etwas schuldig geblieben. Manche von ihnen machten auf mich den Eindruck, als büßten sie gerade eine schlimme Strafe ab. Aber auf Rache war ich nicht aus. Nur bekam der Besserwisser neben mir dennoch auf die Sekunde genau seine Rechnung serviert. Als er in die Wurst biss, spritzte sie nur so vor Fett, sein weißes Hemd war ruiniert. Und jetzt schreibe ich darüber, als sei jener Augenblick für immer vorbei. Aber die Erinnerung ist gegenwärtig, weil sie aus Episoden besteht. So funktioniert sie, obwohl sie abgeschlossen ist, eröffnet ein einziger Schauplatz einem endlosen Reigen einen anderen neuen Schauplatz.

61

Der neue Name hat uns auch nicht geholfen. Aber nicht einmal der richtige König der Hunnen, Attila, die Geißel Gottes, hätte uns helfen können. Alles ging kaputt, fiel schnell auseinander, und was uns bis gestern noch etwas bedeutet hatte, wurde auf einmal nichtig für uns. In den ersten beiden Monaten konnten wir die eine oder andere Ungereimtheit aus der Welt schaffen und uns trotz unserer Differenzen immer wieder aussöhnen. Für unser Liebesleben war das gut, aber davon blieb schon bald überhaupt nichts mehr übrig, nicht einmal von Routine konnten wir noch sprechen. Ihre Eltern redeten nicht mehr mit mir, Tibor drehte den Kopf weg, wenn er mich sah, oder schaute mich so streng er nur konnte an. Einmal tippte er sich mit dem Finger an die Gurgel, was wohl heißen sollte, dass mein letztes Stündlein geschlagen hatte. Wir aßen nicht mehr gemeinsam, sie fingen an, Essen vor mir zu verstecken, und irgendwann verschlossen sie auch das Haus. Eva fand eine Arbeit und blieb bis abends weg, sie war die einzige Krankenschwester im gerade eröffneten Haus der Gesundheit. Und ich blieb im Bett und verbrachte dort den ganzen Tag. Evas Mutter stellte mir hin und wieder einen Topf vor die Tür und manchmal aß ich eine ganze Woche lang nur Bohnen oder Paprikagulasch mit Geflügel.

Damals arbeitete ich an dem Roman *Blume ohne Wurzeln*, mühte mich ab, aber es gelang mir kaum eine halbe Seite am Tag. Abends zweifelte ich an allem, was ich geschrieben hatte. Ich hatte irgendwo gelesen, Uferlosigkeit sei für einen Prosaschriftsteller zerstörerisch, einem Lyriker aber förderlich. Mir waren Schriftsteller eigentlich immer verdächtig vorgekommen, denen alles gleich gut gelang und die sich blindlings ins Unbekannte stürzen konnten. Aber dennoch schien es mit meinem Manuskript voranzugehen, schließlich hatte ich schon etwa hundert eng beschriftete Seiten geschrieben. Ein paar gelungene erotische Passagen waren darunter, die ich ständig manisch umschrieb und kodierte, weil ich Angst vor Zensur hatte. In diesem Heft hielt ich fest, dass zwischen Verlobten all das erregend wirke, was im Grunde in den ersten beiden Monaten eine Art Abarbeiten am anderen sei. »Viele Wunden, für nichts und wieder nichts« – die ganzen leidenschaftlichen Kratzer, Nagelspuren und Knutschflecken am Hals entsprachen eigentlich gar nicht unserem Begehren. Ich verstand erst zu spät, dass sie mir nur etwas vorgespielt hatte. Und als das Kätzchen sich langsam beruhigte, lachte sie über mich, wenn ich sie so wie am Anfang lieben wollte. Es störte sie einiges, sie mied es nun, Sex zu haben, und brachte es bei zwei, drei Gelegenheiten fertig, mich als einen Grobian darzustellen. Dabei war ich nie grob zu ihr. Ich bereue es nur, dass ich ungeduldig war, und es gelang mir auch nie, sie wirklich zu verführen. Und wenn sie selbst Lust hatte, dann redete sie mehr als dass sie zu genießen in der Lage gewesen wäre. Sie schaffte es, »ihren Partner vom Höhepunkt abzubringen«, wie es in einem Buch hieß, aus dem wir uns im Bett vorlasen und das den Titel »Wie man Liebe macht« hatte. Meinen Berührungen entzog sie sich. Manchmal, wenn es am aufregendsten war, sagte sie: »Mach mal langsam, du schmiedest hier keine heißen Eisen, sondern machst Liebe mit einer Frau.« Etliche Male rutschte sie unter mir zur Seite, drehte sich weg und fing unerwartet an zu weinen und machte mir Vorwürfe, die sie auch noch immerzu wiederholte. »Du bespringst doch keine Stute, das ist doch nicht ein wilder Ritt über die Wiesen, was wir hier machen.«

Ihre Vergleiche oder ihre Ideen von Metaphern zu Ehren des Liebesaktes waren grobschlächtig, zudem aber entmutigend, sie blockierten mich völlig und ich schaffte es kaum, mich wieder als Mann zu fühlen. Hin und wieder erwischte ich mich später dabei, dass ich meinen ganzen seelischen Schaden auf die erotischen Schockerlebnisse mit dieser verrückten Frau zurückführte. Die unzähligen Male, in denen sie mich demütigte, würden diesen literarischen Rahmen sprengen, wenn ich mir die Mühe machte, sie aufzuzählen. Ich fürchte mich nicht davor, mir selbst zu begegnen und mich auch dabei zu demontieren, aber diese Art der Selbstkreuzigung wäre an dieser Stelle sinnlos. Jeder Mann wäre entsetzt gewesen, wenn er sich das hätte anhören müssen, was Eva mir zumutete. Hysterisch kratzte sie den halben Putz von der Wand und sagte, sie werde mir ein Messer in den Bauch rammen, wenn ich es noch einmal wagen sollte, meinen »Rotz« auf ihrem »sauberen Körper« zu entladen. Für sie war Sperma etwas Ekelerregendes und es löste Assoziationen von Krankheit in ihr aus, es war und blieb für sie schmutzig. Der Baum der Erkenntnis war ihr egal. Ich weiß, das ist vielleicht ein zu hoch gegriffenes und unpassendes Wort, aber es reicht nicht aus, einfach nur Eva zu heißen, um vital zu sein. Wenn ich damals ein bisschen Ahnung von geistigen Welten gehabt hätte, dann hätte ich ihr die Frage gestellt, ob denn eine Kerze, die brennt, nun brennt oder nicht. Aber jetzt hat es gar keinen Sinn, sich an solche Einzelheiten zu erinnern, weil die Kerzen für diese Erinnerungen langsam, aber sicher abbrennen. Und als es so aussah, dass wir uns einander wieder zärtlich annähern konnten, unser Bett wieder ein kleiner Liebesthron wurde, stieß sie mich mitten im schönsten Teil des Aktes wie eine Wilde von sich, mit einer so brachialen Kraft, als hätte eine fremde Macht von ihr Besitz ergriffen und als sei ich das Böse an sich, das sie zu seinen eigenen Gunsten erniedrigt hatte. »Das hier geht nicht mehr«, schrie sie und rannte ins Badezimmer.

Sie duschte lange, und als sie im Bademantel zurückkam, sagte sie mit ruhiger Stimme: »Wir müssen uns so schnell wie möglich voneinander trennen, das hier ist völlig sinnlos.«

Wir lösten unsere Verlobung auf, ich gab ihr den Ring zurück. Sie bat mich, alles zu behalten, was sie mir in der Zeit unserer Verlobung gekauft hatte, aber alles, was ich besaß, passte ohnehin in eine kleine längliche Sporttasche. Ich blieb noch eine Woche, um mein Abenteuer nicht mit einem vulgären Nachgeschmack ausklingen zu lassen. Evas Vater war jeden Abend mit dem Schleifen der Messer beschäftigt, mit denen die Schweine geschlachtet werden sollten – direkt vor der Tür, hinter der wir versuchten, uns in Achtung voneinander zu verabschieden. Im Obstgarten hatte Tibor zwei Gräber freigelegt, niemand wusste, was das überhaupt sollte, und wenn er kein Fatalist oder Theosoph war, der sich mit einem so abgründigen Thema wie der Todesmystik beschäftigte, dann war das mehr als rätselhaft. Eva hatte manchmal von der »Vorhersehbarkeit des Todes« gesprochen, aber für mich war das alles ein großes Enigma, deshalb lachte ich nur und bat sie, sich doch ein bisschen mit mir zu unterhalten. Freie Assoziationen erheiterten mich, ich liebte es, wenn das Gespräch mit ihr ein kleines Abenteuer wurde. Eva konnte das gut, wie ein Fisch im Wasser bewegte sie sich geschickt in ihren Geschichten und wurde beim Erzählen immer abstrakter. Und es war diese labyrinthische Ebene in ihrem Charakter, die ihren besonderen Charme ausmachte.

Dann verließ ich eines Morgens endgültig das Haus, es war niemand da; noch im Morgengrauen waren Tibor und Marta mit dem Traktor aufs Feld gefahren und Eva kam in diesen Tagen gar nicht mehr nach Hause, sie hatte einen neuen Geliebten, einen Arzt, der seine ersten Praxisräume nach dem Studium in Belgrad im Haus der Gesundheit zugewiesen bekommen hatte. Beim Weggehen drehte ich mich ein letztes Mal um und sah mir das Haus an, in dem ich wie in einer parallel zur normalen verlaufenden Zeit gelebt hatte, es war eine Zeit wie in einem zähen Traum, in dem ich mit einer schönen Frau als Liebender gekämpft hatte, in dem ich gut gespeist und in frischen Laken geschlafen, Erfahrungen gemacht und mich gemaßregelt und die Gerüche und den Geschmack der Vojvodina kennengelernt hatte. Bis heute ist das meine melancholische Schwachstelle; wenn mein Weg mich in diese Gegend führt, hallt alles Erfahrene wieder in mir nach. Beim Abschied war nur der Hund da. Es war ein friedfertiger Bauernhund, der mich traurig ansah und vor der Tür heulte. Ich streichelte ihn und sagte: »Mach's gut und pass auf das Haus auf!«

Ich ging zum Bahnhof, an der Haltestelle war weit und breit kein anderer Reisender zu sehen, man hörte keine Stimmen aus dem Bahnhofshäuschen, kein Surren oder Klopfen des Telegrafen war zu vernehmen. Alles war still, nur im Osten leuchtete in der Ferne betörend die Sonne. Dieser feierliche Augenblick wiederholte sich jeden Morgen, auf die gleiche verschwenderische Art und Weise erhellte sich diese flache Einöde.

Ich ging müde am Gleis entlang, hoch und wieder runter und hörte dann auf einmal Schritte, jemand näherte sich mir von hinten, und als ich mich umdrehte, stand Eva vor mir, sie blieb in einer kleinen Distanz vor mir stehen und sah mich mit ihren großen Augen an. Sie trug schwarze Stoff-Espandrillos mit Schnüren, die sie bis unter die Knie geschlungen und dort gebunden hatte. Sie trug einen kurzen Rock und eine Seidenbluse, und wenn sie sich bewegte, fiel ihr Pferdeschwanz zwei, drei Mal auf die Schultern, so »als scheuche er auf diese Weise die Fliegen der Vergangenheit fort« – das waren die Worte, die ich mir später im Zug notierte. Ich weiß nicht, was mich dazu getrieben hatte, diesen Satz niederzuschreiben, denn er entsprach nicht meinem Stil. Ihr Auftauchen am Gleis hatte mich gerührt, sie hatte mich dadurch verwirrt, und es gelang mir nicht, etwas Sinnvolles zu sagen, mir fiel auch nichts Fröhliches ein, was uns hätte im Gedächtnis haften bleiben können, denn es hatte mich gefreut, sie dort zu sehen. Ich habe sie viel zu heftig an mich gezogen, festgehalten in meinen Armen und ihr einen Kuss auf den Mund gegeben, ich tat es ungeschickt und eigenmächtig, hastig noch dazu. Eva riss sich los, ging einen Schritt nach hinten, ihre Brüste sprangen in die Höhe, ich konnte sie unter ihrer Seidenbluse genau sehen, jede Bewegung von ihr wurde zu einer Grenze für mich, ich durfte sie nicht mehr überschreiten, sie hatte es mir deutlich mit ihrem ganzen Körper gezeigt. Dennoch war sie nicht unfreundlich zu mir, sie hatte mich nur in meine Schranken gewiesen, mir gezeigt, dass uns keine Intimitäten mehr verbanden und dass Intimität genau das war, was nicht einfach nur allmählich, sondern jäh und schnell zwischen zwei Menschen endete. Sie erzählte mir, dass sie sich mit dem Arzt aus dem Haus der Gesundheit verlobt hatte, dass sie bald heiraten würden, dass sie ihn liebte und Kinder mit ihm haben wolle. Sie seien im gleichen Alter und es schade auch nicht, dass er ein Ungar sei. »Wir sind wie die Vögel, und jeder Vogel sucht bekanntlich seinen Schwarm«, sagte sie. »Ich habe dir ein kleines Geschenk mitgebracht, es ist nichts Besonderes, kein teures Geschenk«, sagte Eva, griff in ihre Tasche und verharrte kurz, damit ich mich innerlich auf ihr Geschenk vorbereiten konnte.

Nach einigem Zögern holte sie dann ein großes Gänse-Ei raus, ganz sicher hatte es zwei Eidotter. Ich hatte noch nie so ein riesiges Ei gesehen. Es war mit Knoblauch gekocht, deshalb hatte es eine gelbe Farbe mit Rotstich bekommen, es war mit Flecken versehen, ein Herz mit Pfeil war darauf zu sehen und eine erotische Zeichnung. Es stand etwas auf Ungarisch drauf, ein Datum und Fingerabdrücke. Ich nahm dieses riesige Ei in die Hand und stammelte etwas Lobendes über die Kunstfertigkeit, mit der es bemalt worden war, Tibors Worte hallten in meinem Kopf nach, jener Satz, mit dem er die künstlerische Seele seines Lieblings Eva gelobt hatte. Ich glotzte auf das Ei, las immer wieder alles, was da stand, und wiegte es dann sogar verzückt in der Hand. Das Ganze überraschte mich, und weil es so sehr aus dem normalen Rahmen fiel, stimmte es mich, wie so oft, fröhlich. Jedem huscht dabei ein unkontrolliertes Lächeln über die Lippen, wer kann sich schon so etwas verkneifen, wenn er sieht, dass die Natur etwas derart Überdimensionales erschaffen kann. Mein Versuch, das Ei zu wiegen, hatte etwas Geschmackloses an sich, es war auch peinlich, dass ich diese billige erotische Andeutung nötig gehabt habe. Ich hatte mich zum Bettler gemacht und schämte mich nun dafür, dass ich offenbar das Ei symbolisch gedeutet und die Situation völlig falsch ausgelegt hatte. Wer weiß, welches Ausmaß an Hoffnungen in mir gewuchert hat, vielleicht habe ich an ein gutes Ende geglaubt, war sogar von der Idee der Auferstehung eingenommen, die unserem Leben immanent ist, die als Verwandlung aller Dinge und Menschen immer gegenwärtig ist, selbst dann, wenn wir am Ende der Hoffnung leben. Manchmal habe ich das Gefühl, dass mein Wunsch zu erzählen nichts anderem als diesem Ei zu verdanken ist. Viele Schneckenhäuser habe ich verlassen müssen, stand aber dann vor den Widersprüchen des Lebens, wie man eben nach dem Verlassen eines Schneckenhäuschens in der Welt steht, ohne den Schutz des mütterlichen Schoßes. Aber der »Flug des Adlers«, wie die Alchemisten das Entfliehen in die Freiheit beschreiben, hat mich unzählige Male meines ganzen Koordinatensystems beraubt und ich wurde auf den Boden knallharter Tatsachen geworfen, sodass ich mir wieder und wieder den Weg zurück ins Schneckenhäuschen und damit in mein kleines Leben gewünscht habe.

Nachdem Eva mir das riesige Ei überreicht hatte, verschwand sie. Im Bahnhofshäuschen klingelte das Telefon. Das war das Zeichen dafür, dass der Zug im Nachbarort abgefertigt worden war. Die Stimme des Eisenbahnwärters war zu hören, es wurde in zwei Anläufen die Zugnummer ausgerufen, ein paar andere Reisende, die sich in der

Zwischenzeit am Gleis versammelt hatten, wurden verabschiedet, und es folgte eine Durchsage auf Ungarisch. Es war nicht leicht für mich, ich wusste nicht, wie es nun weitergehen würde und was mich jetzt erwartete, Unruhe überkam mich und ein leichtes Zittern. Und als ich aus der Ferne den Dampf der Lokomotive sah, fing mein Herz immer schneller an zu klopfen, ich weiß nicht, was es war, vielleicht die Schwermut, aus der sich damals am Gleis die Erinnerung an meine ganze Kindheit formte. Ich wartete auf die Züge und ließ sie dann doch wieder wegfahren, sie waren wie Wegweiser für mich, Zeichen und heimliche Hoffnung, dass man die Richtungen des Lebens selbst bestimmen konnte, vor allem aber, dass es mehrere zur Auswahl gab. Und der Abschied von Eva hatte alle meine Gefühle in Aufruhr gebracht. Hatte ich denn nicht schon längst genug über den Abschied gelernt und nicht bereits einen tiefen Abschied von meinem Stein vollzogen, damals, in L., auf dem Hof meiner Großmutter, in der Nähe des Brunnens beim wilden Birnbaum? Meinen Stein von damals kann ich jederzeit beschreiben, ich muss nicht einmal die Augen dafür schließen, ich sehe und höre ihn auch immer. Selbst in den trockensten Sommern flossen aus ihm ein paar Tropfen Wasser, so groß und so rein waren sie, richtige Tränen. Mein Großvater hatte ihn »den weinenden Stein« genannt. Ein paar Legenden rankten sich um ihn, an die ich als Kind, Großmutter Jelicas spöttischen Bemerkungen zum Trotz, inbrünstig geglaubt habe.

Nachdem der Zug den Abschnitt mit den Schmalspurschienen irgendwann hinter sich gelassen hatte und auf die normalen übergegangen war, setzte ich mich in ein Abteil zweiter Klasse. Die ganze Zeit über konzentrierte ich mich darauf, das Ei anzuschauen, das auf dieser Reise eine Art Meditationsgegenstand für mich wurde. Ich wollte mich sammeln, bevor ich wieder in Belgrad war, Teil jener künstlerischen Luft, die uns allen so erstrebenswert erschien, uns aber recht besehen vergiftete und zerstörte. Ich wusste, dass man durch die ausdauernde Betrachtung eines einzigen Gegenstandes die eigene Schwere symbolisch auf diesen Gegenstand übertragen konnte, deshalb nahm ich das Ei von allen Seiten ins Visier, drehte es in meinen Händen hin und her, legte es an mein Ohr, um zu hören, ob es Geräusche von sich gab, prägte mir alle äußeren Zeichen ein, die schließlich zu meinen Symbolen wurden. Wie gerne wäre ich das Embryo in ihm gewesen, um mich nur vor der Leere zu retten, die sich in mir ausgebreitet hatte.

Nach Belgrad war ich sonst immer ohne Gepäck gereist, ohne je im Vorfeld zu wissen, wo ich übernachten würde. Ich verließ das Bahnhofsgelände aber immer mit einer ernsthaften Entschlossenheit, die mich dann jedes Mal in die Balkanska führte, eine Straße, die sich bergauf Richtung Stadtzentrum zog, zu den Kaffeehäusern, in denen sich die Künstler trafen. Ich ging mit einer Zuversicht dort hin, als erwarte mich ein geheimnisvoller und mit meiner Fürsorge betrauter Mensch, ein Mäzen oder ein Vertrag für einen Roman, den ich noch schreiben musste.

Jetzt verließ ich das Abteil und trat auf den Flur; der Zug hatte wegen Bauarbeiten einen Umweg über die Pančevo-Brücke genommen und kam für ein paar Minuten mitten auf ihr zum Stehen, ich machte das Fenster auf, beugte mich nach draußen und sah auf die breite Donau. Sie floss schnell, das konnte man am besten an den Dingen erkennen, die das Wasser mitriss, Äste waren darunter, auch ein langer Baumstamm. Ansonsten wirkte die Donau wie ein schwerfälliger, trüber flacher Fluss. Ich starrte noch eine kurze Zeit auf das Ei in meiner Hand und dann warf ich es in die Tiefen der Donau, sah seinem Flug nach, und als es im Wasser aufkam, schreckte ich hoch, warf so schnell ich konnte meine Tasche hinterher und blieb meiner üblichen Ankunft in dieser Stadt treu, die ich auch dieses Mal nur mit den Händen in meinen Hosentaschen und ohne Gepäck betrat. Die Schwere fiel damit von mir ab, ich hatte mich befreit, das Leben mit Eva war damit symbolisch für mich verabschiedet. Aber als die Tasche in der Donau versank, begriff ich, dass sich in ihr auch mein Schreibheft mit den Romannotizen befunden hatte. Ich ärgerte mich darüber, es tat mir auch weh, aber es war einfach nichts mehr zu machen, und jammern wollte ich über diesen Verlust dann auch nicht. Es war mit Sicherheit richtig, dass das Manuskript auf diese Weise zerstört worden war, es fiel in die Tiefen des Flusses, wie alles andere auch, das dort sein Ende finden musste. Später ist mir das ein ums andere Mal einer Grübelei würdig erschienen, und ich war überzeugt davon, dass meine besten Sätze für immer und ewig jenseits der Zeit im dicken Bauch der Donau weiterlebten. Aber heute denke ich, dass es genau so richtig war, dass alles, was wir verlieren, auch verloren werden muss.

62

Vielleicht wäre es besser gewesen, ich hätte auch die Uhr meiner Tante weggeworfen, hätte sie ihr vor die Füße geschmissen und ihr damit meine Verachtung gezeigt. Aber ich habe das nicht getan, weil ich Schenkende, ganz gleich wie bedeutungslos ihre Geschenke auch sein mochten, schon immer in Ehren gehalten habe. Allen Enttäuschungen zum Trotz bin ich noch heute davon überzeugt, dass der Akt des Schenkens nichts Geringeres als Herzensadel zum Ausdruck bringt, deshalb hielt ich mich stets an meine Überzeugung, selbst dann, wenn man mich verletzt hatte. Als ich mit Antiquitäten gehandelt habe, war ich besonders glücklich, wenn ich jemandem etwas schenken konnte. Wenn Menschen in Schwierigkeiten geraten, fällt es ihnen schwer, sich von Dingen zu lösen, die man ihnen geschenkt hat, und wenn sie sich dann doch dazu entschließen, kann man davon ausgehen, dass ihnen das Wasser bis zum Hals steht. Und genauso stand es am Ende um mich. Die Redaktion des Belgrader Reiseführers warf mich hinaus, ich war blamiert, meine Mitarbeit war von heute auf morgen beendet. Der Grund dafür war ein falsches Wort. Ich hatte es benutzt, als ich über die Massenerschießung von Kragujevac und die Schüler-Erschießungen aus dem Zweiten Weltkrieg schrieb. Endlich gab es eine Verfilmung über das 1941 von den Deutschen verübte Verbrechen, das ich tragisch und *grotesk* genannt hatte. Der Redakteur trieb mich schreiend die Stufen hinunter, während er mich eine »Groteske und eine Missgeburt« nannte. Obwohl ich ungefähr wusste, dass eine Groteske in der Theorie etwas bezeichnet, das alle Grenzen des Möglichen und Vorstellbaren sprengt, habe ich das Wort falsch verwendet, dieser Begriff lässt sich schwerlich für eine solche Tragödie benutzen. Es war mein Fehler, ich hatte das Nachsehen. Von diesem Zeitpunkt an habe ich jedes Wort nachgeschlagen und habe seitdem nie wieder einen Text ohne ein Wörterbuch geschrieben. Die Blamage war das eine, meine Geldnot das andere. Und als ich dabei war, die goldene Uhr, das Geschenk meiner Tante, zu verscherbeln, wurde ich auch noch verhaftet und zur Wache gebracht, wo man mich ein bis zwei Stunden befragte. Zwei jüngere Beamte aus der regionalen Kriminalabteilung von Novi Sad nahmen mir die goldene Uhr vom Arm, es sei Diebesgut, sagten sie, und einer von ihnen erklärte mir, dass jeder, der gestohlene Ware verkaufe, auch dafür geradestehen müsse. Er begann jeden seiner Sätze mit den Worten »Als Vertreter des Rechts muss ich Ihnen ...« Es hieß, dass solche Verkäufer die Diebe in ihren Handlungen unterstützten, und obwohl sie wussten, dass meine Tante mir diese Uhr geschenkt hatte und ich also unschuldig war, kümmerten sie sich nicht weiter darum. Man sagte mir, meine Tante stehe unter Verdacht, mehrere kriminelle Vergehen zu verantworten, es laufe schon ein Verfahren gegen sie. Auch ich musste eine Aussage machen, Druck übte man aber keinen auf mich aus, ich sollte einfach nur das erzählen, was mir bekannt war. Da ich ein Zeuge und auch der Neffe war, bekam ich die ganze Akte ausgehändigt, Kopien der Untersuchungsergebnisse lagen darin, weitere Zeugenaussagen, Zeitungsausschnitte, eine Skizze der Anklageschrift, Fotografien von meiner Tante, eine vom Profil und eine von vorne, die man im Untersuchungsgefängnis gemacht hatte, wo sie zusammen mit ihrem Mann seit ein paar Monaten einsaß. In diesem Moment tat es mir für die beiden armseligen Dummköpfe ernsthaft leid, folgte doch in ihrer Ehe ein Unglück aufs andere. Als ich die Anklageschrift durchgelesen hatte, war ich erschüttert, denn ich fand bei dieser Gelegenheit heraus, dass sich Jung und Alt im Dorf gegen sie aufgelehnt hatten und sie nur dank eines Milizeinsatzes knapp der Lynchjustiz entkommen waren. Wenn sie im Mittelalter gelebt hätten, wäre meiner Tante ein Feuertod sicher gewesen.

Sowohl die Morgen- als auch die Abendzeitungen schrieben alle in der Rubrik »Kleinkriminalität« über meine Tante Pava. Als ich las, dass man ihr wenigstens die Ermordung von Kindern nicht zur Last legen konnte, fiel mir ein Stein vom Herzen. Aber es gab ein paar Petitionen, Unterschriften von Leuten, die sich als geschädigte Bürger beschrieben oder im Namen ihrer verunglückten Verwandten sprachen, deren Todesursachen nie geklärt worden waren. Sie verlangten von den Behörden, dass sie mit Umsicht das »verfluchte Haus« untersuchen und den Garten umgraben sollten. Dort würden sie mit Sicherheit die Gebeine der vermissten Ermordeten finden. Aber dazu ist es nie gekommen. Damit aber die Gerüchteküche ein Ende nahm, ließ die Kriminalabteilung verlautbaren, dass es sich bei dieser Angelegenheit nicht um abgründige Verbrechen handele, sondern dass die Verdächtige einfach eine Kleinkriminelle im herkömmlichen Sinne und möglicherweise eine »kranke Person« sei. Die Zeitungen nannten sie eine »betagte Einbrecherin«, die nun mit ihren raffinierten Beutezügen aufgeflogen sei. Es war die Rede von ihrer umtriebigen List und Bereicherungswut, ihrer trickreichen Blendungsfähigkeit, mit der sie die Städter wie eine Kuh zu melken gewusst habe. Es wurde aufgelistet, welchen Schaden die Diebin angerichtet hatte und was sie jetzt besaß, man wusste nun, welchen Schmuck sie hortete und welche Valuta durch ihre Hände gegangen war. Sie hatte auf dem Schwarzmarkt mit Devisen gehandelt, was wohl ihr ertragreichstes Geschäft gewesen war. Allein in einem ihrer vielen Verstecke fand man vierzehn teure Armbanduhren. Als Heiratsvermittlerin war sie unersättlich, die »Mutter der Liebe« wird von den Leuten natürlich mit barem Gold bezahlt – so hatte sie sich tatsächlich selbst einmal genannt. Zu den maßlos hohen Gebühren, die sie völlig schroff und gnadenlos berechnete, nahm sie auch noch allerlei Geschenke an, bei den Hochzeiten musste sie ganz weit vorne sitzen, schlug sich gleich hinter die wichtigsten Gäste wie den alten Hochzeitspaten, den Schwager und den Trauzeugen. Aber sie begnügte sich nicht etwa mit diesem ehrenvollen Platz, sondern nutzte ihn sogar aus, um die geladenen Hochzeitsgäste zu beklauen. Es hieß, sie habe einer älteren Braut die ganze Mitgift gestohlen, eine Truhe voller Silber, Schmuck, goldenen Kerzenhaltern und Wäsche; sie hatte die Beute förmlich gerochen und sie, von den anderen unbemerkt, wie eine Zauberkünstlerin zur Seite geschafft, sodass unter den Anwesenden von geheimnisvollen Kräften die Rede war, von »bösen Geistern«, die der Diebin gerade recht kamen und auf die sie sich, ihrer Unsichtbarkeit zum Trotz, wie in alten Gebräuchen stürzte, mit einer Peitsche schlug sie auf das Brautpaar ein und sagte: »So fahre dahin, du unreine Seele, verlasse diese reinen christlichen Gemüter, geh dahin, wo deinesgleichen lebt!« Diese bösartige Frau konnte sich einfach alles einverleiben und überraschend viele Rollen spielen. Es gab niemanden, der wie sie die alten Bräuche kannte, darauf gründete sie sogar ihre Autorität, und bei Ansammlungen von Menschen, sei es auf Hochzeiten, Begräbnissen oder Gottesdiensten, machte sie sich alles zunutze, sorgte für Rummel und bereitete ihre Auftritte präzise vor. Und wenn ihr zu Ohren kam, dass die Niederkunft einer Frau bevorstand oder diese mit dem Neugeborenen gerade nach Hause gekommen war, so machte sie sich gleich auf den Weg, ihnen einen Besuch abzustatten, brachte ihre merkwürdigen Gerätschaften mit, die ihr helfen sollten, die Dämonen von dem Kind fernzuhalten. Dafür aber verlangte sie irgendetwas Wertvolles wie einen schönen Gegenstand. Ich selbst kann mich daran erinnern, dass mir Eva einmal gesagt hatte, diese Hexe sei in der Lage, jedem »unter die Haut« zu kriechen.

In der Wochenzeitschrift *Regenbogen* wurde auf zwei Seiten eine Reportage über den Fall meiner Tante veröffentlicht. Aber ob alles, was darin behauptet wurde, auch überprüft worden war, wage ich zu bezweifeln, denn es hieß, in jenem Haus seien »wüste Orgien« an der Tagesordnung gewesen, es sei mit einem Sonderzimmer ausgestattet gewesen, in das man junge Frauen mit besonderen sexuellen Vorlieben aus den Tiefen der Vojvodina gelockt habe, damit sie mit ihren triebhaften Gelüsten die beiden Eheleute befriedigten. Diese Sprache fand ich schon suspekt, die ausschweifenden Beschreibungen schwer erträglich, es war typisch, dass in allem nur Perversionen, Sex und das Werk einer Sekte vermutet wurde. So etwas war aber unvereinbar mit einem kleinen Banater Dorf, trotzdem war der Reporter einfach entschlossen, alles erdenklich Sündhafte dem besagten Paar in die Schuhe zu schieben, das keineswegs unschuldig war, aber so viele Leichen hatte es nun auch wieder nicht im Keller. Der Reporter produzierte eine Übertreibung nach der anderen und beschrieb die Eheleute als Bewohner einer eigenen Parallelwelt, deren Universum dem unseren völlig entgegenstehe, anders funktioniere als unsere »gesunde und humane Gedankenwelt«. Auf der einen Seite dieses primitiven Modells standen die reinen, fleißigen, freundlichen Familienmenschen und auf der anderen unverrückbar die Herrschaft der Nacht, die Leidenschaft, die Perversion und die Kriminalität. Ich habe selbst als Reporter gearbeitet, ich wusste genau, an welcher Stelle und warum hier übertrieben worden war, nur waren diese beiden kümmerlichen Leute keineswegs vom Himmel gefallene Ungeheuer, in denen sich das Böse dieser Welt versammelt hatte.

Außerdem war es auch unvorstellbar für mich, dass meine unattraktive, verwahrloste und schon in die Jahre gekommene Tante ihren blinden Ehemann betrogen haben soll. Sie habe sich, hieß es, heimlich einen Liebhaber gehalten, in dessen Haustresor man später viele ihrer Geschenke gefunden habe, goldene Armbanduhren,

Ringe, Perlenketten. So etwas konnte ich nicht einfach blindlings glauben, obwohl mir klar ist, dass Frauen durchaus die eine oder andere Schwäche haben, vor allem wenn sie sich so vernachlässigt fühlen wie meine Tante. Aber an diese erotischen Märchen glauben meiner Meinung nach nur Unwissende. Mein Vater hatte schon immer behauptet, dass es kein »Weibsbild« in unserer Gegend gebe, das nicht das für sie »passende Tuch« finden könnte. Aber in jener Reportage waren auch echte Fotos zu sehen. Auf dem einen Foto war mein blinder Onkel, der sich am Arm seiner Frau festhält; auf dem anderen Foto sah man das Wohnhaus der Malesevs, das man mit der Bildunterschrift »Das lasterhafte Haus« versehen hatte. Es war klar, dass die nächsten Nachbarn alles glaubten, was sie lasen, es spielte keine Rolle, dass sie in diesem Haus nie so geartetes und triebhaftes Volk zu Gesicht bekommen hatten. Der Verfasser suggerierte ihnen aber zudem mit seiner Überschrift und der Art, wie das Ganze präsentiert wurde, dass sich die Wirklichkeit uns Sterblichen in der Regel in ihrer Tiefe immer entzieht und dass gerade dort das Unerwartete geschieht, wo uns der banale Staub der Alltäglichkeit anweht. Ich habe in jenem Haus gelebt und weiß, dass das Einzige, was dort auffiel, jene langatmige schneidende Leere war, ihre einzige Mitspielerin war die Verzweiflung, die sich die Blindheit als Sehorgan zu eigen gemacht hatte. Das einzig Stimmige an dieser Reportage war ein Detail, das dem Polizeibericht entnommen worden war, es bezog sich auf die im Keller gehorteten Bürsten und Besen aller Art; es war von einem regelrechten Lagerhaus die Rede, denn man fand 2150 Stück. Mein Onkel hat über einen langen Zeitraum die Fabrik beklaut, in der er gearbeitet hat. Laut seiner Aussage tat er das lediglich zum Zeitvertreib, keineswegs aber um daraus persönlichen Nutzen zu ziehen. Er habe ohnehin den Plan gehegt, alles an jenem Tag zurückzubringen, an dem man ihn erwischen und der Portier sagen würde, er solle die »Bürsten aus den Hosen« rausnehmen. Der blinde Aco Malesev wurde zu sechs

Monaten Haft verurteilt; genauso lange war er in Untersuchungshaft, was ihm angerechnet wurde. Gefängnisluft schnupperte er also in dem alten österreich-ungarischen Gebäudekomplex in Zrenjanin nur als Besucher; dort hatte man seine Ehefrau Pava hinter Gitter gebracht, die zu fünf Jahren Haft verurteilt worden war.

Ich hatte mir vorgenommen, es mir sogar geschworen, meine Tante Pava nie wiederzusehen; ich hatte schon mir wichtigere Menschen leichten Herzens und ohne schlechtes Gewissen abgeschrieben; es gibt nicht eine Freundschaft, der ich eine Träne hinterhergeweint habe, alles, was verloren ging, musste verloren gehen. Meine Haltung, das weiß ich, war egoistisch und selbstgerecht. Sie schloss Verletzlichkeit und das ans Irdische gebundene Leiden aus, oder, so sah ich das, reduzierte sie auf ein Mindestmaß. Mir gelang das nur, weil ich mein geistiges und physisches Leben der Literatur gewidmet habe. In ihr war Platz genug für das Leiden, den Schmerz und die Trauer, und alles, was von außen kam, fand in ihr seinen Ort. Jemand hat einmal die Literatur als riesiges Verarbeitungslaboratorium bezeichnet und von ihr als einer universalen Fabrik gesprochen, für mich ist sie mit dem ewigen Zweifel und mit existentieller Unsicherheit verbunden.

Aber zurück zu meiner Tante, meinen Schwur habe ich nicht gehalten, denn ich wurde von einem unerträglichen und irrsinnigen Bedürfnis getrieben, sie doch zu sehen und ihr einen Besuch im Gefängnis abzustatten. Genau das habe ich dann auch getan. Ich besorgte ein Kilo fein geschnittenen herzegowinischen Tabak, ein paar Packungen Zigarettenpapier, vereinbarte einen Besuchstermin und machte mich auf den Weg nach Zrenjanin.

Mit den Wächtern gab es ein Gerangel wegen dem Tabak, es war die Rede vom Staatsmonopol und noch ein paar andere hochtrabende Worte fielen, man berief sich auf Gesetze, aber irgendwie konnte ich die Wogen glätten und man ließ mich mit meinem Geschenk zur Gefangenen vor. Hinter der kleinen Kantine saß ich dann mit meiner Tante in einem Zimmerchen. Sofort sah ich, dass sie sogar im Gefängnis die Position einer Privilegierten innehatte. Unsere ganze Begegnung war distanziert, aber immerhin wunderte meine Tante sich, als sie mich sah, wollte jedoch keine Zeit verlieren, sah auf ihre Uhr und sagte, dass die Besuchszeit eine Viertelstunde beträgt. Aber auch das kann viel sein, wenn man sich nichts zu sagen hat und einander keinerlei Rechenschaft schuldig ist. Ich gab ihr das Geschenk, und als sie sah, was sich in der Tüte befand, atmete sie freudig auf. »Konntest du denn etwa den Tabak einfach so einführen?«, fragte sie und steckte die Nase in das Papier, sichtlich beglückt vom Duft dieses »gelben Goldes« aus dem Wald von Popovo, sie genoss den Geruch dieses milden aromatisch-feuchten Tabaks, mehrmals atmete sie ihn ein, als sei dies ein geheimnisvolles Zaubermittel, mit dem man die Seele heilen kann. »Es gibt nichts anderes, was mir eine solche Freude gemacht hätte«, sagte sie.

Meine Tante trug Gefängniskleidung aus grobem Stoff, ihr Gesicht war älter geworden, sie hatte Falten um die Augen bekommen, die sich auch zu den Schläfen zogen. Ihre Haare waren kurz geschnitten, sie wirkte aber nicht so verwahrlost wie bei unserem letzten Treffen. Wir setzten uns auf alte zerrissene Sessel, zwischen uns stand ein kleiner runder Glastisch. Die Sonne schien von oben durch ein kleines schmales Fensterchen zu uns herunter und auf die Hände meiner Tante. Staub zog sich durch den Lichtkegel, wir saßen ohne Aufsicht beisammen. Sie zeigte mir einen Schlüssel, sagte, das Zimmer gehöre ihr, es sei im Grunde ihr eheliches Schlafzimmer, denn hier treffe sie sich mit ihrem Mann, einem Gefängniswächter, mit dem sie in ihrem fortgeschrittenen Alter endlich die wahre wärmende Liebe kennengelernt habe. Das Gefängnis sei nicht mehr und nicht weniger als ihre Rettung geworden, ihr »Liebestempel«, ein Ort der Freude. Es sei alles in jener Zeit geschehen, in der sie zu Gott gebetet habe, nicht zu streng mit ihr umzugehen, sie keines schweren Todes sterben zu lassen und seinen Sündern nicht noch mehr Schmerzen und Leiden zuzufügen. Sie sagte, dass sie überhaupt nicht gewusst habe, was Liebe sei, sie habe auch nicht ahnen können, dass es ein so großes und erhebendes Gefühl auf Erden gebe, denn ihre Erfahrung habe ihr gezeigt, dass das nur Geschwätz sei, Geschichten, »mit denen wir unsere langweiligen Leben einfärben«. Zum ersten Mal seitdem wir uns kannten fragte sie mich nach meiner Mutter, hier in dieser Gefängniszelle. Es wirkte ehrlich, mitfühlend oder, wie man das früher bei uns ausgedrückt hat, mit der Anteilnahme ihrer Seele: »Wie geht es deiner Mutter? Wie geht es meiner Schwester? Hast du vielleicht ein kleines Foto von ihr dabei, wie gerne wüsste ich, wie sie aussieht! Wo lebt sie denn jetzt?«, fragte sie. Als ich gerade anfangen wollte, etwas über meine Mutter zu erzählen, über sie und über unsere Familie, sah Tante Pava auf die Uhr und sagte, die Besuchszeit sei zu Ende. Ich blieb noch im Sessel sitzen, schob mit dem Finger die Manschette vom Hemd weg und sah auf mein linkes Handgelenk, jene Stelle, an der ihre Uhr sonst zu sehen gewesen war. »Sie haben mir die Uhr abgenommen«, sagte ich. »Ich weiß«, sagte sie. »All diese Uhren habe ich mir anständig verdient, aber Ehre und Gutmütigkeit stehen nicht mehr hoch im Kurs«, sagte sie. »Alles, was ich erreicht und besessen habe, das habe ich von den Menschen geschenkt bekommen, die glücklich über das waren, was ich für sie getan habe.«

Sie ging zur Tür und öffnete sie. Bevor der Wächter sie abführen konnte, sagte meine Tante mit trocken bitterer Stimme, dass ich nicht mehr zu kommen brauche. Sie schlug die Tür zu und ich blieb im Zimmerchen zurück. Der Wächter, der mich schließlich über den langen Flur begleitete, war schweigsam, sagte nichts, bis wir zum Eisengitter kamen, er schloss es auf, lehnte es ein wenig an, gerade so, dass ich hindurchschlüpfen konnte, dann wollte er ein bisschen mit mir reden und sagte vertraulich flüsternd, dass meine Tante »eine besondere Frau und eine Märtyrerin« sei. Man habe ihr nur alles untergeschoben, um an ihr Vermögen heranzukommen. Ich aber hatte keine Lust, hinter den Gittern zu stehen und einem Fremden zuzuhören, winkte unwirsch mit der Hand ab, womit ich ihn sicher kränkte. Aber was hätte ich auch von ihm noch erfahren können? Alles war ja schon gesagt. Das Kapitel mit meiner Tante war ohnehin schon abgeschlossen. Vorsichtig stieg ich die Steinstufen hinab und hielt mich dabei an den Eisengriffen fest, die Treppen waren glatt und rutschig, man konnte kaum auftreten, ohne dabei die Gefahr eines Sturzes vor Augen zu haben, ständig hatte ich das Bild hinfallender Menschen vor mir, die diese Stufen mit ihren millionenfach gesetzten Schritten geglättet hatten, dachte an all die Mörder, Diebe, Deserteure, Betrüger, Hochstapler, Politiker, Gendarmen und Wächter, die sie Schritt für Schritt geschliffen hatten, als sie hier ihre Angst auf ihrem Weg mit sich nach unten trugen; vielleicht hatte ich mich deshalb gleich am Geländer festgehalten.

Der Besuch bei meiner Tante war alles andere als angenehm, aber ich habe es nie bereut, dass ich sie dort gesehen habe. Ich hatte keinerlei Mitgefühl für sie aufbringen können, bezweifelte auch, ob diese Frau überhaupt annähernd wusste, was Leiden war, ihrem ganzen Kummer und den Entbehrungen im Gefängnis zum Trotz. Auch ihr Glück war mir vollkommen unverständlich; ob die Liebesgeschichte mit dem Gefängniswärter auf ihre alten Tage tatsächlich stimmte, habe ich nie herausgefunden, denn ich hörte nie wieder etwas von ihr und tat auch später nichts, um irgendetwas über sie in Erfahrung zu bringen. Über diesen Abschnitt meines Lebens habe ich sehr selten etwas erzählt, sogar meine Mutter schnitt mir einmal das Wort ab, als ich anfing, meine Erlebnisse mit Tante Pava wiederzugeben. »Erzähl mir nichts, das ich längst dem Vergessen überantwortet habe, und verlang nicht von mir, dass ich das, was ich nicht hören will, jetzt von dir höre«, sagte sie. Als vor langer Zeit ihre andere Schwester, Ruža, die nach Cetinje geheiratet hatte, manchmal zu Besuch gekommen war oder auch mal unangekündigt in unserem Geschäft gestanden hatte, brachte Mutter sie immer zum Schweigen. Sobald Ruža über die anderen Schwestern Pava und Ivka reden wollte, wurde meine Mutter richtig böse auf sie, hatte keinerlei Mitgefühl mit ihr, sagte mehrmals, dass unfruchtbare Frauen Gott ein Dorn im Auge waren. Das war grob von ihr, ich wurde still und traurig, denn das Gesicht von Tante Ruža sah tief gekränkt aus. Zärtlich wischte ich die Tränen von ihren geröteten Wangen.

63

Ich fuhr nach N., um meinen Vater nach sechs Jahren zum ersten Mal wiederzusehen, man hatte ihn in ein Sanatorium eingeliefert. Nach dem ersten Vorfall hatte er bereits zehn Monate dort verbracht. Dann wurde er nach Hause geschickt. Man sagte ihm, er sei geheilt. Aber nur kurze Zeit später öffnete sich das Kavernom wieder, er spuckte erneut Blut und man brachte ihn ins Krankenhaus. Die letzten zwei Jahre hatte er ohne Unterbrechung im Sanatorium verbracht. Man erfüllte ihm nicht den Wunsch, noch einmal seine Freunde zu sehen, die ihn langsam, aber sicher alle vergaßen. Meine Mutter ließ jedoch nicht einen Sonntag in diesen zwei Jahren vergehen, ohne ihm einen Besuch abzustatten, kein Wetter konnte sie davon abhalten, weder eisiger Schneefall noch die heftigsten Stürme, aber auch die stechende Hitze im Sommer war kein Hindernis für sie. In der Regel nahm sie den alten wackeligen Bus, in dem nur noch ein paar Sitze übrig geblieben waren, und wenn es zu viele Reisende gab, dann musste sie bis zum Sanatorium stehend ausharren. Dieser Bus war nach den Dreharbeiten zum Film »Der Fluch des Geldes« vom Set übrig geblieben. Es war ein altes schrottreifes Gefährt, das keiner mehr gebrauchen konnte. Der Fahrer der Filmcrew war ein Ortsansässiger, er reparierte den heruntergekommenen Bus und richtete eine Linie zum Sanatorium ein, er fuhr jeden Sonntag, die Stadtverwaltung war genauso erfreut wie das Krankenhaus. Der Bus fuhr früh am Morgen los, es gab keine festen Regeln und auch keine vorab angekündigten Haltestellen, aber er schaffte es dennoch, alle Reisenden einzusammeln, die sich untereinander kannten, es sprach sich schnell herum, und die Mitfahrenden wuchsen immer mehr zu einer Art Busfamilie zusammen. Sie wussten alles übereinander, erzählten sich, was sie gerade gekocht hatten und was sie in ihren Taschen zu den Kranken trugen, die sich nach Hausmannskost sehnten. Aber auch alle anderen Vorkommnisse in den Familien waren bekannt, man wusste untereinander auch immer, was gerade mit den Kindern los war. Der Bus fuhr am späten Nachmittag zurück, sie hatten also nicht nur genug Zeit, um ihre Nächsten zu besuchen, sie konnten auch neue Bekanntschaften machen. Neue Freundschaften wurden geschlossen, sie erweiterten ihren kleinen brüderlichen Freundeskreis, in dem auch meine Mutter Trost und Zuflucht fand. Der Besuchssonntag war von einer Innigkeit gezeichnet, die neu in ihrem eigenbrötlerischen Alltag war, ein richtiges Ereignis, über das man bis zum nächsten Besuchstag reden konnte. Es schien, als würden sie einander auf unterschiedliche Art liebkosen, mit zärtlichen Blicken, mit der Güte, die sie wie etwas Kostbares in sich aufbewahrten, sammelten, um sie an diesem Tag jemandem zu schenken. Die Kranken aßen zusammen mit ihren Verwandten, und wenn schönes Wetter war, verwandelte sich die Besuchszeit in ein großes Picknick. Sie aßen im Schatten der Bäume, in den kleinen Wäldchen, verteilten sich um das Sanatorium, lagen faul auf ihren Decken im Gras, und wenn sie keine hatten, benutzten sie dafür einfach ihre Kleidung. Sie aßen ohne Besteck oder hatten nur ein kleines Messerchen zur Hand, getrunken wurde aus der Flasche. Jeder bot jedem etwas von seinem Essen an. Eine Stunde bevor der Bus wieder abfuhr, machte der Fahrer sich mit einer Sirene bemerkbar, das war das Zeichen für den baldigen Aufbruch und die Besucher fingen an, sich von ihren Angehörigen zu verabschieden und sich auf den Weg zu machen.

Auf einer Fotografie, die meine Mutter an der Scheibe ihrer Glasvitrine angebracht hat, ist dieser Bus zu sehen, der eigentlich ein Filmrequisit war. Meine Eltern stehen vor ihm, meine Mutter trägt ein leichtes Sommerkleid, hat eine Tasche in ihrer Hand und mein Vater trägt einen Patientenmantel. Ich beugte mich nach vorne und sah mir die Fotografie an, während meine Mutter das Essen zubereitete, das ich meinem Vater bringen sollte. »Das ist der berüchtigte Bus?«, fragte ich sie. »Dieser Bus hat uns gerettet; wenn er irgendwann nicht mehr fährt, sollte man ihn ins Museum stellen«, sagte meine Mutter.

Wir sprachen über Vater, der im Sanatorium ein paar neue Angewohnheiten entwickelt und andere über Bord geworfen hatte. Er vertraute den Medikamenten, zeigte sich von seiner disziplinierten Seite, er respektierte die Hausordnung. Meine Mutter sagte, er sei ein ganz anderer Mensch geworden, nichts an ihm verweise mehr auf die alte Zügellosigkeit, mit der er sich früher so gern schmückte. »Das Einzige, was noch immer Bestand hat – das ist ein kleiner Schnaps bei Vollmond und ein, zwei Zigaretten, immer dann, wenn er wieder Sehnsucht nach ein bisschen Husten bekommt«, sagte sie. Sie malte sich an diesem Morgen mit besonderer Freude meinen Besuch bei Vater aus, wollte aber nicht über die emotionale Bedeutung dieser Begegnung zwischen Vater und Sohn nach einer so langen Zeit sprechen und ließ sich weit und breit über nebensächliche Einzelheiten aus, schmunzelte bei der Vorstellung wie überrascht mein Vater sein würde, wenn er nur den Sohn zu Gesicht bekäme, aber die eigene Ehefrau stünde da nicht bei ihm, wie sie an den anderen Sonntagen immer bei ihm gestanden hatte. »Ach, was gäbe ich dafür, wenn ich mich irgendwo verstecken und die Ungläubigkeit in seinen Augen sehen könnte«, sagte sie. Nicht einmal wagte sie, das Wesentliche zu berühren – das Wiedersehen zweier Menschen, die sich fremd geworden waren, die verschlossen in ihren eigenen Welten lebten, jeder mit seinen eigenen »Schmerzen und Schatten«. Jetzt muss ich sagen, auch wenn es blasphemisch klingt, dass Mutters Essensrituale für meinen Vater im Grunde nebensächlich waren. Sie war eine ganz andere Person als die, die ich in meinem Gedächtnis in mir trug. Ich selbst hatte offenbar ein falsches Bild von ihr konserviert, hatte sie durch die Aureole einer scheinbaren Heiligen gesehen. Sie hatte in mir immer einen zeitlosen, sicheren Platz. Aber die paar Tage, die ich mit ihr zusammen verbrachte, änderten alles, ich hörte ihr eingehender zu, hörte, was genau sie sagte, und stellte fest, dass ihre Sprache unerträglich für mich geworden war.

Dennoch regte sich in mir Mitgefühl für meine Mutter, als sie dabei war, ein Paket für Vater zu packen, und ihr ein tiefer Seufzer entfuhr. Ich sollte dem Kranken alles bringen, paniertes Kalbsfleisch, Gläser mit Honig und Hagebuttenkonfitüre, Krapfen, ein bisschen Speck, Saft von der Kornelkirsche. In einem fort atmete sie tief durch, die Gründe dafür waren wie immer gleichermaßen zahlreich wie unbekannt für mich. Vielleicht stellte sich meine bekümmerte Mutter, die ich in Gedanken meine Trauermutter nannte, so etwas wie ein gemeinsames Essen zu viert vor, wir alle, zusammen, an einem Tisch. Aber so sollte es nie mehr kommen. Vieles könnte ich zu Mutters Seufzern anmerken, sie haben sich tief in meine Seele geschnitten, aber das ist kein guter Moment. Die Gefühle könnten mir dazwischenkommen. Und ich habe mich immer davor gefürchtet, jemanden durch meine geschriebenen Worte zu verletzen, und wenn etwas nur in die Nähe von Emotionen kam, so lag mein Bemühen immer darin, sie so gut wie nur möglich zu überdecken. Ich habe viel Zeit verloren, weil ich nicht zulassen wollte, dass Gefühle mich unterwandern.

Mutter war selbst ein Teil ihres immerwährenden Theaterstücks, das auch mich als Mitspieler einschloss. Jetzt war ich ein unangekündigter Besucher, ich genoss meine Rolle, wir lachten, stellten uns Vater vor, fragten uns, ob er mich erkennen würde. Aber nicht ein Wort verloren wir über seine Gefühle und fragten uns nicht, ob mein Besuch ihn erheitern oder traurig machen würde. Wir rechneten mit seiner naturgegeben guten Laune, wussten aber nicht, ob er sich und wenn wie sehr er sich verändert hatte. Wir inszenierten das Ganze sogar tatsächlich als Stück und hatten am Morgen in der Küche eine Art Generalprobe, mein jüngerer Bruder spielte meinen Vater, Mutter übernahm die Rolle der Beobachterin, das Auge, das sich alles neutral und genau anschaut, und ich war der »wurzellose Sohn«, übernahm also die Hauptrolle. Mutter gab Instruktionen, sagte, ich sollte mich von der Terrasse kommend an ihn anschleichen, denn dort warte er immer am Tisch auf sie, im Schatten einer alten Föhre. Ich hatte mir vom Schuster Metallkanten an den Schuhen anbringen lassen, damit sie länger hielten, deshalb, sagte ich, »kann ich mich nicht einfach so heranschleichen, die Terrasse ist mit Steinplatten gefliest, meine beschlagenen Absätze werden mich verraten«.

»Dann versteck dich hinter der Föhre und ruf ihn *Vati*, wie damals in der Kindheit.«

Mit einer Tasche in der Hand ging ich zur Bushaltestelle, an der nichts darauf hindeutete, dass hier Busse hielten und abfuhren. Es war weit und breit niemand zu sehen, kein Häuschen oder Kiosk, an dem man sich einen Fahrschein hätte kaufen können, eine Bank mit Vordach zum Hinsetzen gab es ohnehin nicht. Es handelte sich bei dieser Haltestelle recht besehen um einen banalen Rasen, voller Löcher, in denen schmutziges Wasser stand, es war drei, vier Tage alt, die Stadt und die ganze Gegend waren von einem Unwetter überrascht worden, erst war ein Regenguss gekommen, dann ein Sommergewitter und schließlich Hagel. Ich wartete an dieser unwirklichen Haltestelle noch ungefähr zehn Minuten, und da niemand auftauchte, den ich nach dem Bus hätte fragen können, machte ich mich auf den Weg zum Hotel, der nächsten möglichen Haltestelle. Mutter fand es dort ansehnlicher, weil man sich hinsetzen und etwas trinken konnte. Ich erreichte das Hotel zügig, die Tasche war nicht schwer, aber vom Bus war dennoch weit und breit keine Spur. Ich sah auch keine Reisenden, die Gepäck bei sich hatten, keine Körbe, nichts; das brachte mich auf den panischen Gedanken, dass der Bus schon längst weggefahren war. Und dabei hatte meine Mutter gesagt, dieser Bus sei weltweit der einzige, den man einfach nicht verpassen könne. Zum Glück waren aber ein paar Leute vor dem Hotel zu sehen, sie tranken ihren Morgenkaffee und betrachteten mich. Ich musste nicht ein Wort sagen, sie wussten, was ich suchte; sie waren alle freundlich und versuchten mir zu helfen.

Der Autobus wartete am Schlachthof, der sich am kleinen Fluss befand, aber auf der anderen Seite; ich brauchte zehn Minuten, um die Vorstadtsiedlung zu durchqueren, und dann noch einmal genauso lange, um über den Rasen zu kommen, auf dem schon die Arbeiten für ein neues Stadion begonnen hatten. Ich beeilte mich und ging schnell über die Steinbrücke. An den Schlachthauswänden hingen auf Haken Kuhhäute und Kalbsfelle, und in der Steintrift, an der hinteren Wand, schnappten die Vögel nach den Tierleibern, sie kreischten streitend und hackten aufeinander ein. Überall war Abfall zu sehen, weil alle Anwohner den abschüssigen Hang als Müllhalde benutzten, Hörner lagen dort, Hufe und Knochen; das Flüsschen würde erst im Herbst, wenn das Wasser angestiegen war, diesen ganzen Abfall davontragen. Ich sah einen Baum, betrachtete ihn und wunderte mich, wie er es überhaupt geschafft hatte, hier in dieser aufgeplatzten trockenen Erde zu überleben. Im Bus saßen ein paar Frauen, sie hatten Bündel und Körbe neben ihren Füßen auf dem Boden abgestellt oder hielten sie auf ihren Knien. Noch zwei, drei Leute standen, angelehnt an die staubigen Fenster, ein Mann mühte sich ab, die Hintertür zu öffnen, musste sie aber erst vom Eisendraht befreien, mit dem das Schloss festgebunden war. Freundlich begrüßte ich alle Mitreisenden, sie wussten, wer ich war und wen ich besuchen wollte, sie waren höflich zu mir, überschlugen sich förmlich vor Komplimenten, die ich so lange nicht zu hören bekommen hatte. Eine ältere Frau saß still mit überkreuzten Armen und schlaffen Muskeln auf ihrem Sitz und sagte, meine Mutter sei eine ergebene Frau, sie habe es verdient, ein bisschen durchzuatmen, wenigstens an einem Sonntag. »Seit zwei Jahren weiß die Arme nicht mehr, was ein Ruhetag ist.«

Der Fahrer tauchte auf, er kam aus dem Schlachthaus, an seinen Händen tropfte Blut herunter, weil er Ochsenleber und Ochsenherz bei sich trug. Er sprang in den Bus und warf sie in einen Eimer, der neben seinem Sitz stand. Als er mich bemerkte, begrüßte er mich und sagte ein paar nette Worte, als würde ich von nun an jeden Sonntag zum Sanatorium mitfahren. Während er sprach, wischte er sich mit einem Tuch das Blut von den Händen, ich überlegte mir genau, was ich ihm sagen wollte, ich versuchte, mich gewählt auszudrücken, und sah, dass die Leute das gerne hörten, dass es ihnen Freude machte, einem Erzähler zuzuhören; das war berührend und erhebend, es schien, als seien nun auch wir ganz schnell eine Schicksalsgemeinschaft geworden, die Reisenden schmeichelten mir, jeder von ihnen versuchte, mir etwas noch Schöneres zu sagen, und dann kam die Rede auf die Literatur und mein Talent; ich kann mich nicht erinnern, jemals vorher und nachher Freundlicheres über meine Arbeit gehört zu haben. Das hatte ich meiner Mutter zu verdanken. Sie war es, die fleißig an meinem Ruhm arbeitete.

Zwei Metzger stiegen mit einem jungen Ochsen durch die Hintertür des Autobusses ein. Der Fahrer sprang ihnen entgegen, um zu helfen, der Ochse wurde an einem Gitter festgebunden und der Mitreisende, der den Eisendraht entfernt hatte, machte sich wieder ans Werk, ihn zu befestigen und die wackelige Tür anzubinden. Der Ochse brüllte, aber das störte uns nicht, keiner der Reisenden beklagte sich, alle wussten, dass dieses ansehnliche Tier eine Zeit lang auf der Wiese des Sanatoriums grasen, die Blätter von den Büschen äsen und bald schon dicker werden würde. Danach musste es zurück ins Schlachthaus und schließlich wieder ins Sanatorium. Zuletzt aber als Fleisch, das in der Küche für die Patienten zubereitet wurde. Es war schön zu wissen, dass auch mein Vater mit Genuss das Fleisch dieses Tieres als Gulasch essen würde, dem der Fahrer gerade noch liebkosend über den Schweif gefahren war.

Der Bus fuhr auf der Straße neben dem kleinen Fluss los und kam schnell zu der Sandbank, die man im Sommer mit jedem beliebigen Fahrzeug überqueren konnte, weil das Wasser so niedrig war. Als Kinder waren wir immer mit den Fahrrädern über diese Stelle gefahren, unsere Lieblingszeit dafür war der Abend, nachdem wir ausdauernd bis nach Sonnenuntergang auf dem harten Rasen Fußball gespielt hatten, manchmal spielten wir dann noch auf der Straße weiter, im Widerschein der Lampen, bis spät in die Nacht. Hier hatte sich nichts verändert, was auch immer ich betrachtete, es war mir alles vertraut. Als wir das Flüsschen hinter uns gelassen hatten, fuhr der Bus weiter auf der Landstraße und stieß dann auf eine Schotterstraße; das war ein kleines ungeteertes Stück, das bald in die Hauptstraße überging, aber der Fahrer nahm nicht diesen Weg. Er fuhr einfach quer über den Rasen, auf dem nicht ein kleines Gräschen mehr zu sehen war, wir fuhren an Zigeunerzelten vorbei, sodass wir aus der Nähe kleine, noch verschlafene Kinder sehen konnten, die sich um die Zelte herumtrieben. Unser Autobus grüßte sie mit seiner Sirene, die sich durchdringend bemerkbar machte und eine schöne Zigeunerin im weißen Brautkleid nach draußen lockte. Sie lachte fröhlich und winkte uns, der Fahrer drehte sich um und sagte: »Heute wird hier eine große Zigeunerhochzeit abgehalten.«

Der Reisende, der neben dem angebundenen Jungochsen stand, fing an, ein paar Weisheiten von sich zu geben, die Zigeuner, sagte er, hätten doch die gleichen Bedürfnisse wie wir. »Sie heiraten genauso wie wir, bringen Kinder zur Welt, sterben und reisen«, sagte er, aber niemand ging auf seine peinlichen Schlauheiten ein. Ich vertiefte mich mehr und mehr in die Landschaft, die mir einige Erinnerungen wieder hervorrief. Der Ochse brüllte, das erregte eine größere Aufmerksamkeit bei den Reisenden als die Worte seines Besitzers. Lächelnd und mit zärtlichem Blick sahen sie sich das zahme Tier an, und sogar die Frau mit den verschränkten Armen und den schlaffen Muskeln hatte eine eigene Interpretation über die Bedeutung seines Brüllens zur Hand.

Der Bus kam auf einem kleinen Stück Rasen in der Nähe eines Häuschens zum Stehen. Eine Frau wartete dort, im Arm hatte sie zwei Kinder, die einander zum Verwechseln ähnlich waren. Unser Chauffeur nahm den Eimer mit den Innereien in die Hand, blieb kurz an der Tür stehen und sah zu mir herüber. Weil ich neu in der Gruppe war, wollte er mir zeigen, warum wir anhielten und wer sich darüber so sehr freute. Aber mir war das ohnehin längst klar. »Das hier ist meine Frau und unsere zweijährigen Zwillinge, das musst du erst mal alles ernähren!«, sagte er und verließ den Bus.

Der Pfad bis zum Haus war plattgetreten, stellenweise auch gefliest, und der Zaun aus noch frischem Rundholz gezimmert, das aussah, als sei es gestern erst von der Baumrinde befreit worden. Der Fahrer trat näher, nahm die Kinder aus dem Arm der Mutter, spielte ein bisschen mit ihnen, und die Frau nahm den Eimer mit den Innereien an sich und verschwand im Haus. Der Vater stellte seine Zwillinge auf dem Boden ab, ging in die Hocke und sah sie sich ein paar Augenblicke lang an, dann stand er auf und ging rückwärts, um sie auf diese Weise noch ein wenig länger anschauen zu können. Die beiden Kinder fingen an zu weinen, als sie bemerkten, dass er wegging, er drehte sich um und ging schnelleren Schrittes, sprang in den Autobus und sagte außer Atem, dass es jetzt ohne Zwischenstopp direkt zum Sanatorium gehe. Seine Frau brachte die Kinder ins Haus und er verabschiedete sich mit seiner Sirene von ihnen, deren Nachhall im Tal und bis zur bergigen Anhöhe zu hören war. »So, wir schwimmen jetzt aus dem Talkessel nach oben«, sagte er und fügte stolz hinzu, dass er eine Schiffssirene im Bus eingebaut habe.

Wir kamen wieder auf einen asphaltierten Weg, überquerten die alte Brücke, die so schmal war, dass der Bus es kaum schaffte, an einem Fahrrad vorbeizukommen. Wir überholten bald einen Ochsenkarren und fuhren noch etwa zwei Kilometer weiter, bis wir auf eine weiße, leicht ansteigende Straße abbogen, an deren Ende hochgewachsene Kiefern wuchsen. Nach den ersten Serpentinen fuhren wir ein Stück geradeaus, und dann wartete ein weiterer Anstieg auf uns, der schließlich bei der Ambulanz des Sanatoriums und einer Lagerhalle endete. An einem der Verwaltungsgebäude sahen wir die Aufschrift *Ekonomat*. Dahinter befand sich ein vierstöckiges Haus, mit Balkonen und Terrassen und einem braunen Holzzaun. Später entdeckte ich, dass aus den einzelnen Latten Harz tropfte. Kiefergeruch durchströmte die Luft.

Auf dem mit Schotter geebneten Plateau, das Endstation und Wendeplatz für den Bus war, bewegte sich unser Gefährt bis an den Rand des Abgrunds, beinahe hätte es den Tabakladen und den Eichenstamm gestreift, an dem ein paar Todesanzeigen hingen. Durch das Fenster sah ich zwei Bergleute und einen hochgewachsenen Mann, der einen weißen, nicht mehr ganz sauberen Umhang trug. In jedem Fall schien er zur Belegschaft des Sanatoriums zu gehören, vielleicht war er auch in der Küche beschäftigt, denn in dem Moment, in dem wir anhielten, ging er direkt zur Hintertür des Busses und zerrte mit Hilfe der beiden Bergleute den Ochsen nach draußen. Er wehrte sich und brüllte, aber sie schrien auf ihn ein und schlugen ihn. Dann brachten sie das Tier hinter die Ambulanz. Sobald wir den Bus verlassen hatten, zeigten meine Mitreisenden auf ein großes weißes Hochhaus, Stolz war in ihrer Stimme zu hören, und jeder hatte das Bedürfnis, einmal das Wort *Sanatorium* zu sagen, ehrfürchtig, als handle es sich dabei um einen heiligen Ort. »Das ist unser Sanatorium«, sagten sie immer wieder, mit einem von Erstaunen gezeichneten Gesicht, als sei dies keineswegs ein gewöhnliches Gebäude, sondern ein großer weißer Ozeandampfer, der sich hier in die Berge verirrt hatte.

»Heute sehe ich deinen Vater gar nicht auf der Terrasse«, sagte eine der Frauen besorgt, die sich gleich auf den Weg machte, behäbig und langsam, mit einem Gang, den sonst nur eine hundert Kilo schwere Person hatte. Alle paar Sekunden musste sie stehen bleiben, stellte ihren schweren Essenskorb auf dem Boden ab und ruhte sich kurz aus.

Auf der anderen Seite des Gebäudes, zu der nur die Ambulanzwagen Zutritt hatten, waren Sirenen zu hören; als wir hinsahen, fuhr ein Krankenwagen schnell heraus und machte sich in Richtung der Straße und der Stadt davon, das Blaulicht schimmerte rotierend in der Ferne, während das Geheul der Sirene immer leiser wurde. Ich blieb im Schatten dicker Kiefernbäume stehen, von hier konnte man auf eine Terrasse im Parterre sehen, auf der ein paar verstreute Tische und Hocker standen, direkt an der Holzveranda, auf den besonders schönen Plätzen, die von Bäumen beschirmt waren, die einen satten Schatten spendeten. Ich versuchte, mich unter den Kiefern zu beruhigen und durchzuatmen, ich hatte Angst und zitterte, das Herz steckte mir im Hals fest, so laut war es, so kroch das Klopfen immer weiter in die Höhe. Meine Glieder schienen eingefroren zu sein, schwer hing das Gewicht meiner Seele an ihnen. So etwas habe ich später nie wieder gefühlt, nie wieder so wie an jenem Tag, als ich mich darauf vorbereite, meinen Vater wiederzusehen. Auf der Fahrt hatte mich die schreckliche Vorstellung geplagt, er könnte ausgerechnet an diesem Morgen gestorben sein, während ich im Bus saß, so etwas, hatte ich gedacht, ist wie geschaffen dafür, ausgerechnet mir zu widerfahren, nur ich konnte auf diese Weise eine solche Begegnung verpassen.

Schon in der Kindheit hatte mein Vater immer für den einen oder anderen Schock gesorgt, warum also sollte er nicht auch jetzt, bis zum Schluss, seinen eigenen Gewohnheiten treu bleiben?

64

Vor einer Tür aus Bleiglas, an der Schilder mit der Aufschrift *Aufnahme, Röntgen, Notdienst* angebracht waren, entdeckte ich meinen Vater. An einem anderen Ort hätte ich ihn nicht erkannt, er war schmal und klein geworden. Jetzt war ich mir aber sicher, dass er es war, zwei Einzelheiten räumten auch den letzten Zweifel aus, das war zum einen seine Brille mit den dicken Gläsern und mein kariertes Flanellhemd, das er trug. Dieses Hemd hatte ich in einem Kommissionsladen gekauft. Es war ein Einzelstück. Ich hatte es meinem Vater dagelassen, als ich das letzte Mal meine Mutter besucht hatte. Sie hatte mich dazu überredet. »Mach ihm doch eine Freude, er liebt deine Kleidung, ganz egal wie oft du sie schon getragen hast«, sagte sie.

Vater war im Begriff zu seinem Tisch zu gehen, der im Schatten einer Kiefer stand, hier wartete er immer an den Sonntagen auf meine Mutter. Neben ihm entdeckte ich einen kleinen Jungen, der mir ähnlich sah, er musste um die dreizehn Jahre alt sein und trug ein Buch in der Hand. Wie schön wäre es für mich, wenn ich mich an mich selbst als Dreizehnjährigen an der Hand meines Vaters erinnern könnte! Diese Erinnerung wäre aber nichts weiter als eine ausgemachte Illusion, nicht einmal meine Fantasie ist dazu imstande, ein solches Bild herbeizuzaubern. Die Wirklichkeit lässt eine solche Idylle nicht zu. So etwas ist nur den Träumen und Wundern und der

Literatur überlassen. Vater und sein kleiner Schutzengel, mein Doppelgänger, setzten sich an den Tisch und der Kleine fing mit lauter Stimme an, ihm etwas vorzulesen.

Auf der Terrasse ging es bald so lebendig zu wie auf einem kleinen Marktplatz, die Kranken wurden fröhlich, ihr Besuch war endlich da. Die Terrasse schien eine Art Promenade zu sein, ein Ort, an dem man sich zeigte und über den Tag hinweg mit den anderen ins Gespräch kam. Ein kleiner Lastwagen fuhr vor, stapelweise Wäsche und Tageszeitungen hatte er geladen, der Fahrer ließ das Fahrzeug am geschlossenen Tabakkiosk stehen. Danach traf ein gelber Morris Mini ein, aus dem zwei Nonnen ausstiegen, und einen Augenblick später sah ich einen Motorroller des Fotografen Mijo aus N., den die Leute einen Gangster nannten. Er war stadtbekannt, nicht nur als Fotograf, sondern auch als Filmliebhaber, er war ein begnadeter Begräbnisredner, der den Toten nicht schmeicheln wollte, nur weil sie tot waren. Er sah es überhaupt nicht als seine Aufgabe an, die Angehörigen zu trösten, er schimpfte sogar auf die Verstorbenen und hob hervor, dass der Tod ein gerechter Mathematiker sei, der etwas von seinem Handwerk verstehe und genau wisse, wer seiner Gleichung zum Opfer falle und wer nicht. Mijo hatte seinen Spitznamen nicht bekommen, weil man ihn für einen Kriminellen hielt, sondern deshalb, weil er sich genauso wie die Gangster kleidete, die in amerikanischen Filmen zur Zeit der Prohibition spielten. Aber in Wirklichkeit war er ein friedfertiger und freundlicher Mensch.

Als ich meinen am Tisch sitzenden Vater beobachtete, der dem lesenden Jungen aufmerksam zuhörte, hätte ich beinahe *Vati* gerufen. Aber dann besann ich mich, meine Zunge wurde schwer, meine Stimme brach mir weg. Ich kam mir plötzlich arglistig, ja geradezu grob vor, fühlte mich wie ein Heuchler, der sich im Kopf eine Idylle zurechtgeschustert hatte, weil die Bilder in seinem Familienalbum mit der Zeit verblichen waren. Von den nostalgischen Erinnerungen war aber kaum etwas übrig geblieben. Sollte ich mich auf die einstige Nähe aus der Kindheit berufen, die es nicht mehr gab? Jemanden umschmeicheln, den ich Jahre nicht gesehen hatte? Eine Verbundenheit vorgaukeln, obwohl uns alles voneinander trennte? All das kam mir dort wie eine Parodie vor. Es hätte alles entstellt und verraten, was einst ehrlich zwischen uns war. Hätte ich *Vati* geschrien, wäre mein Besuch von Anfang an einem verlogenen Tonfall erlegen. Ich schlich mich langsam von hinten an ihn heran, und als der Junge mich sah, gab ich ihm ein Zeichen, still zu sein. Ich nahm einen freien Stuhl und zog ihn zu ihrem Tisch, stellte die Tasche auf den Boden, und als ich Platz genommen hatte, sagte ich: »Guten Tag. Ich bin hier, um meinen Vater zu besuchen.«

Jeder andere hätte gleich mit einem Vorwurf reagiert, hätte so etwas wie »Das wurde aber auch Zeit« gesagt, aber mein Vater gehörte in solchen Momenten zu jenen seltenen Menschen, die auch ohne Bildung feinfühlig waren, mit einem angeborenen Taktgefühl, das manch einem einfach nicht gegeben ist, aber er hatte dieses Einfühlungsvermögen und vermied es, anderen ein Schuldgefühl zu vermitteln. Vielmehr hatte er die Angewohnheit, Dinge, die man nicht ändern konnte, mit einer abwinkenden Hand loszulassen, und sagte oft, dass ein Leben ohne kleinkrämerisches Aufrechnen viel schöner sei. Zeiten, die ohne Begegnungen vorbeigegangen waren, ob mit Freunden oder seinen Nächsten, überbrückte er mit einer Anekdote oder einer Geschichte, gab den Betroffenen damit zu verstehen, dass die Zeitkluft sie nicht trennen konnte und dass man nur an der Stelle weitermachen musste, an der man sich voneinander verabschiedet hatte. Jetzt sah er mich mit seinen hinter den Brillengläsern größer wirkenden Augen an, die in diesem Moment merkwürdig überirdisch auf mich wirkten. Mit brüchiger Stimme sagte er: »Na, wie sehe ich aus?« Ein Stein fiel mir zusammen mit meinen vorherigen Zweifeln vom Herzen. Er erwartete keine Antwort von mir, sondern nahm das zum Anlass, mir zu erzählen, was von ihm noch übrig geblieben war, und sagte, »dieser Teil von mir ist besser als das, was du nicht mehr sehen kannst«. Dann fing er an, über sich selbst zu spotten. Der Humor war schon immer eine seiner stärksten Waffen gewesen, das, was die Menschen alle an ihm liebten. Er sagte, an ihm gehöre ihm überhaupt nichts mehr, seine Aufzählung begann mit den vom Sozialamt gespendeten Brillengläsern, mit denen man sich in der Sonne eine Zigarette anzünden könne, dann ging er zu den Zähnen und dem Hemd über. »Aber ich bin das gewöhnt, ich habe mein Leben lang fremde Sachen getragen, weil ich nie etwas Eigenes haben wollte, ausgenommen mich selbst, das Schlimmste also, was ein Mensch haben kann.«

Er sah traurig aus, war gelb im Gesicht, nicht wie jemand, der Tuberkulose hat, sondern wie einer, der aus seinem Sarg gestiegen war, um sich nach dem Gespräch wieder ins Leichentuch wickeln zu lassen. Ich hatte noch nie einen Menschen gesehen, der im Alter so erheblich viel kleiner geworden war als zuvor. Aber welches Bild von meinem Vater, das ich seit der Kindheit in mir getragen hatte, war überhaupt real? Aus dem winzigen, schmal gewordenen Kopf ragten hinter den Brillengläsern zwei unverhältnismäßig große Augen. »Was könnte ich jetzt nur mit diesen riesigen Kuhaugen sehen, was ich mit meinen eigenen vorher nicht gesehen habe?«, sagte er.

Mein Vater glaubte nicht daran, dass er sich in diesem Sanatorium aufhielt, um wieder gesund zu werden, der Sinn, sagte er, liege darin, »sich ins Sterben ohne Selbstmitleid einzuüben«. Dann hörte er auf, darüber zu reden, legte seine Hand auf mein Knie, betrachtete mich und sagte: »Du weißt, dass das hier unser Abschied ist.«

Dieser Einwurf war ein typisch für meinen Vater, er machte immer so etwas, damit unterbrach er das, was von allen mit Anteilnahme verfolgt wurde, er schien ein intuitives erzählerisches Gespür zu haben, wusste, dass es ohne Abschweifungen letztlich langweilig werden konnte, und manchmal kommt mir der Gedanke, dass ich genau das von ihm gelernt habe. Dann machte er nach dem Einwurf und dem damit thematisierten Abschied einfach mit dem Jungen weiter, der die ganze Zeit über mit uns am Tisch sitzen geblieben war. Er nannte ihn »mein Augenlicht«, weil er ihm Bücher vorlas. Das verbinde sie jetzt miteinander, sagte er. »Der Engel fürchtet jetzt um seinen Zuhörer, hat Angst, dass er ihm unter der Hand wegsterben könnte, und ich fürchte mich davor, dass mein Vorleser wieder gesund wird und man ihn nach Hause schickt.« Seitdem das Lesen sie zueinander geführt hatte, waren sie ein Herz und eine Seele. »Wir sind so sehr verbunden, dass er mir sogar schweigend vorlesen könnte – ich verstünde jedes seiner Worte«, sagte er.

Der Junge hielt noch immer seinen Finger auf der Seite, auf der er mit dem Lesen aufgehört hatte, er wollte weitermachen. Da ich schon der Störenfried war, blieb ich es auch und klappte sein Buch zu, um den Titel sehen zu können, und sagte zu ihm, man merke sich so etwas nicht mit dem Finger, sondern mit dem Auge, er müsse visuell denken, sich ganz schnell, durch die Wimpern hindurch, die Seitenzahl, den Abschnitt, die Zeile usw. merken, müsse so am geheimnisvollen Punkt dranbleiben, zu dem man lesend vorgedrungen war, denn so würde er von selbst beim Öffnen des Buches wieder sichtbar für ihn werden. »Denn so wie du das Lesen ersehnst, so wollen auch die Bücher von dir gelesen werden«, sagte ich. Der Junge lachte und sagte liebevoll und mit zärtlicher Engelsstimme: »Wir haben schon 97 Bücher zusammen gelesen, manche sogar zweimal.« Das Buch, das sie jetzt vor sich hatten, trug den Titel *Balkan-Memoiren* von Martin Đurđević, es war 1910 erschienen und in einer altertümlichen Sprache geschrieben. »Wir lesen es Gramm für Gramm«, sagte der Junge. Sie wollten sich nicht von dem Buch trennen. »Es ist ein gutes Buch«, sagte mein Vater, »wie ein schönes Mädchen.« Ich wusste nichts über dieses Buch, erfuhr aber in diesem Gespräch ein wenig darüber. Mein

Vater und der Junge wechselten sich ab, erzählten mir die Geschichte, die Herzegowina diente offenbar immer als blutiger Schauplatz, an dem sich Menschen gegenseitig abschlachteten und wo man politische Uneinigkeiten austrug, indem man sich gegenseitig in Stücke schnitt, sodass man irgendwann die körperlichen Überreste in Leintücher sammelte und so zu Grabe trug. Der Junge las auch mir einen Abschnitt aus diesem Buch vor, er konnte es kaum erwarten, von mir dazu ermuntert zu werden, denn er wollte mir zeigen, dass er gut lesen konnte, und er las sehr selbstbewusst, mit klangvoller Stimme, ohne irgendein Zögern. Der Passus aus diesen Memoiren, den er mir vorlas, handelte von den Plünderungen auf dem Hof des Mufti Karabeg. Es passte zu dem, was mein Vater immer erzählt hatte, bestätigte seine Vorstellung vom Menschen, der mit Genuss das Böse sucht, weil er es ohne Mühe haben kann, Edelmut hingegen macht einem immer Arbeit. »Wenn der Mensch das Böse vergisst, dann kommt es von alleine und macht sich wieder bemerkbar«, sagte mein Vater oft.

Da dieses Buch nicht nur eine Beichte, sondern vor allem auch eine Familienchronik ist, habe ich mir einen Satz von ihm geborgt. »Lesen lässt sich alles, auch die Baumrinde, auch eine Hand, in der die Worte eines Gebets niedergeschrieben sind.« Das Gespräch mit meinem Vater im Krankenhaus war wertvoll für mich; ich konnte es für diesen Zweck zu Protokoll nehmen. Ich kann nicht behaupten, dass ich viel über meine Wurzeln gewusst habe, aber konnte mich vielleicht gerade deshalb immerhin noch wundern. Vater erzählte an jenem Sonntag, dass sein Großvater Anto nach einem ereignisreichen Leben voller Abenteuer plötzlich nach L. zurückgekehrt. Er hatte dem Herzog Don Ivan Musić treu gedient, der sich nun den neuen Machthabern unter keinen Umständen unterordnen wollte, er lehnte jede Ehrung des Bistums ab, wollte auch keine Stellung mehr einnehmen, die ihm vom Baron und Feldmarschallleutnant Jovanović angeboten wurde. Allerdings war dies auch an die Bedingung geknüpft, dass er bei der Katholischen Kirche um Vergebung bitten und sich von seinen Verbrechen als »Ustaša-Herzog« freikaufen musste. Don Musić erbat sich eine Woche Bedenkzeit, er wollte nach Stoc gehen, um sich dort zu sammeln, bewachen sollte ihn mein Urgroßvater Anto. Aber Don Musić überrumpelte seinen Wächter. In Stoc hatte er eine Geliebte, die seine ganzen geplünderten Schätze bewachte. »Mit ihr, dem Gold und dem Blut an seinen Händen ist er abgehauen – nach Serbien.« Anto verhaftete man in Stoc und brachte ihn zum Baron, der ihm seine Freiheit in Aussicht stellte, ihm noch zusätzlich zehntausend Forint geben wollte, wenn er nach L. zurückkehrte und den orthodoxen Glauben annähme. Er sollte eine Herberge und eine Gastwirtschaft aufmachen, und wenn eines Tags Don Musić dort auftauchte, sollte Anto diesen Schergen schnappen und würde dann der Vertreter des Bezirkswesirs werden. Anto ging darauf ein und war nie wieder nüchtern; wie er seine Spionagearbeit überhaupt erfüllen wollte, das wusste kein Mensch.

Wir saßen zwei, drei Stunden an diesem Tisch und mein Vater stellte mir nicht eine einzige praktische Frage, wollte nicht wissen, wovon ich lebte, wie es mir an der Fakultät und im alltäglichen Kampf »ums nackte Überleben« ging und ob ich vom Schreiben eigentlich meine Miete bezahlen konnte. Meine Eltern unterstützten mich nicht, ich war ihnen also nichts schuldig und hatte keine Lust, mir ihre Ratschläge und Predigten anzuhören. Ich hatte auch kein Stipendium vom Staat und konnte meinem Vater ruhig ins Gesicht sagen, dass ich an einer städtischen Beamtenlaufbahn nicht im Mindesten interessiert war. »Und gesellschaftliches Ansehen in einer solchen Welt kann ich nur erreichen, wenn ich diese Welt gegen mich aufbringe«, sagte ich. Die einzig wirkliche Schule, die mir am Herzen lag, war die Schule des Lesens, vor allem das Lesen jener Schriftsteller, von denen ich etwas über mein Handwerk lernen konnte. Mein Vater wurde plötzlich lebendig, schlug mit den Fingern auf die

Tischkante und sagte übermütig, dass er, wenn wir jetzt in einem Wirtshaus säßen, sofort ein Getränk bestellen würde. »Aber das hier, das ist nur ein Leichenschauhaus, hier bestellt man überhaupt nichts!« Er lachte aus vollem Halse über die Söhne der Kaffeehausbesitzer, die sich brav zu Ärzten und Juristen mauserten, höhnisch nannte er sie Dörfler in spießbürgerlichen Maßanzügen und streberhafte Musterschüler. Er lobte die Eigensinnigen, jene, die ihre Eltern enttäuschen und ihren eigenen Weg gehen und das Gegenteil von dem tun, was man von ihnen erwartet. Je länger ich ihm zuhörte, desto klarer wurde mir, dass ich ihn überhaupt nicht kannte, alles, was er sagte, war eine Entdeckung für mich, jede Wendung in unserem Gespräch überraschte mich, ich liebte ihn und beneidete den Jungen um jede Sekunde, die er mit ihm verbringen durfte. Es tat mir leid, dass ich ihn nicht öfter besucht hatte. Und als mein Vater jene Schulen als die besten der Welt lobte, in denen man kein Diplom ausgeschrieben bekomme, konnte ich nicht anders als ihn zu umarmen; unsere bisherigen Umarmungen hatte man an einer Hand abzählen können. Ich habe mir oft gewünscht, dass mein Vater mich umarmte und streichelte, doch darauf gründete unsere Vertrautheit nicht, sie setzte sich aus etwas ganz anderem zusammen, vielleicht aus etwas, das man unsichtbare Berührungen nennen könnte. Wenn wir guter Dinge waren, stimmte alles zwischen uns, »das Fluidum floss wie Honig«, das Gefühl war stark und das genügte uns. Ich nehme an, dass uns eine Umarmung gerade deshalb manchmal überflüssig erschien.

Mein Vater und der Junge erzählten mir stolz von ihren gemeinsamen Spaziergängen auf den ordentlichen Waldpfaden, die sie bis zur Quelle und zurück zum Sanatorium gemeinsam machten. In dieser Zeit redeten sie wenig miteinander, es überwog das Schweigen zwischen ihnen. Sie wollten mir eine Freude machen und schlugen vor, dass wir uns zu dritt auf den Weg machten, um vor dem Mittagessen ihren Korridor zu begehen, so nannten sie ihre festgelegte Route, die sie nie änderten. Als der Junge die Tasche mit dem Essen auf ihr gemeinsames Zimmer im zweiten Stock gebracht hatte, kam er außer Atem, wie ein Reiseleiter, zu uns zurück und führte uns gleich auf den Hauptpfad. Es war ein breiter Schotterpfad, der sachte anstieg, schmalere, ordentlichere kleine Wege gingen in die Hauptstraße über, die von Unkraut überwuchert war, zwei große Furchen waren zu sehen, die von einem Karren stammten, offenbar benutzte man ihn, um darin gefälltes Holz oder Blätter und Zweige für die Tiere zu transportieren. Unter unseren Füßen knirschten die Kieselsteine, der Weg war von Löchern durchsetzt, die sich manchmal mit Kiefernnadeln gefüllt hatten. Nur einige Tage vorher war die ganze Gegend von Unwettern heimgesucht worden. Bald waren wir an der Quelle. Das Wasser war klar, es schoss unter einer wild wachsenden Haselstaude hervor. Wir griffen mit vollen Händen nach dem Wasser und löschten unseren Durst, »tranken uns satt«, wie es mein Vater ausdrückte. Er liebte solche Wortspiele, mit denen er sich die Zeit am liebsten vertrieb. Die Suche nach mehreren Bedeutungen, die in einer Formulierung steckte, machte ihn zu einem akribischen Forscher, der uns jetzt aufforderte, »an der Quelle satt zu werden«. Als wir die Anhöhe bestiegen, variierte er seinen Satz, versuchte herauszufinden, wen oder was man noch an die Quelle führen und wer oder was einen dort satt machen könnte. Mir gab er den Rat, meine Augen als Quelle zu benutzen und mir etwas öfter schöne Frauen anzusehen. Es gefiel mir, was er sagte, und ich ging ganz auf ihn ein, zitierte sogar Ivo Andrić, der einmal geschrieben hatte, dass die höfischen Sängerinnen nach Como fuhren, um sich dort an den Farben satt zu sehen, die es sonst nirgendwo auf der Welt gab.

Er war schon außer Atem, als wir nach einer Weile zu einem Stein kamen, an dem er sich anlehnte. Es war sein Lieblingsstein, ein Grenzstein, der wie ein Grabstein aussah, wie geschaffen für eine Rast. Er hatte viele Namen für diesen Stein, zu dem er jeden Tag ging, jedes

Mal langsamer, weil es immer anstrengender für ihn wurde. »Jetzt atmen wir hier mal ein bisschen aus«, sagte er und setzte sich hin.

Der Junge lächelte. Aber ich wollte Vaters Spiel nicht mitspielen, wollte nicht so tun, als hätte er nicht das Wort *aus* statt des Wortes *durch* gesagt. Ich kannte seine verbalen Manöver zu gut und stimmte ihm zu. »Gut, dann atmen wir mal aus.«

Als wir saßen, knabberte ich an den schmalen Gräsern, irgendwo im Wald hallte das Geräusch einer einschlagenden Axt nach, jemand fällte in diesem Moment mit Sicherheit einen Baum. »Ich mache keine Witze, ich würde gerne genau hier meinen letzten Seufzer tun, ausatmen, an diesem Ort«, sagte er. »Der Tod ist keine Sense, wie man das so gemeinhin denkt, er zerschneidet nicht alles, was ihm vor die Klinge kommt, wie das etwa ein Bauer machen würde. Vielmehr schiebt er genau das auf, er schnuppert ein bisschen an dir und wartet dann auf dich, schenkt dir Zeit, damit du dich bereit machst, dir einen Ort suchst, an dem du dich ihm ergeben wirst. Zwischen dem Tod und dem Sterbenden ist alles besprochen, der Tag und die Stunde, der letzte Augenblick, die Sekunde, in der die Kerze zu Ende brennt. Ich kannte einen Kranken hier im Sanatorium, der drei Monate lang nach dem Tod gerufen hat, er beleidigte ihn, nannte ihn eine Nutte, komm endlich her, du blöde Nutte, sagte er. Der Arme hat gelitten und gelitten. Und irgendwann bin ich zu ihm gegangen und habe gesagt: ›So kommt er nicht zu dir, der Tod kommt nicht, nur weil du es ihm befiehlst, du musst einen Platz finden, miete dir einen schönen Raum und empfange ihn wie ein vornehmer Herr.‹ Er hat auf mich gehört, hat sich schön angezogen, hat seine Söhne und seine Familie eingeladen und ein Fest veranstaltet. Er ist singend gestorben.«

Wir sprachen über alles, meine Bücher ließen wir aber aus, als hätten wir ein Abkommen getroffen, sie nie zu erwähnen. Es war wie ein Tabu, das sich von allein zwischen uns gestellt hatte. Über das Schreiben an sich sprachen wir aber durchaus und auch über die Schwierigkeiten, die sich dabei ergaben, aber meine eigenen Bücher, Texte, Kritiken wurden nie ein Thema und ich habe nie herausgefunden, warum das so war. Er gab mir sogar ein paar gute Ratschläge, wie ich Konflikte vermeiden konnte. Das Überraschende war, dass er die Literatur eben nicht als Konflikt, sondern einfach als Kunst sah. Wenn so etwas aus dem Mund eines einfachen und ungebildeten Menschen kommt, dann erscheint es mir immer viel präziser als das, was man von Gelehrten oder geschulten Ästheten zu hören bekommt.

Das war mein für mich historisch gewordener Spaziergang mit meinem Vater. Auf dem Rückweg erzählte der Junge übermütig, dass sie die Spaziergänge am liebsten im Frühjahr machten, wenn noch kleine Schneehäubchen zu sehen waren, aus denen die Schneeglöckchen langsam in die Höhe schossen. Nach der Schmelze kamen dann schon bald die schönen Tage und die beiden gingen gemeinsam Veilchen sammeln, die sie in der Frauenabteilung in Gläser stellten. Sie waren in dieser Abteilung beliebt, davon konnte ich mich selbst während des Essens überzeugen. Viele Kranke kamen an unseren Tisch, begrüßten uns und freuten sich für mich und meinen Vater, dass wir uns endlich wiedersahen, und sagten »lasst es euch gut gehen«. Jede von ihnen streichelte den Jungen und sagte etwas Liebes und Zärtliches zu ihm.

65

Mein Vater kam mir zunehmend wie jemand vor, der nicht von dieser Welt ist. Er kümmerte sich auch wenig um hiesige Dinge. Aber nach einem längeren Schweigen überraschte er mich mit einem unerwarteten Satz und löste eine für unsere Familie typische Wehmut in mir aus: »Weißt du eigentlich, dass wir kein gemeinsames Foto haben?«

Wir saßen auf der Terrasse an unserem Tisch, im kühlen Schutz des Baumes. Das Gebäude des Sanatoriums warf einen großen Schatten auf die Terrasse, nahm schon einen ansehnlichen Teil des Weges in Beschlag, das gefiel den meisten hier, denn es herrschte nicht nur unter den einfachen Leuten, sondern auch unter dem Personal die Überzeugung, dass die Kühle den Tuberkulose-Kranken besser bekam als die Sonne. Die Sonne ging langsam, aber sicher unter, bald würde der Schatten schon den Terrassenrand erreichen und damit dem Busfahrer das Zeichen für seine Sirene und den Aufbruch geben. In einer Stunde ging es los, ich würde Abschied nehmen müssen, während die anderen einfach nur nach Hause fuhren. Morgen würde ich mit dem Flugzeug nach Zagreb fliegen, mein Weg mich noch einmal über diesen Landstrich führen. Ich konnte auf alles noch einmal einen Blick von oben werfen, dieses ganze traurige Stückchen Land in Augenschein nehmen, nur würde es dann so klein wie eine Machete und so groß wie ein Spielzeug sein. Mein Vater würde hierbleiben, auf der

Terrasse oder im Speisesaal, für mein Auge unsichtbar, unsere Trennung, sie würde endgültig sein. Ich betrachtete ihn, wie er am Tisch saß, und dachte jetzt schon an diese Trennung, an den Abschied, der uns noch bevorstand.

Der Junge kam aus dem Gebäude, er trug eine kleine Kiste, die er wie etwas Kostbares fest an die Brust presste. Er überreichte sie meinem Vater und setzte sich zu uns an den Tisch. Es war eine Kiste aus stabilem Karton, an den Rändern wurde sie von dicken Ledernähten zusammengehalten, hatte einen Plastikgriff und zwei gelbe Metallschlösser. Es war eine schöne Kiste, sicher war sie ursprünglich als Schminkköfferchen oder Ähnliches gedacht. Nur an ein paar Stellen hatte es gelitten. »Das ist mein Tresor, in dem ich nichts Wertvolles mehr habe«, sagte mein Vater. Das Schlüsselchen hatte er an einer Kordel angebracht und sie an einer Gürtelschlaufe festgebunden. Die Schlösser gingen leicht auf, man hätte es mit jedem beliebigen Gegenstand, etwa mit einfachem Draht geschafft, sie zu öffnen. Vater genoss es sichtlich, sein Ritual zu vollziehen, das verlieh ihm eine Bedeutung. »Sollen sie ruhig alle denken, dass es sich um einen riesigen Schatz oder um Orden aus purem Gold handelt, die man mir für heldenhafte Taten in einem Leben verliehen hat, vor dem jeder andere in die Knie gehen würde«, sagte er mit ironischem Unterton.

In seiner Kiste befanden sich vor allem Fotografien, aber auch anderer Kleinkram, eine Schere zum Beispiel, mit der er interessante Zeitungsartikel ausschnitt, ein Taschenmesser, Bleistifte und Kugelschreiber, ein Radiergummi, ein Zirkel und andere Sachen, die sonst eher in einem Schulmäppchen zu finden sind. Es waren auch ein paar seiner Dokumente darunter, alte, längst abgelaufene Personalausweise, die Handelserlaubnis für den Laden, ärztliche Atteste und seine zerfetzte Krankenakte aus seiner Soldatenzeit, die er mir zum Lesen gab. »Hier kannst du sehen, wie es einem Soldaten geht, der an epileptischen Anfällen leidet«, sagte er, unter Migräne habe er nie gelitten und eigentlich auch nie epileptische Symptome erlebt. »Du bist Thomas Manns Felix Krull, der Schwindler«, sagte ich. Mein Vater lachte und sagte, es habe Zeiten gegeben, in denen man sich auf charmante Weise dem Armeedienst entziehen konnte, auch wenn dann das Familienhaus eines solchen Charmeurs markiert war wie in Zeiten der Pest. Ans Heiraten brauchte man nicht zu denken, wenn man nicht gesund genug war, um in den Krieg zu ziehen. Und für die Leute in unserer Gegend war Krankheit beschämend, »die Armen«, sagte mein Vater, »sie wussten ja nicht, dass Tuberkulose keineswegs eine Krankheit, sondern der erste Pakt mit dem Tod ist«. Mein Vater hat wahrscheinlich nie Kafka gelesen, aber seine Gedanken konnte er trotzdem auf diese Weise aussprechen.

Unter all diesen Papieren entdeckte ich auch ein Foto von mir, das in der Tageszeitung *Politika* in der Rubrik »Buchkritiken« unter dem Titel »Der erste Roman eines jungen Autors in der *Progres*-Ausgabe von Novi Sad« publiziert wurde. Aber für ihn hatten vor allem die Fotografien eine große Bedeutung, es waren viele neue und massenweise uralte darunter. Die Familienfotografien sah er sich häufig an, er konnte Stunden damit zubringen, sie zu betrachten und sich an Geschichten zu erinnern, die zu den vertrauten Gesichtern passten. Manchmal wusste er nicht mehr, um wen es sich bei den Porträtierten jeweils handelte, es waren auch Freunde darunter, die schon längst verstorben waren; und auf den Fotos von Begräbnissen, Hochzeiten und anderen Festen waren Menschen zu sehen, die ihm jetzt als vollkommen Unbekannte erschienen. Ich sah mir gerne fremde Familienalben an, nur meine eigenen Fotos deprimierten mich, ich vernichtete sie häufig, deshalb besitze ich heute nur eine Handvoll Fotografien.

In Vaters kleiner Kiste fand ich doch noch ein paar Fotos, auf denen wir zusammen zu sehen waren. Er hatte auf jedem Bild meinen Kopf eingekreist, ich sah immer unruhig aus, frech oder ordinär, streckte die Zunge raus oder machte eine komische Geste. Mein erster Impuls war, die Fotos alle zu vernichten, aber dann besann ich mich, die Fotos waren Vaters Hinterlassenschaft und ich wollte sie deshalb nicht zerstören. Von meinen Schulexkursionen hatte ich nicht ein einziges Foto, weil ich immer in Deckung ging, sobald ein Fotoapparat ausgepackt wurde. Einmal habe ich mich sogar versteckt, ich beobachtete heimlich den Fotografen, der die Schüler wie Puppen hin und her schob. Ich war froh und stolz, ihm und seinen Anordnungen entkommen zu sein, mich würde er nicht derart unter seine Fittiche nehmen und sich meine Lebensmomente zu eigen machen, er würde nicht der Herr über meine Erinnerungen werden und ich nicht eine kleine Spielfigur unter der großen Regie eines für mich wildfremden Menschen. Viele Jahre später habe ich einem Freund, der heute ein angesehener Schriftsteller ist, meine Gründe für die Abneigung dargelegt, ihm anvertraut, warum ich es nicht mochte, wenn man mich fotografierte. Er hatte nichts Besseres zu tun, als mich mit seinem psychoanalytischen Blick zu malträtieren. Wir saßen auf der Terrasse des Hotels *Slavija*, hier trank er am Abend meistens etwas, er hörte mir ohne Zwischenfragen zu, sagte dann, es handele sich um eine typisch regressive Flucht in den Mutterleib, und schloss mit der Deutung, dass ich auf diese Weise unbewusst meine Vergangenheit auslöschen wolle. Die Psychoanalyse tötet aber alles, was ein bisschen nach Gesundheit aussieht, ging es mir damals durch den Kopf. Sollte ich je meine Memoiren schreiben, dann wird in ihnen dieser sehr geschätzte Psychoanalytiker mit Vor- und Nachnamen verewigt werden!

Als ich dreizehn Jahre alt war, ging mein Vater mit mir in das *Foto-Studio* in Dubrovnik. Auf dem Weg zu diesem fein ausgestatteten Laden, in dem man die glücklichen Gesichter frisch Vermählter in einer Vitrine ausstellte, sagte mein Vater, es sei unsere Pflicht, dem natürlichen Familiengesetz zu folgen und das Oberhaupt mit seinem

Nachfolger auf einem Foto festzuhalten. Als wir das Studio betraten, sagte der Fotograf: »Das ist also der Nachfolger.« Vater zog gleich seinen Mantel aus, und der Mann zog ihm ein Hemd mit wuchtigen Epauletten an, das er ihm bis zum Hals zuknöpfte. Dann platzierte er ihn auf einem prachtvollen Sessel, der eines Königs würdig gewesen wäre. Der Stoffüberzug war schon abgenutzt, mit einer Armlehne und einer geschnitzten Rückenstütze, die in die Form einer Krone mündete. Vater saß da wie ein falscher König, auf einem falschen Thron; die Krone über ihm war riesig, die Holzschnitzerei sah aus wie geklöppelte Spitzenarbeit. Vater stützte die Ellbogen auf der Lehne ab. Es belustigte mich, ihn so zu sehen, er wirkte auf mich wie ein Kammerdiener, machte also alles andere als den Eindruck eines Generals oder was auch immer der Fotograf aus ihm in dieser Uniform machen wollte. Mich steckte er in eine Matrosenhemd-Montur, die ich nie selbst angezogen oder mir annähernd zum Anziehen gewünscht hätte. Dann rieb er sich die Hände mit einem Duftöl ein und glättete meine Haare, kämmte mich und positionierte mich neben dem Sessel, um schließlich meine Hand auf Vaters Schulter zu legen. Die Epauletten musste man natürlich noch sehen. Er ging zum Fotoapparat, starrte auf uns und schrie dann: »Das ist es. Der Augenblick der Ewigkeit. Das historische Foto vom Vater und seinem Nachfolger.« Er steckte den Kopf unter eine schwarze Plane und bückte sich hinter dem Apparat, der auf einem dreifüßigen Stativ stand. Seine Hand huschte unter dem schwarzen Stoff hervor, er schnippte mit den Fingern und wies uns darauf hin, dass wir auf seine Hand sehen mussten, und das war für mich das Zeichen und der Augenblick, so schnell wie möglich den Laden zu verlassen und durch die offenstehende Tür auf den Stradun hinauszurennen. Im Laufen zog ich mir das Matrosenhemd aus, blieb hängen und flog hin, deshalb konnten sie mich wieder schnappen und zum Sessel zurückschleifen. Und als sie das Gefühl hatten, mich gezähmt zu haben, und endlich das Foto gemacht werden konnte, rannte ich einfach wieder weg. Der Fotograf hob fuchtelnd die Arme in die Höhe und sagte: »Dieser wilde Schreihals scheut den Blitz wie der Teufel das Weihwasser!«

Jetzt erinnerte ich Vater an dieses unliebsame Ereignis, über das er nie wieder hatte sprechen wollen, und auch dieses Mal, nach all der vergangenen Zeit, hielt er sich ans Schweigen. Aus der Kiste nahm ich ein Bündel mit Fotografien in die Hand, sah sie durch, sah jede einzelne lange an, fragte Vater, wer oder was da zu sehen war. Die meisten Abgebildeten waren mir unbekannt, sogar meinen Großvater erkannte ich nicht. »Das ist mein Vater in einem Schaffellmantel, mit einem Tabakbeutel aus Ochsensackleder, da bewahrte er seine Groschen auf, seinen Zünder, Karten und fein geschnittenen Tabak aus Trebinje«, sagte Vater. Viele Fotografien kannte ich aber auch von früher, sie flogen in den Schubladen unseres Hauses herum, die Vater teilweise verschlossen hielt. Deshalb sah ich einiges auch zum ersten Mal, darunter war eine Fotografie von meiner armen Tante Vesela. Er hatte sie für den Fall aufbewahrt, dass jemand einmal die hässlichsten Menschen aller Zeiten in einer Ausstellung zeigen oder ein »Album menschlicher Abartigkeit« zusammenstellen würde. Ich behielt ein Foto, das mich bewegte und das ich zugleich bizarr fand. Auf ihm waren drei Freunde zu sehen, mein Vater, Ljubo Maras und ein Mann aus Imotski namens Basić. Sie stehen wie drei leblose Körper aufgereiht zwischen zwei Palmen und im Hintergrund sieht man ein Dampfschiff. Alle drei haben die Arme über der Brust gekreuzt und die Augen geschlossen; sie sehen aus, als habe man sie tot vom Schiff geborgen und als warteten sie nun auf Särge, damit man sie bald begraben konnte. Vater beobachtete mich, er schien angespannt zu sein, aber sein Blick war wach und freudig und seine Lippen zuckten immerfort, denn er wartete darauf, dass ich den Vermerk auf dem Rücken des Fotos kommentierte – *Tote Betrunkene, Gruž, Juni 1937.* Ich lachte und Vater sagte: »Jetzt weißt du, wann ich gestorben bin.«

Er zeigte mir an diesem Tag auch ein kleines Notizbuch, war etwas geheimniskrämerisch dabei, als hätte es etwas Besonderes damit auf sich und als vertraue er mir eine Reihe unglücklicher und tragischer Familienvorkommnisse an. Aber in Wirklichkeit handelte es sich um einfache Notizen, er hatte Mutters Besuche festgehalten und sie jeweils mit einem Datum versehen, hatte Titel von Büchern notiert, die der Junge ihm vorgelesen hatte, ein paar rätselhafte Namen standen darin, Ziffern, Medikamente, die man ihm verordnet hatte. Alles in allem war das Notizheft eher unbedeutend, verdiente nicht die Beachtung, die er ihm gab. Lässig blätterte ich darin und stieß auf einen Satz meines Vater, den er in Schönschrift niedergeschrieben hatte, und dieser lautete: »Mach die Kerze nicht an, es ist spät.« Ich wollte ihn nicht fragen, ob das Notizbuch eine besondere Bedeutung hatte und ob sich in dem Satz, den ich entdeckt hatte, etwas versteckte, von dem ich nichts wusste und das meiner Entdeckung harrte, aber nur von Eingeweihten dechiffriert werden konnte. Ich kannte ihn. Wenn ich Vater gefragt hätte, wäre mir nur sein Abwinken als Antwort zuteilgeworden, und ich hätte mir anhören müssen, dass diese Notizen wie sein ganzes Leben vollkommen banaler Natur waren, dieses Heft aber alles sei, was von ihm übrig bleiben würde, und somit auch alles war, was er zu vererben hatte. Still legte ich das Notizheft wieder in die Kiste zurück, er verstand sofort, dass ich ihn mit meinem Schweigen unterwandert hatte, und wir sprachen eine Weile nicht, dann bat er schließlich den Jungen, mir etwas vorzulesen. Es war offenbar eine wichtige Botschaft, etwas, das er auf kariertem, aus einem Schulheft herausgerissenen Papier niedergeschrieben hatte. Der Junge ließ mich wissen, dass alles »bei vollem Verstand und Bewusstsein« geschrieben worden war. Vaters charakteristische, etwas ausgeschmückte Unterschrift besiegelte den Willen des Verfassers. Auf einem separaten Stück Papier musste ich bezeugen, dass mir das Testament persönlich übergeben worden war, vor einem Zeugen, im Sanatorium. Ich musste mich verpflichten, die anderen Familienmitglieder, namentlich Mutter und meinen jüngeren Bruder, davon in Kenntnis zu setzen und das Ganze bei Gericht beglaubigen zu lassen. Der Wortlaut seines Letzten Willens war: »Bestattung – egal wo, egal zu welcher Zeit, geheim oder öffentlich, jedes Symbol ist erlaubt, nur nicht der fünfzackige Stern. Der Sarg kann aus Holz, Karton, Metall oder aus Angelruten sein, von mir aus auch nur überdacht, schwarz oder weiß. Kleidung – kann ruhig die Krankenhauskleidung oder auch Abgetragenes sein. Zeremonie – ohne Zeremonie. Klägern und Priestern ist der Zutritt zum Friedhof verboten. Geld, Landbesitz, fruchtbares Land, Häuser, Haine, Weideland, Gelände, persönliche Gegenstände, Schmuck – gleich null! Der jüngere Sohn hat die Pflicht, sich um seine Mutter zu kümmern, der ältere ist ein freier Mann. Der Tod hat eine Lieblingsspeise – mein Fleisch, mit Würmern gefüllt.«

Das Vorlesen war schnell erledigt, wir waren in guter Stimmung, als habe es sich um eine unterhaltsame Lektüre gehandelt. Vaters Gesicht strahlte vor Freude; schon als junger Mann liebte er es, über den Tod zu reden, immer wenn die Rede auf dieses Thema kam, wurde er wach und lebendig, und von ihm habe ich diesen leichten Blick auf den Tod und die Obsession geerbt, in ihm etwas Heiteres zu suchen. Und deshalb dachte ich humorvoll seinen Letzten Willen weiter, schlug vor, das Testament um einen Passus zu erweitern, für den Fall, dass sich Söhne und Ehefrau entschließen sollten, ihm ein Grabmal zu setzen. Der Name des Verstorbenen durfte darauf genauso wenig wie Geburts- und Sterbedatum vorkommen. Mit in Gold gemeißelten Buchstaben sollte darauf nur zu lesen sein: *Mach die Kerze nicht an, es ist spät*. Und am Ende: *Das Grabmal ließen dankbar seine Söhne und seine Ehefrau errichten.* Er nahm meine Idee freudig auf und bat den Jungen, diese Ergänzung anzufügen, aber ohne das Wort *dankbar* zu benutzen. Diese Friedhofssprache sei bombastisch in ihrer Verlogenheit, typisch für die Geistlosigkeit, in der echtes Mitgefühl fehle.

Die ausgelassene Stimmung an unserem Tisch hatte in der Zwischenzeit den Fotografen angelockt, er ging mehrmals um uns herum und wartete darauf, dass wir ihn zu uns riefen. Da wir keinerlei Anstalten dazu machten, sprang er irgendwann von allein zu uns und nahm seine dunkle Sonnenbrille von der Nase, hob den Fotoapparat in Augenhöhe und betrachtete uns kurz durch sein Objektiv. Unser Fotograf Mijo strahlte verführerisch und war ein Süßholzraspler. »Da machen wir doch mal ein Foto fürs Erinnerungsalbum«, sagte er und rannte um unseren Tisch herum, auf der Suche nach dem besten Licht. »Diesen Augenblick müssen wir doch verewigen, denn, meine Lieben, in fünf Minuten ist alles schon wieder vorbei. Wir alle leben von Erinnerungen. Mein verstorbener Vater hat immer gesagt: Erinnerungen und schmerzfreies Pinkeln, das ist alles, was man am Ende eines Lebens erwarten kann. Und was sagt unser Anwärter auf den Tod hier?«, sagte er und beugte sich ein wenig in Richtung meines Vaters.

»*Lentraj se* – Na, lass es endlich blitzen, drück ab!«, sagte mein Vater fröhlich und hob die Arme in die Höhe.

Diese Geste kannte ich gut von ihm, sie erinnerte mich an die Zeit, wenn er in den Wirtshäusern einen Arm oder beide Arme in die Höhe hob, um eine neue Runde Getränke zu bestellen. Der Fotograf erledigte seine Arbeit schnell, sprang zwischen und um uns herum, drückte zwei, drei Mal auf den Auslöser, nahm einen Block in die Hand, schrieb uns eine Quittung aus und sagte, »bezahlen könnt ihr, wenn die Ware da ist«, tippte sich zum Abschied schnell mit dem Finger auf die Stirn und machte sich davon. Den Ausdruck *lentraj se* hatte ich seit vielen Jahren nicht mehr gehört, ich lächelte, sagte zu meinem Vater, das sei ein Lehnwort aus dem Romanischen, das so archaisch klinge, dass es kaum noch gebraucht werde.

»Warum hast du es benutzt?«

»Weiß ich auch nicht. Es kam einfach so.«

Ich hatte mir nicht vorstellen können, mit meinem Vater über eine solche Wendung zu reden, ich selbst wusste nicht wirklich viel darüber und er noch weniger als ich. Als ich ihm erzählte, dass die Grundlagen unserer Sprache im Vorslawischen wurzeln, folgerte er logisch, dass ein solches Vermächtnis ja dann zwangsläufig sei. Ich hatte mir nicht einmal vorstellen können, dass mein Vater ein Bewusstsein davon hatte, was Sprache ist, muss aber gestehen, dass ich geradezu paralysiert war, als er sagte: »Sprache verändert sich wie alles andere auch, sie wird zeitgleich reicher und ärmer. Die eine Sprache wird von allen anders benutzt. Das Wort *lentrati se* habe ich als Kind gehört, in der Regel benutzt man es, wenn sich eine Frau unsittsam hinsetzt, man dabei ihre Oberschenkel aufblitzen sieht. Dann sagt man zu ihr, wie sitzt du denn herum, du wirst uns alle noch töten wie ein Blitz!«

Die Sirene erklang bereits das zweite Mal. Es schien, als hätte sich das erste Heulen den Gesetzen der Zeit widersetzt und sich jenseits der Vergänglichkeit bewegt, Schulterzucken war die Folge – »Soll die Sirene nur heulen!«, dachten wir. Als die Sirene jedoch das zweite Mal erklang, obzwar weniger kraftvoll, warf es die Reisenden aus ihrem Gleichmut, sie wurden unruhig, standen auf, fingen an, ihre Sachen einzusammeln und in den Körben zu verstauen, sie schüttelten Decken, Bademäntel und Kleider aus, die bis jetzt auf der Erde gelegen hatten. Die Zeit, die wir hatten, war schnell vorbeigegangen, ich war zufrieden und glücklich, dass ich nach einer so langen Zeit einen großen Teil des Tages mit meinem Vater im Sanatorium verbringen konnte. Alles erschien mir in einem neuen Licht, ich sah alles mit anderen Augen. Was er gesagt hatte, wirkte ungewöhnlich auf mich und ich hatte das Gefühl, er gehe mit allem spielerisch um und sei in der Lage, das Bittere, das Teil seines Lebens gewesen war, nicht nur humorvoll zu betrachten, sondern auch mit einem wehmütigen, in die Tiefe schauenden Auge und innerer Anteilnahme, die ein Bestandteil unseres Gesprächs wurden. Manchmal spürte ich den unendlich währenden Schmerz alter Wunden, die sich irgendwo in meinem Inneren abgelegt hatten. Ich war mir nicht mehr sicher, ob ich meinen Vater in der besonderen Umgebung des Sanatoriums ganz neu erleben konnte, ob es seine Krankheit war, die die Intensität zwischen uns herstellte. Ich hatte erst am Ende seines Lebens unsere Verwandtschaft entdeckt, mein Vater war ein Fremder für mich, und jetzt war es tatsächlich zu spät, die Kerze anzumachen.

Ich stand vom Tisch auf und ging zum Rand der Terrasse, lehnte mich an den Zaun und sah zum Fahrer, der schon den Motor angelassen hatte, aber noch einmal ausgestiegen war; er machte sich auf den Weg zu einer Bank. Dort steckte er sich eine Zigarette an. Vater trat zu mir, mit einer Hand hielt er sich am Zaun fest, er krallte sich förmlich an das Eisengitter, als stemme er sich gegen einen unsichtbaren Feind, der ihn von diesem Platz wegzerren wollte. In der anderen Hand hielt er die kleine Kiste. »Wir haben noch ein bisschen Zeit«, sagte er mit brüchiger, leiser Stimme, als würden wir jetzt in diesem kleinen Zeitkanal eine weitreichende Entscheidung treffen oder uns nun etwas gleichermaßen Kühnes wie Unerhörtes sagen, etwas, das wir bisher voreinander verborgen und immer ungesagt gelassen hatten.

In diesem Augenblick nahm er mich in den Arm, fest zog er mich mit der einen Hand an sich, sah mich geradezu beschämt an und senkte den Kopf, er wollte mir so zeigen, dass er nicht in der Lage war, noch ein Wort zu sagen, selbst dann nicht, wenn wir uns wirklich noch etwas zu sagen gehabt hätten, es wäre ihm unmöglich gewesen, in dieser Sekunde zu sprechen. Die Zeit lief ab. Alles war schon immer vorbeigegangen und auch dieser Tag neigte sich seinem Ende zu; in der Ferne verschwand die Sonne endgültig hinter ein paar Bäumen, ihr Widerschein hielt nur kurz an, die letzten Strahlen flimmerten noch ein letztes Mal und bald schon würden sich auch die

Schatten in der vorabendlichen Stille auflösen, leise würde die Nacht sich auftun und dieses Fleckchen Erde, auf dem mein Vater jetzt weilte, in eine Festung der Dunkelheit verwandeln. Die anderen Besucher bestiegen schon den Bus, und auch ich machte mich auf den Weg, lief schnell die schön angelegten kleinen Stufen hinunter, der Junge begleitete mich, und beim Abschied empfand ich eine tiefe Verbundenheit mit ihm, streichelte ihn mit meiner ganzen Zärtlichkeit und Dankbarkeit, aber auch mit der ganzen Trauer, die sich über mich gelegt hatte. An der Tür des Busses drehte ich mich noch einmal um. »Du bist mein Doppelgänger«, sagte ich zu ihm, »wenn das überhaupt etwas Gutes ist, mein Doppelgänger zu sein.«

Solange ich meinen Vater durch das Fenster noch sehen konnte, stand er am Terrassenzaun. Langsam fuhren wir den Schotterweg hinunter und stießen dann auf die asphaltierte Straße.

traduki

traduki

Die Herausgabe dieses Werks wurde gefördert durch TRADUKI, ein literarisches Netzwerk, dem das Bundesministerium für europäische und internationale Angelegenheiten der Republik Österreich, das Auswärtige Amt der Bundesrepublik Deutschland, die Schweizer Kulturstiftung Pro Helvetia, KulturKontakt Austria, das Goethe-Institut, die Slowenische Buchagentur JAK und die S. Fischer Stiftung angehören.